特以此书献给高利克先生诞辰 85 周年

〔斯洛伐克〕马立安·高利克（Marián Gálik） 著

刘 燕 编译

翻译与影响
TRANSLATION AND INFLUENCE

《圣经》与中国现代文学
BIBLE AND MODERN CHINESE LITERATURE

社会科学文献出版社
SOCIAL SCIENCES ACADEMIC PRESS (CHINA)

序言 《圣经》：活水的泉源*

〔以色列〕伊爱莲

一 《圣经》与中国现代文学

《圣经》与西方文学之间深层的渗透性关系已经获得了学界广泛的研究。最近，文学批评与《圣经》研究两个领域的交会拓展了一种新的视角：不仅关注《圣经》（无论是基督教版本还是犹太教版本）给文学带来的灵感启示和信仰支撑，而且关注它对文学技巧的影响，比如《圣经》故事及其叙述策略、《圣经》中的人物形象及其如何被塑造出来的……所有这些都对小说和诗歌的作者产生了巨大的影响。正如弗兰克·麦康奈尔（Frank McConnell）所言：

> 没有哪本书曾对西方文学进程产生过这样巨大的影响。没有哪本书……不仅仅是作为一本书，而且是作为一种有生命的实体推动着西方人的意识进化。①

对于"有生命的实体"（living entity）这样的概念，我们可能会听到反对的声音。然而大多数人都会同意《圣经》具有的持久的生命力，很大部分原因在于从古至今，人们对它做出了丰富多彩的阐释。这个持续不断

---

* 本文是以色列汉学家伊爱莲（Irene Eber）为马立安·高利克的英文著作 *Influence*, *Translation and Parallels*：*Selected Essays on the Bible in China*（Sankt Augustin, 2004）撰写的序言。由于该书中译本收入的文章略有增删，故书名改为《翻译与影响：〈圣经〉与中国现代文学》。高利克的中译著为北京外国语大学中国文化走出去协同创新中心重点立项：布拉格汉学学派对中国现代文学的研究及其启示（项目编号 CCSIC 2017—ZD01）成果之一。——译者注

① Frank McConnell, "Introduction", in Frank McConnell, ed., *The Bible and Narrative Tradition*, New York, 1986, p. 4.

的阐释过程被称为"米德拉西"（midrash①）——至少对希伯来《圣经》来说，并不存在定于一尊的阐释。② 关于如何解释《圣经》文本，有关《圣经》文本内涵的米德拉西式的阐释在很多实例中呈现了各式各样、相互交错甚至截然对立的诠释。通过不同的路径和提出不同的问题，今天的文学批评家和《圣经》研究者仍在延续这一阐释学传统。《圣经》与对它进行训诂的文本之间的关系，就像一条奔腾不息的河流与其无数支流之间的关系，或者不如说是一棵充满活力、不断生长的大树与其枝干、树叶和汁液之间的关系。③ 这些阐释反映了《圣经》文本的无限开放性，阐释给《圣经》注入了内在张力，用麦康奈尔的话，"（这种张力）使之成为后来世俗写作的生命之泉"。④ 正是《圣经》文本的敞开性（open-endedness），促使读者在对它进行阐释的过程中充分发挥着自己的想象力。

显而易见，这种阐释的展开需要了解《圣经》故事的叙述技巧，需要关注文本中省略的、未加阐明的或含混模糊的特殊细节。⑤ 在《旧约》故事中，叙述技巧尤显重要，例如大卫－乌利亚－拔示巴三者之间的故事；它在四福音书中也具有重要的作用。弗兰克·科莫德（Frank Kermode）指出，当他阅读希腊语的福音书时，发现其叙述方式与其他叙述并无差别。⑥ 此外，很多《圣经》中的人物并非生硬僵化，而是被塑造得栩栩如生，千变万化。⑦ 灵活多样的文学叙述策略营造了某种真实感。例如，《约翰福音》用一种极具说服力的方式描述了耶稣受难时的真实场景。⑧

---

① Midrash 的词根是 darosh，即"探询"。在拉比文学中，它是对希伯来《圣经》的阐释研究及对这些阐释的编撰。

② Frank Kermode, *Poetry, Narrative, History* (Oxford-Cambridge, Mass. 1990), p. 39.

③ Moses (ben Shemtov) de Leon (1250–1305), noted Cabbalist, quoted by Frank Kermode, "The Argument about Canons," in McConnell, ed., *The Bible and Narrative Tradition*, p. 91.

④ Frank McConnell, "Introduction," in Frank McConnell, ed., *The Bible and Narrative Tradition*, p. 9.

⑤ Geoffrey H. Hartman, "The Struggle for Text," in Geoffrey H. Hartman-Sanford Budick, ed., *Midrash and Literature* (New Haven-London, 1986), pp. 15–16.

⑥ Kermode, *Poetry, Narrative, History*, pp. 69–70.

⑦ Herbert N. Schneidau, "Biblical Narrative and Modern Consciousness," in McConnell, ed., *The Bible and Narrative Tradition*, p. 143.

⑧ Frank Kermode, *The Genesis of Secrecy, On the Interpretation of the Narrative* (Cambridge-London, 1979), pp. 101–118.

在西方传统中，《圣经》的翻译具有悠久漫长的历史。众所周知，这些译本给很多世纪以来的作家、诗人和艺术家的创造性想象带来了不可估量的影响。正如高利克在本书中所指出的，全译本中文《圣经》在19世纪才开始出现。翻译的最初目的，旨在满足中国少数受过教育的精英阶层，故使用了典雅的文言文。尽管《圣经》被译介到中国的时间并不太长，白话译本的出现也不过才140多年，但它们激发了许多中国现代作家的文学想象。高利克这本论著的独特意义在于，它向我们揭示了《圣经》在现代中国是如何为世俗写作（secular writing）提供源泉的。可以说，这棵大树以某种出乎意料的方式，发出新枝，不断生长。

高利克的论著提供了一幅全景图：《圣经》在中国小说、戏剧、诗歌中所具有的功效，特别是作家们挪用《圣经》文本的不同方式。这本书的确是一处储藏着各种发现和思想的宝库，在其中我们遇见了中国20世纪以来最重要的作家和诗人：鲁迅、茅盾、冰心、顾城和王蒙。它不仅介绍了这些作家的创造性成就及其对《圣经》源泉的吸纳，而且还向读者介绍了中国学者在该领域的几本研究专著，并对此做了恰当的评价。

一般而言，《圣经》在中国现代文学传统中占有一席之地的进程可分为两个阶段：19世纪对《圣经》的接受和20世纪上半叶对《圣经》的文学挪用。接下来，我将讨论这两个阶段中的一些重要问题。此外，还有一些其他的重要问题，例如基督教文学的不断发展和中国教会规模的扩大等。但此类话题在这篇序言中只是偶尔涉及。

二 《圣经》中译本及其接受

19世纪初中国才出现了《圣经》全译本或节译本[①]，它们是清帝国被迫开放贸易之后进入中国的基督教传教士的译作。与世界其他地方可以主动传教不同，这些译者在中国面对的是一个文字高度发达的文明，他们无法仅凭口头宣讲来传播基督教福音。此外，最初的传教士们还要给那些受过良好教育、运用优雅精致的文言文而非口语的士大夫阶层传教。因此，直至1875

---

① 中国天主教徒在基督（新）教传入之前翻译过《圣经》的部分章节，主要是用手稿形式。参见 Jost Oliver Zetzsche, *The Bible in China*: *The History of the Union Version or the Culmination of Protestant Bible in China* (Sankt Augustin-Nettetal, 1999)。本文中"基督教"专指"新教"。——译者注

年，在中国通行的中译本《圣经》都是使用文言文翻译的。①

直到1875年，由北方官话（后来被称作国语、白话文）翻译的《圣经》全译本终于出现了。这本官话《圣经》的读者比文言文《圣经》的读者要多得多。究其原因，是因为它使用了大多数中国人用的口语而非少数人用的文言文来翻译，可以直接读给那些不识字的普通人听。这项浩大的工程是由北京的几个传教士组成的译经小组完成的。其成员虽来自不同的教派，但他们之间最终达成了某种妥协：《旧约》的翻译采用希伯来语版本，《新约》的翻译则采用希腊文版本。② 在1875年后长达40年间，"北京翻译委员会"（Peking Translating Committee）推出的官话《圣经》在全中国被广泛使用，直到1919年被和合本《圣经》取代。这一时期中国发生了语言革命，即以白话文作为书面语，逐渐取代文言文。在此后的数十年里，中国的作家、诗人接受《圣经》的途径主要是通过对和合本的阅读。毫无疑问，这两个版本之所以会流行，主要源自它们的可读性（readability）。③ 这种可读性不仅仅指语言的清晰明白，而且关涉文本内在的某些因素，即文本内蕴的潜在力量能够激发各种回应，这是一种创造性的行为，如同诗人写诗或哲学家探索理念一样。④

费正清（John King Fairbank）曾建议《圣经》"中国化"（sinification）的第一步工作是翻译⑤，外来的新观念必须适应一种已有的约定俗成的语言；另外，在翻译《圣经》的过程中会使用众所周知的传统的宗教和哲学观念，以便赋予其新的意义。"中国化"的第二步是对《圣经》译本的回

---

① 在最早的《圣经》文言文译本中，应提到马礼逊（Robert Morrison，1782～1834）和米怜（William Milne，1785～1822）在1823年完成的开创性译本，还有一些传教士在1852～1854年完成了令人敬重的委办本（Delegates Version）。

② 参见 Irene Eber，"The Peking Translating Committee and S. I. J. Schereschewsky's Old Testament," in *Anglican and Episcopal History* 67（1998），No. 2，pp. 212-226。

③ 虽需要更深入地考证，但和合本中的《旧约》中译文在相当程度上的确参考了施约瑟（S. I. J. Schereschewsky，1831～1906）翻译的第一个《旧约》官话译本。Lihi Yariv-Laor（雅丽芙）的论文 "Linguistic Aspects of Translating the Bible into Chinese" 讨论了这两个版本中《路得记》的关联，参见 Irene Eber and others，eds.，*Bible in Modern China：The Literary and Intellectual，Impact*（Sankt Augustin-Nettetal，1999），pp. 101-121。我对《创世记》和《诗篇》这两个中译本的比较研究也证明了这一结论。

④ 我的希伯来语论文充分讨论了与此相关的问题，参见 *Chinese and Jews：Encounters between Cultures*（Jerusalem，2002），pp. 118-131。

⑤ John K. Fairbank，"Introduction," in Suzanne W. Barnett-J. K. Fairbank，ed.，*Christianity in China：Early Protestant Missionary Writings*（Cambridge，1985），p. 9.

应和接受。这两个步骤都涉及对《圣经》的阐释过程。但是，正如迪特里希·克拉齐（Dietrich Krusche）指出的，阐释另一种文化中的文本绝非一蹴而就的事。他问道，当一个遥远文化中的文本引起注意，难道仅仅因为其陌生化中蕴含着可理解的暗示？或者只有当这个文本的意义能和读者的文化经验关联起来时，才谈得上理解？① 在理解（understanding）行为发生的过程中，如果没有阐释（interpretation），也就无从谈及对文本的翻译和接受。为了理解《圣经》文本，早期对它做出的阐释构成了一个令人着迷的篇章。

19世纪的中国基督徒在大量的文章和诗歌中记录了对《圣经》的接受过程，它们主要刊登在基督教杂志《教会新报》和《万国公报》上。关于《圣经》故事，这些文章涉及很多话题，提出不少疑问，涉及《圣经》史及其构成，福音书的重要性，各种概念的寓意，尤其是在汉语中如何表达"神""上帝"（God）等问题。② 让我随便举些例子，在面对一堆陌生的《圣经》材料时，早期的基督徒是如何尝试着建立一套熟悉的参考框架。陈慎休按照中国的道德格言解释了《出埃及记》中神所颁布的第四条训诫。对这则要求教徒尊重父母的训诫，陈慎休借用孝道、先贤和上天的力量等词语构造了一个典型的中国语境。③ 刘常惺则认为上帝在西奈山上赐予摩西的十诫与"四书五经"中的信念一致。④ 还有另一位作者杨用之认为儒家典籍讲述了孔子继承尧舜的信念并效仿了周文王和周武王的故事，他尝试把中国经典与《圣经》中的伦理价值观等同起来。⑤

这些中国早期基督徒力图把《圣经》故事和中国历史关联起来。例如有人在叙述亚伯拉罕及其侄子罗得在他们的牧人相争后彼此分开的故事时（《创世记》13～14），以这样的句子开始："在中国的夏代，以色列的祖先

---

① Dietrich Krusche, "Erinnern, Verstehen und die Rezeption distanter Texte," Alois Wierlacher（Hrsg.）, *Kulturthema Fremdheit, Leitbegriffe und Problemfelder kulturwissenschaftlicher Fremdheitsforschung*（München, 1993）, pp. 433–438.

② 关于选择哪个中文词来翻译"God"的争议，参见 Irene Eber, "The Interminable Term Question," in Irene Eber and others, eds., *Bible in Modern China：The Literary and Intellectual Impact*, pp. 135–161.

③ 陈慎休：《上帝十诫诗》，《教会新报》第2期，1869年12月18日，第79b～80a页。

④ 刘常惺：《摩西十诫与儒道结合说》，《万国公报》第8期，1876年3月18日，第405页。

⑤ 杨用之：《圣书论》，《万国公报》第11期，1879年5月17日，第506～507页。尧和舜是传说中的圣王，文王是周朝的创建者，武王是其继承者。

亚伯拉罕和他的侄子罗得住在一起，连同他们的孩子、羊群和财产。"关于这两人怎样分开，亚伯拉罕又怎样救出被俘获的罗得，《圣经》的记述相当简洁，中国的作者却在亚伯拉罕身上大费笔墨。亚伯拉罕在争吵后和罗得彼此妥协。当罗得陷入可怕的困境时，又是亚伯拉罕救出了他。最后作者如此结语："此可谓仁爱之至也。"①

那时的中国读者对《圣经》的接受并非畅通无阻，很多例子足以说明他们在阅读过程中遇到的各种疑惑。例如，北京教会的基督徒陈大镛从天文学的视角提出了地球围绕太阳公转的问题，他认为通过公转，太阳、地球和月球之间相互吸引。然而根据《圣经》的说法，神在第一天创造太阳，第四天才创造了月亮（《创世记》1：3~4，11~12，16）。此外，即便假设地球直到第四天才开始公转，那么神在第三天创造的植物又是如何存活的？② 陈大镛提出的困惑是可以理解的，他假设神在第一天创造光也就是创造太阳。可是根据《圣经》，神在第一天只创造了光，太阳是之后才被创造出来的。

上述的例子表明，早期中国读者努力试着把《圣经》的叙述构架纳入自己熟悉的语境中；另外，后一个例子也说明当时的基督徒想要为《圣经》中的叙述内容找到现代科学的支持。显然，对《圣经》文本的阅读与接受是一个持续不断的过程。这些19世纪的文章与20世纪的文章之间存在巨大的鸿沟。转向20世纪和1919年的五四运动，新文化运动、书面语的革新以及作为其中一部分的文学繁荣给现代中国人一种新的眼光：将《圣经》视为一部文学作品。如上所述，这种现象的主要推动力源自1919年白话版和合本《圣经》的出现。

高利克的著作反复强调了和合本《圣经》对于中国现代作家文学事业的重要性。的确如此。20世纪初出现的将《圣经》视为文学作品的新意识主要归功于这个中译本。毫无疑问，一些作家被《圣经》吸引往往是因为最初在教会学校中接触到了《圣经》（英文版或文言文版），例如冰心。但我们也不应该忽略那些在1909年之后留学美国的学生，他们将《圣经》

---

① 《贤侄让叔》，《万国公报》第12期，1879年8月23日，第13页。考虑到这个中国评论者不具备犹太研究者的便利，他对亚伯拉罕（此处他仍然名叫亚伯兰）的理解令人惊讶。拉什（Rashi Solomon Yitzhaki ben Isaac，1040–1105）引用了"米德拉西"的解释，指出了罗得和他的牧羊人的邪恶之处，否则罗得应该是离开这些罪恶之地的人。M. Rosenbaum-A. M. Silbermann-A. Blashki-L. Joseph, trans., *Pentateuch with Targum Onkelos*, *Haphtaroth and Rashi's Commentary*（New York n. d.），Vol. I, pp. 52–53.

② 陈大镛：《答〈圣经〉疑问》，《教会新报》第3期，1871年8月26日，第205b页。

作为学习和体验的一部分。① 例如，胡适（1891~1962）在 1910~1914 年留学于美国的康奈尔大学，他在阅读世界文学作品的同时也阅读了《圣经》，并不时地提及《新约》中的内容和耶稣的形象。对胡适而言，阅读《圣经》并非由于宗教信仰的驱动，而是由于那些年他对普遍的宗教观念倍感兴趣，他在日记中经常引用或翻译整段的《圣经》内容。② 我认为胡适并不能代表中国所有的留美生，但是阅读《圣经》（可能是詹姆士王钦定本）的确是当时大学生学习西方文学核心课程的一部分。因此，毫不奇怪，这种热情促使他们在回国后十分推崇和合本《圣经》，并视之为正在努力推动的新文学的组成部分。

对于"文学革命"的开创者鲁迅、茅盾、郁达夫等人来说，文学有了一种崭新的功能。尤为重要的是，文学可以建立一套新的价值观念，有助于中国从一个落后国家转变成一个现代国家。阅读和翻译西方文学和思想著作成为这些作家工作的一部分。在他们看来，西方的优越不仅体现在军事能力和政治力量上，而且体现在文化方面上。正如梁启超（1873~1929）所断言的，基督教和《圣经》既是西方文化也是其文学传统的一部分。也许他并没有完整地读过《圣经》，但他把阅读《圣经》视为了解西方应必备的背景知识。③ 在其著作中，高利克经常提及的一位作家是周作人（1885~1967）。在 20 年代，周作人就指出了福音书中的人道主义思想以及这种思想对于改造中国的重要性，如其所言，乃是为了"一新中国的人心"。④ 当周作人在自己的文章中强调《圣经》之重要性时，他不是作为一个有信仰的宗教人士在发言，而是代表了当时很多人的见解，即《圣经》除宗教内容外，还可为处于困境中的中国提供某种切合实际的启示。

① 1908 年，美国将部分庚子赔款用作中国留学生的奖学金。1909 年起，一些学生利用这个机会赴美留学。

② 《胡适留学日记》，上海，出版日期不明；序言作于 1936 年，卷 1，第 169~171 页。1913 年 7 月 20 日的日记，卷 2，第 295 页。1914 年 7 月 12 日的日记，第 421 页。1914 年 10 月 5 日的日记。这些日记原来的题目是《藏晖室札记》。有趣的是，在胡适就读于哥伦比亚大学后，日记中再没有出现过关于《圣经》的记录。

③ 陈启云（Ch'i-yün Ch'en）：《梁启超的"宣教教育"：宣教影响改革者的个案研究》，《中国评论》第 16 期，1962，第 66~125 页。梁启超阅读的是《二约释义丛书》（Collected Writings on the Old and New Testaments），但我在书目中没有发现这本书。

④ 周作人：《我对于基督教的感想》，《生命》第 2 卷，1922 年 3 月，第 1~2 页。周作人选取了他在燕京大学时的谈话和在《晨报》上发表过的文章。这些表明"态度"的段落由《生命》杂志整理发表，包括胡适在内的很多人也提供了自己的看法。

周作人也把福音书的理念与西方文学作品联系起来，例如他认为《圣经》是托尔斯泰创作的源泉。

包括《圣经》在内的世界文学，对于这些思想活跃、与时俱进的中国知识分子而言非常重要。高利克在其文章中反复称道的一位学者是朱维之（1905～1999），这位学者把30～40年代的学术生涯和主要精力都倾注于与《圣经》相关的研究中，他努力探寻作为文学的《圣经》及其对文学的影响。根据梁工教授的说法，当朱维之在中学读到《诗篇》时，已标志着他毕生工作的开端。① 此外，高博林在抗日战争期间即1940年出版的《〈圣经〉与文学研究》一书虽然不太为人所知，但他十分钟情于作为文学作品的《圣经》，对其中的故事（逸闻趣事？）类颇感兴趣，特别是涉及对摩西、大卫、暗嫩、他玛、耶稣等人的生平的叙述。②

这一时期中国人对《圣经》的接受尤其引人注目，包括一些基督教神学家的著作及其对《圣经》批评的初步开拓成果。我们不知道（也许将来也不能完全知道）在新中国成立的最初30年间有多少相关的著作遭损或被毁，然而好像是对这些损失和断裂的反击，我们又看到了新的萌芽。正如高利克和梁工③指出的，在过去20年间有关《圣经》与基督教主题相关的研究论著以不同的方式迅速涌现。令人瞩目的是，在最近一些中国学者的著作中，他们深入地研究了中国作家如何运用《圣经》主题并把它们融入创作中。高利克的著作也揭示了在这个过程中，对《圣经》的学术研究、思想运动和翻译等方面如何奇妙地交织为一体。众所周知，有关这一领域的最具开创性的著作是罗宾逊（Lewis S. Robinson）的《双刃剑——基督教与20世纪中国小说》（*Double-Edged Sword: Christianity & 20th Century Chinese Fiction*）。这本书的英文版于1986年出版，1992年在台湾出了中文版，它促使中国学者进一步探究基督教和《圣经》对中国现代文学的广泛影响。除了下面我要提到的对《圣经》的挪用，高利克在书中还涉

---

① Liang Gong（梁工）, "Twenty Years of Biblical Studies of Biblical Literature in the People's Republic of China, 1976-1996"（《中国圣经文学研究20年（1976～1996）》）, in Irene Eber and others, eds., *Bible in Modern China: The Literary and Intellectual Impact*, pp. 401-402。

② 高博林：《〈圣经〉与文学研究》, 1940, 第13～21页。

③ Liang Gong, "Twenty Years of Biblical Studies of Biblical Literature in the People's Republic of China, 1976-1996," in Irene Eber and others, eds., *Bible in Modern China: The Literary and Intellectual Impact*, pp. 383-407.

及中国当代学者在该领域的研究成果。

三　中国作家对《圣经》的挪用

高利克的这本研究著作的重要性主要体现在三个方面。第一，我们第一次看到它全方位地揭示了麦康奈尔所说的《圣经》特有的张力，这种张力"使之成为鲜活的生命之泉，后来又成为世俗写作的生命之泉"。① 高利克的杰作向我们展示并让我们进一步探究：在有自身文学传统的中国文化语境中，《圣经》所孕育的这种张力是如何发挥作用的。第二，这些论文不仅是扎实厚重的学术研究——体现了研究者的博学睿智和多才多艺，同时也涉及他本人的个人自述：深情地讲述了一个稚童对《圣经》的无比热爱。在《自序》中，高利克提及自己阅读的第一本世界文学作品就是《圣经》，这构成了他生命的中转站。在接下来的很多年里，他偷偷地阅读《圣经》却无法书写它，讨论它。这一情景最终在 1989 年发生了改变。从那时起，高利克逐渐发表了有关《圣经》与中国文学关系的研究论文。第三，1996 年 6 月高利克在耶路撒冷研讨会上的感人发言（即本书中的《"第三约"与宗教间的理解：一个理想主义者的信念》）强调了他对跨宗教和跨文化理解的可能性的确信，这也是贯穿其论文的一个主旋律。对于我们这些相信只有这种理解才能引导人类去接受相互间的差异的人来说，高利克的文章能够激发和鼓励人们为这个愿景投入更多的努力。

接下来我将讨论其中的几篇论文，并对高利克的"米德拉西"进行评论。但首先要问的是："什么是挪用？"（What is appropriation?）当我们谈到一个作品从一种文化语境转换到另一种文化语境中时，对它的"文学挪用"指的是什么？阿洛伊斯·维尔拉赫（Alois Wierlacher）对如何处理这类问题提供了有益的参考，他认为"挪用"需要积极的理解（active understanding），因为挪用者与挪用对象两者之间必须建立起一种关联。陌生而新奇的挪用对象与挪用者自身的观念变得相互依存，两者都处于随时的变化中。他强调"挪用"最终只是某部分的融合（a partial integration），一种相互的交换（a mutual exchange）。这有点类似马丁·布伯（Martin

---

① McConnell, ed., *The Bible and Narrative Tradition*, p. 9.

Buber，1878～1965）的对话理论。①

高利克论著的一篇论文是有关向培良（1905～1961）对《圣经》中"暗嫩和他玛"故事的改写研究，该文很好地体现了上述的"挪用"议题。② 为了更好地理解这一点，我们首先要追问：向培良为什么专门选取了这个片段（《撒母耳记下》13～14），而不是别的有关爱情、欲望与过度激情的情节？因为《圣经》中并不乏爱情的背叛者，其中最引人瞩目的是成为国王前后的大卫。然而向培良选择了"暗嫩和他玛"的故事，它不过是大卫与他儿子押沙龙之间巨大悲剧的一段插曲而已。高利克出色地阐明了向培良身为一个作家的个人偏好。此外，我认为向培良之所以选择这个故事或许是因为他十分欣赏这个情感剧烈的情节所蕴含的戏剧潜质及其叙述方式。简而言之，他熟稔《圣经》中这个故事的叙述策略。

让我简略地指出其中的一些方法。罗伯特·奥特（Robert Alter）强调《圣经》的叙述策略之一是"对话"（dialogue）："《圣经》中的一切叙述最终都被引向对话"，叙述借助对话得以完成。叙述者最低程度地介入情节，当一个事件在直接对话中反复出现时，于是它变得举足轻重。③ 在《撒母耳记下》13：1中，叙述者告诉大家：暗嫩爱上了妹妹他玛。这在第4节中得到了暗嫩本人的承认。在为暗嫩准备食物并听到了他荒唐的建议之后，他玛平静地恳求不要玷污她（《撒母耳记下》13：15）。叙述者接着讲述了暗嫩强奸她，随后又粗暴地赶走了她，只说了两个词："你起来，去吧。"（kumi lekhi）在此，暗嫩说出的这句冷酷而简短的话与他玛之前的长长恳求及随后不要让她离开的祈求形成了强烈的对比（《撒母耳记下》13：16）。④ 然而这个情节中的真正恶人不是暗嫩，而是约拿达。叙述者把他描述为暗嫩的朋友，大卫长兄示米亚的儿子，一个机灵而聪明的人（khakham）。正是约拿达在直接对话中唆使暗嫩装病以便诱惑他玛到屋内照顾他（《撒母耳记下》13：4～5）。在强暴他玛之后，暗嫩对她的恨甚至

① Alois Wierlacher, "Kulturwissenschaftliche Xenologie. Ausgangslage, Leitbegriffe und Problemfelder," in Wierlacher, ed., *Kulturthema Fremdheit, Leitbergriffe und problemfelder kulturwissenschaftlicher Fremdheitsforschung*, pp. 109–111.

② 有必要说明我没有读过向培良的剧本，以下分析都是基于高利克在本书中所提供的内容。

③ Robert Alter, *The Art of Biblical Narrative* (New York, 1981), p. 182.

④ Robert Alter, *The Art of Biblical Narrative* p. 183. 奥特强调这些对话往往倾向于建立对比原则，比如人物对话长短的对比。

超过了对她的爱。通过描述他困惑纠结的心灵，叙述者表达出对暗嫩的某种同情（《撒母耳记下》13：15）。① 不让暗嫩在强暴他玛后直抒恨意，这突出了《圣经》叙述的另一个特点：叙述者视角（the point of view of the narrator）。②

毫无疑问，向培良阅读了和合本《撒母耳记下》第 13 章。让我们简略地浏览这个片段，看一看它是否具备以上提及的文学和戏剧潜质。③《圣经》原文中的对话和重复被忠实地翻译出来，但是中译文无法传达希伯来原文中叙述者的言外之意。原文中的约拿达是一个聪明和机灵的角色，但在和合本中他变成了"为人极其狡猾"的形象，是一个不折不扣的恶人。在中译本中，他玛祈求暗嫩"不要玷污我"，此处的译文表意清晰，比按字面翻译要好得多；同样，第 13 章也没有按字面意来翻译，而是把暗嫩对他玛的暴力驱逐简洁生动地译为："你起来，去吧！"这句直接引语显得特有说服力。

我不厌其烦地讨论以上这个细节，是为了说明对叙述艺术十分敏感的作家绝不会错过《圣经》中那些富有张力的戏剧性情节。与此类似，茅盾（1896～1981）在写作他的一篇小说时，对《士师记》14～16 这三章中有关参孙和大利拉故事做了审美呈现（除去其中蕴含的强烈的政治意味）。高利克对此进行了非常详尽的分析，指出《士师记》14～16 的故事叙述及其中译文的特点，是在直接对话和叙述者对行动的描述之间达到一种惊人的平衡，于是对话（dialogue）和叙述者（narrator）一起推动了情节的循序渐进。与《圣经》中的许多其他部分一样，这个故事的叙述者既全知全能又不露痕迹④；他对参孙的行动未做过多的评价——像一些心怀意图的读者那样。但最令人着迷和最复杂的有关"挪用"的例子是王蒙那篇著名的小说《十字架上》，高利克对此做出了敏锐而极富洞察力的解读。《旧约》高超的叙述艺术在很久以前就被人们认识和欣赏，然而直至近期，

---

① 暗嫩的强暴引发了对于乱伦的质疑，因为按照《申命记》27：22 的记载，禁止与同父的姊妹发生性关系。然而，他玛明确要求暗嫩请求大卫王把她赐给他。A. A. Anderson, *Word Biblical Commentary*（Vol. 2，Dallas，1989，pp. 170-177）认为大卫王时代的皇家不必遵守这个禁令，或该禁令是后来才出现的。

② 参见 Adele Berlin, *Poetics and Interpretation of Biblical Narrative*（Sheffied，1983），p. 65。

③ 我用的是《旧新约全书》，由英国海外圣公会、美国圣公会出版，1939，第 460～461 页。

④ Alter, *The Art of Biblical Narrative*, pp. 183-184. 其中论述了叙述者的主要特点是全知全能和不露痕迹。

《新约》由叙述建构起来的宏大内蕴才开始得到相关研究。① 因此，我想强调的是，正如上述的两个例子所表现的，在作者决定挪用《圣经》中的某个故事以达到自己的写作目的时，福音书叙述的文学魅力扮演了一个角色。② 显然，王蒙对福音书叙述艺术的熟稔及选择性运用，和一系列其他因素一起，共同获得某种非同寻常的艺术效果。珍妮斯·魏克利（Janice Wickeri）将它形象地描述为"文学特技"（literary acrobatics）。③

上述的三个例子虽各不相同，但在一定程度上都是对《圣经》叙述的文学特征的呼应。当中国文学传统与《圣经》的某些因素在相互依存的关联中融为一体时，这些最终完成的作品获得了一种新的特质。除了对《圣经》特殊部分的改写外，还有其他形式的挪用，这与基督教的基本教义有更密切的关系。在反映基督教价值观的作家中，最突出的一位也许是许地山（1893～1941）。罗宾逊称之为"他所处时代最杰出的基督教小说家"。④ 高利克对此尤为关注。自始至终，与基督教更具个人化关系的作家是诗人冰心（谢婉莹，1900～1999）及当代台湾基督徒诗人斯人（谢淑德）。与冰心对《诗篇》情有独钟不同，蓉子（Katherine Wang Rongzi，1928）则被《传道书》（Kohelet）深深吸引。《传道书》属智慧书之一，在《希伯来圣经》中尤显特别。《传道书》中的怀疑主义声音并不诉诸传统，而是聚焦于个人体验，成为质疑既定智慧的最具说服力的例子。⑤ 或许正是《传道书》所具有的个人体验、诗行排比与动态重复等特征深深地吸引了蓉子。

正如高利克指出的，《诗篇》诉诸诗人的情感，毫无疑问成为《圣

① James R. Robinson, "The Gospel as Narrative," in McConnell, ed., *The Bible and Narrative Tradition*, p. 97.

② Frank Kermode, *Poetry, Narrative, History*, pp. 69-70, 其中指出了"福音书结构中想象的叙述和真实的历史叙述"之间的特殊关系。

③ Wang Meng, "On the Cross" trans. by Janice Wickeri, in *Renditions*, No. 37, spring 1992, p. 43.

④ James R. Robinson, "The Gospel as Narrative," in McConnell, ed., *The Bible and Narrative Tradition*, p. 60. 另参见 C. T. Hsia（夏志清），*A History of Modern Chinese Fiction*（New Haven-London, 1971）, pp. 84-92. 夏志清认为许地山的"宗教意识"使他有别于其他作家。有趣的是，《中国大百科全书·中国文学》第 2 卷（北京，1986，第 1120～1121 页）中没有提到许地山与基督教的关系及其信仰。

⑤ James G. Williams, "Proverbs and Ecclesiastes," in Robert Alter & Frank Kermode, eds., *The Literary Guide to the Bible*（Cambrige, 1987）, pp. 278-279.

经》中被翻译得最多的一部。此外，它也是《圣经》中最早被译为中文的一部。尽管最早的译本已经遗失了，但我们至少能够找到从 19 世纪到 20 世纪的五个译本。高利克认为，吴经熊（1899～1986）的《诗篇》中译本采用了七言、五言和四言的古体诗形式，独具特色。苏其康（Francis K. H. So）也曾论述过这个译本。① 吴经熊的《诗篇》译本采用了特殊的挪用方法，即保留《诗篇》的内容而非形式。中国古诗的写作必须遵循严格而固定的格律，显然与《诗篇》原有的韵律并不吻合。② 相对而言，施约瑟的官话译本和后来的和合本更接近《诗篇》固有的诗歌形式，尤其是其中的排比结构（parallel construction），这是《诗篇》与许多中国诗歌和散文的共同特点。排比（parallelism）并不意味着重复，而是对前面的诗句或内容的强化，一种更具体的对比描写，这种技巧在中国古诗中被广泛运用。③ 然而，有人认为吴经熊的译本并没有忠实于《诗篇》形式，这是一种偏见。事实上，这三个中译本都是对《诗篇》的诗意挪用（poetic appropriation）。"诗是体验"（Poetry is experience）。杰罗姆·沃尔什（Jerome Walsh）提醒我们："使用精雕细刻的语言来传达诗人的体验，有助于在听众中激发同样的体验。"④ 换言之，它也在读者中激发这种感受。

在中国，《圣经》被赋予了一种崭新的生命；或者说，通过翻译和创作，它已另发新枝。高利克的论著展示了这些新枝如何（how）及为何（why）继续催生了中国现代文学的硕果。对于互文性（intertextuality）的定义——这是高利克近些年尤为关注的问题——他提出，可视之为中国作家与《圣经》文本之间的一个持续不断的对话（an ongoing dialogue）。新时代的中国是否将继续这一绵延不绝的对话？

----

① 有关吴经熊的最出色的讨论，参见 Francis K. H. So，"Wu Ching-hsiung's Chinese Translation of Images of the Most High in the Psalms," in Irene Eber and others, eds., Bible in Modern China：The Literary and Intellectual Impact, pp. 321-349. 吴经熊的译本来自天主教牧师 James M. Swiney 的 Translation of Psalms and Canticle with Commentary（London, 1901）。

② 这个论断必须有所限制。《诗篇》中大量出现的对偶形式（The Couplet Form）在中国律诗中也很普遍。对偶句更容易进一步形成排比结构。或许中国律诗与《诗篇》在形式上的差别只是后者更自由和多样化。

③ Robert Alter, The Art of Biblical Poetry（New York, 1985），p. 19.

④ Jerome T. Walsh，"Melitzeha Pash'u Bi, Theology and the Translation of Poetry," in Translation of Scriptures（Philadelphia, 1990），pp. 239-240.

高利克的这本书评述了 1921～1999 年中国现代文学与《圣经》主题有关的许多作家作品，并结束于 20 世纪末。不过，我们相信它同时也开启了 21 世纪的大门，因为在高利克的视野中，正如先知耶利米所言，《圣经》成为"活水的泉源"（The Fountain of Living Waters，《耶利米书》17：13）。

（尹捷、刘燕　译）

自序 我读《圣经》七十年[*]

马立安·高利克

一

　　1933 年，我出生在斯洛伐克西部一个名为伊格拉姆的小村庄。父母为贫苦的农民和工人。那个村庄常被誉为布拉迪斯拉发城郊区的歌谣说唱村。这至少可以追溯到 12 世纪和 13 世纪，甚至更早。在中世纪，一些行吟诗人、音乐家、舞蹈家和讲故事的人经常来参观布拉迪斯拉发城，那时称之为博森，在臣服于匈牙利国王和王后的城主或参观者面前载歌载舞。那些人往往从一个城堡、乡镇跋涉到另一个城堡、乡镇，吟唱着他们的民间故事、历史传说或英雄事迹。他们很可能是斯拉夫人，吟唱的内容往往与 907 年 6 月 5～6 日在布拉迪斯拉发城附近爆发的那场战争密切相关。当时游牧的马扎尔人越过伏尔加河的干草地，击败了巴伐利亚军队，进入中欧。那一年，历经近 300 年统治的中国唐朝（618～907）已是强弩之末，开始进入五代十国的过渡期。这两个戏剧性事件的原因至少有部分相似之处：相互敌对的政治力量一直统治着巴伐利亚、奥地利、波希米亚和斯洛伐克，随之而来的是勇猛好战、烧杀抢掠的匈牙利骑兵。在经历了 53 年的分裂之后，宋朝（960～1279）统一了中国；而在我的国家，最初的斯拉夫和随后的斯洛伐克却要历经 1011 年才终于实现这个目标——1918 年，斯洛伐克与捷克一起，建立了捷克斯洛伐克共和国。

　　新的统治者们并不喜欢民谣，尤其是那些非匈牙利裔人，大概是因为他们并不爱听那些讴歌布拉迪斯拉发战役中胜利者的颂歌。在四个名为贝拉的国王中其中一位（不清楚是哪位）当政时期，其宫廷中的一位作家写

---

[*]　原文 "Seventy Years of My Reading the Bible"，载 *Studia Orientalia Slovaca* 12.1（2013）：119-152。应作者高利克的要求，本篇作为本书的自序。——编译者注

下编年史《匈牙利人的事迹》，称"最伟大的匈牙利国"的历史竟来源于"村民们的虚构故事和民谣歌手们滔滔不绝的颂歌"。① 那些行吟诗人或民谣歌手们被称为"igrici"，这是一个从德语"Spielleute"翻译而来的斯拉夫语古词②，即英语中的"表演者"。从埃斯泰尔戈姆（Esztergom）决议中可知，自1114年以后，斯拉夫和匈牙利的神父们严禁此类活动，也许是因为那些歌谣对宗教活动进行了指责。③ 那些歌谣表演者往往在大学接受过神学或其他学科的训练，但由于种种原因未完成学业，为生活所迫而选择了这一职业。他们身着色彩鲜艳的奇装异服，以吸引观众，但也成为政治家和神父的眼中钉。伊格拉姆（Igram）是一个源自"Igrech"的匈牙利语地名，被用在1244年以来的拉丁语文献中。④这个历史文件由圣伊丽莎白（1207～1231）的哥哥、匈牙利国王贝拉四世（1206～1270）签署，是于1255年在与成吉思汗（1162～1227）的孙子拔都可汗（1209～1256）的战争失利后第二年（1257）签订的。贝拉四世是一个比他父亲安德鲁二世（约1205～1235）更卓越的政治家，却是一个糟糕的军事战略家。那时，他遭到拔都可汗派出的杰出将军速不台（1176～1248）的进攻。速不台让蒙古军引诱贝拉的近十万大军进入蒂萨河附近，即绍约河与海尔纳德河两河汇流处的一条狭长地带。1241年4月11日晚上，蒙古骑兵首先挑衅贝拉的骑兵，然后撤退；其他骑兵则蹚过河流，兵分左翼、右翼，打败了匈牙利骑兵。在那场残酷的激战中，据说有近5万～7万名骑兵被屠杀，只有包括国王及其随从在内的一小部分将士侥幸逃出。⑤ 贝拉四世国王在斯洛伐克的西部和南部逃亡，请求在奥地利避难但未被准允，于是一直逃到地中海的达尔马提亚岛。1241年4月，也许就是在蒂萨河之战过后的几天，拔都可汗的哥哥斡儿答在西里西亚的利格尼兹之战中凯旋，随后侵入斯洛伐克边境。其目的是与在匈牙利境内由拔都和速不台率领的军队会

---

① *Kronika anonymného notára král'a Bela*, trans. Vincent Múcska（Budmerice：Rak, 2000），p. 34.

② Richard Marsina, ed., *Codex diplomaticus et epistolaris Slovaciae*, Vol. 2（Bratislava：Obzor, 1985），p. 50.

③ Milan Pišút, *Dejiny slovenskej literatúry*（Bratislava：Osveta, 1960），p. 323.

④ Richard Marsina, ed., *Codex diplomaticus et epistolaris Slovaciae*, Vol. 2（Bratislava：Obzor, 1985），p. 115.

⑤ Richard A. Gabriel, *Subotai The Valiant*：*Genghis Khan's Greatest General*（London：Praeger, 2004），pp. 121-125. 本文提及的数字可能有所夸大。

合。他们于 1242 年 2 月越过冰冻的多瑙河，成功会师。此后 10 多个月，他们在周边的村镇烧杀抢掠，无恶不作，尤其使斯洛伐克的西部和南部受创严重。例如，离布拉迪斯拉发不远一个名为维椎卡的郊区就被破坏殆尽。①

　　我为何要提及这些历史事件呢？因为我的生活经历与这几处地点密切相关。在我提及的故乡中，没有人知道那些行吟诗人的命运。蒙古军虽然围攻特伦钦和布拉迪斯拉发未果，却毁坏了山谷中的大部分村庄，其中的一些被彻底摧毁。② 圣伊丽莎白可能出生于布拉迪斯拉发城堡，或另一个名为沙罗什保陶克的匈牙利城堡。1211 年，她 4 岁时被许配给德国图林根的领主路易斯四世，布拉迪斯拉发城遂成为舞台的世界，喜庆活动持续了整整一周，这有点类似于《圣经》中加利利迦拿的婚宴，除了缺少耶稣变水为酒的神迹（《约》2：7～10）。其实根本不需要这种神迹，因为周边村庄的葡萄园和喀尔巴阡山脚下的城镇有足够的酒供应。在那七天中，匈牙利的国王、王后、贵族与斯拉夫老百姓们一起欢庆，或身穿骑士服比赛，或载歌载舞，或品尝佳肴。那时匈牙利是中欧最强大的帝国，与德国一些地区的政治联谊尤显重要。路易斯的父亲赫尔曼一世（1190～1216）是一位颇具影响力的政治家，也是腓特烈一世（约 1123～1190，绰号“红胡子”）的外甥和罗马教皇英诺森三世（1160～1216）的至交。1189 年，“红胡子”国王访问了布拉迪斯拉发，并在那里住了一段时间，整顿第三次十字军东征的军队。从欧洲各地来的十字军聚集在多瑙河对岸，即现在的柏沙卡地区，据说由 15 万人组成的军队准备启程远征，收复被异教徒占领的圣地。这支队伍在 1187 年与萨拉丁的战争中打了胜仗，却在进攻耶路撒冷时败于穆斯林之手。③当时，“红胡子”皇帝本人亲自统率军队，但他在横渡萨列夫河时溺死，其军队随之瓦解。后来，一些残兵败将在英国“狮心王”查理一世（1157～1199）和法王腓力二世（1165～1223）的统领下继续东征。再后，腓力二世、奥地利的利奥波德五世（1157～1194），以及匈牙利的骑士们都返回故乡，只有查理一世独自留下，孤军作战。他最后在与萨拉丁的战争中赢得胜利，但耶路撒冷依然被穆斯林控制，只有

①　参见 *Vojenské dejiny Slovenska* Vol. 1（Bratislava：Ministry of Defence of the Slovak Republic），pp. 143-145，以及 Anton Špiesz, *Bratislava v stredoveku*（Bratislava：Perfekt, 2001），p. 36。

②　*Vojenské dejiny Slovenska* Vol. 1（Bratislava：Ministry of Defence of the Slovak Republic），p. 145.

③　Anton Špiesz, *Bratislava v stredoveku*（Bratislava：Perfekt, 2001），p. 34.

朝圣的基督徒和商人被允许进入圣城。

二

据说嫁到图林根时年仅 4 岁的新娘，带来了满满两马车共 13 个包裹的嫁妆。①这位未来的圣伊丽莎白的目的地是瓦尔特堡——赫尔曼一世的首府。赫尔曼一世以资助骑士诗人、行吟诗人闻名。那些诗人创作了大量歌谣，比如当时流行于德国的宫廷恋歌，诗人中颇负盛名者是瓦尔特·冯·弗格尔瓦伊德（约 1170～1230）、沃尔夫拉姆·冯·埃申巴赫（约 1170～1220）等。他们中的一位来自匈牙利，曾参加过图林根的诗歌比赛，可是他无法区分伊格拉姆与行吟诗人，把两者混为一谈。赫尔曼一世可能偶然听过行吟诗人们的歌谣，但不喜欢它们，因为他是一个很世俗的统治者。然而其儿子及其未来的儿媳却不同，他们都是虔诚的基督徒。他的儿子路易斯四世参加过弗雷德里克二世（1194～1250）统率的第六次十字军东征，不过其部队在 1226 年遭遇瘟疫暴发，他本人则死在意大利南部的奥特朗托。年轻的寡妇伊丽莎白及其三个孩子都被驱逐出城，她不久在马尔堡去世。她终生致力于救济穷人，1235 年被教廷封圣。曾有人认为，圣伊丽莎白乃是罗马天主教中仅次于圣母玛利亚的极负盛名的女圣徒。②

我还是一个小孩的时候，就生活在两位圣徒之中。一位是圣伊丽莎白。在伊格拉姆附近名为卡普那的小村庄里耸立着一座融合早期哥特风格和晚期罗马风格的教堂，就是为纪念她而建立的。另一位是圣艾默里克（约 1005～1031）。他是匈牙利国王圣斯蒂芬（约 975～1038）的儿子，也是伊格拉姆村中一座巴洛克风格教堂的赞助者。在星期天或节日聚会期间，我总是在供奉其画像的祭坛前或站或跪。圣伊丽莎白与圣艾默里克身穿深红色长袍，看起来青春而动人。在圣母玛利亚和圣婴前站立的艾默里克是一个高个子年轻人，手拿一枝百合花以示贞洁，据说他在迎娶一位外国公主之前曾发此贞洁誓愿，以至于没留下血脉。他狩猎时被一只凶猛的野猪咬死，年仅 24 岁。像圣伊丽莎白一样，他受过本笃会修士圣格哈德的

① Anton Špiesz, *Bratislava v stredoveku* (Bratislava: Perfekt, 2001), pp. 34–35.

② Vera Schauber, Hanns Michael Schindler, *Rok se svatými* (Kostelní Vydří: Karmelitánské nakladatelství, 1994), p. 597.

严格训练。而圣伊丽莎白的老师是马尔堡的康拉德，他并非修士，却比格哈德还要严肃苛刻。1225 年，他成为虔诚的伊丽莎白的司祭，严于律己，成为同时代异教徒（如卡萨斯、瓦尔登西斯等）的严厉审判者。在教堂画像中的圣伊丽莎白是一位拥有两个冠冕的优雅苗条女子，一个冠冕戴在头上，另一个摆放在左边的基座上；她的右手正在向两位乞丐施舍。她与众不同，可能由于长时间禁食、禁欲和参加体力劳动，显得容貌消瘦。我对圣伊丽莎白略知一二，对圣艾默里克却一无所知。我父母家中没有书，但外祖父母家里有几本圣阿尔伯特天主教协会出版的书，封面印有诸如"一帆风顺"之类的话，其中包括一本 1936 年出版的大开本插图《圣经》。我识字后，在外祖母的柜子里发现了那本崭新的书，那是她 1908 年出嫁时的嫁妆。那时，我要花费很大力气才能把那本笨重的大书搬到另一个房间，在那儿我常常看着外祖母为大人、小孩共十人准备饮食。那本《圣经》由德国木刻艺术家尤利乌斯·施诺尔·冯·卡洛尔斯费尔德（1794～1872）及其友人绘制插图，共有 240 幅木刻画，目的是指导人们奉行"道德和宗教生活"。①

那是一部简本《圣经》，以方便普通人及文化水平不高的人从《旧约》和《新约》的主要故事中获得乐趣。《旧约》中的一些书卷，如《利未记》《箴言》《传道书》等未见收录；而《申命记》也只是提及最后两章有关摩西之死的情节。由于它是供罗马天主教信徒阅读的，收录了《次经》，如《以斯拉下》、《犹滴传》、《苏撒拿传》、《多比传》以及《马加比传上》、《马加比传下》等。我被这些故事吸引并信以为真，喜欢亚伯的献祭，对该隐杀死兄弟亚伯之事义愤填膺。挪亚故事是《旧约》中篇幅最长、内容最美妙的叙事之一，我非常欣赏，当然，那时我并不知道它在很大程度上源于美索不达米亚的传说。② 这个故事使我知晓了一个有关种植葡萄的神话传说："他栽了一个葡萄园，喝了园中的酒便醉了。"（《创》9：20～21）我家后院有一个很小的葡萄园，我协助父母劳作。我也喜欢《创世记》《出埃及记》《约书亚记》等篇章。例如，在

---

①　Julius Schnorr von Carolsfeld, "Betrachtungen über den Beruf und die Mittel der bildenden Künste," in *Die Bibel in Bildern* (Dortmund: Harenberg Kommunikation, 1983). 该书为 1852～1860 年初版的再版。

②　Andrew R. George, *The Babylonian Gilgamesh Epic. Introduction, Critical Edition and Cuneiform Texts*, Vol. 1-2 (Oxford: Oxford University Press, 2003), pp. 700-725.

《创世记》15：5中读到了上帝对亚伯兰（后改名为"亚伯拉罕"，意即"多国之父"）的许诺："你向天观看，数算众星，能数得过来吗？""你的后裔将要如此。"

在希特勒开始对犹太人的大屠杀之前，我还是个小孩子，阅读这些《圣经》中的字句及相关插图将近一年之久，对上面的话深信不疑。但是不久，成千上万亚伯拉罕的后裔便死于纳粹的集中营。我家乡的人，包括像我这样的小孩子都知晓此事。《创世记》28：12～14中的另一个故事深深吸引着我——雅各梦见了天梯：

> 梦见一个梯子立在地上，梯子的头顶着天，有神的使者在梯子上，上去下来。耶和华站在梯子以上，说："我是耶和华你祖亚伯拉罕的神，也是以撒的神，我要将你现在所躺卧之地赐给你和你的后裔。你的后裔必像地上的尘沙那样多，必向东西南北展开；地上万族必因你和你的后裔得福。我也与你同在，你无论往哪里去，我必保佑你，领你归回这地，总不离弃你，直到我成全了向你所应许的。"

事实却是，当耶路撒冷城被罗马人占领后，希伯来人的后裔就流散到了世界各地。我喜欢阅读《约书亚记》6：21所载有关征服迦南的故事，在耶利哥战役中，被希伯来人屠杀的男男女女、大人孩童，尸首遍地。城破之后，士兵们"又将城中所有的，不拘男女、老少、牛羊和驴，都用刀杀尽"，只有妓女喇合得以逃生，因为她帮助了希伯来探子。"唯有金子、银子和铜铁的器皿，都要归耶和华为圣，必入耶和华的库中。"（《书》6：19）孩提时代的我对于《圣经》记录的话语坚信不疑，何况在第二次世界大战期间，我身边的人皆"被武装起来"。我喜欢这种阅读，完全认同我家简缩版《圣经》中有关《约书亚记》第10章中被删节或改编的内容，认为"选民的军事使命就是给异教徒国家带去害怕和恐惧"。[①]在纳粹德国进攻俄国的第一年，我读到约书亚攻打亚摩利人的场景。据《圣经》记载，上帝站在以色列人一边，从天上降下大冰雹，砸到亚摩利人身上。就连日月也听从约书亚的命令："'日头啊！你要停在基遍；月亮啊！你要止

---

① 《圣经》中无此语。由于作者童年时代阅读的图解《圣经》中有些话系编者自撰，此语与《圣经》原文并不吻合。——译者注

在亚雅仑谷。'于是日头停留，月亮止住，直等国民向敌人报仇。"（《书》10：12～13）

当然，从天而降的大冰雹砸死了亚摩利人的情节只不过是申命派史家们的发明；约书亚的祷词在修辞上则极其美妙。至于耶利哥城，考古发掘表明，在约书亚时代，它并未被完全占领。[①] 以色列人在很短时间内就征服了艾城、基遍、玛基大、拉吉、伊矶伦等迦南城市，这也令人生疑。[②] 我们更应相信圣经考古学而非历史书的编撰者。在对"上帝—万民之主"的赞美中，古希伯来历史学家记录了太多非人道和反人性的屠杀场面。[③]

三

嗣后数十年，当阅读了一些杰出学者有关《圣经》研究的著作之后，我才明白自己为什么喜欢阅读《圣经》。那些著作包括：罗伯特·奥特的《圣经的叙事艺术》（1981）和《圣经文学的世界》（1992），罗伯特·奥特与弗兰克·科莫德主编的《圣经文学指南》（1987），西蒙·巴埃弗拉特的《圣经的叙事艺术》（1988），梅厄·斯腾伯格的《圣经叙事诗学：意识形态文学和阅读的戏剧性》（1985），以及一些历史著作，如摩西·温菲尔德的《〈申命记〉和申命派》（1992）、约翰·范·塞特斯的《追寻历史：古代世界与圣经历史的源头》（1983）、巴鲁克·哈尔普的《迦南地以色列的兴起》（1983），以及近期出版的一些书，如托马斯·罗默的《所谓的申命派历史：社会学、历史学与文学导论》（2005）。由此我明白了，我爱《圣经》的文学美与价值美胜过《圣经》的历史史实。从《出埃及记》到《列王纪上》和《列王纪下》的"申命派历史"实际书写并正典化于公元前 586 年以色列人沦为巴比伦的囚房之后。那些历史篇章之所以能打动我，并非由于它们具备真实性，而

[①] Neil Asher Silberman, "Digging in the Land of the Bible," in *Secrets of the Bible* (London：Hatherleigh Press, 2004), p. 54. 参见 Richard A. Gabriel, *The Military History of Ancient Israel* (West Port Connecticut–London：Praeger, 2003), pp. 131–133。

[②] Neil Asher Silberman, "Who Were the Israelites?" in *Secrets of the Bible* (London：Hatherleigh Press, 2004), p. 38. 另可参见 Richard A. Gabriel, *Genghis Khan's Greatest General* (London：Praeger, 2004), pp. 143–147。

[③] Peter Partner, *God of Battles：Holy Wars of Christianity and Islam* (Princeton：Princeton University Press, 1997), pp. 4–8.

是因为它们写得好。那些历史书卷以摩西最后一次在红海附近的旷野中对以色列民宣讲律法为起始："如今我将这地摆在你们面前，你们要进去得的这地，就是耶和华向你们列祖亚伯拉罕、以撒、雅各起誓，应许赐给他们及其后裔为业之地。"（《申》1：8）以耶路撒冷的衰败和以色列人第二次被放逐为终结，在西底家统治第九年，犹太王被俘，其儿子被杀死，眼睛被抠出，"永恒的"大卫王朝终结了。

在阅读包括《申命记》在内的《圣经》书卷时，其讲故事的高超艺术无疑吸引了我。虽然《申命记》中有关《圣经》历史史实的撰写受到各种意识形态因素的影响，但其特殊的艺术形式"在作者与读者的交流之间却担当了非常重要的角色。显而易见，历史学家们自觉或不自觉地希望运用文学的方法影响、说服和吸引读者"。①过去几百年来《圣经》研究界并未注意到这一点，直到20世纪上半叶衮克尔（1862～1932）的《〈创世记〉中的传说故事：圣经中的史诗与历史》及马丁·布伯的《圣经中的作品》出版。在奥特的《圣经的叙事艺术》以后，一些论文、论著对我也很有启发，稍后会谈及。

童年时的我也喜爱阅读《次经》，但并非所有内容，只是《犹滴传》《苏撒拿传》《多比传》，尤其是《马加比传上》。虽然犹滴完全是一个披上了历史外衣的虚构人物，我却相信她的英雄气概及其对故乡伯夙利亚城和同胞们的爱。她所居住的伯夙利亚城也许从未存在过，她的英雄业绩亦未得到过确认。当尼布甲尼撒二世派遣亚述将军何乐弗尼攻打那个城镇时，据说虔诚的美女寡妇犹滴和故事中另一个人物（亚吉奥）挺身而出，站在何乐弗尼面前说："如果他们没有违背其神的律法，你就不要动他们好了，或许他会保卫他们，使我们在全世界面前丢脸。"②（《滴》5：21）这个故事富于孩子气，但对于一个年仅八九岁、尚未受过良好教育的儿童而言，却有很强的吸引力。我家那本《圣经》的译者或编者称何乐弗尼有12万步兵和22000骑兵；至于希伯来民族的贞洁女英雄形象，我家《圣经》中的犹滴较之英文修订标准本中的犹滴，也更为神圣感人，不过它删去了以下情节："何乐弗尼一看她便心情荡漾起来，再也遏制不住向她求

① Yairah Amit, *History and Ideology: Introduction to Historiography in the Hebrew Bible* (Sheffield: Sheffield Academic Press, 1997), p.108.

② 这句话是亚扪人首领亚吉奥说的，与犹滴没有关系，可能是作者的笔误。——编译者注

爱的欲望。从看见她的第一天起，他就一直伺机调戏她。"(《滴》12：16)
何乐弗尼头颅被砍掉的情节为许多读者乃至著名画家所青睐。① 可是在一般情形下，部队或国家的最高首领遭到如此处置，几乎是不可能的，因为国家的高官往往被士兵守护着，女人也会被太监看管。犹滴行动的结果，即把何乐弗尼的头颅悬挂在城墙上，以此吓退亚述军队，也显得不合情理。作者如此描写，大概是在模仿扫罗王自杀后，其尸身被胜利方的非利士人钉在伯珊城墙上的情节（《撒上》31：10）。有关引诱敌军出动的描述则类似于大卫打败歌利亚的故事。在击中非利士巨人的前额后，大卫割下其首级，以激励以色列人和犹太人，让他们"起身呐喊，追赶非利士人，直到迦特和以革伦的城门。被杀的非利士人，倒在沙拉音的路上，直到迦特和以革伦。以色列人追赶非利士人返回后，就夺了他们的营盘"（《撒上》17：52~53）。我家的《圣经》并未提到抢劫兵营的细节，亦未提及犹滴在其英雄壮举之后获得的奖励：何乐弗尼的帐篷、银餐具、床、碗和其他所有的家具。她把大部分战利品献给上帝，以资助所罗门王修建第一圣殿。

我喜欢的故事《多比传》发生在亚述首都尼尼微，那里居住着公元前8世纪被掳掠的北国以色列民众。主角是两位虔诚而纯洁的年轻人多比雅和撒拉，他们皆未结婚。恶魔阿斯摩得在婚礼之夜——杀死撒拉先后嫁过的7个丈夫，她悲痛万分。天使拉斐耳救了多比雅，并将撒拉嫁给他为妻，将恶魔阿斯摩得从她身上赶出去，使之"逃往埃及"并被捆住（《比》8：3）。我喜欢这个故事，非常同情撒拉，为多比雅的好运而感到欣慰。对于家中这部大开本《圣经》，我总是爱不释手；读完这个短篇故事后，我尽量不去看恶魔阿斯摩得那令人讨厌的画像。

读到《马加比传上》时，我为犹大·马加比的故事所深深感动，尤其是该书所述的以马忤斯之战（并非《路加福音》24：13提到的以马忤斯，而是耶路撒冷西部25英里处的以马忤斯）。依据我家那本《圣经》所言，塞琉古王派了4万步兵、7000骑兵攻打以色列人，而马加比部队只用3000人就打败了敌人。《圣经》的译者或编者忽略了一个事实：塞琉古王以

---

① 参见 Mary Jacobus, "Judith, Holofernes, and the Phalic Woman," in *Reading Woman*: *Essays in Feminist Criticism* (New York: Columbia University Press, 1986), pp. 111–136。该文从弗洛伊德精神分析视角阐释了一些著名艺术作品，如阿特米希娅·津迪（Artemisia Gentileschi）的画作《犹滴砍落何乐弗尼的头颅》（约 1615~1620），非常精彩。

5000步兵和1000骑兵与以色列人作战（《马上》4：1）。或者，编译者是在显示上帝的军事大能吗？马加比向犹太人发表了简短的演说词："不要考虑敌军的规模有多大，他们进攻时别害怕。要记住，你们的祖先在红海如何得救，那时埃及王正率兵追赶着他们！现在让我们祈求主的怜悯吧，他会重视与我们祖先所立的圣约，如今当我们发起攻击的时候，他会粉碎这股敌军。此后所有异教徒都会懂得，以色列人有援助与拯救他们的上帝。"（《马上》4：8～11）

2011年9月25日，我曾与耶路撒冷希伯来大学教授本杰明·科达一起登山，从或许是《马加比传上》第4章提到的、现在名为莫尤迪因的地方向东山瞭望。眼前的景况表明，塞琉古士兵遭到从树林后抄小路而来的以色列士兵的突袭，很可能来不及摆出方阵，甚至尚未参加战斗就已溃不成军。可见，我家那本《圣经》很可能做出了失之偏颇的误导。

<h1 style="text-align:center">四</h1>

由于大多数基督徒并不认可《次经》是《圣经》的一部分，我们就回到《圣经》中最富于历史意味的篇章《士师记》《撒母耳记上》《撒母耳记下》《列王纪上》《列王纪下》吧。在《士师记》中，对我（及与我同龄者）最具吸引力的是第13～16章中参孙的历史事迹及其悲壮的死。参孙是以色列和犹太十二支派中最后的士师，这类人并非部族酋长，而是民族领袖，其中大都遵循《申命记》的教导，尤其是该书28：1所言："你若留意听从耶和华你神的话，谨守遵行他的一切诫命，就是我今日所吩咐你的，他就必使你超乎天下万民之上。"然而作为士师之一，参孙却不大关心部族或国家的命运，而是以自我为中心，自私自利，并不完美。然而从文学角度观之，其个性却丰富多彩。参孙形象并不完全是以色列人的创造，而是在很大程度上借用了美索不达米亚史诗《吉尔伽美什》中的英雄形象。考古事实能证明这一点。闻名遐迩的英雄吉尔伽美什是乌鲁克第一王朝（公元前27世纪末至公元前26世纪初）的第五任国王，即同名史诗的主人公，那部苏美尔文学作品因阿卡德版本和新亚述版本而闻名遐迩。在《创世记》10：10中，"乌鲁克"名为"以力"，距亚伯拉罕居住的城市吾珥不远，那时亚伯拉罕迁徙到美索不达米亚北边的哈兰，曾下到埃及，然后返回迦南。

　　《旧约》很可能受到美索不达米亚文学的影响，尤其是参孙和大利拉的形象。研究参孙和大利拉的专家詹姆斯·科伦邵对此并不完全否认。①据我推测，最明显的事实是吉尔伽美什和参孙都身居高位，前者在乌鲁克城，后者是以色列和犹太领土上从约书亚到扫罗王之间15位士师中的第12位。恩启都最初是吉尔伽美什的敌人，后来成为其朋友。他是神妓沙姆哈特（Šamchat）的一个客人，该神妓试图"调教"他，使之过上文明人的生活。在神话中，吉尔伽美什与爱神伊南娜（Inanna，为苏美尔人所崇拜）和伊什塔尔（Ishtar，为阿卡德人所崇拜）发生过关系。但与吉尔伽美什拒绝女神之爱不同，参孙却迷恋大利拉，直到投入其怀抱之后才发现那个女人的背叛。参孙这个名字（希伯来语Šimšōn）的字根为"šemeš"，意为"太阳"，因其是在"耶和华的使者"向他母亲显现后才得以出生的（《士》13∶3）。其居住的村庄靠近琐拉的伯示麦（即"太阳之家"），面对梭烈谷，离伯示麦北边的水库只有2~3千米。②"参孙"意谓"小太阳"，因其头发如同太阳般能发出光辉，且拥有无可比拟的大力气。他自然是与舍马什相关的太阳神话的一部分。舍马什是闪族人的太阳神，曾被苏美尔人称为乌图；其肖像可见于正义之神舍马什赐给国王汉谟拉比著名法典的石碑。③参孙是士师，是部落的最高统治者，责任是提供"一切事务的道德和神学阐释"④，但显然参孙不是一位理想的士师，其行为无关于宗教。

　　我家那本《圣经》中有参孙撕裂一头狮子的描写，可能借用了《吉尔伽美什》中的细节。在史诗中，吉尔伽美什与一头狮子搏斗，那块公元前24世纪的泥板至今保存在大英博物馆里。参孙的英雄业绩并不完全可信，除了我这样的孩子或其他笃信《圣经》中一切皆真的人以外，无人全信它

---

① James L. Creenshaw, *Samson：A Secret Betrayed, a Vow Ignored*（Atlanta：John Knox Press, 1978），pp. 17-19. 关于美索不达米亚古代艺术对参孙故事的影响，可参见 R. Mayer-Opificius, "Simson, der sechslockoge Held?" in *Ugarit Forschungen*, Band 14（Neukirchen-Vluyn：Neukirchener Verlag, 1982），pp. 149-151.

② 2009年4月7日，我和阿尔伯特考古研究所的同事、向导巴克（G. Barkay）一同参观了那个地方。由于琐拉位于伯示麦对面，参孙去探望居于亭拿的非利士女子时，需要爬过山谷，登上坡顶。

③ 参见卢浮宫中收藏的公元前18世纪太阳神舍马什向汉谟拉比赐授法典的石碑残片，该法典是世界上最重要的远古法律文本。

④ 参见《牛津圣经/次经注释》对《士师记》的介绍。

们；不过，它们具有极高的文学叙述价值。其中最具悲剧意味的是两个场景：大利拉的欺诈与参孙死于非利士人的殿中——它们成为无数文艺作品的灵感来源。①

至于《撒母耳记上》《撒母耳记下》《列王纪上》，我对其中有关大卫王的情节备感兴趣。其子所罗门却不能赢得我的同情，因为"所罗门年老的时候，他的嫔妃诱惑他的心，去追随别神，不效法他父亲大卫诚诚实实地顺服耶和华他的神"（《王上》11：4）。少年时代的我并不关心异教徒的信仰，也不喜欢那些外国宗教崇拜者，虽然其男神或女神也有令人同情的一面，如迦南人的繁衍与爱情女神亚斯他录（Ashtoreth）——那是希伯来人对阿施塔特（Astarte）的称呼——在一定程度上类似于《雅歌》中的书拉密女。《雅歌》被誉为世界文学中最美的爱情诗之一，为两性之爱的题材提供了典范。同样，也可以说，杜姆兹（Dummuzi）——希伯来语搭模斯（Tammuz）的苏美尔名字，伊什塔尔（类似阿施塔特或伊南娜）的丈夫——起初是个牧羊人，后来这位死而复活的男神却在耶路撒冷受到尊崇（《结》8：14）。

我喜欢阅读作为伟大勇士和个人斗士的大卫的故事，现在还能大致记起歌利亚对少年大卫说的话，以及大卫的回答，它们都是我儿时记在心里的。"那非利士人对大卫说：'你拿杖到我这里来，我岂是狗呢？'非利士人就指着自己的神，咒诅大卫。非利士人又对大卫说：'来吧！我将你的肉给空中的飞鸟、田野的走兽吃。'大卫对那非利士人说：'你来攻击我，是靠着刀枪和铜戟；我来攻击你，是靠着万军之耶和华的名，就是你所怒骂带领以色列军队的神。'"（《撒上》17：43～45）大卫甩出石头，击中了歌利亚的前额，继而用敌人的剑杀死他。当读到大卫在很多战争中取胜时，就可以理解我为何对大卫手下的勇士们感兴趣了。我家那本《圣经》只提及大卫37位勇士中的5位，由于众所周知的原因，并未提及最后一位勇士乌利亚（《撒下》23：39）。乌利亚是拔示巴的第一任丈夫，大卫设计陷害他，以便自己娶拔示巴为妻。拔示巴后来成为大卫的第八任妻子，亦即所罗门的母亲。那本《圣经》亦未提及大卫有许多嫔妃，最后一位是书念的美貌童女亚比煞，她"奉养王，伺候王，王却没有与她亲近"（《王

---

① Madlyn Kahr, "Delilah," in *Norma Broude and Mary D. Garvard, eds.*, *Feminism and Art History* (New York: Harper & Row Publishers, 1982), pp. 119–145.

上》1：4）。

从我家那本《圣经》中只能读到大卫的优点，其劣迹都被删掉了。纵使提及大卫与拔示巴的通奸，也是因为他为那件事哀痛不已。据说他曾写诗忏悔道："我向你犯罪，惟独得罪了你，/在你眼前行了这恶；/以致你责备我的时候，显为公义；/判断我的时候，显为清正。"（《诗》51：4）大卫犯的罪不只是悖逆神，而且是占有了拔示巴。根据摩西律法及《申命记》，他应被判处死刑（《利》20：10；《申》22：25），但也许因为他是国王而得到豁免。我家那本《圣经》也未述及大卫的长子暗嫩与其同父异母的妹妹他玛之间的情感故事以及悲惨结局——他玛的哥哥押沙龙命人除掉暗嫩，其父亲大卫则在暗嫩死后"得了安慰"（《撒下》13：39）。这些记载对天主教读者来说肯定不是个好的案例。押沙龙——大卫王的谋反者——之死在这本《圣经》中被描写得十分生动，当他的头发被橡树挂住，身体悬在空中时，约押"手拿三杆短枪，趁押沙龙在橡树上还活着，就刺透他的心"（《撒下》18：14）。我家那本《圣经》对大卫王的记述超过除耶稣外的任何人，显然是因为在《旧约》中他被视作神殿的缔造者，他的统治应当江山永固（《撒下》8：13）。关于这一点，我们从福音书认定基督教时代乃是大卫王朝的延续中可以看得出来。耶稣基督，据《马太福音》1：1称，是"亚伯拉罕的后裔，大卫的子孙"，据《路加福音》2：3~4载，其出生地是"大卫的城"伯利恒，因为他是"大卫一族一家的人"。

在其他涉及申命派历史的书卷中，有两个以悲剧性死亡为结尾的故事引起我的注意。一个是以色列王亚哈之死，"暗利的儿子亚哈，行耶和华眼中看为恶的事，比他以前的列王更甚"（《王上》16：30）。"他所行的惹起耶和华以色列神的怒气，比他以前的以色列诸王更甚。"（《王上》16：33）他与先知以利亚为敌，罪大恶极的是竟然娶了西顿王谒巴力的女儿耶洗别为妻，同她一起去敬拜巴力。巴力是腓尼基的西顿人和推罗人崇拜的主神。耶洗别是巴力神的信奉者，供养和保护着巴力的先知，即一群祭司。（《王上》18：19）但亚哈的家宰俄巴底及亚哈本人还供养了更多耶和华神的先知（《王上》22：6），耶洗别迫害并杀死那些耶和华的先知（《王上》18：4、13），尽管经文并未标明具体人数。

就以利亚而言，他带领其助手们在迦密山北边的基顺河边杀死了450个巴力的先知。（《王上》18：40）作为对他辛劳的回报，申命派史家们让"火车火马"降临，使以利亚得以"乘旋风升天去了"（《王下》2：11）。那些历史学家对亚哈却很残酷，使其为了祖国与亚兰人在疆场上战死后，竟让"狗来舔他的血"（《王上》22：38）。耶洗别的死简直就是一部现代恐怖小说。她是一个令那些历史学家恶心的女人，也是早期《圣经》故事中最坏的女人，对她的抨击不近人情。耶户政变时她被人从所住宫殿的窗户里扔下去，身体被野狗撕吃。（《王下》9：30～36）我家的那本《圣经》如此描写道：她坠楼之处的墙上溅满了血，耶户的仆人过去埋葬她，只找到她的头骨、脚和手掌。从中可见编译者的"干预"，因为这样的描述未见于《圣经》的其他版本中。

五

在1941～1942年的几个月中，我在伊格拉姆有了自己的行吟诗人。因为此前我从父母那里从未有机会聆听童话、诗歌或故事，也未能阅读任何文学启蒙篇章（在1939～1940年）或教科书（在1940～1941年），而家里那本《圣经》中的故事也远远满足不了我，我渴望获得其他精神食粮。那时，我家和外祖父母家既没有收音机也没有报纸。不过，祖父母家旁边住着一位老绅士，是个犹太人，大约70岁，正经营着一家酒吧和一个屠宰场。每个星期，附近小镇的一位拉比就会来检验他家所用的肉是否洁净，是否适合卖给村里的居民。第一次世界大战开始不久，不少农民都喜欢光顾他的酒吧，喝葡萄酒及其他烈性酒类，但后来来的人逐渐少了。在第二次世界大战期间，人们转而喜欢去一个残疾（基督徒）士兵开设的酒吧喝啤酒和葡萄酒，或者去所谓的"酒窖"（个人酿造，每年只有很短时间卖酒）饮酒。我的祖父即这类酿酒者中的一员。在教堂、祖父屋前及酒窖与邻居们交谈，构成了童年时代"我的大学"。①我时常与外祖母一起，到处参观敬拜圣母玛利亚的不同教堂。那些地方成为我的朝圣之地。

在1941～1942年那个寒冷的冬季，我的犹太行吟诗人经常来外祖父家拜访，总是坐在炉火前，吸着烟斗，与外祖父母谈论村里或其家中过去一段时期发生的事。我则坐在他前面一张宽大的旧桌前，面前放着那本《圣

---

① 高尔基写过《我的大学》。

经》。我左边悬挂着一幅旧画像，画的是苦路第十三站的圣母玛利亚——她胸前有一把长剑，我觉得她好像在凝视着我。①

这位犹太老人对我面前的《圣经》不感兴趣，因为他知道，他如果这么做（对基督教《圣经》感兴趣），会遭到拉比的责备。不过他对我喜爱《圣经》故事非常感兴趣，还带给我一本厚厚的绿色书，且为我"翻译"了其中一些故事。那些故事可能是用德语写的，大概是格林童话或其同类。我喜欢听那些故事，又感到害怕，其中一些故事虽然恐怖却并不令人讨厌。1942 年春天过后，他再也没有出现，而是与其两个女儿一起被迫穿上带有褐色大卫星以示其犹太人身份的衣服。那年夏天的一天，法西斯组织"赫林卡卫队"的一个突击队员闯进村子，命令我外祖父的犹太朋友及其两个女儿随身携带 50 千克的行李（包括 10 天的食品），前往附近的火车站。他们被押上开往集中营的 58 辆运输车中的一辆。据说那位犹太老人死在路上，他的两个女儿则死在了集中营。在最后一些运输车到来的前几天，斯洛伐克总统约瑟夫·蒂索（1887~1947）还在其一次演讲中"宣扬"一条上帝所眷顾但永远听不见的新律令："斯洛伐克，抛弃、扔掉你的罪人吧。"②耶户的话与此类似。他对房中看守耶洗别的太监说："把她扔下去！"（《王下》9：33）不过，他也命令他们把她埋葬了，因为她是王的女儿。亚伯拉罕、以撒和雅各的后代被以各种各样的方式屠杀后并不值得埋葬。截至 1942 年 8 月，在斯洛伐克，有超过 57000 名犹太人被带走，几乎全部被处死，没有人得到合理安葬，而他们的骨灰被撒落在集中营周围的地上。

那位犹太老人的名字叫雅各·格拉斯（Jacob Glass）。1996 年，我向顾彬（Wolfgang Kubin）讲述了这个故事，他有感而发，写下一首名为《大屠杀》的诗，记录了那位犹太老人的悲惨命运，同时描述了我的未来命运：

（一）
简单的问题：
一个人如何活命？
简单的回答：

---

① 那幅画依旧挂在同一地方。
② 《斯洛伐克》（*Slovak*）1942 年 8 月 18 日，第 4 版，那是赫林卡卫队主办的报纸。

成为兽中人

（二）

雅各·格拉斯

伊格拉姆的说书人

孤独地走完了最后的旅程

没有了女儿们的细语

他要让其他人

完成他的故事①

按照顾彬的说法，我继承了犹太行吟诗人的角色，成为一个故事的传播者，先是把许多中国文学中的故事介绍给西方读者，接着又把与《圣经》相关的信息介绍给中国读者。

我与雅各·格拉斯的交往很短暂。他去世后，我的外祖父恩斯特·奥力克（1883～1969）一直陪伴着我，他是我追随的榜样，尤其在阅读方面。他并不是为了我而买下家中那本《圣经》的，因为那时我只有3岁，还不到读书的年龄。我也从未看见他手拿《圣经》，也许他对《旧约》中的故事不感兴趣，只是在教会中听听耶稣的格言和教导。有一次他对我说，他一生中最喜欢的书是基督徒作家奥古斯丁·伍尔庇乌斯（1762～1827）写的低俗怪谈小说《大盗船长》。该作家是歌德的妻子克里斯蒂娜·伍尔庇乌斯（1765～1816）的哥哥。我外祖父阅读能够到手的一切读物，但通常是不被天主教禁止的书。我不清楚他如何获得了奥古斯丁·伍尔庇乌斯的小说或某一本文学垃圾。也许他阅读的是1908年出版于布达佩斯又流传到斯洛伐克的译本，或是1928年出版于班斯卡-比斯特里察的该小说第二版。

我从中学五年级开始学习拉丁语。我的语言天赋还行，能毫不费力地阅读并翻译西塞罗、奥维德、恺撒、塞内加等人的文章。很巧合地，我偶

---

① Wolfgang Kubin, *Holocaust*。见 Für Irene and Marián Gálik, "Die Reise nach Jerusalem," *Sprache im technischen Zeitalter* 35 (1998)：345。顾彬本人的英译如下：I. The simple question：/ How does one survive? / The simple answer：/ As a man among cattle. // II. Jacob Glass/ the storyteller from Igram, / did his last journey alone. / Without hearsay of his daughters/ he let others/ finish his story。他注释道："这首写于1997年的诗体现了我早期诗歌的风格，'兽中人'是一个双关语，是对孔子希望成为'人上人'的揶揄。"（录自顾彬2009年9月8日写给本文作者的信）

然读到由另一个叫雅各的人签名的书。他当然不是我认识的那位犹太老人，而极有可能是一位天主教神父，姓柯克，我对他一无所知。那本书没有封面和扉页，第一部分的标题为 Paralipomenon/Hebraice Dibre Hajanim。那时我不懂得第一行是希腊语，后两行是希伯来语，只是从书中第一行提及的"亚当"，第四行提及的"挪亚、闪、含和雅弗"明白了此书与《圣经》有关。后来我才知道，那是 1862 年出版的拉丁文武加大译本的《圣经》第二卷。其中《历代志上》（*Paralipomenon 1*）与《历代志下》（*Paralipomenon 2*）与英语版的《历代志上》（*Chronicles 1*）和《历代志上》（*Chronicles 2*）是同一卷书，但我家的《圣经》中未收录它们。我并未认真阅读这两卷拉丁语《历代志》，因为其中大部分内容在《撒母耳记》和《列王纪》中重复出现，鲜有改动。我甚至没有读完拉丁语的《约伯记》，也许是我连家中《圣经》有关该卷的内容都不甚明了的缘故。不过，对于《约伯记》1：21 的句子我却非常喜欢，铭记于心。约伯失去全部财产后，犯了重病，说："赏赐的是耶和华，收取的也是耶和华；耶和华的名是应当称颂的。"我喜欢阅读拉丁语《圣经》，因为其语言比那些句式复杂而且冗长的古典拉丁语著作容易理解。在武加大译本的《圣经》第二卷中，我尤其喜欢智慧书，如据称作者是"以色列王大卫的儿子所罗门"（《箴》1：1）的《箴言》。对我而言，那时最重要的一句箴言是"敬畏耶和华是知识的开端"。那卷书是父亲写给儿子的劝诫语，告知他要顺从、信靠上帝，遵循各种道德律令，尤其在涉及妓女的问题上（或许这种现象在当时的以色列和犹太国很盛行），如第 7 章全篇都在讲诱惑，以及如何使年轻人远离"陌生女人"："你的心不可偏向淫妇的道，不要入她的迷途。因为被她伤害扑倒的不少，被她杀戮的而且甚多。她的家是在阴间之路，下到死亡之宫。"（《箴》7：25～28）《箴言》成书于所罗门死后的两百来年，一些内容由犹太王希西家手下的人辑录。《箴言》受到许多外来因素特别是埃及文化的影响，《圣经》学者发现其中 22：17～25 至 24：34 甚至完全照搬了《阿曼尼摩比之训诲》中的段落，尤其是该书第一部分。①

　　我几乎不关注《圣经》中的智慧书巨著《传道书》。据说该卷经书的作者是大卫的一个儿子，其拉丁文版的第二行是："传道者说，虚空的虚

---

① H. Greβmann, "Die neugefundene Lehre von Amen-em-ope und frühexilische Spruchdichtung in Israel," *Zeitschrift für die alttestamentliche Wissenschaft* 42 (1924)：272-296.

空，虚空的虚空，凡事都是虚空。"① 当时只有这句话引起我的特别注意。后来得知：

> 其作者的文体与观点也许在一定程度上受到公元前 3 世纪希腊文化的影响。他非常熟悉希腊人有关灵魂不朽的看法……其文风也许受到希腊文学形式如劝勉辞的影响。②

作为一位比较文学研究者，我后来发现《传道书》的作者虽然也认可《箴言》或《约伯记》中的权威性智慧，却是一个怀疑论者。他如果相信"智慧"以大写字母出现在经卷中，我们也许就不会看到如此之多有关生命从生到死皆为虚空的慨叹："人活多年，就当快乐多年；然而也当想到黑暗的日子，因为这日子必多，所要来的都是虚空。"（《传》11：8）

将拉丁语 *Canticum Canticorum Salomonis, quod Hebraice dicitur Sir Hasirim* 翻译成英语，就是《所罗门之歌》或后来的译名《雅歌》。我为武加大译本中的第一行所吸引："Osculetur me osculo oris sui, quia meliora sunt ubera tua vino。"英语翻译为："Let him kiss me with the kisses of his mouth：for your love is better than breasts。"当时，这种翻译在我看来很奇怪。从我家的《圣经》中，我看到画家加伯采用了德国画家尤利乌斯·施诺尔·冯·卡洛尔斯费尔德的插图，表现所罗门（在现实中象征耶稣基督）拥抱书拉密女（在现实中象征基督教会）。当时我不明白为什么两人之间要亲

---

① 《圣经》英文钦定本是 "Vanity of vanities, saith the Preacher, vanity of vanities；all is vanity"。对此，作为一个十六七岁的孩子，我经常听到的一句与之相连的话是 "除了侍奉上帝"。这并非对此语的即刻修正，在《传道书》结尾，还能读到 "敬畏神，谨守他的诫命，这是人所当尽的本分"（12：13）。

② James G. Williams, "Proverbs and Ecclesiastes," in Robert Alter & Frank Kermode, eds., *The Literary Guide to the Bible* (London：Fontana Press, 1997), p. 277. 亦可参见 F. Crüseman, "Die unverändbare Welt. Überlegungen zur 'Krisis der Weisheit' beim Prediger (Kohelet)," in Wolfgang Schottroff and Wolfgang Stegermann, eds., *Der Gott der kleinen Leute*：*Sozialgescgichtliche Auslegungen*, Vol. 2 (München：Kaiser, 1979), pp. 80–104, 以及 H.-P. Müller, "Neige der althebräischen 'Weisheit' Zum Denken Qohälts," *Zeitschrift für die alttestamentliche Wissenschft* 90 (1978)：238–264。有关外国（不限于希腊）对《传道书》的影响研究，可参见 Otto Kaiser, "Beiträge zur Kohelet-Forschung Eine Nachlese," *Theologische Rundschau* 60 (1995)：1–31。其中一些涉及《传道书》与近东和埃及智慧文学的平行研究。

吻嘴唇，甚至还要亲吻乳房。我家的《圣经》中未收录相应的文字，不过，从插图中却能看到它所要传达的意思，英文钦定本译为："他的左手在我头下；他的右手将我抱住。"（《歌》2：6）很久以后，我才明白我家那本《圣经》体现了基督与教会之爱的官方隐喻式解释。因为较之亲吻嘴唇，亲吻乳房更显亲密。哲罗姆翻译第一行时，忽略了这个欲望是一个女人对一个男人表现的，男人没有乳房，他是用嘴唇亲吻女人的。①

六

在检阅了两位雅各和一部家庭《圣经》之后，我于1953年10月进入布拉格查理大学学习汉语。我把武加大译本的《圣经》第二卷和伊格拉姆的那本家庭《圣经》放在一边，而投身于汉学研究。不过早期的《圣经》阅读经历，我一直记忆犹新。我在汉学专业的一位同学每天都要阅读《圣经》，我们俩也时常一起讨论，但从未在别人面前公开讨论过。

我在布拉格捷克斯洛伐克科学院的鲁迅图书馆能很容易地读到鲁迅、周作人、郭沫若、老舍、冰心、艾青及其他作家的作品，也完全能就其作品所受《圣经》的显著影响书写文章。但恐怕除了我自己，布拉格的中国汉学家无人会去从事这类研究。后来，我于1958～1960年留学于北京大学，在东安市场买到一本钦定本英语《圣经》，而后才敢在自己的写作中提及《圣经》。由于政治及意识形态对出版物的严格控制，论及这种内容是很危险的。但让我高兴的是，斯洛伐克的审查官们由于英语不太好，或者对文学领域的学术著作不感兴趣，以致对这方面的审查并不严格。

我在论著《中国现代文学批评发生史（1917～1930）》中指出，鲁迅在其文章《估"学衡"》中提到"极其聪明的人"但以理，这位希伯来先知曾经为巴比伦王伯沙撒解释墙上出现的神秘文字。正如但以理一样，鲁迅认为《学衡》杂志倡导的是陈旧的汉语（文言）和文化，类似于神秘文字"提客勒"："就是你被称在天平里，显出你的亏欠。"② 在论及周作人

---

① Jair Zakovitch, *Das Hohelied* (Freiburg: Herder, 2004), p. 111.
② 鲁迅：《鲁迅全集》第2卷，人民文学出版社，1973，第98～101页；《但以理书》5：27；Marián Gálik, *The Genesis of Modern Chinese Literary Criticism (1917–1930)* (Bratislava-London: Veda-Curzon Press, 1980), p. 249。《学衡》的英文名常被译为 *Critical Review*。

和成仿吾时，我三次提到耶稣。① 我在另一部论著《中西文学关系的里程碑
（1898～1979）》（1986）中频繁引用《圣经》，指出《出埃及记》中的摩西
与郭沫若的关系；《士师记》中的参孙、大利拉与郭沫若、有岛武郎的关系；
《雅歌》与郭沫若、佐藤富子的关系；② 最后是郭沫若与惠特曼及上帝之名
"亚威"（YHWH）的关系。③ 冯至的诗《黄昏》提到了耶稣。④ 在该论著的
不同地方，我还提到《雅歌》《马太福音》《马可福音》《约翰福音》《启
示录》等。⑤ 需要说明的是，出版社的编辑曾建议我找一个适当的标示语放
在封面上，我推荐了两个汉字"令飞"，这是鲁迅众多笔名之一。如果把它
翻译成英语，可以在《创世记》1：20 中找到来源："要有鸟雀飞在地面以
上"，此乃上帝在造物第五天时说的话。那位编辑却对我说，最好不要使用
该名称。但我并未转念。在《中西文学关系的里程碑（1898～1979）》出版 3
年后，中东欧政治形势剧变，当时的社会主义制度最终于 1989 年瓦解。

　　1988 年王蒙发表的小说《十字架上》，令我惊诧不已。王蒙当时担任
中华人民共和国文化部部长，他在小说中提及，上小学时每当听到各各他
的故事，内心就感到"惋惜不已"和"战栗不已"。⑥ 在他看来，十字架
意象对人类有一种"醒世"和"警世"的作用。在文学作品中，作为一位
作家的王蒙展示出了一个人具备真正美德时所能达到的理想境界——正如
耶稣所倡导的——仁爱、谦卑、虔敬，尤其是宽恕。我很佩服王蒙的勇
气，他在那时所思考的一切体现了中国精神的最高点。1990 年 5 月 11 日，
我在哈佛大学费正清东亚研究中心举行的"中国当代小说及其文学前身"
研讨会上，宣读了关于王蒙这部作品的研究论文。⑦

① Marián Gálik, *The Genesis of Modern Chinese Literary Criticism* (*1917–1930*) (Bratislava-London:
Veda-Curzon Press, 1980), pp. 20, 68, 85.

② Marián Gálik, *Milestones in Sino-Western Literary Confrontation* (*1898 – 1979*) (Bratislava-
Wiesbaden: Veda-Otto Harrassowitz, 1986), pp. 48–49.

③ Marián Gálik, *Milestones in Sino-Western Literary Confrontation* (*1898 – 1979*) (Bratislava-
Wiesbaden: Veda-Otto Harrassowitz, 1986), pp. 58 – 59.

④ Marián Gálik, *Milestones in Sino-Western Literary Confrontation* (*1898 – 1979*) (Bratislava-
Wiesbaden: Veda-Otto Harrassowitz, 1986), pp. 184 – 185.

⑤ Marián Gálik, *Milestones in Sino-Western Literary Confrontation* (*1898 – 1979*) (Bratislava-
Wiesbaden: Veda-Otto Harrassowitz, 1986), pp. 41, 48–49, 61, 67, 86, 93.

⑥ 王蒙：《十字架上》，《钟山》1988 年第 3 期。

⑦ 该文德语版承蒙冯铁（Raoul David Findeisen）翻译，载于 Wolfgang Kubin（ed.），*minima
sinica* 2（1991）：55–82。

七

1990 年 5 月 3 日，即那次举办于美国哈佛大学的会议召开几天前，李欧梵教授组织了一次巡回演讲。我随之访问了加州萨克拉门托市，有幸认识了 L. S. 罗宾逊。他向我赠送了其论著《双刃剑——基督教与 20 世纪中国小说》（1986）。这本价值非凡的书改变了我的汉学研究方向。对我而言，这是一个极为关键的转折点。我决定把未来的学术生涯投入到有关《圣经》、基督教对中国文学和文化影响的研究中。这本书给我提供了大量此前不知道的新材料，开拓了一个我长期忽略的研究领域。此后罗宾逊成为我的引路人，无形中授予我"衣钵"，像弘忍（601～674）对慧能（638～713）那样，尽管他比我年轻得多，比我晚 20 年获得博士学位。

一年后，即 1991 年 9～10 月，我拜见了香港大学的黄德伟博士以及香港中文大学的李达三、谭国根教授。我那次出行的主要任务是学习中西比较文学，因为李达三和谭国根是该方面的专家。但我经常拜访黄博士，在他舒适的公寓里俯瞰香港美丽的海湾，翻阅丰富的藏书。从他的藏书中我发现了梁工教授（河南大学，开封）的两本著作，他是继朱维之（1905～1999）之后中国最出色的圣经文学专家。就在我抵达香港前不久，梁工刚送给黄博士两本他早期的著作和一个书目①，而黄博士当时对《圣经》研究并不太感兴趣。从梁工的著作中我了解到"文革"（1966～1976）以后《圣经》在中国的接受现状。在阅读王蒙那本令人印象深刻的作品之前，甚至在参加哈佛大学会议及遇见罗宾逊之前，1988 年 8 月 20 日我收到耶路撒冷希伯来大学伊爱莲（Irene Eber）教授的来信，她已开始借助希伯来原文研究《希伯来圣经》的中文翻译问题，"探究概念的接受和变形，涉及从一种文化语境到另一种文化语境中观念的传播和知识史"。我非常认同她的研究路径，因为从 20 世纪 70～80 年代以来我也很关注这类问题，虽然这与《圣经》研究关系不大。伊爱莲教授应邀参加了 1993 年 6 月 22～25 日举行于斯洛伐克斯莫

---

① 梁工编译《圣经诗歌》，百花文艺出版社，1989；《圣经文学导读》，漓江出版社，1990；《中国圣经文学研究（1980～1990）》，载黄德伟主编《中外比较文学会刊》（*Chinese/International Comparative Literature Bulletin*，香港）1990 年第 2 期，第 35～36 页。

莱尼斯、由我主持的国际会议"中国文学与欧洲语境"。在那次会议之前的 1993 年 3 月 10 日，我已向她简单地提及，建议她组织一次有关中国文学与《圣经》的会议。伊爱莲教授希望那个会议在斯莫莱尼斯举办，而我期盼在耶路撒冷召开。在斯洛伐克的那次国际会议上，我的建议得到顾彬、冯铁、沃尔夫（Knut Walf）、苏其康、陈永明等学者的一致赞同。不久后，伊爱莲荣升为东亚研究所的路易斯·弗利伯格（Louis Frieberg）教授，拥有了更多抉择权，遂采纳了我们的建议。继而，1996 年 6 月 23～28 日，"《圣经》在现代中国：文学及智力的影响"国际研讨会在耶路撒冷的哈里 S. 杜鲁门促进和平研究中心举办，同名会议论文集后来由伊爱莲、温司卡、沃尔夫、马雷凯（Roman Malek）等合编，1999 年由华裔学志研究所（Institute Monumenta Serica）的圣奥古斯丁（Sankt Augustin）出版社出版。

在耶路撒冷会议论文集汇编期间，我和伊爱莲教授一起，说服来自台湾辅仁大学的朋友们组织第二届相同或类似主题的研讨会。不过最终同意组织那次研讨会的康士林（Nicholas Koss）教授却很长时间没有音讯，直到 2000 年初才予以回复。3 月 16 日，伊爱莲写信给我："并非所有凤凰都能从灰烬中复活，但康士林却做到了。有一天我从他那里获悉研讨会将能如期举行。"2002 年 1 月 5～8 日，主题为"《圣经》与中国文化"的第二届"《圣经》与中国"国际研讨会在台湾辅仁大学召开，出席者众多，气氛活跃。可惜由于我尚不清楚的因素，那次会议的论文集此后并没有出版。

在新北会议召开一年前，2001 年 3 月 26～30 日，在举办于德国班贝克的第 28 届"德国东方学会议"上，我向志趣相投的同仁呈现了自己的书稿《影响、翻译与平行：〈圣经〉在中国评论集》（*Influence, Translation and Parallels, Selected Studies on the Bible in China*）。后来，该书稿由华裔学志研究所于 2004 年出版，是继罗宾逊博士论著之后西方汉学家对《圣经》如何被中国文学接受研究的第二本著作。该书由伊爱莲教授亲自写序①，收入了我发表于 1992～2001 年的 17 篇论文。

在我年满七旬之际，2003 年 2 月 21～25 日，华裔学志研究所在斯洛

---

① 伊爱莲为该书所写的序言名为《活水的源泉》（The Fountain of Living Waters），见本书的序言。

伐克首都布拉迪斯拉发和斯莫莱尼斯举办了一场题为"迷恋与理解：互惠中的西方精神与中国精神"的国际会议，主旨是"为在不同领域研究西方精神与中国精神的学者提供一个互相交流的平台……参与者应邀就西方与中国文化的核心理念进行深入说明和阐释，一方面由相互迷恋到相互理解，另一方面则是由于不理解而导致的各种误解"。[①] 在这次会议提交的 27篇文章中，约三分之一涉及《圣经》和基督教，用英语发表在《华裔学志》（2005 年第 53 期第 249 ~ 459 页和 2006 年第 54 期第 151 ~ 415页）上。

时至 2003 年，有关"《圣经》在中国"的研究兴趣达到了一个高潮。那个时期至少出版了 9 本涉及《圣经》与中国现代文学的研究论著。最早一本是马佳的《十字架下的徘徊——基督宗教文化和中国现代文学》，由上海学林出版社于 1995 年出版，出版过程耗时 3 年之久。作者在"引言"中录用了马克思和恩格斯的话，因为在中国他们被视为《圣经》与基督教研究的最权威专家。马佳是我的好友叶子铭教授（1935 ~ 2005）的博士生，他试图突破意识形态的束缚，"对这一课题的研究以历史 – 文化的影响比较方法为主，辅之以马克思、恩格斯的宗教异化理论，伽达默尔的解释学，韦勒克的'新批评'，弗洛伊德、荣格的精神分析学说，勃兰兑斯的'文学史研究的心理学'方法，康德、黑格尔的哲学美学观念等"。[②] 王学富的《迷雾深锁的绿洲》由新加坡大点子出版社约于 1996 年出版（原书未标示出版的具体日期）。1998 年，有3 本论著相继出版，即杨剑龙的《旷野的呼声——中国现代作家与基督教文化》（上海教育出版社）、刘勇的《中国现代作家的宗教文化情结》（北京师范大学出版社）和王列耀的《基督教与中国现代文学》（暨南大学出版社）。稍后，中国读者又读到以下论著：王本朝的《20 世纪中国文学与基督教文化》（安徽教育出版社，2000）；宋剑华的《基督精神与曹禺戏剧》（湖南师范大学出版社，2000）；王列耀的《基督教文化与中国现代戏剧的悲剧意识》（上海三联书店，2002）；许正林的《中国现代文学与基督教》（上海大学出版社，2003）。不过由于种种原因，这些论

---

① 参见 Roman Malek, "Fascination and Understanding: The Spirit of the Occident and the Spirit of China in Reciprocity (I). Introduction," *Monumenta Serica* 53 (2005): 246。

② 马佳:《十字架下的徘徊——基督宗教文化和中国现代文学》，学林出版社，1995，第 3 页。

著均较少关注涉及《圣经》与基督教的台湾作家。①

在西方学术界，"《圣经》与基督教在中国"的研究在1999年也出现了一个小高潮，有3部优秀论著脱颖而出。一是1996年耶路撒冷会议的文集《〈圣经〉在现代中国：文学及智力的影响》（华裔学志研究所出版），二是伊爱莲教授的专著《施约瑟传：犹太裔主教与中文圣经》（莱顿－布里尔出版）；三是尤思德（Jost Oliver Zetzsche）的《和合本与中文圣经的翻译》（华裔学志研究所出版）——该书考察了1890～1919年《圣经》官话和合本翻译的历史过程，是该项研究领域的第一部论著。②

八

2003年之后，2008年举办于北京的中国比较文学学会第九届年会，以及2011年举办于上海的中国比较文学学会第十届年会，均设立了以"文学与宗教"为主题的论坛，涉及基督教和《圣经》研究等话题。③ 2011年8月3～7日，中国人民大学文学院及基督教文化研究所、香港汉语基督教文化研究所在北京联合主办了主题为"经典翻译与经文辨读"的第七届"神学与人文学"暑期国际研讨班，《基督教文化学刊》（2011）汇集出版了该次研讨班的一些论文。④ 此后，又有几本涉及《圣经》与中国现当代文学的研究论著出版，其中两本由杨剑龙主编。第一本是出版于2006年的《文学的绿洲——中国现代文学与基督教文化》，由来自香港中文大学的学生福音团契小组共同写作。与杨剑龙那本出版于2003年的论著在宏观上较为关注中国作家对基督教的接受相区别，这本文集讨论了许多作家的作

---

① 台湾女作家张晓风（1941～）是个例外。参见杨剑龙论著第241～251页，及王本朝论著第231～244页。
② 耶路撒冷会议文集由蔡锦图（Daniel K. T. Choi）译出其中一大部分并出版，书名为《圣经与近代中国》，香港：国际圣经学会，2003。
③ 参见高旭东主编《多元文化互动中的文学对话》（上、下卷），北京大学出版社，2010，第533～578页；"中国比较文学学会第九届年会暨国际学术研讨会"会议手册，第218～239页（仅录摘要）；我的文章《中文圣经翻译（1919～2004）中的书拉密女形象》登载于"经典翻译与经文辨读"会议手册（2011）的第12～22页。
④ 我要特别感谢杨慧林教授及"经典翻译与经文辨读"会议手册的编辑们，拙文中文版见于该手册第1～6页，英文版见第7～15页。我很高兴，由林振华和刘燕翻译的拙文《〈雅歌〉与〈诗经〉比较研究》发表于《基督教文化学刊》2011春季号第25辑，第89～132页。

品，尤其是短篇小说，重点分析了鲁迅的一首散文诗、曹禺的一部戏剧和老舍的一篇小说。我认为，《圣经》和基督教对中国文学的影响研究应该沿这个方向深入下去，有必要投入更多时间和精力来分析单篇作品，在此基础上写出对某些作家和某个时期进行专门研究的论文。第二本是2009年出版于新加坡青年书局的《灵魂拯救与灵性文学》，显示了汉语学术界研究《圣经》和基督教的新趋势和新视野，王本朝和许正林的文章皆收录其中。现居美国的基督徒作家施玮掀起了一场灵性运动，并主编了一套"灵性文学丛书"（中国广播电视出版社，2008）。在参与这场新"运动"（如果可以如此命名的话）的作者中出现了许多我不认识的新面孔，如《看不见的签名：现代汉语诗学与基督教》（2004）的作者唐小林、《中国基督教文学的历史存在》（2006）的作者刘丽霞、《基督教文化与中国小说叙事新质》（2007）的作者陈伟华、《野地里的百合花：论新时期以来的中国基督教文学》（2010）的作者季玢。

我很欣赏季玢的这本书，因为它引用了我前所未闻的许多新材料，涉及了我不太了解的新作家。但我应当承认，我不认同她的一些论点。例如，她对我非常熟悉且关系密切的作家王蒙的一些看法。王蒙在2008年访问斯洛伐克首都布拉迪斯拉发时，在我面前唱了一首他年轻时就熟知的基督教歌曲。他在担任文化部部长时推行过一些重要的价值观，有的与基督教的某些价值观一致。宗教与文学、《圣经》与受其影响的文学作品之间当然存在差异，一个作家阅读《圣经》或基督教文献之后，可能会有不同的看法。例如，托尔斯泰和艾略特代表一种看法，乌纳穆诺和萨特却代表另一种看法；许地山（1893～1941）和穆旦（1918～1977）代表一种看法，朱执信（1885～1920）和蔡元培（1868～1940）却代表另一种看法。我比较欣赏杨慧林等中国学者们的态度：有必要研究所有经典文本，包括希伯来圣典和犹太教、基督教、儒家、道家、佛教以及伊斯兰教等的经典文本，因为所有这些都与中国文化和宗教遗产研究息息相关。[①]

---

① 在第七届"神学与人文学"（经典翻译与经文辨读）暑期国际研讨班上，来自北京语言大学世界宗教研究所的张华教授做了题为《作为比较研究领域的〈可兰经〉》的简短发言。2011年在布拉迪斯拉发的东方研究所，我向与会者宣读了有关"东方基督教、犹太教和伊斯兰教（穆罕默德632年至帖木儿1405年）"的研究成果，该书由马文博和我联合主编，论述了三个源于亚伯拉罕的宗教之间充满仇恨、战争、迫害的历史，认为在全球化时代为了达到彼此间的相互理解，三者应不遗余力地付出努力。

过去 10 多年来，中国学者涉及《圣经》的研究较多侧重于神学，尤其是基督新教神学，试图建立"汉语基督教神学"，而对文学的研究比较薄弱。

除上述学者外，梁工教授是一位非常勤奋，且孜孜不倦地引介国外学者有关《圣经》研究最新学术成果的学者。继 1980 年朱维之率先进行《圣经》文学研究之后，梁工在 2000 年出版了由他主编的《圣经与欧美作家作品》，收入包括他本人书写的 30 多篇论文，囊括了从古代、中世纪到现当代的作家作品，其中论及俄罗斯、苏联和美国作品的部分颇具特色。7 年后，梁工又主编了另一本书《圣经视阈中的东西方文学》，该书虽然仅有 9 位撰写者，内容却更加广博，更为深入，附有源自英语、日语和中文的大量注释及丰富的参考文献。此外，梁工还每年推出一本《圣经文学研究》，2007 ~ 2013 年由人民文学出版社相继出版了 7 本。我们从"创刊词"中读到："中国现代学者早在 20 世纪上半叶就对圣经文学做过精辟论述，但由于 50 至 70 年代内地遭遇长达 30 年的学术断层，80 年代以后的圣经文学研究事实上是从头起步的。从那时起至今，20 多年来，内地学者在此领域已经取得显著成就，收获了相当丰硕的果实。然而，与国际圣经文学研究的现状相比，我们的成果还处于较低的学术层次，有必要采取各种方式寻求突破。"① 这本《圣经文学研究》推出美国学者勒兰德·莱肯博士的文章《圣经与文学研究》。莱肯的著作《认识圣经文学》由李一为翻译，由江西人民出版社 1984 年印行，是中华人民共和国成立后出版的第一本此类著述。《圣经文学研究》第 5 辑的一篇文章是游斌的《王韬：中文圣经翻译及其解释学策略》，展示了中国著名改革家和新闻记者王韬的功绩。王韬是 1875 年中文《圣经》译本（委办译本）的翻译助手，但一直被湮没而默默无闻。在出版于 2008 年的《圣经文学研究》第 2 辑中，所有译文的原作者均系美国学者，其中我特别欣赏弗朗西斯·兰蒂的文章《〈雅歌〉与伊甸园》，原文发表于《圣经文学期刊》（*Journal of Biblical Literature*）1979 年第 98 期第513 ~ 528 页。

直到 2013 年，在 7 本《圣经文学研究》中绝大部分译文的原作者来自英语国家。尽管欧洲学者的《圣经》研究非常出色，但只收入了不多几

---

① 梁工主编《圣经文学研究》第 1 辑，人民文学出版社，2007，第 4 页。

人——克里斯蒂娃、德里达、拉康、罗兰·巴特、米克·巴尔以及我——的论述。第 5 辑的序言由中国社会科学院世界宗教研究所所长卓新平撰写，他分析了自五四运动直到 20 世纪末、21 世纪初中国文学的历史和现状，认为"有必要深入探究 20 世纪来临和终结这两大关键时期圣经文学在中国的存在、影响及其思想文化意义，分析其在中国文学发展高潮时的作用和定位"①，并推荐阅读和研究《圣经与欧美作家作品》所论 33 位作家的作品。② 也许是阅读了我发表于该辑刊上的论文《吕振中：中文〈圣经〉译者之一》，以及我们曾于 2001 年在柏林会面等缘故，蔡锦图在其发表于该刊的文章《中文圣经翻译的历史回顾和研究》中，述及我对《圣经》研究的无比热爱之情。③

九

我一直在收集各种资料，研究和撰写有关《圣经》被中国文学界接受的历史和现状，直到 2001 年 3 月才把一本手稿《影响、翻译与平行：〈圣经〉在中国评论集》交付给马雷凯教授。1996 年 10 月，我在一封写给他的信中表示，自己要尽余生之力向中国读者介绍"主的道"。我虽然承诺了这件事，却没有完全做到，而只是在某种程度上完成了一桩许诺。可惜出版于 2004 年的这本书中无法收入我后来完成的几篇文章，如《作为文学源泉的圣经：从周作人到海子》④《跨文化过程中的〈比干的心〉》⑤《圣经与 20 世纪

---

① 卓新平：《圣经文学在现代中国的意义》，载梁工主编《圣经文学研究》2011 年第 5 卷，第 2 页。

② 卓新平：《圣经文学在现代中国的意义》，载梁工主编《圣经文学研究》2011 年第 5 卷，第 8 页。

③ 蔡锦图：《中文圣经翻译的历史回顾和研究》，载梁工主编《圣经文学研究》2011 年第 5 卷，第 219 ~ 220 页。

④ 原文载 From National Tradition to Globalization, From Realism to Modernism: The Trends in Modern Chinese Literature (Saint Petersburg: Saint Petersburg State University, 2004), pp. 42 – 74. 中译文标题为《〈圣经〉对中国现代诗歌的影响：从周作人到海子》，载《中国现代文学论丛》2007 年第 1 卷第 2 期，第 105 ~ 125 页。

⑤ Paolo Santangelo & Ulrike Middendorf, eds., From Skin to Heart: Perceptions of Emotions and Bodily Sensation in Traditional Culture (Wiesbaden: Otto Harrassowitz, 2006), pp. 261–278. 中文译本见马立安·高利克著《捷克和斯洛伐克汉学研究》，李玲译，学苑出版社，2009，第 32 ~ 44 页。

中国大陆文学》①《论朱维之（1905～1999）的〈无产者耶稣传〉》②《中国现代文学对爱情的全新书写与〈雅歌〉——论希伯来与中国文学的互动》③《韩素音的"诗篇"第98篇与中国的"人民新民主"》④《20世纪中国文学对圣经的接受与回应》⑤ 等。

2007年，我有幸获得美国安德鲁·W.麦伦基金会的资助，在耶路撒冷阿尔伯特考古研究所访学3个月，利用极好的机会在那里的图书馆和耶路撒冷希伯来大学图书馆找寻各种学术资料。那些图书馆大概是全世界有关《圣经》研究的最佳资源所在地。阿尔伯特研究所所长基廷（Seymour Gitin）教授非常热情好客。来自耶路撒冷希伯来大学的伊爱莲和雅丽芙（Lihi Yariv-Laor）两位教授是我的老友。来自以色列研究院的弗里德曼（Yohanan Friedmann）和科达（Benjamin C. Kedar）教授在我停留圣地期间亦予以极大帮助。我利用这段时间撰写了两篇论文：《希伯来申命记派史学与中国儒家早期史学——一种比较研究方法》⑥ 和《大卫王与晋文公：希伯来申典历史学和中国早期儒家编年史中的两位统治者范例》⑦。它们得到同行的好评，被认为在希伯来史书与早期中国史书之间的平行类比研究领域开拓了一个新方向。如果年岁和健康状况允许，接下来的时光我想聚焦于公元前两千年到春秋时代（约公元前481）和巴比伦之囚（公元前586）时期，就《圣经》与中国涉及文学和神圣连续体（sacred continua）的问题进行类比研究。杨剑龙于2012

---

① *Asian and African Studies*, New Series 16 (2007) 1, pp. 68–80.

② Roman Malek, ed., *The Chinese Face of Jesus Christ*, Vol. 3B (Sankt Augustin：Institute Monumenta Serica and China-Zentrum, 2007), pp. 1335–1351.

③ 中译文载于《长江学术》2007年第4期，第18～26页。英译文载于 *Passioni d'Oriente. Eros ed emozioni nella civiltàasiatiche sezione Asia orientale. Supplement No. 4 alla Rivista degliStudi orientali. Nuova serie*, volume LXXVIII (Pisa-Roma：Accademia editoriale, 2007), pp. 47–59。

④ Roland Altenburger et alii, ed., *Dem Text ein Freund. Erkundungen des chinesischen Altertums. Robert H. Gassmann gewidmet* (Bern：Peter Lang 2009), pp. 335–349.

⑤ *The Journal of Study on Language and Culture of Korea and China*, Vol. 22, 2010, pp. 315–332.

⑥ 英译文载于 *Asian and African Studies*, New Series 19 (2010) 1, pp. 1–25。中译文《希伯来申命记派史学与中国儒家早期史学——一种比较研究方法》，《世界汉学》2009年春季刊，第50～62页。

⑦ 中译文《大卫王与晋文公：希伯来申典历史学和中国早期儒家编年史中的两位统治者范例》，《基督教思想评论》2011年第12辑，第4～24页。

年出版的论著《基督教文化对五四新文学的影响》①特别值得一提，它从较为开阔的视角评述了五四运动以来基督教观念的历史渊源及其对文化和文学的整体影响，并回顾了该领域占据主导地位的作品和出版物。

年过八旬，当我回顾近70年来阅读《圣经》的历史，尤其在回顾近25年来对《圣经》与中国关系的研究历程时，希望再次提及的重要事件是：1989年，阅读王蒙的作品《十字架上》；1990年，在美国加州萨克拉门托市与罗宾逊相遇；1991年，在香港拜访黄德伟公寓而注意到梁工的《圣经文学研究》；1993年，在斯洛伐克斯莫莱尼斯城堡与伊爱莲等学者聚会；1996年，在北京奥林匹克宾馆与马佳相见；1997年，在华裔学志研究所与马雷凯相见；1999年，在北京假日宾馆与杨剑龙相见；2001年，在香港汉语基督教研究所与杨慧林、杨剑龙、杨熙楠会谈；同年，在柏林与来自中国台湾的蔡锦图及其同事们汇聚一堂，就《圣经》神学与文学意蕴的关联性进行切磋；2001～2004年，与正在布拉迪斯拉发访学的叶蓉教授就《圣经》影响中国现当代文学问题进行合作交流；②2006年，与浙江大学人文学院的梁慧教授相识；2007年，幸得北京语言大学阎纯德教授、李玲和李燕翻译、主编并出版我的著述；2009年，北京第二外国语学院的刘燕教授及其研究生、朋友们翻译出版了我的多篇论文。最后还要提及，2011年我在中国人民大学暑期班上结识了耿幼壮教授、张靖博士和南宫梅芳博士。

如果没有上述友人热情、慷慨的引导和无私帮助，我最近20多年来的阅读和研究仍会继续，但很可能指向另一个方向，而非《圣经》与中国文学关系的研究。我虽然非常推崇《传道书》1：17～18及其作者，却并不认为"专心察明智慧、狂妄和愚昧"不过是"捕风"、"愁烦"和"忧伤"。我更认同《论语》的首句："学而时习之，不亦乐乎？"但愿将来有

---

① 杨剑龙：《基督教文化对五四新文学的影响》，台北：新创文社，2012。

② 叶蓉：《钱锺书与王蒙对待圣经的不同态度》（"The Different Approaches to the Bible by Qian Zhongshu and Wang Meng"），*Studia Orientalia Slovaca* 2（2003）：29-45；《从朦胧诗到中国当代诗歌中献祭的羔羊》（"From Obscure Poets to the Sacrificed Lamb of the Kingdom of Contemporary Chinese Poetry"），*Asian and African Studies*, New Series, 14（2005）1, pp. 56-65；《基督教对20世纪中国文学的两次冲击之综述》（"A Summary View of Two High Tides of the Impact of Christianity on Twentieth Century Chinese Literature"），*Monumenta Serica*, Vol. 54, 2006, pp. 363-393。

一天，西方会有人穿起我的"袈裟"，承前启后，继续开拓与古今中国相关的《圣经》文学和历史研究。

（刘燕　译　王鹏　校）

（本文曾发表于梁工主编《圣经文学研究》2015 年秋第 11 辑），稍有修正。

目　录

第三部分 《圣经》与港台文学

|第一部分|
《圣经》与现代中国

"第三约"与宗教间的理解：一个理想主义者的信念[*]

1933 年我出生于斯洛伐克西部的一个小村，此时正值纳粹开始统治德国。此前，我的家乡曾分别隶属于大莫拉维亚（Great Moravia）、上匈牙利（Upper Hungary）和捷克斯洛伐克（Czechoslovakia）版图之中。我的祖父母和父母都是贫困潦倒的农民，尤其在那个发生世界性经济危机的年代。我们家仅存一本十分珍贵的《圣经》。这是一部附有德国木刻艺术家尤利乌斯·施诺尔·冯·卡洛尔斯费尔德（Julius Schnorr von Carolsfeld，1794～1872）插图的天主教简缩版《圣经》。这位德国艺术家在其晚年（1853～1860）精心创作了 240 幅木刻作品，用以展示《旧约》和《新约》的传说与故事，旨在向人们传达关于"道德与宗教的生活"。[①]

那时我不过是个七八岁的孩子，根本不知道那只是个简缩版《圣经》，但我并不因此抱怨卡洛尔斯费尔德或此版本的斯洛伐克语编译者。阅读该版《圣经》，同时欣赏书中那些美妙的插图——它们继承了梵蒂冈博物馆长廊悬挂的拉斐尔和西斯廷教堂展示的米开朗基罗的艺术传统，其实是一种享受。这成为我的教育启蒙。我开始了解希伯来的历史与文学比我的同

---

* 原文"The 'Third Covenant' and Interreligious Understanding. Confessions of an Idealist"，作者于 1996 年 6 月 23～28 日在位于耶路撒冷斯科普斯山（Mount Scopus）的希伯来大学教师俱乐部举办的"《圣经》在现代中国：文学及智力的影响"（The Bible in Modern China：The Literary and Intellectual Impact）会议开幕式上所做发言的简写版，旨在指出解决我们时代所面临的最核心问题的途径之一，即基于《圣经》遗产之上而达成的不同宗教间的相互理解的精神。

① Julius Schnorr von Carolsfeld, "Betrachtungen über den Beruf und die Mittel der bildenden Künste," in *Die Bibel in Bildern*（Dortmund, 1983），p. 5. 初版于 1860 年。我使用的是斯洛伐克语版本 *Pismo svätè v obrazoch*（Trnava 1936）。

龄人要早得多。我虽然不太喜欢大利拉（Delilah）的背叛，但很迷恋表现参孙（Samson）英雄伟业的木刻画。我特别喜欢雅各（Jacob）关于天梯的梦："一个梯子立在地上，梯子的头顶着天，有神的使者在梯子上，上去下来。"（《旧约·创世记》28：12）① 作为一个来自农家的孩子，我知道现实中"梯子"的真实模样。但在《旧约》中，它或许是由光滑的大理石铺成的阶梯，伸向相貌甜美、金发卷曲的天使所环绕的彩云中的上帝。另一个我喜爱的故事是雅各在叫作"毗努伊勒"（Peniel，即"神之面"）的地方与神摔跤，神赐给了他一个新的名字"以色列"（Israel，即"与神摔跤"）。詹姆斯国王钦定本《圣经·创世记》32：28 写道："因为你与神与人较力，都得了胜。"

　　一个名为雅各·格拉斯（Jacob Glass）的犹太老人及其两个女儿在我们村住了许多年。他每天都要到我外祖父母家转悠一下，那时我也总是坐在那里。在冬天寒冷的日子里，他会依偎在厨房的炉火旁给我读童话故事。实际上，他不过是从一本德语书中为我即兴翻译一些故事。弗兰兹·卡夫卡（Franz Kafka）也许会把这本书视为《魔怪书》（bubácka kniha）。② 这些故事一方面虽然让我感到恐惧害怕，另一方面却又深深吸引着我。在一个阳光灿烂的夏日，雅各·格拉斯与他的两个女儿被带到附近的火车站，从那儿又被押送到另一个集中营。他们后来成为犹太人大屠杀的牺牲者，从此再也没有回来。我的一个邻居（如今是 90 多岁的老妇人）告诉我，格拉斯和他的一个女儿甚至没有到达目的地，就因饥饿和这次"突如其来"的远行而被折磨致死。

　　我出生的村庄叫伊格拉姆（Igram），这名称来自伊格里克（igric），在古斯拉夫语中，"igric"指的是"行吟诗人"（Bard）或"民谣歌手"（Spielmann）。据我们能查到的最古老文献来看，大概从 1224 年起它被叫作"伊格里奇"（Igrech），拉丁文称之为"villa ioculatorum castri Poson"③（village of jesters of Bratislava Castle，布拉迪斯拉发城堡的小丑之村）。全村居民和土地皆成为匈牙利国王及其公爵的财产，老百姓的任务就是在自己的领主面前跳舞、唱歌或吟诵史诗。我家收藏的这本《圣经》中有一幅木

① 本文中《圣经》的引文均出自"詹姆斯国王钦定本"。

② Meng Weiyan, *Kafka und China*（München, 1980），p. 61.

③ *Súpis pamiatok na Slovensku*, Vol. 1（Bratislava, 1967），p. 487.

刻画，描述了大卫王携带约柜去往锡安的欢庆场面：

> 耶和华的约柜进了大卫城的时候，扫罗的女儿米甲从窗户里观看，见大卫王在耶和华面前踊跃跳舞，心里就轻视他。（《撒母耳记下》6：16）

大卫在跳舞后回到家中，告诉妻子：

> 这是在耶和华面前，耶和华已拣选我，废了你父和你父的全家，立我作耶和华民以色列的君，所以我在耶和华面前跳舞。（《撒母耳记下》6：21）

这些话曾经让年少的我激动不已。但置身于我们这个多元文化的时代，人类越来越走向更为深入而广泛的文化间的互相理解，我开始坚信，除了亚伯拉罕、以撒、雅各及其后代与上帝之间订立的第一"旧约"，还有与上帝订立的第二"新约"，告诫我们不要只局限于自己所处的国家、少数民族、族群和宗教。全人类，地球上的所有居民，都是同一个上帝的儿女，在犹太人、基督徒、穆斯林与所有其他信仰者或不信者之间没有太多不同。尽管犹太教坚信上帝通过亚伯拉罕及其后裔所立乃永恒之约，尽管通过天主教"血之圣杯"的弥撒，基督徒不断声称它是一种"新的永恒之约"的象征与现实，但当今世界需要的是一种确保人类和平、社会进步、文化与宗教间相互理解的一种新的约定或协议。

我并不反对第一约和第二约，对二者满怀敬意。但在过去的四五千年中，世界发生了翻天覆地的惊人变化，我认为对于具有不同知识，生活于不同政治、经济、文化环境中的现代人而言，亚伯拉罕的上帝或基督的"显灵"（Epiphany）一定具有不同的特点。因此，我们时代的上帝不同于希伯来人的父权式的上帝，迦南世纪的战士式的上帝，以色列人被流放期间的道德的上帝，耶稣基督的充满爱的上帝。我认为全人类的上帝必然不分种族、国家、肤色和贫富。

全人类的上帝是宗教与文化之间互相理解、彼此尊重的上帝。作为上帝的孩子，我们与他的关系好像是他的儿女。在上帝眼中，我们就像兄弟姐妹一样，即便我们不能生活在彼此相爱之中，至少也应生活在相互尊重之中。

尤其是我们需要用很长的时间去解决存在于犹太人与穆斯林之间的矛盾。如果没有暴力，锡安（Zion）不会被大卫王征服。但此后这块土地上的历史是一部充斥着战争、失落、流亡与分裂的苦难史。在过去的几年间，这里曾闪现过一点点希望的火花，但总被滥杀无辜者的乌云所笼罩。在当代以色列日常生活中，宗教极端势力所引发的恶果随处可见。

1993年6月，在由我组织的布拉迪斯拉发附近的斯莫莱尼斯城堡（Smolenice Castle）召开"中国文学与欧洲语境"（Chinese Literature and European Context）国际会议之前，希伯来大学的伊爱莲写信问我，可借此机会给我带一件什么样的小礼物。我回答说，我想得到一件画着大卫王在约柜前跳舞的艺术品，它类似伊格拉姆的小丑在匈牙利国王和王后面前跳舞的情形。她为找不到这样的一件礼物而感到十分抱歉，不过，她送给我一幅名为《大卫的赞美诗》（The Psalm of David）的名画复制品（1966），该画现藏于耶路撒冷的以色列博物馆，取自《圣经》的最佳版本。虽然这并非我最渴望得到的礼物，但从艺术角度而言，马克·查戈尔（Marc Chagall）的这幅名画或许更为珍贵。我之所以希望得到一幅对大卫王的舞蹈行为做出现代解释的艺术品，是为了思考19世纪末及之后我们所处的这个时代，理解赞美诗中大卫王在百合花花丛中是上帝最勇敢的仆人（Le'David yateh einayim, Le' ro'eh ba shoshanim）①，他在上帝、耶路撒冷与以色列的众百姓面前尽情舞蹈并获得上帝的恩典祝福所带来的信息。

在我叙述的这个故事中，伊爱莲扮演着一个特殊的角色。在她为了小礼物来信询问并带给我查戈尔的大卫画复制品之前，我们发现了彼此的共同兴趣。在1989年12月18日，她通过一个英国中间人将她的信件转交给我（因为当时不允许从我国直接给耶路撒冷寄信）。那时，她正在撰写有关施约瑟主教翻译中文《旧约》的出色论文。② 我则思考着中国当代作家王蒙的一篇不太为人所知的小说《十字架上》。起先我是读到顾彬

---

① 出自伊爱莲（I. Eber）在这幅复制品画后写下的希伯来语句子。

② I. Eber, "Translating the Ancestors: S. I. J. Schereschewsky's 1875 Chinese Version of Genesis," *Bulletin of School of Oriental and African Studies*（BSOAS）LVI（1993）2, pp. 219—233. 可参考其专著的中文版《施约瑟传：犹太裔主教与中文圣经》，胡聪贤译，新北：橄榄出版社，2013。——译者注

(Wolfgang Kubin) 翻译的这部小说中的一些片断。^① 后来我向顾彬索要这篇原作，并写信同他一起讨论了王蒙的这篇杰作。"这个最可怕的谎言依然盘踞人们的心里，"我在写给他的信中提到，"王蒙的'拟启示录'（Apocalypse）给我留下了深刻的印象。'灰色马'（pale horse/equus pallidus）这个词如何用德语翻译出来？王蒙小说中的这个牛王国（Ox Kingdom）甚至比约翰的想象还要恐怖。我相信，你也在探究其中的原因。"^②

在 1989 年 11 月 17 日学生罢课、市民罢工期间，我阅读和分析了王蒙的这篇小说。在 10 月底到 11 月初的这段日子里，我站在布拉迪斯拉发的中心广场，置身于成千上万的示威者中，一而再再而三地思考它。众所周知，这是我们捷克斯洛伐克爆发"天鹅绒革命"（Velvet Revolution），推翻极权主义的历史时刻。但我们真的粉碎了"牛王国"吗？1989 年，我在询问这个问题，如今依然在思索它。我不认为我们已经解决了这个问题。

对王蒙来说，"牛王国"意味着什么呢？著名画家阿尔布雷特·丢勒（Albrecht Dürer）在 1498 年的一幅木刻画中展示了圣约翰想象的著名"四骑士"。这幅杰作现藏于德国纽伦堡的国家博物馆。在传说是约翰所著的《启示录》中，有一个与"四骑士"有关的场面。最先的三个活物象征或隐喻着无情杀戮、残暴权势和社会不公；最后一位骑士则象征着死亡："我就观看，见有一匹灰马。骑在马上的，名字叫死。阴府也随着他。"（《启示录》6：8）

"第四头牛"的王国与此不同，其中荒诞的现实世界令我颤栗不已，最初我根本不想对此进行分析。在这个王国里：

> 屠宰场上不再用人宰牛而是牛宰人！田地里不是牛拉犁而是人拉犁虎拉犁猫拉犁而牛兄牛弟坐在地头喝人头马白兰地！^③

这是我们当今现实世界的一部分，一个极其恐怖的场景。

---

① 参见 *minima sinica* 1989/1，pp.136–139。王蒙的小说首载《钟山》1988 年第 3 期，第 45～58 页。

② 参见我写于 1989 年 10～11 月没有标注具体日期的信件。

③ 王蒙：《十字架上》，第 57 页。

在游行示威者中，我或许是个例外，一边在倾听演讲、口号、新老歌曲，另一边在思索着越来越荒诞的"四头牛"王国的可怕景象。那时，虽然我们随时面临着不可预测的危险，但我们是多么幸福啊！我想起了与此类似的耶利哥城的陷落：

> 于是百姓呼喊，祭司也吹角。百姓听见角声，便大声呼喊，城墙就塌陷，百姓便上去进城，各人往前直上，将城夺取。（《约书亚记》6：20）

除了同意演讲者宣讲的内容之外，我们并未大声疾呼，甚至也没有像大卫王那样尽情舞蹈。我们只是握手言欢，共同唱起了这首歌："我们许诺互相友爱……我们许诺决不放弃。"当然，以色列的儿子们与那些在捷克斯洛伐克的城市广场上一心要废除共产主义制度的人之间还是有所不同的。据《约书亚记》6：21记载：

> 又将城中所有的，不拘男女、老少、牛羊和驴，都用刀杀尽。

仅有一个例外，妓女喇合（Rahab）因帮助雅各的后代赢得机会，她和她的家人得以安全逃离耶利哥城。在捷克斯洛伐克，这次革命没有一扇窗子被打破，没有一个人死伤。

王蒙在《十字架上》中，他呼唤仁爱、谦卑、虔敬，尤其是宽恕，呼唤以赛亚和耶稣基督的重临。"四福音书"是他小说叙述的重要源泉。王蒙以这样的话结束他关于世界末日的想象性描述："相信这些事并从中得出谦逊的结论的人有福了！"①

1990年，我在美国加州西部一个非常典型的城镇萨克拉门托（Sacramento）认识了罗宾逊（Lewis Stewart Robinson）教授，他送给我一本厚重的专著《双刃剑——基督教与20世纪中国小说》（*Double-edged Sword*：*Christianity & 20ᵗʰ Century Chinese Fiction*，Hong Kong，1986）。我的眼睛为之一亮。这就像李博士（Dr. Peter Lee，道风山汉语基督教文化研究

---

① 王蒙：《十字架上》，第56页，参见我的论文 "Parody and Absurd Laughter in Wang Meng's Apocalypse. Musings over the Metamorphosis of the Biblical Vision in Contemporary Chinese Literature," in Helwig Schmidt-Glintzer（Hrsg.），*Das andere China*：*Festschrift für Wolfgang Bauer zum 65. Geburtstag*（Wiesbaden，1995），p. 461.

所）一样，他起初只是浏览这本书，后来却开始研究它。第二年，我在香港友人黄德伟教授的私人藏书中看到梁工教授撰写的两部《圣经》入门书①和一篇题为《中国圣经文学研究（1980～1990）》②的简明目录。黄教授让我把梁工教授的书带回去，并嘱托我写一篇关于《圣经》在中国大陆接受现状的文章。经过长时间搜集资料与研究后，我发表了该主题的论文。③

1993 年在斯莫莱尼斯城堡举行的研讨会上，我们讨论将于 1996 年在耶路撒冷召开一次主题为"《圣经》在现代中国"的会议。1996 年 2 月，陈永明（Chan Wing-ming）组织召开了一个名为"宗教与中国小说"的会议，这是此后在香港浸会大学举办的"宗教与中国文学"系列研讨会中的第一次会议。此次研讨会在基于佛教、道教和儒教的背景上，在一个较为宽泛的文化框架内讨论了《圣经》与中国文学的关系。④ 1996 年 6 月在耶路撒冷召开的会议则首次开启了这一主题的学术活动。在中国精神文明之父、儒家的伟大典范周公去世 3100 年后，中国学者和欧洲与美国的汉学家们聚集耶路撒冷，一起探讨《圣经》对 20 世纪中国的深刻影响。也许在世界上很难找到像耶路撒冷这样的古城，我们可以一边讨论犹太教和基督教之间精神准则的激烈冲突，一边探究中国本土深刻而广博的宗教教导。而自 20 世纪初期以来，我们看到这两者之间开始了频繁而密切的交流。

大卫王或我祖先的舞蹈得以复兴的时代尚未来临，我们还需要从事诸多艰巨的工作，还必须跋涉漫长的道路，并学习如何在文化间或宗教间获得互相的理解。全球化刺激了世界不同宗教的极端主义倾向。在多民族构成的国家中，这种倾向往往容易与民族主义者的激情混杂在一起，进而引发各式各样的动乱、暴力乃至战争，包括在以色列发生的恐怖袭击。在 20世纪 60～70 年代，基督教内不同宗派的合一运动倾向尤显活跃，但其成果甚微。我认为不是宗教极端主义者而是宗教合一的精神才能够引导人类走

---

① 梁工编译的《圣经诗歌》（百花文艺出版社，1989）和《圣经文学导读》（漓江出版社，1990）。

② 梁工：《中国圣经文学研究（1980～1990）》，载黄德伟主编《中外比较文学会刊》（*Chinese/International Comparative Literature Bulletin*）1990 年第 2 期，第 35～36 页。

③ Marián Gálik, "The Reception of the Bible in Mainland China 1980–1992. Observations of a Literary Comparatist," in *Asian and African Studies* 4 (1995) 1, pp. 24–26.

④ 我的会议发言的中译文《顾城的〈英儿〉和〈圣经〉》，载黄子平等主编《中国小说与宗教》，香港：中华书局，1998。

向更加美好的未来，走向迦南之地——如果它会成为我们或者说我们子孙后代精神上的真正应许之地的话。我期待，有一天，包括最年幼者在内的每个人，都将在"第三约"（Third Covenant）之前翩翩起舞。

人类理想之国的种子孕育在《圣经》之中。但也有人在《圣经》中为其相反的信念找到某种依据。例如大卫在攻占耶路撒冷，被膏立为以色列王后，《历代志上》11：4～9中如此写道：

> 大卫和以色列众人到了耶路撒冷，就是耶布斯。那时耶布斯人住在那里。耶布斯人对大卫说，你决不能进这地方。然而大卫攻取锡安的保障，就是大卫的城。大卫说，谁先攻打耶布斯人，必作首领元帅。洗鲁雅的儿子约押先上去，就作了元帅。……大卫日见强盛，因为万军之耶和华与他同在。

毫不奇怪，万军之上帝只会赞扬战士。《历代志》的作者在描述耶路撒冷被攻占后，当然会高举大卫手下那些一马当先的勇士，这与书写参孙的作者一样。但我坚信，我们时代的上帝不再是万军之主，对基督徒而言，他就是爱（《约翰一书》4：8）；对所有其他人而言，上帝则意味着相互理解。①

让我们盼望，对于地球上犹太徒、基督徒、穆斯林（按其产生时间次序排列）等所有的合法居民而言，我有关全人类一起翩翩起舞的想象，终有一天将成为现实。

（刘燕　译）

---

① 参见我的文章 "Mythopoeic Warrior and Femme Fatale: Mao Dun's Version of Samson and Delilah," in Irene Eber et al. , eds. , *Bible in Modern China: The Literary and Intellectual Impact* (Sankt Augustin-Nettetal, 1999), pp. 301–320。

《圣经》、中国现代文学与跨文化交流*

自古至今，《圣经》可谓世界文学中阅读最广的一本书，也是过去两千多年以来最具影响力的经典之一。无论如何，其至少在整个西方基督教世界中名副其实。过去的几个世纪以来，通过各种交流途径，《圣经》在亚非大陆及其他地方广为传播，被非基督教地区的基督徒、皈依者以及无神论者阅读。

谢和耐（Jacques Gernet）在其杰作《中国与基督教的相遇：文化冲突》（*China and the Christian Impact：A Conflict of Cultures*）中，使用了"文化冲突"（*A Conflict of Cultures*）作为该书的副标题。这本论著讨论的时间涉及16世纪末至17世纪。他在"导言"中提及：

> 基督教在中国的传播少有成功。由于它给中国人留下了较为负面的印象，而成为暴力攻击的对象。基督教被认为是一个试图改变传统习俗、质疑既定观念、威胁现存秩序的宗教。佛教徒嫉妒传教士，视之为危险的竞争对手；钦天监的官员和仆从怨恨他们，发现自己被进入宫廷的耶稣会数学家取而代之；此外，在传教士与中国文人在普通民众中获取权威的竞争中，传教士传播福音的行动与威胁中国的外来势力之间的关系纠缠不清。[①]

欧洲基督教（Christianity），确切地说是天主教（Catholicism）深入中国内地的传教活动始于利玛窦（Matteo Ricci，1552~1610），他在1583年抵达中国。利玛窦和耶稣会的神父们把西方的数学、（伽利略之前的）天

---

* 原文"The Bible, Modern Chinese Literature, and Intercultural Communication"。

① Jacques Gernet, *China and the Christian Impact：A Conflict of Cultures* (Cambridge：Cambridge University Press, 1990), p. 1.

文学和科技知识成功地引介到中国，但由于各种原因，在说服中国士大夫皈依基督教信仰方面，却成效甚微。

利玛窦、汤若望（Johann Adam Schall von Bell，1592～1666）、南怀仁（Ferdinand Verbiest，1623～1688）等耶稣会士及其追随者对中国和欧洲的知识分子产生了巨大的影响力，他们丰富渊博的数学和天文学知识赢得了许多士大夫的敬佩，甚至获得了明清两朝皇室宫廷的青睐，可是在传播基督教福音方面却乏善可陈，举步维艰。在罗马教廷把世界划分为属于葡萄牙与西班牙的东西两部分后，有史以来，欧洲传教士第一次遭遇到智力和哲学思想高度发达，与欧洲、中东、近东等其他民族截然不同的"异教徒"。作为基督教人文主义者，置身异国他乡的耶稣会神父们体现了极强的适应力。利玛窦能够相当准确地用汉语书写和交流，通读"四书"，拥有数学知识，随身携带各种奇物（如钟表、宗教画、西方典籍等），懂得炼金术，熟稔基督教教义。但他一生依然颇感遗憾："那些为后一个目标所吸引的中国人却寥寥无几。"①

利玛窦及其后继者怀抱着圣方济各·沙勿略（St. Francis Xavier，1506～1552）的梦想来到中国。对耶稣会的神父们而言，中国是通往整个东亚的一扇大门。最初，利玛窦及其同伴身穿和尚的灰色简朴长袍，后来又改穿儒教士大夫的锦缎丝衣。对于利玛窦及其同伴与后继者来说，像他们这样的学者（Scholars）好比在雅各的梯子上行走的天使（Angels）。雅各是希伯来人的一个族长，他曾经梦见一个梯子"立在地上，梯子的头顶着天，有神的使者在梯子上，上去下来"（《创世记》28：12）。

虽然利玛窦从未见过明朝统治者中最开明的万历皇帝（1573～1620年在位），但汤若望有机会靠近年轻的顺治皇帝（1644～1661年在位），甚至一度被这位皇帝尊为"义父""玛法"（Mafa，满语意为"尊敬的老爷爷"）。这主要得益于皇帝对汤若望的敬意而非其神父的身份。② 但即便如此，也并不能保证汤若望免遭敌对者的迫害。在清朝最伟大的皇帝、顺治

---

① Jacques Gernet, *China and the Christian Impact*: *A Conflict of Cultures*, p. 18. 1494 年 6 月 7 日，在罗马教皇的主持下，葡萄牙和西班牙在里斯本郊外的小镇签署条约：在地球上画一条线，像切西瓜一样把地球一分两半。葡萄牙占据了东方，西班牙占据了西方。——译者注

② D. W. Treadgold, *The West in Russia and China*: *Religious and Secular Thought in Modern Times*, Vol. 2 (Cambridge：Cambridge University Press, 1973), p. 18.

的继位者康熙在位期间（1662～1722），汤若望竟然被判凌迟（死刑），过后又被赦免。在康熙统治的漫长时期，南怀仁取得了超乎想象的成功，他不仅充分地施展了自己卓越的天文与机械知识，而且成为这位孜孜不倦的皇帝的忠心朋友。① 不过，他和同伴们在朝廷官僚的梯子上爬得越高，基督教在后来就跌得越惨。在涉及崇拜祖先和孔子等问题的所谓"礼仪之争"（Rites Controversy）中，耶稣会士面临着两种选择：要么遵从罗马的命令，反对中国人最为看重的传统习俗；要么顺从朝廷和文人，默许符合中国士大夫趣味和心灵的风俗习惯与礼仪教规。②

尽管 1704 年教皇的裁决标志着耶稣会在中国传教使命的终结，但对传教士而言，上述两种选择始终成为一个问题。1706 年，康熙命令传教士要么遵循"利玛窦规矩"，要么远离中国。③ 事实上，康熙的命令并未得到彻底的执行，皇帝与耶稣会神父之间依然保持着一些友好往来。

"礼仪之争"虽没有彻底搅乱在华天主教传教士的使命，但教皇颁布的《自登基之日》《自上主圣意》两个谕令及天主教传教士不许追随利玛窦的苛刻律令，却使得沙勿略和利玛窦的愿景幻灭了。在雅各那个著名的梦中，上帝许诺雅各的后裔"必像地上的尘沙"，"向东西南北开展……"（《创世记》28：14）。但在颁布了上述两个谕令之后，耶稣会士的愿景被证明只不过是一个"海市蜃楼"。这并非其失误所致，而是中华帝国的土壤不适合。耶稣会士播撒的福音种子本已发芽，却无法结出果子，后来竟被摧残殆尽。

为了让中国的文化精英认识到基督教真理与儒家教义并行不悖，利玛窦不得不从基督教（部分为犹太教传统）的最基本的观念进行阐释："起初，神创造天地"（《创世记》1：1）。这是出自《圣经》的第一句话。但是分歧由此而始。自古以来中国人一直确信世界（宇宙）并非（神）造，而是生成于某种非创造的原初力"道"之运动（如道家学说）或"太极"（Great Ultimate/Supreme Ultimate）。第二种说法是新儒学的观点，不过，它

---

① 有关南怀仁的研究资料，参见 John W. Witek, S. J., ed., *Ferdinand Verbiest* (1623 – 1688), *Jesuit Missionary, Scientist, Engineer and Diplomat* (Sankt Augustin: Institute Monumenta Serica, 1994)。

② 有关仪式之争，参见 David Mungello, ed., *The Chinese Rites Controversy: Its History and Meaning* (Sankt Augustin: Institute Monumenta Serica, 1994)。

③ D. W. Treadgold, *The West in Russia and China: Religious and Secular Thought in Modern Times*, p. 25.

在很大程度上也源于道家。① 根据这种说法，"太极"即"无极"：

> 由"动"生"阳"。当"动"达至极限，转而为"静"，产生"阴"。当"静"达至极限，又转而为"动"。因此，动静交替，互为因果。②

此后，通过阴阳氤氲和合，就产生了水、火、木、金、土；这些元素相互结合，化生万物。这在老子的《道德经》中可见一斑：

> 道生一，一生二，二生三，三生万物，万物负阴而抱阳，冲气以为和。③

根据利玛窦的看法，"太极"是一个"抽象概念"，如果它是"第一的、本质的、智性的和无限的原则的话，我们应称之为上帝（God），而非其他什么"。④

中国的士大夫与耶稣会的神父彼此无法沟通。有关上帝的人格化的普遍观点［"我们要照我们的形象、按我们的样式造人。"（《创世记》1：26）］并不能说服那些以另一种方式想象上帝的对方。这个转化（造化）的有机原则并非"上帝"（或利玛窦采用的中文"天主"）——据说他在六天中创造了世界、在第七天"歇了他一切的工"（《创世记》2：2）。⑤ 在其最具代表性的《天主实义》（*The True Meaning of the Lord of Heaven*）一书中，利玛窦采纳了亚里士多德的四动因论"解释上帝是至高、有效和最终因"。⑥ 多数的中国传统文人，或许包括当代受过教育的大多数基督徒，似乎更容易接受马丁·海德格尔（Martin Heidegger）在一次演讲中提出的看法："在

---

① Fung Yu-lan（冯友兰）, *A History of Chinese Philosophy*（《中国哲学史》）, Vol. 2（Princeton：Princeton University Press，1954），pp. 435–451。

② Fung Yu-lan, *A History of Chinese Philosophy*, pp. 435–437.

③ *Tao Te Ching*, trans. by Lau D. C.（刘殿爵）（Hong Kong：The Chinese University Press，1982），p. 63。

④ 出自利玛窦 1604 年写给耶稣会总会长的一封信，摘自 Jacques Gernet, *China and the Christian Impact：A Conflict of Cultures*, p. 211。

⑤ Jacques Gernet, *China and the Christian Impact：A Conflict of Cultures*, pp. 26, 115；D. W. Treadgold, *The West in Russia and China：Religious and Secular Thought in Modern Times*, p. 13.

⑥ Jacques Gernet, *China and the Christian Impact：A Conflict of Cultures*, pp. 209, 243. 参见 D. Lancashire and P. Hu Kuo-chen 翻译的汉英版的《天实主义》［E. Malatesta, *The True Meaning of the Lord of Heaven*（T'ien-chu shih-i），Taipei，1985］。

因果律的见解下，上帝可能降到'因'的层次，即充分因（causa efficiens，充足理由）。"① 接着他又补充道：

> 如果你想要用任何一个传统的方法——无论是本体论的、宇宙论的、目的论的、伦理学的等等——来证明上帝的存在，你会因此而把上帝弄小了，因为上帝就像"道"一样是不可言说的。②

关于"天"的概念也引发了诸多争议。中国人所理解的"天"迥异于基督徒相对单一的"天"，即上帝、天使、圣徒以及那些在尘世度过圣洁一生或罪人忏悔后进入天堂的居所。中国人的"天"体现的是一种非人格化力量的拥有者，这种力量的一部分是神性的，另一部分则是自然和宇宙的。它代表了一种秩序，既是掌控着人之命运的神圣力量（近似于希腊—罗马或北欧人对命运的理解），又肩负着引导四时生活、万物循环、节气、农事活动等自然使命。对于像中国这样的农业国家而言，这一切至关重要。儒家的"天"也不是半人格化的最高秩序的实现，而完全是一种非人格化、非精神化的独立存在。它周而复始却沉默不语，因为"天不言"（孟子）。③ 道家对于这个特殊神圣者的态度与儒家类似："天地不仁，以万物为刍狗。"④

汤若望在《主制群征》（*Countless Proofs that the Master of Heaven Governs the World*）中试图让中国人相信《圣经》中的上帝是包括太极、阴阳在内的宇宙万物的创造者，但徒劳无功。⑤ 当他强调信仰时，中国人只是尽力去理解。

基督徒与中国人对于"创造""天"等概念的不同理解，同样也表现在对"上帝"的阐释上。在涉及罗马天主教有关《新约》的某些教义理解时，情况更糟。中国人无法理解或很难接受基督"道成肉身"的教义。而在某种意义上，基督教和天主教正是奠定在这一信条上的。如果

---

① Paul Shih-yi Hsiao（萧师毅），"Heidegger and Our Translation of the Tao Te Ching," in G. Parkes, ed., *Heidegger and Asian Thought*（Honolulu：University of Hawaii Press, 1990），p. 98。

② Paul Shih-yi Hsiao, "Heidegger and Our Translation of the Tao Te Ching," p. 98.

③ 出自孟子（前372～前289）之语。参见 James Legge（理雅各），*The Chinese Classics*, Vol. 1., repr. (Taipei, 1969), p. 355.

④ *Tao Te Ching*, trans. by Lau D. C., p. 9.

⑤ Jacques Gernet, *China and the Christian Impact：A Conflict of Cultures*, p. 202.

说中国人亦认可这个信条，那只不过是个人的信仰，绝不会让它出现在自己的文学或哲学著作中。正如谢和耐指出的："17 世纪的中国基督徒从未在他们的论著中对耶稣做出论述，而仅限于对最高主宰者或上帝表示敬意。"①

殷商时期（前1766～前1154）最早出现了"上帝"一词，泛指王室祖先、已故君主的某种神圣体现。利玛窦将其选择为与《圣经》中"上帝"对等的概念。中国的无神论者指控教士，"据其所称天主"，相当于中国汉初出现的"彼国一罪人"或"彼国正法之罪犯"。其中有个叫杨光先（1597～1669）的中国人，妒恨那些掌握了先进的天文学和数学知识的耶稣会士，斥责他们："为何不言天主耶稣以犯法钉死？"② 的确如此，耶稣会士在中国传教时，手里从来不拿十字架；为了避免吓跑中国人，利玛窦在《天主实义》中也故意不提十字架的秘密，尽管他熟知圣保罗的教导："若基督没有复活，我们所传的便是枉然，你们所信的也是枉然"（《哥林多前书》15：14），但他强调的只是耶稣的到来，而非耶稣的死与复活。

在中国文人和佛教徒中，基督教的原罪说和神之完善的教义引起了许多消极负面的反响。他们徒劳地思考上帝所具有的高尚道德品质与恶灵（如魔鬼）的存在及被引诱而堕落的罪人之间的矛盾。为什么上帝会如此冷酷无情，只是因为亚当、夏娃吃了一口"园当中那棵树上的果子"③（《创世记》3：1～14），就在伊甸园中设下罗网，把他们驱逐出乐园，并使全人类因这个微不足道的错误而蒙受苦难？精通佛教的许大受（约1630）在其著作《圣朝佐辟》中记录了他与艾儒略神父（Giulio Aleni，1582～1649）的对话，在文中他写到与"天主"相反，"佛以佛性总圆，为何枉入生死？譬

---

① Jacques Gernet, *China and the Christian Impact: A Conflict of Cultures*, p. 223. 对此讨论的不同观点，参见 N. Standaert, "The Bible in Early Seventeenth-Century China," in Irene Eber and others, eds., *Bible in Modern China: The Literary and Intellectual Impact* (Sankt Augustin: Institute Monumenta Serica, 1999), pp. 31–54, 以及 G. Criveller, *Preaching Christ in Late Ming China: The Jesuits'Presentation of Christ from Matteo Ricci to Giulio Aleni* (Taipei-Brescia, 1997)。我评论 Criveller 著作的文章载 *Human Affairs* (Bratislava) 10 (2000) 1, pp. 98–99; 另一篇评论 "A Comment on Three Recent Books on the Bible in Modern and Contemporary China," in *Human Affairs* (Bratislava) 10 (2000) 2, pp. 183–193。

② Jacques Gernet, *China and the Christian Impact: A Conflict of Cultures*, p. 228.

③ Jacques Gernet, *China and the Christian Impact: A Conflict of Cultures*, p. 236.

醒人之怜醉汉，以是悲生；而夷则谓诸性不同，悲从何发?"①

16 世纪末，西欧文化与中国文化这两个在宗教、哲学以及语言等截然不同的世界中首次直面相遇，在此后的两个世纪中，却引发了东西文化的持续而激烈的冲突。有三位先驱者出版了该领域的研究成果：葛兰言（Marcel Granet，1884～1940）的《中国人的思想》（*La pensée chinoise*，1934）；李约瑟（Joseph Needham，1900～1995）的《人类法律与中国及西方的自然法律》（*Human Laws and Laws of Nature in China and in the West*，1951），以及他题为《中国的科学与文明》（*Science and Civilization in China*，1956，中译本为《中国科学技术史》）系列重要著作的第二卷，关注了与此相关的话题；芮沃寿（Arthur F. Wright，1913～1976）影响深远的著作《中国语言与外国思想》（*The Chinese Language and Foreign Ideas*，1953）。这三位学识渊博的学者一致强调中国语言不同于其他语言的语言学差异。芮沃寿指出：

> 外国思想的倡导者——无论是中国人还是外国人——都认为汉语是一个难以表达其思想的充满障碍的媒介。多数人感觉到由于汉语的属性与结构，在表达外国思想时，这些思想往往被歪曲或发生变形。②

导致这种情况出现的原因，一方面是西方思想从复杂多变的多音节语言引入（被翻译或转换）到缺乏语法变化的单音节语言中，以及汉字在漫长历史中具有逐渐积累的宽泛意蕴，另一方面是汉字所具有的独特性：

> 在漫长的历史发展过程中，语言不断地从丰富厚重的文学传统中，获得更为宽泛的引申意义。③

---

① Jacques Gernet, *China and the Christian Impact: A Conflict of Cultures*, pp. 12, 200, 236, 295. 关于中国知识分子对基督教的态度的更多论述，参见 Thomas H. C. Lee, "Christianity and Chinese Intellectuals: From the Chinese Point of View," in Thomas H. C. Lee, ed., *China and Europe: Images and Influences in Sixteenth to Eighteenth Centuries* (Hong Kong: Hongkong Chinese University, 1991), pp. 1–27。

② A. F. Wright, "The Chinese Language and Foreign Ideas," in A. F. Wright, ed., *Studies in Chinese Thought* (Chicago: University of Chicago Press, 1953), pp. 286–287。

③ A. F. Wright, "The Chinese Language and Foreign Ideas," in A. F. Wright, ed., *Studies in Chinese Thought*, p. 287. 各种讨论可参见 L. Yariv-Laor, "Linguistic Aspects of Translating the Bible into Chinese," in Eber and others. eds., *Bible in Modern China: The Literary and Intellectual Impact*, pp. 101–121。

当然，对诗歌、散文以及小说等文体，汉语是一种独一无二的文字媒介，但对哲学、神学或宗教而言并非如此。《圣经》中的 "God" 这个词，翻译为汉语的 "上帝" 时，容易引起误解，好比日语中的 "大日如来"①（Dainichi，Mahāvairocana）这个词也同样容易引起误解一样。

在该研究领域做出卓越贡献的另一位学者是牟复礼（Frederick W. Mote，1922～2005），他撰写了《中国与西方之间的宇宙论鸿沟》（The Cosmological Gulf between China and West）一文。② 其研究回溯到一些基本的假定，反映了中国与欧洲在神话学与宇宙学上的分歧。他指出中国本土中的神圣创造者是 "无中生有"（ex nihilo，盘古是个例外，他来自印度异域）。如果在创世中上帝并非第一因，那么一定有个原因隐匿在某个地方。在建构其 "有机论哲学"（philosophy of organicism）时，李约瑟指出，在中国人眼里，世界是 "一个没有主宰者意志的有序和谐体"。③ 中国人一直承认 "灵" 的存在，但那只是祖先死后化成的 "灵"。当佛教有关灵魂转世、因果报应（karma）的观念传到中国后，这种情况稍有改变。④ 在中国也存在一些等级不同的次神，但他们往往无足轻重。虽然其原始的多神论与中国之外的其他社会相比，稍有差别，但大同小异。中国人与众不同的宇宙观影响到其生活的方方面面。⑤

---

① A. F. Wright, "The Chinese Language and Foreign Ideas," in A. F. Wright, ed., *Studies in Chinese Thought*, p. 289. 参见 *A Dictionary of Chinese Buddhist Terms*, comp. by William E. Soothill-Lewis Hodous（repr., Taipei, 1973），p. 90。"大日如来" 是 "日本真言宗的主要敬拜对象"。试想一下，当日本基督徒有意或无意地将大日如来与基督教的上帝联系在一起时，他们心中的上帝将是什么模样。

② In D. C. Buxbaum and Fr. W. Mote, eds., *Transition and Permanence：Chinese History and Culture. A Festschrift in Honor of Dr. Hsiao Kung-ch'üan*（Hong Kong：Cathay Press Limited, 1972），p. 7. Cf. also D. Bodde, "Myths of Ancient China," in S. N. Kramer, *Mythologies of Ancient World*（New York：Anchor Books, 1961），pp. 367-408.

③ J. Needham *et al.*, *Science and Civilization in China*, Vol. 2（Cambridge：Cambridge University Press, 1956），p. 287. 有关此研究的修订版为 "Human Law and the Laws of Nature," in J. Needham, *The Grand Titration. Science and Society in East and West*（London：Routledge, 1969），pp. 299-331。

④ D. C. Buxbaum and Fr. W. Mote, eds., *Transition and Permanence：Chinese History and Culture*, p. 12.

⑤ 参考 *Transition and Permanence：Chinese History and Culture*, p. 15, 以及以上提及的李约瑟的著作。

1773 年，耶稣会遭禁，耶稣会士被迫离开中国。1807 年，基要主义的新教徒逐渐填补了这一空白。前者主要传播的是欧洲文艺复兴的人文主义和科学，其次是向儒家士大夫们宣讲福音书。而这些新教徒大多为充满种族优越感的欧洲人。除了那些准备或已受洗的"为了大米的基督徒"（rice Christians），他们对普通中国人充满鄙视和隔膜。对这些人来说，《圣经》是深信不疑的绝对权威。傲慢无知的《圣经》传道者常因无法传播福音而陷入彻底绝望，他们甚至把"用防水箱子包装的中译本《圣经》抛入靠近中国海岸的海中，希望它们能漂上岸，被中国人打开阅读"。①

没人知道这种钓鱼法的最终结果会怎么样，但在信徒寥寥无几的近半个世纪后，从 19 世纪 50 年代开始，基督教在太平天国中却产生了出乎意料的成功。这类基督教可以和《旧约》中记录的上帝的宿敌"海兽"（Leviathan，又译"利维坦"）相比较。海兽是海里的一种怪兽，上帝砸碎了它的头骨（《诗篇》74：14）。在某种程度上，这个新的利维坦是基要主义新教的产物。太平天国运动最重要的领导人洪秀全（1813～1864）以某种方式获得了 9 本名为《劝世良言》的小册子。其作者梁发（1780～1855）是中国第一个新教传教士马礼逊（Robert Morrison，1782～1834）的门徒。② 这些小册子大多是根据 1823 年马礼逊翻译、出版的中文《圣经》改写的。病中的洪秀全声称自己获得一些"异象"，得知自己是天父的二儿子，是耶稣基督的弟弟。他遵从上帝之命，已将众妖魔赶出了天堂，并受差遣下凡诛妖。

地上的妖魔鬼怪几乎是儒家士绅和富贵人家的同义词。在与其族兄弟相互施洗之后，洪秀全从浸信会牧师罗孝全（Issachar J. Roberts，1802～1871）那里进一步获得了有关基督教的教义，掌握了有关《圣经》的一些基本知识，他对自己的神圣使命更加坚定不疑，于是发动起义，宣称自己为太平天国的"天王"。③ 这场运动持续了 13 年，付出了约 3000 万人的生

---

① D. W. Treadgold, *The West in Russia and China: Religious and Secular Thought in Modern Times*, p. 25.

② D. W. Treadgold, *The West in Russia and China: Religious and Secular Thought in Modern Times*, p. 45.

③ D. W. Treadgold, *The West in Russia and China: Religious and Secular Thought in Modern Times*, p. 45.

命。这类"基督教"显得怪异邪乎。太平天国从"三位一体"的观念中窃取了"圣父"和"圣灵"的观念，认可基督是救世主，但认为他不是"唯一从神生的"（《约翰福音》1：14）儿子，接受有关罪的观念（但不是"原罪"，这对中国人来说不可理喻）。此外，太平天国还遵守安息日和摩西十诫。太平天国并未设立牧师职位（也许中国人还不太了解），也没有圣餐仪式，他们或多或少是用道德来界定宗教。①

原始基督教和天下平等的意识形态只是一件外衣，其内部充斥着对太平与极权统治的相互误解，组织成员之间相互猜忌，残酷无情。雄才大略的儒家领导人曾国藩（1811～1872）组建了湘军，联合两个英美基督徒——腓特烈·华尔（Frederick T. Ward）和查尔斯·乔治·戈登（Charles George Gordon）率领的"常胜军"（Ever Victorious Army），一起彻底摧毁了太平天国"新耶路撒冷"的梦想。

在经历了这次恐怖可怕的骚乱后，基要主义的新教徒（Fundamentalist Protestants）并没有变得谨慎明智起来。或许，他们从未意识到他们在太平天国事件中所犯下的严重错误，即便有所觉察，也从未承认这一点。不过也有个例外，如李提摩太（Timothy Richard，1845～1919）力图重返利玛窦的继承者所开辟的道路。在1898年"百日维新"期间，他成功地赢得了中国知识分子的支持，尽管维新变法失败了，但这毕竟开启了一个好兆头。据称，李提摩太认为把儒家和基督教视为相同或敌对的看法都是错误的，两者之间应该和谐相处，互相尊重。② 如果此说属实，李提摩太可以

① D. W. Treadgold, *The West in Russia and China*: *Religious and Secular Thought in Modern Times*, pp. 49 - 53. 关于太平天国的"基督教"的一篇佳文见：夏春涛《太平天国对〈圣经〉态度的演变》，《中国社会科学》1993年第1期，本文提供了一些有趣的资料和观点。此外，可参见 J. C. Cheng, *Chinese Sources for the Taiping Rebellion 1850 -1864*, Preface by W. Lewisohn (Hong Kong, 1963), pp. 81 - 91; S. Y. Teng, *The Taiping Rebellion and the Western Powers*: *A Comprehensive Survey* (Oxford, 1971), pp. 173 - 205; Fr. Michael in collaboration with Chang Chung-li, *The Taiping Rebellion*: *History and Documents*, Vol. 2 (Seatle-London, 1971), pp. 220 - 250, 509 - 510; M. M. Coughlin, "Strangers in the House: J. Lewis Schuck and Issachar Roberts. First American Baptist Missionaries to China," Ph. D. thesis (Virginia, 1972), pp. 254 - 290; Jen Yu-wen, with the editorial assistance of Adrienne Suddard, *The Taiping Revolutionary Movement* (New Haven-London, 1973), pp. 10 - 29; and the excellent monograph by R. G. Wagner, *Reenacting the Heavenly Vision*: *The Role of Religion in the Taiping Rebellion* (Berkeley, 1982, repr. 1987)。
② D. W. Treadgold, *The West in Russia and China*: *Religious and Secular Thought in Modern Times*, p. 212.

被誉为一位现代跨文化沟通与理解的先行者。

不久，现代主义的新教徒（Protestant Modernists）在中国大获成功。这场福音运动在 1900 年前后被引入中国，主要与美国传教士有密切联系，虽然欧洲人可能是这场运动的出色神学家。对于中国知识分子，福音运动中广为盛行传播的"社会福音"（Social Gospel）显得尤其重要。有趣的是，在中国的新教徒和马克思主义者看来，它所具有的实用的、工具的信息引人注目。无论对基督徒还是无神论者，这种新的意识形态提供了改变社会和政治的行动工具。现代主义的新教徒较为自由，不同的《圣经》中译本在知识分子甚至普通百姓中广为流传。这些现代主义者对神学不太热衷，而是致力于《圣经》在实践和社会中的当代阐释。基督教社会主义（Christian Socialism）成为当时最时髦的口号之一。其结果的确非同寻常：中华民国临时总统孙中山（1866～1925）一直是一名基督徒。

直到 1919 年五四运动前后，中国作家才把《圣经》视为灵感、创造和批评的源头。在基要派的新教时代，遵循的依然是儒家的传统教条：僵化保守的传统主义者牢牢地掌控着意识形态，精神文化的所有领域都要符合中国自身的基本价值观。只是在实践方面，物质文化领域的某些方面的改进受到了欧美世界的影响。在现代派的新教时代，这种"体、用"模式——以中国价值观为基本结构（体）、以西方的科技为实用目的（用）——已被证明是徒劳无益的。中国人逐渐明白应同步开展新的精神文化与物质文化的建设。西方与基督教思想的影响最初体现在宗教或哲学领域，如康有为（1858～1927）、梁启超（1873～1929）、谭嗣同（1865～1898）的一些著作；它们对于文学的影响稍晚一些，但不会晚于鲁迅（1881～1936）。

鲁迅阅读《旧约》与阅读恩斯特·赫克尔（Ernst Haeckel, 1834～1919）的《宇宙之谜》（*The Riddle of the Universe*）几乎是同步进行的。[1] 赫克尔并不太赞成《圣经》中的许多观点，鲁迅也持有相似的态度。作为一个年轻学者，鲁迅在 1907 年写了一篇题为《人之历史》[2] 的很重要的文章，他对一神论的阐释非常接近赫克尔的种族发展史。显而易见，鲁迅不

---

[1] 根据北京鲁迅博物馆刊印《鲁迅手迹和藏书目录》第 3 卷"哲学篇"，北京（内部参考资料），1959，第 1 页。鲁迅藏有赫克尔的书 *Die Welträthsel. Gemeinverständliche Studien über die monistische Philosophie*。

[2] 《鲁迅全集》第 1 卷，人民文学出版社，1973，第 13～23 页。

太关注《圣经》的内容及其信仰，而是对其中的理性抱有兴趣，他接受赫克尔及其后继者的论点。按照鲁迅的看法，屈原（约前 340～前 278）比摩西显然要聪明得多，因为当他在《天问》中追问"鳌戴山抃，何以安之"① 时，他对古代神话持有一种怀疑的态度。在鲁迅年轻时写的另一篇名文《摩罗诗力说》中，鲁迅则站到了拜伦笔下的魔鬼路西法和该隐的一边，反对《圣经》中的上帝。②

鲁迅可能是中国知识分子中最早把耶稣基督（与苏格拉底一起）视为人类历史伟人的作家之一，他谴责导致两人死亡的那些人。③ 我们可从鲁迅的散文诗《复仇》（其二）中读到他对耶稣的赞扬，诗中描写了十字架上的耶稣，把"他"视为人之子而非上帝之子。④ 鲁迅还激烈地抨击"圣父"。⑤ 而当涉及耶稣时，鲁迅否认耶稣是基督与救世主，尼采对其影响可见一斑，"他（即尼采）令人尊敬"。⑥

另一个著名的文人是陈独秀（1879～1942），他在 1920 年高度评价耶稣的一生及其教义。⑦ 李苿甘（Lee Feigon）认为：

> 陈独秀声称……找到了一种纯洁的目的和理想，这是他一直以来寻求的可以激励中国人民的非常重要的东西。他认为，由于有了基督教，西方人强调美、宗教和纯粹感情，而中国文化则只强调外在感情和道德信条。⑧

① 《天问》（"T'ien wen"），见《楚辞》（*Ch'u tz'u. The Songs of the South*），trans. by D. Hawkes, Oxford：Oxford University Press, 1959, p. 51.

② 《鲁迅全集》第 1 卷，第 72～74 页。

③ 《鲁迅全集》第 1 卷，第 48 页。鲁迅在此写道："彼之讴歌众数，奉若神明者，盖仅见光明一端，他未觉知，因加赞颂，使反而诬诸黑暗，当立悟其不然矣。一梭格拉第也，而众希腊人鸩之，一耶稣基督也，而众犹太人磔之，后世论者，孰不云缪，顾其时则从众志耳。"

④ 《鲁迅全集》第 1 卷，第 478～481 页。

⑤ 参见《淡淡的血痕中》，《鲁迅全集》第 1 卷，第 534～535 页。还可见《鲁迅作品选》第 1 卷，人民文学出版社，1956，第 358～359 页。

⑥ W. Kaufmann, *Nietzsche：Philosopher, Psychologist, Antichrist*（Cleveland：Princeton University Press, 1966）, p. 288. Cf. also Marián Gálik, "Nietzsche's Reception in China (1902–2000)," in *Archiv Orientálni* 70 (2002) 1, pp. 51–64.

⑦ 陈独秀：《基督教与基督教会》，见蔡尚思、朱维铮主编《中国现代思想史资料简编》第 2 卷，浙江人民文学出版社，1982，第 32～34 页。

⑧ Lee Feigon, *Chen Duxiu：Founder of the Chinese Communist Party*（Princeton：Princeton University, 1983）, p. 144.

当时基督教被视为与军国主义和帝国主义有很多的关联，陈独秀却试图从对社会主义与共产主义思潮怀有同情的基督徒中获得支持。

朱执信（1885～1920）是中国第一个基督徒总统的追随者，也是一个社会主义者和马克思主义者。他曾经写了一篇题为《耶稣是什么东西》的文章，试图提供耶稣是其母亲与在罗马军队服役的一名外国士兵的私生子的"可靠证据"。[1] 像鲁迅那样，他是从赫克尔[2]的同一本书中得出某些论断。耶稣被视为一个反叛者，类似中国历史上的众多土匪。另一些资料来源于日本无政府主义作家幸德秋水（Kotoku Shusui，1871～1911）写的一本小册子，中文译本《基督抹杀论》（On the Obliteration of Christ）。在他看来，十字架是阴茎的象征，基督教崇尚的是阴茎崇拜。[3] 一些中国人则把耶稣视为骗子、魔术师和造反者。不过在朱执信看来，其教义具有很高的价值；虽然其有关平等、博爱、爱自己的邻居的教导并不新鲜，皆为自古流传至今的教诲。[4] 他认为基督学说是可以接受的，但基督的性格像孔子（前551～前479）一样，是一种"残贼荒谬的人格"。[5] 为了说明这一点，朱执信列举了耶稣关于10个处女的寓言，以及耶稣诅咒还没有结果子的无花果树的故事。他指出第一个例子说明了基督与基督教的"自利"，第二个例子则说明了基督与基督教的"复仇"。[6]

"因为不是收无花果的日子"（《马可福音》11：13）——朱执信以一种理性的态度解释没有结果子的无花果树的故事，他义正词严地指出耶稣的愤怒与诅咒不近人情。相比之下，蒲松龄（1640～1715）的《偷桃》则更富有人情味。蒲松龄的这个故事比基督讲的故事要长，在此只概述其意思：父子两人耍戏法，为讨好衙门官吏，在春节时打算向他们献上桃子。根据中国人的天文历法，这时令只有天上才有桃子。于是，父亲用魔术变出了一条从地上通到天上的绳梯，命令儿子爬到天上去。儿子在天上偷了

---

[1]　蔡尚思、朱维铮主编《中国现代思想史资料简编》第1卷，第508页。

[2]　蔡尚思、朱维铮主编《中国现代思想史资料简编》第1卷，第508～509页。还可见 E. Haeckel, Die Welträtsel (The Riddle of the Universe)（Leipzig: Alfred Kroener Verlag, 1918），pp. 204-205。

[3]　蔡尚思、朱维铮主编《中国现代思想史资料简编》第1卷，第510页。还可见《全国总书目》，生活书店，1935，第256页。

[4]　蔡尚思、朱维铮主编《中国现代思想史资料简编》第1卷，第511页。

[5]　蔡尚思、朱维铮主编《中国现代思想史资料简编》第1卷，第513页。

[6]　蔡尚思、朱维铮主编《中国现代思想史资料简编》第1卷，第513页。

一只大桃，扔下来，自己却粉身碎骨，散落在地。父亲把这些残肢断臂收拾在一个箱子中。忽然，一个孩子从箱子里走了出来。他"复活"了，这使父亲和众人惊讶不已。①

在此，朱执信不断地刺激着中国读者的想象力：尘世的父亲明知存在危险，却仍命令儿子爬到天上（暗指作为天父的上帝把自己的儿子耶稣送到地上，成为拯救者，为背负人类的罪而牺牲自己）。有趣的是，中国传统的文人往往把耶稣视为一个反叛者、罪犯、虔诚的传道者或一个狂热的疯子。他们从不需要救赎者。在耍戏法的魔术中，儿子之死被视为伟大魔法中的一个场景被人欣赏；人们以同情的态度观看父亲的行为。在中国传统文人的宇宙观中，他们完全无法理解天父的形象，不明白耶稣的"诅咒"。

在当代，文化冲突并非已经过去的往事。蒲松龄的故事是一个标识，他想象梯子通达天庭。这个用细绳编制的梯子当然迥异于雅各在梦中梦见的梯子。后者是在不同国家都发现的神话时代观念的一部分，代表一种连接宇宙高低之间的通道，就像释迦牟尼在因陀罗的梯子帮助下从兜率天（Tusita，喜乐天）降至凡间，或如埃及金字塔的形状，人死后可以攀缘而上。② 中国人不需要这种梯子，因为他们不知道天上的父，"耶和华站在梯子以上"（《创世记》28：13）。对于他们而言，魔术师一样的地上之父足以吸引众人的目光。

《圣经》中并没有提及雅各的梯子是用什么材料制作的。当我年仅六七岁时，我曾在一本类似连环画的《圣经》插画本中读到过这个故事。③它与《圣经》中的描述非常不同，很可能是插画家卡洛尔斯费尔德（Julius Schnorr von Carolsfeld，1794～1872）或此版本的斯洛伐克编译者所为——它们继承了梵蒂冈博物馆长廊悬挂的拉斐尔和西斯廷教堂展示的米开朗基罗的艺术传统。④ 他们根据原文，竟然绘出一座四周环绕着云彩的金梯（插图中看起来更像是楼梯）！书中弥漫着文艺复兴与巴洛克的精神氛围。与此类似，为什么中国人不可以把中国精神也渗进《圣经》之中，让大家想起司马迁（前145～约前86）、顾恺之（348～409）、李白

---

① 蒲松龄：《聊斋志异选》，人民文学出版社，1957，第384～386页。参见《马可福音》16：6。

② S. A. Tokarev, ed., *Mify narodov mira*, Vol. 2, (Moskva, 1982), pp. 50–51.

③ *Pismo sväté v obrazoch* (Bible in Pictures) (Trnava, 1936), p. 31.

④ 参见 J. Schnorr von Carolsfeld, *Die Bible in Bildern* (Dortmund, 1983), p. 81。

（701～762）或蒲松龄的杰作呢？

受到基督教影响、改写《圣经》题材的中国（男女）作家可划分为两类：一类是对基督教信仰及其制度有所体验的人，人数较少；另一类则对基督教留下消极负面的印象，人数众多。

在提及尼采和里尔克（Friedrich Nietzsche）时，瓦尔特·考夫曼（Walter Kaufmann）如此论述诗歌：

> 诗歌可以阐释哲学，因为哲学自身就是对一种体验、一种情绪或一种态度的形而上的表达。诗人通晓这种情绪可能是多种情绪中的一种，或是他自己生命中的重要体验；他可以像一个才艺超群的大师出入其中，也可能深陷其中无法自拔；他可以一再描述这种哲学家也体会到的情感，或将其带入到生活中，写成杰作或自我经验的无意识记录；虽然他对别人把此类经验转化为哲学的事实一无所知。[①]

考夫曼是在翻译里尔克的诗《豹》时提出这一见解的。以下是该诗的第一节：

> 它的目光被那走不完的铁栏
> 缠得这般疲倦，什么也不能收留。
> 它好像只有千条的铁栏杆，
> 千条的铁栏后便没有宇宙。[②]

（冯至 译）

以上论述亦可作为对冰心（1900～1999）在1919～1923年所写的诗歌的一个导读。我在另一篇文章[③]中试图揭示犹太—基督教宇宙观和教义对其创作的影响。冰心的宇宙观来自于她从《圣经》中了解到的天穹，也包含了从佛教与《奥义书》（Upaniṣhads）中获得的观念与意象。她是通过泰戈尔（Rabindranath Tagore，1861～1941）的作品接触到《奥义书》的。在哲学和宗教领域，中国人总倾向于一种融合主义（syncretism）。当冰心

---

① W. Kaufmann, *From Shakespeare to Existentialism* (Garden City, 1960), pp. 222-223.

② W. Kaufmann, *From Shakespeare to Existentialism*, p. 222.

③ M. Gálik, "Studies in Modern Chinese Intellectual History. VI. Young Bing Xin (1919-1923)," in *Asian and African Studies* 2 (1993) 1, pp. 41-60.

写下早期的诗作时，她并未意识到自己精神灵感的这三个来源彼此殊异。其前期诗作表现出的博爱思想——具有基督与泰戈尔的特质——两者融为一体，成为其人生指南。年轻的冰心曾受洗成为基督徒，但出于后来的反宗教环境和特殊的意识形态气氛，此事并未公开。① 与其小说相比，冰心的诗与散文奠基于基督教与泰戈尔的思想，更为出色。

许地山（1893~1941）是比冰心年长的同道和友人，他对宗教（包括基督教）的了解比冰心广泛而深刻得多。虽然他本人是个新教牧师，但他依然高度评价某些佛教的观念，如"空"（śunyatā），即万物皆无常形，空无，转瞬即逝，万物皆为至高者的理念或虚构。据其朋友声称，许地山认为"上帝在耶稣基督身上的启示所体现的不是耶稣的最初本质（超自然源头），而是其道德力量"，从他"在地上的实际行动，我们可以推断他道成肉身前的本质和道成肉身后的性情"。② 许地山并不强调实体，由此可见佛教与印度教灵魂转世说对他的影响。此外，有关"佛身"的影响也十分明显。在许地山看来，基督教的道德具有至高无上的价值，而非童贞生子、神迹乃至耶稣复活等信条。研究者注意到其短篇小说具有的双重性。我本人最欣赏他的《春桃》（1935），它描写了一个穷困潦倒的女性春桃试图与杳无音讯却突然出现的丈夫（一个跛脚乞丐）、身强力壮的情人同居的故事。③ 这部小说中并未强调某种宗教信仰，而是表达了佛教—基督教所具有的慈爱与同情。

还有一些中国优秀作家的作品或多或少地与基督教或《圣经》的影响相关。郭沫若（1892~1978）于1916年10月在短暂皈依基督教之后④写了一篇书信体小说《落叶》⑤ 和一些诗歌。1922年10月，他还宣称自己

---

① 范伯群编《冰心研究资料》，北京出版社，1981，第 102 页。

② 张祝龄：《对于许地山教授的一个回忆》，《追悼许地山先生纪念特刊》，香港，1941，第 14 页。引自 L. S. Robinson, *Double-edged Sword: Christianity & 20ᵗʰ Century Chinese Fiction* (Hong Kong: Tao Fong Shan Ecumenical Centre, 1986), p. 40.

③ 《许地山选集》，人民文学出版社，1952，第 111~137 页。其作品的一个英语译本见于 *Masterpieces of Modern Chinese Fiction 1919–1949* (Beijing, 1983), pp. 113–138，英语标题为 "Big Sister Liu"。

④ D. T. Roy, *Kuo Mo-jo: The Early Years* (Cambridge, Mass.: Havard University Press, 1971), p. 64.

⑤ 郭沫若：《落叶》，创造社，1926。罗宾逊在 *Double-edged Sword: Christianity & 20ᵗʰ Century Chinese Fiction* 中的第 26~33 页分析了这篇小说；亦可参见 M. Doleželová-Velingerová in *A Selected Guide to Chinese Literature 1900–1949*, Vol. 1 (Leiden, 1988), pp. 86–88.

相信"神"（god）。① 当然他的这个神并非《创世记》中的耶和华神，而是斯宾诺莎泛神论意义上的神，是宇宙及其自我表现的一种力量。郭沫若对《圣经》的理解与其被基督教少女所"诱惑"的真实经历相关，从弗洛伊德的观点来看，饶有趣味。此外，儒家传统的痕迹亦十分明显。那时，郭沫若试图借助基督教的意识形态来颠覆传统儒家的专制思想，他认为现代基督教的观念与其"个性"解放、自我张扬、道德觉醒的进程是相通的。

1921 年，郭沫若的好友郁达夫（1896～1945）在其小说《南迁》中描述了"山上布道"。与托尔斯泰一样，郁达夫让主人公伊人传扬基督的福音："心贫者福矣，天国为其国也。"（《马太福音》5：3）伊人认为这才是基督教的中心要点。为了阐明自己的见解，他引用了游俄（即雨果）的《哀史》（即《悲惨世界》）和亚西其的弗兰西斯（St. Francis of Assisi,圣方济各）的生平作为例证。这部社会批评小说企图揭示美国传教机构的奢华与中国人的贫穷，但传达出的主要信息则是主人公伊人对自我的道德批评。郁达夫在小说中精心塑造的人物形象是于质夫（以郁达夫自己的名字和性格为原型）。作者认为他受到"一个犹太人"的影响，这"一个犹太人"并非他人，而是耶稣基督。② 通过对于质夫这个"个案"的分析，我们可发现其身上体现的文学颓废性和中国现代知识分子备受某种罪恶感折磨的病理特征——痴迷于性变态（即受虐狂），与自我净化的意图或自我惩罚的行为相关，这也暗示着基督对罪的宽恕。当于质夫不期然地与一位漂亮少女同处一室时，他祈求上帝的宽恕，他是一个真情的忏悔者，一位抹大拉的玛利亚的迷恋者。他与这位少女共度一宿，在她离开后，竟将自己的身体横伏在她睡过的地方。如果我们认为郁达夫的罪感仅仅源于基督教的影响，那就会被误导。在另一篇文章中，我试图论述道家思想对郁达夫在抵抗浊流、道德完善、洁身自好、自我升华等个人与社会方面的影响。③

---

① M. Gálik, "Studies in Modern Chinese Intellectual History. IV. Young Guo Moruo（1914–1924）," in *Asian and African Studies* 12（1986）：55–56.

② 郁达夫《风铃》，见《郁达夫全集》第 3 卷，北新书局，1929，第 57 页。《风铃》后来改名为《空虚》。——译者注

③ M. Gálik, *The Genesis of Modern Chinese Literature Criticism*（*1917–1930*）（Bratislava-London：Veda-Curzon Press, 1980），pp. 104–111.

在最初对基督教满怀希望后又敌视的作家中，才华横溢的张资平（1893～1959）是一个非常突出的典型。他 11 岁时求学于一所新教学校，后来受洗，投身于基督教团体活动中，与圣约翰一样，成为上帝之子。① 后来他转而目睹并揭露了官方教会的言行相悖，在情欲与金钱方面伪善虚假。另一些作家也有类似的经历，如萧乾（1910～1999）、欧阳山（1908～2000）、老舍（1899～1966）等，皆可归于这个类别。②

抗日战争期间，作家笔下的基督形象变得更为感人，如在巴金和茅盾的某些作品中。③

1949 年，新中国成立后，作家们对《圣经》的兴趣逐渐减弱了。这种情形一直持续到 20 世纪 80 年代。20 世纪 60 年代后，在台湾一些作家的作品中，《圣经》的影响逐渐显现出来。陈映真（1937～2016）是其中最惹人争议的一位。与青年郭沫若、郁达夫一样，他的创作像双刃剑一样展示了基督教教义及其道德对于人心的剖析，涉及在现代与后现代世界中它们践行于日常生活的诸多问题。④ 罗宾逊一针见血地指出：

> 对于耶稣基督的教义，这些台湾作家往往超越宗教或人文主义的阐释，而是用之于个人内心的心理与精神上。在这种新趋势中，信仰依然居于中心，但并不太关注超验的基督（transcendental Christ）——虽然这对一些基督徒作家来说非常重要——内在的基督（inner Christ），蕴藏在生活后面的那些原型智慧（archetypal wisdom）激励着我们朝向伟大的统一体。⑤

置身于一个情欲泛滥、道德沦丧的现代世界，基督在中国成为一个自我完善的典范。

在 20 世纪 80 年代末期的中国，王蒙发表了一篇题为《十字架上》的

---

① 《约翰福音》1：12 提及"上帝的儿女"。《上帝的儿女们》是张资平一本小说的题目，1932 年发表。

② L. S. Robinson, *Double-edged Sword*：*Christianity & 20th Century Chinese Fiction*, pp. 89–143.

③ L. S. Robinson, *Double-edged Sword*：*Christianity & 20th Century Chinese Fiction*, pp. 154–183；关于茅盾，亦可参见 M. Gálik, "The Mythopoeic Vision in Mao Dun's Fiction, 1929–1942"，见《国际南社学会丛刊》1993 年第 4 期（香港），第 169～178 页。

④ L. S. Robinson, *Double-edged Sword*：*Christianity & 20th Century Chinese Fiction*, pp. 246–280.

⑤ L. S. Robinson, *Double-edged Sword*：*Christianity & 20th Century Chinese Fiction*, p. 325.

小说。这部小说追求精神的净化，提倡人与人之间的爱、谦逊、互相尊重与宽恕。①

自从利玛窦在 1583 年来到孔子、孟子、老子和庄子的国度，迄今已过去 400 多年；从他在 1600 年来到北京出色地完成自己的使命至今，已过去 400 多年，但在我们各自不同的文化之间，依然存在许多问题和冲突，虽然也取得了一些成就。在利玛窦时代，中国的士大夫把耶稣受难视为一种耻辱的标志，来自地狱的诅咒，处死上帝之子的罪犯的一场骗局。② 但对于王蒙而言，十字架是中世纪及其后来艺术最受爱戴的标志之一。在耶稣会传教期间（1582～1774），没有多少中国基督徒敢写关于耶稣基督的故事。但在 20 世纪，尽管有时耶稣依然被视为一个魔术师，一个骗子，或一个反叛者，但即便在这些反基督教的敌视者眼中，他们还是非常敬佩耶稣的道德教导的。

孔子、老子及其后继者的国度曾经是、依然是与亚伯拉罕、以撒、雅各的国度以及继承了《旧约》《新约》遗产的大部分西方国家不同的国度。在中国以及更大的区域内，远东世界与西方世界之间的鸿沟如此巨大，以至在涉及宗教信仰时，要想沟通这两个世界，似乎是不可能解决的棘手之事。在中国传统的世界观中，中国人无法包容基督教，或者说，缺乏包容它的足够的空间。例如，许地山、陈映真与王蒙都是十分突出的例证，他们主要是创造性地描述了关涉耶稣的伦理道德的一面，而避免探讨那些超出传统中国文人理解力的（神秘）方面。中国现代文学中罕见有关基督复活的故事。

令人遗憾的是，从知识分子的交流与理解来看，《新约》缺少一种与"雅各的梯子"类似的神话，作为传教士来自的国度与传播福音的国度之间沟通的桥梁。最初是《旧约》中的上帝，后来是《新约》中道成肉身的逻各斯（Logos）成为人神之间的中介，但这对中国人或一些东亚人来说，过去是、现在或多或少依然是难以理解的。基督宣扬的使命："你们往普天下去，传福音给万民听"（《马可福音》16：15），或"你们要去，使万

---

① 王蒙：《十字架上》，《钟山》1988 年第 3 期（5 月 15 日），第 45～58 页，魏贞恺（Janice Wickeri）译为英语，见 *Renditions* (Hong Kong)，No. 37 (1992)，pp. 43–68。关于这篇小说的分析，参见 M. Gálik, "Mythopoetische Vision von Golgatha und *Apokalypse* bei Wang Meng," in *Annali* 52 (1992) 1, pp. 62–82。

② Jacques Gernet, *China and the Christian Impact: A Conflict of Cultures*, pp. 121–122, 200.

民作我的门徒，奉圣父、圣子、圣灵的名，给他们施洗"（《马太福音》28：19），在圣马可的应许中或多或少地被改变："信而受洗的必然得救"，"不信的必被定罪"（《马可福音》16：16）。① 这个永遭天谴的神话与伊斯兰教宣扬使用剑与圣战的神话（和现实）并无太大不同。圣马可与圣保罗曾经在近东与地中海地区一起传教，可能接触过该区域不同的宗教崇拜，其中有一些教义与基督教相似，如相信来世、复活［奥西西斯（Osiris）或欧律狄斯（Euridyke）］，相信神圣救世主［密特拉（Mithra）］，入会仪式［狄奥尼索斯（Dionysos）崇拜］，或圣餐［依洛西斯（Eleusis）崇拜］。② 在古希腊和罗马时代，该地域已为类似基督教的宗教信仰预备好了沃土，尤其是对一个承诺并庇护个人今生与来世幸福的上帝的渴慕。基督关于互爱（agape）的教义奠定了最初基督徒的社会与政治组织的根基，并成为后来废除奴隶制的重要前提。

除了佛教信仰中的一些因素，中国缺乏类似希腊的接受语境。当佛教中的信仰与西方基督教相遇之时，双方之间的"汇流"愈加困难重重。在1600年前后，当时中国最重要的哲学家李贽（1527～1602）赞赏利玛窦："一极标致人也。中极玲珑，外极朴实"，但他依然贬低利玛窦："意其欲以所学易吾周孔之学，则又太愚，恐非是尔"。③

的确如此，这是一项充满风险、没有任何成功希望的冒险事业。利玛窦一定铭记基督的教导，而非马可－保罗对基督神学的阐释。"则又太愚"指的是那些基要主义基督徒，他们坚持种族优越感、宗教自负，对《圣经》的神奇力量抱有某种神秘的信仰，心胸狭隘，孤陋寡闻。不过，《圣经》在中国的传播中，李提摩太却是第一个以新方式从事跨文化交流的代表人物。

神话之"梯"的搭建往往依赖于一套比较简单的方法，但跨文化交流

① 《马可福音》16：9-20 中的最后 12 行的真实性存在争议，因为它们没出现在最可靠的《马可福音》手稿中。根据特伦托会议（the Council of Trent, 1545～1563）以及天主教会在 1912 年 6 月 26 日颁布的法令，"由此认为这些话不是马可可说的（那些论点），不足以否认它们不是马可说的结论"。见 L. F. Hartman ed., *Encyclopedic Dictionary of the Bible* (New York, 1963), pp. 1454-1455。这种保守的态度当然有悖于文化间互相理解与互相尊重的精神。

② J. Ferguson, "Mysterienkulte," in R. Cavendish-T. O. Ling, eds., *Mythologie der Weltreligionen* (München, 1981), pp. 144-155.

③ Jacques Gernet, *China and the Christian Impact: A Conflict of Cultures*, p. 19.

与理解之"梯"的建造则不可避免地要复杂得多，我们应根据"彼此"不同的文化体系与结构，在相互交流与理解的基础上建立。"彼此"中的"彼"（他者）尤显重要，有必要强调。只有充分意识到"自我"与"他者"的各自特征，我们才能够获得对不同文化的深入骨髓的理解，不仅要全方位地体悟其生活方式，而且要身临其境地把握其文化传统的整体框架、当下发展以及总体环境。在跨文化的交流过程中，互相接纳，彼此尊重，通情达理，明辨审视。

李提摩太的思想符合基督教和儒教之间建立彼此和谐与互相尊重的需求。如果这种思想具有高超的知识、道德与美学水准的话，它在现在及将来仍可运用于对其他宗教与哲学的阐释中。

在当代，人类所积累和掌握的知识已足以让我们做出如下断言：犹太教、基督教、儒家、道教以及佛教中的优秀成果具有同等的价值，他们都属于人类高贵与优异的创造。

里尔克《豹》中描述的笼中豹的形象是一个告诫：那些致力文化交流的人要承担起某种责任。无论怎样，他们都应努力超越自我视野的狭窄牢笼，打破羁绊，开放自我，迈向跨文化交流与理解的崭新而辽阔的地平线。

（刘燕　译）

（本文曾发表于《江汉学术》2016 年第 4 期，稍有修正。）

中国现代文学批评与创作（1921~1996）中的《旧约》*

　　近些年，各国学者有关《圣经》与中国现代文学和思想史的研究兴趣越来越浓，他们主要聚焦于基督教而非犹太教的遗产。显然，这主要归因于基督教传教士以及后来的本土基督教牧师及其追随者、信仰者或文学批评家的推动。

　　由于资料的匮乏，台湾和香港的情况不在本文的探讨范围。在1949年前，中国大陆对《圣经·旧约》的兴趣并不大。但自1980年后，可以看出中国文学批评家和比较文学学者研究重点的转移，他们热衷于《旧约》研究，该领域的论文数量已超过对《新约》的研究。这主要归功于中国文学批评家对于"文革"前一直受忽视的比较文学研究方法的运用。就文学方面而言，《旧约》的价值显然要超过《新约》。

　　到本文写作为止，有两篇关于《圣经》对中国大陆当代文学的影响的论文在欧洲发表：第一篇是本人撰写的《〈圣经〉在中国（1980~1992）：一个比较文学学者的观察》；① 第二篇是梁工撰写的《中国圣经文学研究20年（1976~1996）》。② 根据梁工的考察，中国发表了介绍与评论《圣经》文学

---

　　* 作者特向陈剑光（Chan Kim - kwong，香港）、托尼·海德（Tony Hyder，Oxford）、冯铁（Bochum）和李侠（Newcastle，Australia）等表达谢意，他们为此文的撰写提供了许多宝贵的资料。此外，还要感谢华裔学志（Monumenta Serica Institute）的马雷凯（Roman Malek）。原文 "The Old Testament of the Bible in Modern Chinese Literary Criticism and Creative Literature"，首次发表于 Roman Malek, ed. , *From Kaifeng to Shanghai：Jews in China*（Sankt Augustin-Nettetal，2000），pp. 589 –616。

① *Asian and African Studies*（Bratislava）4 (1995) 1, pp. 24–46.

② Irene Eber and others, eds. , *Bible in Modern China：The Literary and Intellectual Impact*（Sankt Augustin-Nettetal，1999）.

的论文 160 篇、论著 30 多部，其涉及范围不只限于文学或思想特征方面。在一个社会主义国家，其成果数目的确令人可观。

有关《圣经》与中国文学的研究，有两本重要的论著：一本是美国汉学家 L. S. 罗宾逊的《双刃剑——基督教与 20 世纪中国小说》；另一本是南京大学马佳的《十字架下的徘徊——基督宗教文化和中国现代文学》。① 第一本分析了《旧约》对 20 世纪中国小说的影响，第二本则较少论及这个主题。这两本专著都比较关注《圣经》对现当代中国小说的影响，却没有提及诗歌和戏剧，后两种体裁至今被学者忽视。

罗宾逊和马佳在其论著中皆以现代作家中德高望重的鲁迅（1881～1936）为开篇，我则以鲁迅的弟弟、同样才华横溢的周作人（1885～1967）作为本文讨论的起点。

1920 年，周作人在北京大学做了题为《圣书与中国文学》② 的讲座。面对听众，他声称对于宗教从来没有什么研究，只是对作为文学的圣书感兴趣。他认为古希腊文学与希伯来文学达到了古代世界文学的最高峰。对于前者，他高度评价了它们在诗歌、史诗和戏剧方面的成就，并高度评价了《旧约》。与当时周围的许多作家一样，周作人被托尔斯泰的文学批评《什么是艺术？》（*What is Art?*）所吸引。该书曾由耿济之（1899～1947）译为中文，在 1921 年出版，是有关该议题的开篇之作。③ 与周作人一样，

① L. S. 罗宾逊：《双刃剑——基督教与 20 世纪中国小说》，香港：道风山基督教中心，1986。马佳：《十字架下的徘徊——基督宗教文化和中国现代文学》，学林出版社，1995。此外，还有杨剑龙：《旷野的呼声——中国现代作家与基督教文化》，上海教育出版社，1998。

② 周作人：《圣书与中国文学》，《小说月报》12（1921），第 1 页。引自北京大学比较文学研究所编《中国比较文学研究资料 1919～1949》，北京大学出版社，1989，第 376～385 页。

③ 托尔斯泰（Leo Tolstoy）的《什么是艺术？》（*What Is Art?*），此处的英译本根据俄语本翻译，由阿瑟·穆迪（Aylmer Maude）作序（London-New York-Melbourne，1899）。（本文此处根据托尔斯泰的英文译本翻译为中文。——译者注）当时欣赏托尔斯泰文艺观的中国现代作家及其文章，主要有：茅盾（1896～1981）《托尔斯泰与今日之俄罗斯》，《学生杂志》6（1919）4～6，第 23～32、33～41、43～52 页。郭沫若（1892～1978）《艺术的评价》，《创造日报》1923 年 11 月 25 日，收入郭沫若《文艺论集》（第 4 版），光华书局，1929，第 253～259 页；张闻天（1900～1976）《托尔斯泰的艺术观》，《小说月报》俄国文学特辑，1921，第 1～23 页（部分是译文，部分是作者撰写）。参见 M. Gálik, *Mao Tun and Modern Chinese Literary Criticism* (Wiesbaden, 1969), pp. 31–32; Bonnie S. McDougall, *The Introduction of Western Literary Theories into China*, 1919–1925 (Tokyo, 1971), pp. 140–141.

一些人赞同托尔斯泰有关艺术的社会与道德的见解，部分地认同他对文学艺术的"宗教认知"（religious perception）。对此，托尔斯泰认为：

> 艺术让我们意识到无论是物质或精神，个人或集体，短暂或永恒，都依赖于全人类的兄弟情谊——一个人与另一个人的彼此友爱和谐。①

虽然周作人并非像托尔斯泰一样的虔诚基督徒，但他依然认同托尔斯泰的观点："只要作者所体验过的感情能感染观众或听众，这就是艺术。"②或者，按照托尔斯泰的话：

> 艺术开始于一个人想要把自己体验过的感情传达给别人，于是在自己心里重新唤起这种感情，并使用某种外在的标志表达出来。③

由此，周作人不由自主地发现其观点与《毛诗序》的相似之处："情动于中而形于言，言之不足故嗟叹之，嗟叹之不足故咏歌之，咏歌之不足，不知手之舞之，足之蹈之也。"④ 根据托尔斯泰的观点，周作人阐释道："一切艺术都是表现各人或一团体的感情的东西。"⑤ 除此之外，"人类所有最高的感情便是宗教的感情；所以艺术必须是宗教的，才是最高尚的艺术"。⑥

在阐释中西文学之间的关系（主要指的是类型学上的类同而非渊源学或接触影响）时，周作人将《旧约》与儒家的"五经"进行了比较，他认为《新约》是"四书"，《旧约》是"五经"——《创世记》等记事书与《尚书》《春秋》，《利未记》与《易经》及《礼记》的一部分，《申命记》与《尚书》的一部分，《诗篇》、《哀歌》、《雅歌》与《诗经》，都很有类似之处。周作人主要参考了当时出版的美国神学博士谟尔（George F. Moore）的《〈旧约〉之文学》（*The Literature of Old Testament*, London, 1919）一书。他认为《旧约》是希伯来的民族文学，

---

① Leo Tolstoy, *What is Art?*, p. 159.

② Leo Tolstoy, *What is Art?*, p. 113.

③ Leo Tolstoy, *What is Art?*, p. 50.

④ 郑玄：《毛诗郑笺》卷1，见《四部备要》，台北：中华书局，1966，第1A页。

⑤ 周作人：《圣书与中国文学》，第377页。

⑥ 周作人：《圣书与中国文学》，第377页。

应从文学的视角进行研究。《旧约》蕴藏着文学精华，如果读懂了它，会给读者带来精神上的快乐，从而身心愉悦，指导人生，受益匪浅。与谟尔一样，周作人将《创世记》等列为史传，《预言书》等列为抒情诗，《路德记》、《以斯帖记》及《约拿书》列为故事。在此处提及《预言书》时，他也许犯了一个小错误，实际上应是《诗篇》。周作人认为《约伯记》是"希伯来文学的最大著作，世界文学的伟大的诗之一"①，差不多是希腊爱斯吉洛斯②式的一篇悲剧。由于没有细说，我猜周作人可能指的是《被缚的普罗米修斯》。

周作人讨论《圣经》与现代中国文学的关系不如他分析《圣经》与西方文学的关系那么清晰。这是因为从 1918 年开始《圣经》对中国文学的影响不过才两三年，时间短暂，还不足以进行学术总结。周作人主要强调了希伯来文学的人道主义理想以及"神人同性"的观念③："神就照着自己的形象造人，乃是照着他的形象造男造女。"④（《创世记》1：27）周作人以《约拿书》的结尾为例，说明了希伯来文学高大宽博的精神遗产。他引述了上帝对那个胆怯而优柔寡断的先知约拿说的话。当时，约拿在离他目的地不远的地方忍受着烈日曝晒，惦记着自己的性命，而不是执行上帝告诫的使命（《约拿书》4：9～11）：

> 这蓖麻一夜发生，一夜干死，你尚且爱惜；何况这尼尼微大城，其中不能分辨左手右手的有十二万多人，并有许多牲畜，我岂能不爱惜呢？

周作人引用了谟尔对《以西结书》18：23 的转述：

> 神所说我断不喜悦恶人死亡，惟喜悦恶人转离所行的道而活么。⑤

周作人提醒在座的多数年轻听众和后来的读者有关神拥抱一切的"慈悲"（compassion）或"慈慧"（kindness）的观念。这也是以色列的"神"

---

① 周作人：《圣书与中国文学》，第 379 页。
② 公元前 525～前 456 年。现译为埃斯库罗斯。——译者注
③ 周作人：《圣书与中国文学》，第 381 页。
④ 《圣经》英文均出自"詹姆斯国王钦定本"。
⑤ 周作人非常关注文学与人道主义之间的关系。参见 M. Gálik, *The Genesis of Modern Chinese Literary Criticism (1917-1930)* (London-Bratislava, 1980), pp. 18-21。

与佛教的"佛佗"所共有的特征。① 此外，他还引用了重复该观念的一段引文（《以西结书》18：32）：

> 主耶和华说，我不喜悦那死人之死，所以你们当回头而存活。

在写作并发表其讲稿时，周作人希望现代中国文学与《圣经》文学（以《旧约》为主）的相遇有助于中国新文学衍生出一种新的体裁"优美的牧歌"。② 虽然这一点至今未必成功，但在更新民族语言这一点上却已变为现实。官话合和本《圣经》在1919年（五四运动）的翻译与出版，标志着新文学变革的开始。《圣经》的白话译本产生的深远影响出人意料。③事实上，其影响力被证明是无与伦比的。

周作人还强调，中国新文学的发展需要世界各国文学和哲学思想的滋养。在他看来，作为西方文学重要源头的希伯来文学和希腊文学，对中国文学的未来发展尤显重要。

我认为，作为现代中国文学批评与文学创作的一个历史学家，周作人并不是出色的预言家。因为当时的中国社会瞬息万变，无法预测，没有谁会成为一个预言者。周作人也不例外。就在发表有关《圣经》和希腊文学的这篇文章之前，他就指出："中国的特别国情与西欧稍异，与俄国却多相同的地方。"④ 周作人试图说服其同胞追求西方社会重视个人、民主、自由等，但毫无成效。胜利者反而是他的那些对手们：鲁迅、陈独秀、郭沫若和茅盾等。

早在周作人写作并发表其演讲之前，这种新趋势就已开始呈现。1920年2月，中国共产党的创始人之一沈定一（1883～1928）说："在社会生活中，我们要拒绝一切宗教。"⑤ 1922～1928年，中国发生了大规模的反宗

---

① 周作人：《圣书与中国文学》，第382页。

② 周作人：《圣书与中国文学》，第383页。

③ 周作人：《圣书与中国文学》，第385页。

④ 周作人：《文学上的俄国与中国》，《民国日报》副刊《觉悟》1920年11月19日。参见北京大学比较文学研究所编《中国比较文学研究资料1919～1949》，北京大学出版社，1989，第5～12页。

⑤ 沈玄庐（沈定一的号）：《对于"基督教与中国人"的怀疑》，《星期评论》1920年2月8日第36期（此句引文根据英文译出。——译者注）。该文是对陈独秀发表在《新青年》1920年2月1日第7期上的文章提出的批评，第15～22页。参见 Chow Tsetsung, *The May Fourth Movement: Intellectual Revolution in Modern China* (Stanford, 1967), pp. 321～322。

教运动，给社会、政治以及文学生活等领域的宗教活动造成了较大的负面影响。①

周作人之后的杰出继承者是朱维之（1905～1999）。朱维之并非周作人的学生，而是他的同事朱自清（1898～1948）的学生。我在一篇文章中曾分析了朱维之写于1980年后的著述，但他在20世纪30年代就已开始撰写并发表有关《圣经》的研究文章，如《〈旧约〉中的民歌》。② 朱维之最初任职于福建协和大学，后转到沪江大学。他是燕京大学著名神学家刘廷方（1891～1947）的朋友。刘廷方是"基督教新思潮"——更准确地说是"中华基督教文社"（1925～1928）的领导人，其宗旨是"推动本土基督教文学的创作，鼓励中国人阅读这些作品"。③ 但该运动并不成功。年轻的朱维之在1941年完成其著作《基督教与文学》④ 时，刘廷方亲自为此书作序，在序中把这部著作比作"远象"⑤（vision），或许他想起《申命记》3：27中的一段话，上帝对摩西说：

> 你且上毕斯迦山顶去，向东、西、南、北举目观望，因为你必不能过这约旦河。

或《申命记》34：1～4记载：

> 摩西从摩押平原登尼波山，上了那与耶利哥相对的毕斯迦山顶。耶和华把基列全地直到但……直到琐珥，都指给他看。耶和华对他

---

① 参见 Chow Tse-tsung, *The May Fourth Movement: Intellectual Revolution in Modern China*, pp. 320-327；Yamamoto Tatsuro and Yamamoto Sumiko, "Religion and the Modernization in the Far East: A Symposium，Ⅱ. The Anti-Christian Movement in China, 1922-1927," in *The Far Eastern Quarterly* ⅩⅡ（1953）2, pp. 133-147；Yip Ka-che, *Religion, Nationalism and Chinese Students: The Anti-Christian Movement of 1922-1927*（Bellingham, 1980）。

② 有关"朱维之"的条目，参见北京语言学院《中国文学家辞典》编委会编《中国文学家辞典》第2卷，四川人民出版社，1982，第254页。朱维之在文学与宗教领域的其他论著，参见孟昭毅《老当益壮的比较文学前辈——朱维之教授》，《中国比较文学通讯》1989年第1期，第24～25页。

③ Wang Chen-main, "Missionary Attitude toward the Indigenous Movement in China, The Case of the *Wenshe*, 1925-1928," *Republican China* 17（1992）2, p. 113.

④ 《基督教与文学》最早由青年协会书店在上海出版，后在香港多次重印。本文使用的是1992年上海书店再版本。

⑤ 刘廷方：《序》，载朱维之《基督教与文学》，上海书店，1992，第1页。

说："……现在我使你眼睛看见了，你却不得过到那里去。"①

摩西未能进入应许之地，刘廷方也未能进入他期待的"远象"，直到几十年后其同时代人才蓦然发现，在《圣经》影响下催生了如此广阔深厚的文学全景——其中主要是外国文学，部分是本国文学。虽然对于学识渊博的西方读者而言，这并无太多新意，但中国作家对《旧约》与现代中国文学问题所做出的贡献，仍然引人注目。与许多前辈和后辈学者一样，朱维之把《旧约》视为基督教文学的早期部分。他认为，"在公元前一千多年中所结的果子就是《旧约》这部灿烂的文学杰作集"。②

与周作人一样，朱维之也被托尔斯泰的《什么是艺术？》所吸引。周作人主要参考了谟尔撰写的那本广博而简明扼要的论著《〈旧约〉之文学》。与其不同，朱维之参考了当时在上海、南京图书馆中可以查到的大量图书与文章。当论述《圣经》特别是《旧约》在文学方面的伟大贡献时，他是把它与西方古典文学的三部代表作即荷马的《伊利亚特》、但丁的《神曲》和（莎士比亚的）《莎翁集》进行对比阐释。③ 这在中国不足为奇。在朱维之之前，张闻天在向中国读者介绍歌德的《浮士德》时，就是这样论述的。④ 或许张闻天和朱维之两人都参考了丁司牧（Charles Allen Dinsmore）的批评论著《作为文学的英文圣经》（*The English Bible as Literature*, Boston & New York：Houghton Mifflin，1931），这部书清楚地表达了此类见解。如果我的推测可行的话，他们两人的不同点是：张闻天想要以此突出《浮士德》的地位；朱维之引用丁司牧的话，是为了彰显《圣经》的重要性。⑤ 在把《圣经》与《伊利亚特》进行比较时，他认为《伊利亚特》只讲述了发生在 50 天中间的事，《旧约》却囊括了近两千年的

① 也许刘廷方想起了《旧约》中的另一些典故，如《箴言》29：18："没有异象，民就放肆……"
② 朱维之：《基督教与文学》，第 1 页。
③ 朱维之：《基督教与文学》，第 45 页。
④ 张闻天：《哥德的浮士德》，载东方杂志社编印《但底与哥德》，《东方文库》第 1 编，商务印书馆，1924，第 32～33 页。这篇长文最初发表于《东方杂志》第 19 卷 1922 年 8 月 10 日、9 月 10 日和 25 日第 15、17～18 期。他们的看法稍有不同。在谈到文学史上的经典之作时，张闻天提到《伊利亚特》和《奥德赛》，而莎士比亚的戏剧中只提到《哈姆莱特》。参见 M. Gálik, "Young Zhang Wentian and His Goethe's *Faust*," *Asian and African Studies*（Bratislava）8（1999）1, pp. 3–16。
⑤ 朱维之：《基督教与文学》，第 45～46 页。

历史：

> 它那复杂的事态，广大范围的道德真理和极复杂的情感，比起《伊利亚特》来，真可说是汪洋大海之比江河呢。①

从文学的角度看，这似乎有些夸张，但对于读到这个典故的中国读者来说，则会一目了然，印象深刻。此典故出自《庄子·秋水》，写河伯顺流而东行，至于北海，东面而视，不见水端，于是"望洋兴叹"。②

但丁固然也能如《圣经》作者一样，深入魔鬼的地狱；也能高升到天堂，在上帝面前认识人生的奥秘。他虽能深能高，但"只游入太虚幻境，而真正神圣的火焰，常为中世纪神学的狭隘所障蔽"。③ 所以《神曲》断不及《圣经》那样普遍地感动万人。在此，朱维之暗指了中国古典文学的另一本名著，即曹雪芹的《红楼梦》。该小说中的"太虚幻境"是第 5 章中秦可卿以及金陵十二钗的梦幻居所，或是从第 17 章至第 97 章中贾宝玉及其年轻丫鬟所居住的大观园，直至他所爱恋的林黛玉死去。朱维之并未进一步说明，也未把《红楼梦》与《圣经》进行对比分析。④

朱维之认同丁司牧的结论，即除了《圣经》之外，再也没有比这三部作品更伟大的了。他觉得要在中国文学方面也选出几部杰作来和《圣经》比较，"可是太难了"。⑤ 在此结论之后，他提出以下几个选择：屈原（约前 340～前 278）的《离骚》，杜甫（712～770）的诗，以及 14 世纪施耐庵的《水浒传》。基于李贽（1527～1602）对《水浒传》冠以"忠义"二字代表勇敢、慷慨或豪爽等德行，朱维之指出了它与《伊利亚特》之间的相似之处，因为小说中描写了 108 位好汉替天行道、为弱小打抱不平、抵抗强暴的行为。屈原很像但丁。尽管但丁是一个由地狱走向炼狱、渐达天堂的基督徒，而屈原是一个在天上和人间都没能找到"美人"，失望之极，最终自沉于汨罗江的巫神崇拜者，但这两位诗人在天才、风格、兴趣等方

---

① 朱维之：《基督教与文学》，第 45 页。
② 《庄子引得》，哈佛燕京学社，1947，第 42 页以及 Burton Watson's translation in *The Complete Works of Chuang Tze*（New York-London, 1968），pp. 175–176。
③ 朱维之：《基督教与文学》，第 45 页。
④ 曹雪芹：《红楼梦》卷 3，人民文学出版社，1985，第 224～1378 页。英译本可以参见：Yang Hsien-yi（杨宪益）and Gladys Yang（戴乃迭）翻译的 *A Dream of Red Mansions*，3 Vols.（Beijing：Waiwen Press, 1978），Vol. 1, p. 226 up to Vol. 3, p. 256。
⑤ 朱维之：《基督教与文学》，第 46 页。

面非常相似。这里指出了《圣经》中有关"远游"的幻象，包括现实与超自然的方面。杜甫与莎士比亚亦是两位可以相互媲美的诗人，被称为"诗圣"。不过在后面这个例子中，我们看不出它们与《圣经》的关联。①

在当代比较文学学者看来，朱维之的这种思考方式别出心裁，因为他所处的那个时代比较研究中的类型学方法尚未发展起来。其观点在20世纪40年代初的中国文学批评中简直是前所未闻。因此，这一点有必要得到学界的高度评价。

朱维之认为，在世界无论哪一个民族的伟大文学中，《圣经》都有极高的地位，纵然不说是唯一的、最伟大的书，也该说是包罗万象、综合众美的一部伟大文集。其最大的特点，在于"博大精深"。② 因为《圣经》包有广泛的人生经验、真理和复杂多样的情绪，所以能够震动古今东西各民族的心弦，给人以崇高的美感，给人以无限的慰藉，并且救赎了无数人的灵魂，从地狱般的黑暗中，超度到光明的天国里。它是世界上（包括中国）唯一销行最广的、译本种类最多的书。1939年，有224000册《圣经》被售出。③

《圣经》之伟大，在于它是古往今来最深入广大群众的唯一作品。对大多数人来说，它具有特别广泛的真理和复杂多样的情绪。④ 在此，朱维之再次从托尔斯泰那里获得证据。在他写作我们正在分析的这部论著时，托尔斯泰的书成为他忠实的助手：

> 《伊利亚特》、《奥德赛》、以撒、雅各和约瑟夫的故事、希伯来预言、《诗篇》、福音故事、释迦牟尼的故事，还有《吠陀经》的赞美诗；所有这些都传达了非常高尚的情感，对我们现在的人，不管是否受过教育，都是可以理解的，就像它们对很久以前那个时代的人（他们甚至比我们现在的体力劳动者所受的教育还要少）是可以理解的一样。⑤

在论述希伯来民族时，朱维之特别强调其民族所经历的苦难与屈辱，

---

① 朱维之：《基督教与文学》，第47页。
② 朱维之：《基督教与文学》，第49页。
③ 朱维之：《基督教与文学》，第50页。
④ 朱维之：《基督教与文学》，第51页。
⑤ Leo Tolstoy, *What is Art?*, pp. 102–103.

而这一点——我认为在 1940 年——对他而言，可与中国被日本侵占的形势相提并论。他指出希伯来民族自古以来直觉地感知上帝的存在，在患难中满怀希望——尽管在不同时期它被埃及、亚述、巴比伦等强国所征服，夹在其中，经历了极其严重的磨难，陷入几近绝望的境地。①

面对迫在眉睫的日本军国主义的威胁及其独裁统治推行的"大东亚共荣圈"的企图，朱维之引用了《耶利米书》51：34～36，以此表明"自己的"中华民族绝不会被"万军之主"所抛弃，乌云之后将是无限的光明：

以色列人——巴比伦王尼布甲尼撒吞灭我，压碎我，/使我成为空虚的器皿！他像恶龙，将我吞下，/将我珍馐，充他肚肠，/并且把我驱逐出去！

锡安——巴比伦以强暴待我，/损伤我的身体，/愿这罪归他身上！

耶路撒冷——/愿流我血的罪，/归到迦勒底的居民！

耶和华——我必为你伸冤，为你报仇；/我必使巴比伦的海枯竭，/使她的泉源干涸！

同时，朱维之还引用了《诗篇》126：4～5：

耶和华啊，求你使我们被掳的人归回，/好像南方的河水复流。/流泪撒种的，必欢呼收割，/那流泪带种出去的，必要欢乐带禾捆回来。

在讨论到其他先知文学时，朱维之明确指出希伯来人经历的痛苦屈辱。例如，《以赛亚书》第 40～66 章描述了巴比伦之囚和重返故土后的情形。那时，虽然耶路撒冷的城墙尚未建造起来，但神殿已耸立。不过，他对灾难的想象不是引自《以赛亚书》，而是大量引用了《哈巴谷书》3：10～13。它被摩尔登（R. G. Moulton）教授誉为"先知狂欢歌"②（prophetic rhapsody），一首描述希伯来人在迦勒底人（即新巴比伦人）铁

---

① 朱维之：《基督教与文学》，第 52 页。

② R. G. Moulton, *The Literature Study of the Bible* (Boston, 1899). 参见摩尔登《圣经之文学研究》，贾立言编译，广学会，1936。朱维之：《基督教与文学》，第 64 页。

蹄蹂躏下的狂欢歌：

> 山岭见你无不战惧；/大水泛滥过去；/深渊发声，/汹涌翻腾；/
> 因你的箭射出发光，/你的枪闪出光耀，/日月都在本宫停住。/你发
> 愤恨通行大地，/发怒气责打列国如同打粮。/你出来要拯救你的百
> 姓，/拯救你的受膏者；/打破恶人家长的头/露出他的脚直到颈
> 项……

在谈论这篇先知文学的结尾，朱维之高度评价这首《圣经》中的"破灭歌"①（摩尔登），并大量引用《以西结书》27：3～11、27中的《推罗破灭歌》，这些段落描写了宏伟壮观的腓尼基城市推罗的衰落及其灭亡的悲惨结局：

> 你的资财、物件、水手、掌舵的、补缝的、经营交易的，并你中
> 间的战士和人民，在你破坏的日子里必都沉在海中。

对于汉学家来说，朱维之这本著作中有关《圣经》对中国影响的结论极具启发性。

"十几年前"许地山（1893～1941）重新翻译《雅歌》，载于《生命》杂志。② 更引人瞩目的是，中国现代翻译之父严复（1853～1921）曾将《马可福音》中的几个章节译为中文。③ 遗憾的是，他后来没有继续这项工作。与《旧约》中的其他部分相比，也许《雅歌》更吸引中国文人。除许地山外，在抗日战争之前至少有另外两个作家将这首爱情诗中的珍品译为中文，吴曙天（1903～1946）的中译本出版于1930年④，陈梦家（1911～1966）的中译本出版于1932年。⑤ 但朱维之未提及这些以小册子形式出版的《雅歌》中译本，也许对他而言，在残酷的战争年代，爱情主题显得微

---

① 朱维之：《基督教与文学》，第62～64页。
② 朱维之：《基督教与文学》，第72页。
③ 严复：《马可所传福音》（第1章至第4章），救主降世一千九百零八年，圣书公会印发光绪三十四年（1908）岁次戊申，上海商务印书馆代印。
④ 唐弢：《"雅歌"中译》，载《晦庵书话》，生活·读书·新知三联书店，1980，第447～448页。有关女作家吴曙天的生平及创作的简介，参见 Raoul David Findeisen（冯铁），"Wu Shutian. 'Eine Schriftstellerin sechsten Ranges'?" in *minima sinica* 1996/1, pp. 74–82。
⑤ 《歌中之歌》，陈梦家译，良友图书公司，1932。

不足道，虽然它具有一定的价值。

我是通过唐弢（1913～1992）的一篇短文才得知上述的第一个《雅歌》译本的。唐弢是一位著述颇丰的中国现代文学史家。他欣赏吴曙天译本的原因非常简单，即该译文使用了散文体而非诗歌体。《雅歌》被划分为5章和5天。这在《雅歌》中译本中非常特别。也许唐弢喜欢该小书附录中薛冰的文章《"雅歌"之文学研究》，并引用了其中的一段，其中描写了一个名为书密拉（为什么不是书拉密呢？）的美丽少女——她是一个无名的牧羊人——和所罗门王一起玩浪漫游戏。最后，所罗门假扮为牧人独自跟随她走进树林，而她却消失无踪。[①] 也许她接受了《雅歌》第8章最后一节的忠告："我的良人哪，求你快来。如羚羊或小鹿在香草山上。"

该书的附录收录了周作人的《圣书与中国文学》和他翻译的哈夫洛克·蔼里士（Havelock Ellis，1859～1938）研究《雅歌》与《传道书》的文章，以及冯三昧的《论"雅歌"》。[②] 其中还包括周作人的另一篇短文《〈旧约〉与恋爱诗》，该文可能紧随前面提及的那篇文章而写，或与之同时写作（标注为1921年1月）。虽然朱维之没有提到此文，但它对于我们研究中国文学如何接受《圣经》的影响颇有借鉴作用。在文中，周作人主要依据谟尔的观点[③]，反对一篇题为《基督教与妇人》的文章对《雅歌》的攻击，极力维护《雅歌》的道德与美学价值。《基督教与妇人》一文发表于《新佛教》的基督教批评专号上。[④] 根据该文提及的资料来看，《基督教与妇人》谴责《雅歌》"把妇人的人格看得太轻漂了"，又引了《雅歌》第8章第6节作为证据，说这"是极不好的状妇人之词"，在为此节"爱情如死之坚强，嫉恨如阴间之残忍"做辩护的时候，周作人认为"它只是形容爱与妒的猛烈，我们不承认男女关系是不洁的事，所以也不承认爱与妒为不好"。[⑤]

需要提及的是，由于当时人们，尤其是外国传教士往往对待本土宗教及其活动持有不宽容的态度，佛教徒对基督教的过激批评亦情有可原。[⑥]

陈梦家出生于一个基督徒家庭，是浙江一位新教牧师的儿子。但在21

---

① 唐弢：《"雅歌"中译》，载《晦庵书话》，第448页。
② 唐弢：《"雅歌"中译》，载《晦庵书话》，第447页。
③ 周作人：《谈龙集》，开明书店，1927，第247～249页。
④ 周作人：《谈龙集》，第248页。
⑤ 周作人：《谈龙集》，第248页。
⑥ Holmes Welch, *The Buddhist Revival in China* (Cambridge, Mass, 1968), pp. 183–186.

岁左右，他才系统深入地阅读了《圣经》：

> 近来常为不清净而使心如野马，我惟一的活疗，就是多看《圣经》，《圣经》在我寂寞中或失意中总是最有益的朋友。这一部精深渊博的《圣经》，不但启示我们灵魂的超迈，或是感情的热烈与真实，它还留给我们许多篇最可欣赏的文学作品。其中的诗，传说上认为所罗门王所写的《歌中之歌》，是一首最可撼人的抒情诗。①

在讨论《圣经》的深刻内涵与广博内容时，我们不难发现陈梦家与朱维之的观点类似；当谈到情感的影响力时，其见解与托尔斯泰也颇为一致。但陈梦家最感兴趣的并非托尔斯泰的书，而是摩尔登的《〈圣经〉的现代读者》（*The Modern Reader's Bible*，New York 1906），这是一部有关《圣经》的阐释与改写本。② 摩尔登把《雅歌》分为 7 个牧歌，而陈梦家的《歌中之歌》则将全诗分为 17 阙。陈梦家认为，这首希伯来杰作表达的是"上帝是他们灵魂上的爱，他们肉体的上帝是女人"。与佛教徒的禁欲相反，陈梦家认为，"希伯来民族的'爱'，是有脅力的、强蛮的，而且是信仰。他们诚实与简单的叙述，却胜过一切繁文富丽的修饰，他们的爱是白色的火"。③ 如：

> 你的头如像迦密山，/你的秀发仿佛紫云，/你的发髻是王的囚栏。/你是如何美好，如何可爱，/阿，爱，为了喜快！/你的身体好比一株棕树，/你的两乳葡萄一样挂住。/我说，我要上这棕树，/我要攀住枝桠。（陈梦家《歌中之歌》）

陈梦家在 1932 年 3 月底完成了《歌中之歌》的翻译，即日军攻占上海后的两个月。此后几天，中国末代皇帝溥仪被宣布为伪满洲国的皇帝。不过，与朱维之的论著不同，我们在这个中译本中一点也感觉不到当时阴郁窒息的氛围，反而是青岛的李树正含苞绽放。④《雅歌》描写的季节恰是春天。⑤

朱维之也提到《雅歌》，甚至将它与据传屈原所写的《九歌》进行了

---

① 陈梦家：《歌中之歌》"译序"，第 1 页。
② 陈梦家：《歌中之歌》"译序"，第 6 页。
③ 陈梦家：《歌中之歌》"译序"，第 2 页。
④ 陈梦家：《歌中之歌》"译序"，第 11 页。
⑤ 穆木天：《〈梦家诗集〉与〈铁马集〉》，《现代》4（1934）6，第 1064～1070 页。

比较，这在中国学者中独树一帜。因为其他学者一般都是把《雅歌》与《诗经》进行比较。① 虽然在《基督教与文学》中，朱维之只是泛泛地比较了《雅歌》与《九歌》，但在他后来的著作《文艺宗教论集》② 中，对此则有细致入微的论述。朱维之将两部作品中描述的爱理解为人对神或上帝的爱，以及人与人之间互相吸引和彼此依恋的亲密关系。

后来，《诗篇》成为朱维之文学批评聚焦的一个对象。《文艺宗教论集》收入了他一篇研究分析《诗篇》的文章。1941 年，朱维之高度评价天主教法官、外交官吴经熊（John C. H. Wu，1899～1986）首次用文言文翻译《圣咏篇》（即《诗篇》）的工作。吴经熊最初使用五言体翻译《诗篇》，后来被新教徒的蒋介石"修正"为四言体，好似《诗经》中的诗。③ 朱维之在其论著中全文引用了《诗篇》第 19 首。中国文人一致称道吴经熊的中译本端庄典雅，这些古体诗句唤起了天国的美妙胜景："乾坤揭主荣，碧穹布化工"。在《诗篇》作者的语言述说中，耶和华的词语真实，全然公义，"价值迈金石，滋味胜蜜饴"。

时代的危机氛围迫使朱维之更多关注《圣经》中与此相关的主题。如《耶利米哀歌》，据传它是耶利米所作，但他并非真正的作者。显然，在公元前 586 年巴比伦入侵占领耶路撒冷与 1937 年日本侵略中国，在巴比伦人对犹太人的暴行与日军对中国人的暴行之间，存在某种历史的相似性。

早在 1934 年，朱维之已开始用"骚体"试译《哀歌》，这是屈原及其继承者所使用的楚国哀歌体。④ 在他之前，"全国基督徒文学协会"成员之一李荣芳已采纳"骚体"将五首全部译出。李荣芳的想法与吴经熊大致相似，只是稍有一点不同：吴经熊是以一种忧愁、焦虑、疑惑、相信、爱、

---

① 裴薄言：《〈诗经〉比较研究》，《中外文学》11（1982）8、9，第 4～55 页；Zhang Longxi（张隆溪），"The Letter or the Spirit：The Song of Songs, Allegoresis, and The Book of Poetry," in *Comparative Literature* 39（1987）3，pp. 193－217；Christoph Harbsmeier，"Eroticism in Early Chinese Poetry：Sundry Comparative Notes," in Helwig Schmidt-Glintzer, ed. , *Das andere China：Festschrift für Wolfgang Bauer zum 65. Geburtstag*（Wiesbaden, 1995），pp. 323－380；M. Gálik，"The Song of Songs（*Šir Hašširim*）and the Book of Songs（*Shijing*）：An Attempt at Comparative Analysis," in *Asian and African Studies*（Bratislava）6（1997）1，pp. 45－75。

② 朱维之：《文艺宗教论集》，青年协会书局，1951。

③ 参见 Francis K. H. So（苏其康）："Wu Ching-hsiung's Chinese Translations of Images of the Most High in the Psalms," in Irene Eber and others, eds. , *Bible in Modern China：The Literary and Intellectual Impact*（Sankt Augustin-Nettetal, 1999），pp. 321－349。

④ 朱维之：《基督教与文学》，第 76 页。

赞美、祷告和沉思的态度解决家仇国恨，而李荣芳则借这首世界文学中的著名哀歌抒发了中华民族正在经受的苦难与屈辱。朱维之完整地引用了李荣芳以骚体翻译的《耶利米哀歌》第4章，它描述了一个亲历者目睹的耶路撒冷的陷落。其1、5、6节中译文如下：

> 1. 何黄金之暗澹兮，何精金之甚甚，
> 彼圣阙之叠磐兮，委空衢而愁惨。
> ………
> 5. 享珍馐之王孙兮，伏路衢而消亡，
> 曾衣锦而食绯兮，兹偃卧于粪壤。
> 6. 所多玛之疾亡兮，非人力之所为。
> 今我民之罪愆兮，视所邑而尤亏。

无论是在内在情绪还是外在描摹上，《耶利米哀歌》的中译文与《九辩》都有类似之处。据传宋玉是《九辩》的作者，他曾出入楚襄王（公元前298年至公元前265年在位）的宫廷中，其哀诗被誉为悲怆郁结，辞藻华丽，铿锵有力①：

> 窃美申包胥之气晟兮，恐时世之不固。
> 何时俗之工巧兮？灭规矩而改凿！
> 独耿介而不随兮，愿慕先圣之遗教。
> 处浊世而显荣兮，非余心之所乐。
> 与其无义而有名兮，宁穷处而守高。②

申包胥是另一个著名历史人物伍子胥的有力对手，但司马迁（前145～约前86）认为他俩其实也是好友。③伍子胥率越国军队攻入楚国都城，将杀害了他父亲和兄长的楚平王鞭尸。一方面，他被视为孝道的典范，另一方面，其行为却有悖于礼节与规矩。申包胥批评伍子胥说：

> 子之报仇，其以甚乎！……今子故平王之臣，亲北面而事之，今

---

① 《楚辞》（*Ch'u Tz'u. The Songs of South*），trans. by David Hawkes（Oxford, 1959），p. 96。
② 引文出自霍克斯的翻译，稍有改动。王逸（约125）最早编撰了《楚辞》，后由沈雁冰（即茅盾）编辑，会文堂书局，1928，第80页。
③ 申包胥走秦告急，求救于秦。

至于戮死人，此岂其无天道之极乎？①

乍看之下，在尼布甲尼撒王与伍子胥、《耶利米哀歌》第 4 章的佚名作者与宋玉要表达的同情心之间，表面上并无太多相似之处，但对其中的残暴与非人道的谴责却是一致的。楚平王（卒于公元前 506 年之前）生活于尼布甲尼撒之后不到一个世纪期间。使用"骚体"来翻译《耶利米哀歌》，真是恰到好处，这有助于中国读者以"中国化"的调适方式接受、理解它，使其成为本土文化遗产的一部分。

《旧约》对现代文学创作的影响稍逊于文学批评。《诗篇》第 19 首和第 23 首对著名女诗人、女作家冰心（1900～1999）早期皈依基督教具有潜移默化的影响。她的许多诗作使人想起繁星密布的苍穹。② 20 世纪 20 年代的另一位作家向培良（1905～1961）曾被鲁迅称赞。向培良借用了大卫王之子暗嫩与妹妹他玛的冲突情节，创作了中国版独幕剧《暗嫩》。③

20 世纪 40 年代初的另外两篇现代中国短篇小说，名扬一时。这两篇小说都写到了抗日战争时期的国内局势和前前后后的一些预言。第一篇小说《使命》发表于 1940 年，其作者李健吾（1906～1982）是一位作家、剧作家和学者。④ 作为一名研究福楼拜（Gustave Flaubert）的杰出专家⑤，他曾翻译了长篇小说《圣安东的诱惑》和两篇短篇小说《慈悲·圣·朱莲的传说》（*La Légende de Saint Julien d'Hospitalier*）、《希罗底》（*Herodias*）。从这些译著来看，他肯定花费了一些时间研读《圣经》。⑥

---

① 司马迁《史记》卷 66，见《四部备要》，台北：中华书局，1966，第 4B 页。英译本参见 Yang Hsienyi and Gladys Yang trans. *Records of the Historian*（Beijing：Waiwen Press, 1979），p. 41。

② 参见 M. Gálik, "Studies in Modern Chinese Intellectual History. Ⅵ. Young Bing Xin（1919－1923），" *Asian and African Studies*（Bratislava）2（1993）1, pp. 41－60。

③ 鲁迅《〈小说二集〉导言》，载《中国新文学大系导论集》（第 2 版），良友图书公司，1945，第 139～140 页。M. Gálik, "Temptation of the Princess：Xiang Peiliang's Version of Amnon's and Tamar's Last *Rendezvous*," in M. Gálik, *Influence, Translation and Parallels：Selected Studies on the Bible In China*（Sankt Augustin：Monumenta Serica Institute, 2004），pp. 287－250.

④ 参见北京语言学院《中国文学家辞典》编委会编《中国文学家辞典》第 2 卷，四川人民出版社，1982，第 396～399 页。

⑤ 参见北京语言学院《中国文学家辞典》编委会编《中国文学家辞典》第 2 卷，第 398 页。

⑥ "外国文学"条目参见北京图书馆编《民国时期总书目（1911～1949）》，书目文献出版社，1987，第 135 页。

李健吾的《使命》开头描述了1937年7月1日日本侵华之时，有六个人（五个失业的教员和一个学生）应聘为宣传员，传播抵抗侵略者的"福音"。在一本杂志中，他们读到希伯来预言书中的一段，大概是对《以赛亚书》和《耶利米书》中的片段摘引或半模仿。罗宾逊曾将其译为英语：

> 有你们苦受的，百姓！犹太的叛逆，以法莲的酒鬼，住在肥沃的山谷，酒喝的蹒跚的人们！……摩押，你要和麻雀一样逃入柏林，和跳鼠一样逃入山穴。堡子大门比胡桃壳碎的还要快，墙要倒而城要烧；上天的惩罚仍不会中止。他要在你们自己的血里翻转你们的四肢，好像毛在染坊的缸里。他要像把新锄撕烂你们；他要把你们的肉一块一块散在山上！①

这些预言性的句子主要来源于（稍有改动）《以赛亚书》28：1、7：

> 祸哉以法莲的酒徒，住在肥美谷的山上，他们心里高傲，以所夸的为冠冕，有如将残之花。但就是这地的人（Judah）的儿子们，也因酒摇摇晃晃，因浓酒东倒西歪，祭司和先知因浓酒摇摇晃晃，被酒所困，因酒东倒西歪，他们错解默示，谬行审判。

接着是《以赛亚书》16：2、4：

> 摩押的居民在亚嫩渡口，必像游飞的鸟，如拆窝的雏；求你容我这被赶散的人和你同居。至于摩押，求你作他的隐密处，脱离灭命者的面。勒索人的归于无有，毁灭的事止息了，欺压人的从国中除灭了。

随后是《以赛亚书》17：9：

> 在那日他们的坚固城，必像树林中和山顶上所抛弃的地方，就是从前在以色列人面前被人抛弃的。这样，地就荒凉了。

最后是《耶利米书》6：25：

---

① 张祝龄：《对于许地山教授的一个回忆》，载《追悼许地山先生纪念特刊》，香港，1941，第14页。引自 L. S. Robinson, *Double-edged Sword: Christianity & 20ᵗʰ Century Chinese Fiction* (Hong Kong: Tao Fong Shan Ecumenical Centre, 1986), p. 147。

　　你们不要往田野去，也不要行在路上。因四周有仇敌的刀剑和惊吓。

　　面对那些中国基督徒，他们想要说服他们去抵抗日本侵略者，这不过是误用了这些预言。因此，六位宣传者饱受挫折，收获甚微。在经历了10天失败的宣讲后，他们来到了一个教会，这里住着一位年长的外国天主教神父。在做晚祷时，这位神父与他们一起阅读了《耶利米书》4：19～22：

　　我的肺腑呵，我的肺腑，我心疼痛。我心在我里面，烦躁不安。我不能静默不言。因为我已经听见角声，和打仗的喊声。毁坏的信息连络不绝。因为全地荒废。我的帐棚，忽然毁坏，我的幔子，顷刻破裂。我看见大旗，听见角声，要到几时呢。我的百姓愚顽，不认识我。他们是愚昧无知的儿女。有智慧行恶，没有智识行善。①

　　此话被这六位新的预言者视为外国人对他们的亵渎，对同胞的侮辱。中国人不需要上帝来帮助他们。其中一位忍无可忍，在教堂中大声喊道：

　　不对！不对！不要信他！他在用一本古书哄骗你们！救我们的不是什么耶和华——是我们自己！自己！你们自己！②

　　故事以这位天主教传教士的话结束，他不相信中国的宣传者会成功。他确信中国农民不会理解中国知识分子的想法，并引用孔子的话来支持自己的论断：

　　子曰："中人以上，可以语上也；中人以下，不可以语上也。"③

　　看来这位西方传教士比中国知识分子更了解中国的农民。
　　第二本小说是茅盾在1942年发表的《参孙的复仇》。④ 它叙述的是神

---

① L. S. Robinson, *Double-edged Sword*: *Christianity & 20th Century Chinese Fiction* (Hong Kong: Tao Fong Shan Ecumenical Centre, 1986), p. 149.

② L. S. Robinson, *Double-edged Sword*: *Christianity & 20th Century Chinese Fiction* (Hong Kong: Tao Fong Shan Ecumenical Centre, 1986), p. 100.

③ 李健吾：《使命》，文化生活出版社，1940，第20页；《论语》英译本参见 Arthur Waley trans., *The Analects of Confucious* (London, 1964), p. 119.

④ 参见 M. Gálik, "Mythopoeic Warrior and *Femme Fatale*: Mao Dun's Version of Samson and Delilah," in Irene Eber and others, eds., *Bible in Modern China*: *The Literary and Intellectual Impact* (Sankt Augustin-Nettetal, 1999), pp. 301–320.

话时代的一位武士遇到了邻邦敌对国的女子，结局是主人公和非利士人同归于尽的悲剧（小说并未描述有关大利拉的境况）。与《使命》的作者不同，茅盾虽然不相信上帝的存在，但非常熟稔《圣经》故事的遗产，包括上帝以杀死 3000 名敌人的方式介入历史。同样，与李健吾小说中的虚构故事不同，茅盾的小说模拟了《士师记》14～16 章，只是在叙述方法、心理与环境描写等方面稍做改动。①

在抗日战争期间还有另一本小说值得一提，即巴金（1904～2005）的"抗战三部曲"之三《田惠世》。② 田惠世是小说主人公的名字。与其他多数无神论革命者不同，他是一个基督徒。他年老体衰，疾病缠身，在小说结束前死去。其理想是成为一个基督教菩萨："不要进入上帝一个人的王国，而是去拯救自己的同胞于苦海。"③

这部小说的最早版是以摩西在何烈山上目睹燃烧的灌木丛的景象结束。田惠世的女儿为父亲扫墓。夕阳西下，她看到树后夕阳放射出鲜艳的光芒，树林似乎在燃烧。她取出《圣经》（《出埃及记》3：1～5）读道：

> 摩西牧养他岳父米甸祭司叶忒罗的羊群，一日领羊群往野外去，到了神的山，就是何烈山。耶和华的使者从荆棘里火焰中向摩西显现。摩西观看，不料，荆棘被火烧着，却没有烧毁。摩西说，我要过去看这大异象，这荆棘为何没有烧坏呢。神见他过去要看，就从荆棘里呼叫，说，摩西，摩西，他说，我在这里。神说，不要近前来，当把你脚上的鞋脱下来，因为你所站之地是圣地。④

引文戛然而止。田惠世的女儿合上《圣经》，注视着似乎在燃烧的树林。巴金或许不想深究燃烧的灌木丛所具有的神话意义。上帝在《出埃及记》3：7～8 中赋予了摩西以使命，在这部小说中并未引用：

---

① 参见 M. Gálik, "Mythopoeic Warrior and *Femme Fatale*：Mao Dun's Version of Samson and Delilah," in Irene Eber and others, eds., *Bible in Modern China*：*The Literary and Intellectual Impact*（Sankt Augustin-Nettetal, 1999）, pp. 314–317。

② L. S. Robinson, *Double-edged Sword*：*Christianity & 20th Century Chinese Fiction*（Hong Kong：Tao Fong Shan Ecumenical Centre, 1986）, pp. 159–171.

③ Olga Lang, *Pa Chin and His Writings*：*Chinese Youth between the Two Revolutions*（Cambridge, Mass., 1967）, p. 209.

④ L. S. Robinson, *Double-edged Sword*：*Christianity & 20th Century Chinese Fiction*（Hong Kong：Tao Fong Shan Ecumenical Centre, 1986）, p. 169.

> 耶和华说，我的百姓在埃及所受的困苦，我实在看见了。他们因受督工的辖制所发出的哀声，我也听见了。我原知道他们的痛苦。我下来是要救他们脱离埃及人的手，领他们出了那地，到美好宽阔流奶与蜜之地。

对于巴金来说，这个"远景"（vision）对于本民族和同时代人而言，似乎遥不可及。他以如此"虚幻的结局"来结束其三部曲，这可能是最真诚而有效的解决途径。

不难看出，从抗日战争开始至 1949 年新中国成立之前，有关《旧约》题材的作品并不多见。可惜对中华民国此类题材创作情况的研究，我至今仍是心有余而力不足。

在此，有必要提及钱锺书（1910～1998）文集《人·兽·鬼》① 中的一个短篇小说《上帝的梦》。从哲学和文学的角度看，它比上文提到的几部小说更有价值。我个人视其为伏尔泰（Voltaire，1694～1778）《老实人》（又译《堪第德》）的文学传承。它是对这个充满忧愁与泪水的世界抱有某种毫无缘由的乐观主义的讽刺性描述。这个小说充满着"许多滑稽的插曲、对欧洲与中国文学文化的评论和影射，以及对当前欧洲文化中的某些观念与象征的一系列嘲讽评论"。② 伏尔泰的嘲讽直接针对单纯而诚实的堪第德及其导师潘格罗斯，而钱锺书以同样的方式面对上帝，以他自己的宇宙进化论与本体论为献祭。罗素（Bertrand Russell，1872～1970）认为这个潘格罗斯形象是伏尔泰对莱布尼兹（Leibnitz，1646～1716）的一个漫画式讽刺。后者曾宣称我们的这个世界是"所有可能存在的世界中最好的世界"。对此，布拉德利（F. H. Bradley）嘲讽地评述"其中每件事皆具有某种必要的恶"。③

钱锺书的小说主题来源于《创世记》1～2 章，主要情节是 19 世纪和 20 世纪上半叶出现的一种理论，即认为《创世记》所描述的人类还未存在的年代，上帝自己经历了进化的全部过程。但是"神看着是好的"这句话造成了一种错觉，上帝总是在一种新物种创造完成之后不断重复，甚至在创造人后，依然声称"一切所造的都甚好"；即便是在宇宙与大地消失后，这种错觉也未曾消失，这种乐观的错觉在上帝的梦中一再出现。但是在创

---

① 钱锺书：《人·兽·鬼》，开明书店，1946，第 1～20 页。

② Zbigniew Stupski's Review in *a Selective Guide to Chinese Literature*, *1900 - 1949*, Vol. 2: *The Short Story* (Leiden, 1988), p. 145.

③ Bertrand Russell, *History of Western Philosophy* (London, 1946), p. 604.

造了男人和女人之后，他感觉到的只有愤怒、厌倦和幻灭。全能的上帝不仅面对自己的创造物无能为力，对自己的梦也如此。钱锺书的这个短篇小说非常值得我们关注。

1951 年，朱维之顺利地出版了《文艺宗教论集》。在 1980 年中国人重新开始《圣经》研究时，该书几乎成了一个绝唱。1980 年后，朱维之得以"复出"，成为将《圣经》文学重新引介到中国学界的重要学者之一。①

在我的一项研究中，我已分析了 1980 ~ 1990 年中国关于《旧约》批评研究与出版的情况。② 因此在本文中，我主要聚焦于 1992 年 7 月后所发表的论著。在中国—希伯来、中国—犹太文学研究的发展历程中，1992 年标志着进入到一个新阶段。九江师范高等专科学校的"犹太文学研究中心"于 1997 年 7 月 10 ~ 19 日在江西庐山召开了"中国首次犹太文学国际学术研讨会"，来自 15 所大学的 30 位学者讨论了有关犹太文学、犹太文学研究在中国的历史与现状、美国犹太文学等议题。两位重要的《旧约》研究者梁工和刘连祥阐述了他们对《旧约》的看法及其与犹太文学或比较文学研究的关系。③ 遗憾的是，我至今未能读到刘连祥的文章。梁工的《古犹太文学如是说》④ 简要地介绍了《圣经》文学发展的历史以及《次经》、《伪经》和《死海古卷》，概要地描述了它们与近东、埃及和希腊文学的关系，及其对后来欧美文学的影响。在这篇文章中，梁工"挖掘"了《圣经》文学研究中闻一多（1899 ~ 1946）的文章《文学的历史动向》。⑤ 在这篇一直被忽视的颇具启发性的论文中，闻一多指出包括中国、印度、希伯来和希腊在内的四种伟大文学几乎同时进入文学世界，对后来的文学发展产生了深远的影响。大约在公元前 1000 年时，一系列文学经典同时问世，如《诗经》中的《周颂》、《大雅》，《吠陀经》，

---

① 关于朱维之在 20 世纪 80 年代和 20 世纪 90 年代前半期的情况，参见 Liang Gong（梁工），"Twenty Years of Biblical Studies of Biblical Literature in the People's Republic of China, 1976—1996," in Irene Eber and others, eds., *Bible in Modern China*: *The Literary and Intellectual Impact*, pp. 383-407。

② M. Gálik, "The Reception of the Bible in Mainland China（1980 - 1992）: Observation of a Literary Comparatist," *Asian and African Studies*（Bratislava）4（1995）1, pp. 24-46.

③ 吴晗：《1992 年犹太文学庐山研讨会纪要》，《外国文学研究》1992 年第 3 期，第 140 页。

④ 梁工：《古犹太文学如是说》，《外国文学研究》1993 年第 1 期，第 33 ~ 38 页。

⑤ 北京大学比较文学研究所编《中国比较文学研究资料 1919 ~ 1949》，第 85 ~ 90 页。

《诗篇》中最古老的部分，《伊利亚特》和《奥德赛》。闻一多强调，中国人应该"受"（接受）外国文学，这有助于 20 世纪中国文学的发展，而此前的主要趋势是前现代中国"予"（给予）影响邻邦（也有一些重要的例外）。如果说希腊与印度文学在中国获得了充分的研究，那么相比之下，希伯来（在某些年代完全）被忽视了，故应得到更多的关注。

自庐山研讨会以来，在《圣经》研究领域（尤其是批评方面）所做出的努力的确卓有成效。无论如何，如今这方面的研究更具组织性。1994 年 10 月 10～12 日在北京召开了另一次大型会议"犹太文学国际学术研讨会"。来自中国内地、香港和美国、加拿大的 100 多名代表参加了会议，一起讨论了《圣经》研究的方方面面，其中包括《圣经》与文学。① 伊爱莲于 1996 年 6 月 23～28 日在耶路撒冷希伯来大学斯科普斯山主办了国际会议"《圣经》在现代中国：文学及智力的影响"，体现了中 – 希研究的新气象。大家一致希望这类会议在以后可以继续下去。②

在庐山研讨会和北京研讨会之后，可以看出，中国研究者对先知文学和《约伯书》越来越有兴趣，至少发表了 3 篇这方面的论文。梁工在《古犹太先知文学散论》③ 和阎根兴在《热情与幻想的结晶：希伯来先知文学简论》④ 中都强调了后代先知的道德教诲对道德规范的需要及其在社会、政治与经济生活中的应用。尽管它们仍不时地流露出早期研究中外来威胁与本土抵抗的倾向，但已经不再那么显而易见了。以上两篇论文的作者甚至一致引用了《何西阿书》4：1～2 中的话："因这地上无诚实、无善良、无人认识神。但起假誓、不践前言、杀害、偷盗、奸淫、行强暴、杀人流血接连不断"，以及《何西阿书》6："我喜爱良善，不喜爱祭祀，喜爱认识神，胜于燔祭"。此外，他们还引用了《以赛亚书》65：17～25 中的段落，虽然所引内容稍有差别。他们的论文也同样采纳了马克思《路易·波拿巴的雾月十八日》中的观点，马克思在谈到关于克伦威尔和英国革命时提及先知书《哈巴谷书》，并"预言了"资产阶级社会 – 政治秩序的灭亡。阎根兴

---

① Liang Gong（梁工），"Twenty Years of Biblical Studies of Biblical Literature in the People's Republic of China, 1976–1996", in Irene Eber and others, eds., *Bible in Modern China：The Literary and Intellectual Impact*, pp. 383–407。

② 2002 年 1 月 5～8 日台北辅仁大学举办了第二届"《圣经》与中国"国际研讨会。

③ 梁工：《古犹太先知文学散论》，《南开大学学报》1996 年第 3 期，第 26～30 页。

④ 阎根兴：《热情与幻想的结晶：希伯来先知文学简论》，《上海师范大学学报》（哲学社会科学版）1994 年第 4 期，第 109～112 页。

甚至将马克思提到的词"热情与幻想"① 作为论文的标题，梁工则把这句话作为论文的结尾。显然，在此期间，或多或少地运用马克思列宁主义的观点阐释《圣经》的趋势并未得到突破。

在这些会议之后，又有一些关于《圣经》与神话方面的论文发表。刘连祥的《试论〈圣经〉的神话结构》② 一文涉及先知文学方面的神话议题。刘连祥最初在南开大学读书，后来到特拉维夫大学继续从事研究工作。他试图为《圣经·旧约》之首六卷及其之后的书卷构架一个"U"形的神话发展结构。在这个"U"形模式中，起始代表较高的发展阶段，中间则是衰落阶段，甚至跌至最低点。后先知书代表了《旧约》的最后阶段，此部分的结构恰好与起始的六卷书相同。在达到"流奶与蜜之地"（《出埃及记》3：8）之后，《圣经》的这种结构模式始终没变。在《玛拉基书》4～6章的最后一节中，我们读道：

> 你们当纪念我仆人摩西的律法，就是我在何烈山为以色列众人所吩咐他的律例典章。看哪，耶和华大而可畏之日未到之前，我必差遣先知以利亚到你们那里去。他必使父亲的心转向儿女，儿女的心转向父亲，免得我来咒诅遍地。

由此可见前、后先知书之间的密切关联和类似"远象"。这个神话循环结构首先是上帝的荣耀与显现，随后是衰落，最终是上帝的大日子。它从《创世记》2～3章至《出埃及记》的结尾，从《出埃及记》到《玛拉基书》，到《希伯来圣经》最后的内容，反复出现，体现出一致性。

另有两篇论文涉及了希腊神话与希伯来神话之间的类型学比较。这两篇文章是马小朝写的《古希腊神话与〈圣经〉对西方文学影响异同论》③和《希腊神话、〈圣经〉的表象世界及其对西方文学的模式意义》④。特别是第二篇论文深入地对比了不同神话中的人、神性人物的不同模式，尤其

---

① K. Marx, *The Eighteenth Brumaire of Louis Bonaparte* (New York, 1967), p. 17.
② 刘连祥：《试论〈圣经〉的神话结构》，《上海师范大学学报》（哲学社会科学版）1992年第4期，第77～81页。
③ 马小朝：《古希腊神话与〈圣经〉对西方文学影响异同论》，《文艺研究》1994年第6期，第93～100页。
④ 马小朝：《希腊神话、〈圣经〉的表象世界及其对西方文学的模式意义》，《山东师范大学学报》1995年第5期，第71～76页。

是（两个传统中的英雄人物）在审美、伦理道德、叙事方式和丰功伟业等领域的经验与超验个性。马小朝认为，《圣经》中的《旧约》已经成为基督教遗产的重要组成部分，有必要进行专门独立的研究。但我未能搜集到比较《约伯书》与《天问》（据传屈原所作）的大部分研究资料，这或许将成为一个学术讨论的话题。

本文是一篇关于《旧约》在现代中国（1921～1996）文学批评与文学创作中的接受与复兴的简略综述。其中第一篇重要的批评论文始于周作人发表在《小说月报》上的《圣书与中国文学》。此刊是 20 世纪 20 年代中国最重要的文学刊物。本文结尾处提到梁工发表于《南开大学学报》的关于先知文学的论文。此刊是中国—犹太文学研究开拓者朱维之教授后半生生活和工作的南开大学的学报。本文论述了大约 40 位中国作家学者，他们见证了《圣经》文学的伟大，尤其是《旧约》对现代中国文学的批评实践与文学创作的深刻影响。遗憾的是，我本应提到更多的学者或作品，但由于其中一些已在其他文章中做过介绍，此不赘述；另外一些则是本作者限于中国大陆或港台方面的资料而无暇顾及的方面。

概而言之，中国 -《圣经》、中国 - 犹太文学研究已成为欧美汉学研究的一个崭新分支，我们期待该领域的研究在今后将会获得更为深入而广泛的拓展。

（刘燕　译）

（本文曾发表于《汉语言文学研究》2016 年第 4 期。）

《圣经》在20世纪中国的译介*
——以《诗篇》为例

在中国，《圣经》的翻译历史始于公元 635 年，即景教（Nestorian）传教士阿罗本（Aluoben，原名已不可知，这是其名的中文拼音）从近东到达唐朝（618~906）的都城长安。虽然传说这一时期曾有 30 余种《旧约》或《新约》中译本盛行，但除了篇章名目外，它们并未保存下来，《诗篇》（*Psalms*）即其一。①

据说《诗篇》在元朝（1206~1368）已广为人知，恰逢马可·波罗（Marco Polo）及其父亲尼可罗（Nicolo）、叔叔麦特罗（Matteo）一起在中国旅行。麦特罗与马可访问了当时南方最大的城市——杭州的一座教堂，他们发现当地的中国人手拿一卷书，其内容正是《诗篇》。② 如果此事乃真，那么它只能是唐朝时期的中译本，这时距那个时代差不多 700 年。

1294 年，方济各会（Franciscan，又称"弗朗西斯会"）的会士孟高维诺（Giovanni da Monte Corvino，1247~1328）随身携带着拉丁语与希腊语《圣经》来到元大都汉八里（Cambaluc，即现在的北京）。随后他翻译了

---

* 原文 "The Bible in Twentieth Century China against the Background of Psalms Translations"。

① 汪维藩：《〈圣经〉译本在中国》，《世界宗教研究》1992 年第 1 期，第 72 页。该文的英译文为 "The Bible in Chinese"，发表于 *The Chinese Theological Review* 8（1993）：100-123。

② 汪维藩：《〈圣经〉译本在中国》，《世界宗教研究》1992 年第 1 期，第 73 页（中文），第 104 页（英译文）。在我所看到的马可·波罗游记的版本中，没有查到这段记录。约翰·梅斯菲尔德（John Masefield）主编的《马可·波罗游记》（*The Travels of Marco Polo*）[Everyman's Library，No. 306（London，1908，repr. 1929），p. 309] 中提到了一座景教教堂。

《新约》和《圣咏》（即《诗篇》）。① 这是《圣经》第一次被译为蒙古文，即当时元朝统治者使用的语言。

17 世纪末 18 世纪初，耶稣会传教士来到中国。他们采纳的是圣哲罗姆（St. Jerome，347～419）翻译的拉丁文通行本（Vulgate）《圣经》。为了便于礼拜，传播耶稣基督的教导和生平，他们翻译了《圣经》的某些部分，但并未翻译整本《圣经》。当时至少有方济各会的罗明坚（Antonio Laghi，? ～1727）、耶稣会的贺清泰（Louis de Poirot，1735～1814）和法国外方传教会的白日升（Jean Basset，约 1662～1707）等三位天主教传教士翻译了《圣经》的部分章节，但仅以手稿留存。②

在 19 世纪初期之前，没有一本中译本《圣经》以出版物形式出版（或保存）。《圣经》的第一个中译本的最早译者是新教（Protestant）传教士。马士曼（Joshua Marshman，1768～1837）和拉沙（Joannes Lassar，1781～约1835）、马礼逊（Robert Morrison，1782～1834）和米怜（William Milne，1785～1822）于 1822 年③和 1823 年④发表了各自的译本。在随后的几十年中又陆续出版了其他一些不同版本的中译本，其中被称为"深文理"（使用典雅高深的文言文）的《圣经》中译本深受欢迎，但这种译本只有那些受过高等教育的士大夫们才能读得懂，而大众逐渐对被称为"浅文理"（浅显易懂、半文半白的语言风格）的中译本表现出极大兴趣。这类中译本的最好译者是施约瑟主教（Samuel I. J. Schereschewsky，1831～1906）。像此前的许多《圣经》译者一样，他最先尝试翻译《诗篇》，并于 1867 年发表。⑤ 施约瑟根据希伯来原文翻译的"浅文理"《圣经》中译

---

① Robert Streit, O. M. I., *Bibliotheca Missionum*, Vol. 4: *Asiatische Missionsliteratur* 1245–1599 (Aachen, 1928), pp. 38–39.

② Jost Oliver Zetzsche, *The Bible in China: The History of the Union Version or the Culmination of Protestant Missionary Bible Translation in China* (Sankt Augustin: Monumenta Serica Institute, 1999), pp. 26–30.

③ 参见 Zetzsche, *The Bible in China: The History of the Union Version or the Culmination of Protestant Missionary Bible Translation in China*, pp. 45–48。

④ 参见 Zetzsche, *The Bible in China: The History of the Union Version or the Culmination of Protestant Missionary Bible Translation in China*, pp. 33–45。

⑤ 参见 Irene Eber, *The Jewish Bishop and the Chinese Bible: S. I. J. Schereschewsky (1831–1906)* (Leiden: Brill, 1999), pp. 165–166。

本于 1902 年完成，深受欢迎，是当时出版的最佳译本。①

第一个根据希腊文翻译的中译本《新约》于 1864 年在北京出版②，译者是俄国东正教传教士固里·卡尔波夫（Gury Karpov，1814～1882）。在他之后，另一位俄国传教士、著名汉学家巴拉第·卡法罗夫（Palladii Kafarov，1817～1878）也将《诗篇》译为中文，但其译文并未出版。③

天主教传教士在翻译、出版全译本《圣经》方面姗姗来迟，只有德雅（J. J. F. Dejean）和李问渔曾经在 1893 年④和 1907 年⑤发表了他们用文言文翻译的《四史圣经译注》（*The Gospels*）与《新经全集》（*The New Testament*）。

1850 年后，世界总格局的变化推动着跨国、跨文化的文学和宗教之间的交往，促使改革甚至"革命"。⑥"深文理"和"浅文理"《圣经》译本都难以满足大众的阅读和欣赏，故有必要将白话口语，即所谓的"官话"（Mandarin，普通话）或"国语"（national language）作为语言交流的工具，使其承担起翻译外国文化与文学（包括《圣经》）的工作，把《圣经》介绍到中国来。基督新教在文化领域开始涉足翻译工作。第一个使用北京官话翻译《新约》的中译本出版于 1872 年⑦，它比以胡适（1891～1962）为

① 参见 Zetzsche，*The Bible in China*：*The History of the Union Version or the Culmination of Protestant Missionary Bible Translation in China*，pp. 181–182。

② 参见 Zetzsche，*The Bible in China*：*The History of the Union Version or the Culmination of Protestant Missionary Bible Translation in China*，p. 133。

③ 参见 Zetzsche，*The Bible in China*：*The History of the Union Version or the Culmination of Protestant Missionary Bible Translation in China*，p. 136。

④ 参见 Zetzsche，*The Bible in China*：*The History of the Union Version or the Culmination of Protestant Missionary Bible Translation in China*，p. 419。

⑤ 参见 Zetzsche，*The Bible in China*：*The History of the Union Version or the Culmination of Protestant Missionary Bible Translation in China*，p. 419。

⑥ Z. Černá *et al.*，*Setkání a proměny*：*Vznik moderní literatury v Asii*（Meeting and Transformation. The Rise of Modern Literatures in Asia）（Prague，1976）。该丛书的最初 3 卷英译本于 1965～1970 年由布拉格的学术出版社出版：*Contributions to the Study of the Rise and Development of Modern Literatures in Asia*。参见 Marián Gálik，"Some Remarks on the Process of Emancipation in Modern Asian and African Literatures," in *Asian and African Studies* 23（1988）：9–29。

⑦ 参见 Zetzsche，*The Bible in China*：*The History of the Union Version or the Culmination of Protestant Missionary Bible Translation in China*，p. 149。

代表的一些学者在 1917 年①开展的白话文运动要早 45 年。然而，还需要 28 年的时间，由一批外国传教士组成的翻译团队才能完成第一部官话《圣经》中译本。② 这部闻名中国的"和合本译本"（Mandarin Union Version）是由狄考文（Calvin W. Mateer，1836～1908）、富善（Chauncey Goodrich，1835～1925）、鲍康宁（Frederick W. Baller，1852～1922）、文书田（George S. Owen，1847～1914）、鹿依士（Spencer Lewis，1854～1939）和其他一些人共同完成的。像他们前后的所有外国《圣经》译者一样，他们都有中国助手的帮助。这个中译本在中国读者中广为流传，对中国的知识分子、学者和政治家产生了极大的影响，同时也被基督教的反对者们所阅读。它有助于现代汉语的形成，在 1920～1940 年促进了中国现代文学的书写。③

在 20 世纪 40 年代，中国人开始感觉到现代汉语的发展大大溢出了《圣经》和合本的范围。不过需要说明的是，尽管最初的《圣经》中译本在传教上未取得很大成功，但它们带来了某种新气象，影响至今。

其中之一是吕振中（1898～1988）于 1970 年出版于香港的《圣经》译本。这项工作得到了大英海外圣经公会（British and Foreign Bible Society）的资助，但并没有被联合圣经公会（United Bible Societies）推荐在教堂中使用。④ 最近，中国人又出版了一个双语《圣经》（新国际版）（*New International Version*，*NIV*）。不过，其中文对应部分并非此（英语）版本的对应译文，而是 80 年前的"和合本"（香港，1997）。我没有看到《现代英文译本圣经》（*Today's English Version*，*TEV*）。其翻译遵循了著名翻译尤金·A. 奈达（Eugene A. Nida，1914～2011）提倡的"意义相符，

---

① 参见 Chow Tse-tsung，*The May Fourth Movement：Intellectual Revolution in Modern China*（Stanford，1976），pp. 273–274。

② 参见 Zetzsche，*The Bible in China：The History of the Union Version or the Culmination of Protestant Missionary Bible Translation in China*，pp. 193–330。此处有误，本文作者高利克没有把施约瑟在 1874 年出版的官话《旧新约圣经》译本考虑进去，施约瑟的这个译本才是中国正式出版的第一个白话《圣经》全译本，比后来的和合本要早了 40 多年。——译者注

③ 参见 Irene Eber and others，eds.，*Bible in Modern China：The Literary and Intellectual Impact*（Sankt Augustin-Nettetal，1999）；L. S. Robinson，*Double-edged Sword：Christianity & 20ᵗʰ Century Chinese Fiction*（Hong Kong，1986）。相关研究的论著还包括马佳《十字架下的徘徊——基督宗教文化和中国现代文学》（上海，1995）和杨剑龙《旷野的呼声——中国现代作家与基督教文化》（上海，1998）。

④ Marián Gálik，"Lü Zhenzhong's – A Chinese Translator of the Bible," in *Asiatische Studien* 54（2000）4，pp. 815–838.

效果相等"（dynamic equivalence）原则。奈达也是运用多种语言翻译《圣经》的组织者。另一个《现代中文译本圣经》（修订版）（*Today's Chinese Version Revised Edition*，香港，1995）是根据英语福音版《圣经》（*English Good News Bible*）对此前的修正。①

至于 20 世纪天主教的《圣经》翻译，需要提到的是由雷永明（Gabriele M. Allegra，1907～1976）神父主持的思高圣经学会（Studium Biblicum Franciscanum）出版的天主教思高版《圣经》。这项富有价值的翻译工作完成于 1961 年，并于 1968 年出版了全译本。② 1946 年，已经出版了译本中的《诗篇》部分。③ 同一年，出自律师、外交家和翻译者吴经熊（John C. H. Wu，1899～1986）之手的《圣咏译义初稿》也与读者见面。④ 它使用了文雅的文言体，或许是这部希伯来诗歌集的最美中译范本，也是《圣经》中译本最具"基督合一"（ecumenical）的译本。吴经熊的顾问是当时的总统蒋介石（1887～1975）。吴经熊是个天主教徒，第二次世界大战后曾经担任中华民国驻梵蒂冈公使；蒋介石则属于循道宗（Methodist）的新教徒。1949 年，吴经熊出版了《新经全集》。⑤

综上所述，不难看出，《诗篇》深受中国一些特定读者的喜爱。但本文所谈论的《诗篇》翻译情况并非限于全部译文。"和合本"译者之一的鲍康宁在 1908 年就出版了片段的格律体《诗篇》译文。⑥ 在他之前，另一位传教士湛约翰（John Chalmers，1825～1899）于 1890 年出版了他用古汉

① 感谢香港浸会大学的 Linda Wong 博士送给我新国际版《圣经》和《现代中文译本圣经》（修订版）。

② 参见 Arnulf Camps，"Father Gabriele M. Allegra，O. F. M.（1907–1976）and the *Studium Biblicum Franciscanum*：The First Complete Chinese Catholic Translation of the Bible," in lrene Eber and others，eds.，*Bible in Modern China*：*The Literary and Intellectual Impact*，pp. 66–69。

③ lrene Eber and others，eds.，*Bible in Modern China*：*The Literary and Intellectual Impact*，p. 64.

④ 吴经熊《圣咏译义初稿》（上海，1946）。其修订版发表于 1975 年。有关吴经熊作为哲学家和文学家的资料，参见 Matthias Christian S. V. D.，"John C. H. Wu. Ein großer Chinese und Katholik," in *China heute* 15（1996）1，pp. 15–27。还可参见 Roman Malek（Hrsg.），"*Fallbeispiel*"，*China. Ökumenische Beiträge zu Religion，Theologie und Kirche im chinesischen Kontext*（Sankt Augustin，1996），pp. 269–297。

⑤ 参见 Zetzsche，*The Bible in China*：*The History of the Union Version or the Culmination of Protestant Missionary Bible Translation in China*，p. 420。

⑥ 参见 Zetzsche，*The Bible in China*：*The History of the Union Version or the Culmination of Protestant Missionary Bible Translation in China*，p. 310。

语翻译的《诗篇》第 1～19 章和第 23 章。① 1867 年，宾惠廉（William Chalmers Burns，1815～1868）用官话翻译了《诗篇》。②

为什么《圣经》中的《诗篇》会成为第一个被翻译成中文的经卷？为什么第一个译本（如果我们相信马可·波罗的话）延续了 7 个世纪？为什么它是《旧约》中唯一被孟高维诺翻译成蒙古文的部分？为什么施约瑟以《诗篇》作为他翻译《圣经》的开始？为什么在 19 世纪和 20 世纪《诗篇》比《旧约》中的其他部分更多地被选为翻译对象？显然，最重要的原因之一在于它对全世界的基督徒而言，是易于践行的部分。

我认为，《诗篇》获得了那些受过中国传统哲学与文学教育的中国士大夫的青睐。《圣经》中的诗歌，尤其是《诗篇》，很容易被那些浸染了儒家文学观念的中国知识分子理解。在中国，抒情诗（Lyric Poetry）是最重要的文学形式，其宗旨在于文字之美与伦理之纯（尽善尽美）。由于含有性爱意象及中国人陌生的隐喻，直到 20 世纪最初的十年，中国人都难以接受《雅歌》（Song of Songs）。而《诗篇》能使中国人联想到《诗经》（公元前 11 世纪至公元前 6 世纪）③ 和《楚辞》（公元前 4 世纪至公元 1 世纪）④ 中那些中国最古老诗歌的某些篇章。

让我以最早出现的湛约翰翻译的《诗篇》第 23 章开始。作为一首把上帝视为"好牧人"的诗，它是《诗篇》中最受中国人喜爱的一首。至少这一结论是我从与中国新教徒和天主教徒的谈话中得到的印象。湛约翰的译文采用了《楚辞》作者屈原所使用的古典"楚辞体"。或许，《楚辞》中的《九歌》最接近《诗篇》，尤其接近那些个人的感恩诗，因为它们都表达了对上帝、神或女神的挚爱。⑤

在所有中译者较为熟知的詹姆斯国王钦定本《圣经》中，我们读到英

---

① 参见 Zetzsche，*The Bible in China：The History of the Union Version or the Culmination of Protestant Missionary Bible Translation in China*，pp. 212-213。

② 参见 Zetzsche，*The Bible in China：The History of the Union Version or the Culmination of Protestant Missionary Bible Translation in China*，pp. 144-145。

③ 此处主要指《诗经》中的《大雅》和《颂》，其最佳英译本为 *The Book of Odes：Chinese Text*，Transcription and Translation by Bernhard Karlgren（Stockholm，1950），and Arthur Waley，trans.，*The Book of Songs*（London，1969）。

④ 《楚辞》最佳英译本为 David Hawkes，*Ch'u Tz'ŭ. The Song of the South. An Ancient Chinese Anthology*（Oxford，1959）。

⑤ David Hawkes，*Ch'u Tz'ŭ. The Song of the South. An Ancient Chinese Anthology*，pp. 35-44.

文："The Lord is my shepherd; I shall not want. He maketh me to lie down in green pastures: He leadeth me beside the still waters"。

湛约翰的译文使用了十一音阶（字），并在第六音阶（字）后加一音顿"兮"的形式，格律非常工整："耶和华为我牧兮吾必无慌／使我伏青草苑兮引静水旁。"（The Lord is my shepherd, I do not need to worry ／ I prostrate over the green meadows, and he leads me to still waters. ）①

吴经熊的文言译文更加精致，更富有优雅的诗意。他使用了"五言律诗"来翻译《诗篇》中的这首诗，这是一种从 3 世纪后半期到唐代都很通行的诗歌形式。这首诗译于 1937 年 12 月 7 日傍晚，地点是上海的法租界。此时，外国租界都被日本侵略者管辖。后来在香港，吴经熊将此译文及其他《诗篇》的译文展示给蒋介石的妻姐孔夫人（宋霭龄）一阅。1941 年珍珠港事件后，吴经熊回到中国大陆，在蒋介石的要求下，他继续翻译了一部分。这一首的译文为："主乃我之牧／所需白无忧／令我草上憩／引我泽畔游。"（The Lord is my shepherd ／ I do not need to fear ／ He asks me to rest on the pastures ／ and leads me to fertile land. ）②

施约瑟的半文半白的中译文虽在旋律上不如吴经熊的译文，但同样优美动人，简明易懂："主乃我之牧者／使我不至穷乏／使我卧于草地／引我至可安歇之水滨。"（The Lord is my shepherd ／ I shall not want ／ He makes me to lie over the pastures ／ and leads me to the river bank where I may rest. ）

在最后一节的第二句，施约瑟依据的是希伯来原文，其中"still waters"（静水）被称为"the water of rest"（可安歇之水滨）。③

"和合本"的译文与施约瑟译文十分相似，只是它更为口语化："耶和华是我的牧者／我必不至缺乏／他使我躺卧在青草地上／领我在可安歇的水边。"（The Lord is my shepherd ／ I shall not want ／ He makes me to lie over the green pastures ／ and leads me to the waters where I may rest. ）

在 1995 年末与 1996 年初停留台北期间，我有机会与台湾诗人蓉子（王

---

① Zetzsche, *The Bible in China: The History of the Union Version or the Culmination of Protestant Bible in China*, p. 145.

② 参见 Francis K. H. So（苏其康），"Wu Ching-hsiung's Chinese Translation of Images of the Most High in the Psalms," in Irene Eber and others, eds., *Bible in Modern China: The Literary and Intellectual Impact*, pp. 321–349。

③ 参见施约瑟《旧新约圣经》（浅文理，上海，1922），第 501 页；*The Oxford Annotated Bible With the Apocrypha. Revised Standard Version*（New York, 1965），p. 671。

蓉子，Catherine J. C. Wang，1928 ~）多次会面。她允许我影印她自己使用过的《圣经》。从 1964 年以来，她在每日的《圣经》阅读中，会在一些句子或一部分下面画线。在全书中，只有《诗篇》第 23 章被全部画过线。①

在另一位著名中国女诗人冰心（1900 ~ 1999）的回忆录中，她讲述了一个有趣的故事。在北京读书期间，她在神学教师房间里总爱凝视一幅"好牧人"的画像。一次，这位女教师看到她在哭泣，就翻开《诗篇》，让冰心读这首上帝对其子民充满着怜爱的诗。在这个敏感的女孩读完后，她又翻了一页。冰心读到了《诗篇》第 19 章的第一行："诸天诉说神的荣耀/ 苍穹传扬他的手段/…… 无言无语/也无声音可听。"

甚至在此之前，冰心就已被《创世记》中的故事吸引，我们可以想象她在读了这两首诗后的感受。在接下来的几天，她接受洗礼。而《诗篇》第 19 章中的词句可谓最终引导她写出第一部短诗集《繁星》的刺激因素之一。②

我们无法知道冰心当时读到的《诗篇》中的这两首诗是英/美英语版，还是"和合本"。无论如何，"和合本"刚刚出版，可能她是其最早的读者之一。

在"和合本"中，这几句诗行翻译为："诸天诉说神的荣耀 / 苍穹传扬他的手段 /…… 无言无语 / 也无声音可听。"（The heavens declare the glory of God / The firmament propagates his craftsmanship /... Without words, without speech / without sound it can be heard.）

对中国人而言，这些诗句类似道家或佛家审美意境或诗意的回响，它们表达的是无音、无言及无形的自然之美。③

"和合本"的译文并非原创。如果我们把它与施约瑟的译文进行比较，就会发现，"和合本"的译者在很大程度上采纳了施约瑟的中译文，他们只是使中译文更顺应了当时使用的国语。施约瑟的中译文为："诸

---

① 《旧新约全书》（香港，1964）。

② 参见 Marián Gálik，"Studies in Modern Chinese Intellectual History：VI. Young Bing Xin （1919–1923），" in *Asian and African Studies* 2 （1993） 1，pp. 49–50。

③ 参见 Wai-lim Yip （叶维廉），"The Taoist Aesthetic：*Wu-yen tu-hua*. The Unspeaking, Self-generating, Self-conditioning, Self-transforming, Self-complete Nature，" in *New Asia Academic Bulletin* （Hong Kong） 1 （1978）：17–32；and Günther Debon，"Literaturtheorie und Literaturkritik Chinas，" in Günther Debon （Hrsg.），*Ostasiatische Literaturen*，Neues Handbuch der Literaturwissenschaft，Bd. 23 （Wiesbaden，1984），pp. 39–59，esp. 49–54。

天诉说神之荣耀／苍穹传扬其手所作／……无言无语／亦无声音可闻。"（Heavens declare the glory of God / The firmament propagates the work of his hand / … Without words, without speech, / without sound it can be heard.）

吴经熊的译文则与众不同，他采用了五言体来翻译："乾坤揭主荣／碧穹布化工／……默默无一语／教在不言中。"（Heaven and earth make known the glory of God / Blue sky display the work of creation / … Silently without a word / it teaches without speech.）

吴经熊在译文中使用了《易经》中的术语，乾是《易经》六十四卦中的第一卦，坤是第二卦，前者代表天，后者代表地。① 为了让不熟悉犹太—基督教教义的中国读者理解此诗作者大卫王（King David）想要表达的意思，吴经熊使用了自古以来中国人熟悉的话语，把乾坤（天地）视为自在自生的"阳"（光明、温暖等阳刚之气）和"阴"（黑暗、寒冷等阴性之气）相互氤氲的最终结果。② 他对第二行诗句的翻译并不完全忠实于原文，但我想指出的是，在吴经熊翻译此诗之前的 25 年，冰心曾在她的一首诗中描写了满天的繁星："沉默中，微光里，他们深深的互相颂赞了。"③ 也许他在读到此诗时留下了某种印象。

1921 年冰心依据《诗篇》第 57 章，写下了另一首诗。④ 这首诗也是蓉子在 1964～1995 年阅读的那本《圣经》中标出的部分。在"詹姆斯国王钦定本"中，这首诗的英文为："My heart is fixed, O God, my heart is fixed：I will sing and give praise. Awake up, my glory；awake, psaltery and harp：I myself will awake early."（神啊，我心坚定，我心坚定。／我要唱诗，我要歌颂！／我的灵呵，你当醒起！／琴瑟呵，你们当醒起！／我自己要极早醒起。）

根据"和合本"对这首诗的附注，冰心和蓉子了解到它是大卫在扫罗

① 参见 Fung Yu-lan（冯友兰），*A History of Chinese Philosophy*，Vol. 1（Princeton，1953），pp. 382–383。

② Fung Yu-lan，*A History of Chinese Philosophy*，Vol. 1，pp. 379–395.《易经》最佳英译本（附完整注释）为：*The I Ching or Book of Changes*，The Richard Wilhelm Translation，Rendered into English by Cary F. Baynes（Princeton，1976，3rd ed.）。

③ Marián Gálik，"Studies in Modern Chinese Intellectual History：VI. Young Bing Xin（1919–1923），" p. 42.

④ 冰心《黎明》，最初发表于《生命》（1921 年 3 月 15 日），第 8 页。重印于《冰心诗全编》（福州，1984），第 110 页。

王面前弹奏竖琴时所唱，扫罗在愤怒中"用枪想要刺透大卫，钉在墙上"（《撒母耳记上》19：10），大卫离开并"逃到亚杜兰洞"（Adulam cave，《撒母耳记上》22：1）。在这两位中国女诗人中，没有一人对这首诗的前两行产生兴趣：此时祷告者祈求摆脱其岳父为他设下的罗网和深坑，他向主求援，希望投靠在上帝翅膀的庇护下。蓉子在阅读这首诗时，并未用线标出诗人经受艰难处境的诗行。对她而言，《诗篇》主要（虽然不完全）是为晚祷者准备的篇章。对冰心而言，《诗篇》是在这个充满光明、严静和灿烂的世界上对上帝唱出的赞美诗。她的内心充满着安定、讴歌或颂美。①

吴经熊对这首诗的作者大卫王所经受的磨难与伤痛则感同身受。他在翻译时虽未严格遵循作者的原意，内心却与之产生共鸣。因为这时日本侵略者已为他布下了罗网。他与家人一起被软禁在房间里，日本人挖了一个坑，把监管他的"卫兵"一起放在狮子坑中。在可能成为狮子的猎物时，他以不同方式阅读并理解了大卫写下的这两行诗句："有主何危 / 方寸安宁 / 心怀大德 / 口发颂声 / 味率鼓瑟 / 唤醒清晨。"（If God is with me, am I in danger? / Actually I am in peace and may repose. / In my heart there is a great virtue，/ and my mouth sings praise. / Just before the daylight, drums and harps. / summon the early morning.）

吴经熊在翻译这首诗时使用了四言诗体，这一诗体常见于中国诗歌最古老难懂的诗歌典籍《诗经》中。②

在中国，为什么《诗篇》会成为《旧约》中被翻译得最多的书卷，这个问题的确令人深思。当阿罗本到达中国时，唐朝最伟大的皇帝唐太宗李世民正统治着这个帝国。他是当时世界上最具好奇心或许也是最宽容的统治者。630 年，唐朝开始了向周边大肆扩张，它向西沿丝绸之路几乎抵达底格里斯河（Tigris）。③ 在外来宗教影响方面，佛教徒玄奘（602～664）于 645 年从印度带回了 657 卷佛典；④ 其成就前无古人，后无来者，远超

---

① 《冰心诗全编》，第 110 页。
② 参见 C. H. Wang（王靖献），*The Bell and Drum：Shih Ching as Formulaic Poetry in an Oral Tradition*（Berkeley, 1974），pp. 35-97。
③ 参见 Jacques Gernet, *A History of Chinese Civilization：A Conflict of Cultures*（Cambridge, 1985）, p. 253。
④ Kenneth K. S. Ch'en, *Buddhism in China：A Historical Survey*（Princeton, N. J., 1964），pp. 235-238。

阿罗本及其景教徒。从安世高开始，佛教徒就开始了他们在中国的译经工作。安世高是帕提亚人（Parthian），大约于148年到达洛阳。许多佛教译著都兼具哲学之睿智与文学之优美，而《圣经》的译作却相距甚远。据南京神学院的汪维藩介绍，早期的基督教经卷主要完成于"帝国的图书馆"，这530卷的译本目录，在1908年敦煌石窟中被发现。① 最初，景教徒被允许翻译经文，修建教堂。但在女皇武则天统治时期（690~705），他们成了佛教徒的死对头。② 在唐明皇（玄宗，712~756年在位）期间，景教重新获得皇室的保护。此时中国涌现了最伟大的诗人，如王维（701~761）、李白（701~762）和杜甫（712~770），但是其状况并未好转，因为受过高层教育的士大夫们对景教并不感兴趣。通过翻译《诗篇》，景教徒也许想竭力证明希伯来也曾经出现了伟大的诗人。在842~845年经过佛教徒的迫害和外来宗教的禁令后，景教几乎消失殆尽。但景教在非汉族的少数民族以及后来的蒙古部落中获得了成功。在蒙古人统治期间，他们重新得到恢复。

忽必烈汗（Khubilai Khan，1215~1294）的母亲唆鲁禾帖尼（Sorkhakhtani Beki）就是个景教徒，她像以前的唐太宗或唐玄宗一样，对帝国内的各种宗教非常宽容。忽必烈非常像他的母亲。据马可·波罗记载，忽必烈曾说：

> 有四个受到崇拜的先知，每人都敬仰他们。基督徒说他们的上帝是耶稣基督；撒拉森人的是穆罕默德；犹太人的是摩西；偶像崇拜者的第一个偶像是释迦牟尼；③ 我尊重和敬仰所有这四位先知，但是对天上那最伟大者，更真实者，我向他祈祷，求他帮助我。④

忽必烈死于孟高维诺仍然滞留中国期间，其继位者铁穆耳（Temur，成宗，1265~1307）对中国的教导比对来自西方的教导更有兴趣。铁穆耳的四个继任者（即忽必烈的孙子）的统治构成了一段残酷历史，充满着暗

---

① 参见汪维藩《〈圣经〉译本在中国》，《世界宗教研究》1992年第1期，第72页（中文），第101页（英译文）。
② 参见 Jacques Gernet, *A History of Chinese Civilization*：*A Conflict of Cultures*, pp. 283–286。
③ 参见 Herbert Franke, "Der Weg nach Osten. Jüdische Niederlassungen im alten China," in Roman Malek, ed., *From Kaifeng ... to Shanghai. Jews in China*, Monograph Series XLVI (Sankt Augustin-Nettetal, 2000), p. 26。
④ 参见 Arthur C. Moule-Paul Pelliot, eds., *The Description of the World / Marco Polo*（London, 1938），p. 201；H. Franke, "Der Weg nach Osten. Jüdische Niederlassungen im alten China," p. 26。

杀、血腥及暴力。年幼无能的皇帝登基，兄弟相残，军人掌权。① 蒙古人感兴趣的是如何让自己变得富裕强大而非靠伦理道德统治国家。如果汉族人试图改变这种现状，那么他们会通过本土的孔子之道。假设孟高维诺想通过翻译《诗篇》去说服蒙古贵族统治者或中国的皇帝以大卫王为楷模，他几乎不可能获得成功。此时的中国迥异于中世纪的欧洲。

1615 年，耶稣会士收到教皇将《圣经》译为古汉语的许可，但他们从未开始此项工作。成立于 1622 年的宣教会在 1655 年颁布了一项限制令，禁止"任何未获写作许可的传教士所写的书籍的印制。这项法令使得《圣经》中译本的出版几乎成为不可能"。② 即使耶稣会士们翻译了其中的一部分，也被禁止发表。

除吴经熊外，我们不太清楚那些在 19 世纪和 20 世纪翻译《诗篇》的译者的动因。施约瑟翻译《诗篇》的一个原因，可能是 19 世纪 60 年代初期他注意到在中国许多地方，甚至上海郊区也遭到了太平天国叛军的威胁。③

无论如何，《诗篇》"或许是迄今为止写下的最重要和最有影响力的宗教诗集"。④ 这些诗歌优美动人，具有非同寻常、高深莫测的文学价值。也许正因为如此，它们受到了讲究文质彬彬的中国人的喜爱。

（刘燕　译）

（本文曾发表于《跨文化研究》2016 年第 1 辑，稍有修正。）

---

① John D. Langlois, Jr., "Introduction," in Roman Malek, ed., *China under Mongol Rule*, p. 7.
② Nicolas Standaert, "The Bible in Early Seventeenth-Century China," in Irene Eber and others, eds., *Bible in Modern China: The Literary and Intellectual*, p. 38.
③ Irene Eber, *The Jewish Bishop and the Chinese Bible: S. I. J. Schereschewsky (1831–1906)*, pp. 72–73.
④ Carroll Stuhlmueller, *Psalms 1* [Psalms 1–72] (Wilmington, Del. 1983), p. 15.

《圣经》在中国（1980～1992）*
——一个比较文学学者的观察

本文分析的是 20 世纪 70 年代末的 1980～1992 年，中国批评家与《圣经》研究者对《圣经》在文学和批评领域的接受与评论，主要是对《圣经》中的诗歌与小说进行了较为深入的研究。

汪维藩的《〈圣经〉译本在中国》① 一文的介绍令读者目不暇接。《圣经》在中国的接受史虽不如在其他一些国家那么漫长（延续 1350 多年），但其形态多样，特别是近百年来潮流纷繁，的确令人刮目相看。在 1862～1949 年间，中国出版了 300 多种《圣经》"官话"译本。②

《圣经》在中国的翻译史最早始于 635 年，此时景教传教士阿罗本来到中国。他随身携带了包括《圣经》在内的 530 多本叙利亚文的书籍，并将《创世记》、《诗篇》、"四福音书"等《圣经》书卷译为中文。1908 年，在敦煌石窟中只发现了这些译文的标题而非译本。③

"文化大革命"之后，即 1980～1990 年末，中国出版了 5510000 册《圣经》，其中《旧新约全书》达 3140000 册。④ 它们使用的语言有普通话、方言及其他一些少数民族的语言。对于人口庞大的中国来说，这数目远远不够。

———————————

* 作者感谢香港的黄德伟（Tak-wai Wong）教授和布拉迪斯拉发的伊爱莲（Elena Hidvéghyová）女士，他们提供了诸多资料以供研究。原文 "The Reception of the Bible in the Peoples' Republic of China (1980–1992): Observations of a Literary Comparatist"，最早发表在 *Asian and African Studies* 4 (1995) 1, pp. 24–46。

① 汪维藩：《〈圣经〉译本在中国》，《世界宗教研究》1992 年第 1 期，第 71～83 页。
② 汪维藩：《〈圣经〉译本在中国》，《世界宗教研究》1992 年第 1 期，第 78 页。
③ 汪维藩：《〈圣经〉译本在中国》，《世界宗教研究》1992 年第 1 期，第 72 页。
④ 汪维藩：《〈圣经〉译本在中国》，《世界宗教研究》1992 年第 1 期，第 83 页。

中国在推动《圣经》及其在创作、批评与新知识等领域的传播和发展方面，依然有待时日。早在前共产主义时代，中国的反基督教运动势力就很强大，至少在某个时期如此，如明末清初[①]、五四运动后的 20 世纪 20 年代。[②] 社会主义时期的中国一直以马克思主义思想为指导。中国有关的宗教领导和宣传者尽可能遵循党的政策，主动参与社会主义精神文明建设，与占主导地位的精神文明相一致：

> 为了实现共同理想，就要对一切有利于建设四化、振兴中华、统一祖国的积极思想和精神，一切有利于民族团结、社会进步、人民幸福的积极思想和精神，一切用诚实劳动争取美好生活的积极思想和精神，都应当加以尊重、保护和发扬。[③]

在那些负责宗教管理事务的领导看来，社会主义精神文明是必不可少的关键词。对于这些权威者的真诚声明，我们不置可否。但在文学领域，"精神污染"一词却是某种警告。改革开放后，中国在宗教领域推行了"实践是认识与检验真理的标准"[④]，这可视为共产党理论及其实践的一种有效的应对策略。

一

1980 年，南开大学资深教授、《圣经》文学研究权威朱维之（1905～1999）发表了一篇题为《希伯来文学简介——向〈旧约全书〉

---

① George H. C. Wong, "The Anti-Christian Movement in China: Late Ming and Early Ch'ing," in *Tsinghua Journal of Chinese Studies*, *New Series* Ⅲ (1962) 1, pp. 187-220.

② Cf. Chow Tse-tsung, *The May Fourth Movement. Intellectual Revolution in Modern China* (Stanford, 1967), pp. 320-327; Lam Wing-hung, *Chinese Theology in Construction* (Pasadena, 1983), pp. 85-104.

③ 《编后》，《宗教》1986 年第 2 期，第 101 页。

④ 《编后》，《宗教》1987 年第 2 期，第 101 页。关于中国大陆宗教状况的重要信息可参考下列两篇文章：Wang Hsueh-wen, "Tolerance and Control: Peking's Attitude towards Religion," in *Issues & Studies* 27 (1991) 1, pp. 118-129; Hon S. Chan, "Christianity in Post-Mao Mainland China," in *Zongjiao*, 29 (1993) 3, pp. 106-132。比起新教，天主教的情况更复杂，参见 Chan Kim-Kwong, *Towards a Contextual Eccelesiology. The Catholic Church in the People's Republic of China (1979-1983). Its Life and Theological Implications* (Hong Kong, 1987)。

文学探险》① 的文章，标志着中国重新开启《圣经》研究。长期在天津南开教书育人的朱维之，从孩提时代就开始阅读1919年出版的官话和合本《圣经》。这是流传最广，最易被年轻学生和知识分子接受的《圣经》中译本。朱维之不断阅读《圣经》。在其自传中，朱维之提到自己特别喜欢《诗篇》、《雅歌》、《约伯记》和《马太福音》，觉得它们美不胜收。② 在83岁时，他又在一篇文章中提及19岁在浙江温州中学（浙江省立第十师范，后改第十中学师范部）教书时，朱自清（1898～1948）是他的老师和同事。在当时读过的所有中外文学作品中，《诗篇》第114章中的几行诗句给他留下了刻骨铭心的印象：

> 以色列出了埃及，雅各家离开说异言之民。
>
> 那时犹大为主的圣所，以色列为他所治理的国度。
>
> 沧海看见就奔逃，约旦河也倒流。
>
> 大山踊跃如公羊，小山跳舞如羊羔。③

朱维之举例了一些古今中外的作品及作者，认为它们都没有达到这首（八行）短诗的境界，如《诗经》中的《国风》，据说是屈原（约前340～前278）写的《九歌》，李白（701～762）的《乐府》，王维（701～761）的"绝句"，李清照（1084～约1155）、苏轼（1037～1101）和辛弃疾（1140～1207）的词，董解元（约1200）、王实甫（1234～1294）和马致远（约1250～约1324）的曲，苏曼殊（1884～1918）翻译的歌德与拜伦，以及冰心（1900～1999）翻译的泰戈尔（1861～1941）。

其次，他从《雅歌》中选出最后几行诗，称之为世界文学全部爱情诗歌中"最勇敢与最直率的"诗句：

> 爱情如死亡一样坚强；热恋如阴间一样牢固。它爆发出的火焰，就是亚卫的烈焰。众水不能熄灭爱情，洪流也无法把它淹没。若有人

---

① 朱维之：《希伯来文学简介——向〈旧约全书〉文学探险》，《外国文学研究》1980年第2期，第106～118页。

② 朱维之：《朱维之自传》，载王寿兰主编《当代文学翻译百家谈》，北京大学出版社，1989，第189页。

③ 参见朱维之《序》，载梁工编译《圣经诗歌》，百花文艺出版社，1989，第1页。

想用财富换取爱情，它必定要遭受鄙视。①

最后，朱维之在《传道书》中找到了第三个证据，表明《圣经》的写作达到了哲学的最高峰。《传道书》是一篇只有 6000 多字的短文，他把它与仅 5000 余字的老子（公元前 4 世纪）的《道德经》进行比较，高度评价它们是"东方古代哲理诗中不可超越的双璧，世界文学中无比的绝唱"：

> 虚空，虚空，人生的虚空，万事都是虚空。人在太阳底下终生操作劳碌，究竟有什么益处？一代过去，一代又来，世界大地却永不改变。太阳上升，太阳下沉，匆匆归回原处，再从那里出来。风向南吹，又向北转，不停地旋转，循环不已。江河流入大海，海却不满不溢；水从何处流来，仍又返回原处。万事令人厌倦，无法尽述。眼看，看不尽；耳听，听不足。发生过的事还要发生，做过的事还要再做。太阳底下，一件新事也没有。②

为什么时过 70 年后，朱维之依然念念不忘《圣经》中的这三个例子？其中原因不难猜测。《诗篇》中的这首诗以戏剧与抒情相结合的方式，抒发了"民族解放"的精神，这一点在中国文学中十分匮乏。同样，在世界文学中，没有哪一首爱情诗可与《雅歌》相提并论。而《传道书》中表达的哲思，对于受过道家和佛家哲学训练的中国读者而言，并不陌生。《圣经》中的"空"、"虚"（vanity）意味着"空无"（sanskr, śūnyatā）。在佛教中，"空"意指"无常"（impermanence）："没有什么能永远常驻：一切皆处于不断的流变之中，经历着出生、成长、衰败和死亡，循环往复，无始无终。"③ 朱维之从《传道书》中引用了如下句子，可见他深有同感："我见日光之下所作的一切事，都是虚空，都是捕风"，"我又专心察明智慧、狂妄和愚昧：乃知这也是捕风"。④

这种理解与某位佛教徒的觉悟很类似：

---

① 参见朱维之《序》，载梁工编译《圣经诗歌》，第 2～3 页；以及《雅歌》8：6～7。

② 参见朱维之《序》，载梁工编译《圣经诗歌》，第 3～4 页；以及《传道书》1：2～9。

③ John Blofeld, *The Jewel in the Lotus: An Outline of Present Day Buddhism in China* (London, 1948), p. 43.

④ 《传道书》1：14、17。

沉溺于感官（或拒绝感官）都只能让主体陷入受制于欲望的虚幻
中：对无常之物或客观现实的执着。执着（或抵抗）欲望都会导致不
幸，因为当我们最终实现了渴望的目标时，我们会发现它不再诱人；
同样，即便我们将自己从这种对欲望的拒绝中解脱出来时，我们又会
发现一切超乎我们的想象。残酷的现实表明：一切都是虚空，一切都
是幻影。①

在完成《希伯来文学简介——向〈旧约全书〉文学探险》之前，朱维
之已出版了几本与《圣经》有关的研究论著，如《基督教与文学》（1941）、
《无产者耶稣传》（1951）② 等。后者是有关耶稣的一本传记。在写于20世纪
70年代末即中国改革开放时期的这篇文章中，朱维之显得比他后来写个人自
传要小心拘谨。在引用以上提及的《传道书》中的句子时，他批评这位佚名
的希伯来作者传播了"低沉消极的道，是颓废的乱世亡国之音"。③

在《约伯记》中，朱维之最感兴趣的是年轻的以利户（Elihu）向约
伯及其三个朋友的发怒：因为约伯自以为义，却不以神为义；而三位老朋
友则自我辩解，想不出回答约伯的话，仍以约伯为有罪。值得注意的是，
朱维之推断恰恰是上帝铸造了约伯的内在性格与道德。这与早期儒家哲学
家孟子（前372～前289）的描写不谋而合：

> 舜发于畎亩之中，傅说举于版筑之间，胶鬲举于鱼盐之中，管夷
> 吾举于士，孙叔敖举于海，百里奚举于市。故天将降大任于斯人也，
> 必先苦其心志，劳其筋骨，饿其体肤，空乏其身，行拂乱其所为，所
> 以动心忍性，曾益其所不能。④

不过，作为一个道德与文学楷模，约伯的形象几乎不可能出现在中国文
学中，这是因为中国人的道德与个人行为没有涉及接受全知全能上帝的裁判
的一面。我想知道为什么朱维之没有强调《约伯记》中有关约伯的坚定信

① John Blofeld, *The Jewel in the Lotus: An Outline of Present Day Buddhism in China*, p. 43.
② 朱维之：《朱维之自传》，载王寿兰主编《当代文学翻译百家谈》，第191页。
③ 朱维之：《希伯来文学简介——向〈旧约全书〉文学探险》，《外国文学研究》1980年第
2期，第112页。
④ *Mencius*（《孟子》），由 D. C. Lau（刘殿爵）翻译和撰写前言，Harmondsworth, 1970, p. 181。
中文参见《孟子正义》第2册卷25，见《四部备要》（台北：中华书局，1966），第15A页。

仰，以及在上帝面前呼吁正义与节制，反对人类蒙受无意义的苦难的愿望："他必杀我。我虽无指望，然而我在他面前还要辩明我所行的"。或：

> 我不禁止我口。我灵愁苦，要发出言语。我心苦恼，要吐露衷情。我对神说，我岂是洋海，岂是大鱼，你竟防守我呢。若说，我的床必安慰我，我的榻必解释我的苦情。你就用梦惊骇我，用异象恐吓我。甚至我宁肯噎死，宁肯死亡，胜似留我这一身的骨头。我厌弃性命，不愿永活。你任凭我罢，因我的日子都是虚空。①

我还想知道为什么朱维之没有将《约伯记》第38章中上帝之语与屈原的《天问》②或《列子》（3～4世纪）中的《汤问》③进行比较，而是与埃斯库罗斯的《被缚的普罗米修斯》和歌德的《浮士德》的"天上的序曲"进行比较。至于第一个问题的回答，正如史华罗（Paolo Santangelo）在其杰作中对中国传统社会中"罪"的讨论时指出的："中国人面对自然带来的苦难与痛苦时，表现出的重要态度是……几乎完全丧失对自然秩序或道德体系的反抗意识"④，或如他的评论者伊懋可（Mark Elvin）指出的："约伯的问题"（Job's problem），即"德行者受难，邪恶者得道……在中华帝国中也一直以某种这样或那样的形式存在"，但这种情形"无论是多么地引人注目，却从未被深刻地反思"。⑤也许朱维之认为《约伯记》与上述提及的中国作品大同小异，因此完全没有必要加以评述。

此文的后半部分，除了论述《耶利米哀歌》在历史上一般被视为先知耶利米（前7～前6世纪）之作外，其他则泛泛而谈。朱维之毫不怀疑耶利米的作者身

---

① 《约伯记》13：15，及7：11～16。

② Ch'u Tz'u. *The Songs of South*, trans. by David Hawkes（霍克斯）（Oxford, 1959），pp. 45–58。中文参见《楚辞补注》卷3，见《四部备要》，台北：中华书局，1966，第1A～26B页。

③ Etiemble（艾田伯）et al., *Philosophes taoistes, Lao-tseu, Tchoang-tseu, Lie-tseu*（Paris, 1980），pp. 475–476；还可参见 *The Book of Lieh-tzu*, trans. by A. C. Graham（葛瑞汉）（London, 1960），pp. 95–117。中文参见《列子》卷5，见《四部备要》，台北：中华书局，1966，第1A～21B页。

④ Paolo Santangelo, *Il "Peccato" in Cina: Bene e male nel Neoconfucianismo dalla metà del XIV alla metà XIX secolo*（Bari, 1991），p. 267。参见伊懋可为史华罗撰写的书评，*Philosophy East & West* 43（1993）2，p. 299。

⑤ 参见伊懋可为史华罗撰写的书评，*Philosophy East & West*, p. 299。

份，对此首哀歌大加赞赏，这与鲁迅（1881～1936）在20世纪初的看法一致。①
有趣的是，他还尝试用屈原及其后继者使用的"骚体"来翻译其中的一些片断。②

朱维之的第二篇文章《〈圣经〉文学的地位和特质》③较多地受到了马克思主义学说的影响。他开头就引用了马克思的著名观点：马克思主义与宗教格格不入，宗教与阶级在未来将要消失。马克思和恩格斯的话成为权威，被大量引用。他尤其强调马克思在《路易·波拿巴的雾月十八日》④中有关文化起源的历史原理的观点，以及恩格斯在其《自然辩证法》"导言"中有关马丁·路德的翻译及其在语言与文学领域的影响的观点。⑤ 在关于《圣经》对欧洲各国的文学的影响方面，朱维之的研究论文令人信服，广为人知，此不赘述。不过他有关《圣经》与现代中国的讨论，略显薄弱。就我所知，这方面的首创者是周作人（1885～1967），他批评反对白话文的保守者，并明确地指出在《马太福音》的影响下，白话文被用作文学与所有社会交流的工具，而《马太福音》对五四运动后的中国现代文学产生了巨大影响，甚至出现了相似的文学风格。⑥

二

朱韵彬的《〈圣经·雅歌〉诗新说——兼议对〈雅歌〉的几种评论》⑦最先对《圣经》中这部重要的文学作品进行了细致入微的研究。在新中国，《雅歌》可能是《旧约》中被读者阅读最多的部分。一些大学和出版

---

① 参见朱维之《希伯来文学简介——向〈旧约全书〉文学探险》，第113页；鲁迅《摩罗诗力说》，《鲁迅全集》，人民文学出版社，1973，第101页；Marián Gálik, "Studies in Modern Chinese Intellectual History. Ⅲ. Young Lu Xun 1902–1909," in *Asian and African Studies* XXI（1985），p. 56。

② Hawkes, "General Introduction," in *Ch'u Tz'u：The Songs of the South*, pp. 1–11.

③ 朱维之：《〈圣经〉文学的地位和特质》，《外国文学研究》1982年第4期，第45～49页。

④ 朱维之：《〈圣经〉文学的地位和特质》，《外国文学研究》1982年第4期，第45页；Karl Marx, "The Eighteenth Brumaire of Louis Bonaparte," in Karl Marx-Friedrich Engels, *Selected Works in Two Volumes*, Vol. 1（Moscow, 1962），p. 247。

⑤ Karl Marx, "The Eighteenth Brumaire of Louis Bonaparte," p. 46；Friedrich Engels, *Preface to Dialectics of Nature*（Moscow, 1966），pp. 21–22.

⑥ 周作人：《圣书与中国文学》，载北京大学比较文学研究所编《中国比较文学研究资料1919～1949》，北京大学出版社，1989，第385页。本文最初发表于《小说月报》12（1921）1。

⑦ 朱韵彬：《〈圣经·雅歌〉诗新说——兼议对〈雅歌〉的几种评论》，《信阳师范学院学报》（哲学社会科学版）1985年第1期，第61～69页，以及1985年第2期，第107～111页。

社甚至将《雅歌》等书卷选入文学教材或文集中。① 这篇分为两节的长文几乎是与在朱韵彬之前的两篇关于《雅歌》的文章进行论战，即朱维之的《希伯来文学简介——向〈旧约全书〉文学探险》和《外国文学简编》第2册（长春，1983，第61～63页）。

朱韵彬发表的另一篇文章是《〈圣经〉原始小说初探》。② 该文十分强调马克思的论点，因为根据上面提到的出版社的统计，马克思著作中的五分之一的引文出自《圣经》。③ 据作者声称，马克思与恩格斯不仅掌握了该领域"精湛独到"的见解，而且"对圣经文学都有令人惊服的造诣"。④ 朱韵彬的某些论述令人奇怪，比如，他把《圣经》中最好的文学故事视为"原始"，此结论显得有点草率。其批判的主要目标是波兰学者泽农·科思多沃斯基⑤（Zenon Kosidowski）的观点。在关于《圣经》小说的不同例证方面，朱韵彬往往反对科思多沃斯基的看法。与该领域的许多其他学者一样，这位波兰研究者赞赏《约伯记》，认为它是"《圣经》文学的杰作"⑥；朱韵彬则认为："无论从思想到艺术，从内容到形式看，《约伯记》都不能成为好的文学作品。"⑦ 他完全错误理解了"约伯的问题"，并天真地以为，根据这个作品，"人是上帝的牛羊，只有听命于上帝摆布才是唯一出路。这种神学思想，是小说创作的要旨，就不能说它是好作品"。⑧

朱韵彬认为《路得记》是一部优秀作品，但他不同意科思多沃斯基的观点，后者认为《路得记》描写了某个古老习俗：犹太兄弟或近亲与

---

① 1983 年之前的教材有《外国文学作品选》，上海译文出版社，1979；《外国文学史》，吉林人民出版社，1980；《外国文学简明教程》，江西人民出版社，1982。

② 朱韵彬：《〈圣经〉原始小说初探》，《信阳师范学院学报》（哲学社会科学版）1985 年第 4 期，第 33、108～115 页。

③ 朱韵彬：《〈圣经〉原始小说初探》，《信阳师范学院学报》（哲学社会科学版）1985 年第 4 期，第 33 页。

④ 朱韵彬：《〈圣经〉原始小说初探》，《信阳师范学院学报》（哲学社会科学版）1985 年第 4 期，第 108 页。

⑤ Z. Kosidowski, *Opoviescibiblijne*［*Biblical Stories*］（Warszawa, 1963）.

⑥ Z. Kosidowski, *Opoviescibiblijne*［*Biblical Stories*］（Warszawa 1963），p. 300.

⑦ 朱韵彬：《〈圣经〉原始小说初探》，《信阳师范学院学报》（哲学社会科学版）1985 年第 4 期，第 111 页。

⑧ 朱韵彬：《〈圣经〉原始小说初探》，《信阳师范学院学报》（哲学社会科学版）1985 年第 4 期，第 111 页。

成为寡妇却无嗣的嫂子之间的婚姻，强调了部族之间的互助与合作。科思多沃斯基十分强调这一特点①，而朱韵彬文章的目的是建设"社会主义精神文明"。②

除了上述这部作品，朱韵彬还评价《以斯帖记》是一部"文学中真正的杰作"。③ 在描述人物形象的过程中，他强调了"抑扬"法：歌颂正面人物时欲扬先抑（如以斯帖或末底改）；所否定的反面人物（如哈曼）是欲抑先扬。④ 这篇文章并未比较《以斯帖记》中的故事与中国小说（如《西游记》中的某些部分）的同异之处，但读者亦能够感觉出朱韵彬对此有一定的把握。为了更好地了解朱韵彬的评价，以下引自罗伯特·奥特（Robert Alter）有关《以斯帖记》的论述，与吴承恩（约 1500～1582）小说进行对比分析：

> （《以斯帖记》）故事开始了……首先是在亚哈随鲁（Ahasuerus）国王豪华的宫廷筵席上，国王命令瓦实提王后（Queen Vashti）露面，在众人面前展示其美貌。这开头的一段叙述委婉地暗示了王后与国王、女人与男人之间的身体分离。中世纪的某些评论者猜测，亚哈随鲁召集各地首领权贵来到筵席上，是要让瓦实提展示其裸体形象，炫耀他在性方面的所有权。我们并不清楚国王的所有权是徒有其名，还是仅仅是一种炫耀。无论如何，当瓦实提坚决拒绝国王的请求后，国王的太监米母干发出警告，除非瓦实提转变态度，否则，她的违命将动摇在帝国中丈夫对妻子的统治地位。这个故事情节让人感觉到男性的焦虑，故事情节的高潮是亚哈随鲁在新娶王后以斯帖（Esther）的巧妙引导下，受其影响，并完全按她的意图行事。⑤

此处展示了中国读者所熟悉的中国传统小说的"宴会模式"⑥ 以及人

---

① Z. Kosidowski, *Opowieści biblijne* [*Biblical Stories*] (Warszawa, 1963), p. 168.

② 朱韵彬：《〈圣经〉原始小说初探》，《信阳师范学院学报》（哲学社会科学版）1985 年第 4 期，第 33 页。

③ 朱韵彬：《〈圣经〉原始小说初探》，《信阳师范学院学报》（哲学社会科学版）1985 年第 4 期，第 111 页。

④ 朱韵彬：《〈圣经〉原始小说初探》，《信阳师范学院学报》（哲学社会科学版）1985 年第 4 期，第 111～113 页。

⑤ R. Alter, *The World of Biblical Narrative* (New York, 1992), pp. 31-32.

⑥ H. C. Chang, *Chinese Literature: Popular Fiction and Drama* (Edinburgh, 1973), pp. 20-21.

物性格。例如，在《西游记》第 60 回，我们读到离开原配夫人铁扇公主不久的牛魔王，在与第二夫人玉面公主亲昵后，进入筵席看见"那上面坐的是牛魔王，左右有三四个蛟精，前面坐着一个老龙精，两边乃龙子龙孙龙婆龙女"。① 这些男男女女（即便他们是妖精）的筵席与亚哈随鲁王的筵席类似。但《以斯帖记》中描写的横贯印度与古实地域的奢华帝国，还是比不上《西游记》中的水下龙宫。或许朱韵彬只对《以斯帖记》中的动人故事和拒绝色情的人物性格抱有兴趣。因为在中国文学中（除了有色情描写的个别作品外），"礼"（礼貌、举止得体，合理的社会行为，正确的礼仪观念等）是最重要的观念之一；不得体的言语、行为和想法都会威胁到社会生活各个方面中的"礼"，因此在文学作品中禁止非礼行为出现。②

其实，《以斯帖记》的作者（或作者们）的写作目的并非要把女主角塑造为一个正面的女英雄形象。以斯帖只是一个聪明机智的少女，美丽、顺从、忠于丈夫，耐心地等待良机以达到自己的目的。不难看出，朱韵彬总是用黑白二分法解读文学作品，这是为当下的文化政策服务的。

在朱韵彬对上述两个故事和《犹滴传》的评价中，他特别强调不同民族之间交流的主题。在天主教版《圣经》中，我们可以读到《犹滴传》。据说犹滴（Judith）是一个富有、年轻的犹太寡妇，她不仅美貌，而且兼具忠贞的美德。她杀死了亚述的统帅荷罗浮尼（Holofernes），将自己的城市伯夙利亚（Bethulia）从亚述侵略者的威胁中解救出来。据说她在荷罗浮尼的筵席上，故意与之共享美酒佳肴。等灌醉他后，犹滴拔出他身上的长剑，砍下了他的头颅。③

朱韵彬在《试探〈圣经·新约〉文学》④ 中讨论《圣经》中基督教故事的文学价值时，除利用马克思和恩格斯方面的资料外，他并没有其他的

---

① Wu Cheng'en, *Journey to the West*, trans. by W. J. F. Jenner, Vol. 3（Beijing, 1990），p. 1103. 中文版见吴承恩《西游记》第 2 卷，人民文学出版社，1955，第 692 页。

② Shuen-fu Lin（林顺夫），"Ritual and Narrative Structure in *Ju-lin Wai-shih*," in Andrew H. Plaks, ed., *Chinese Narrative: Critical and Theoretical Essays*（Princeton, 1977），pp. 256–259.

③ 《犹滴传》13：9，见《圣经》（思高版）。

④ 朱韵彬：《试探〈圣经·新约〉文学》，《信阳师范学院学报》（哲学社会科学版）1987年第 2 期，第 67～72 页。

权威资料作为参考。读者或许也会同意他对某些故事做出的评价，但显然这篇文章没有多少新意，只是打着"古为今用，洋为中用""取其精华，剔除糟粕"①之类的口号，重复一些无聊的套话。

三

牛庸懋有两篇标题相似的文章《漫谈〈圣经〉文学》（1982）②和《漫谈〈圣经〉》（1985）③，发表在以上提及的朱维之的论文之后。

相比之下，发表于 1982 年的第一篇文章更有价值，发表于 1985 年的第二篇文章主要是第一篇的重复。在中国学者的这类文章中，依然笼罩着十分浓厚的"意识形态氛围"。文章中提到，《马克思恩格斯全集》中引用《圣经》中的词语和典故近百次，列宁也引用过数十次。④这类文集的确值得研究。牛庸懋的两篇文章以介绍《圣经》（包括《旧约》和《新约》）的编写过程开始。第一篇文章分析了一些比较重要的《圣经》文学作品，第二篇文章则根据拉丁文、英文等不同译文，解释了文学与宗教的关系，以及《圣经》对包括文学、艺术和音乐在内的世界文化的影响。

第一篇文章《漫谈〈圣经〉文学》主要讨论了《雅歌》。显而易见，作者非常欣赏这首爱情诗，也许因为它提供了比较研究的可能性，这是牛庸懋文章中最有价值的部分。他如此评价《雅歌》：

> 和我国《诗经·国风》中的爱情诗一样，同是描写两性之间的爱情的抒情诗，但毕竟由于中华民族和希伯来民族的风俗习惯不同而导致了诗歌风格的差异。就男女相爱之情方面来看，《雅歌》所表达的感情要热烈得多，强烈得多，大胆得多，奔放得多。⑤

牛庸懋举出了中译本《雅歌》2 及 8：5~7 中的两个例子。第 8 章

① 朱韵彬：《试探〈圣经·新约〉文学》，《信阳师范学院学报》（哲学社会科学版）1987 年第 2 期，第 72 页。

② 牛庸懋：《漫谈〈圣经〉文学》，《外国文学研究集刊》1982 年第 4 期，第 216~237 页。

③ 牛庸懋：《漫谈〈圣经〉》，《外国文学研究》1985 年第 1 期，第 33~40 页。

④ 牛庸懋：《漫谈〈圣经〉》，《外国文学研究》1985 年第 1 期，第 30 页。

⑤ 牛庸懋：《漫谈〈圣经〉文学》，《外国文学研究集刊》1982 年第 4 期，第 222 页。

中的诗句与朱维之的引文一致。第 2 章开头的诗句是："我是沙仑的玫瑰花，是谷中的百合花。我的佳偶在女子中，好像百合花在荆棘内"，结尾是：

> 良人属我，我也属他。他在百合花中放牧群羊。我的良人哪，求你等到天起凉风，日影飞去的时候，你要转回，好像羚羊，或像小鹿在比特山上。

在牛庸懋看来，《雅歌》中描写的爱情诗比起《诗经·国风》或《子夜歌》（3～4 世纪）中的爱情诗"更明快和爽朗一些"。[①] 在中国古代文学中，虽然也有一些爱情诗在表达上非常直率，但相比之下，却显得简单，如牛庸懋提到的《野有死麕》一诗：

> 野有死麕，白茅包之。
> 有女怀春，吉士诱之。
> 林有朴樕，野有死麕。
> 白茅纯束，有女如玉。
> 舒而脱脱兮，无感我帨兮，无使尨也吠。

柳无忌将其翻译为英文：

> In the wilds there is a dead doe;
> In white rushes it is wrapped.
> There was a girl longing for spring;
> A fine gentleman seduced her.
> In the woods there are tree stumps;
> In the wilds lies a dead deer,
> Wrapped and bound with white rushes.
> There was a girl fair as jade.
> "Ah, not so hasty, not so rough!
> Do not move my girdle kerchief;

---

① 牛庸懋：《漫谈〈圣经〉文学》，《外国文学研究集刊》1982 年第 4 期，第 225 页。

Do not make the dog bark." ①

《诗经》中《野有死麕》的简单描写与《雅歌》中的精致而曲折的描写形成了对照。这两首诗的背景或多或少有点相似，叙述人称也相近，但希伯来文学对爱情主题的处理更为优雅、复杂：

> 我的良人好像羚羊，或像小鹿。他站在我们墙壁后，从窗户往里观看，从窗棂往里窥探。我良人对我说，我的佳偶，我的美人，起来，与我同去。……我的鸽子啊，你在磐石穴中，在陡岩的隐密处。求你容我得见你的面貌，得听你的声音。因为你的声音柔和，你的面貌秀美。②

《雅歌》中的爱情获得了升华，甚至被"去性化"（desexualized）。此外，《雅歌》第 7 章中描写了书拉密的腿、腹部、肚脐或乳房，这类描写在中国古典文学中几乎是无法想象的，即便出现了一点类似的诗句，它们通常也不会被归于正统诗的范围。③

《雅歌》中描写的炽烈情欲也与精致的风格技巧相关联，保持了某种必要的克制平衡。这首爱情诗之所以被收入《旧约》中，是因为对犹太人和基督徒而言，他们可以对之做出各种寓言性的阐释。事实上，对文学的寓言性阐释也同样是把《诗经》纳入在儒家经典之列的一个重要原因。

牛庸懋并不太喜欢《诗篇》，将其视为"说教性的宗教诗"。④ 当然，他对其中的某些诗作还是颇有兴趣，因为这些句子有特别的内容，尤其是涉及爱国的主题，如《诗篇》第 137 章，以感人的方式描写了"巴比伦之囚"：

---

① Wu‐chi Liu（柳无忌）and Irving Lo（罗郁正），eds.，*Sunflower Splendor：Three Thousand Years of Chinese Poetry*（《葵晔集：历代诗词曲选集》，Bloomington，1975，pp. 5 - 6。中文参见《毛诗郑笺》卷 1，见《四部备要》，台北：中华书局，1966，第 17A ~ 17B 页。

② 《雅歌》2：9 ~ 14。

③ 谭正璧：《中国女性的文学生活》，上海光明书局，1930，第 219 页。如妓女出身的诗人赵鸾鸾（约 8 世纪）创作了一些描写女性身体的诗句，以此展示自身的魅力。参见 Kenneth Rexroth（王红公）and Ling Chung（钟玲）的英译本：*The Orchid Boat：Women Poets of China*（New York，1972），pp. 26-30。

④ 牛庸懋：《漫谈〈圣经〉文学》，《外国文学研究集刊》1982 年第 4 期，第 226 页。

我们曾在巴比伦的河边坐下，一追想锡安就哭了。①

与朱维之不同的是，牛庸懋对耶利米是《耶利米哀歌》作者的说法提出了疑问，其分析精深入微。不过，我个人更喜欢朱维之有关《传道书》或《约伯记》的评述。

四

都本海（东北师范大学，长春）的一篇文章题为《莫把〈旧约〉中的两个创世神话混而为一》②，他从学术的角度试图探讨将上帝创造天地的故事分为两个神话的有趣话题：第一个"上帝六日创世故事"出自《创世记》第1章，第二个"伊甸园故事"出自《创世记》的第2、3章。他的另外两篇文章《古代人类美好本性的颂歌——〈旧约·六日创世故事〉精华探析》③ 和《旧约众神创世神话的审美层次》④ 主要讨论了《旧约》中的创世神话，即有关该神话的不同版本中的审美问题。

古希伯来词 Elohim（埃尼希姆）在《创世记》的开头中被翻译为"神"或"上帝"（God，Lord）。都本海将 Elohim 解释为复数的"众神"，就像它在古代迦南不同民族中所真实指称的那样。⑤ 他认为，不是上帝而是"众神"说："要有光，就有了光"。同样，不是上帝而是"众神""看光是好的"；不是上帝而是"众神""把光暗分开了"。作为一个比较文学学者和世界神话学学者，都本海通过查到的文献得出这个结论。不过，这个结论值得商讨。我们知道，存在这样一些现象，如众神与上帝的历史（至少此处所涉及的话题）总是处于不断的演变之中。在希伯来神话的"迦南形成期"，那些最早使其成型的人（大约在公元前9世纪）相信只有

① 牛庸懋：《漫谈〈圣经〉文学》，《外国文学研究集刊》1982年第4期，第226页。

② 都本海：《莫把〈旧约〉中的两个创世神话混而为一》，《东北师范大学学报》1986年第6期，第79～84页。

③ 都本海：《古代人类美好本性的颂歌——〈旧约·六日创世故事〉精华探析》，《社会科学战线》1987年第1期，第284～288页。

④ 都本海：《旧约众神创世神话的审美层次》，《民间文学论坛》1987年第5期，第23～29页。

⑤ 参见都本海《旧约众神创世神话的审美层次》，《民间文学论坛》1987年第5期，第23页；《创世记》1：3～4。

一个上帝，不论他被称为 Elohim、El 还是 Yahweh（Yahwe、Yehovah、亚威、耶和华）。都本海对世界神话的了解十分深入，他认为在美学方面，世界文学中没有一个宇宙创世论的神话能与《旧约》相比，中国本土神话也难以与希伯来创世神话一争高下，因为"（中国古代神话）其中的幻化因素并不构成艺术美，不能唤起人们的美感"。① 他的这个结论独具特色。马克思在谈到希腊艺术与史诗时，认为它们是"人类社会童年"时期的产物，"至今仍是美的源泉，在某些方面仍是我们达不到的典范"。② 根据这一观点，都本海将"六日创造"视为"表现了对改造世界的创造性活动的赞美"。③

或许都本海过于强调了这种实践活动。无论是宇宙进化论，还是人类起源论方面，希伯来的劳苦大众似乎并非世界最好的神话诗人。事实上，在希伯来神话的形成过程中，犹太人周边的闪米特各族的祭司及其精神领袖发挥了重要作用。很难相信，一方面，《创世记》第 2、3 章中描述的第二个神话"表达了唯物主义本体论观念"④；另一方面，《创世记》第 1 章中描述的第一个神话却可作为"典型的唯心主义本体论"。⑤ 其分析依然没有摆脱日丹诺夫（Zhdanov）把世界思想史解释为唯心主义与唯物主义之间不断冲突斗争的观点的影响。我更希望一个中国学者能够提出对《创世记》中的创造精神的本土见解，及立足于中国神话背景的评价。而这篇文章根本未提及有关女娲与盘古的神话。

另一篇《〈圣经〉伊甸园神话与母亲原型》探讨了《圣经》中的第二个创世神话。作者刘连祥（天津外国语学院英语系）是摆脱使用马克思主义理论阐释《圣经》的为数不多的学者之一，他运用荣格（C. G. Jung）的神话原型批评理论阐释自己的主要观点。⑥ 他在丁光训（1915～2012，金陵协和神学院）的《上帝不是男性》中发现了上帝的另一个源头。可惜

① 都本海：《旧约众神创世神话的审美层次》，《民间文学论坛》1987 年第 5 期，第 27 页。

② Karl Marx, "A Contribution to the Critique of Political Economy", quoted according to Osborne Bennett Hardison, ed., *Modern Continental Literary Criticism* (London, 1962), p. 117.

③ 都本海：《旧约众神创世神话的审美层次》，《民间文学论坛》1987 年第 5 期，第 27 页。

④ 都本海：《莫把〈旧约〉中的两个创世神话混而为一》，《东北师范大学学报》1986 年第 6 期，第 80 页。

⑤ 都本海：《莫把〈旧约〉中的两个创世神话混而为一》，《东北师范大学学报》1986 年第 6 期，第 81 页。

⑥ 刘连祥：《〈圣经〉伊甸园神话与母亲原型》，《外国文学评论》1990 年第 1 期，第 36 页。

我没机会读到丁光训的这篇文章，其论述可能带有一点女性主义的色彩。《旧约》中的上帝，尤其是《创世记》中的上帝本性中存在"善良、温存、柔和、爱顾、亲切、母性无声的勤劳和自我牺牲"等女性特征。① 伊甸园中的自然万物也具有母亲原型的意象，如大地、花园、泉水（与母性范畴"阴"有关）、果树、鸟兽、夏娃、智慧树等。丁光训与刘连祥都深入地揭示了上帝与自然的"母性氛围"或"母亲原型"。不过，在《圣经》中，特别是《旧约》的某些部分，并非每样事物都必然证明上帝的"母亲"或"女性"特征，例如：

> 因为耶和华你的神乃是烈火，是忌邪的神。——《申命记》4：24
>
> 因为在你们中间的耶和华你神是忌邪的神。惟恐耶和华你神的怒气向你发作，就把你从地上除灭。——《申命记》6：15
>
> 他在圣者的会中，是大有威严的神，比一切在他周围的更可畏惧。——《诗篇》89：7
>
> 耶和华是忌邪施报的神。耶和华施报大有忿怒。向他的敌人施报，向他的仇敌怀怒。——《那鸿书》1：2

刘连祥在文章中对母亲原型的理解过于宽泛，如果他使用荣格的方法，以"母性气质"（Mother Nature）及其普遍的表现形态进行诠释的话，也许效果更好。②

另一位学者齐揆一在《从〈圣经〉中的〈诗篇〉看希伯来诗歌的语言特点》中，真诚地表达了自己阅读《圣经》的体会与内心情感。③ 牛庸懋是因为《诗篇》的宗教说教目的而不喜欢它，齐揆一则相反，他认为《诗篇》是"希伯来民族十分杰出的文学作品"④，他认为对一般读者而言，《诗篇》第23章"是最令人喜爱的一首"。⑤ 作为现代中国文学史的研究者，他还提及一些与此有关的事，例如当时还是高中生的冰心

---

① 刘连祥：《〈圣经〉伊甸园神话与母亲原型》，《外国文学评论》1990年第1期，第36页。

② Anthony Stevens, *Jung* (Oxford, 1994), p.52.

③ 齐揆一：《从〈圣经〉中的〈诗篇〉看希伯来诗歌的语言特点》，《齐齐哈尔师范学院学报》（哲学社会科学版）1988年第4期，第50～54页。

④ 齐揆一：《从〈圣经〉中的〈诗篇〉看希伯来诗歌的语言特点》，《齐齐哈尔师范学院学报》（哲学社会科学版）1988年第4期，第50页。

⑤ 齐揆一：《从〈圣经〉中的〈诗篇〉看希伯来诗歌的语言特点》，《齐齐哈尔师范学院学报》（哲学社会科学版）1988年第4期，第51页。

（1900～1999）在阅读了这首诗后，不久就接受洗礼，成为一名基督徒：

> 耶和华是我的牧者，我必不至缺乏。他使我躺卧在青草地上，领我在可安歇的水边。

齐挽一称赞《诗篇》第 137 章的开头："我们曾在巴比伦的河边坐下"，"可以说它是对后世文艺作品中影响最大的诗之一"。[①] 关于《诗篇》使用的文学手法，他指出了三个方面。

（1）同义平行体（Synonymous parallelism），如《诗篇》15：

> 耶和华呵，谁能寄居你的帐幕？
> 谁能住在你的圣山？

句中"寄居"与"住"、"帐幕"与"圣山"互为同义词。

（2）反义平行体（Antithetic parallelism），如《诗篇》37：

> 因为作恶的必被剪除。
> 惟有等候耶和华的必承受地土。

句中"作恶的"与"等候耶和华的"、"剪除"与"承受地土"在意思上截然相反。

（3）合成平行体（Synthetic parallelism），如《诗篇》19：

> 耶和华的训词正直，能快活人心。
> 耶和华的命令清洁，能明亮人的眼目。

句中"训词"与"命令"、"正直"与"清洁"、"快活人心"与"明亮人的眼目"相对应，它们显示了上帝的智慧及其创造天地万物的杰出艺术。

五

在中国研究《圣经》文学的年轻学者中，梁工出类拔萃，他在河南大

---

① 齐挽一：《从〈圣经〉中的〈诗篇〉看希伯来诗歌的语言特点》，《齐齐哈尔师范学院学报》（哲学社会科学版）1988 年第 4 期，第 52 页。

学（开封）工作。从 1987 年开始，他在不同的期刊杂志上发表了一系列文章，并出版了《圣经诗歌》①和《圣经文学导读》②等著作。

梁工的第一本书由其导师朱维之作序。事实上，这本书主要是编译和介绍《旧约》中的诗歌作品，从《创世记》到《传道书》，其中包括历史书、先知书中的篇章，如《诗篇》《耶利米哀歌》《雅歌》《约伯记》《箴言》等。与其他一些研究者不同，梁工对古希腊和希伯来两种语言有所了解，精心收集到《圣经》文学研究方面的较原始或二手的重要资料（多为古文献），其中包括 S. C. 约德（S. C. Yoder）的《〈旧约〉诗歌》（*Poetry of the Old Testament*）和 C. H. 布洛克（C. H. Bullock）的《〈旧约诗篇〉简介》（*An Introduction to the Old Testament Poetic Books*）。此外，他还使用了香港出版的两种《圣经》中译本——"现代中文译本"和"当代《圣经》"，其中诗歌部分被译为韵文。③

在《圣经诗歌》的开篇介绍中，梁工分析了《诗篇》的民族背景、形式、风格和思想特征及其成书过程，以及许多个世纪以来欧洲文化对这些文本的深入研究。他最欣赏那些世俗化和富于哲理的诗歌，或表现性格复杂的人物的诗篇。由于受到马克思主义的影响，他似乎不太喜欢那些赞美上帝的诗，如"上帝是我的牧人"。梁工认为："所谓希伯来上帝，不过是以神圣化的、虚幻的、颠倒的形式展示出的希伯来精神本身。"④梁工承认上帝并不真实地存在："今天，我们从根本上否认上帝的存在，但这并不影响了解、鉴赏、研究这份文学遗产。"⑤尤其是对《圣经》知之甚少的当代中国人而言，一方面要"抵制宗教毒素的侵蚀"，另一方面又要"根据理性原则去阅读圣经中的诗歌"。⑥梁工评价《圣经》的态度与其评价希腊神话和希腊文学的态度相一致。

这种对待宗教的理性态度在一定程度上影响了梁工对《诗篇》中一些最优美诗篇的评价，他不太欣赏摩西越过红海、赞美耶和华的诗，我们在《出埃及记》中可以读到它：

---

① 梁工编译《圣经诗歌》，百花文艺出版社，1989。
② 梁工：《圣经文学导读》，漓江出版社，1992。
③ 梁工：《后记》，载《圣经诗歌》，百花文艺出版社，1989，第 369 页。
④ 梁工：《后记》，载《圣经诗歌》，百花文艺出版社，1989，第 27 页。
⑤ 梁工：《后记》，载《圣经诗歌》，百花文艺出版社，1989，第 30 页。
⑥ 梁工：《后记》，载《圣经诗歌》，百花文艺出版社，1989，第 27 页。

> 耶和华是战士，他的名是耶和华。
>
> 法老的车辆、军兵，耶和华已抛在海中。
>
> 深水淹没他们，它们如同石头坠到深处。①

梁工更喜欢大卫王（前 1012～前 972）为扫罗王（约前 1030～前 1010）和扫罗的儿子约拿单而写的优美挽诗，因为它展示了某种英雄精神："以色列呵，你尊荣者在山上被杀，大英雄何竟死亡！""英雄何竟在阵上仆倒！""英雄何竟仆倒，战具何竟灭没。"②

我个人认为这首诗悲壮（及其价值）的主旨并不是颂扬扫罗父子的英雄主义，而是表明大卫对待他们的态度：扫罗是置大卫于死地的对手中最狠心的一个，而他的儿子约拿单却是大卫最好的朋友。尽管扫罗生性多疑偏执，但他是"受膏者"，被上帝指定为以色列之王；虽然大卫的性命总是受到威胁，但大卫依然忠诚于他。我好奇梁工为何忽略了以下诗句：

> 我兄约拿单哪，我为你悲伤！
>
> 我甚喜悦你，
>
> 你向我发的爱情奇妙非常，
>
> 过于妇女的爱情。③

我认为在中国文学的所有作品中，我们找不到对友谊的如此真诚的表白。

在《诗篇》中，梁工最欣赏直接反对坏人或仇敌的"诅咒"类诗歌，如《诗篇》129：

> 耶和华是公义的，他砍断了
>
> 恶人的绳索。
>
> 愿恨恶锡安的，
>
> 都蒙羞退后。

我推测梁工之所以不喜欢赞美上帝的"赞美诗"或赞美上帝之作"自

---

① 《出埃及记》15：3～5。

② 参见梁工《后记》，载《圣经诗歌》，百花文艺出版社，1989，第 69～70 页；《撒母耳记下》1：19、25、27。

③ 《撒母耳记下》1：26。

然"的"自然诗"，可能是因为他不喜欢其中蕴含的宗教色彩或神学思想。①

比起《诗篇》，《耶利米哀歌》更接近梁工的审美趣味。他将其中的五个章节视为"圣经诗歌的奠基之作"，认为它"成功地传达出悲怆气塞、难以卒读之状"。② 他举出的一些例子的确如此，如：

> 先前满有人民的城，
>
> 现在何竟独坐！
>
> 现在何竟如寡妇！

或：

> 少年人和老年人，都在街上躺卧，
>
> 我的处女和壮丁，都倒在刀下。③

梁工的这本书关注最多的是《雅歌》，这不仅因为它是世界文学中最优秀的古代经典，而且还因为对它的诠释经历了漫长而复杂的过程。梁工主要采纳了泽农·科思多沃斯基的解释，即《雅歌》是与婚礼仪式相联系的希伯来爱情诗。他还部分地认同奥利金（Origen，185～254）的看法，即《雅歌》是戏剧艺术的最早尝试。④

梁工的另一部著作《圣经文学导读》收入了他的硕士论文及其在母校南开大学期间撰写的系列论文。朱维之在本书的"序言"中评价这部著作是"我国第一批有关圣经文学研究的专著"。⑤ 梁工的这本书分为两部分：第一部分以上帝和大卫为线索，展现了《旧约》的历史；第二部分是对《新约》特征的简介，包括《圣经》对《古兰经》、西方世界和当代中国的影响，以及马克思和恩格斯对《圣经》的接受。可见，在经历了十几年的极左思潮后，中国学者有机会重新研究欧洲文明和文化中的犹太—基督

---

① 梁工编译《圣经诗歌》，百花文艺出版社，1989，第141页。

② 梁工编译《圣经诗歌》，百花文艺出版社，1989，第177页。

③ 梁工编译《圣经诗歌》，百花文艺出版社，1989，第182、192页；《耶利米哀歌》1：1；2：21。

④ 梁工编译《圣经诗歌》，百花文艺出版社，1989，第211～213页。

⑤ 朱维之：《鲁零光殿，五光十色》，载梁工编译《圣经诗歌》，百花文艺出版社，1989，第2页。

教传统。

梁工对《圣经》中诗歌的分析比对叙述故事的分析更为细致深入。其中一个主要原因可能是他在分析诗歌时，掌握了较多的相关背景资料。但在梁工的著作中，我们罕见他从文学角度分析那些更加引人入胜的故事，如大卫的儿子暗嫩与其同父异母的妹妹他玛之间的爱情。在我看来，《圣经》中最有趣的部分是展现了神的形象（imago Dei），在文学中的上帝形象及其在数千年中呈现的各种不同形态：作为诸神之一的上帝，然后是亚伯拉罕、以撒和雅各的上帝，最后是希伯来人的上帝，那是作为战士的上帝、伦理制定者的上帝，最后是所有人的上帝。相比之下，大卫的形象则要单薄得多。

对于汉学家而言，最好阅读一下梁工关于《圣经》汉译的评述（这些评述比本文开始提到的汪维藩的论述更为清楚易懂）及有关当代中国文学界对《圣经》接受史的简要概述。

除梁工外，另外一本研究《圣经》的书是卓新平（中国社会科学院宗教所，北京）撰写的《圣经鉴赏》（北京，1992）。这本书与梁工的著作相似，主要为普通读者撰写，内容大多出自《圣经》中的大量"典故"，如"流蜜和奶之地""跨过红海""以眼还眼，以牙还牙"等，它们已成为世界（包括中国）各种语言和文学遗产的常见词语。就《圣经》对世界文化的影响方面来说，这本著作还涉及哲学、音乐、绘画和雕塑等领域。除对《圣经》汉译做了简短梳理外，作者并没有论述当下中国的情况，也未提到马克思和恩格斯的名字。

遗憾的是，在写作此篇论文时，我无法读到1980～1992年在中国出版、发表的某些著作和论文，例如张久宣主编的《圣经故事》（北京，1982）。至1988年5月，这本文字优雅、插图精美的书已售出735000册。我也没机会看到朱维之编撰的《圣经文学故事选》①（1982），以及吴国瑞的《圣经的故事》（1980）。在有关《圣经》文学领域的研究论文方面，我则比较幸运。虽然我不能阅读所有的论文，但依据已阅读和分析的主要文章，本文基本上能勾勒1980～1992年中国在《圣经》批评领域的研究状况。

---

① 此文于2002年发表后，我才收到这两本书，第一本是由我所喜爱的画家卡洛尔斯费尔德（Julius Schnorr von Carlsfeld，1794–1872）及其同伴一起画的插图。

最后，还有必要提及梁工主编的《圣经百科辞典》于 1991 年由辽宁人民出版社（沈阳）推出，它是此类著作首次在中国问世。作为中国基督教的重要代表之一，丁光训表达了对这位河南大学教授及其学生们的谢意，感谢他们在一个百分之九十九以上民众不信仰犹太—基督教上帝的国家，竟然编写出一部如此厚重的巨著。虽然他对其中一些词条及其神学的解释不甚满意，但这微不足道。① 无论如何，这项重任已由中国的学者顺利完成。在一个希伯来或基督教的价值观仅为少数中国人所知的泱泱大国，来自《圣经》的信息尤其值得关注。

遗憾的是，在我以上分析的所有作品中，罕见中国当代作家对于《圣经》及其文学评价的只言片语。也许，在众多浩瀚的当代中国文学中，诸如王蒙（1934～）的《十字架上》②、舒婷（1952～）的《在诗歌的十字架上》③ 和沙叶新（1939～）的《耶稣·孔子·披头士列侬》④ 等只不过是大海中的几朵浪花。⑤

（刘燕、刘梦颖　译）

（本文曾发表于《圣经文学研究》2017 年第 2 期，稍有修正。）

---

① 丁光训：《序》，载梁工编译《圣经诗歌》，百花文艺出版社，1989。

② 王蒙：《十字架上》，《钟山》1988 年第 3 期，第 45～48 页。参见 Marián Gálik, "Wang Meng Mythopoeic Vision of Golgotha and *Apocalypse*," in *Annali* 52 (1992) 1, pp. 61–82；它的德语版为："Mythopoetische Vision von Golgatha und *Apocalypse* by Wang Meng," in *minima sinica* 1991/2, pp. 55–82。

③ 舒婷：《在诗歌的十字架上》，载《双桅船》，上海出版社，1982，第 100～103 页。

④ 沙叶新：《耶稣·孔子·披头士列侬》，上海文艺出版社，1989，第 341～429 页。

⑤ 参见 Liang Gong, "Twenty Years of Studies of Biblical Literature in the People's Republic of China (1976–1996)," in Eber Irene and others, eds., *Bible in Modern China: The literary and Intellectual Impact* (Sankt Augustin-Nettetal, 1999), pp. 383–407。

对中国三部《圣经》与中国现代文学研究论著的评论*

  1995 年至 2000 年期间，中国图书市场上出现了六本图书，分析《圣经》（还有一般意义上的基督教）在现代中国创造性的文学和文化中的接受及影响。这个尚未开掘的新领域受到了相当多学者的关注。新的图景已经被打开，人们在数百种甚至更多现代文学和文化作品中找到了新的材料。L. S. 罗宾逊的开创性著作《双刃剑——基督教与 20 世纪中国小说》（*Double-edged Sword：Christianity & 20th Century Chinese Fiction*，Hong Kong，1986）有了第一个追随者马佳（1962 ~ ）。马佳的《摇曳的上帝的面影》发表于 1989 年《中国现代文学丛刊》，显示了一个年轻学者的勇气，尽管有些许犹豫，但他仍是第一个敢于指出《圣经》对中国 20 世纪 20 年代和 30 年代文学产生影响的学者，在研究中找到了《圣经》影响所留下的具体痕迹。

  在他之前，中国的文化部部长王蒙（1934 ~ ）曾在欧洲的教堂和展览馆中愉快地欣赏了许多基督受难的情景，随后写了一首献给耶稣的诗，在诗中认可了这种新的研究方向：

> 你被钉在十字架上
>
> 永远也不得下来
>
> 你垂下忧伤优美的头颅
>
> 永远也不得抬起来
>
> 你被崇拜又被出卖
>
> 不得复仇也不得感戴

---

* 原文 "A Comment on Three Chinese Books on the Bible"。

你流血你疼痛你怜悯你死去

没有一声表白

你被绘画被雕刻被解释被误会

全部承认全部接受下来

你带来希望带来失望带来怨恨

你应允一切理解一切原谅一切

你没有请求没有希望也没有命运①

王蒙这首颇有新意的《十字架上》在 1988 年发表后的相当长时间里并没有受到批评家的重视。1992 年,年轻的学者傅光明同梁刚一起翻译了上面提及的罗宾逊的著作,虽然此书早在 1989 年就已经译完,但在整整三年后的 1992 年 11 月才得以在台湾出版。②

罗宾逊的书出版之后,到马佳的首部专著《十字架下的徘徊——基督宗教文化和中国现代文学》(上海,1995)出版面世,中间又过了三年。这本书发行了 5000 册,远远超过其他两部我们将要更详细分析的著作。我的朋友叶子铭(1935～2005)在该书的出版方面起了很大作用。在当时出版这类学术著作非常困难,首先要消除一些不得不面对的障碍,比如出版资金的来源。③

与此主题类似的第二部论著《旷野的呼声——中国现代作家与基督教文化》于 1998 年在上海出版。杨剑龙(1952～)在致力写作这本书之前已经是中国现代文学领域有所建树的学者。④ 看起来当时的中国出版这类著作不再成为问题。这两本书出版后,中国文学界惊奇地发现:有如此之多的作家,曾经受到了《圣经》理念的影响,或者着迷地阅读来自《圣经》的小故事。

本文将要分析的第三部相关论著也是其中最出色的一本,出版于 20 世纪的最后一年,作者是王本朝(现居重庆)。这本书展示了更长远、广阔

---

① 王蒙:《王蒙文集》卷 10,人民文学出版社,1993,第 210～211 页。为了更好地理解这首诗,请参见王蒙 1997 年 4 月《靛蓝的耶稣》一文,载《王蒙散文》,浙江文艺出版社,2001,第 1～10 页。

② *Double-edged Sword: Christianity & 20th Century Chinese Fiction*(《双刃剑——基督教与 20 世纪中国小说》,傅光明、梁刚译,台北:业强出版社,1992)。

③ 参见叶子铭的序言和马佳的后记对马佳著的这本书的出版介绍。

④ 参见杨剑龙《放逐与回归:中国现代乡土文学论》,上海书店,1995。

而深入的 21 世纪的《圣经》对中国的影响研究。此书名为《20 世纪中国文学与基督教文化》（河北，2000）。罗宾逊的著作是其主要参考文献之一；同时，王本朝也从上述提及的马佳、杨剑龙两位作者的著作中获益良多。

这里需要简单提及另外三部著作。刘勇（1958～ ）的《中国现代作家的宗教文化情结》（北京，1998）探讨了文学（文化）和宗教之间的关系，体现了扎实的理论基础。作者在更为广泛的范围内回顾了中国文学和各种宗教的关系，并不局限于犹太—基督教，也包括其他宗教。故此不赘述。当然，它是此类主题中相当扎实的一部著作，值得有兴趣的读者深入研读。

第二部是王学富的《迷雾深锁的绿洲》，出版于南京，日期不详。① 作者原是南京金陵神学院的学生。这部书大约出版于马佳的著作之后，在刘勇和杨剑龙的专著之前。在后两本书出版之后，这个学术研究领域再也不是隐藏的绿洲了。本书中最好的部分是关于沈从文（1902～1988）的章节，虽然没有分析沈从文的《看虹录》②，但其中分析《雅歌》中的书拉密和牧羊人——国王所罗门对沈从文的小说和诗歌的影响的段落格外出色。王学富承认他参考了金介甫（Jeffrey C. Kinkley）的论著《沈从文的奥德赛》（*The Odyssey of Shen Congwen*，Stanford 1987）。

第三部是王列耀的《基督教与中国现代文学》，由暨南大学出版社1998 年 10 月出版，晚于刘勇的书四个月，早于杨剑龙的书两个月。这一年是《圣经》和中国现代文学研究方面收获最大的一年。这本书最出色的是第五章，是关于《圣经》对王尔德的《莎乐美》、向培良的《暗嫩》，以及欧阳予倩的《潘金莲》等作品产生的影响，其中曹禺（1910～1996）的《雷雨》得到了最详尽的分析。我个人并不赞同他过于低估向培良的独幕剧的看法。我认为很多读者和批评家会对此书的第四章有较高评价，其研究了中国现代文学作品和翻译作品中耶稣基督的神性和人性的两种面孔。

除了上述六本书，许正林的硕士论文《中国现代文学与基督教》是一

---

① 此处作者有误，《迷雾深锁的绿洲》1996 年由新加坡大点子出版社出版。——译者注

② 参见金介甫的译本，沈从文《破碎的天堂：二十四个故事》（*Imperfect Paradise*：*Twenty Four Stories*，Honolulu 1995），第 464～481 页；贺桂梅 、钱理群《沈从文〈看虹录〉研读》，《中国现代文学研究丛刊》1997 年第 2 期，第 243～259 页。

篇重要的论文①，"一本关于中国角色的 12 万余字的论著"。② 许正林是《圣经》研究专家，南开大学教授朱维之（1905～1999）的学生之一。2001 年 1 月，它的部分章节在梁工主编的书《基督教文学》第八章"有客自远方来——基督教与中国文学"上刊出。2003 年，它以《中国现代文学与基督教》为名，由上海大学出版社出版。

一

马佳在其著作的《本书摘要》中写道：

> 本书从比较诗学、比较宗教学、比较文化学的宏观视野，就基督宗教文化和中国现代文学的关系分六个相互关联的部分展开论述。在充分占有翔实可靠史料的基础上，对这一关系形成的历史缘由、嬗变轨迹、多重纠葛、总体特征进行了具体深入的阐释和论证。认为处在世纪之交的中国现代作家对在特定时刻以特定角色进入他们视域的基督宗教文化不得不采取了半推半就、欲迎又避的矛盾态度，因而，较之对其他西方的文化形态、哲学思潮，他们在面对基督宗教文化时的接受心态、应答方式就显得更加复杂和微妙。一方面他们强烈地需要基督宗教的终极价值，另一方面却竭力回避或否定它的物质形式和某些教义信条，他们始终没能像拥抱希腊文化那样热情不衰地接待基督宗教，基督宗教和中国作家之间一直隔着一道无形的屏障，这在更大程度上是一个缺乏神意国家的后裔想象不到宗教精神的力量其实并不逊于科学理性的智慧的必然结果。所以，尽管中国现代作家也曾热烈地礼赞过基督文化这轮"幻想的太阳"，热切地呼唤过基督和基督精神，并站在神圣崇高的位置，替自己和整个民族忏悔，但他们更经历了信仰和反信仰的曲折反复。同时，由于严峻冷酷、瞬息万变的生存环境，他们无力也无法持守纯粹的理想情状，他们始终未能走出十字架的阴影，将现代文学引向神圣

---

① 我没有读到此文。

② Liang Gong（梁工），"Twenty Years of Biblical Studies of Biblical Literature in the People's Republic of China, 1976–1996," in Irene Eber and others, eds., *Bible in Modern China: The Literary and Intellectual Impact*, pp. 399。

的伊甸园，导致了中国现代文学缺乏内在强烈的悲剧意识和持久美学意味的结局。①

这篇文章——置于本书开篇的《本书摘要》——对我非常重要，所以我几乎逐字逐句地将它们翻译出来。对于中国的知识分子来说，犹太—基督教中神的概念是不可理喻的异物，而希腊—罗马文化显得更容易接受一些，在某种程度上基督教并不容易被中国知识分子接受。在 1919 年五四运动所伴随的文学革命中，中国现代知识分子首次迎来了欧美的基督教文化，官话和合本《圣经》影响巨大，成为当时很多人学习现代白话文的范本，成为具有持久价值的源泉。

我不认为基督教对中国作家和读者而言像马克思形容的"幻想的太阳"。② 我也怀疑鹿桥（1919～2002）的小说《未央歌》（1947）是否可视为基督教小说（虽然马佳并没有从这个角度来概括），虽然这部小说包含了一种基督教信仰的诗化气息③，其中更多却和儒家、道教、禅联系在一起。马佳的一些发现，例如分析郭沫若作品中的基督教因素，确实对读者深入理解泛神论起了重要作用。根据我的不完全了解，马佳最先发现了沈从文从根底上的斯宾诺莎式的泛神论，这种泛神论精神得到了湘西少数民族的精神的滋养，并和人类最高贵的情感——爱、美和善——联系起来。马佳从中看到了基督教精神的完满实现。④

中国的大多数知识分子对《圣经》和基督教的迷恋在 1919 年之后开始退潮，在 1920 年出现了一个反基督教的高峰。冰心在赞美诗中高呼神圣的牧人和星空，却不愿在礼拜堂中公开受洗。⑤ 很多人从阅读《圣经》和耶稣开始，最终却转向了马克思和列宁。当然随后仍有一些（或较多）作品得益于《圣经》和基督教的遗产，但至今仍未获得充分的整理。张闻天（1900～1976）或许是在列夫·托尔斯泰的影响下开始阅读《圣经》，他买了一本 1920 年版的官话和合本《圣经》，但后来留在了茅盾（1896～

---

① 马佳：《十字架下的徘徊——基督宗教文化和中国现代文学》，学林出版社，1995，第 1～2 页中的英译对原文做了轻微的改动。

② 马克思：《〈黑格尔法哲学批判〉导言》，《马克思恩格斯全集》第 1 卷，布拉格，1956，第 402 页。

③ 马佳：《十字架下的徘徊——基督宗教文化和中国现代文学》，第 103～112 页。

④ 马佳：《十字架下的徘徊——基督宗教文化和中国现代文学》，第 124 页。

⑤ 范伯群编辑《冰心研究资料》，北京出版社，1984，第 102 页。

1981）的故乡乌镇。① 茅盾翻译了和它有关系的一些小故事。② 在 1941 年
12 月香港被日军占领之后，茅盾和朋友撤离香港，在奔赴桂林途中携带了
另一个版本的《圣经》作为唯一的陪伴之物。后来他并没有将这本《圣
经》带往延安，也不清楚他是否将张闻天的那本《圣经》带回北京的家。
在 "文革" 这段他生命中最痛苦的时期，这本书在他身边吗？沈从文在
1922 年到了北京后，喜欢阅读《圣经》，并将其中最欣赏的优美段落和司
马迁（前 145～约前 86）的《史记》相提并论。我们可以在他早期作品中
以及稍后最具价值的短篇小说《看虹录》中看到《雅歌》所留下的清晰的
印迹。③ 沈从文的这本《圣经》遗失于动荡的时代中，80 年代他找了另一
本《圣经》来阅读。④ 在当代中国大陆，人人都有机会接触《圣经》，但
不是在书店中。印好的《圣经》一般只在基督教教堂出售。此外，专门为
有兴趣的读者出版的《圣经》故事之类的读物在图书市场随处可见。⑤

　　如果我们对比一下马佳和罗宾逊的书，我们会发现后者对前者启发颇
多。马佳书中的第一章题目为 "双刃剑"，第一部分分析了鲁迅的作品形
式。对来自《希伯来书》的 "双刃剑"，马佳没有采用严格的荣格式的解
读方法：

　　　　神的道是活泼的，是有功效的，比一切两刃的剑更快，甚至魂与
　　灵，骨节与骨髓，都能刺入剖开，连心中的思念和主意，都能辨明。

---

① 张闻天、茅盾和他的弟弟沈泽民（1900～1933）三人是好友，张闻天常去乌镇看望他们
　　和他们的母亲。参见钟桂松《人间茅盾：茅盾和他同时代的人》，河南人民出版社，
　　1993，第 132～141 页。

② L. S. Robinson, *Double-edged Sword*：*Christianity & 20ᵗʰ Century Chinese Fiction*（Hong Kong：
　　Tao Fong Shan Ecumenical Centre, 1986）, pp. 60-74.

③ 王学富：《迷雾深锁的绿洲》，新加坡：大点子出版社，1996，第 132～148 页。

④ 金介甫：《沈从文的奥德赛》，第 81 页。

⑤ 参见张久宣《圣经故事》（修订版），中国社会科学出版社，1994。尤思德（Jost O.
　　Zetzsche）分析过大约 20 部这样的故事集，《中国大陆的文化读本或圣经故事》，*Asian
　　and African Studies*（Bratislava）6（1997）2, pp. 217-232。所有这些读本都用了新教译
　　本，只有一部例外：一位年轻女作家萧潇的《爱的启示：圣经之光》（社会科学文献出
　　版社，1998），她使用了雷永明（Fr. Gabriele M. Allegra）等人翻译的天主教译本。参
　　见 O. F. M. Arnulf Camps, "Father Gabriele M. Allegra, O. F. M. （1907-1976）and the
　　Studium Biblicum Franciscanum：The First Complete Chinese Catholic Translation of the Bible,"
　　Irene Eber and others, eds. , *Bible in Modern China*：*The Literary and Intellectual Impact*,
　　pp. 55-76。

马佳在写作这本书的时候，遵循了当代中国的《圣经》批评潮流，这种潮流的首要权威正是马克思。引用这些马克思主义的批评家的观点并不意味着马佳未形成自己的看法。作为一个中国文学批评家，在分析受到《圣经》和基督教影响的鲁迅的作品时，他没有跟随罗宾逊的思路。罗宾逊从五四时期中国作家对基督教的兴趣开始分析，首先是创造社的两位作家：郁达夫和郭沫若。近年来，鲁迅被视为中国现代文学包括现代思想史①的第一人和制高点。在专注于思想和文学之前，鲁迅曾写过有关《圣经》的一些文章。② 马佳认为鲁迅非常伟大，类似于包括但丁在内的文艺复兴时期的伟人，甚至与耶稣本人相像。因为 20 世纪中国的新文学运动类似于欧洲的文艺复兴，它是一个需要耶稣一样的伟大人物来创造巨变和惊醒的时代，显然鲁迅正是这样一个伟大人物。

耶稣和鲁迅都是伟大的信仰之诗的创造者。对于前者，《马太福音》18：4："所以凡自己谦卑像这小孩子的，他在天国里就是最大的"；或者《马可福音》13：31："天地要废去。我的话却不能废去"。耶稣说过很多诗一般的话，或许第二个引述是个例外。马佳将这些言语和鲁迅的创作并置加以考察。马佳认为鲁迅可以被视作中国版的"伟大诗人的宗教家"。③这种观点实在很难让人苟同。

周作人被认为是中国现代文学史上仅次于鲁迅的散文作家，他在促进《圣经》和基督教发展方面起了更重要的作用。我们没有必要去神话其人其著：周作人是犹太—基督教文化在中国传播的有力推动者，他并非基督教徒，但在一系列的文章中，他相当客观地评价了基督教理念，宣传《圣经》的美和庄严。他本人是秉承基督教"宽容"与"博爱"信条的典范。他还是第一个在五四运动期间明确强调希伯来文学在世界文学中的位置的人。他把希伯来文学和希腊文学看作"双生子"，是两种最伟大的文学遗产。在这里，特别需要指出的是，对其他人和其他观念的宽容正是周作人的特点，而这种特点无论是在中国的现代还是古代都是稀有的。他的哥哥

---

① 关于鲁迅和他的角色，两部西方杰作是：*Lu Xun and His Legacy* Berkeley（Calif. – New York，1985）（李欧梵《鲁迅和他遗产》）；Raoul D. Findeisen（冯铁），*Lu Xun·Texte，Chronik，Bilder，Dokumente*（Basel-Frankfurt，2001）。

② 鲁迅主要在 1907 年和 1908 年早期文章中提到或简单地分析了《圣经》文本，例如：《文化偏至论》《摩罗诗力说》，《鲁迅全集》第 1 卷，人民文学出版社，1973，第 38 ~ 102 页。

③ 马佳：《十字架下的徘徊——基督宗教文化和中国现代文学》，第 7 页。

鲁迅在这一点上和他大相径庭。在他那里，"多爱而少憎"。①

　　许地山（笔名落花生）是这个群体的第三个重要人物。在我看来，他倒是学者深入研究《圣经》对中国文学影响的最好对象。他精通佛教、道教和基督教，这在其作品中表现得一目了然。相比周氏兄弟，他更接近于一个基督徒，虽然他没有严格遵循神学的信条和观念。他试图理解并尊重耶稣人性的一面，并未太在意耶稣神性的一面。和罗宾逊一样，马佳引述了张祝龄在《对于许地山教授的一个回忆》一文中对他的经典评价："许先生眼光中的历史基督，不必由'童生'、'奇事'、'复活'、'预言应验'等说而发生信仰，乃在其高超的品格和一切的道德的能力所表现的神格，更使人兴起无限的景仰崇拜，信服皈依。"②

　　不仅许地山，著名的剧作家田汉也是如此看待耶稣，他承认自己"有点爱耶稣那种伟大崇高的人格"，认为"再有生命的没有，再艺术的没有，再神圣的没有"③ 的是耶稣和犯罪的淫妇（mulier adultera）的故事：

　　　　当基督说："你的罪已得到宽恕"时，听者即刻体验到一种如释重负的净化之感。这一类的神力，要远胜"将水变成酒"、"在水上走"或"将少变成多"之类的神迹。实际上，它之神奇处，是远超一切奇迹的。④

　　我很高兴马佳使用了很大篇幅分析《春桃》小说中的人物。春桃作为两个男人的妻子是一个很特别的人物。顺便说一句，1968 年 8 月 21 日之后捷克斯洛伐克开始了在外国强权统治下的"被标准化"时期。在这段困难时期，我曾将这部小说翻译成斯洛伐克语⑤。当时最吸引我的是作品中的人性的光辉，但当要将其译成我的母语时，我不清楚如何表达其中隐藏着的基督教和佛教的对人的深厚怜悯。可以说，对春桃的分析，是马佳教

①　马佳：《十字架下的徘徊——基督宗教文化和中国现代文学》，第 24 页。
②　马佳：《十字架下的徘徊——基督宗教文化和中国现代文学》，第 32 页；L. S. Robinson, *Double-edged Sword: Christianity & 20th Century Chinese Fiction* (Hong Kong: Tao Fong Shan Ecumenical Centre, 1986), pp. 40.
③　马佳：《十字架下的徘徊——基督宗教文化和中国现代文学》，第 30 页。
④　马佳：《十字架下的徘徊——基督宗教文化和中国现代文学》，第 30 页。
⑤　参见 Anna Doležalová, ed., *Cestou slnka. Výber moderných ázijských poviedok* (Bratislava, 1976), pp. 58–64。英译本题目为 "Big Sister"，载 *Short Stories from the Thirties*, Vol. 1 (Beijing, 1982), pp. 111–141。

授批评艺术的高峰。

这篇小说讲述了春桃、向高（一起生活的男人）和李茂（春桃失散的订婚对象，后来被她在北京街头发现）被"博爱"联系在一起的故事。在宗教的框架中，这种爱违背了所有神圣和古老的要求，也没有尊重世俗生活中的风俗仪式。① 它向传统伦理、道德和社会习俗宣战，但有必要指出春桃对这些被挑战的庄重对象一无所知。②

在春桃的特殊境遇中，正常的婚姻不再可能。为了使两个男人都能活下去，她选择了三个人的共同生活。她没有去教堂，但是她实际上是按照最高的伦理标准来生活。通过这种行为，她拯救了共同生活的两个男人。

许地山的学生和后来的朋友冰心有着不同的家庭背景，年轻时被另一种精神源泉——印度的圣哲泰戈尔（1861~1941）所吸引。冰心的作品的典型特征之一就是与许地山的作品有着同样的博爱。随后有很多著名作家，例如茅盾、巴金，强烈表现自我的作家如郭沫若、郁达夫，剧作家曹禺，作家徐讦（1908~1980），女作家苏雪林（1897~1999），张资平（1893~1959），以个人的视角引述《圣经》或批评热衷于教堂仪式的人。林语堂（1895~1976）出生后是一个基督徒，成人后反对基督教，后来又重新皈依了基督教。在这部书的结尾，马佳反对他奉为良师的罗宾逊把萧乾（1910~1999）视为"反基督教作家"，对萧乾他持有不同的看法。这一次我赞同马佳的判断。③

二

杨剑龙的《旷野的呼声——中国现代作家与基督教文化》在题目上暗示了施洗约翰的情节：约翰呼唤为基督的到来预备道路。杨剑龙的朋友陈思和教授认为这种"旷野的呼声"在中国的意味不同于先知以赛亚或施洗约翰的时期。20世纪20年代和30年代，乃至现在，对于现代中国知识分子而言，它一直是一种启蒙象征，即基督教精神是一种能够丰富中国传统

---

① 此处风俗仪式指婚姻形式。——译者注
② 马佳：《十字架下的徘徊——基督宗教文化和中国现代文学》，第36页。
③ 参见 L. S. Robinson, *Double-edged Sword: Christianity & 20ᵗʰ Century Chinese Fiction* (Hong Kong: Tao Fong Shan Ecumenical Centre, 1986), pp. 113–143; 马佳《十字架下的徘徊——基督宗教文化和中国现代文学》，第207~224页。

文化旧价值的新的积极元素。由于在此方面留有巨大的空白，陈思和鼓励杨剑龙继续这方面的研究，并劝说其他学者关注这个领域。[①] 杨剑龙积极回应了这一倡导。

和马佳的经历一样，罗宾逊专著的中译本促使杨剑龙建立了这个主题的新的研究方式。据我所知，在整本书中，杨剑龙并未提及马佳的著作，但他一定知道这本书。和马佳一样，他在研究中也遇到了很多困难：很多人认为这个课题与他所学的专业并不相称。[②] 随后杨剑龙的研究论文在香港发表，并被译成德文，由马雷凯（Roman Malek）编辑出版。中国学术界逐渐对此改变了看法。欧洲学术界第一次看到了杨剑龙所采用的这种处理方式。在书中，杨剑龙强调了弗里德里希·恩格斯思想中人的本质的重要性，而不是宗教的神圣意义，但他同时也参考了《神学与当代文学思想》一书中收录的神学家孔汉思（Hans Küng）等人撰写的文章（上海，1995），以及库舍尔（Karl-Josef Kuschel）的著作。

本书绪论部分主要分析了从聂斯托里教派（Nestorians，635）到1949年这段时期内《圣经》在中国的传播和研究状况。之后，杨剑龙开始具体分析日本学者内山完造（1885～1959）的评论。内山完造在鲁迅的葬礼上将其称为"深山苦行的一位佛神"。杨剑龙认为，当读到尼采的《查拉图斯特拉如是说》的译者之一徐凡澄提供的这段引述时，我们似乎也可以说："鲁迅是一位为拯救世人而受苦的基督"。[③] 这显然是一个夸大的陈述。当然，杨剑龙对鲁迅20世纪初期的文章以及鲁迅对《圣经》的态度的研究应该得到读者的重视，其中尤其精彩的是鲁迅对《创世记》分析的部分。

杨剑龙讨论的顺序和马佳一样，讨论的第二位作家是周作人，第三位是许地山，第四位是冰心。杨剑龙呈现出了这些作家的更鲜明和清晰的文学肖像，所用的方式比马佳更易理解。马佳更像一个运用复杂、神秘的隐喻的神学批评家。对鲁迅作为"受难者"的评价不仅在杨剑龙的书中很典型，在马佳的书中也是如此，特别是马佳在对周氏兄弟的形象进行比较的时候。[④] 如果说对马佳来说，周作人"该是一个五四时代体现着宽容、博

---

① 杨剑龙：《旷野的呼声——中国现代作家与基督教文化》，上海教育出版社，1998，第1～6页。

② 杨剑龙：《旷野的呼声——中国现代作家与基督教文化》，第228页。

③ 杨剑龙：《旷野的呼声——中国现代作家与基督教文化》，第20页。

④ 马佳：《十字架下的徘徊——基督宗教文化和中国现代文学》，第28页。

爱神韵的浪漫化的基督的形象"①，那么相比之下，杨剑龙对周作人的阐释更为出色。杨剑龙对周作人的研究更深刻的一个原因是，国内大部分研究者对周作人所投入的精力远远低于对鲁迅的关注。

对于研究《圣经》（基督教）和现代中国文学关系的人来说，许地山是"必不可少"的研究对象。相比周氏兄弟，他是一个虔诚的基督徒和传道人。由于对中国传统深厚的认识和中国传统信念对他的羁绊，他过去、现在一直都非常同情中国大众。他的作品是对本土文化元素和基督教元素的融合。随着傅光明翻译了罗宾逊著作中许地山的部分②，以及上述马佳论著的出版，关于《圣经》（基督教）对中国文学影响的研究才逐渐开始。根据杨剑龙的看法，更多的研究是关于许地山对佛教而非基督教的态度，我不完全确定这是否准确，因为在研究许地山的著作中也包含一些从基督教角度出发的有趣的观察。③ 他或许认真阅读了望舒的《许地山及其小说中的"新人"》。④ 或许通过望舒的文章，杨剑龙了解了詹姆斯·瑞德（James Reid）的著作《与基督一起面对生命》（*Facing Life with Christ*，伦敦，1940），并在论述中使用了它的中译本。和之前的批评家不同，杨剑龙通过引用《圣经》中对爱的话语重点强调了基督教的爱，例如圣保罗的话："爱是恒久忍耐，又有恩慈。爱是不嫉妒。爱是不自夸。不张狂"（《哥林多前书》1：13）。道格拉斯·麦克奥姆贝尔（Douglas McOmber）和罗宾逊或许会认为这个爱的概念过度完美而不切实，因此他们不会把许地山视为与圣保罗一样的"至善主义者"。⑤杨剑龙投入了充分的时间去研究许地山小说的典型特征，做了出色的批评工作。作为一个比较文学学者，在某些方面杨剑龙或许走得更远，比如他将许地山《缀网劳蛛》中的

① 马佳：《十字架下的徘徊——基督宗教文化和中国现代文学》，第 28 页。

② 傅光明：《许地山与基督教》，《中国现代文学丛刊》1989 年第 4 期，第 240～255 页。

③ Chih-tsing Hsia（夏志清）*A History of Modern Chinese Fiction*，*1917-1957*（《中国现代小说史 1917～1957》）（New Haven，1961），pp. 4-92；Douglas Adrian McOmber，"Hsü Dishan and Search for Identity：Individuals and Families in the Stories of Lo Hua-sheng（1893-1941），"（Ph. D. Dissertation. , University of California，1980）；L. S. Robinson，*Double-edged Sword*：*Christianity & 20th Century Chinese Fiction*（Hong Kong：Tao Fong Shan Ecumenical Centre，1986），pp. 7-60。

④ 英文版做了轻微删节，刊登在 *The Chinese Theological Review*，1990，pp. 103～122；中文版载《金陵神学志》1990 年第 2 期，第 106～117 页。

⑤ 参见 L. S. Robinson，*Double-edged Sword*：*Christianity & 20th Century Chinese Fiction*（Hong Kong：Tao Fong Shan Ecumenical Centre，1986），pp. 43-44。

尚洁和天主教《次经》中的苏珊娜相提并论。①

在 1920 年前后，爱是一个流行的口号，博爱是中国知识分子的社会政治目标，甚至中国共产主义者在全力以赴的走向马克思主义、列宁主义和阶级斗争之前，也曾关注这个口号。

基督教和泰戈尔式的对爱的颂扬成为冰心的典型特色。因为大家已对冰心的爱的哲学知之甚多，我认为杨剑龙的读者会对庐隐（1898～1934）这类早期的女作家更感兴趣。就我所知，杨剑龙是第一位注意到她和基督教之间关系的研究者。他并不认同曹野把庐隐敏锐的感受力视为"上天的礼物"的看法，也不同意钱虹的看法——认为庐隐的作品是时代、社会、国家或者文化哲学等多种因素的结果，而是认为这些因素和她对基督教的态度有关。② 我和杨剑龙的看法一致，虽然他并非完全正确。庐隐有非常复杂的个性。她的家庭背景、性情，以及她极广泛的阅读经验都使我们意识到仅仅指出基督教和《圣经》对她的影响是远远不够的。耶稣由于伟大的品格、博爱和受难精神，被视为她的崇敬对象和安慰。庐隐怀着同情读了徐振亚的《玉梨魂》这部悲剧小说，小说描绘了两个爱人之间的悲苦和他们无法实现的愿望。她也读过林纾（1852～1924）翻译的大量充满人生痛苦的作品，还读了老子和庄子的哲学著作。叔本华（1788～1860）关于痛苦的杰作《作为意志和表象的世界》是庐隐最喜爱的书。叔本华认为人生就是遭受痛苦，这成为庐隐内在的信念。无论是受苦、悲伤的感受还是苦痛在《圣经》和基督教的教义中都不是值得赞美的对象。随着五四运动反帝和反宗教的浪潮，她失去了在宗教观念上的信心，但仍然保留了对基督教教义部分的信任。

杨剑龙是第一个把庐隐描绘为受到了基督教影响并在随后改变了意识形态和某种文学方向的作家。对另一个几乎被完全忽视的作家张资平，杨剑龙比其他文学史家投入了更大的精力。在这本书面世之前，杨剑龙在著名的《金陵神学志》上发表了同名文章。③ 该期刊编辑之一的陈泽民教授认为该文恰当地评述了一个处于 20 世纪 20～30 年代熟稔国内外牧师和基督教的作家的创作。张资平熟悉《圣经》并使用其中的知识去揭露国外的

---

① 杨剑龙：《旷野的呼声——中国现代作家与基督教文化》，第 67 页。
② 杨剑龙：《旷野的呼声——中国现代作家与基督教文化》，第 87 页。
③ 杨剑龙：《论张资平的创作与基督教文化》，《金陵神学志》1998 年第 4 期，第 54～60 页。

新教传教士和国内的皈依者的伪善。他将观察和批判视角置于神和玛门（财神）之间。前者是人们祈祷和信奉的对象，后者是人们跪拜的对象。杨剑龙非常细心，将张资平的小说、文章和《圣经》中的段落及教义相比较。张资平经常使用《圣经》中的典故，例如在短篇小说《约伯之泪》中描写了一个患肺病的学生爱上一个女孩，后来却死去的故事。这里很容易发现他写作的灵感源泉。作者引用了《约伯记》6：8～13，约伯"期望死去，因为那能确保平安"："惟愿我得着所求的，愿神赐我所切望的"。小说结尾是主人公的自白，他将自己视为孤独的约伯——《旧约》中最大的受难者，约伯向神祈求："我的心灵消耗，我的日子灭尽。坟墓为我预备好了"（《约伯记》17：1～3）。① 在这里，中国的约伯大概不是中国的基督徒，而是一个世界文学中最伟大作品的读者。

杨剑龙首次在其书中描绘了一位当代作家北村（1965～）的肖像。北村尝试在他的书中"以基督教的眼光打量这个堕落的世界"。② 根据北村的回忆，他在 1992 年 5 月 10 日皈依基督教，到了 1995 年开始确信耶稣是"这世界上惟一活着的真神。信他，就是道路、真理与人生"。③ 直到写本文之时，我还没有读过北村的任何作品，但是杨剑龙在阅读了他最重要的作品之后，如此评价他的特点：过于悲观，在作品中对人的判断过于严苛。很多读者可能很难同意北村对人类精神罪恶一面的强调，包括对原罪的教义，以及上帝作为人获得救赎的唯一信靠者的观念的强调。北村对沉沦的感受及其在寻找救赎过程中过度的绝望感激怒了中国读者，因为他们更在意现世。因此，北村很难获得中国读者的认同。从哲学角度来读北村的作品，并把他的观念视为欧洲存在主义的硕果也许更有意思，尽管他所强调的耶稣在人类命运中扮演的角色不同于加缪（Albert Camus）和卡夫卡（Franz Kafka）。杨剑龙没有提及基督教存在主义者，例如 G. 马赛尔（Gabriel Marcel），在我看来，或许能在北村那里发现他们的一些共同点。

杨剑龙也是第一个研究台湾女作家张晓风（1941～）的大陆学者。张晓风自幼熟读《圣经》和孔子的《论语》。④ 杨剑龙赞扬张晓风对基督和中国的深爱，这一点和罗宾逊对张晓风的看法不同，罗宾逊没有提到张晓风的

① 李葆琰编《张资平小说选》第 1 卷，花城出版社，1994，第 15、223～224 页。
② 杨剑龙：《旷野的呼声——中国现代作家与基督教文化》，第 221 页。
③ 杨剑龙：《旷野的呼声——中国现代作家与基督教文化》，第 221 页。
④ 杨剑龙：《旷野的呼声——中国现代作家与基督教文化》，第 241 页。

第二种爱。这当然与大陆及台湾的意识形态状况有关。也许杨剑龙没有研究张晓风的大多作品，尤其是没有关注到她那些没有提到或引用上帝、耶稣、《圣经》言辞的作品。或许因为本书的整体风格，杨剑龙并未提及其他台湾作家。总之，除了北村，大陆当代的其他研究者对台湾作家的关注很少。

三

王本朝的《20 世纪中国文学与基督教文化》在很多方面都类似杨剑龙的书，同样也将张晓风作为来自台湾的唯一的研究对象。书中突出的特点是关注中国当代作家。在专门讨论 20 世纪中国文学的叙事方式的一章里，他研究了中国文学中上帝和耶稣基督的意象。王本朝坦言因为缺乏台湾文学的相关资料，他没有过多讨论台湾文学，因此无法达到罗宾逊的水准，没法写出更精彩的论述。在 1996～1997 年，王本朝曾跟随钱理群教授学习，因此他向北大的钱理群教授和严家炎教授表示了谢意。

这部书最主要的部分包括一系列人物的肖像：鲁迅、周作人、冰心、许地山、沈从文、曹禺、萧乾、张资平、林语堂、张晓风、海子和北村。很难解释这部书为何没有讨论郭沫若、郁达夫、老舍、巴金，也许是因为王本朝认为此前对这几个人的研究已经相当充分。此书对沈从文、海子关注最多，关于海子的讨论给读者带来了惊喜。马佳在专门讨论基督教的泛神论和郭沫若的一章中提到过沈从文，但沈从文完全处于郭沫若甚至《未央歌》作者的阴影之中。① 金介甫的杰作已经展示了沈从文与基督教以及《圣经》的关系。王本朝在书中为这种论述找到了更多的证据，收集材料并做了简明的分析。另外，我并不清楚王本朝为何没有提到金介甫和王学富。

和很多人一样，沈从文批评那些通过滥用基督教信念和教诲来谋生的人。这些人大部分是新教牧师。当需要写到、模仿或者引用《圣经》中的内容时，沈从文又是另一番模样。对于他，《圣经》是"神圣"、"爱"和"美"② 的源泉，并给他的写作、审美和文学描绘带来很多灵感。

---

① 参见马佳《十字架下的徘徊——基督宗教文化和中国现代文学》，第 123～126 页。
② 王本朝：《20 世纪中国文学与基督教文化》，安徽教育出版社，2000，第 160～164 页。在王学富的《迷雾深锁的绿洲》中可看到对这个问题的另一种看法，主要与《雅歌》有关，第 143～158 页。

沈从文把人类生活看得很神圣："神生活在我们之间。"① 如果沈从文对基督教实践道德的批评同张资平和萧乾相似，那么他对爱和美以及其他美好价值的强调更接近周作人。他的理想是写作另一部"圣经"，一个具有伟大文学价值的新的"经典"。蔡元培曾比较审美和宗教并希望前者取代后者。沈从文也有相似之处，他断言文学终将成为一种宗教。②

　　据我所知，对海子和基督教关系的研究，本书尚属首次。需要注意的是，由于海子是一位天才诗人，我们的分析绝不限于这本书所提到的方面。海子对《圣经》的态度非常复杂，或许混合着对穆罕默德和佛教遗产的兴趣。西川（1963～）认为海子的道路是"从《新约》到《旧约》"③，这或许是对的。我不大明白海子为何在他的《耶稣》一诗中以这样的诗句开头："从罗马回到山中。"另外，和《雅歌》有紧密关系的《葡萄园之西的话语》一诗表明他对《雅歌》非常熟悉。《雅歌》原诗中的情景暗示了一个"看守葡萄园"（1：6）的人物，海子诗中的中国女孩有另一番描绘，相同之处是中国女孩像书密拉一样"虽然黑，却是秀美"（1：5），也就是海子所写的"黑而秀美的脸儿"。在《雅歌》中，这女子是"女子中极美丽的"（6：1）；在海子的诗中，她也被描述为"女子中极美丽的"。不同的是，海子诗中的场景不是《雅歌》中明媚的春天而是寒冷的冬季，这个冬天有"圣洁的雪地"；海子诗中更没有《雅歌》中召唤爱人共眠的"绿色"的床榻，诗句中暴露的是完全相反的"床榻"：为心爱的女子准备的棺材。海子诗中最重要的表象人格是"棺材"：她是他的棺材，他也是她的。④ 海子把自己未完成的"史诗"《太阳·七部书》⑤ 视为自己最重要的作品。这部作品是献给神、天堂和大地的。在诗的最后一部分，我们发现一长段同样命名为《太阳》的诗，其中描绘了"天梯"的景象。这个意象来自《创世记》28：12：雅各梦见"一个梯子立在地上，梯子的头顶着天，有神的使者在梯子上，上去下来"。在不同民族的神话中，这样的天

① 贺桂梅、钱理群：《沈从文〈看虹录〉研读》，第 260 页。金介甫：《沈从文的奥德赛》，第 464 页。

② 王本朝：《20 世纪中国文学与基督教文化》，第 164 页。

③ 西川编《海子诗全编》，上海三联书店，1997，第 307 页。

④ 西川编《海子诗全编》，第 127 页。

⑤ 西川编《海子诗全编》，第 481～830 页。

梯象征着人和神、众神甚至那些地下的生灵之间的交流。① 在《圣经》的故事中，上帝"站在梯子以上"（《创世记》28：13）并在雅各的梦中向他说话。天梯上的天使们是上帝和人类之间的调停者。根据詹姆斯国王钦定本（King James Version）②，雅各和其中的一个天使搏斗并获得了一个新名字"以色列"（Israel），即神的选民。在海子的作品中，天梯上没有天使，只有四个人——铁匠、石匠、打柴人和猎人，还有四种元素或五种元素之一的火。在他们的"秘密谈话"中，他们讨论世界的创生。当写作这首诗的时候，他的心在一定程度上充满困惑，毫无克制地写下这些诗句。当然，需要指出的是，海子受到《圣经》激发而作的诗歌和史诗方面的贡献有必要得到进一步的研究。

在王本朝著作的最后三章中出现的许多新材料应该得益于作者的搜罗，但是我们也可以发现其中的不足。2001年12月6～9日，当杨剑龙在柏林召开的"对基督教文化的译介与接受视野下的中国现代文化"国际研讨会发布他的短文《在文化传播与影响下的深入研究与探索——评基督教文化与中国现代文学》时，他一针见血地指出王本朝的观点"有些并非具有足够的说服力"。③

王本朝对史料的使用令读者惊讶，但其中一些论述并不准确，不完全符合一位学者应有的深度，或者实事求是的精神。例如，他认为冯至是一个不信上帝的作家，证据是一首名为《礼拜堂》的诗。很遗憾，王本朝没有查阅这首诗的原始版本和冯至年轻时代的其他诗作。冯至显然曾经改变过他的观念。在"如今，他们已经寻到了另一个真理"这一行之后，冯至添加了一句在1927年的版本中没有出现的诗句："这个真理并不是你所服务的上帝。"④ 冯至对上帝的真诚信仰和爱在另一首诗中体现得更清楚，即出自同一部诗集的《月下欢歌》：

> 我全身的细胞都在努力工作，
> 为了她是永久地匆忙；

---

① 参见 Sergei Alexandrovich Tokarev et al., *Mify narodov mira*（《世界各国神话》），Vol. 2. (Moscow, 1982)，pp. 50–51。
② 《创世记》32：28。
③ 参见杨剑龙未发表的论文，第7页。
④ 参见冯至《北游及其他》，沉钟社，1929，第57～58页；《冯至自选集》第1卷，四川文艺出版社，1985，第92页。

宇宙的万象在我的面前轮转，

没有一处不是爱的力量。

"博大的上帝啊，

请你接受吧，

我的感谢！"①

王本朝认为老舍不信仰上帝的看法同样也是错误的，因为老舍在创作之初曾是一个虔诚的基督徒。2001 年 10 月 21 日在北京的一次会面中，老舍的儿子舒乙也证实老舍曾经受洗。

我非常赞赏王本朝对 20 世纪中国文学对耶稣伟大人格表述的分析。他提出了许多此前未知的新材料，特别是他对"十字架"的概念和意象的关注，这是其长期细致研究的成果。② 同样有新意的还有对穆旦（1918 ~ 1977）的研究。③

马佳认为中国文学没有像对待希腊和欧美文化那样热情地接受古希伯来文学和文化，这是正确的。不同的是，除了源于自身的希腊—罗马文化以及希伯来的文化之外，西方世界对东方的佛教和道教非常感兴趣。中国对犹太—基督教遗产仍感陌生，在 21 世纪的未来岁月中也许仍会如此。

对于有志于促进犹太—基督教遗产在中国发展的人而言，自 20 世纪五四时期开始，中国对基督教接受程度的高涨令人鼓舞。尽管其中有 1922 年的反基督教运动和之后的压制，但我们仍然可以看到一个明确的增长过程。对基督教兴趣的复苏在 90 年代之后的几年达到顶峰，这的确出乎欧美汉学家和宗教专业学生的意料。本篇评论文章就是证明之一。

这种复苏是一种暂时的现象，还是一个持久的过程？让我们用"二战"后穆旦的一段诗（写于 1947 年 8 月，此处引用的是穆旦生前改定稿）来结束：

主呵，因为我们看见了，在我们聪明的愚昧里，

我们已经有太多的战争，朝向别人和自己，

太多的不满，太多的生中之死，死中之生，

---

① 冯至：《北游及其他》，第 93 页。这几句在《冯至自选集》中被删。
② 王本朝：《20 世纪中国文学与基督教文化》，第 317 ~ 329 页。
③ 王本朝：《20 世纪中国文学与基督教文化》，第 48 ~ 49、274、299 ~ 303、328 ~ 329 页。

我们有太多的利害，分裂阴谋，报复，

这一切把我们推向相反的极端，我们应该

突然转身，看见你……

主呵，生命的源泉，让我们听见你流动的声音。①

还有以赛亚的话："草必枯干，花必凋残，唯有我们神的话，必永远立定。"（《以赛亚书》40：8）

（尹捷　译，刘燕　校）

（本文曾发表于《宗教与历史》第9辑，社会科学文献出版社，2017，译文稍有修正。）

---

① 穆旦：《隐现》，李方编《穆旦诗全集》，人民文学出版社，1996，第244页。

《圣经》与现代中国的研究硕果
——对三部西方论著的评论[*]

1999 年西方学界出版了三部有关《圣经》与中国方面的论著，它们以非同寻常、焕然一新的方式开启了某些被学界长期忽视的研究领域。这些领域包括《圣经》对现代中国思想史、文学的影响研究；《圣经》翻译过程中遇到的语言、方言及文学风格问题的研究。事实上，对该领域进行深入而持久的学术探讨并非事出无因，而是历经了数个世纪的酝酿，才能在较短的时间内出版不少重要的学术著作。

这三部著作分别是：（1）伊爱莲（Irene Eber）与温司卡（Sze-kar Wan）、沃尔夫（Knut Walf）、马雷凯（Roman Malek）等合编的《〈圣经〉在现代中国：文学及智力的影响》（*Bible in Modern China：The Literary and Intellectual Impact*），由华裔学志研究所圣奥古斯丁（Monumenta Serica Institute-Sankt Augustin）与哈利·S. 杜鲁门和平研究所（The Harry S. Truman Research Institute for the Advancement of Peace）支持，由耶路撒冷希伯来大学（The Hebrew University of Jerusalem，Sankt Augustin-Nettetal 1999）出版；（2）伊爱莲著《施约瑟传：犹太裔主教与中文圣经》（*The Jewish Bishop and the Chinese Bible：S. I. J. Schereschewsky，1831-1906*，Leiden，1999）；（3）尤思德（Jost Oliver Zetzsche）著《和合本与中文圣经的翻译》（*The Bible in China：The History of the Union Version or The Culmination of Protestant Missionary Bible Translation in China*，Sankt Augustin-Nettetal，1996）。

---

[*] 原文 "A Comment on Three Western Books on the Bible in Modern and Contemporary China"，发表在 *Human Affairs*（Bratislava）10（2000）2，pp. 183-193。

第一部是 1999 年 6 月 23～28 日在耶路撒冷召开的第一届"《圣经》在现代中国：文学及智力的影响"国际研讨会的会议论文集。这次会议早在 1993 年 6 月就开始预备，组织者相聚于斯洛伐克斯莫莱尼斯城堡（Smolenice Castle），决定了研讨会的举办地和主题。此时正值欧洲各国共产主义政府纷纷下台，这为讨论宗教问题提供了新环境，故这次研讨会能够邀请到研究"圣经与近代中国"问题的各国学者和汉学家。6 月 25 日是星期一，在庆祝耶路撒冷成为以色列和犹太的首都 3000 周年庆典结束之后，第一届"《圣经》在现代中国国际研讨会"拉开了帷幕。①

第二部论著《施约瑟传：犹太裔主教与中文圣经》的作者是伊爱莲。她在 1999 年策划主办了以上提及的国际会议，并编撰出版了该会议论文集。事实上，在此前的 10 多年间，她已经开始撰写一本关于施约瑟主教的书。施约瑟主教才华横溢，精通希伯来语，一生呕心沥血地将《圣经》译为中文，在《圣经》译者中的确罕见。伊爱莲的书是全世界第一本研究施约瑟主教的专著。

第三部著作《和合本与中文圣经的翻译》的作者尤思德现居美国，是位年轻有为的德国学者。此书完成于 90 年代，以尤思德在汉堡大学就读时所做的博士论文为基础，聚焦"和合本圣经的发展史"及其翻译过程，是一项不可多得的重要学术成果，详细介绍了过去两百年乃至数百年间中文《圣经》的译介史。

一

伊爱莲既是第一届"《圣经》在现代中国：文学及智力的影响"国际研讨会的精神领袖，又是该次会议论文的汇编者。在《〈圣经〉在现代中国：文学及智力的影响》一书中，她说："中国人与西方的相遇，即是他与基督徒、基督教的邂逅。"（p.13）从西方的视角来看，此话言之有理。古时候，中国的"西域"（西方的疆域）指的是中亚的绝大部分地区，甚至包括印度。公元 7 世纪初期，景教徒已抵达唐朝首都长安，从那时开始直至今日，基督徒随着外国人来到中国，后又不断被驱逐出这块土地。最

---

① Marián Gálik, "On the Necessity of the 'Third Covenant' and Interreligious Understanding: Confessions of an Idealist," *Human Affairs* (Bratislava) 7 (1997) 1, pp. 86-93.

初基督徒大多跟随商人来到中国，20 世纪他们甚至乘炮艇而来。向外冒险探索是那个时代的精神，这体现了西方文明中普罗米修斯 - 浮士德式（Prometheo-Faustian）的精神。西方国家给中国带来了欧美的社会、政治以及文化生活方式，甚至强制中国接受这种方式，但不得不做出某些改变。

第一届耶路撒冷 "《圣经》在现代中国：文学及智力的影响" 国际研讨会及会议论文集旨在展现《旧约》和《新约》对中国现代化发展的影响。遗憾的是，其中并没有涉及 17 世纪早期耶稣会会士的福音传教活动。文集中收入的钟鸣旦（Nicolas Standaert）的论文修改、完善并更正了谢和耐（Jacques Gernet）的专著《中国与基督教的相遇：文化冲突》（*China and the Christian Impact*：*A Conflict of Cultures*，Cambrige，1990）中的某些观点。

《〈圣经〉在现代中国：文学及智力的影响》一书分为三个部分，依次论述了《圣经》的翻译、接受与调适。

说到《圣经》的翻译问题，我首先要介绍以色列汉学家雅丽芙（Lihi Yariv-Laor）的一篇论文《论圣经汉译过程中的语言学议题》（Linguistic Aspects of Translating the Bible into Chinese）。由于《圣经》中译者往往并非语言学专家或文字研究者，因此他们对《圣经》语言的研究还不够充分。尤其在中国，欧洲的传教士不再对《圣经》的中译进行指导后，大多译者并没有很好地把握语言学理论或者应用语言学。在早期阶段，翻译理论不受重视，而且在过去几十年中中译者也未意识到翻译理论的重要性。雅丽芙的这篇论文分析了 "翻译希伯来语《旧约》的中文特征"（p. 103），试图通过 "翻译中的诠释"（interpretation through translation）说明其中存在的问题。雅丽芙之所以提出 "翻译中的诠释" 这一观点，是因为 "源语言（这里指的是希伯来语或叙利亚语）中的表达形式和方法可能与目标语使用的译词的意思并不完全一致，因此翻译需要诠释"（pp. 115–116）。她强调了施约瑟主教版的中文《圣经》，认为颇受赞誉的官语和合本 "在很大程度上参考了施约瑟主教的中译本"（p. 119）。

方济各会会士金普斯（Arnulf Camps O. F. M.）的《雷永明神父（1907～1976）与思高圣经译释本：第一部天主教中文圣经全译本》[Father Gabriele M. Allegra, O. F. M. (1907–1976) and the *Studium Biblicum Franciscanum*：The First Complete Chinese Catholic Translation of the Bible] 是首篇深入研究中国方济各会《圣经》中译项目的文章。尽管思高本完成于

1961 年，比基督教① （Protestant） 的中文《圣经》晚了 100 余年，但思高本仍是天主教会引以为荣的硕果，甚至也被基督徒所接纳。贾保罗（Robert P. Kramers） 评价它 "饱含宗教热情和真诚心意，是学术成就上的一座丰碑"。②

苏其康 （Francis K. H. So） 的文章《论吴经熊 （Wu Ching-hsiung）〈圣咏译义〉中的上帝形象》（Wu Ching-hsiung's Chinese Translation of Images of the Most High in the Psalms） 涉及中国天主教会的另一个《圣经》遗产。《圣咏译义》的翻译工作非同寻常，并获得了天主教会的认可。《圣咏译义》的译者吴经熊并非才学渊博的神学家，而是一位 "立法委员和律师，是中国抗战胜利后驻罗马梵蒂冈教廷的公使"（p. 321）。时任中国最高政治领导人的蒋介石经由妻姐宋霭龄女士的推荐，阅读了吴经熊的译作，并鼓励他再接再厉，还协助他校正译稿。不过我们没有必要像苏其康在论文中那样过分强调蒋介石的参与作用。从某方面来看，吴经熊采纳中国古典诗词的方式翻译《诗篇》（Psalms），他做出的努力的确令人钦佩。《圣咏译义》在中国知识分子中获得了一致的好评。

尤思德的《一生的工作：为何和合本历经三十余年才得以完成?》（The Work of Lifetime: Why the Union Version Took Nearly Three Decades to Complete?） 此处暂且不提，我将在本文最后一部分详谈这位学者。

阎幽馨 （Joakim Enwall） 的论文《苗语本圣经：汉语影响与语言的自主性》（The Bible Translations into Miao: Chinese Influence versus Linguistic Autonomy） 出类拔萃。阎幽馨以中国贵州和云南两省的苗族 "牡"（Hmu）和 "毛"（A-Hmao） 的两种方言为对象，讨论了苗语版《新约》方言的翻译问题。"毛" 苗 "生活在贫瘠的荒山，村庄零落分散，几乎不与汉人接触"（p. 220）；"牡" 苗则与汉族比邻而居。相比之下，"毛" 苗对《圣经》的接受要比 "牡" 苗容易。这个现象十分有趣。显然，"牡" 苗希望融入汉族社会，对西方传教活动兴趣不大。

伊爱莲的论文《争执不休的译名问题》（The Interminable Term Question）涉及 19 世纪最重要的翻译问题，译者们 "喋喋不休"③ 地讨论着中文里不

---

① 以下基督教均指基督新教，基督徒指新教徒。——译者注

② 贾保罗：《最近之中文圣经译本》，载《圣经汉译论文集》，香港，1965，第 33 页。

③ *Webster's Encyclopaedic Unabridged Dictionary of the English Usage*（New York，1989），p. 743.

存在的术语，其中"最伤脑筋的是对'God'"的翻译（p. 135）。当时关于《圣经》术语翻译方面的文章或论著多半无用，根本解决不了这些问题。词语（words）通常是语言符号（linguistic signs），如果要使词语比符号更有意味，就要赋予词语本身更深刻的内涵。不同的翻译者为"天主"（天主教）、"上帝"或"神"（基督教，Protestants）等几个译名争论不休，最终无法得出一个广为人们接受的答案。这算不上是有效的学术训练，还不如在犹太教或基督教的解经语境中讨论"God"及其最接近的含义。时至今日，《圣经》中译本中使用"天主"、"上帝"、"神"以及其他词语来翻译"God"。天主教可阅读"天主"版《圣经》，基督徒可根据个人喜好，购买阅读"上帝"版或"神"版《圣经》，其实这两种版本的《圣经》的内容是相同的。可见，解决"译名问题"不容拖延，伊爱莲的论文对这个问题做了一个精准简短的介绍。

沃尔夫（Knut Walf）的《西方道家译本的基督教神学教义》（Christian *Theologoumena* in Western Translations of the Daoists）与伊爱莲的《争执不休的译名问题》类似，只不过他更多讨论的是道家文本而非犹太—基督教教义的翻译问题。沃尔夫对道家文献学饶有兴趣①，加上他曾受到神学训练，这为其研究 19 世纪至 20 世纪道家译本中何处使用了基督教神学术语奠定了基础。这篇文章讨论了有关道与逻各斯、作为天之法则的道、道与上帝等问题，以及它们如何在西方神智学体系框架内，被赋予了某些秘传的观念。

会议论文集中有两篇论文与中国基督教神学有关。第一篇是费乐仁（Lauren Pfister）的《传播者而非创作者：何进善（1817 ~ 1871）》［A Transmitter but not a Creator：Ho Tsun-Sheen（1817 – 1871）］。中国基督徒何进善是英国著名翻译家理雅各（James Legge，译有《中国经典》）的朋友和得意门生。他试着将孔子的道德思想和《圣经》教义关联起来。第二篇论文是温司卡（Sze-kar Wan）的《中国教会里新兴的释经学：吴雷川与赵紫宸之争与中国问题》（The Emerging Hermeneutics of the Chinese Church：The Debate between Wu Leichuan and T. C. Chao and the Chinese Problematik）。在耶稣神性与人性的问题上，吴雷川与其燕京大学的同事赵紫宸的意见相

---

① Knut Walf, *Westliche Taoismus-Bibliographie*（*WTB*）：*Western Bibliography of Taoism*, Vierte verbesserte und erweiterte Auflage（Essen, 1997）.

左，温司卡试图从他们的生活和作品方面对此进行解读。同样，马雷凯收入文集中的论文也以此为主题进行了讨论。①

《〈圣经〉在现代中国：文学及智力的影响》一书中还有三篇文章是关于《圣经》对中国现代小说的影响。第一篇长文是罗宾逊（Lewis S. Robinson）的《圣经与 20 世纪中国小说》（The Bible in Twentieth-Century Chinese Ficiton）。读过其著作《双刃剑——基督教与 20 世纪中国小说》（Double-edged Sword：Christianity and 20ᵗʰ Century Chinese Fiction, Hong Kong, 1986）的读者会发现除最后两页（pp. 276–277）外，这篇论文几乎是这本论著的缩略版。论文中略去了台湾小说的部分，不过《双刃剑——基督教与 20 世纪中国小说》中保留了相关论述。

第二篇是冯铁的《汪静之〈耶稣的吩咐〉：一部基督教小说?》（Wang Jingzhi's *Yesu de fenfu* (The Instructions by Jesus)：A Christian Novel?）。论文根据《约翰福音》第 8 章第 7 节的"你们中谁是没有罪的，谁就可以先拿石头打他"解读了《耶稣的吩咐》。他认为这部小说中的人物并未遵从耶稣的教诲，"中国的伪君子"却将犯了通奸罪的女人钉在门上，如同钉在了十字架上一样，她两腿中间钉着奸夫的头颅。

拙作《斗士与妖女：茅盾视野中的参孙和大利拉》（Mythopoeic Warrior and *femme fatale*：Mao Dun's Version of Samson and Delilah）讨论了中国神话主题的小说。梁工的《中国圣经文学研究 20 年（1976 ~ 1996）》［Twenty Years of Studies of Biblical Literature in the People's Republic of China (1976–1996)］解读了"文化大革命"前后的相关作品和文章。②

最后，有必要提及，文集中还收录了顾彬（Wolfgang Kubin）教授的论文《"病弱的上帝"——病弱的人类：中国与西方的瑕疵》（"The Sickness God"—The Sickness Man：The Problem of Imperfection in China and in the West）。顾彬教授从上帝创世记的第六天说起，以"上帝之死"的时代作结，他认为虽然上帝按照他的形象造出了人类，但在我们的时代，人类是上帝最糟糕的造物，20 世纪中数百万的受害者就证实了这一点。该文

---

① *The Chinese Face of Jesus Christ*, 5 Vols. Monuments Serica Monograph Series L/1–5（Sankt Augustin-Nettetal, 2002ff.）.

② 我的论文 The Reception of the Bible in Mainland China（1980–1992）：Observation of a Literary Comparatist［载 *Asian and African Studies*（new series）4（1995）1, pp. 24–26］从另一角度展示了这个时期的情况。

有中译文和德译文发表。①

二

伊爱莲的著作《施约瑟传：犹太裔主教与中文圣经》耗费多年心血，饱含着对施约瑟主教的敬意。作者将这本书献给了最优秀的《圣经》翻译家、才华横溢的犹太裔主教施约瑟。在我们的信件往来中，伊爱莲经常提到"她的主教"（her Bishop），并为书稿付梓笔耕不辍。对这位出身波兰的犹太裔女性学者而言，来自立陶宛的施约瑟主教宛如"友邻"。自伊爱莲第一次读到施约瑟主教的北京官话版《圣经》至今，已近30年，其中约10年的时间，伊爱莲全心全意地研究这位杰出的主教的生平和译著。

由于施约瑟主教的传记资料不多，伊爱莲查考并撰写了其生平事迹，可见此书的进展颇多不易。她想在书中重现施约瑟在立陶宛、俄国、德国和美国的生活场景，将其他诸多资料（如在其积极有为的一生中，施约瑟参与创建圣约翰大学并设置课程，他周围的朋友，各地的精神气氛及其对待风云变幻的外界的态度等）与其生活的只言片语联系起来。

施约瑟出生于沙皇俄国统治下的立陶宛小镇，家境较为富裕，母亲是西班牙（Sephardi）裔犹太人，幼年时双亲亡故，由同父异母的兄长抚养成人。施约瑟幼时在家中习得希伯来语、祈祷文以及犹太教圣典。长大后，由于为犹太孤儿设立的学校（Yeshiva）学费昂贵，他选择在日托米尔（Żytomir）一家由政府赞助的犹太拉比学校（Jewish Rabbinic School）学习。该校的学风比较自由。施约瑟自16岁时就在此学习，立志成为一名拉比。在此期间，施约瑟熟知了犹太传统，不仅精通了希伯来语，还掌握了俄语，通晓俄国历史及数学、物理、地理、德语和法语等其他世俗学科。不久，在这位年轻学子眼前开启了一个新天地，施约瑟认识了一些来自伦敦圣经协会（the London Bible Society）的犹太传教士，读到了他从未见过

---

① 中译文载《道风》（*Logos and Pneuma*）6（1997）：75-93；德译本载 *minima sinica* 1991/1, pp. 1-24。顾彬的论文讨论了关于现当代中国改革与世俗化的问题。可参见《道风》7（1997），第229~289页；《二十一世纪》51（1999），第118~128页。本书最后一篇论文为王锦明的德语论文："Revolution, Traditionalismus, Wahrhaftigkeit: Eine Typologie der Reflexionen auf die Traditionelle Kultur im China des 20 Jahrhunderts"（《革命、传统与真实：对20世纪中国传统文化的类型学反思》），载 *minima sinica* 2001/1, pp. 1-14。

的《新约》。当时许多犹太青年不喜欢《新约》，但施约瑟是个例外。可能在 1852 年，他停留在日托米尔的最后一段日子里，他成为一名皈依"基督信仰的人……"（p. 30）

施约瑟后来在 1852 年进入普鲁士布雷斯劳（Breslau）大学，虽然他未正式注册。在那里，他继续研究《旧约》，并获得《新约》、基督教神学、希腊语和莎翁体英语等方面的系统训练。不仅如此，施约瑟可能频繁地接触了从事犹太人改教活动的基督教传教士，他们帮助他移民美国，使他有机会来到"应许之地"。施约瑟抵达纽约后，首先在靠近匹兹堡的阿勒格尼（Allegheny）属于长老会的西方神学院（Western Theological Seminary, Pennsylvania）学习，而后转到属于圣公会的纽约神学院（Episcopal General Theological Seminary）研修。这次变动并非投机取巧，而是因为施约瑟认为长老会的成员如同"加尔文教徒般不知变通"（p. 57），圣公会的气氛则开放自由，于是他转向了圣公会。结果，施约瑟没有如最初预期的那样成为一名犹太教拉比，反而转变为一名基督教圣公会的主教。

1859 年 12 月，施约瑟抵达上海，1862 年春又动身前往北京。他认为上海不适合进行《圣经》的翻译工作。不过滞留在上海的那段时间里，施约瑟为翻译北京官话本《圣经》做好了准备。尽管施约瑟在上海遭遇到一些麻烦，但总体上他过得丰富多彩。伊爱莲在其论著中如实地描述了他的这段生活经历。

在北京，施约瑟开始了北京官话《圣经》的翻译工作。起初他与几位译者合译《新约》，后来他独自翻译《旧约》，直至 1874 年①完稿出版。除了在上海着手筹建圣约翰学院（St. John's College，1879），他将大部分时间全身心地投入《圣经》的翻译中，无暇他顾。1881 年，施约瑟不幸罹患中风，于是他不得不停止教学活动，开始了另一项计划——使用"浅文理"翻译《圣经》。1902 年，他出版了浅文理《旧新约全书》（又名《施约瑟浅文理二指版圣经》）。这一惊人成就在中国乃至全世界也是独一无二的，因为像《圣经》翻译这样的浩大工程通常是许多翻译家一同协作完成的。值得一提的是，与其他外国译者一样，施约瑟身边离不开一些精明能干的中国助手。

伊爱莲教授尤其关注施约瑟的第一个北京官话版《圣经》，她认为，

---

① 高利克原文写 1872 年，有误。——译者注

这个译本对 1919 年出版的官话和合本《圣经》（尤思德著作的研究对象）影响巨大。她在《施约瑟传：犹太裔主教与中文圣经》第五章中写道："（施约瑟翻译的）中文《旧约》及其注释"非常重要，富有意义，因为它分析了翻译技巧、词汇、风格手法，这些皆与后来的和合本息息相关。也许我们有必要对这两个译本做更深入的比较研究，探索到底哪一个版本的价值更高，不过我们无法"过早地做出判断"（p. 188）。无论如何，和合本影响更为普遍，但遗憾的是，其译者并没有对施约瑟译本聊表谢意。

伊爱莲尤其关注 19 世纪中国的"圣经场域"①（biblical field），注意到某些中译者、传教士及其亲朋好友，他们的精神在某些方面仍有"不够基督"（un-Christian）之处。这种"不够基督"的精神气质在某种程度上并不吻合《新约》的要求。难怪伊爱莲对"她的主教"持保留态度。尽管施约瑟才情卓绝，成果非凡，但他"情感丰富、容易激动、缺乏耐心"，同时又"条理清晰、固执己见、喜好辩论，傲慢而直言不讳"（p. 235）。和那些才华出众的天才一样，施约瑟不够谦卑，虽然他们都力图在个人学识与基督教要求的道德行为之间保持平衡。

三

尤思德的《和合本与中文圣经的翻译》是一部杰作。虽然作者最初的意图只是写一篇"和合本圣经的历史"（如标题所示），但最终的成果远不止于此。此书的第 25～189 页是作者对自 7 世纪初至 1890 年间各种重要的《圣经》译著的简短分析，可作为相关论著的目录；在本书的结尾部分的第 411～422 页，作者列出了继和合本之后所有重要的《圣经》中译本。在此研究成果之前，只有施福莱（Thor Strandenaes）的博士论文《圣经中译准则：以〈马太福音〉5：1～12 和〈哥林多前书〉1 的五个〈新约〉中译本为例》[Principles of Chinese Bible Translation：As Expressed in Five Selected Versions of the New Testament by Mt 5：1–12 and Col 1（Ph. D. diss.，Uppsala 1987）] 与上文提及的伊爱莲的著作，以及一些专题论文和大量关

---

① 我借用"文学场域"（literary field）中的术语，提出"圣经场域"（biblical field），参见 Pierre Bourdieu，"The Field of Cultural Production" or "The Economic World Reversed"，*Poetics* 12（1983）：311–356。有关"中国文学场域"的研究参见 Michel Hockx, ed.，*The Literary Field of Twentieth - Century China*（Richmond，1999）。

于《圣经》其他语言译本的研究文章出版。尤思德的这部著作却独树一帜，因为未有学者在书中运用如此丰富浩瀚的档案文献，也没有文章对中译《圣经》的历史批评研究如此细致深入。为了完成这项研究，尤思德参加访问过 23 家收录相关史料的档案馆，写信咨询过 13 家类似的机构。

关于和合本的想法最初始于 1843 年，当时第一次鸦片战争刚刚结束，中英签署了《南京条约》，英国强占香港，这为编译和合本创造了条件。来到中国的传教士数量缓慢而稳定地增加。由于参加编译的组织中有众多基督教派和圣经公会，于是"翻译《圣经》经成为当时各基督教教区唯一能团结协作之事"（p. 77）。1852 年，《新约》委办译本发行，不过基督教的"联军"无法一起协作从事《旧约》的翻译工作。原因五花八门，其一是"争论不休的译名问题"，争论最大的还是"God"的翻译问题：英国人建议用"上帝"指代，而美国人喜欢用"神"指代。各个教派的代表在《旧约》中译本上无法达成一致。尤思德提到，此后各个基督教派纷纷出版了不同的《圣经》中译本。自从开启联合翻译《圣经》的想法之后，1853～1890 年出现了 21 个不同的《圣经》中译节译本或全译本，由各教派教会和圣经公会在私下里各自发行。

基督教传教士再次决定编译和合本《圣经》是在大约 50 年之后了。1890 年 5 月 7～20 日，宣教士大会（General Conference）在上海召开，之后的 29 年间类似的大会陆续在中国各地召开。在宣教士大会（或研讨会）期间，《旧新约全书》由不同的译者翻译，官话和合本最终问世之时，参与翻译的人员要么已辞世，要么离开了中国。在翻译过程中，传教士一直与出色的中文助手合作。

尤思德的分析方法与伊爱莲近似。他对中国整个"圣经场域"备感兴趣，详尽而清晰地记录了这一复杂漫长的翻译过程。我本希望在他的书中读到更多的文本分析实例及对不同译本的语言风格的剖析。他的确对这方面做了一些论述，内容"取自《新约》，绝大部分来自《约翰福音》第一章"（p. 15）。《约翰福音》对基督徒和神学传承固然很重要，但《旧约》涉及的翻译问题更为棘手。在官话和合本的众多西方译者中，最重要的一位可能是狄考文（Calvin W. Mateer）。据传他在 1908 年弥留时曾说："我希望我仍有时间完成《旧约》的翻译，完成《诗篇》的翻译。"

国语和合本的成功推出表明它是所有中文《圣经》里最贴切通行的一个

译本，同时它还推动了五四运动时期的文学革命，有助于普及国语，在某种程度上促进了中国现代白话文文学的发展。① 直到今天，国语和合本仍然是各基督教派（尤其是在中国大陆）中最受读者欢迎的《圣经》中译本。

在此我想对尤思德有关和合本中"Song of Songs"的翻译研究做两点补充。《歌中之歌》（*Song of Solomon*）的译者不是 Chen Luojia，而是著名诗人陈梦家（1911～1966），他参照的原本不是英文钦定本（English Revised Version），而是摩尔登（R. G. Moulton）的《现代圣经读本》（*The Modern Reader's* Bible）。② 尤思德没有提到 1930 年吴曙天的《雅歌》译本（上海北新书局）。《和合本与中文圣经的翻译》和其他研究都提及周作人（1885～1967）翻译过蔼理士（Havelock Ellis）关于《雅歌》和《传道书》的论文，于是很可能谣传为周作人翻译了这首世界文学中最美的恋歌。③

本文评述的三部有关《圣经》与中国方面的著作皆发表于 21 世纪（第三个千禧年）前夕。我们看到，它们是中国《圣经》研究的奠基之作，成为这个有待开拓的研究领域的里程碑。正如伊爱莲教授在其书的结尾中写道："近年来，研究中国基督教、中文《圣经》以及这两者在中国历史文化中作用的学术热情开始复苏。学者们不断地追问《圣经》的文学价值，以及《圣经》对 20 世纪诗人和小说家产生的影响。"（p. 257）不难想象，在以后《圣经》与中国的研究中，我们依然会遇到许多新的问题，面临着前所未有的挑战。

（陈淑仪、刘燕　译）

---

① 除了上文提到的顾彬教授的论文外，还可参见以下英文论文及两本中文著作：Wang Shu, "Xu Dishan and the 'New Man' in His Fiction," in *The Chinese Theological Review* 6 (1990)：103－122；Xu Zhenglin, "Ba Jin's Philosophy of Love and His Humanism," in *The Chinese Theological Review* 9 (1994)：93－105；以及 Luo Shibo, "Lin Yutang's Journey of Faith," in *The Chinese Theological Review* 6 (1990)：106－122。两本中文著作是马佳（1995）、杨剑龙（1998）。

② 陈梦家：《译序》，载《歌中之歌》，上海，1932，第 6 页。

③ 唐弢：《〈雅歌〉中译》，载《晦庵书话》，北京，1980，第 447～448 页。

吕振中：中文《圣经》译者之一

公会1970年，一个新的《圣经》中文全译本问世，读者却极为有限。究其原因，并非翻译质量的优劣，而是出自一个特别的事实：香港圣经公会（Bible Society of Hong Kong, BSHK）投入了足够资金，仅以吕振中牧师及其亲友的名义出版此书。在扉页上我们可以读到："为吕振中牧师出版。"①此版印数稀少，我承蒙贾保罗（Robert P. Kramers）教授的好意得到一本，在此向他表示最诚挚的谢意。贾保罗教授同时赠予我一些1954~1964年的其他资料。在此期间，一些《旧约》部分的翻译草稿先后经过贾保罗与各圣经公会代表们的商议，且于1963年4月8~14日召开的以中文《圣经》修订为主题的翻译会议上，他作为此次会议的组织者，及香港和台湾圣经公会（Bible Societies of Hong Kong & Taiwan, BSHKT）的翻译顾问，对这部分的翻译发挥了重要作用。

20世纪50~60年代，欧洲传教士、中国神学家和宗教人士渐渐发觉中国需要一个新的《圣经》译本，能够吸收尤其是来自欧美的权威释经家和翻译家的最新研究成果，从而更充分地彰显这部人类最具影响力的灵性之作。很多在此领域里甚为勤恳的中国新教徒不再满足于曾经最有影响力的中译本：《旧新约全书》[美国圣经公会（American Bible Society, ABS），大英海外圣经公会（British & Foreign Bible Society, BFBS）和苏格兰圣经公会（National Bible Society of Scotland, NBSS），1919]。这本书的副标题为：《官话和合本》（*Mandarin Union Version*）或《官话和合译本》（*Translated Mandarin Union Version*, UV）。此译本由于采用白话文的形式而影响深远。尽管早在1906年海外归来的留学生就提

---

* 原文 "Lü Zhenzhong: One of the Chinese Translators of the Bible"。

① 《圣经》（新译本），香港，1970。

出过使用白话文①，但在 1917 年以前白话文一直未能取代文言文。1917年以后，胡适倡导使用白话文，发动了新文化运动。② 1920 年 1 月 12 日，教育部也颁布了一项新措施：从 1920 年秋始，小学教学均使用白话文，用它取代了文言文。③ 有趣的是，一本以中国人为顾问，由外国人翻译的"官话和合本《圣经》"成为了教科书，或许还是最重要的一本，帮助孩子、年轻人和现代知识分子掌握了未来几十年里最规范的语言工具。值得注意的是，最有才华的中国作家、文化工作者、政治家，甚至是后来那些参加反基督运动（1922～1928）的人都曾阅读和参考过白话文《圣经》及其福音书。④

1946 年和 1947 年，丹麦、英格兰、冰岛、荷兰、挪威、苏格兰、瑞典、瑞士以及美国的圣经公会开展了广泛的合作。这次合作汇集许多人士，与主要来自亚洲和非洲等其他国家的代表们形成了基督教界的"大都会"。中国当然也不例外。1946～1949 年，联合圣经公会（The Council of the United Bible Societies，UBS）委员会成立了"翻译功能组"（Functional Group on Translation），其主席为著名翻译理论家、《圣经》翻译权威尤金·A. 奈达（Eugene A. Nida）。⑤ 荷兰圣经公会（Netherland's Bible Society，NBS）及其代表约翰·J. 柯金（John J. Kijne）给予奈达的工作以诸多支持。⑥ 或许正

---

① 参见 Chow Tse-tsung（周策纵），*The May Fourth Movement：Intellectual Revolution in Modern China*，（Stanford，Calif.，1967），p. 34。

② 参见 Chow Tse-tsung，*The May Fourth Movement*，pp. 273 – 275。

③ 参见 Chow Tse-tsung，*The May Fourth Movement*，pp. 279。

④ See L. S. Robinson，*Double-edged Sword：Christianity & 20th Century Chinese Ficton*（Hong Kong，1986）. See also Raoul David Findeisen "Wang Jingzhi's *Yesu de fenfu*（*The Instructions by Jesus*）. A Christian Novel?," in Irene Eber，ed.，*Bible in Modern China：The Literary and Intellectual Impact*（Sankt Augustin，1999），pp. 279–299；Marián Gálik，"Mythopoeic Warrior and *femme fatale*：Mao Dun's Version of Samson and Delilah," *ibid.*，pp. 301 – 320；Liang Gong，"Twenty Years of Studies of Biblical Literature in the People's Republic of China（1976–1996）," *ibid.*，pp. 399 – 401. 亦可参考 Marián Gálik，"The Bible，Modern Chinese Literature，and Intercultural Communication" 以及罗宾逊（1995）、杨剑龙（1998）等相关著作。

⑤ See E. M. North，"Eugene A. Nida：An Appreciation," in Matthew Black-William A. Smalley，eds.，*On Language，Culture，and Religion：In Honour of Eugene A. Nida*（The Hague-Paris，1974），p. x.

⑥ See E. M. North，"Eugene A. Nida：An Appreciation," in Matthew Black-William A. Smalley，eds.，*On Language，Culture，and Religion：In Honour of Eugene A. Nida*（The Hague-Paris，1974），p. x.

是由于柯金的介入，贾保罗成为荷兰圣经公会的代表，后又作为熟识中国哲学和语言的汉学家，担任了香港和台湾圣经公会的翻译顾问。奈达则是把《圣经》译成全世界多种语言的翻译项目的精神推动者。

贾保罗在有意对《圣经》中文新译本——确切地说，部分译文——进行研讨后，便着手研究了奈达提出的方法体系。这项研究体现在他的一篇题为《〈新约〉新译修稿》（Revised Version of the New Testament）的论文中，主要讨论有关吕振中的福音书译文，1952 年该文由基督教文学所（Christian Literature Agency）出版。在研讨吕振中的译文期间［与香港圣经公会行政秘书道格拉斯·兰卡什尔（Douglas Lancashire）先生，以及吕牧师本人共同合作］，贾保罗以奈达的《选文的译者评论》（Translator's Commentary on the Selected Passages）［格兰岱尔（Glendale），加州，1947］作为他（及其合作者）解读吕译本文本、释经、词汇以及句法方面的指南，发表了一篇关于吕振中《圣经》修订版的文章。此文 1954 年 10 月首载于《圣经译者》（The Bible Translator），后重印其中文版，收录在贾保罗主编的《圣经汉译论文集》（香港，1965）中。① 我不清楚贾保罗是否读过奈达的另外一本书：《圣经翻译：对地方语言翻译原则与步骤分析的特别指导》（Bible Translating：An Analysis of Principles and Procedures with Special Reference to Aboriginal Languages，New York，1947）。此书侧重于对"地方语言"的分析，其中提到中国一次。② 然而，或许贾保罗并不需要参考这本书。因为在召开上述会议时，他所采用的方法遵循了联合圣经公会的惯例，这在奈达的这本书中也有所体现。

对吕振中的《旧约》翻译草稿的研讨时间大致是 1953 年底到 1954 年初。贾保罗的档案文件现藏于我的图书室，其中第 9 ~ 22 页标记为"《圣经》研讨组"，其工作开始于 1954 年 3 月 15 日，结束于 1955 年 4 月 22 日。但在贾保罗给我的资料中，却没有任何有关 1955 年 4 月至 1962 年 10 月的研讨记录。

在 1964 年的圣灵节前，贾保罗在香港完成了另外一篇重要的论文：《中文〈圣经〉修订之前途如何？》（What is the Future of the Bible Revisions

---

① 贾保罗：《评吕振中牧师新约新译修稿》，载《圣经汉译论文集》，第 135 ~ 149 页。
② 贾保罗：《评吕振中牧师新约新译修稿》，载《圣经汉译论文集》，第 138 页。

in Chinese?）。① 在文中，他总结了其 10 余年来在香港圣经协会（HKBS）及 1953～1964 年在香港和台湾圣经协会（HKTBS）的工作经验。此时他正欲动身前往瑞士接受苏黎世大学的教授职位。在本文结尾我会给予这一重要问题更多的关注。必须承认，贾保罗的几乎所有工作都直接或间接与吕振中的工作息息相关。

吕振中于 1922 年毕业于香港大学。后在燕京大学学习希腊语和希伯来语，并在厦门的闽南神学院执教 14 年。② 他的中文略带一些厦门口音。1940 年，他受邀到燕京大学翻译《新约》。③ 1945 年翻译的初稿在私下悄悄发行④，1946 年由燕京大学宗教学院正式出版。⑤ 20 世纪 50 年代初期，他在纽约协和神学院（1947～1948）和英格兰威斯敏斯特学院（1948～1949）进一步进修《圣经》语言后，就开始翻译《旧约》。⑥ 美国人最先对这个"奇怪的人"产生了兴趣，不过或许因为他个人的研究方向等方面，美国人并未更多地关注他。但大英海外圣经公会的态度却与此不同，特别是其代表道格拉斯·兰卡什尔先生，后来成为贾保罗在香港的同事。无论在经费还是其他方面，吕振中都得到了大英海外圣经公会的支持。吕振中和贾保罗的合作开始于 1953 年，并且硕果累累。⑦

从英国回到香港后，吕振中就不再积极参与教堂方面的事务。据其本人称，从 1948 年到 1973 年 4 月担任神职期间，他只布道过两次。⑧ 这期间，香港大学名誉校长麦理浩爵士（Sir Murray MacLehose）授予了他名誉

① 贾保罗：《圣经汉译论文集》，第 150～160 页。

② See L. K. Young, "Honorary Degrees Congregation, Thursday, 12th April, 1973," in *University of Hong Kong Gazette* 20（1973）4, p. 62.

③ See Robert P. Kramers, "A Note on Reverend Lü Zhenzhong's Draft Translation of the Bible," in Raoul D. Findeisen-Robert H. Gassmann, *Autumn Floods. Essays in Honour of Marián Gálik* （Bern, 1998）, p. 630.

④ See Robert P. Kramers, "A Note on Reverend Lü Zhenzhong's Draft Translation of the Bible," in Raoul D. Findeisen-Robert H. Gassmann, *Autumn Floods. Essays in Honour of Marián Gálik* （Bern, 1998）, p. 630.

⑤ 参见梁工等编《圣经百科辞典》沈阳，1990，第 477 页。

⑥ See L. K. Young, "Honorary Degrees Congregation, Thursday, 12th April, 1973," in *University of Hong Kong Gazette* 20（1973）4, p. 62.

⑦ 参见贾保罗《评吕振中牧师新约新译修稿》，第 135 页。

⑧ See L. K. Young, "Honorary Degrees Congregation, Thursday, 12th April, 1973," in *University of Hong Kong Gazette* 20（1973）4, p. 63.

神学博士学位。作为有史以来第一位将《圣经》翻译为中文白话文的中国人，他接受了这一学位。在授予仪式上，主持人莱纳德·肯尼思·扬教授盛赞吕牧师：

> 只身深入古老过去，沿前人之路上下求索，思虑希腊与希伯来文之谜团。他单枪匹马，顽强战斗于翻译之战场，游历于语言学、历史、哲学和宗教纷繁错乱之竞技场。……他弃绝感官享乐，笔耕不辍。在战争的喧嚣中，拖着病弱之躯，冲过重重危难。他似班扬（Bunyan）笔下的基督徒，怀着无限的勇气和耐心，坚定地越过怀疑、沮丧与绝望之谷，这是每个学者在听到胜利号声，步入应许之地前所必须经历的。作为启示录荣光的硕果，他以同时代的人们所能听懂和理解的语言，把所罗门之歌那慑人心魂的美和登山宝训的感人纯朴倾注到他们所熟悉的思想与词汇中去。

扬教授称，"这部已付梓的著作成为《圣经》翻译的里程碑"。[1]

在 1962 年 10 月与 26 名顾问的书信往来中，贾保罗恳请他们阅读附于信中的《旧约》译稿并提出他们的意见。[2] 这些顾问代表了中国香港、九龙、台湾以及美国、英格兰、菲律宾、新加坡、马来西亚沙捞越各神学院和其他机构。其中五位在规定的日期（1963 年 1 月 31 日）前没有做出答复。寄出的译稿并非吕振中的《旧约》全译稿，而仅是以下部分：《出埃及记》16～20 章，《撒母耳记》1～21 章，《诗篇》26 章、90～100 章，《约伯记》7～10 章，《雅歌》1～4 章，《箴言》8～9 章，《以赛亚书》7～10 章，《以西结书》1～3 章。

贾保罗希望顾问们提出的意见越详尽越好，主要涉及以下四个方面。

①吕修订版文本与希伯来语《圣经》的关系，及其在当代《圣经》学术视野下的价值。

②鉴于吕的理解与广受欢迎的"和合本"中文译者不同，吕译本有怎样的价值。

---

① See L. K. Young, "Honorary Degrees Congregation, Thursday, 12th April, 1973," in *University of Hong Kong Gazette* 20（1973）4, p. 63.

② 所有关于吕振中牧师的信件和决定，以及他的回应和态度都根据贾保罗给我的资料，后不再另注出处。

③相比于"和合本"，吕译本出现了很多不同于广为人知译本的《圣经》词语。顾问们对此持何意见？

④在句法和风格方面，吕倾向于直译，并且尝试一种白话文的文风。于前一个方面他是正确的吗？于后一个方面他是成功的吗？

可以看出，这四个方面和奈达在《选文的译者评论》中的四个要求正好相符。在收到答复后，贾保罗又于1963年2月写给顾问们（并满怀希望寄出）另外一封信，题为《对吕振中牧师〈旧约〉译稿的问询》。他后来很有可能亲笔写下了那些最富代表性的意见。这封信包含了贾保罗的全部问题以及顾问们的意见，鉴于引述信件全文过于冗长，我只选取其中最普遍的意见。

> 问：你认为吕牧师的译稿比教会现用的"和合本"更忠实地反映了原文吗？
> 答：总的来讲是这样的。
> 问：你认为吕牧师的译稿相比于"和合本"在表达上更准确吗？
> 答：不全是。
> 问：你认为现有"和合本"亟待修订吗？
> 答：是的，肯定需要。

至于这个修订是微小改动还是重新翻译，答案并不明确。对微小改动的回答是"无甚价值"，而是否应该重译却没有得到答案。对两者的结合是否可能，回答则是："对于新译本，'和合本'倒是不错的参考资料之一"。

四位来自海外联合圣经公会的代表出席了1963年4月的会议，他们依次为：大英海外圣经公会的V. J. 布莱德诺克牧师（V. J. Bradnock）、苏格兰圣经公会的D.麦克加文牧师（D. McGavin）、美国圣经公会的尤金·A.奈达博士和荷兰圣经公会的J. L.施威伦格莱贝尔博士（J. L. Swellengrebel）。根据贾保罗的会议记录，除上述四位代表和贾保罗外，吕振中和其他一些中国顾问也参加了讨论。其中会上比较活跃的有：许牧世（Moses Hsü）先生、Timothy Y. H. Chow博士、S. K. Leo牧师、刘翼凌先生、滕近辉（Philip C. H. Teng）牧师，他们均来自香港和九龙。会议记录笔迹潦草，因此不确定Fred C. C. Peng博士（美国）是否出席了。

会后，V. J. 布莱德诺克撰写了《1963年4月香港中文〈圣经〉商议报告》，并分别寄给了奈达、麦克加文、施威伦格莱贝尔和贾保罗。

四位外国圣经公会代表们在"个人意见"中一方面称赞了吕振中，另一方面也给了他致命的一击。在布莱德诺克的信中可以看到如下意见：

①毫无疑问，没有人会认为这个译本可以代替"和合本"。只有一两位顾问认为此译本为重译打下了基础。

②一致赞扬了吕振中在新译本中表现的学术勤奋和执着精神。

③普遍认可了新译本中颇多的学术洞察。在这点上，新译本可以称得上是对圣经公会内任何有关"和合本"修订和新译工作的一大贡献。

④大部分顾问认为在语言风格和句法规范上，此译本不能以圣经公会的名义出版。

尽管如此，圣经公会的代表们和中国顾问们一致同意，"不管从哪方面看，此译本都是一大贡献"。

吕振中在对贾保罗于 1963 年 4 月《吕振中牧师〈旧约〉翻译草稿问询报告》的反馈中，表达了对他的谢意：

> 他精心设计了系统的调查问卷，投入诸多时间与精力，恰当而条理地总结了批评和评论，指出了《圣经》翻译的相关及关键问题，但他仍存遗憾。尽管这个委托项目历时 23 年，由燕京大学发起，后大英海外圣经公会接管，但在一片批评声中，它却如同一个巨大的错误和失败，浪费了大量时间和金钱。

面对批评，吕振中在释经和文风方面为自己辩护：

> 上帝的启示不应仅为读书人显现（尽管这是其目的之一，或许还是最重要的），且还应播恩泽至孩童与百姓。人们不仅能在阅读中得启示，口耳相传也不可小视，而简明的口语化《圣经》恰恰可以做到这点。

他以武加大（Vulgate）译本后来演变为德语、英语等不同版本的口语版《圣经》作为例证，承认其以北京话为基础的国语水平并不理想，但这个不足可以在将来的翻译过程中得到弥补。他希望"在对手稿进一步修订后"，他的草稿（或许整本书，尽管他并未明确表示）可以供那些希望阅读和研究它的人使用。

但是，圣经公会代表们的决议比吕振中所预想的更加严格。此决议建议：

> 大英海外圣经公会以吕振中私人名义，资助出版并小规模印刷吕振中《圣经》试译本。
>
> 吕振中于 1965 年 9 月前提供一份完整的《圣经》全译本终稿。
>
> ——遵循通信中的全部意见以及贾保罗长达 95 页的总结，显然过于繁冗，毫无必要。

在此，仅通过分析对《雅歌》的译文意见就足以说明问题。顾问们的 10 多条意见与此相关。但综观所有寄出的手稿，鲜有顾问对这部分译稿发表看法。或许是审阅吕振中译文的这些神学家们恰好对这部充满诗意、彰显两性爱情力量的作品不太感兴趣，且神学研究和关注的主要对象上帝也并未在这部分中出现。在我看来，吕振中的《雅歌》译文在很大程度上参考了 1952 年的《圣经》（修订标准版，RSV），其翻译是由"负责（早期版本）修订的 32 位学者完成，并贯彻了由各合作教派 50 位代表组成的顾问团的评审和建议"。① 其中《雅歌》的翻译由美国犹太神学院的罗伯特·高狄斯（Robert Gordis）教授完成，随后于 1954 年与《雅歌》研究及评论一起单独出版。

对吕振中《雅歌》初稿前四章的意见参见贾保罗《吕振中牧师〈旧约〉译稿的讨论记录》（Discussion Notes on Rev. Lü Zhenzhong's Old Testament Draft Translation，第 1～30 页和第 33～95 页）和《对 1～30 页的更正和补充》（Corrections and Additions，第 31～32 页）以及顾问通信的其他部分。原稿第一部分（第 1～32 页）于 1963 年圣诞前夕完成，而第二部分则在 1964 年 4 月完成。

无论顾问还是贾保罗或吕振中本人，通常都是将其译稿与"和合本"及《圣经》（修订标准版）进行比较。但在引述顾问们的褒贬及贾保罗与吕振中的意见前，请读者允许我再引用两个较早的《雅歌》版本，即圣耶柔米爵士（St. Jerome，约 347～419）翻译、1592～1593 年修订的武加大译本（Sacra

---

① *The Oxford Annotated Bible with the Apocrypha. Revised Standard Version*（New York，1965），p. x.

Vulgate Editionis）《圣经》①，以及钦定本（King James Version，1611）《圣经》和其他一些颇有意思的中译本。这样做是考虑到这些版本的诗意和音韵。在我看来，翻译这块世界爱情文学瑰宝应以这两方面为目标。

《雅歌》1：1（第一部分）

吕的草稿：用他的口接吻亲我。

武加大译本：Osculetur me osculo oris sui。

钦定本：Let him kiss me with the kisses of his mouth。

和合本：愿他用口与我亲嘴。

修订标准版：O that you would kiss me with the kisses of your mouth！

吕的定稿：哦，愿他用他的亲嘴使我陶醉哦！

吕的草稿和定稿有很大不同。对比"修订标准版"，吕改变了代词，但这个改变实与希伯来文中的代词"他"而非"你"相符。不过，吕的译文过于烦冗随意。可能这一句最好的译文是中国著名诗人陈梦家（1911～1966）的："愿他用他的口与我接吻。"② 他的译文与"和合本"接近，却更有诗意。施约瑟（S. I. J. Schereschewsky，1831～1906）主教的译文也与陈梦家类似："惟愿与我接吻。"③

显然，"接吻"比起"亲嘴"更具有诗意。后一个词在早期的中文文本中"常以部分代表整体，象征着性交"。④

《雅歌》2：4

武加大译本：Introduxit me in cellam vinariam，ordinavit in me charitatem。

钦定本：He brought me to the banqueting house, and his banner over me was love。

和合本：他带我入筵宴所，以爱为旗在我以上。

修订标准版：He brought me to the banqueting house, and his banner

---

① 这里为 Valentinus Loch 版，第二次印刷，雷根斯堡（Ratisbonae），1863。

② 《歌中之歌》（上海，1932），第12页。

③ 《旧新约圣经》（浅文理，上海，1922），第591页。参见关于施约瑟生平和论著的专著。

④ Wolfram Eberhard, *A Dictionary of Chinese Symbols*：*Hidden Symbols in Chinese Life and Thought*, Translated from the German By G. Y. Campbell（Taipei，1994），p. 156.

over me was love。

资料中未给出吕的草稿的全句的准确翻译。吕振中把"筵宴所"改为"酒楼"，带有些许现代餐馆或酒馆的感觉，这使得译文有些不太妥当。因此，许牧世批评了吕振中的处理，但贾保罗认为这个论点不太站得住脚，因为"酒楼"和希伯来文的"beit hayayim"很接近。许牧世对这一句的后半部分也不满意，认为"他的旗帜就只是'爱'覆庇着我"太过生硬。吕振中接受了部分意见，但仍有所保留。最终出版的定稿为："他带领着我进了宴饮室，他的旗帜就只是'爱'覆庇着我。"尤为有趣的是，在所有《圣经》中译者中，希伯来《圣经》权威专家施约瑟采用了最简洁且最富音韵的处理："引导我入宴所，被我以宠爱。"

《雅歌》1：16

武加大译本：Ecce, tu pulcher es, dilecte mi, et decorus. Lectulus noster floridus。

钦定本：Behold, thou art fair, my beloved, yea pleasant：also our bed is green。

和合本：我的良人哪，你甚美丽可爱，我们以青草为床棚。

贾保罗认为"良人"这个词"有些过时，旧指丈夫"。吕的草稿则采用了"恋爱者"这个译法，而实际上他使用的是"爱人"，被打字员错打为"恋爱者"。在出版的译本上，吕的翻译为："哦，我的爱人哪，你很美丽！真可爱！啊，我们的床棚繁茂青葱。"

"爱人"这个词在中文中是有歧义的。在中华人民共和国成立以后，"爱人"常指丈夫。为避免误导读者，编辑们在《圣经》（南京，1996）中仍保留了原来"和合本"中"良人"一词。最近的《圣经》[中英文对照，新国际版（Chinese/English, New International Edition），香港－台北，1997]中仍沿用了这个词。吕振中的译文常被批评过于烦冗，以上就是一例。

《雅歌》2：1

武加大译本：Ego flos campi, et lilium convalium。

钦定本：I am the rose of Sharon, and the lily of the valleys。

和合本：我是沙仑的玫瑰花，是谷中的百合花。根据注释，"玫瑰"又译作"水仙花"。

修订标准版：I am a rose of Sharon, a lily of the valleys。

"修订标准版"中另外注明"玫瑰"在希伯来文中也指"番红花"。吕在草稿中将"rose of Sharon"译为"平原上的番红花"，与下文"山谷中的百合花"对仗。其定稿为："我，我是平原上的番红花，是山谷中的百合花。"陈梦家的版本要简练得多："我是沙仑的玫瑰，谷中的百合花。"这两个版本均符合古代希伯来文和现代中文的隐喻表达特点。而施约瑟的译文则遵循了古诗中常用的"比喻"的手法："我如沙仑之玫瑰花，如谷中之百合花。"他认为"玫瑰"也可理解为"水仙花"。

从以上吕振中的译文可以看出，他偏爱对仗甚于音译。在这点上，他并没有成功地说服顾问们及后来的译者。顾问团中唯一的女性，芝加哥的弗吉尼亚·C. 李（Virginia C. Lee）在信中批评道："人称、地点等专有名词应与现有译本一致，若对专有名词另有理解可做注，或以插入语的形式予以解释。"这个批评对下一节也同样适用。

《雅歌》2：10

武加大译本：En, dilectus meus loquitur mihi: Surge, propera, amica mea, columba mea, formosa mea, et veni。

钦定本：My beloved spake, and said unto me, Rise up, my love, my fait one, and come away。

和合本：我的良人对我说，我的佳偶，我的美人，起来，与我同去。

修订标准版：My beloved speaks and says to me：Arise, my fair one, and come away。

关于这句吕振中的草稿到底为何，我们不得而知，但据许牧世称"go with me"或"come away"被译为"来去吧"，这似乎是厦门方言。但他也没有推荐更好的处理方法。不过吕振中承认了自己的失误，并在终稿中修改为："我的爱人应时对我说，我的爱侣啊，起来吧！我的美人哪，走吧！"同样一句在《雅歌》2：13 中再次重复。

《雅歌》2：17

武加大译本：donec aspiret dies, et inclinentur umbrae. Revertere：similis esto, dilecte mi, capreae hinnuloque cervorum super montes Bether。

钦定本：Until the day break, and the shadows flee away, turn, my beloved, and be thou like a roe or a young hart upon the mountains of Bether。

和合本：我的良人哪，求你等到天起凉风，日影飞去的时候，你要转回，好像羚羊，或像小鹿在比特山上。

修订标准版：Until the day breathes and the shadows flee, turn, my beloved, be like a gazelle, or a young stag upon rugged mountains。

按照弗吉尼亚·李的意见，"比特山"的翻译应与现有中文译文保持一致。但吕振中并没有接受她的意见："我的良人哪，求你来回跳跃，好比瞪羚羊或小鹿仔在有裂罅的山岭上，直到天吹凉风，日影飞去时候。"

"南京本"和"新国际本"（中文部分）在这句上都逐字采用了"和合本"的译法。大英海外圣经公会的《旧约》顾问 B.F.普莱斯（B. F. Price）认为，"通过修改将两节联系在一起，这不论对于'和合本'还是'修订标准版'来说，都不啻为一大进步"。鉴于草稿措辞未知，我们很难衡量这个意见的价值，且普莱斯先生本人也承认他"没有能力评判中文风格"。

《雅歌》3：10 和《雅歌》3：11

和合本：轿柱是用银作的，轿底是用金作的，坐垫是紫色的，其中所铺的乃耶路撒冷众女子的爱情。锡安的众女子啊，你们出去观看所罗门王，头戴冠冕，就是在他婚筵的日子，心中喜乐的时候，他母亲给他戴上的。

修订标准版：He made it［i. e., palanquin's, M. G.］of silver, its back of gold, its seat of purple; it was lovingly wrought within by the daughters of Jerusalem. Go forth, O daughters of Zion, and behold King Solomon, with the crown with which his mother crowned him on the day of his wedding, on the day of the gladness of his heart。

注释指出，希伯来文中"it was lovingly wrought within"的含义并不明

确。我们可以看到中译者严格遵循了"钦定本"：

> He made the pillars thereof of silver, the bottom thereof of gold, the covering of it of purple, the midst thereof being paved with love, for the daughters of Jerusalem. Go forth. O ye daughters of Zion, and behold King Solomon with crown wherewith his mother crowned him in the day of his espousals, and in the day of the gladness of his heart。

吕的终稿如下：

> 他用银子作轿柱，用金子作轿靠子，用紫红色料作坐垫，内部装修的是皮。耶路撒冷的女子阿，你们要出去看所罗门王戴着冠冕，就是他结婚的日子，他心中喜乐时，他母亲给他戴上的。

我们可以看到所罗门的轿子不再是"用爱铺就"（"钦定本"及"和合本"），也不是由"耶路撒冷众女子的爱情所铺"，而仅仅"内部装修的是皮"。即使是耶柔米爵士的版本也更富于感官色彩："media charitate constravit propter filias Jerusalem（其中所铺的乃耶路撒冷众女子的爱情）。"施约瑟的版本则更加简洁并富有诗意："内铺以文绣，式甚可爱。"这里"文绣"与孟子（前372～前289）的"膏粱文绣"有关，喻指仁者不羡慕别人的奢华与享乐。[①] 在我看来，最有表现力的还数陈梦家的版本："那紫金色的坐垫中心，是耶路撒冷众女子的爱情。"[②]

吕振中很可能并没有如期在 1965 年 9 月前完成《圣经》的全部翻译。除了上述提到的决议，圣经公会的代表们后来又决定：

①现在看来（在对吕振中进行"裁决"后），似乎目前更需要一个全新的《圣经》中译本，而不仅仅是修订现有的国语本。目前，能够承担这项工作的学者水平尚不够，还需进一步深造。

②凡有志完成学术深造，或希望在《圣经》翻译相关领域获得资格的青年学者，提议为其提供资金支持。每位学者的奖学金以两年为期限。

③推荐邀请以下人士作为此次"奖学金"项目的导师：

---

① 参考刘殿爵（D. C. Lau）译《孟子》（*Mencius*）（Harmondsworth 1970），第 169 页，以及《孟子正义》（《四部备要》第 23 卷，台北，1966，第 13B 页）。

② 陈梦家译，第 27 页。

容启东博士，香港中文大学崇基学院院长；

周联华博士，台湾圣经学院（S. B. Seminary）院长；

吴德耀博士，东海大学校长；

黄彰辉博士，台湾台南神学院院长。

之后大概 5 ~ 6 年用于学习更深的背景知识以及进行人员培训。至于这个项目的具体细节，包括计划、资金等，将在相关协会的年度企划会议上共同商议。

从贾保罗给我的资料上看不出这个项目的后续发展。在 1962 年 6 月 2 日写给 B. F. 普莱斯的信中，贾保罗提到"与苏黎世校方交涉"和他个人计划的变化，很可能正是此时或再稍晚些，他中止了作为吕振中翻译顾问的工作。

由此看出，联合圣经公会的代表们不仅对吕振中的翻译草稿不甚满意，而且认为汉语界以及年轻学生的《圣经》学术水平皆未达到他们的期望。

后来的《1965 年 1 月中文磋商报告》（Chinese Consultation Report, January 1965）提到，此月 E. A. 奈达与台湾圣经公会的赖炳炯初步商议，又与同为译者及评论家的周联华、顾敦鍒及台南神学院院长宋泉咸等人见面。① 周联华、顾敦鍒和宋泉咸都是与贾保罗共同审核吕振中翻译草稿的专家。② 很可能上述负责"奖学金"项目的导师们的工作并不顺利。于是，这次他们决定"有限修改"（limited revision）"和合本"更为妥当，主要强调文风方面的修订（with principal emphasis on stylistic modification）。③ 他们计划在 5 ~ 6 年内完成这一修订。

奈达与来自联合圣经公会的同事们对整个项目的失败——至少是尚未取得成果——大概很失望。直到 20 世纪 70 年代末，人们才开始重新尝试修订。其中一个修订本是"现代中文译本"（Today's Chinese Version, 1980）。许牧世和周联华在其中起到了重要作用。这个译本依据奈达的"功能对等"原则完成，参考了 1976 年版的《福音圣经》（现代英文本）

---

① 参见 Jost Oliver Zetzsche, *The Bible in China*：*The History of the Union Version or the Culmination of Protestant Bible in China*（Sankt Augustin：Monumenta Serica Institute, 1999）, pp. 347 – 348。

② 研讨吕振中草稿期间，这三位专家均与贾保罗通过信。

③ Zetzsche, *The Bible in China*：*The History of the Union Version or the Culmination of Protestant Bible in China*, p. 348。

（*Good News Bible：Today's English Version*），"被很多人誉为承继和合本的新版中文《圣经》"。① 不过也有许多中文读者持强烈的否定态度，他们仍坚持使用"和合本"。1983 年和 1984 年 8 月在中国香港、台湾和新加坡召开了一系列会议，会上提出了修订的新标准，但直到最近，修订工作才有了新进展。不过，也有一些稍作改动的和合本修订版在 90 年代问世，如《现代标点和合本》（*Union Version with Modern Punctuation*，Hong Kong，1993）。② 我没有在《圣经》（南京，1996）里找到王神荫提及后的适当改动。③ 很可能中国新教《圣经》译者从 70 年代末 80 年代初就放弃了他们强烈的意识形态立场。后来，他们甚至参与了联合圣经公会修订"和合本"的工作。④ 显然，这些中国人不愿同意奈达的观点："没有哪种《圣经》译文可以保持五十年后仍然适用（no Scripture is regarded as fully effective for more than fifty years）。"⑤

在 1963 年复活节的前一周，联合圣经公会的四位代表及其他顾问又召开了一次会议。大约一年零一个月后，贾保罗参照他有关中文《圣经》修订之未来的中文材料，写下了其作为翻译顾问的最后一篇论文。这篇论文传达了他对中国基督徒的讯息，主要对象是工作在《圣经》领域的新教徒。不过我敢说同样也包括天主教徒，因为就在同时他完成了另外一篇论文，其中强调了 1961 年在香港思高圣经学会的雷永明神父（Gabriele M. Allegra）领导下翻译的中文《圣经》。他称之为一个"学术成就、宗教热诚的纪念碑"。⑥

贾保罗认为，接受《圣经》修订和新译，对中国人尤其是新教徒来说是件非常困难的事情。因为他们已经有了广为流传、大受好评的"和合本"，其中一些人已将其誉为与儒家经典、《圣经》原文或中世纪及此后《圣经》经典译本同等地位的作品。很多人每日诵读，已成习惯。"和合

① Zetzsche, *The Bible in China：The History of the Union Version or the Culmination of Protestant Bible in China*, pp. 350，416.

② Zetzsche, *The Bible in China：The History of the Union Version or the Culmination of Protestant Bible in China*, pp. 354–356.

③ Zetzsche, *The Bible in China：The History of the Union Version or the Culmination of Protestant Bible in China*, pp. 357–359.

④ Zetzsche, *The Bible in China：The History of the Union Version or the Culmination of Protestant Bible in China*, p. 359.

⑤ Eugene A. Nida, "Bible Translation in Today's World", *The Bible Translator* 17（1966）：60.

⑥ 贾保罗：《最近之中文〈圣经〉译本》，载《圣经汉译论文集》，第 33 页。

本"不仅帮助他们形成了民族语言，而且还在塑造内心灵性世界方面起到了关键作用。"和合本"确是一部值得称颂的伟大作品，它参考了当时最完善的英译本：英文修订版 [English Revised Version (1881, 1885, ERV)] 和美国修订版 [American Revised Version (1901, ARV)]。但是，几十年过去了，语言在不断地变化，《圣经》研究也有了新进展，如此来看，拿出修订版或新译本已是迫不及待之事。

这一次，贾保罗并没有参照奈达在文本、释经、词法及句法方面有关《圣经》修订或翻译的要求，而是采用了严复（1853~1921）众所周知的翻译标准："信、达、雅"。① 顺便一提，严复也是文理（文言）版《圣经》的译者之一，他翻译了《马可福音》1~4 章，并"望国人能视《圣经》为经典"。② 很遗憾，这个 19 世纪末 20 世纪初最伟大的中文译者并未继续《圣经》翻译。

对大多数中国评论家来说，"信"是《圣经》翻译批评的一个重要参考。当然，对于文本所要传递的原始信息总是存有争议，但毕竟现在的视角相比过去要进步。贾保罗在此也间接指出了最近世界范围内《圣经》研究的不足。尽管一年前顾问团的宋泉盛肯定了吕振中在翻译中所投入的巨大精力与耐心，但他对吕振中是否参考了当时最新的研究成果表示怀疑，如《〈圣经〉注释：新旧约》[Biblischer Kommentar：Altes Testament，马丁·诺斯（Martin Noth），诺伊基兴-弗林（Neukirchen-Vlyn），1956] 和《德语新旧约》[Das Alte Testament，Deutsch，阿多·韦瑟（Arthur Weiser）、哥廷根（Göttingen，1951~1953）编]。宋教授因其"详尽的文本批评"而重点推荐了前者，这方面恰恰是中文译者的阿喀琉斯之踵。

对于其他评论家来说，"达"和"雅"之间的平衡则是翻译批评的重点。这主要与中译文的文言文有关。从美学的角度看，文言文较白话文的确更有价值，但对于普通读者来说却不如后者那样通俗易懂。不过，从另一个角度看，美也是译文不可或缺的一部分，因为文风不优美会有损阅读的乐趣，甚至影响正确的理解。基于贾保罗自己对圣保罗书信的经验，他

① 参见严复《〈天演论〉译例言》，载罗新璋编《翻译论集》，北京，1984，第 136~138 页。谢天振《译介学》，上海，1999，第 65~67 页。

② Zetzsche, *The Bible in China：The History of the Union Version or the Culmination of Protestant Bible in China*, p. 130. 这里引自 Hubert W. Spillet, *A Catalogue of Scriptures in the Languages of China and the Republic of China*（London 1975），p. 45。

认为翻译多个《圣经》版本以适应不同层次的读者是可能的，而且承认自己在理解圣保罗的作品时遇到了困难，而 J. B. 菲利浦（J. B. Phillip）那部极富争议的《致年轻教会：新约书信的译本》（*Letters to Young Churches*：*A Translation of the New Testament Epistles*，London，1947）则帮助过他答疑解惑。[①]

在贾保罗看来，"达"和"雅"固然重要，但对于《圣经》文本，"信"则尤为根本。"信"不同于"质"（字面翻译），后者含混不清，而且索然无味。他引用了孔子的话"文质彬彬"[②]，认为这才是文风与翻译的理想境界。

贾保罗认为对于中文译者来说，最重要的方面是要有渊博的希伯来文和希腊文知识，以及对《圣经》研究成果的广泛把握。到 20 世纪 60 年代中叶，只有少数研究《圣经》的中国学生达到了这一水平，而贾保罗认为吕振中牧师就是寥寥数人中的一个。这并不是说他的翻译一直优雅完美。他承认吕振中的译文在很多方面都有欠缺，但他坚持了"信"的原则，并且总的来说，其文风更加贴近现代白话文。尽管吕振中的翻译没有达到教会权威们所制定的《圣经》翻译标准，但它可以既用于教会内部也可以面向普通大众。

吕振中在其译本出版后撰写了一篇论文，从中可以看出，他并没有因为 1964 年联合圣经公会代表们的决定而感到冒犯，因为其他译者也曾面临过同样的命运。他提及了其中两位：詹姆斯·默法特（James Moffatt）和埃德加·J. 古德斯毕德（Edgar J. Goodspeed）。[③]

贾保罗的愿望并没有实现。他努力协助推出一部能在中国新教教会内取代"和合本"的中译本，但以失败告终。这当然不是他的过错。后来，据尤思德的说法[④]，对于大多数中国新教徒来说，旧版或稍作修改的"和合本"仍旧是"天经地义"的，是神言（Verbi Divini）的不朽使者。

---

① 参见冯铁对贾保罗论文的注解 "A Note on Reverend Lü Zhenzhong's Draft Translation of the Bible"（《吕振中牧师圣经译文草稿记录》），载 Findeisen-Gassmann, *Autumn Floods. Essays in Honour of Marián Gálik*, p. 632。

② 参见孔子 Confucius（孔子），The Analects（《论语》），trans. by D. C. Lau（Hong Kong, 1979），pp. 50–51。

③ 吕振中：《有关于吕译圣经的问题》，第 14 页，未注标题和出版日期。

④ 参见 Zetzsche, *The Bible in China*：*The History of the Union Version or the Culmination of Protestant Missionary Bible Translation in China*, pp. 345–361，369–370。

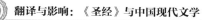
尽管如此，吕振中近 30 年与贾保罗 10 余年的共同努力并没有白费。对于把福音传至中国人这一事业来说，他们的硕果现在是、将来也会是值得称颂的贡献。

（吕冲、刘燕　译）

（本文曾发表于《圣经文学研究》2013 年第 7 辑，稍有修正。）

|第二部分|

《圣经》与大陆现代文学

《圣经》对中国现代诗歌的影响：从周作人到海子*

这一研究的主要目标是分析 20 世纪中国现当代诗歌中最重要的一些著作与《圣经》的众多联系。从 1986 年到 2003 年 2 月，有几本关于中国现代文学与《圣经》、基督教关系的著作出版。但是，它们中的大部分都是跟小说、戏剧有关，只有很少的内容论述到诗歌。①

中国文人阅读《圣经》的初始大概只能追溯到 20 世纪的头几年，而第一首映射出《圣经》及其文学影响的诗歌则创作于 20 世纪 20 年代初的五四运动期间。

众所周知，王国维（1877～1927）注重的是《圣经》的文学因素，而鲁迅（1981～1936）只看重一些《圣经》的章节以及拜伦那些以《圣经·创世记》故事为蓝本的创作。鲁迅曾认为源于《耶利米书》的《耶利米哀歌》是中国半殖民地时期诗歌的范本，但是这种观点既没有被他自己也没有被其国人沿用。②

一

尽管对中国现代文学与《圣经》关系的研究并没有一个确切的开始，但几乎所有涉及这一领域的中文文学和批评作品，都将鲁迅当作

---

* 原文 "The Bible as a Source of Modern Chinese Poetry：From Zhou Zuoren to Haizi"。

① 《圣经》与中国现代诗歌有关的研究著作有：王学富《迷雾深锁的绿洲》，新加坡：大点子出版社，1996；王本朝：《20世纪中国文学与基督教文化》，安徽教育出版社，2000；许正林：《中国现代文学与基督教》，上海大学出版社，2003。

② 鲁迅在早期的文章中提到过《耶利米书》。

这一文学领域之父。而我认为这是不太合理的。鲁迅的弟弟周作人（1885～1967）在这一领域做了更多的工作，他可能也是中国现代文学界开始对《圣经》有浓厚兴趣的第一人。早在1901年于南京学堂读书期间，他就跟其他学生们一起被迫学习詹姆斯国王钦定本《圣经》。1908年，他开始学习希腊语，为的是翻译《新约》，起码要将"四福音书"翻译成"文言文"。① 或许他是想继续严复（1853～1921）的步伐。严复是一个伟大的翻译家，他将大量的英文哲学著作翻译成了文言文。就在周作人开始考虑他这个从未付诸实施的方案时，严复已经翻译了《马可福音》的前四章，并且于同年②出版。因为这些文言文的翻译"比最好的非基督作品的文风要稍逊一筹"③，周作人对此并不满意。所以，他打算用自己的翻译来达到类似于佛教经典《白喻经》④ 的文风基准。之后，他和其他人却发现新白话文译本的《旧新约全书》，即俗称的1919年官话和合译本，从文学性和文风上都要比文言文的翻译好得多。新教传教士及其助手历经30年艰辛努力完成的这部译作，由此成为五四运动时期白话文作家的范文。

周作人对中国《圣经》研究的最大贡献，就是他于1920年12月在北京大学做的报告——《圣书与中国文学》［原载《小说月报》1921（12），第1～7页］。这篇报告于1921年1月出版。正如他之后的不少中国诗人和批评家一样，他在这篇文章中大力提倡《圣经》似的"优美散文诗"⑤，

---

① 高秀芹：《论基督教文化观念对周作人的影响》，《齐鲁学刊》1994年第4期，第19页。

② J. O. Zetzsche, *The Bible in China：The History of the Union Version or the Culmination of Protestant Missionary Bible Translation in China*（Sankt Augustin：Monumenta Serica Institute, 1999）, p. 129. 本书中译本由蔡锦图译，香港：香港汉语圣经协会有限公司，2000。——译者注

③ J. O. Zetzsche, *The Bible in China：The History of the Union Version or the Culmination of Protestant Missionary Bible Translation in China*（Sankt Augustin：Monumenta Serica Institute, 1999）, p. 129.

④ J. O. Zetzsche, *The Bible in China：The History of the Union Version or the Culmination of Protestant Missionary Bible Translation in China*（Sankt Augustin：Monumenta Serica Institute, 1999）, p. 333.

⑤ M. Gálik, "The Old Testament of the Bible in Modern Chinese Literary Criticism and Creative Literature," in R. Malek, ed., *Jews in China：From Kaifeng... to Shanghai*（Sankt Augustin：Monumenta Serica Institute, 2000）, p. 593.

并热切赞美了《雅歌》。①

我认为，官话和合译本的《圣经》对中国现代诗人产生了非常积极的影响。在教会学校阅读过它的年轻中国知识分子们以及那些聆听过周作人报告或看过他论文的人，都开始对与希腊古典文学齐名的、被称为世界最重要的两大文学遗产之一的希伯来文学产生了浓厚的兴趣。

紧跟周作人步伐的是文学研究会的学生和朋友们，而且一本名为《雪朝》的诗集也在 1922 年面世。② 周作人是八位最年轻诗人之一，同时也是诗集中大多数《圣经》式散文诗的作者。周作人既不是基督徒，也不是任何一个特殊宗教的信徒，他只是赞许基督教中的人文精神。当然，这种人文精神只存在于教义中，而并不由二十世纪二三十年代帝国主义的强权所表现出来。现在我脑海中浮现的是《歧路》这首诗，周作人在其中剖析了一个身处荒野却面对众多道路选择的人无法抉择的内心状态：

> 我爱耶稣，
>
> 但我也爱摩西。
>
> 耶稣说："有人打你右脸，连左脸也转过来由他打！"（《路加福音》6：29）
>
> 摩西说："以眼还眼，以牙还牙！"（《出埃及记》21：24、《利未记》24：20）
>
> 吾师乎，吾师乎！
>
> 你们的言语怎样的确实啊！
>
> 我如果有力量，我必然跟耶稣背十字架去了。
>
> 我如果有较小的力量，我也跟摩西做士师去了。
>
> 但是懦弱的人，
>
> 你能做什么事呢？③

周作人徘徊的荒野充满了矛盾和不同方向的指引。在给鲁迅的学生孙伏园的一封信中，他写道："我近来的思想动摇与混乱，可谓已至其极了，

---

① M. Gálik, "The Song of Songs and the New Vision of Love in Modern Chinese Literature," A paper read at the international conference: Passions of the Orient. Eros and Emotions in Asian Countries, Rome, "La Sapienza" University, May 29–31, 2003.

② 周作人：《雪朝》，商务印书馆，1922。

③ 周作人：《雪朝》，第41页。

托尔斯泰的无我爱与尼采的超人，共产主义与善种学，耶佛孔老的教训与科学的例证，我都一样的喜欢尊重，却又不能调和统一起来，造成一条可以行的大路。"①

对于一个比周作人稍多了解《圣经》的人来说，摩西的律法跟耶稣的福音之间的矛盾是很容易解释清楚的。"你们的仇敌要爱他，恨你们的要待他好。"（《路加福音》6：27）这是对摩西复仇主张的否定。摩西的主张表明了犹太教时期的精神，而耶稣的教义呈现了基督教的未来。由此看来，周作人更倾向于基督教的道德准则。

另外两首由著名文人俞平伯（1900～1990）和郑振铎（1899～1958）所作的诗歌也是20世纪20年代早期的文学典型。俞平伯《胜利者》的灵感来源于《失乐园》和《创世记》（2～3）中的伊甸园，而郑振铎的《祈祷》同样是参照了跟《圣经》和一般宗教生活密切相关的这类文学作品。

俞平伯的《胜利者》一开始就描述了天堂的原始花朵、鸟儿、空气和明亮的阳光，而并没有提及亚当和夏娃的堕落，但是稍稍影射了他们的不满，于是带来了惩罚。头上黑压压的乌云、脚下脏兮兮的尘土、现代汽车的噪音、枯萎的花朵以及歌女们诱人的歌声和裙子，都是人类习性的产物。天堂不见了，摩天楼建立了，上帝的子民们失落了。他们祈祷一个新伊甸园，但上帝沉默不语。他们理解他的羞愧（在文中有下划线）和这方面的无能为力。他们自己的决心和当前的情形让他们只能紧紧地挤在现代文明的"牢笼"里。就算是上帝面对这样一个不切实际的冀望，也爱莫能助。②

相对于俞平伯诗里出现六次的上帝来说，郑振铎的《祈祷》中一个上帝或神都没有。难道这是对某些具有神性事物的祈祷，又或者诗的题目只是其他某种事物的隐喻？这首诗的背景被搁置在一座大城市中，诗人评议了他在街上看到的事物。有人开汽车从一小群因他巨大疏忽而震惊的女工人旁飞速经过。诗人刚开始想要诅咒这个司机，但也明白这是徒劳的，所以改用合掌祈祷。接下来的诗句中出现了一个拉人力车的年幼男孩，大约13岁的样子，拉着一个体重几乎是他两倍的男人。诗人很明显地无言了，祈祷是唯一能做的事情。第三个事例也是一样的。这次是一个年长一点儿的男孩拉着人力车来做诗人的生意，但是诗人拒绝了。这不仅是因为诗

---

① 许正林：《中国现代文学与基督教》，第42页。
② 周作人：《雪朝》，第49～51页。

人，即郑振铎，只是一个工资低廉的大学教师，而且是因为诗人所具有的道德的和社会的认知。作为艺术为生活和"血泪"文学（文学研究会成员的典型特征）的信奉者，周作人自己（或许也包括俞平伯在内）① 坚信文学能够"给充斥着混乱与流血的当今世界散布全人类共同的福音"。②

二

《创世记》和"摩西之书"对中国文人必然有着某种影响，特别是在20世纪20年代初期的诗歌领域。这种影响完全来自于《圣经》中对创世记的神话时代描写的语言力量：天堂的浩宇、大海、大地的涩土、树木、各色香草、鸟儿、各类动物和人类。但是没有什么是令人印象深刻的，因为在他们自身的传统中找不到这些东西。

谢婉莹——更为人熟知的是她的笔名"冰心"（1900～1999）——在文学事业的最初阶段，比同一代的其他诗人花了更多的精力来关注《圣经》的两个方面。《诗篇》19：1中华丽的比喻——"诸天述说神的荣耀，穹苍传扬他的手段"——使众人中的她开始信仰基督教③，并成为她至少两部最重要的短篇诗集的写作背景。一部叫作《繁星》，成书于1923年，但是大部分创作于1922年初；另一部名为《春水》，同样是1923年完成，但是创作于1922年3～6月。

冰心可能是在20世纪20年代初开始运用祈祷这一文学形式的第一人。而且在任何情形下来看，她都要比其他中国诗人使用得多。在1921年3～12月的新刊《生命》中，她总共登载了与《旧新约全书》有关的15首圣诗。年轻的冰心每日阅读《圣经》，而且在其中还发现了"超绝的美"。她认为她所选择的圣诗都是其沉思的对象，它们"充满了神圣、庄严、光明、神秘的意象"。④ 我既然已经在别的地方解析过其中跟耶稣基督的最后

① 周作人：《雪朝》，第135～136页。M. Hockx, *Questions of Style. Literary Societies and Literary Journals in Modern China, 1911–1937* (Leiden, Brill, 2003), pp. 44, 260, 261.

② M. Gálik, *Mao Tun and Modern Chinese Literary Criticism* (Wiebaden, Franz Steiner Verlag, 1969), pp. 63, 76.

③ M. Gálik, "Studies in Modern Chinese Intellectual History. VI. Young Bing Xin (1919–1923)," *Asian and African Studies*, n. s. (Bratislava), 2 (1993) 1, p. 49.

④ 《冰心全集》第1卷，海峡文艺出版社，1994，第163页。

一天有关的一些圣诗①，在此就把第一首翻译出来，并进行简要的点评。这首诗主要表现了《创世记》的第 3 章第 8 节："天起了凉风，耶和华神在园中行走。那人和他妻子听见神的声音，就藏在园里的树木中，躲避耶和华神的面。"

傍晚

光明璀璨的乐园里：

花儿开着，

鸟儿唱着，

生命的泉水潺潺的流着，

太阳慢慢的落下去了，

映射着余辉——

是和万物握手吗？

是临别的歌唱么？

微微的凉风吹送着，

光影里，

宇宙的创造者，他——他自己缓缓的在园中行走。

耶和华啊！

你创造他们，是要他们赞美你么？

是的，要歌颂他，

要赞美他。

他是昔在今在以后永在的，阿门。②

引用的圣诗和冰心祈祷中所描写的时刻正是亚当、夏娃堕落以后即将跟耶和华会面之时。对人类的惩罚以及乐园的失去正是这一悲剧性遭遇的结果。冰心对《圣经》与耶和华充满深深的敬重和虔诚，甚至我敢说是纯真无邪的感情。她太年轻了，没有足够的经历，以至于对此毫无怀疑。

她也许读到了上文中论述的周作人的《歧路》，于是写了一首同名诗。

① M. Gálik, "Between the Garden of Gethsemane and Golgotha. The Last Night and Day of Jesus in Modern Chinese Literature（1921–1942）," *Tamkang Review*, Vol. XXXI, No. 4 – Vol. XXXII, No. 1, Summer-Autumn 2001, pp. 99–115.

② 《冰心全集》第 1 卷，第 163 ~ 164 页。

她的《歧路》这样写道：

> 今天没有歧路，
> 也不容有歧路了——
> 上帝！
> 不安和疑难都融作
> 感恩的泪眼，
> 献在你的座前了！[①]

冰心和周作人对于《圣经》的不同态度已然明显。

从文学视角来看，冰心祈祷诗中最美的应该是《晚祷二》。有心的读者可以从中发现，冰心对闪烁的星空和造物者的赞美要远比她的其他文学作品都明显。我还认为，跟传说中大卫王所创的《诗篇》19（尽管它跟原始的希伯来诗歌有着巨大差异）比起来，冰心的《晚祷二》推动了中国年轻女诗人的个人品位：

> 我抬头看见闪烁着
> 秋风冷冷的和我说
> 这是造物者点点光明的眼泪
> 为着宇宙的晦冥
> 我抬头看见闪烁着
> 枯叶戚戚的和我说
> 这是造物者点点光明的眼泪
> 为着人物的销沉
> 造物者
> 我不听秋风
> 不睬枯叶
> 这一星星点在太空
> 指示了你威权的边际
> 表现了你慈爱的涯
> 人物宇宙

---

① 《冰心全集》第 1 卷，第 477 页。

> 销沉也罢
>
> 晦冥也罢
>
> 我只仰望着这点点的光明①

在冰心的祈祷中，我们既看不到天堂的壮美，也看不到造物者的杰作。如同新郎（《诗篇》19：4～5）的太阳并没有被提到，"新娘"却是"光体"（圣灯）（《创世记》1：14）。相反，黑暗背景下的闪烁群星则是上帝滴下的充满慈爱的眼泪。冰心诗里面的上帝并不是我们敬畏的、授予法律和戒律的耶和华，而是如《约翰一书》4：8里所称的爱和怜悯之心。相对而言，佛教思想（菩萨之心）在冰心早年的创作中作为一种残留的意识形态还是很显而易见的。②

这种佛教思想的残留还表现在另外一首诗中，即王以仁的长诗《读〈祈祷〉后的祈祷》。这首《读〈祈祷〉后的祈祷》是徐杰在《小说杂志》（1923 年 6 月 14 日）发表了同名短篇小说之后创作的。其中，我们看不到冰心的崇高且简单的美，却只听得见世人庄严的抗议声，充满了自然美以及社会政治错误和不公正的眼泪。如：

> 从喧扰的人间归来，
>
> 心中笼罩着无限的悲哀。
>
> 疏星朗日之下，
>
> 清风徐拂着柳枝，
>
> 小草们沉沉欲醉。
>
> 我跪在主的前面，
>
> 深深叩拜——
>
> …………
>
> 造物主啊：
>
> 我现在不再有什么要求，
>
> 只有深深地忏悔：
>
> 我不愿象那无依的浮云，

---

① 《冰心全集》第 1 卷，第 481～482 页。

② M. Gálik, "Studies in Modern Chinese Intellectual History. Ⅵ. Young Bing Xin (1919–1923)," *Asian and African Studies*, n. s. (Bratislava), 2 (1993) 1, pp. 51–52.

东西飘泊，朝暮变幻；

我不愿象那无赖的狂风，

扰乱这和平岑寂的空气。

…………

我要化为一只翠羽的飞禽，

带了我主的福音，

用婉转的歌喉——

去安慰劳苦的农民，

去解除工人们的烦懑，

去唤醒沉沉如梦的人生！①

三

《创世记》以其创造世界的宏大思想吸引了继文学研究会后很快出现在中国文学舞台上的另一文学协会的创始人。由郭沫若领导的创造社将"创"字作为自己的文学信条，但是并不代表"创世"。

郭沫若从 1916 年开始读《圣经》和希伯来民族最伟大的神话之一——创造世界，并喜欢大多数神话。他在自己的一首诗中扮演哲学上的泛神论者，虽没有写下祈祷，却有众多自我夸张的地方。比如，他将自己比作上帝：我便是我了。② 他使用了上帝在何烈山（即西奈山）时对摩西说的话——"从荆棘里火焰中向摩西显现"（《出埃及记》3∶2）。郭沫若在诗的末尾引用的这句话，其实想要表达的是"神对摩西说：我是自有永有的"（《出埃及记》3∶14）。郭沫若在其诗歌创作生涯的早期，对《圣经》是持肯定态度的。这一点可以从《维纳斯》一诗中看出，但诗中并没有描写"维纳斯"。尽管郭沫若一再声称是"维纳斯"③，但其实是"书拉密"：

我把你这张爱嘴，

---

① 《王以仁选集》，浙江文艺出版社，1984，第 285～287 页。

② M. Gálik, *Milestones in Sino-Western Literary Confrontation* (1898 – 1979) (Bratislava-Wiesbaden, Veda-Otto Harrassowitz, 1986), p. 59.

③ M. Gálik, *Milestones in Sino-Western Literary Confrontation* (1898 – 1979) (Bratislava-Wiesbaden, Veda-Otto Harrassowitz, 1986), p. 48

比成着一个酒杯。

喝不尽的葡萄美酒，

会使我时常沉醉！

或者第二节：

我把你这对乳头，

比成着两座坟墓。

我俩睡在墓中，

血液儿化成甘露！①

1922 年问世的《创造季刊》第一期便以郭沫若的《创造者》一诗开篇，其表达了再创世界最伟大的奇迹以及在 20 世纪中国现代文学中再创中国文学初期的辉煌。② 接下来，于 1923 年诞生的另一创造社的定期刊物——《创造周报》的第一期同样以郭沫若同一风格的诗开头，即《创世工程第七日》。郭沫若似乎对上帝前五日所做的工程进度相当满意，但是却不满上帝在第六天以人类的被创造收工——在他的考虑中，人类 "成为低等的生物"③ 了，像其他的 "野兽，各从其类。牲畜，各从其类。地上一切昆虫，各从其类"（《创世记》1：25）。郭沫若没有考虑到 "神就照着自己的形象造人"（《创世记》1：27），但也穿插了文学手法。他责备上帝在第七天变懒惰并且满足于他那可怜的成果。郭沫若在那段时期阅读并翻译了一部分尼采（1844～1900）的《查拉图斯特拉如是说》④，并开始认识日本的马克思主义者河上肇（1879～1946）。此时正值反基督教运动（1922～1928）盛行，郭沫若——这位在其漫长一生中始终在各类风潮中保持平衡航向的人——在很大程度上忽视了其早期对《圣经》的信仰以及对它内容的借用。在《创世工程第七日》中有这么几句话：

① M. Gálik, *Milestones in Sino-Western Literary Confrontation*（1898 – 1979）（Bratislava-Wiesbaden, Veda-Otto Harrassowitz, 1986）, pp. 48–49.

② 尽管诗中没有提及《圣经》，但其影响和创造性的精神非常明显。

③ M. Gálik, *The Genesis of Modern Chinese Literary Criticism*（Bratislava-London, Veda-Curzon Press, 1980）, p. 42.

④ M. Gálik, "Nietzsche in China（1918 – 1925）," *Nachrichten der Gesellschaft für Natur-und Velkörkunde Ostasiens* 110（1971）, pp. 5–47.

上帝，我们是不甘于这样缺陷充满的人生，

我们是要重新创造我们的自我。

我们自我创造的工程，

便从你贪懒好闲的第七天上做起。①

在《创造周刊》第三期发表的另外一篇名为《我们的新文学运动》中，郭沫若向"万恶的资本主义"和"宗教否定人类生存"发起了挑战，并倡导"发扬无产阶级精神"。② 这种"反祈祷"思想在知识分子阶层产生了重大影响，这从接下来几年宗教诗歌数量的减少中可以看出，尽管这种情况不是完全均衡的。

甚至连创造社的年轻成员、无神论哲学者冯乃超（1901～1984）都创作了颓废的"反祈祷"诗歌《死的摇篮曲》，其中"悲伤的上帝之母"向"悲伤的儿子"祈祷。第三节中这样写道：

一色的白雪映着灰黑的森林

美丽呵　世界最美丽的——

那无言的墓坟

你绝了气息安眠之后　七个天使

为你忭举　阴霾的风琴赞颂你底永生③

这首现代诗完全曲解了《路加福音》2：7～21的原始意义，但体现了一个诗人或作者的自由意志。无论如何，这都是一位年仅25岁的青年诗人的最佳作品。还有一位叫冯至（1905～1993）的诗人，他在20世纪20年代晚期信仰上帝，并写了一首《月下欢歌》。他在其中赤裸裸地表达了他那神秘意味的"博爱"，并认为神话的造物主——上帝——是精力与爱的最重要来源。如：

我全身的细胞都在努力工作

---

① M. Gálik, *The Genesis of Modern Chinese Literary Criticism* (Bratislava-London, Veda-Curzon Press, 1980), p. 42.

② M. Gálik, *The Genesis of Modern Chinese Literary Criticism* (Bratislava-London, Veda-Curzon Press, 1980), p. 42.

③ M. Gálik, *Milestones in Sino-Western Literary Confrontation* (*1898 – 1979*), (Bratislava-Wiesbaden, Veda-Otto Harrassowitz, 1986), p. 147.

为了她是永久地匆忙

宇宙的万象在我的面前轮转

没有一处不是爱的力量

"博大的上帝啊，

请你接受吧，

我的感谢！"①

这些话虽都已从冯至著作的最新版本中删除，但能见证其早期的信仰和世界观。就此看来，冯至既是冰心的追随者，又是诗人兼翻译家梁宗岱（1903～1983）的先驱者。在梁宗岱的诗集《晚祷》中，我们可以发现《星空》和《晚祷》这两首诗已然表明了其"博爱"意识。《晚祷》中的夜空充满从紫檀香琵琶中传出的无声音乐，而在这"无边黑暗"和"静寂荒野"的背景下我们却能发现造物主温馨的慈爱。我认为，《晚祷二》跟冰心的同名诗相似，是此类中国诗歌中最美的一首。如：

我独自地站在篱边。

主呵，在这暮霭的茫昧中。

温软的影儿恬静地来去，

牧羊儿正开始他野蔷薇底幽梦。

我独自地站在这里，

悔恨而沉思着我狂热的从前，

痴妄地采撷世界底花朵。

我只含泪地期待着——

祈望有幽微的片红

给暮春阑珊的东风

不经意地吹到我底面前：

虔诚地，轻谧地

在黄昏星忏悔底温光中

完成我感恩底晚祷。②

---

① 冯至：《北游及其他》，沉钟社，1929，第93页。这些语句在《冯至选集》第1卷中被删除了，四川文艺出版社，1985。

② 梁宗岱：《晚祷》，商务印书馆，1933，第50页。

据我所知，诗人王独清（1898～1940）从未承认对《圣经》的怀疑，但是《圣母像前》这首诗则不然。① 我以为，其诗集《死前》中至少有另外一首无名诗是在《雅歌》里书拉密形象的影响下完成的。

这首诗以及整本诗集是献给 S.夫人的，并附上这样一句话："别透露这亲爱的姓名（但丁）。"（Tacendo il name di questa gentilissima。）整首诗都是他对心爱女人身体的赞美，从容鬓、乌黑的头发、前额、眼睛、鼻子、嘴唇一直到脚。跟书拉密有别的是，我们看到诗人心爱的人穿着整齐，从未裸体。王独清记忆中的"亲爱的"事实上与《诗经》或公元 1 世纪诗画中的中国女性更相似。②

四

《雅歌》，在世界文学中几乎可以称得上最美的爱情之歌，对中国剧作家的启发要早于中国诗人。③ 但是以上分析的郭沫若诗歌是个例外。

20 世纪二三十年代热切关注《雅歌》的第一位杰出诗人是陈梦家（1911～1966）。身为一位新教牧师的儿子，每天阅读《雅歌》以及《圣经》中的其他书卷是陈梦家在"孤独和挫折"时期的一种内心需求。④他将美丽女性的身体置于最大可能的基础上。在他看来，这就是肉体的上帝的姊妹。⑤ 其他的中国诗人或剧作家多认为，书拉密跟她无名的牧羊人是创造性效仿的对象；而陈梦家与他们不同，对他来说，书拉密与牧羊人呈现的是文学主题、批评性鉴赏或精神享受。跟很多其他诗人特别是新月派的同仁相比，陈梦家是一个更宗教化的诗人。其友人方玮德（1908～1935）称，陈梦家的诗"更热衷于自身个性和诚恳真实感情的

---

① M. Gálik., "Matres dolorosae: Musings over Wang Duqing's 'Before the Madonna' and Guido Reni's La crocifissione dei Cappuccini," in S. Carletti, M. Sacchetti and P. Santangelo, eds., *Studi in onore di Lionello Lanciotti*, Vol. 2 (Napoli, Istituto Universitario Orientale, 1996), pp. 647–669.

② 王独清：《死前》，创造社，1927，第 23～28 页。

③ "Temptation of the Princess: Xiang Peiliang's Decadent Version of Biblical Amnon and Tamar," in Roman Malek, ed., *Influence, Translation and Parallels: Selected Studies on the Bible in China* (Sankt Augustin, Monumenta Serica Institute, 2004), pp. 231–250.

④ 陈梦家：《译序》，载《歌中之歌》，良友图书公司，1932，第 1 页。

⑤ 参见陈梦家《译序》，载《歌中之歌》，第 2 页。

速记。这些典型特征是无法在徐志摩和闻一多的诗集中找到的"。① 陈梦家还自称为"牧师的好儿子"②，只因他从小生长在一个新教家庭中，其父还在上海有名的新教组织"广学会"里任编辑。他学习过一段时间的神学，但并未在这方面有所表现。方玮德说，他的基督教世界观已经融入那些所谓呈现了"无法言语的美"和包含了"最高可能的智慧"的创作中了。③ 即便并不是他所有的诗都表现出了这方面的特征，但至少我所接触到的一首《古先耶稣告诉人》似乎更像教堂里的布道，而不像一首诗歌。④

陈梦家的有些诗跟原始空虚有着密切联系，比如其中一首就出色地描写了《创世记》的前两节："起初神创造天地。地是空虚混沌……"

在原名为《当初》的长诗中，陈梦家开头这样写道：

> 当初那混沌不分的乳白色，
> 在没有颜色的当中，它是美。
> 从大地的无垠，与海，与穹苍；
> 是这白雪一片的雾气，在天地间
> 升起，弥满，它没有方向的圆妙，
> 它是单纯，又是所有一切的完全：
> 我母亲温柔的呼吸，是其中
> 微微的风，温柔是她的呼吸；
> 那亮光是我父亲在祈祷里
> 闭着的眼睛，他与主的神光相遇。
> 呵，我只是微小的一粒，在混沌间
> 没有我自己的颜色，没有分界；
> 那乳白色的一片，多么深远，
> 但我微小的在其中，也无有边缘，
> 我就是那渺渺乳白色间的一点——⑤

---

① 许正林：《中国现代文学与基督教》，第 129 页。
② 许正林：《中国现代文学与基督教》，第 129 页。
③ 许正林：《中国现代文学与基督教》，第 30 页。
④ 《梦家诗集》，新月书店，1931，第 40 页。
⑤ 蓝棣之编《陈梦家诗全集》，浙江文艺出版社，1995，第 167～168 页。

我们必须看到，这首充满神秘色彩的诗跟《创世记》第1章开头和结尾都有关联。"渊面"的混沌和黑暗以及"运行在水面"的神之灵（《创世记》1：2）也都被纳入陈梦家诗歌的考虑范围。诗人就好比另一个参孙（《士师记》13：1～24）、撒母耳（《撒母耳记下》1：1～28）或者施洗约翰（《路加福音》1：5～25、41、57～64）。这首诗跟接下来的两首诗一样，都太长了，没办法在这儿具体分析。它们要比我所知的其他汉语宗教诗歌更加充满神话色彩（大概除了接下来将要分析的海子诗歌），但同时是基督教道德训示的实效介绍。在陈梦家诗意般的想象中，诗人从充满白色薄雾般空虚的天空降临到我们这个世界，并向读者们呈现了其虔诚父亲的遗训：

> 父亲告诉我，要做好孩子，
> 要正直，诚实，信靠我们父上帝，
> 告诉我们木匠的儿子耶稣，
> 他是白胡须老公差遣下世
> 来救罪人的独生子，他是救主；
> 告诉我们他在马槽里出生，
> 在天兵的荣辉，天使的歌中，
> 他降生如同天光降在世上；
> …………
> 他是完全的好人，我们要学他，
> 听他，现在他还要听着我们一裹
> 像香炉顶上喷吐的祈祷，
> 他又接受我们每一个衷心的恳求。
> 但是我奇怪为何这拿撒勒
> 再好没有的圣人，他要穿上
> 敌人嗤笑的紫袍，给他戴上
> 那流血的，荆棘的冠冕，钉死
> 在十字架上，我们救主的收场？①

在这些诗歌出版前一年，另外一位名叫艾青（1910～1996）的中国诗

---

① 蓝棣之编《陈梦家诗全集》，第175～176页。

人写了一首长诗：《一个拿撒勒人的死》。艾青虽然不信上帝，但钦佩基督血腥的自我牺牲精神。他在上海监狱生病期间，于 1936 年 6 月 16 日写下此诗，只因《圣经》可能是那里提供的唯一读物。[①] 这首诗跟艾青之前的冰心、鲁迅和徐志摩（1897 ~ 1931）[②] 诗中对苦难和钉上十字架的耶稣的关注有所不同。在艾青眼中，耶稣是一个救世胜利者、胜利弥赛亚、真正的拿撒勒和犹太之王。犹太之王被殉道者们视为一蔑视术语。但是艾青认为真正的头衔并不是地狱与邪恶力量的征服者，而是他的犹太人民与罗马敌人的征服者。这首诗用《约翰福音》12：24 中的一句话来介绍："一粒麦子不落在地里死了，仍旧是一粒。若死了，就结出许多子粒来。"主题则可用耶稣在最后晚餐中发表的一段长长演讲来概述："我已经胜了世界。"（《约翰福音》16：33）只不过艾青稍做改动以诠释："胜利啊，总是属于我的"[③]，而且诗中并没有提到耶稣在罗马统治者庞蒂乌斯·彼拉多面前说过此话。

艾青诗中重要的两段可以看作《约翰福音》13：31 的简记，接下来的诗节记录了犹大离开最后的晚餐去背叛耶稣之时耶稣正在进行的讲演："如今人子得了荣耀……"到第 14 章第 1 节"你们心里不要忧愁"，最后又回到了第 13 章的最后三节，但是没有提到耶稣教导中最重要的新戒律："我怎样爱你们，你们也要怎样相爱"（13：34）。艾青还在耶稣所讲的关于栽培人的寓言下面划了线，葡萄树每一"不结果子的枝子，他就剪去"（15：2），这与艾青的社会思想更契合。在同样的地方，他还强调了《路加福音》6：20 中提到的有关耶稣的社会教导："你们贫穷的人有福了。因为神的国是你们的。"艾青的诗中这样写道：

> 荣耀　将归于那遭难的人之子的
> ……不要悲哀，不要懊丧！
> 我将孤单地回到那
> 我所来的地方。

---

① A. Bujatti, "Morte di un Nazareno' di Ai Qing," in Findeisen, R. D. and Gassmann R. H. , eds. , *Autumn Floods（Qiu shui）. Essays in Honour of Marián Gálik.*（Bern, Peter Lang, 1998）, p. 643.

② M. Gálik, "Between the Garden of Gethsemane and Golgotha: The Last Night and Day of Jesus in Modern Chinese Literature（1921 – 1942）."

③ 艾青：《一个拿撒勒人的死》，载《大堰河》，文化生活出版社，1939，第 32 页。

一切都将更变

世界呵

也要受到森严的审判

帝王将受谴责

盲者、病者、贫困的人们

将找到他们自己的天国。

朋友们，请信我

凭着　我的预言生活去，

看明天

这片广大的土地

和所有一切属于生命的幸福

将从凯撒的手里

归还到那

以血汗灌溉过它的人们的！

……不要懊丧，不要悲哀！①

艾青还写了一首关于耶稣诞生于一片荒凉平和中的诗——《马槽》。但是在写这篇论文时，我还无缘见到此诗。

艾青阅读了并且非常欣赏《雅歌》，并将其作为长诗《火把》的模型。准确地说，是《一个声音在心里》这一部分的模型。有学者在别处分析过它。②艾青试图通过它将抗日战争困难时期的爱与共产主义革命人性化。

最受《雅歌》影响的中国作家要属沈从文（1902～1988），但是对他的影响主要在小说领域，而非诗歌。我在另外一个地方对此问题给予了关注。③

五

穆旦（1918～1977，原名查良铮）被认为是中国现代诗歌史中最易被

---

① 艾青：《一个拿撒勒人的死》，第 27～29 页。

② 张林杰：《艾青与基督教文化精神》，《烟台师范学院学报》1995 年第 3 期，第 37～41 页。

③ M. Gálik, "The Song of Songs and the New Vision of Love…" See also Wang Benchao: op. cit., pp. 151-164 and Wang Xuefu: op. cit., pp. 144-148.

忽视的诗人。直到去世后，他才开始被研究，才开始被认为是中国现代杰出的诗人之一。

跟其他大多数把《圣经》当作"活水的泉源"（《耶利米书》17：13）之人一样，穆旦并不是一个基督信奉者。对他而言，《圣经》及其故事、教义是值得赞美的事物，其中的文学性、美学性和道德性价值不仅对整个犹太教与基督教世界而且对整个中国来说，都是一种补充。

1940 年，22 岁的穆旦写下了《蛇的诱惑》。他虽然在其中学习了他的前辈们，但是没有选择《创世记》那宏大的一幕，而是选取了亚当、夏娃堕落后的命运。他也没有重述那些神话故事，而是将它们放到了他所处的那个半殖民地国家中，甚至是当代的工业社会中。① 在《创世记》3：23 中，神第一次打发人类"出伊甸园去，耕种他所自出之土"。对穆旦而言，这比第二次放逐要好得多：在我们的时代里，人类发现自己并没有处于大自然的环保中，而是充斥着社会政治的束缚、孤立与寂寞。20 世纪 30 年代末，穆旦在昆明的大学学习期间颇受托马斯·S.艾略特（1888～1965）著作的启发，尤其是艾略特的《荒原》。② 这一现代诗人的伟大诗篇建立在"圣杯故事中渔王的神秘之病以及其土地贫瘠的困境，只有通过命定的拯救者追问神秘问题和表演神秘艺术才能解决"③ 的基础上。穆旦的诗很朴素，不会使用大量的文学知识或现代文学技巧来让读者震惊。穆旦也非常厌烦大城市、汽车、电灯和霓虹灯。不是渔王生病了，而是"德明"夫人即德谟克拉西和光明象征着这个社会走向坟墓。"能知道善恶"（《创世记》3：5）的长满希望之果的大树是现代人类遥不可及的，而新亚当们和新夏娃们的终点充斥着"贫穷、粗俗、荒野、疲惫和苦楚"。④

穆旦于 1942 年 2 月创作的《出发》一诗中，呈现了珍珠港事件后斯大林格勒前线和中国的恶劣环境。他在诗中表达了对上帝的批判，也可以说是怨恨。他声称：

> 在你的计划里有毒害的一环，
>
> 就把我们囚进现在，呵上帝！

---

① 李方编《穆旦诗全集》，香港：中国文学出版社，1996，第 63～67 页。

② 李方编《穆旦诗全集》，第 373 页。

③ H. Gardner, *The Art of T. S. Eliot* (London, Faber and Faber, 1949), p. 85.

④ 李方编《穆旦诗全集》，第 63～67 页。

> 在犬牙的甬道中让我们反复
>
> 行进，让我们相信你句句的紊乱
>
> 是一个真理。而我们是皈依的，
>
> 你给我们丰富，和丰富的痛苦。①

在斯大林格勒战役后，"二战"中的人类又有了新的希望，于是穆旦于1943年又创作了《诗二章》。在第二章中，他呼唤受难前的耶稣和中国的现状，写道：

> 人子呵，弃绝了一个又一个谎，
>
> 你就弃绝了欢乐；还有什么
>
> 更能使你留恋的，除了走去
>
> 向着一片荒凉，和悲剧的命运！②

这首诗是矛盾的，"人子"可能既代指耶稣，也代指穆旦时期的人们。中国的紊乱在这里既跟人类的行为有关，又跟他们内在的精神状态有关。

穆旦之荒凉土地，更准确地说是荒野，与T. S.艾略特的荒原类似。在与1940年的《蛇的诱惑》同年发表的一首《我》中，我们可以发现他与陈梦家的区别。穆旦说，只有母亲的子宫才是他一生中唯一温暖的地方，一旦离开，他就好像被"锁在荒野里"③ 一般。

对受难的强烈感触在穆旦的思想中得以强化，尽管我们对此说法还没有确凿的证据，但是他在阅读完《约伯记》后所创作的诗中有所描写。在1947年的《隐现》中，"让我们看到你，我的救赎主"④ 让我想到这些话语："我知道我的救赎主活着，末了必站立在地上。我这皮肉灭绝之后，我必在肉体之外得见神。"（《约伯记》19∶25～26）穆旦在诗中既道出了自己的心声，同时也道出了那些信仰上帝之人的心声。尽管乍看之际穆旦是受了《传道书》的引导，所以我们可以读出："都是虚空，都是捕风"（《传道书》1∶14），或者"现今的事早先就有了。将来的事早已也有了"（《传道书》3∶15）。他的祈祷听起来更像是贫穷受苦的约伯。但是不同于约伯的控诉的是，

---

① 李方编《穆旦诗全集》，第150～151页。

② 李方编《穆旦诗全集》，第163页。

③ 李方编《穆旦诗全集》，第86页。

④ 李方编《穆旦诗全集》，第234页。

穆旦不断地祈祷。诗人的角色代表着身处荒野中的所有人。这首诗是以如下诗句开头的：

> 在我们的来处和去处之间，
> 在我们的获得和丢失之间，
> 主呵，那日光的永恒的照耀季候的遥远的轮转和山河的无尽的丰富
> 枉然：我们站在这个荒凉的世界上，
> 我们是廿世纪的众生骚动在它的黑暗里，
> 我们有机器和制度却没有文明
> 我们有复杂的感情却无处皈依
> 我们有很多的声音而没有真理①

　　一开始，穆旦祈祷更多神赐予耶稣基督的所谓欢乐或者喜乐；接着，又祈祷当时人们所失去的衷心的痛惜；最后，他还祈祷我们降生时作为礼物收到的自由。就像约伯一样，穆旦请求与上帝对话：

> 主呵，生命的源泉，让我们听见你流动的声音。②

　　整整 29 年过去之后，1976 年，另外一首诗，准确地说是一部诗剧诞生了。它是穆旦在《圣经》遗产影响下的最后作品——《神的变形》。1957 ~ 1958 年的"反右运动"期间，穆旦被打成"反革命"分子，失去了天津南开大学的教学工作，不得不做了三年极其辛苦的工作，像打扫厕所之类。"文化大革命"期间，穆旦的手稿和书籍都被红卫兵们付之一炬，自己也被关进了牛棚，送去农村劳改。③

　　《神的变形》是对《约伯记》在开头所讲的那个关于神会晤他的儿子（即天使）和撒旦（神的另外一个儿子）（《约伯记》1：6 ~ 12；2：1 ~ 6）的神话故事所提问题的最后解答。神在这部书中对自己和自己在天地间所拥有的力量充满了自豪。

　　这部诗剧有四个象征性的符号：神、魔、人和权力。

　　神的出现代表了对历史进程的控制，他推动着前进的巨轮，他赶走了

---

① 李方编《穆旦诗全集》，第 242 页。
② 李方编《穆旦诗全集》，第 244 页。
③ 李方编《穆旦诗全集》，第 397 ~ 400 页。

魔，他是整个宇宙和整个世界的主宰。但是，不知为何，他总觉得他绝对统治的体系有了病。

权力介入神的对话中，并承认他必须对此负责。神极度地迷恋权力是导致其整个统治系统腐败的关键因素。因为过度的权力带来的人心日渐变冷，在那心中有了另一个要求。

魔这次不是在神的许可下尝试去考验约伯，而是作为神的"对手"（非敌人）尽力去帮助人，告诉他把"正义、诚实、公正和热血"做自己的营养。

人对神不满了，但也不相信魔。他表达了自己所确信的一点：他有权去反抗，更有权进入天堂。①

在以上简要分析的两首诗中，这一首显得含糊一些。是否因为神没有回答诗人在《隐现》中的祈祷呢？或是因为他对自己的遭遇不满呢？

不管怎么说，我们还是将穆旦看作中国人中受《圣经》遗产影响最深刻的一位哲学诗人。

六

蓉子（1928~ ）跟陈梦家相似，是一个新教牧师的女儿。她从孩童时起就每天阅读《圣经》的章节作为晚祷和沉思的一部分。我有机会复印了她"个人"的《圣经》②来研究她在1964~1995年这30多年间亲手画线的一些章节，而且很快发现这些下划线大多是在《诗篇》里面。蓉子比较特别的地方是，尽管能在她的诗中挖掘出宗教感情和信仰，但很少能一眼看出《圣经》的影响所在。在《雅歌》中，没有一首诗被蓉子画线。她虽然欣赏《雅歌》的诗性，但是1995年11月至1996年1月我待在台北时，在几次会面中她指出《雅歌》不如《圣经》中其他篇目富有哲理性。吸引蓉子注意力的并不是传统上大卫王的著作，而是其子所罗门的书——《传道书》。在这一点上，蓉子跟穆旦相似，但是跟他不同的是，虔诚的蓉子强调的是基督教而非原始希腊－犹太教观点中的空虚。她并未对《传道书》产生怀疑。我曾

---

① 李方编《穆旦诗全集》，第353~356页。同见鲍昌宝对穆旦这首诗以及其他诗有趣而又深刻的分析：《穆旦与〈圣经〉》，《中国比较文学》2001年第4期，第103~114页。

② 这本是原版国语《圣经》，香港和台湾圣经公会（The Bible Societies in Hong Kong & Taiwan），1964。

经在其他地方写过《圣经》中这部书对蓉子的影响问题。①

《传道书》之外的另一部书《约伯记》却对台湾的另一位女诗人斯人（1951～）产生了重大影响。斯人本名谢淑德，其集子《蔷薇花事》由著名诗人余光中（1928～2017）作序。斯人对宗教诗人们的文学初爱似乎是但丁，而且她是从佛教徒转变为基督教徒的。斯人就像许多中国诗人一样，不管是男性的还是女性的，喜欢将祈祷作为一种文学形式。在她的《晚祷》中，我们可以看到如下诗句：

> 善与恶到此并无分别
>
> 除了这心萎缩成真理
>
> 在黑暗里，我感知你
>
> 神啊，可怕的存在把我压碎②

善良和邪恶是世界的一部分。《约伯记》是关于邪恶、受难和怀疑论的，特别是前两个方面是斯人对这本书的兴趣所在。斯人不太关注最后一点，因为从她对基督教的理解来看，约伯在所受的苦难下并没有产生怀疑，相反是要撒旦对此负责。斯人觉得最重要的是约伯的性格，他树立了一个人类典范——虽然受难，却并没有抱怨掌控在神手中的命运。约伯问他的妻子："嗳，难道我们从神手里得福，不也受祸吗？"（《约伯记》2：10）

当尝试在约伯受难的背景下表达她主要的悲痛时，斯人在思维中恐怕充满着自我意识：

> 我的根长到水边，露水终夜沾在我的枝上
>
> 一滴滴的降落心头，无可奈何
>
> 神的智慧还是降临
>
> 那爱我最深的，折磨我也最苦
>
> 惟愿我的心被试验到底③

---

① M. Gálik, "Die zeitgenösische taiwanesische Dichterin Rongzi und das Buch Kohelet," *China heute* (Sankt Augustin) 16, 1, 1997, pp. 23–27.

② 斯人：《蔷薇花事》，台北：书林书局，1995，第192页。

③ 斯人：《蔷薇花事》，第189～190页。比较约翰·马尔科姆在《中国笔会》的译作，1995年第4期，第15～16页。

《约伯记》中的神不是爱之神，而是考验之神。凯瑟琳·J.戴尔认为，约伯的"神是独裁的"。① 斯人很有可能从基督意识的角度理解了约伯，因为"神就是爱"（《约翰一书》4：8）。她将最伟大的爱和最伟大的痛结合起来，而没有重复约伯的申述："其实，你知道我没有罪恶。"（《约伯记》10：7）我们人类如果在最高却非独立的法官面前没有自我辩护的可能性，又如何对神的裁判满意呢？

这种思考方式在斯人阅读和创造性地塑造《雅歌》时也得到了运用。她把自己想象为一个现代书拉密，根据诗歌的第5章第2节的诗句："因我的头满了露水，请看我的头发被夜露滴湿"，她写下了：

> 这是何等的滋味爱情的试探痛苦而美妙
> 耶路撒冷的众女子阿，我嘱咐你们我因爱成疾
> 约伯用瓦片刮除着毒疮圣泰丽莎在疯狂的悲伤
> 上帝把他所爱的圣者交付了撒旦为什么这是为了什么
> 伟大就在于这是个秘密②

斯人没有提供这个神秘的答案，因为令人满意的答案几乎是不可能的。

夏宇（1956～）是比斯人年少的同胞，对《雅歌》却持有一种完全不同的看法。在她的诗歌《我所亲爱的》中，作为女权主义和后现代主义女诗人的夏宇除去了《雅歌》文本的神性。她的诗以引用第2章第7节开始："耶路撒冷的众女子啊，我指着羚羊或田野的母鹿，嘱咐你们，不要惊动，不要叫醒我所亲爱的，等他自己情愿。"诗的中间，夏宇对从她爱人身体里出来的"软物的迸发"感到作呕；在诗的结尾，她还诅咒他剪指甲以及"所有其他坏习惯"。夏宇不仅没有赞颂美丽和苦难，而且到最后也没有提及，但是她却说"再也没有比对美丽更大的怨恨了"③，而爱甚至一点儿都没有被提到。

---

① K. J. Dell, *The Book of Job as Sceptical Literature* (Berlin-New York, Walter de Gruyter, 1991), p. 174.
② 斯人：《蔷薇花事》，第193～194页。
③ 夏宇：《备忘录》，台北：地下出版物，1984，第36～38页。有兴趣的读者若想知道更多关于夏宇、蓉子和斯人的，可参见 M. Gálik, "Three Modern Taiwanese Poetesses (Rongzi, Xia Yu and Siren) on Three Wisdom Books of the Bible," *Asian and African Studies*, n. s. 5 (1996) 2, pp. 113–131.

七

海子（1964～1989）是在阅读《圣经》时受其影响并对中国现当代诗歌做出或多或少贡献的诗人中最年轻的一位，也是由他结束了这一队列。跟其他中国诗人比较起来，他对《圣经》的态度显得更为复杂。他对古印度教义、佛教和伊斯兰教都感兴趣。① 他阅读了《新约》，然后才是《旧约》。② 《圣经》中的《雅歌》似乎是他最钟爱的著作。

《葡萄园之西的话语》描写了一位拥有"黑色漂亮脸蛋"的中国少女，意思是说她是"黑而秀美"的（《雅歌》1：5）。整个风景不是《雅歌》中的春天，而是冬天；恋人们的床也不是绿色的、布置在花园中的，而是随时准备带他们到另外一个世界的棺材。③ 海子从自己的角度将结局安排为抱着《圣经》自杀。④

有未完成的"史诗"之称的《太阳·七部书》被认为是海子最杰出的作品，它歌颂了太阳、神、天堂和大地。在最后一部分中，我们可以看出一张连接上帝和天地的天梯图。据雅各的梦来讲，神"站在"这架天梯上跟他说话（《创世记》28：13～14）："我是耶和华你祖亚伯拉罕的神，也是以撒的神。我要将你现在所躺卧之地赐给你和你的后裔。你的后裔必像地上的尘沙那样多，必向东西南北开展。地上万族必因你和你的后裔得福。"这些话鼓励了他们，在这之后还有来自弥赛亚对未来的承诺，或许这部分被称为《太阳·弥赛亚》就缘于此。在天梯上爬上爬下的也不是神的天使们，而是四个人——铁匠、石匠、木匠、猎人，以及大自然的元素之一——火。⑤ 诗人自己就好像是天地之剧的目击者，而且还像一个玩弄各种来源中的创作神话工具的神话制造者。尽管《圣经》看起来是最强烈的来源，但也只是来源之一而已。至少，海子的朋友西川（1963～）指出，海子有关爱的观念和水是母性的典型元素的灵感来自《新

---

① 更多有关其意识形态的背景资料可以参见王本朝《20世纪中国文学与基督教文化》，第245～255页。
② 西川：《怀念》，载西川编《海子诗全编》，生活·读书·新知三联书店，1997，第9页。
③ 《海子诗全编》，第197页。
④ 西川：《怀念》，载《海子诗全编》，第7页。
⑤ 《海子诗全编》，第809～830页。

约》，而权力的观念和火是父性的典型元素的灵感来自《旧约》。① 海子对太阳的强调让人想起古埃及法老埃赫那（约前 1375 ~ 前 1358）对太阳的赞美和郭沫若早期的诗歌（海子可能读到过），还有他在诗歌创作之初所描写的待在阿尔的文森特·梵·高。②

西川还谈到当代的中国文学史家们会需要一段相当长的时间来对海子为中国诗歌所做的贡献给一个恰当的评价。③ 或许他是对的，因为海子的语言和风格对于读者们来说是易懂的，但是对于评论家们来说是困难的。海子似乎将自己看作新宇宙和超凡天堂的造物主。对新宇宙，他在《太阳·弥赛亚》中写道：

> 升出大海
> 在一片大水
> 高声叫喊"我自己"！
> "世界和我自己"！
> 他就醒来了。
> 喊 喊着"我自己"
> 召唤那秘密的
> 沉寂的，内在的
> 世界和我！召唤，召唤④

主人统治着整个宇宙中顺从他的七十个王，我们的诗人作为神的天使站在天梯上（并不像站在梯子上的上帝）对他自己和他的读者说：

> 我站在天梯上
> 看见我半开半合的天空⑤

---

① 西川：《怀念》，载《海子诗全编》，第 9 页。

② 《海子诗全编》，第 4 ~ 5 页。

③ 西川：《怀念》，载《海子诗全编》，第 9 页。海子这部分的诗可参见叶蓉《浅论基督教影响在 20 世纪中国文学中的两个高潮》，"迷恋与理解：中国和欧美国家的精神互惠"国际会议发言稿，斯洛伐克：莫勒尼茨基城堡，2003 年 2 月 21 ~ 25 日。叶蓉：《论〈圣经〉对文革后几位朦胧诗人的影响》，《基督教文化学刊》2003 年第 10 辑。可比较她最近的文章《从朦胧诗到中国当代诗歌王国中的祭祀羔羊》，《亚非研究》2005 年第 14 卷第 1 期，第 56 ~ 65 页。

④ 《海子诗全编》，第 805 页。

⑤ 《海子诗全编》，第 815 页。

除了海子，还有其他一些诗人将《圣经》作为一种灵感来源。奚密（Michelle Yeh）在她的文章《当代中国的"诗歌崇拜"》（The "Cult of Poetry" in Contemporary China）中对此做了主要论述。① 这些诗人在中国官方出版机构之外发行了他们的著作，在海外是很难得到这些资料的。因此，他们值得引起读者和研究者们的共同关注。

在世界宗教名著中，《圣经》作为现代甚至是当代中国诗歌最重大的灵感宝库的地位是不容置疑的。尽管本中存在一些例外，但是 20 世纪 20 年代至 40 年代的大多数诗人都被研究并呈现给了读者，而 20 世纪下半叶的情况仍需要有研究者告诉我们，在这个时期西方最具影响力的《圣经》对中国当代诗歌和文学作品所产生的总体影响。

（李燕　译）

（本文曾发表于南京大学中国现代文学研究中心主编《中国现代文学论丛》第 1 卷第 2 辑，上海人民出版社，2007 年，稍有修正。）

---

① 　奚密：《当代中国的"诗歌崇拜"》，《亚洲研究杂志》1996 年第 55 期，第 51~80 页。

中国现代文学对爱情的全新书写与《雅歌》[*]

——论希伯来与中国文学的互动

自 19 世纪 20 年代以来的诸多《圣经》汉语译本，无论文言版，还是白话文版，特别是在 1919 年五四运动中首次向中国读者呈现《旧约》与《新约》全貌的官话和合译本《旧新约全书》，都未得到充分研究，而且它们对中国现代小说、诗歌和戏剧等文学种类的深远影响也往往被忽视。

L. S. 罗宾逊（任职于萨克拉曼多市的加利福尼亚州立大学）的创新之作《双刃剑——基督教与 20 世纪中国小说》出版于 1986 年，其见解既让西方人耳目一新，又随着 1992 年该书中文译本的面世而给台湾、中国大陆乃至整个汉语世界的读者带来了惊喜。尤其是在中国大陆，学者们受到罗宾逊启发，纷纷在 20 世纪 90 年代撰写出了不少相关文章，数本此类著述也在 1995 年以后出现于国内市场上。从罗宾逊这本专著的标题来看，它首先聚焦于短篇小说（fiction），但长篇小说（novel）也是其进行学理关注的对象。在诗歌方面，南京大学的马佳在他那本 260 多页的著述中仅用不到两页的篇幅来论述冰心（1900～1999）的诗①，相比之下，剧作家曹禺（1910～1996）在马佳的书中稍受关注。② 上海师范大学的杨剑龙则更多地谈到了冰心，但未提及曹禺。③ 直到广东暨南大学王列耀的专著出现后，

---

* 原文 "The *Song of Songs* and the New Vision of Love in Modern Chinese Literature: An Essay in Hebrew-Chinese Interliterary Process"。

① 马佳：《十字架下的徘徊——基督宗教文化和中国现代文学》，学林出版社，1995，第 44～45 页。

② 马佳：《十字架下的徘徊——基督宗教文化和中国现代文学》，学林出版社，1995，第 44～45 页。

③ 杨剑龙：《旷野的呼声——中国现代作家与基督教文化》，上海教育出版社，1998，第 32～47 页。

中国现代戏剧与基督教的关系才开始被充分论述，其书的最后一章全篇讨论《圣经》与某些剧作家的创作的关联，除"必不可少"的曹禺之外，还包括向培良（1905～1961）和欧阳予倩（1889～1962）。[①] 在论及诗歌乃至《雅歌》的著述中，最佳者当属20世纪末西南师范大学王本朝的《20世纪中国文学与基督教文化》。此书既为20世纪的相关研究作结，又收录了许多材料并提出自己的见解，从而为21世纪初期乃至更长时期内的《圣经》对中国的影响研究奠定了目标和基础。在此，还有必要提及另一本关注《雅歌》的论著，其作者王学富从某种饶有趣味的视角出发论述《雅歌》与沈从文（1902～1988）的关系。[②]

一

1920年12月，周作人（1885～1967）做了题为《圣书与中国文学》的讲座，他借此指出《圣经》堪称当代中国文学的典范。听者中的众多师生或许都将此视为不可思议。中国文学的土壤已在更为精心地准备植入古希腊罗马文学、古典主义、浪漫主义、法国象征主义、俄罗斯现实主义乃至稍后的现代文学颓废主义。人们极可能尚未发觉在提倡运用白话、反对文言的这场运动中，当时新近出版的官话和合译本《旧新约全书》正是一个不可多得的绝佳文本。除了许多学生和教师，更有将研读《圣经》故事作为必修科目的旧式男子教会学校，而其中至少有相当一部分人在这种阅读中受益匪浅。周作人在他的讲座中提出，要创造一种不同以往的"牧歌"和情歌，使其接近希伯来文学之风格；从文学和美学的视角出发，《雅歌》又显然是其中最为重要和宝贵的组成部分。在《圣经》的所有篇章里，周作人最热衷于叙述的是《雅歌》。在讲座上，他引述《雅歌》第2章第15节，指明官话和合译本中白话文的简明与文学之美：

> 让我们擒拿狐狸，就是毁坏葡萄园的小狐狸。因为我们的葡萄正在开花。

---

① 王列耀：《基督教文化与中国现代戏剧的悲剧意识》，暨南大学出版社，1998，第191～236页。

② 王学富：《迷雾深锁的绿洲》，新加坡：大点子出版社，1996，第144～157页。

周作人的另一篇文章——《旧约与恋爱诗》则基于乔治·F. 谟尔《〈旧约〉之文学》(伦敦，1919)一书的第24章。谟尔认为《雅歌》的价值"全部"在于它是一种文学的篇章，它以爱情的颂歌传达出道德的训诫：

> 求你将我放在你心上如印记，带在你臂上如戳记。因为爱情如死之坚强；嫉恨如阴间之残忍。(《雅歌》第8章第6节)

"这真是极好的句子，"周作人写道，"是真挚的男女关系的极致。"[1]

而在《〈文学论〉译本序》中，周作人甚至以某种夸张方式论述道："在我看来，希伯来《圣经》中只有两本书是不老的，它们是《雅歌》和《传道书》，一如中国《诗经》中的《国风》和《小雅》。"[2]

还有三位中国文人——其中两位是作家，另一位是诗人，进一步阐述了《雅歌》在中国20世纪二三十年代的文学影响。与周作人的情况相仿，此中亦贯穿着美国"圣经学"的媒介作用。R. G. 摩尔登在他的著作《〈圣经〉的现代读者》(1899年在波士顿出版发行)中用英语翻译了《雅歌》。因此，这三人均是《雅歌》译介到中国的另一种途径的翻译家。

在这三人里，首先是许地山(1893~1941)。他曾于1921年10月23日在北平燕京大学神学院做过一场讲演，基本追随摩尔登的分析，随后又重译摩尔登的注本并将其发表于1921年12月的《生命》杂志上。[3] 这本刊物还在1921年11月登载了他对该译本的介绍。[4]

该刊物成为20世纪20年代初传播基督教的一种别样的途径，它似乎在30年代初甚或更早之时都是罕见的，且另一位作家兼译者——吴曙天(1903~1946)很可能从未听闻许地山相关讲座及其翻译活动。这或许令人难以置信，但在吴曙天编纂的中英对照译本中的确没有提及许地山。此书的英文部分采用钦定本《圣经》，却把它划分为五个部分(或称为五个时期)，每部分都有为其勾勒、刻画出特质的几行引言。中文部分则采用

---

① 周作人：《旧约与恋爱诗》，载《谈龙集》，开明书店，1927，第248页。

② 王本朝：《20世纪中国文学与基督教文化》，安徽教育出版社，2000，第83页。

③ 许地山：《雅歌新译》，《生命》1921年第2卷第5期，第1~8页。

④ 许地山：《〈雅歌新译〉绪言》，《生命》1921年第2卷第4期，第1~8页。

官话和合译本，并附以例外之词来介绍文本中的有异之处。全书还配有吉尔伯特·詹姆斯的八幅插图。睿智周到的吴曙天先生还将周作人的《圣书与中国文学》、哈夫洛克·蔼理士（1859～1939）1918 年以来对《雅歌》和《传道书》所做的一个短篇论述等有关文章补充进这本小册子里。本文前述周作人的论断正是引用自这篇文章。这套卷册还录入转载了冯三昧笔下的一篇短文。冯三昧也主要遵循摩尔登教授的论点，且强调这样一种观点："《圣经》是西方文学之花，而《雅歌》是《圣经》之花。"① 尽管如今时移势异，《雅歌》仍是一部伟大的诗歌作品，其文学生命"依然延续于我们这个世纪"。冯三昧的主张即使在当时的中国也是正确合理的，但他大概没有察觉到这一实情。而最后的、影响相对长远的论点仍然是在学者研读了摩尔登的著述之后才产生的。

以摩尔登的著述作为创作和论述之基础的第三位中国文人是知名的新月派诗人陈梦家（1911～1966）。这本小册子面世时，发行量即达到 8000 本，作为一本文学作品，这一数字在 20 世纪 30 年代初的中国已经相当可观。它很可能是最好的《雅歌》中文译本。作为牧师之子，陈梦家自孩童时代起就开始阅读《圣经》。与蔼理士和周作人相比，他自成一体（至少我这样认为），而并非一个无名的译介者。他视《约伯记》和《雅歌》为世界文学伟大珍品中的两大支柱。陈梦家在译序中阐释了他对《雅歌》七个部分（摩尔登书中并非七个部分）的理解。他对诗的分析比冯三昧和许地山更为生动而深刻。对他而言，阅读《圣经》，尤其是《雅歌》，无论如何都是"孤独和挫折"之时的一种内心需求。② 且在他看来，对美丽女性的肉体之爱相配于对上帝的精神之爱。他认为女人是肉体的上帝，而肉欲必然不可分离于两性之爱。陈梦家序言中的第一段引文呈示了美丽与享乐紧密相连：

> 你的头在你身上好像迦密山，你头上的发是紫黑色……我所爱的，你何其美好，何其可悦，使人欢畅喜乐（第七章第 5～6 节）。

但陈梦家在分析中并不仅仅强调肉身之爱。《雅歌》第 8 章第 6～7 节表明肉体与精神之爱必须结合，它们所形成的这种联合体至少如死之

---

① 冯三昧：《论雅歌》，载《雅歌》，吴曙天译，北新书局，1930，第 29 页，

② 陈梦家：《〈歌中之歌〉译序》，载《歌中之歌》，良友图书公司，1932，第 1 页。

坚强，其对立面则如阴间之残忍。《圣经》里这最富诗意之篇章的影响就在于它揭示了爱情的本质——肉体与精神的结合。我稍后将论及这一点。

二

《雅歌》将一种崭新的隐喻式表达传入中国，这一点在 20 世纪之前还大多被人忽略。女性的肉体成为纯洁抒情诗的主题，伴着些许情欲的色彩，却无色情之嫌，这是旧式中国文学中的普遍现象，尤其是在长篇小说和短篇故事中。描写女性的裸体则是传统中国文学和艺术批评所公认的一种文学禁忌。我们能够在文学中找到一些因佛教影响而产生的描写女性之美的生动范例，但这些女性通常声誉不佳，她们把部分衣物撇在一旁，往往袒胸露乳，引诱她们所期待的情人或丈夫。例如，她们的猎物包括吴承恩（约 1500～1582）笔下的孙悟空（《西游记》），身为周朝文王之子、武王（公元前 1046 年至公元前 1042 年在位）之兄的童贞男子伯夷考。在小说《封神演义》中，伯夷考是一位"圣徒"般的英雄，他教授妲己——殷朝最后一位统治者帝辛（公元前 1075 年至公元前 1046 年在位）之妃——弹奏古琴。她为他充满阳刚之气的身体着迷，喜欢他把玩她的生殖器。两人的幽会终于以伯夷考被碎尸万段而告终。关于杨贵妃的某些描述则具有相当的美学价值，她是唐朝玄宗皇帝的宠妾，有白居易（772～846）的长诗《长恨歌》为证。她更相似于荷马史诗《伊利亚特》中的海伦，而非《雅歌》中的书拉密。杨贵妃在兵士们的激愤中被迫自缢，而书拉密在拒绝所罗门王的追求之后，回到她那"香草山之上"的葡萄园，与无名的牧羊人相依。

中国传统小说存有大量篇幅来描写女性的身体，但它们通常基于色情目的。在另外一些中国文学的伟大作品里，从此视角出发，最有代表性的作品当属一位匿名作者笔下的《金瓶梅》。必须指出，提及《雅歌》对现代中国文学的深远影响，就不可不谈到奥斯卡·王尔德的《莎乐美》在其中所起的中介作用。对现代中国剧作家而言，尤其如此。

大概在周作人正考虑要将《圣经》作为一种可能的资源译介给现代中国文学的一年前，当时最杰出的戏剧家之一——田汉（1898～1968），正在致力翻译王尔德的《莎乐美》。① 他于 1920 年 2 月 5 日完稿，那时他或许还未预见到它的影响力。《莎乐美》与《圣经》密不可分，而且它当然也无法摆脱《雅歌》对男性及女性之美的描写，无法超脱其中最重要的角色——书拉密和她的良人。

田汉的朋友郭沫若（1892～1978）是这个未出版译稿的首批读者之一，他由此写下一首名为《蜜桑索罗普之夜歌》的诗，献给该书的作者和译者。全诗开端的格言即出自王尔德的这出独幕剧。② 至少在我看来，郭沫若这次更着迷的其实是奥布瑞·比亚兹莱的插画，其中最重要的一幅就是宣传全剧、展现莎乐美及其崇拜者年轻的叙利亚军官之面貌的《孔雀裙》。在郭沫若 1923 年创作《卓文君》和《王昭君》这两个剧本时，情况有所不同。《莎乐美》对《王昭君》的影响尤其显著。王昭君是一位历史人物，公元前 33 年，她被汉元帝远嫁匈奴可汗。元帝的御用画家毛延寿将她画成了一个丑女，因为她不愿贿赂他。元帝由此没有在宫廷中召见过她，因此当她作为与蛮夷和亲的新娘面见皇帝时，元帝为其美貌震惊。王昭君在愤怒之下扇了毛延寿一记耳光。她甚至拒绝与他一起撒谎，即使这个建议能够挽救她。当王昭君即将远行去匈奴时，皇帝将画家斩首，一如王尔德笔下的莎乐美，他亲吻着毛延寿首级的脸颊（而非嘴唇），以此作为他这段异常之爱的讯号，对象并不是画家，而是这位被他错过的美丽妃子。

下面是汉元帝独白的摘录：

> 哎，匈奴单于呼韩邪哟，你是天之骄子呀！……（把毛延寿首置桥栏下，展开王昭君真容，览玩一回，又向毛延寿首）延寿，我的老友，你毕竟也是比我幸福！你画了这张美人，你的声名可以永远不朽。你虽然死了，你的脸上是经过美人披打的。啊，你毕竟是比我幸福！（置画，捧毛延寿首）啊，延寿，我的老友！他披打过你的，是左脸吗？还是右脸呢？你说吧！你这脸上还有她的余惠留着呢，你让我来分你一点香泽吧！（连连吻其左右颊）啊，你白眼盯着我，你诅咒我在今年之内跟你同去，其实我是跟你一道去呀。啊，我是已经没有生意了。延寿，你陪我在这披庭里再住一年吧。（置首卷画）我要把你画的美人挂在壁间，把你供在我的书案上，我誓死不离开这，

---

① 王尔德：《莎乐美》，田汉译，《少年中国》1921 年第 2 卷第 9 期，第 24～51 页。

② 郭沫若：《蜜桑索罗普之夜歌》，载《女神》，上海泰东图书局，1928，第 199～200 页。

延寿，你跟我到掖庭去吧。（挟画轴于肘下，捧毛延寿首，连连吻其左右颊，向掖庭步去）①

如果郭沫若的这些剧作没有受到《圣经》里书拉密的直接影响，那么至少在其他的两部戏剧中，我们能够十分清楚地发现书拉密式的生活描写。我认为向培良 1927 年撰写的《暗嫩》② 和苏雪林（1897～1999）1935 年创作的《鸠那罗的眼睛》③ 便具有这种倾向。

既然我已在别处多次论及它们，且近年来中国批评家也对此进行过分析④，所以我在此就只介绍最为精要的信息。向培良的这出独幕剧取材于《旧约·撒母耳记下》第 14 章，表现了大卫王（公元前 1010 年至公元前 970 年在位）长子暗嫩与同父异母的妹妹他玛的爱情悲剧，他们以声名狼藉的情事为起点，直到所谓近亲间的乱伦。向培良的剧作并未叙述乱伦，但表现了这位异母长兄爆发狂躁症之后的异常行为。弗洛伊德曾剖析过这种精神错乱的症状。⑤《雅歌》是其主要的灵感来源，而暗嫩的求爱也受书拉密隐喻式表达的影响。此处所表达的爱既包含精神，亦涉及肉体，始终洋溢着热情，但终因男性主人公的精神症结而在整体上归于失望。

至于苏雪林的那个剧本，则很可能是她最优秀的作品，它具有另一种倾向。剧中，书拉密式的赞美对象和被诱惑的目标并非一位女英雄，而是印度孔雀王朝著名佛教统治者阿输迦（公元前 272 年至公元前 232 在位）的皇储鸠那罗。这也是一段不伦之恋。当然，那些不符合伦常的爱情早已在《旧约》中得到了展现。

三

《雅歌》的影响无疑可以在中国最杰出的作家之一——沈从文的作品

---

① 郭沫若：《王昭君》，载《三个叛逆的女性》，光华书局，1926，第 23 页。

② 向培良：《暗嫩》，载《沉闷的戏剧》，光华书局，1927，第 44～77 页。

③ 苏雪林：《鸠那罗的眼睛》，《文学》1935 年第 5 卷第 5 期，第 862～883 页。

④ 参见解志熙《"青春，美，恶魔，艺术……"——唯美—颓废主义影响下的中国现代戏剧（下）》，《中国现代文学研究丛刊》2000 年第 1 期。又见 Marián Gálik, "Deviant Love and Violence in Modern Chinese Decadent Drama," in *Asian and African Studies*, Vol. 12, No. 2. 2002, pp. 185–204。

⑤ Sigmund Freud, "The Sexual Aberrations," in *The Basic Writings of Sigmund Freud* (New York: The Modern Library, 1938), pp. 553–579.

中得到体现。沈氏在开始他的文学生涯时，恰有两本书在手：司马迁（公元前145～约前86）的《史记》和《雅歌》。迄今为止，还没有人尝试研究司马迁对沈从文作品的影响。

我们可以在沈从文的诗歌、小说和散文中看到《雅歌》的影响。

让我们从上述第一种体裁谈起。1926年，沈从文写了一首三节诗——《我喜欢你》。这首诗的第一节如下：

> 你的聪明像一只鹿，
> 你的别的许多德性又像一匹羊；
> 我愿意来同羊温存，
> 又担心鹿因此受了虚惊；
> 故在你面前只得学成如此沉默
> （几乎近于抑郁了的沉默！）
> 你怎么能知？①

1987年，这首诗的第一节由美国知名的沈从文专家 C. 金介甫译为：

> Your cleverness is like a deer,
> Your other virtues like a lamb;
> I would caress the lamb;
> But feel to startle the deer：
> Thus do I remain mute before you
> (In silence nearly despondent!)
> How could you know?②

另一首被叫作《颂》的诗亦类似，并且也受惠于《雅歌》中书拉密的叙事风格。这一首诗如下：

> 说是总有那么一天，
> 你的身体成为我极熟的地方，

---

① 沈从文：《我喜欢你》，载《沈从文全集》第1卷，北岳文艺出版社，2002，第166页。
② Jeffrey C. Kinkley, *The Odyssey of Shen Cong-wen*（Stanford：Stanford University Press, 1987），p. 118.

> 那转弯抹角、那小阜平冈；
>
> 一草一木我都知道清清楚楚，
>
> 虽在黑暗里我也不至于迷途。
>
> 如今这一天终于来了。①

金介甫将它的第一节翻译如下：

> It was said a day would come,
>
> When your body would be my most familiar refuge,
>
> Its curves and inches, its mounds and hillocks;
>
> It would like to know each tree, each blade of grass,
>
> And I find my way, though it were dark.
>
> That day has come. ②

就我所知，金介甫在众多沈从文研究者中第一个关注到了该问题。在此，大概就不必为了向西方读者证明这些论断而再赘引关于书拉密的叙述了。

沈从文的抒情散文《西山的月》以《雅歌》对爱的至美宣言为开头："求你将我放在心上如印记，戴在你臂上如戳记。"作者在此文里描述了他所爱女孩的脸庞、眼眸及笑容。

金介甫并不认为自己是《圣经》研究专家，这很可能是他并没有致力追寻《雅歌》对沈从文作品的显著影响的原因。

在这一方面对沈从文作品进行了创造性研究的中国学者当中，王学富和王本朝堪称翘楚。南京的王学富是从事此类研究的第一位学者。王本朝则比他更为出色，他扩展和深化了王学富的研究。

沈从文的"苗族罗曼司"尤其展现了《雅歌》的影响轨迹，例如小说《龙朱》。尽管沈从文认为太阳神阿波罗更酷似龙朱的形象③，但其中对男主人公的身体外观描述与书拉密的牧羊人略微近似。《媚金·豹子·与那羊》也存在类似情形，作品中的媚金是一位美丽的苗女，而她的恋人是一个名为"豹子"的男子。这对恋人在一番相互的折磨之后以

---

① 沈从文：《颂》，载《沈从文全集》第15卷，北岳文艺出版社，2002，第128页。

② Jeffrey C. Kinkley, *The Odyssey of Shen Cong-wen* (Stanford：Stanford University Press, 1987), pp. 118–119.

③ 彭小妍编《沈从文小说选》，台北：洪范出版社，1995，第1~24页。

自杀告终。这种情形与《罗密欧与朱丽叶》尤为接近，但王本朝认为它模仿了《雅歌》。① 在小说《第二个狒狒》中，沈从文两次引用了《雅歌》：

> 耶路撒冷的众女子啊，我虽然黑，却是秀美。如同基达的帐棚，好像所罗门的幔子，不要因日头把我晒黑了就轻看我！②

第二次的引用来自第 7 章。作者仅选用了那些看来最符合他艺术需求的篇章：

> 王女啊，你的脚在鞋中何其美好！你的大腿圆润，好像美玉，是巧匠的手做成的……（7：1）
> 你的颈项如象牙台，你的眼睛象希实本巴特拉并门旁的水池，你的鼻子仿佛朝向大马士革的黎巴嫩塔……（7：4）
> ……你头上的发是紫黑色……（7：5）③

由于沈从文和他那个时代的中国其他作家一样，使用的是官话和合译本，因此这段文字可以被译为如下英文：

> The heart of the king is held captive by this hair!
> How fair and how pleasant art thou, O love, for delights!

有趣的是，由于某些原因，很可能是因为中国关于女性之美的理念，或是出于一些道德上的考虑，我们发现这里并没有提及书拉密的肚脐、肚皮和乳房（像孪生的小鹿或像成串的葡萄），或她那宛若迦密山的头颅。在中国传统文学里，女性身体的这些部位通常被视为禁忌。此外，对于非希伯来审美倾向的作家来说，将一位妇女的鼻子比作迦密山也是非常不恰当的。

或许《雅歌》对沈从文作品之创造性影响的最佳范例是其短篇小说

---

① 王本朝：《20 世纪中国文学与基督教文化》，安徽教育出版社，2000，第 162 页。
② 沈从文：《第二个狒狒》，载《沈从文全集》第 1 卷，北岳文艺出版社，2002，第 373、375 页。
③ 沈从文：《第二个狒狒》，载《沈从文全集》第 1 卷，北岳文艺出版社，2002，第 373、375 页。

《看虹录》，这是钱理群及其学生贺桂梅发现的。[①] 在这里，书拉密的影响是和青凤这个角色密切相关的。青凤是蒲松龄《聊斋志异》中一个艳丽的女子。这可能是沈从文众多作品中最好和最具吸引力的一部，需要对此格外关注。

另一位酷爱《雅歌》并受其巨大影响的中国著名诗人是艾青（1910～1996）。艾青被那些致力研究中国现当代文学与《圣经》之关联的学者搁弃于视野之外，但张林杰和汪亚明这两位批评家例外。张林杰提到了但并没有分析《雅歌》及其诗歌形式对艾青长篇革命诗歌《火把》的影响（更好的表述或许是它们对《火把》第12节"一个声音在心里响"的影响）。在这首诗的第12节，年轻的共产主义英雄呼唤着他的中国书拉密（同样也是一位共产主义者）。在这里，主人公的角色被倒置了，因为在《雅歌》里是书拉密在寻找她的牧羊人：

> 我心所爱的啊，求你告诉我，你在何处牧羊？晌午在何处使羊歇卧？我何必在你同伴的羊群旁边好像是蒙着脸的人呢？（1：7）
> …………
> 我要起来，游行城中；在街市上，在宽阔处，寻找我心所爱的。我寻找他，却寻不见。（3：2）

在艾青的诗《火把》里，年轻的中国男孩唱道：

> 你在那里？你在那里？
> 这么大的地方哪儿去找你呢？
> 这么多的人怎能看到你呢？
> 这么杂乱的声音怎能叫你呢？
> …………
> 无论如何我要看见你啊
> 我要看见你听你一句话
> 只一句话："爱与不爱"
> 你在哪里？你在哪里？[②]

---

① 贺桂梅、钱理群：《沈从文〈看虹录〉研读》，《中国现代文学研究丛刊》1997年第2期，第243～272页。

② 艾青：《火把》，载《艾青全集》第1卷，花山文艺出版社，1991，第395～396页。

20 世纪 50 年代，艾青本人即指出《雅歌》对其诗歌的影响。①

毫无疑问，《雅歌》是《旧约》中最为中国读者广泛阅读了的著作。几乎所有《圣经》领域的研究者，到 20 世纪 50 年代时大都对文学感兴趣，但仅仅局限于当代文学，所以关于书拉密形象对中国大陆和台湾文学之影响，我们知之甚少。我在两篇文章中提到了出自台湾女诗人夏宇及中国大陆当代诗人海子（1964～1989）的两首诗歌。

对于夏宇而言，《雅歌》是一部伟大的古典抒情诗歌，在我们这个所谓后现代的时代里应该用女性主义意识加以分析。她的一首三节短诗（其中一节是对《雅歌》2：7 的引用），是一首圣歌的仿作。她对她的爱人发出辛辣的批判，因为爱人对她的爱的高潮只发生在射精和修剪指甲之时。② 对死于自杀的海子来说，中国的书拉密并不处于春天的花园之中，而是被放置在彻骨寒冷的严冬时节。这对恋人的床绝非充满生机的绿色，而是为他俩准备的棺木。③

结语

《雅歌》无疑是《旧约》全书中对中国现当代文学影响最大的著作。它也很有可能是被中国读者最为广泛接受的著作。诗中那贞洁高雅而又非常自然的爱已经被作家和读者接纳。从我这篇文章中，我们可能已经注意到了这种爱已经被诗人、剧作家和小说家们用不同的方式加以创造性的处理。《雅歌》有助于改变中国抒情诗，特别是与两性身体有关的中国抒情诗之面貌。尽管没有运用歌德在《少年维特之烦恼》中那种诙谐戏仿的方式，但它依然不无裨益。综上所述，它至少在某种程度上有助于创建一种对男女性爱及双方关系的全新态度。

（吴翔宇、余婉惠、邓伟　译）

（本文曾发表于《长江学术》2007 年第 4 期。）

---

① 张林杰：《艾青与基督教文化精神》，《烟台师范学院学报》（哲学社会科学版）1995 年第 3 期。

② Marián Gálik, "Three Modern Taiwanese Poetesses (Rongzi, Xia Yu and Siren) on Three Wisdom Books of the Bible," *Asian and African Studies*, Vol. 5, No. 2, 1996, pp. 124–125.

③ 《海子诗全编》，生活·读书·新知三联书店，1997，第 127 页。

斗士与妖女：茅盾视野中的参孙和大利拉*

茅盾的短篇小说《参孙的复仇》取自《圣经·士师记》第 14～16 章所述故事，我在 1990 年所作的《茅盾小说中的神话视野（1929～1942）》[①]一文中对此关注不足。自东欧剧变之后，学术界开始将视线投向神话性文学主题的解读。由于政治、道德和美学上的重要性，我花了不少精力研究《圣经》中参孙的故事及其在茅盾小说《参孙的复仇》中的改写。[②]

除了中国的一些文学史家和批评家，其他国家的学者很少注意到茅盾具有原创性的文学批评和创作中的神话主题。在本文中，我想指出他的文学创作及批评中神话主题的来源和材料，虽然我并不能就此下断言说，这些作品和《圣经》中参孙与大利拉的故事有直接关系。

在茅盾写出这个故事之前的 20 年里，类似的神话战士参孙（强有力的男子）和大利拉（弱女子）形象已在茅盾的脑海里不断盘桓。他的《神话杂论》[③] 和《北欧神话 ABC》[④] 是对各种神话角色的简短介绍，其中就

---

* 原文 "Mythopoeic Warrior and *Femme Fatale. Mao Dun's Version of Samson and Delilah*"，最早发表在 Irene Eber and others, eds., *Bible in Modern China：The Literary and Intellectual Impact*（Monumenta Serica Institute-Sankt Augustin, 1999), pp. 301–320。

① " The Mythopoeic Vision in Mao Dun's Fiction, 1929–1942"（《茅盾小说中的神话视野（1929～1942)》),《国际南社学会丛刊》1993 年第 4 期，香港：国际南社学会，第 169～178 页；中译文发表在《东北师范大学学报》1993 年第 2 期，第 15～18 页。

② 茅盾：《参孙的复仇》最早发表在 1942 年 12 月 15 日的《文学创作》（桂林），1943 年 6 月收入茅盾的《耶稣之死》（建国书店，1943)，第 100～115 页。罗宾逊（L. S. Robinson）对这两篇小说做过分析，参见 L. S. Robinson, *Double-edged Sword：Christianity & 20th Century Chinese Fiction*（Hong Kong：Tao Fong Shan Ecumenical Centre, 1986), pp. 171–183。

③ 沈雁冰（茅盾）：《神话杂论》，世界书局，1929。

④ 方璧（茅盾）：《北欧神话 ABC》，世界书局，1930。

包括这两类人。像希腊神话里的赫尔墨斯（Hermes）和罗马神话里的墨丘利（Mercury）一样，茅盾把北欧的赫尔莫德（Hermond）称为"神的使者"。① 与此类似，茅盾本人也可被视为这样一个把世界各地的古代和中世纪神话故事带给中国读者的使者。显而易见，成为神话学方面的专家并非他的目的。他要达到的写作效果是：让一般国人能在其可理解的范畴之内，体验到外国神话的诗性内涵。在关于中国神话的文章中，茅盾认为"文学家是（为下一代）保存古代神话的功臣"。②

关于第一类人物——神话中的斗士，至少有两位异国的英雄被茅盾作为民族、公民的忠诚和勇气的典范。在抗日战争全面爆发的前夜，茅盾写作出版了一本介绍七本世界文学作品的批评著作：《世界文学名著讲话》（上海，1936）。他首先关注的是《伊利亚特》和《奥德赛》。③ 与这本史诗的许多研究专家和评论家不同，他对特洛伊王普里阿摩斯（Priam）之子赫克托耳（Hector）的赞赏远胜于希腊第一勇士的阿喀琉斯（Achilles）。在这两个最伟大的英雄决战之前，希腊人攻打特洛伊城已达9年之久。特洛伊城被围困的图景，被投射到20世纪30年代的中国。中国拥有丰富的矿产资源，这令日本垂涎欲滴，后者妄图通过战争建立所谓的"东亚共同体"和虚伪的"东亚新秩序"或"大东亚共荣圈"。日本人的真正目的是使其势力拓展至印度、东南亚和大洋洲一带。④ 茅盾此书中的文章最早发表于1934年9月⑤，正是日本发动"九一八"事变后的第三年，距"一·二八"事变日军炮轰上海（包括茅盾工作的商务印书馆）的非租界区也不过两年多时间。茅盾亲身体验了日本的侵略之恶。作为一个爱国者，茅盾选择了战无不胜的赫克托耳作为中国青年的榜样。他引用了（尽管不是完全忠实于原文）荷马的诗句，那是赫克托耳（即下文中的海克托）的妻子的诀别之词：

———————————

① M. Gálik, "The Messenger of the Gods: Mao Tun and Introduction of Foreign Myths to China," *The Tamkang Review* XIII (1992–1993), 1–4, pp. 639–669. 中文版《诸神的使者：茅盾与外国神话在中国的介绍（1924～1930）》，发表在《茅盾与中外文化》（南京大学出版社，1993），第264～287页。

② 茅盾：《中国神话研究》，《神话杂论》，第5页。

③ 茅盾：《世界文学名著讲话》，开明书店，1936，第1～36页。

④ Hashikawa Bunso, *Japanese Perspectives on Asia: From Dissociation to Coprosperity*；参见 Akira Iriye, ed., *The Chinese and the Japanese: Essays in Political and Cultural Interaction* (Princeton, 1980), pp. 328–355.

⑤ 《中学生》47～48（1934年9～10月），第1～20、1～16页。

> 唉！海克托！不要走！……你是我的父母，我的哥哥，我的丈
> 夫——我一生的依傍！敌人们专打你一个！[1]

随后茅盾甚至更大篇幅地引用了赫克托耳的话，他相信他的儿子将会
成为比他更伟大的英雄，能够守卫家园，他向宙斯和诸神祈祷：

> 神啊，保佑我这儿子，使他将来是特洛伊人中最出色的一个，是
> 一位好心而伟大的王，他将来打仗回来，让人家赞他一声："比他父
> 亲还强"，让他的妈妈听了心里快乐。[2]

茅盾需要的正是这样一位在他的爱国者同胞中罕见的战士形象。[3]

在格波尔（H. A. Guerber）的《古代斯堪的纳维亚神话》（*Myths of the
Norsemen*）中，茅盾找到了他所推崇的第二个斗士。茅盾的《北欧神话ABC》
是格波尔著作的松散译本（或者说编译），最长的一章名为"喜古尔特传说"
（Sigurd Saga）。[4] 喜古尔特是北欧众多英雄的杰出代表。喜古尔特（通常被称
为齐格菲尔德）骑着名为格拉尼的战马杀死了毒龙，并找到了一个沉睡的少
女，在她"身旁有猛火环绕，只有极英勇的人才能走入火中将她唤醒"。[5] 躺
在火圈中心的少女叫作勃伦喜尔特（Brunhild），她看见喜古尔特的第一
眼就爱上了他。勃伦喜尔特讲完她的遭遇后，喜古尔特将他的吸金指环

---

① Cf. Homer, *The Iliad*, trans. by Robert Fagles（Harmondsworth, 1991），p. 210；茅盾：《世
界文学名著讲话》，第13页。

② *The Iliad*, p. 211；茅盾：《世界文学名著讲话》，第13页。

③ 例如茅盾在抗日战争时期的两篇短篇小说。在1937年的《一个真正的中国人》中，茅
盾描绘了一个部分中国人——投降派的典型代表。这个人物强调弱小的中国无力对抗
日本的侵略，害怕敌人夺走他的财物和安逸的生活。在1943年的《报施》中，我们看
到一个从前线归来的士兵，他的乡亲们向他打听数年前参军抗日的一位志愿者的情况，
大家都认为从前线回来的人会了解那个志愿者的一切，他不想在众人面前失去面子，
所以谎称那个志愿者还活得好好的。这个士兵甚至欺骗志愿者的家庭：当他看到志愿
者的老母亲和生病的妻子，他无法告诉他们实情。当士兵被问到为何没有见到志愿者
的信——他总是写信回家——他感到无计可施，就把师长给他的一千元医疗费拿出来给
了志愿者的母亲，声称她的儿子用这个代替了信。这是对一个从没有杀死过一个敌人
（完全不同于参孙）却在很久以前已经死在前线的人的"施报"。第二篇小说和《参
孙的复仇》发表在同一刊物上（《文学创作》第4期，1943年9月），后来编入茅盾的
《委屈》（重庆，1945），第21~38页。茅盾在1943年7月22日前完成的短篇小说中最多
见的人物或许是参孙的对立面。

④ 《北欧神话ABC》卷2，第56~94页。

⑤ H. A. Guerber, *Myths of the Norsemen*（London, 1919），p. 277；《北欧神话ABC》卷2，第74页。

套在勃伦喜尔特的手指上并发誓忠于她。他们在她的家乡成婚。在新的冒险生涯中，喜古尔特离开了勃伦喜尔特的家乡，到了尼伯龙根（Nibelungen）。那里的国王和王后是吉乌克（Giuki）和格林赫尔特（Kriemhild）。格林赫尔特很赏识他，悄悄让他喝下了魔药。于是他忘掉了勃伦喜尔特和自己的誓言，爱上了格林赫尔特的女儿古特伦（Gudrun），随后和古特伦结婚。国王吉乌克去世后，格林赫尔特认为新任国王的王后应该是火焰包围的城堡中的勃伦喜尔特。新任国王是古特伦的哥哥根那尔（Gunnar），他要求喜古尔特帮助他追求勃伦喜尔特。勃伦喜尔特对又有人进入火圈深感失望，没有认出用魔法伪装起来的是她的爱人喜古尔特，但迫于誓言，还是接受他作为丈夫。根据格波尔的说法：

> 喜古尔特同勃伦喜尔特待了三天，他拔出了身上佩带的明亮的宝剑，放在自己和新娘之间。这种异常的行为引起了新娘的好奇，喜古尔特告诉她神吩咐他婚礼应该举行。①

茅盾带着一点弗洛伊德精神分析的色彩，将这段"编译"为：

> 喜古尔特和勃伦喜尔特同住了三天。他的宝刀亮晃晃地出了鞘，放在他的身体与勃伦喜尔特的身体之间。他这不近人情的怪举动很使勃伦喜尔特起疑，喜古尔特则解释说，是神命令要他的婚礼这样举行的。②

显然，茅盾对格波尔段落的"编译"更有人情味和心理深度。茅盾同情勃伦喜尔特，对喜古尔特的作为嗤之以鼻。因此，茅盾用"同住了三天"代替了格波尔的"待了三天"，用"亮晃晃"和"宝刀"代替了"明亮的剑"。对于一对男女，"宝刀亮晃晃地"被拔出鞘所具有的性暗示意味自不待言。茅盾用更合适的"起疑"一词代替了在心理学上不太可信的"好奇"一词（如果我们考虑到在勃伦喜尔特的温暖的床上人类的正常的情感）。茅盾对这个文本的出色改写表现在对格波尔文中"异常的行为"的编译上，通过改写，茅盾把这种行为描述为一种"不近人情的怪

---

① H. A. Guerber, *Myths of the Norsemen*, p. 285.
② 《北欧神话 ABC》卷 2，第 80 页。

举动"。

在第四个早晨，喜古尔特更换了勃伦喜尔特手上的戒指，请她同去尼伯龙根的王庭。勃伦喜尔特按时到达，但尴尬的是：

> 她深爱的喜古尔特坐在旁边，而她未来的丈夫却是根那尔。后来勃伦喜尔特和古特伦发生了争执。古特伦痛斥勃伦喜尔特不够忠诚，并以自己手上的吸金指环为证。勃伦喜尔特对喜古尔特又爱又恨，她要求丈夫的兄弟胡格尼（Hagen）杀死喜古尔特。胡格尼指使另一个兄弟古托姆（Guttorm）在深夜行刺喜古尔特。当勃伦喜尔特看到火堆中喜古尔特的尸体，她将短剑刺进自己的胸膛并要求把她的尸体和以前的爱人同葬，并且"中间则放着喜古尔特的宝刀，一如他们在山上城堡中所过三夜的状态"。[1]

在《参孙的复仇》之前，关于妖女的形象，茅盾的批评和理论著作中有很多材料值得研究。在写作关于《伊利亚特》和《奥德赛》的文章时，茅盾几乎没有注意到海伦。海伦是斯巴达国王墨涅劳斯的妻子，后来却又和特洛伊王子帕里斯私奔。据说这一丑闻正是特洛伊战争的源头。他只引用了第3卷中"海伦检阅八位战士"中的几行，特洛伊的首领们正在互相抱怨，同情双方的战士：

> 无怪希腊人和我们特洛伊人要打了那么多年的仗呀！
> 倾国倾城的貌……
> 话是这么说，到底还不如让她上船回老家吧。[2]

茅盾在《北欧神话 ABC》中与格波尔的原文严格一致的是关于"美及恋爱之神佛利夏（Freya）"的章节。虽然她是太阳神"奥度尔"（Odur）"正式"的妻子，这位"金发碧眼"[3]、喜欢嘲笑人类的女神并非一位冰清玉洁的女性。就像阿佛洛狄忒（维纳斯）及其他很多异教女神一样，"至于神们，正如洛克[4]（Loki）骂佛利夏的话，都曾和佛利夏有过肉

---

① H. A. Guerber, *Myths of the Norsemen*, p. 289；《北欧神话 ABC》卷 2，第 85 页。

② *The Iliad*，《北欧神话 ABC》卷 2，第 133～134 页。

③ H. A. Guerber, *Myths of the Norsemen*, p. 132；茅盾在《北欧神话 ABC》中没有提及她的头发和眼睛的颜色。

④ 北欧诸神中以无赖著称者。

体关系"。①

在1933年1月8日完成的短篇小说《神的灭亡》中，茅盾将佛利夏称为"大淫妇"②，但她不是圣约翰的《启示录》中提到过"地上的君王与她行淫"③的淫妇，而是与众神之父"奥定"（Odin）和他的十二个儿子淫乱的荡妇。而"荒淫秽行"④正是众神灭亡（Ragnarok）的主要原因。在小说中，茅盾重复了洛克对佛利夏的指责，或许这里还包含着某种基督教式的指责，将她写成了"世上的淫妇和一切可憎之物的母"⑤，将之与《圣经》上的巴比伦淫妇同列。

在茅盾的《子夜》中，在上海这个"东方巴黎"的交际圈中，我们发现一位颓废的美人徐曼丽，她在上海的企业家和银行家（而非神）面前表演了"死的跳舞"。随着她张开的胳膊：

> 提起一条腿——提得那么高；她用一个脚尖支持着全身的重量，在那平稳光软的弹子台的绿呢上飞快地旋转，她的衣服的下缘，平张开来，像一把伞，她的白嫩的大腿，她的紧裹着臀部的淡红印度绸的亵衣，全都露出来了。⑥

小说中这位颓废的美人第二次出场是在吴荪甫为她庆祝24岁生日所办的酒宴上。吴荪甫是中国民族资本家的代表人物，他把香槟酒洒在了徐曼丽的头发上，并在她的裙子被海风撩开时盯着看。⑦这部小说的另一个长袖善舞的女子是刘玉英。她不仅美貌还很聪明，擅长利用身体和冷静的头脑获利。上海最富有的那些人是她获取金钱和做其他"交易"的目标。"玉英"的意思是"玉女"，就像左拉《金钱》中的桑多夫夫人一样，这

---

① H. A. Guerber, *Myths of the Norsemen*, p. 137；《北欧神话ABC》卷2，第9页。

② 最早发表于《东方杂志》，1933年2月16日第30卷第4期，第1~7页；后来收入茅盾《春蚕》，开明书店，1933，第239~255页。

③ 《启示录》17：2。

④ 茅盾：《春蚕》，第242页。

⑤ 《启示录》17：5。

⑥ 茅盾：《子夜》，上海教育出版社，1953，第68~69页。《子夜》英译版 *Ziye*，许雄（Hsu Meng-hsiung）和巴恩斯（A. C. Barnes）翻译（Beijing，1957），第67页。

⑦ 《子夜》，第482~487页；*Ziye*, pp. 458~465。

个名字充满了反讽的意味。①

茅盾在他的创作中学习了左拉，但他没有尝试去模仿左拉小说中最放荡的女性：娜娜。茅盾介绍《娜娜》的文章发表在《汉译西洋文学名著》上。他采用的是商务印书馆 1934 年版王了一的译本。娜娜比格波尔和茅盾呈现的佛利夏更加栩栩如生。一只来自巴黎郊区的"金色苍蝇"最终把自己转变成了一种毁灭性的力量。左拉把她的性感，比作在血洗之后的战场上空升起的太阳。她的美丽既不空洞也不纯净如玉，她本人既不聪明也不愚蠢。她就是巴比伦淫妇的现代版。

在同一本书的最后一篇文章中，茅盾分析了王尔德著名的独幕剧《莎乐美》，这个剧本由田汉最早译成《莎乐美》。② 1927 年，徐葆炎译的版本由光华书局出版，这个译本使用了原著中比亚兹莱（Aubrey Beardsley）的 20 幅插图中的 13 幅，因此更充分地向中国读者展示了这部欧洲经典颓废派的作品。希罗底是犹太国分封国王希律的第二任妻子，她的女儿莎乐美试图诱惑在野外讲道的施洗者约翰。莎乐美在希罗底的监狱见到他。施洗约翰称她为"巴比伦的女儿"或"所多玛的女儿"③，将这些放荡的形象加到她身上。王尔德的语言略微不同并较为通俗，但和左拉一样感情充沛，描绘了一种较普遍的文学和艺术主题：1840 年至 1940 年间的妖女（femme fatale）形象。④ 这个作品中的莎乐美和《马太福音》14：6～8⑤ 描绘的莎乐美不同，《圣经》中的莎乐美只是希律的工具，而《莎乐美》中的她这样告诉希律：

> 我并没有听信我母亲的话。我问您要把约翰的头放在银盘里，这是为我自己的快乐。⑥

① Fr. Gruner, *Der Roman Tzu-yeh von Mao Tun*：*ein bedeutender realistisches Werk der neuen chinesischen Literatur*, in *Asian and African Studies*（Bratislava）XI（1975），p. 69.
② 王尔德《莎乐美》，田汉译，载《汉译西洋文学名著》，亚细亚书局，1935，第 219～229、245～250 页。
③ A. Beardsley and O. Wilde, *Salome*, trans. by Lord Alfred Douglas（New York, n. d.），pp. 20-24，书中有 20 幅 A. 比尔德斯雷（A. Beardsley）画的插图。王尔德：《莎乐美》，徐葆炎译，光华书局，1927，第 41～48 页。
④ A. Pym, *The Importance of Salome*：*Approaches to a fin de siècle Theme*, *French Forum* 14（1989），No. 3, pp. 314-315.
⑤ 《马太福音》14：6～8："在希律的生日宴会上，希罗底的女儿以舞蹈取悦希律。希律王许下诺言，可以给她任何想要的东西。莎乐美受她的母亲的指使，告诉希律：'请给我施洗约翰的头。'"
⑥ *Salome*, p. 56；《莎乐美》，第 109 页。

拿到无辜的先知的头之后，她紧紧地"像吸血鬼一样将她的唇贴在约翰的头颅上"。[1] 顺便说一句，在比亚兹莱的插图《梳妆的莎乐美》中，我们可以看到在莎乐美的梳妆台的最底层放着《娜娜》和萨德（Marquis de Sade）的不知名的书。尽管徐葆炎的译本印刷得不太理想，但书中选用的这幅插图的题目还是很清晰的。或许这些插图及其含义引起了茅盾的注意。

1941年珍珠港事件后，茅盾和他的妻子孔德沚从被日军占领的香港回到了内地。在这趟从香港到桂林的充满危险的行程中[2]，《圣经》是茅盾携带的唯一读物。我不确定它究竟是哪个版本，很有可能是"官话和合本"。当然，它也可能是当初张闻天手头那本《圣经》。张闻天是茅盾和他的弟弟沈泽民少年时代的朋友。张闻天的那本《圣经》现存北京的茅盾故居。我们或可以推测茅盾并没有阅读张闻天那本1920年版的《圣经》，因为在抗战期间，它被留在了茅盾的故乡——浙江省乌镇。1996年7月3日至8日在北京举办了"茅盾诞辰一百周年"国际研讨会。茅盾之子韦韬在会上给我提供了上述材料。

让我们回到参孙和大利拉的故事，茅盾在那次行程中可能一再读过这个故事。我在这里引用了钦定本《圣经》中这段"复仇"故事的全部内容（《士师记》16：4～30）：

> 4 后来（之前参孙曾在亭拿和一个女子结合，并在迦萨和一个妓女亲近）参孙在梭烈谷喜爱一个妇人，名叫大利拉。
>
> 5 非利士人的首领上去见那妇人，对她说，"求你诓哄参孙，探探他因何有这么大的力气，我们用何法能胜他，捆绑克制他。我们就每人给你一千一百舍客勒银子。"
>
> 6 大利拉对参孙说，"求你告诉我，你因何有这么大的力气，当用何法捆绑克制你？"
>
> 7 参孙回答说，"人若用七条未干的青绳子捆绑我，我就软弱像别人一样。"
>
> 8 于是，非利士人的首领拿了七条未干的青绳子来交给妇人，她

---

① M. Praz, *The Romantic Agony*, trans. by Angus Davidson, second ed. （Oxford, 1970）, p. 313.

② 茅盾：《茅盾文集》卷8《后记》，载《茅盾全集》卷9，人民文学出版社，1985，第541页。

就用绳子捆绑参孙。

9 有人预先埋伏在妇人的内室里。妇人说，"参孙哪，非利士人拿你来了。"参孙就挣断绳子，如挣断经火的麻线一般。这样，他力气的根由人还是不知道。

10 大利拉对参孙说："你欺哄我，向我说谎言。现在求你告诉我当用何法捆绑你。"

11 参孙回答说："人若用没有使过的新绳捆绑我，我就软弱像别人一样。"

12 大利拉就用新绳捆绑他。对他说："参孙哪，非利士人拿你来了。"有人预先埋伏在内室里。参孙将臂上的绳挣断了，如挣断一条线一样。

13 大利拉对参孙说："你到如今还是欺哄我，向我说谎言。求你告诉我，当用何法捆绑你。"参孙回答说："你若将我头上的七条发绺，与纬线同织就可以了。"

14 于是大利拉将他的发绺与纬线同织，用橛子钉住，对他说："参孙哪，非利士人拿你来了。"参孙从睡中醒来，将机上的橛子和纬线一齐都拔出来了。

15 大利拉对参孙说："你既不与我同心，怎么说你爱我呢？你这三次欺哄我，没有告诉我，你因何有这么大的力气。"

16 大利拉天天用话催逼他，甚至他心里烦闷要死。

17 参孙就把心中所藏的都告诉了她，对她说："向来人没有用剃头刀剃我的头，因为我自出母胎就归神作拿细耳人；若剃了我的头发，我的力气就离开我，我便软弱像别人一样。"

18 大利拉见他把心中所藏的都告诉了她，就打发人到非利士人的首领那里，对他们说："他已经把心中所藏的都告诉了我，请你们再上来一次。"于是非利士人的首领手里拿着银子，上到妇人那里。

19 大利拉使参孙枕着她的膝睡觉，叫了一个人来剃除他头上的七条发绺。于是大利拉克制他，他的力气就离开他了。

20 大利拉说："参孙哪，非利士人拿你来了。"参孙从睡中醒来，心里说，我要像前几次出去活动身体。他却不知道耶和华已经离开他了。

21 非利士人将他拿住，剜了他的眼睛，带他下到迦萨，用铜链拘索他。他就在监里推磨。

22 然而他的头发被剃之后，又渐渐长起来了。

23 非利士人的首领聚集，要给他们的神大衮献大祭，并且欢乐，因为他们说："我们的神将我们的仇敌参孙交在我们手中了。"

24 众人看见参孙，就赞美他们的神说："我们的神将毁坏我们地、杀害我们许多人的仇敌，交在我们手中了。"

25 他们正宴乐的时候，就说："叫参孙来，在我们面前戏耍戏耍。"于是将参孙从监里提出来，他就在众人面前戏耍。他们使他站在两柱中间。

26 参孙向拉他手的童子说："求你让我摸着托房的柱子，我要靠一靠。"

27 那时房内充满男女，非利士人的众首领也都在那里。房的平顶上约有三千男女，观看参孙戏耍。

28 参孙求告耶和华说："主耶和华阿，求你眷念我。神阿，求你赐我这一次的力量，使我在非利士人身上报那剜我双眼的仇。"

29 参孙就抱住托房的那两根柱子，左手抱一根，右手抱一根，

30 说："我情愿与非利士人同死！"就尽力屈身，房子倒塌，压住首领和房内的众人。这样，参孙死时所杀的人，比活着所杀的还多。

关于《圣经》中参孙和大利拉故事的叙述方式和风格特点已经获得了相当充分的研究。特别是詹姆斯·L. 格林肖（James L. Creenshaw）的《参孙：被出卖的秘密和被忽视的誓言》（Samson：A Secret Betrayed, a Vow Ignored）提供了非常深入的研究。也有很多人对《旧约》的叙述方式做了充分研究，此处不再赘述。①

参孙故事的特点是，"说"字作为直接引语的开始，以及运用夸张手法。参孙杀死了三千个非利士人，大利拉和非利士人的首领约定事成之后接受他们每人一千一百个银币。这笔钱是一个"天文数字"和"不可思议的数量"。② 我们知道所罗门的来自埃及的马车价值六百舍客勒（个）银

---

① 这方面有三本非常扎实的研究论著：R. Alter, *The Art of Biblical Narrative*（New York, 1981）；*The World of Biblical Literature*（New York, 1992），M. Sternberg, *The Poetics of Biblical Narrative：Ideological Literature and the Drama of Reading*（Bloomington, 1985）。

② J. L. Creenshaw, *Samson：A Secret Betrayed, a Vow Ignored*（Atlanta, 1978），p. 93.

币，平均一匹马一百五十个。① 另一个叙述的策略是情节发展中不断出现的延宕手法。在有大利拉加入的情节中则涉及一些重复，比如"非利士人拿你来了"这句话和参孙头发的重生。

我无须复述茅盾的参孙故事，它和《圣经》所载的基本没有差别。茅盾的作品或多或少呈现了后五四时期中国现代文学的典型形式。茅盾曾在他的小册子《小说研究 ABC》（上海，1928）中展示了对文学形式的一种思考。这部作品致力思考文学中最重要的部分：人物、结构、环境。茅盾有所选择地借用了波利斯·佩里（Bliss Perry）这方面的观点，后者《小说的研究》（*A Study of Prose Fiction*）于 1902 年面世，1925 年由汤澄波译成中文在商务印书馆出版。②

关于"人物"，茅盾鼓励创作有个性的人物，这种个性不仅仅是对人物的社会、职业、信仰或者其他特点的描绘。茅盾认为仅是有个性的人物"已经可以引起读者的兴趣"。③ 关于"结构"，他强调结构实际上是作品中的"故事"，换句话说是"书中悲欢离合的情节"④，或更准确点说，是围绕小说人物的各种事件及人物之间的相互关系。按照对人物的定义，他把结构分成两种：简单的结构和复杂的结构。《参孙的复仇》则是前者，这个小说用简单结构描绘了两个主要人物在一系列清晰的事件或交织的线索中的遭遇。"环境"则是围绕在人物周围的时代背景、空间及其他自然和社会的具体的内容。茅盾要求作家能够反映时代精神，他还强调了地方性在作品中的重要性，他认为一个作家应该"用极大的努力去认明他所要写的地方的地方性色彩"。⑤ 如果作家要描写历史上的某一地区，他必须研究大量来自书本和其他的相关资料。因此，茅盾还强调为作品中的事件选择准确的社会背景和得体而可信的自然与人文环境。

当茅盾 1942 年下半年在桂林写作《参孙的复仇》时，他没有完全遵循他在 20 年代末提出的这些写作标准。这个短篇小说的第一句是："像一

---

① W. Keller, *The Bible as History*, Second revised ed. （New York, 1988）, p. 218.
② 参见波利斯·佩里《小说的研究》，汤澄波译，商务印书馆，1925。
③ 波利斯·佩里：《小说的研究》，第 93 页。
④ 波利斯·佩里：《小说的研究》，第 100 页。
⑤ 波利斯·佩里：《小说的研究》，第 113~114 页。

尊石菩萨，参孙端然坐在床头，打算给她一个绝对的不理睬。"[1] 我们知道根据佛教传统，菩萨推迟涅槃，投身于一连串的转世之中，为的是帮助所有生灵解脱。[2] 在参孙死时，这种信念已经在印度传播了近一千年。[3] 茅盾将国外和国内的观念时空错乱地混杂在了一起，鲁迅在创作历史和其他小说时也采用了同样的方式。[4] 小说的第三句描写大利拉穿了一件丝质的长皼。[5] 即便是比希伯来人在经济和文化上发达得多的非利士人在当时也不可能知道丝织品，因为丝绸是公元前 53 年才传到了罗马帝国。[6] 到亚洲的传教士可能知道得早些。总之，参孙的时代与丝绸传入其家乡的时间，至少相差一千年。[7]

然而这个故事的环境似曾相识。在我的印象中，茅盾可能熟悉 P. 保罗·鲁本斯（Peter Paul Rubens）的名作《参孙和大利拉》，这幅画现藏于伦敦国家美术馆，在画中参孙枕着"大利拉的大腿"[8] 睡着了，非利士人派来的人剪掉了参孙头上的七绺头发。我这么说是因为茅盾主编过的《小说月报》，曾介绍了大量欧洲著名画家的画作。

这个小说的开头完全忽略了"环境"描写，这在许多《圣经》文本中都很常见。我们可以推断这个事件发生在两个屋子中的一间，因为作者没有提到任何其他的背景。在鲁本斯画中，参孙面部的光或许促使茅盾在大利拉的房间内安置了黄铜的镜台，随后是决定性的时刻："参孙哪，非利士人拿你来了"。等在门口的非利士人将他用铜锁链锁上，剜了他的眼，参孙成了迦萨监牢中推磨的苦工。

茅盾对这个故事加入了自己的理解，其中最重要的是心理分析，或者说是对男主人公的复杂心理状态的描绘。茅盾不在意大利拉的灵魂，他仅

---

① 茅盾：《参孙的复仇》，第 100 页。

② D. J. Kalupahana, *Buddhist Philosophy*：*A Historical Analysis*（Honolulu, 1976），p. 124.

③ D. J. Kalupahana, *Buddhist Philosophy*：*A Historical Analysis*, p. 124. 这和大乘佛教一起都在公元前 1 世纪时兴起。

④ 参见鲁迅《故事新编》。

⑤ 茅盾：《参孙的复仇》，第 100 页。

⑥ L. Boulnois, *The Silk Road*, trans. by Dennis Chamberlin（London, 1966），pp. 7 – 10；G. F. Hudson, *Europe and China*：*A Survey of Their Relations from the Earliest Times to* 1800（Boston, 1961），pp. 58–59.

⑦ 参孙大约生活在公元前 1120 年。

⑧ 茅盾：《参孙的复仇》，第 112 页。

把她出众的"肉体"描绘为"玉体"①，"尖端开锋的毒舌"活像一条蛇。②大利拉的大腿"莹然乳白"③，或者"软绵而滑腻"。④ 她的嘴唇是猩红的⑤，她是一个有着华而不实的诱惑力的"无良而蠢笨的妇人"⑥，性格则"无耻和狠毒"⑦，还比不上参孙之前遇到的那个迦萨的妓女。⑧ 茅盾没有强调她的贪婪，虽然他明白大利拉是为了钱而出卖参孙，她亲吻参孙就像犹大亲吻基督。⑨

《圣经》中只有寥寥几笔描绘参孙的内心状态：由于大利拉的不停逼问"他力气的来源"，"他心里烦闷要死"。茅盾笔下的参孙没有如此烦闷，而是被分裂了：一边是怀疑，一边是对她的爱和好奇心的确信与理解。将近一半的篇幅被用来描绘参孙在大利拉的不断追问时的心理状态和情感。

茅盾的小说对大利拉的三个问题和三个谎言采用了倒叙的手法，参孙对"蛇似的妇人大利拉"⑩满怀疑心。参孙的记忆中闪现出那个曾嫁给他七天的美丽的亭拿女子，这个非利士女子把他的秘密出卖给她的族人，后来"便归了参孙的陪伴，就是作过他朋友的"。⑪ 茅盾小说中此处没有使用那种虚伪的警告："参孙哪，非利士人拿你来了"，而是使用了这一句："他记得明白清楚……"⑫ 没人知道参孙度过了多少幸福的时光，和大利拉有多久的肌肤之亲⑬，但或许还不到一周。茅盾对大利拉的大部分描写都是在三个问题和谎言的情节之中。

参孙撕裂狮子"如同撕裂山羊羔一样"⑭，但是他抵挡不住大利拉的

---

① 茅盾：《参孙的复仇》，第100页。
② 茅盾：《参孙的复仇》，第101页。
③ 茅盾：《参孙的复仇》，第102页。
④ 茅盾：《参孙的复仇》，第102页。
⑤ 茅盾：《参孙的复仇》，第102页。
⑥ 茅盾：《参孙的复仇》，第105页。
⑦ 茅盾：《参孙的复仇》，第104页。
⑧ 《士师记》16：1~3。
⑨ 《马可福音》14：45。茅盾在他的短篇小说《耶稣之死》中提到了犹大之吻，发表在同名著作中，第25页。
⑩ 茅盾：《参孙的复仇》，第106页。
⑪ 《士师记》14：20。
⑫ 茅盾：《参孙的复仇》，第103~104页。
⑬ 茅盾：《参孙的复仇》，第103页。
⑭ 《士师记》14：6。

"又妖媚又泼辣的纠缠"。① 参孙捡起一块在非利士领地上发现的"未干的驴腮骨"，"击杀一千人"②，但他无法经受大利拉放荡的诱惑力。参孙不是《荷马史诗》中的奥德赛——奥德赛精明强干，睿智而审慎——而是一个战士，个人的仇恨完全压倒了冷静的言行。在茅盾的这个故事中，读者遇到了一个在心灵和意识上对大利拉饱含同情的参孙。参孙于是变成了真的菩萨。读者印象中的参孙不再是一副冷漠的表情，但是他因此失去了眼睛、自由，最终失去了生命。"参孙的复仇"以三千非利士人的死来结束。参孙的敌人们死在了他们蔡祀大衮（Dagon）的神庙的废墟中。

茅盾有些部分所用的语言和"和合本"接近。在参孙的三个谎言的情节中清晰可见，例如茅盾写道："如果用七条没有干的青绳子来捆我，我的力气就使不出来"③；"和合本"为："人若用七条未干的青绳子捆绑我，我就软弱像别人一样"。第二次是："用七根不曾用过的新绳子，我就无能为力"④；"和合本"是："人若用没有使过的新绳捆绑我，我就软弱像别人一样"。"和合本"的两句几乎没有格式上的改变。第一句的第二部分仍是第二句的第二部分，反之亦然。茅盾几乎重复了《圣经》中大利拉的警告："参孙，非利士人拿你来了。"只有一处例外，"和合本"中参孙名字后的"哪"没有出现在茅盾的文中。我们已经看到茅盾增添了对大利拉的肉体和参孙心理状态的描绘。关于故事的整体环境，茅盾没有给读者提供更多的新东西，除了将大利拉比作聆听参孙告白的虔诚的教士。⑤ 茅盾省略了一些地方，例如大利拉接受非利士人贿赂的数额，参孙坦白他自娘胎就是"归神作拿细耳人"。⑥ 这两处被省略是因为它们对中国读者而言没有太大意义。参孙死前向上帝所做的两次祷告，只有第一次在轻微修改后写进了茅盾的小说。⑦

茅盾在这篇小说中为国民党统治下的中国读者提供了一个不屈不挠的英雄典范。这篇小说写于珍珠港事件之后的几个月，应该是 1942 年 6 月 4

① 茅盾：《参孙的复仇》，第 106 页。

② 《士师记》15：15。

③ 茅盾：《参孙的复仇》，第 103 页。

④ 茅盾：《参孙的复仇》，第 105 页。

⑤ 茅盾：《参孙的复仇》，第 105 页。

⑥ 《士师记》16：17。

⑦ 茅盾：《参孙的复仇》，第 115 页。

日至 7 日中途岛海战之后写成的。中途岛海战是日军在"二战"期间的首次失败。虽然 1943 年才标志着日本建立大东亚的美梦开始破灭，但 1942年的下半年已经初现希望之光——日军不是不可战胜的。1942 年 10 月 26日，美军在所罗门群岛海战中重创日军。或许正是这时，茅盾在战时粗劣的纸张上写下了这样光明的一笔。这个短篇小说是应著名剧作家和导演熊佛西之邀写成，可能在完成后不久就得以出版。①

在茅盾的小说中，大利拉是一个异国妓女的形象，是一个来自富饶和强大的国家的妖女。这个国家文化发达但堕落。茅盾强调了她有参孙无可抵挡的诱惑力。大利拉作为参孙时代的一个非以色列妇女，生活在迦南的西部海岸，她是"给性道德带来了很大威胁的异国女人"之一。包括非利士人在内的迦南妇女"在行为上很开放，特别是因为她们的宗教鼓励性的开放"。②比起希伯来妇女，她们有更好的化妆品、服饰和各种器具。③ 茅盾对这方面的道德意味不感兴趣。他创作的大利拉是一个带有现代特质的残忍的"永恒女性"的化身，她通过狡猾和老练的手段战胜了最有力量的英雄。④

茅盾在写作《参孙的复仇》之前很有可能没有读过任何有关参孙和大利拉故事的欧洲文学作品，甚至包括弥尔顿的作品。弥尔顿的《斗士参孙》和茅盾的小说最为相像，同样从爱国主义的视角赞颂参孙的英勇。但茅盾没有在文学创作和批评中提及弥尔顿的作品，或许他并没有读过这部戏剧。

茅盾从前述世界文学史上的经典之作中选择了对当时的他最有冲击力的参孙故事。似乎这个故事对他那些信仰共产主义或同路人的朋友们也产生了影响，包括编辑廖沫沙、文学批评家叶以群、翻译家胡仲持等。⑤ 在写《参孙的复仇》的几个月前，茅盾很关注先知以赛亚。而以赛亚与参孙一样，都面对着大量堕落的希伯来人以及外敌的入侵和统治。神告诉以赛亚他的国家充满了"犯罪的国民，担着罪孽的百姓，行恶的种类"⑥，这些人在从前和以后很多次忘掉神的教诲，上帝叫他们受苦，"直到城邑荒凉，

---

① 茅盾：《后记》，《茅盾文集》卷 8，第 543 页。

② J. L. Creenshaw, *Samson: A Secret Betrayed, a Vow Ignored*, p. 81.

③ J. L. Creenshaw, *Samson: A Secret Betrayed, a Vow Ignored*, p. 81.

④ 感谢我的朋友 M. 皮拉佐利（Melinda Pirazzoli）和冯铁（Raoul David Findeisen）提供的相关资料。

⑤ 茅盾：《后记》，《茅盾文集》卷 8，第 541 页。

⑥ 参见《以赛亚书》1：4。

无人居住，房屋空闲无人，地土极其荒凉"。① 1942 年中国的情景和这相似。以赛亚预言中执行上帝意志的刽子手就如在亚洲和大洋洲肆虐的日本人一样：

> 他必竖立大旗，招远方的国民，发嘶声叫他们从地极而来。看哪！他们必急速奔来……他们的箭快利，弓也上了弦；马蹄算如坚石，车轮好像旋风。他们要吼叫，像母狮子，咆哮，像少壮狮子；他们要咆哮抓食，坦然叼去，无人救回。那日，他们要向以色列人吼叫，向海浪砰訇。人若望地，只见黑暗艰难。光明在云中变为昏暗。②

在珍珠港事件和斯大林格勒战役之间，中国和世界仍有希望，正像亚伯拉罕的子孙以撒和雅各在漫长的历史中所经历的，甚至现在和以后还会重现：

> 末后的日子，耶和华殿的山必坚立，超乎诸山，高举过于万岭，万民都要流归这山……他必在列国中施行审判，为许多国民断定是非。他们要将刀打成犁头，把枪打成镰刀；这国不举刀攻击那国，他们也不再学习战事。③

以赛亚这一乌托邦理想的神话从未实现过，或许在未来也无法实现。但是它的基本准则，被作为联合国的理想和宗旨写入了《联合国宣言》。1942 年 1 月 1 日，中、苏、美、英等 26 国在这一宣言上签字。而参孙复仇的主题在 1945 年 8 月 6 日至 9 日终于成了现实，当时站在大衮神庙中手扶"两根柱子"的参孙，经过三千年后，变成了落在日本广岛和长崎的两枚美国的原子弹，超过 27.5 万人死于这次核爆。

而在茅盾这个 60 多年前完成的现代启示录中，有关大利拉背叛的神话主题反而显得微不足道了。

（尹捷　译、刘燕　校）

（本文曾发表于《跨文氏研究》2017 年第 1 辑，稍有修正。）

---

① 《以赛亚书》6：11；茅盾：《耶稣之死》，第 2 页。
② 《以赛亚书》5：26、28～30；茅盾：《耶稣之死》，第 2 页。
③ 《以赛亚书》2：2、4；茅盾：《耶稣之死》，第 3 页。

公主的诱引[*]

——向培良的颓废版《暗嫩》与《圣经》中的"暗嫩与他玛"

向培良（1905~1961）是中国现代短篇小说家、剧作家、唯美主义者。目前，他几乎为中外汉学家和学者们遗忘。胡经之主编的《中国现代美学丛编（1919~1949）》（北京，1987）重印了他作品中的一些短小章节；刘钦伟选编的《中国现代唯美主义文学作品选》[①]重印了他的独幕剧《暗嫩》。除此之外，中国当代读者很难获得有关他的其他资料。[②] 即使在中国最大的图书馆中也很难找到其著作。向培良是"狂飙突进运动"中为数不多的几个作家之一，与他同时代的高长虹（1898~1954）在中国却广为人知。向培良被认为是一个"虚无主义者"[③]，或一个"带有无政府主义趣味的剧作家"。[④] 由于他的作品难以获取，他对中国现代文学的贡献也鲜

---

[*] 原文"Temptation of the Princess: Xiang Peiliang's Decadent Version of Biblical Amnon and Tamar"。

[①] 刘钦伟选编《中国现代唯美主义文学作品选》第2卷，广州，1996，第739~757页。该作者感谢李侠女士（澳大利亚纽卡斯尔大学）告知他出版事宜。徐京安的《唯美主义在中国的传播、接受和变异》对唯美主义做了更全面的研究，发表在《中外文化与文论》1996年第2期，第166~180页。

[②] 根据我手头的资料，中国颓废主义最知名的研究专家是解志熙，代表作《美的偏至：中国现代唯美—颓废主义文学思潮研究》（上海，1997）、《"青春、美、恶魔、艺术……"——唯美—颓废主义影响下的中国现代戏剧》（上、下篇），分别发表在《中国现代文学研究丛刊》1999年第3期，第37~63页和《中国现代文学研究丛刊》2000年第1期，第28~52页。

[③] 鲁迅：《现代小说导论》（二），载蔡元培编《中国新文学大系导论集》（第2版），上海，1945，第137~140页。

[④] 杨之华：《文坛史料》，上海，1944，第354页。

为人知。①

一

只有少数学者较为具体地指出向培良早期作品的颓废特点。我认为，这些学者并未完全阅读或研究过他的作品。② 在所能获得的资料中，向培良最具颓废主义倾向的作品是《暗嫩》，收录于《沉闷的戏剧》这部集子。③《暗嫩》是中国现代戏剧中取自《圣经》题材的少数作品之一。它取材于《撒母耳记下》第 13 章，记述了大卫王长子暗嫩对同父异母的妹妹他玛的迷恋。《圣经》简短地描述了这个事件，向培良却把它改编成一部出色的独幕剧。他基本忠实于《圣经》文本（不仅限于《撒母耳记下》），同时借鉴了王尔德（Oscar Wilde）在著名的独幕剧《莎乐美》（Salome）中的戏剧氛围、文体和其他技巧。《莎乐美》中采用了类似的颓废主题，这个主题是"现代主义运动高潮最为广泛使用的题材之一"。④

20 世纪二三十年代，王尔德的这个剧作备受中国作家及批评家的推崇。剧作家田汉（1898～1968）⑤ 最早把《莎乐美》翻译成中文，随后出现徐葆炎⑥及沈佩秋⑦的译本。不单是向培良的《暗嫩》⑧，欧阳予倩（1889～1962）的《潘金莲》、胡也频（1903～1931）早期作品《狂人》、冯至（1905～1993）《鲛人》⑨、田汉《古潭的声音》、王统照（1897～

① Barbara Kaulbach，"Wilhelm Tell im chinesischen Widerstand：Zur Rezeption von Schillers Helden in China，"未出版的论文。

② 范伯群、朱栋霖编《1898～1949 中外文学比较史》第 2 卷，南京，1993，第 861 页；朱寿桐编《中国现代主义文学史》第 1 卷，南京，1998，第 181 页；夏选骏关于中国唯美主义论文，也以向培良的《暗嫩》为研究对象。

③ 向培良：《暗嫩》，《沉闷的戏剧》，上海，1927，第 44～78 页。

④ A. Pym，"The Importance of Salomé：Approaches to a fin de siècle Theme，" *French Forum* 14 (1989) 3，p. 311.

⑤ 最初发表于《少年中国》9(1921 年 3 月 25 日)，第 24～51 页。最早的译本于 1920 年 4 月发表在《民国日报》的副刊《觉悟》上，编辑是陆思安、裴配岳，目前我还没找到。

⑥ 王尔德：《莎乐美》，徐葆炎译，光华书局，1927。

⑦ 王尔德：《莎乐美》，沈佩秋译，启明书局，1937。

⑧ 参见 Linda Pui-ling Wong，"The Initial Reception of Oscar Wilde in Modern China：With Special Reference to *Salome*，" *Comparative Literature and Culture* (Hong Kong) 3 (1998)：52–73。

⑨ 朱寿桐编《中国现代主义文学史》第 1 卷，南京，1998，第 181 页。

1957)《死后之胜利》① 等作品中都能看到王尔德的影响。

一般而言，除《圣经》相关文本之外，《莎乐美》的影响最为重要。如果我们从戏剧的内容和主题等角度来理解问题，那么，兄妹之间或两性之间的情感关系尤为重要。

向培良对邓南遮（Gabriele D'Annunzio）的作品《死城》（*La Città morta*）非常着迷。《死城》是邓南遮的"第一部戏剧，至今仍具魅力"，"作品意象纷繁复杂，潜藏着残酷，暗示着乱伦"。② 向培良最初可能是从沈雁冰（1896~1981）③ 的论文中了解到这部戏剧，或者可能从其他一些英文资料中获得信息，如兰登·麦克克林图克（Lander MacClintock）撰写、茅盾"节译"（paraphrased）的《意大利当代戏剧》（*The Contemporary Drama of Italy*）或弗兰克·W. 查得勒（Frank W. Chandler）写的《当代戏剧面面观》（*Aspects of Modern Drama*）④，这两本书在当时都很有名。在第二本书中，我们读到这样一段话：

> 一名考古学家病态地爱上了他的妹妹。他努力克制这种疯狂的激情，试图让自己在对迈锡尼附近的阿伽门农遗迹的狂热探寻中寻求解脱。他成功地找到了遗迹，然而当李奥纳多（Leonardo）（这位考古学家）所发掘出的古代部族的罪恶呈现在他面前时，他深受影响，不可自拔。而他的妹妹拜恩卡·玛利亚（Bianca Maria）未能察觉到缠绕着他的心病，对他愈加温柔体贴，这无疑火上浇油。最后，李奥纳多再也抑制不住自己的激情，认为要保证妹妹和自己的清白，除了把她杀死，别无他法。当妹妹弯腰从泉水中汲水喝的时候，他从身后把她摁进水里。之后，她挣扎向前，看见那张苍白的脸，他重新恢复了自己做哥哥的感受。⑤

1927 年 1~2 月，向培良在杭州生活期间，根据 G. 曼特琳妮（G.

---

① 范伯群、朱栋霖编《1898~1949 中外文学比较史》第 2 卷，南京，1993，第 861 页。

② Philippe Jullian, *D'Annunzio*（译自法语本），trans. by Stephen Hardman（New York，1972），p. 117。

③ 沈雁冰《意大利现代第一文学家邓南遮》，发表于《东方杂志》17（1920 年 10 月 10 日），第 62~80 页。由《近代戏剧家论》再版，发表于《东方文库》36，上海，1923，第 54~86 页。

④ 兰登·麦克克林图克的书于 1920 年在波士顿问世，查得勒的书于 1918 年在伦敦问世。

⑤ Frank W. Chandler, *Aspects of Modern Drama*（Mich.，1971），p. 66。

Mantellini）翻译的《死城》英文本，将其翻译成中文。① 之后，他在上海
又找到了一些资料，在此基础上撰写了一篇关于著名女演员艾琳罗拉·杜
斯（Eleonora Duse）的论文②，提到《死城》是邓南遮为她而写的（她自
己暗示道）。③ 顺便提一下，最后不是由杜斯出演该剧，而是她的对手萨
拉·本哈特（Sarah Bernhardt）扮演瞎眼而又全知全能的剧中女主角——
安娜。④ 向培良把这篇论文、索福克勒斯的悲剧《安提戈涅》（Antigone）
的纲要、与阿特柔斯（Atreus）和底比斯（Thebes）宫殿相关的史前历史
资料都收录在这个译本中。⑤

1926 年 8 月，向培良完成了《暗嫩》这部悲剧的创作，将悲剧发生
的地点安置在大卫的宫殿中。⑥ 在回忆录《十五年代》中，他记录了自己
在"三一八"惨案［即段祺瑞（1865～1936）在北京屠杀学生事件］之后，
于 3 月 28 日离开北京向南旅行的经历。⑦ 其间，他在杭州和上海停留。

同年，向培良发表短篇小说集《飘渺的梦》（上海，1926）。其中，有
一篇小说谈到"诱引"（temptation），这是他作品中最典型的主题。故事
讲述了一个年轻男子在一位女士家约会，之后却看上了她年轻的女儿。一
个月后，他成功地引诱女孩趁母亲午睡时与他见面。当仿佛看到她美丽又
充满诱惑的微笑之时，他却立刻离开了房间，从此再也没去拜访这个女孩
和她的母亲。

1927 年 1 月 17 日，向培良发表了对两本"非常坏的书"⑧ 的长篇评
论。一本是张竞生（1888～1970）写的《性史》，曾由霍华德·S. 列维
（Howard S. Levy）翻译为《性史：中国早期性教育论文集》（Sex Histories：
China's First Modern Treatise on Sex Education）。⑨ 另一本书是陈劳新的《性欲
与爱情》。前一本书备受高罗佩（Robert van Gulik）博士推崇，认为它值得

---

① 向培良：《引言》选自《死城》，上海，1929，第 1 页。该引言于 1927 年 3 月写成。
② 向培良：《引言》选自《死城》，上海，1929，第 1～13 页。
③ Philippe Jullian, *D'Annunzio*, p. 117.
④ Philippe Jullian, *D'Annunzio*, p. 117.
⑤ 向培良：《死城》，第 1～15 页。
⑥ 向培良：《暗嫩》，第 78 页。
⑦ 《十五年代》，支那书店，1930 年 3 月，第 116～117 页。
⑧ 向培良：《关于性欲及不关于性欲的书》，发表于《狂飙周刊》，1927 年 1 月 30 日，第
　504 页。
⑨ 张竞生：《性史》，横滨，1967（1968 年第 2 版）。

翻译。这本书在 20 世纪 20 年代的中国两次被查禁。向培良却认为这是"昏人"之作：知识上支离破碎、把性隐秘化、传达错误信息等。[①] 向培良可能也不喜欢来自成都小镇的江平写的第一篇小说，这个未婚的年轻人在故事中写到自己同年长一些、懂得如何诱引小男孩的嫂子之间的性经验。[②] 该评论是他在翻译《死城》时写的。向培良同样也认为陈劳新写的那本书不够科学。[③] 不过他很欣赏玛丽·卡米歇尔·斯多普斯（Marie Carmichael Stopes）写的两本书：《婚姻之爱：性问题的新解决之道》（*Married Love：A New Contribution to the Solution of Sex Difficulties*）[④]、《贤明的父母》（*Wise Motherhood*）。[⑤] 后一本书曾以两种题目被译为中文。[⑥] 向培良还读过哈夫洛克·蔼理士（Havelock Ellis）写的《性的教育》（*Sex Education*）[⑦]、哈罗德·W. 朗（Harold W. Long）《清醒的性生活》（*Sane Sex Life and Sex Living*）[⑧]、威廉姆斯·J. 罗宾森（William J. Robinson）的专论，标题为《关于男人与女人性无能和其它性紊乱的原因、症状及治疗的实践论文》（*A Practical Treatise on the Causes, Symptoms and Treatment of Sexual Impotence and Other Sexual Disorders in Men and Women*）。[⑨] 向培良批评了这三本书，认为它们都过于注重性技巧，而没有从更为深刻的心理角度对性问题进行思考。[⑩]

二

向培良对亲人之爱，尤其是兄妹之爱这一主题的迷恋也许由来已久。他获得的最早资料可能来源于《圣经》第一卷《创世记》（*Genesis*）。在《创世记》（5：12~17）中，我们可以读到亚当和挪亚之间的一位族长的

---

① 向培良：《关于性欲及不关于性欲的书》，第 504 页。
② 参见张竞生《性史》，第 19~41 页。
③ 参见向培良《关于性欲及不关于性欲的书》，第 505~506 页。
④ 参见向培良《关于性欲及不关于性欲的书》，第 507 页。
⑤ 参见向培良《关于性欲及不关于性欲的书》，第 506 页。
⑥ 被译为《贤明的父母》和《儿童爱》，载平心编《全国总书目》，上海，1935，第 269 页。
⑦ 参见向培良《关于性欲及不关于性欲的书》，第 506 页。
⑧ 参见向培良《关于性欲及不关于性欲的书》，载平心编《全国总书目》，第 270 页。
⑨ 参见向培良《关于性欲及不关于性欲的书》，第 506 页。
⑩ 参见向培良《关于性欲及不关于性欲的书》，第 506 页。

出生、死亡与年龄：

> 该南（Cainan）活到七十岁，生了玛勒列（Mahalaleel）。该南生了玛勒列之后，又活了八百四十年，并且生儿育女。该南共活了九百一十岁就死了。玛勒列活到六十五岁，生了雅列。玛勒列生雅列之后，又活了八百三十年，并且生儿养女。玛勒列共活了八百九十五岁就死了。

我们在向培良题为《人类的艺术》的文集中读到截然不同的故事①：玛勒了（Mahalalel）（而非玛勒列）是亚当的第四代后裔。据说创世后的 437 年的春天，他还未婚，在田里勤恳劳作。那时，很长时间没下雨，也没有阳光，他感到寒冷、孤单而沮丧。他呼吁人世间的温暖，人与人之间互相给予与接纳知识，甚至是"彼此间的博爱"②，这在当时的人类中已经很普遍。这就是戏剧表演的起源。向培良认为，戏剧表演是在人类试图"充分表现自身，以增进彼此间的理解"③ 这一过程中发展起来的。"寂寞"是最先潜入玛勒了内心的情感。他想感受人类的温情，期望有个他人靠近自己，好看看他/她的脸，倾听他/她的声音。他的妹子玛德拉（Madala）也感到寒意凛冽，她靠近他。看到她颤抖的双手，他拥抱着她，把她带入小屋。他们开始聊天。戏剧表演与音乐相结合，从此开始了表现的过程。那时，没有手写稿，没有雕塑，也没有建筑。④

也许玛德拉并非玛勒了的妹子，在《圣经》的文句中我们也没有找到玛德拉的名字。《圣经》中记录的古代亲属关系非常复杂，尤其是《创世记》⑤ 记录的那个时代，"兄弟""姐妹"对应的并非我们或是中国人所指的兄弟姐妹。玛德拉也许并非玛勒了的近亲，但是从中可以看到，向培良对这种亲密关系非常感兴趣，这可以从他对《死城》或《安提戈涅》特别着迷的态度得到印证。

---

① 向培良：《人类的艺术》，拔提书店，1930 年 5 月。
② 向培良：《在我们的祭坛下祈祷》，《人类的艺术》，第 101 页。
③ 向培良：《在我们的祭坛下祈祷》，《人类的艺术》，第 101 页。
④ 向培良：《在我们的祭坛下祈祷》，《人类的艺术》，第 100 页。
⑤ 参见 Paul Volz, *Die biblischen Altentümer*,（Wiesbaden，1989），pp. 332–353。

三

向培良或许就是在读过《圣经》中关于"兄弟"与"姐妹"——如亚伯拉罕与撒拉、以撒与利百加、雅各与拉结之间的一些爱情故事后，选择了最富于戏剧性和悲剧性的"暗嫩与他玛"的故事作为其独幕剧的主题。由于并非所有的读者都了解这个故事，下面我介绍一下这一情节如何在向培良的剧本中得到呈现的。可以说，在《撒母耳记下》第13章中，只有1~18节构成该剧的中心，19~38节在剧中则并未提及。关于向培良作品所传达的信息，读者可以有自己的思考。该文本引自官话和合本《圣经》：

1）大卫的儿子押沙龙有一个美貌的妹子，名叫他玛，大卫的儿子暗嫩爱她。

2）暗嫩为他妹子他玛忧急成病。他玛还是处女，暗嫩以为难向她行事。

3）暗嫩有一个朋友，名叫约拿达，是大卫长兄示米亚的儿子，这约拿达为人极其狡猾。

4）他问暗嫩说："王的儿子啊，为何一天比一天瘦弱呢？请你告诉我。"暗嫩回答说："我爱我兄弟押沙龙的妹子他玛。"

5）约拿达说："你不如躺在床上装病，你父亲来看你，就对他说：'求父叫我妹子他玛来，在我眼前预备食物，递给我吃，使我看见，好从她手里接过来吃。'"

6）于是暗嫩躺卧装病。王来看他，他对王说："求父叫我妹子他玛来，在我眼前为我作两个饼，我好从她手里接过来吃。"

7）大卫就打发人到宫里，对他玛说："你往你哥哥暗嫩的屋里去，为他预备食物。"

8）他玛就到他哥哥暗嫩的屋里，暗嫩正躺卧。他玛抟面，在他眼前作饼，且烤熟了。

9）在他面前，将饼从锅里倒出来。他却不肯吃，便说："众人离开我出去吧！"众人就都离开他出去了。

10）暗嫩对他玛说："你把食物拿进卧房，我好从你手里接过来吃。"他玛就把所作的饼拿进卧房，到她哥哥暗嫩那里。

11）他玛拿着饼上前给他吃。他便拉住他玛，说："我妹妹，你来与我同寝。"

12）他玛说："我哥哥，不要玷辱我。以色列人中不当这样行，你不要作这丑事。"

13）"你玷辱了我，我何以掩盖我的羞耻呢？你在以色列中也成了愚妄人。你可以求王，他必不禁止我归你。"

14）但暗嫩不肯听她的话，因比她力大，就玷辱她，与她同寝。

15）随后，暗嫩极其恨她。那恨她的心，比先前爱她的心更甚。对她说："你起来，去吧！"

16）他玛说："不要这样！你赶出我去的这罪，比你才行的更重。"但暗嫩不肯听她的话。

17）他叫伺候自己的仆人来，说："将这个女子赶出去！她一出去，你就关门上闩。"

18）那时他玛穿着彩衣，因为没有出嫁的公主都是这样穿。暗嫩的仆人就把她赶出去，关门上闩。

暗嫩强暴他玛后，他玛把灰尘撒在头上，撕裂所穿的彩衣，一路哭喊，跑到她哥哥押沙龙家。押沙龙试图安慰她，说暗嫩不管怎么说也是她的哥哥。实际上，他却在暗地里酝酿着复仇计划，这也因为暗嫩是王位的继承人，只有杀了他，押沙龙才有可能在以后称王。[①] 两年后，押沙龙命令他的仆人杀死暗嫩，而他们的父亲大卫王在"暗嫩死了以后，获得了某种安慰"。[②] 因为暗嫩有心理问题，他不可能成为以色列和犹太国的合格继承者。

向培良的作品不再是一个短篇故事，而是一部戏剧。作为中国的现代主义者，他不可能采用《圣经》所使用的文学手段来写作，而是改变了原作的文类。他需要以不同方式进行创作，同许多的中国同道一样，他认为文学与艺术是对自我、他者以及我们周边事物的一种表现。[③] 玛勒了与玛

---

① 参见 William H. Propp, "Kinship in 2 Samuel 13," *The Catholic Biblical Quarterly* 55（1993）：45。

② 《撒母耳记下》13：39。

③ 向培良：《人类的艺术》，第102、154页。

德拉的时代①，甚至早至亚当与夏娃时代，人类就是如此，并将一直延续下去，直至审判日。向培良对"为生活而艺术"及"为艺术而艺术"都持批判态度。但我认为，他还是更偏向于后一种观点。也就是说，比起易卜生（Ibsen）或萧伯纳（Shaw），他更欣赏王尔德和波德莱尔（Baudelaire）。他认为一切事物只有与人类及其生活相关联时才是美的：

> 艺术与朝日、新月或死尸上荣回着的蛆虫是无关的。这些不是艺术，也不是艺术的本源，只有人类用它们做象征的时候才能够创造出艺术来。所以，并不是凝着紫血的约翰之头底美丽会感动我们，也不是道林格莱永久的青春，那娇媚王子不变的颜色会使我们同情。所使我们感动使我们同情的乃是，那死与生之激争，迈往不顾的苦心；莎乐美毅然要一吻约翰的嘴唇，而道林格莱宁肯牺牲一切，牺牲自己的灵魂去保持他不变的青春。就在这里面，我们看出永久的人性之悲哀，我们感觉到人类脉搏底跳动。不然，莎乐美只是一个不足轻重的淫妇，道林格莱也只是一个妄诞的妖人了。②

向培良认为，寂寞是人类内心最为深沉的情感之一。它并非闪耀神性的光辉，而是人类最原初的、自然单纯的情感。人类往往需要倾诉情感，把自己呈现给他者，向人性敞开自身。从最古老的时代起，人类就感觉到，一个孤独的个体空虚寂寞、无依无靠，他需要他者，至少需要触碰另一个人的灵魂——他可以委以信任的灵魂。这种最原初的本能正是艺术起源的原因之一。③

四

在向培良的这个独幕剧中最重要的两个戏剧角色是暗嫩与他玛。同《圣经》故事一样，剧中还出现了其他人物：暗嫩的堂兄——大卫王长兄示米亚（Shimeah）的儿子约拿达（Jonadab）。他扮演着教唆的角色，类似《旧约》传统中出现在现实世界里的撒旦。剧中还提及了大卫王和他最宠

---

① 向培良：《人类的艺术》，第 102 页。
② 向培良：《人类的艺术》，第 142 页。引文中"道林格莱"今译"道林格雷"。——译者注
③ 向培良：《人类的艺术》，第 151~152 页。

爱、最有权势的妻子拔示巴（Bathsheba），不过他们并没有出现在舞台上。大卫的两个武士——以帖人以拉①（Ira the Ithrite）、帕勒提（或帕罗勒提）人希利斯（Helez the Paltite or Pelonite）主要向我们传达大卫宫殿里家庭成员状况的信息。以帖人是生活在基列耶琳（Kiriath-jearim）村庄的家族成员，该村庄位于犹太（Judah）与便雅悯族（Benjamin）之间地区的边界线上。②帕勒提"与犹太之间无太多关联"。③很有可能，希利斯来自以法莲（Ephraim）的部族④，但向培良故意把他塑造成赫悌人（Hittite），并赞颂拔示巴死去的丈夫，在拉巴镇的战斗中被大卫王密令杀害的乌利亚（Uriah）。剧中还出现了另一个大卫王的武士——年老的亚东（Yadong），我们在大卫王的武士名单中未见其名，很可能是向培良在大卫的政府官员或管家中找到此人。他掌管着国王的驴群，他的名字有点接近米仑人耶希底亚（Jehdeiah the Mertonothite）。⑤尽管米仑人生活在耶路撒冷附近的吉比恩（Gibeon）地区，但向培良把亚东塑造为年老的埃及人形象。在约书亚（Joshua）与亚摩利人（Amorites）的战斗中，他发出著名的祷告："日头啊，你要停在基遍；月亮啊，你要止在亚雅仑谷。"⑥试图利用月光来延长白昼。亚东（《圣经》中用"Jadong"这一希伯来名字)⑦是一个谨慎的仆人，从不敢对主人有任何微词。

以拉、希利斯和亚东在暗嫩宫殿前的谈话类似于王尔德《莎乐美》中年轻的叙利亚军官、奈拉伯斯（Narraboth）、希罗底（Herodias）的侍从、第一士兵、第二士兵、努比亚人（Nubian）和卡帕多西亚人（Cappadocian）之间的对白。场景设在希律王宫殿的宴会厅里的大阳台上。⑧

《暗嫩》中的开场白向观众介绍了大卫诱引赫悌人乌利亚的妻子拔示

---

① 以拉是大卫手下的壮士，见《撒母耳记下》23：38。他是希利斯时大卫手下的另一个英雄，见《历代志上》27：10。
② 参见《历代志上》2：53。
③ 参见 James Douglas, ed., *The Illustrated Bible Dictionary*, Part 2（Leicester, 1980），p. 634。
④ 参见 James Douglas, ed., *The Illustrated Bible Dictionary*, Part 2（Leicester, 1980），p. 634。
⑤ 《历代志上》27：30。
⑥ 《约书亚书》10：12。
⑦ 《尼希米记》3：7。
⑧ Oscar Wilde, *Salome*, trans. by Lord Alfred Douglas, pictured by Aubrey Beardsley（New York, 1967），pp. 1-10。

巴，并间接杀害了乌利亚的背景。因为大卫犯下重罪，先知拿单（Nathan）诅咒大卫家，从此以后："刀剑必永不离开你的家。"神如此说："我必从你家中兴起祸患攻击你。"① 拔示巴与大卫所生的第一个孩子死去了，这是上帝对他们的惩罚；接下来，大卫家中又出现暗嫩与他玛事件，以及后来兄弟间的残杀。

《莎乐美》中的开场白描述了犹太加利利分封之王（Tetrarch）、亚基老希律（Herod Antipas）家的状况、继女莎乐美、莎乐美的母亲即分封之王的妻子希罗底，以及他们与施洗者约翰［在此被称为先知乔卡南（Iokanaan）］之间的关系。乔卡南的声音从干枯的水牢深处传来，他在那儿等待处刑。后来，在他被释放出来的一会儿，他面对美丽又具有诱惑力的莎乐美及其犯有通奸罪的母亲，斥责道：

> 这个看着我的女子是谁？我不愿意她看着我。为何她在闪动的眼皮之下，用那双金色的眸子看着我？我不认识她。我不愿知道她是谁。叫她走开。我不与她说话。

并接着说：

> 退开！巴比伦之女！不准靠近主所选择的人。你的母亲将不义之酒洒向大地，她的罪孽已经传到神的耳里。②

正如《马太福音》14：1～12 和《马可福音》6：14～29 中所暗示的，施洗约翰说完这些话，他与莎乐美的悲剧从此开始，愈演愈烈。这起因于莎乐美对他的诱引。

向培良的《暗嫩》则与此不同。暗嫩睡到天快黑，约拿达过来看他。钦定本《圣经》提到"约拿达是一个敏锐（subtile）的人"，修订标准版《圣经》提到"约拿达是一个狡猾（crafty）的人"。③ 向培良很可能使用的是中文和合本，这一译本依据修订标准版《圣经》，使用"狡猾"一词。④ 约拿达建议暗嫩在当前处境下该怎么做。约拿达并没有告诉暗嫩该如何向

---

① 《撒母耳记下》12：10～11。

② Oscar Wilde, *Salome*, p. 20.

③ 参见《撒母耳记下》13：3。

④ 参见中国基督教协会再版，南京，1996。

大卫王和他玛表明他的请求，是暗嫩自己向大卫表达了他的愿望。约拿达只是说暗嫩是国王的继任者，故应当满足自己的欲望，试图以此劝服暗嫩。暗嫩知道自己虽然是继承者，但这种行为是悖逆的。他玛年轻漂亮，是大卫王的女儿，母系一边也是贵族之家。根据当时的法律和习俗，她一直"处于父兄的监护当中"。① 暗嫩在强暴他玛后又把她赶走，这当然违背了《申命记》22：28～29 中规定的道德原则：

> 若有男子遇见没有许配人的处女，抓住她与她行淫，被人看见，这男子就要拿五十舍客勒银子给女子的父亲，因他玷污了这女子，就要娶她为妻，终身不可休她。

约拿达是个花花公子，他惯于玩弄女子，然后抛弃她们。约拿达看望暗嫩的时候，其情人拿俄米（Naomi）请求他在探望王子的时候见她一面，他却对暗嫩说："我的心不会长久留在一个女人那儿的"。② 暗嫩曾祖母的婆婆也叫拿俄米（意为"欢愉"）③，为了与暗嫩的曾祖父"合为一体"，她竟然抛弃了自己的神、父母、亲人和族人。④ 剧中的这个拿俄米也是性情开朗，对婚姻充满着渴望，可现在她只能躺在床上等待死亡。对约拿达而言，情人间的相互爱抚、无数热烈的拥抱和亲吻，都烟消云散了。最终，这一切都变得单调呆板，厌倦乏味，令人难以忍受。在此，作者借用约拿达之口，道出了现代颓废主义的特点。

事实上，暗嫩并不赞同约拿达的做法，他坚持认为这样对待拿俄米是不合情理的，而约拿达却认为"爱情不能长存"⑤，所以要喜新厌旧。在暗嫩眼中，他玛远不止是他的妹妹：她纤长的影子仿佛让他看见上帝的荣光⑥，每一次听见在她唇上颤动的声音，便好像听见天使唱着美妙的颂歌一样。他承认其实在现实中，自己从来不曾知道她、理解她，甚至从来没有看清楚过她的模样。对他而言，她实在是太高远、太迷离了。⑦ 实际上，

① William H. Propp，"Kinship in 2 Samuel 13，" *The Catholic Biblical Quarterly* 55（1993）：42.

② 向培良：《暗嫩》，第 58 页。

③ 参见《路得记》1：20；4：17。

④ 参见《路得记》1：16～17；向培良：《暗嫩》，第 59 页。

⑤ 向培良：《暗嫩》，第 61 页。

⑥ 向培良：《暗嫩》，第 62 页。

⑦ 向培良：《暗嫩》，第 62 页。

他害怕看到她。当约拿达说爱情没有任何秘密的时候，暗嫩却回应说：

> 你告诉我，这到底是怎么一回事？这实在是一个极大的秘密，常常压迫着我的。我不能够懂，不能够知道，但是它却常常引诱我，使我惊奇，使我疑虑，使我不能安静，却又不让我走开。呵，上帝，你为什么要创造女人，又创造了美？到底女人是什么东西？为什么这样不休息地引诱着我呢？我不知道，完全不能知道。呵，要是我常常在这种忧疑与惊奇、猜想中生活，我一定要发狂，我知道我一定要发狂的……我一定要知道，我非知道不可！我要看，我要听，我要考查；我要信托我的眼，我要信托我的耳朵，我要信托我的手……我一定要知道，知道一切，一切的秘密。我将不再心惊，不再胆战，我将把她当作一个普通人一样看待——我不知道，我能够这样吗？我——①

向培良笔下的暗嫩对自己完全不自信，他知道自己的病。"我的病会好吗？或者更要加重？我能够了解这个神奇吗？我能够明白这个秘密吗？"②

在暗嫩极其心神不宁的时候，他玛来探望他了。她穿着"五彩缤纷的衣裳"，这是贵族的女儿作为新娘的装扮。其实，她是把自己当作国王继任者的新娘。他玛知道了暗嫩对她怀有隐秘之爱。她亲自来看望他，带着最美丽的期许，为他准备好食物，因为她想成为以色列和犹太未来的皇后。《圣经》并没有提到这点，向培良笔下的"暗嫩"也未有此意。《圣经》中的暗嫩只想强暴同父异母的妹妹，《圣经》如此讲述也只是为了应验先知拿单的预言，来证明大卫家发生的一切，"最终为耶和华左右"③，从而昭显神权的力量。向培良笔下的暗嫩则是一个颓废主义者，他竭力解决自己的困境——女性魅力之谜、引诱或诱引以及它们与美的关系，这些都是向培良的艺术世界中最为重要的构造因素。

当他玛来到暗嫩的居所时，暗嫩很害怕看见她，害怕她的靠近、害怕直面她，但同时又渴望着她。"你叫她不要来，"他告诉约拿达，"不能，

---

① 向培良：《暗嫩》，第65～66页。
② 向培良：《暗嫩》，第65页。
③ William H. Propp, "Kinship in 2 Samuel 13," *The Catholic Biblical Quarterly* 55 (1993)：53.

不能，我不能不看见她，我忍不住了！我应该——我——我——"①

五

与他玛单独相处时，暗嫩完全忘记了饼、肉等食物。他开始当面称赞她的声音。② 就如王尔德笔下的莎乐美在第一次看到乔卡南时，对他说道："求你再说一遍，你的声音如同音乐一般甜美。"③ 他玛的声音就像约旦河的水流那样活泼，像基路伯的翅膀那样和软，像从黎巴嫩吹来的微风带着山上柏树的清香。但同时，同精神分裂者一样，他听到另一种声音——刀剑交锋之声，这从某种程度上预示了他两年后的悲惨命运。④

虽然烦躁不安，暗嫩却并没有太在意自己的病兆，出乎意料地，他开始坦诚而幼稚地表露自己的心愿。我认为这是中国文学第一次在很大程度上借鉴吸收了近东诗歌，尤其是希伯来诗歌的特点，采用的是《雅歌》（《所罗门之歌》）的语言风格。⑤

在中国古代文学史中，最全面、最典型描写女性身体的作品是对公元前757年嫁给魏庄公的庄姜夫人的描摹⑥：

> 手如柔荑，
>
> 肤如凝脂，
>
> 领如蝤蛴，
>
> 齿如瓠犀，
>
> 螓首蛾眉，
>
> 巧笑倩兮，
>
> 美目盼兮。

著名汉学家伊懋可（Mark Elvin）提到"人体"（尤其是女性的身体）

---

① 向培良：《暗嫩》，第67页。

② 向培良：《暗嫩》，第69页。

③ Oscar Wilde, *Salome*, p. 20.

④ 向培良：《暗嫩》，第70~71页。

⑤ 参见 Marián Gálik, "The Song of Songs (*Šir Hašširim*) and the *Shijing*: An Attempt in Comparative Analysis," *Asian and African Studies* 6 (1997) 1, pp. 45–75。

⑥ 引自《诗经》，根据高本汉（Bernhard Karlgren）译本（Stockholm, 1950），略有改动。

描写时，认为：

> 在中国的传统中，罕见闪耀着内在光芒的身体。如果想在中国艺术中看到类似古希腊裸体男竞技者（以及维纳斯）的雕塑是徒劳的。贝里尼（Bellini Madonna）塑造的圣母表情［以及诗歌，从苏美尔的《新娘之歌》到格雷斯·尼克斯（Grace Nichols）自 1983 年起创作的《邀请》］所显现的性、母性与精神性的混合，这些在中国作品中很难找到。中国人体画中的人总是穿戴整齐，或若隐若现（在春宫画中），这在西方人看来，只是图解性的，显得苍白乏力（从艺术的角度而言，也是非常单薄的）。①

从对庄姜夫人外表描摹的诗中，我们可以看到它对中国后来的诗歌具有深远的影响。②《诗经》中的这首诗最后描写了庄姜夫人的眼睛，向培良笔下的暗嫩首先描述的是他玛的眼睛。他描写女人的眼睛不再用中国古代诗词中常用的"美目盼兮"，而是说他玛的眼睛极具诱惑力，像天上的亮星朝他微笑，像月亮似的对他说出隐秘的言语。这不再是简单描画中国新娘的眼睛，而是说它们如早晨的天空般深蓝，闪着商人从沙漠中运来的金子的光辉。然后，暗嫩开始赞美他玛的手。那双手洁白而红润，手指如同公鹿头上的角，公鹿在约旦河的平原上游行，在黎巴嫩的树林中游行。指甲上的红点像凤仙花，白的地方像百合花。《雅歌》中的新娘就唱道："我是沙仑的玫瑰花，是谷中的百合花。"她可能是无名牧羊人的恋人。暗嫩的语言使用丰富的自然、花草和动物等意象，用大量的比喻来描写他玛的

---

① Mark Elvin, "Tales of *Shen* and *Hsin*: Body-person and Heart-mind in China during the Last 150 Years," Michel Feher et al., eds., *Fragments for a History of the Human Body* (New York, 1989), p. 267. 关于苏美尔新娘之歌，参见 Gwendolyn Leick, *Sex and Eroticism in Mesopotamian Literature* (London-New York, 1994), pp. 64 – 79. 他们与《雅歌》之间的关系见高利克《雅歌》，第 48～54 页。格雷斯·尼克斯的诗如下："偶尔来看看我吧/我的两乳硕大/像西瓜一样饱满/你的双手握不住它/我的腿好像双生的海豹/丰满且光滑/汪洋般的黑色腹部/各种蓝色下/有一枚紫樱桃。"引自 Janet Montefiore, *Feminism and Poetry: Language, Experience, Identity in Women Writing* (London, 1994), p. 231。关于中国人的春宫画，伊懋可参照了高罗佩的著作 *Erotic Colour Prints from the Ming Period with an Essay on Chinese Sex Life from the Han to the Ching Dynasty*, B. C. 206 – A. D. 1644 (Tokyo, 1951)。

② J. Hay, "The Body Invisible in Chinese Art?", Angela Zito and Tani E. Barlow, eds., *Body, Subject & Power in China* (Chicago-London, 1994), pp. 42–77.

身体，从另一层面反映出他们所处的地理环境。① 暗嫩运用象征手段，把他玛描写成倾国倾城的女性，未来王国里最高贵动人的女子。当然，醉翁之意不在酒。

他玛的嘴唇甜美。在《雅歌》1：2 开头部分我们也读到："愿他用口与我亲嘴，因你的爱情比酒更美。" 她的小嘴就像西乃山上的荣光被云拥着（《出埃及记》20：16），像伊甸园中的无花果藏在叶子中间（《创世记》3：3），有如新熟的葡萄，又像是从海外回来的商船，扬着白帆，满载着乳香和没药（《雅歌》4：11；5：1）。在描写他玛的牙齿像熟透了的石榴时，向培良运用了中国古代诗歌的审美情趣，但他转而又写它们像迦南草地的乳羊，是母羊双生的乳羊，他创造性地运用了《雅歌》4：2 里的诗行。暗嫩爱这嘴唇，他请求他玛让自己亲吻它，不，是要像嗑着鲜红的苹果似地吞噬它。②

他玛徒劳地劝阻暗嫩不要做这样的蠢事。她是王的女儿，还是个处女，他逼她所行之事在以色列是被禁止的。

暗嫩继续诱引。此时，他玛的整个身体都成了欲念的对象。她的眼睛、双手、嘴唇都不是最美之处，最美之处是遮盖着的身体，诱惑的双乳躲在五彩衣中，隐隐显露。暗嫩喃喃地说，"我爱你"：

> 最爱你的身体！你的身体，像睡在东方的绸子里的宝石，像用没药和乳香熏透了的礼物……你的腿应该是美玉所琢成（这个比喻在《雅歌》5：15 中用来形容男性情人）；你的肚腹会温柔如天鹅绒（《雅歌》7：2 用不同的比喻形容肚腹）；你的腰软和得像一条绒带，不独软和，而且温暖！唉，你的双乳——我妹子，这诱惑着我的双乳，躲在衣服底下又隐隐显出来的双乳——它们应该如象牙一般白，如大理石一般柔滑，如宝石一般圆润；唉，它们应该如葡萄一般甜蜜，如葡萄酒一般使人迷醉！……我妹子，我爱你，最爱你的身体，爱得快要发疯了！唉，我妹子，让我拥抱，让我把你拥抱在我的怀里！让我尝你的双乳，像尝新熟的葡萄一样；让我尝你的嘴唇，像尝

---

① 参见 Francis Landy, *Paradoxes of Paradise. Identity and Difference in The Song of Songs* (Sheffield, 1983), pp. 73—92.

② 向培良：《暗嫩》，第 75 页。

熟透了的苹果——我爱你——我最爱你的——爱你的身体！①

他玛一直在为她的贞洁抗争，她一遍又一遍地告诉他绝不能这样做：
"我哥哥，不要玷辱我，以色列中不当这样行，你不要作这丑事。"向培良
一字不差采用了和合本《圣经》中《撒母耳记下》13：12 的译句。他玛
相信他们的父亲会同意这场婚礼，所以，她才穿着新娘的盛装来探望暗
嫩，因为婚礼首先必须得到暗嫩的同意。作为"贞洁的处女"，他玛"处
于父兄的监护中"。② 在古代以色列，"一个男人要得到一个女人唯一得体
的方式是通过女方监护人安排"，这是习俗。③

暗嫩太过激动，他神经质的个性并不听从理性的声音或者遵循法律。
这些法律是大卫王统治之前就传下来的。④ 起初他求他玛允许自己拥抱她，
亲吻她的双乳和嘴唇，然后他"扑住"了她。⑤ 两人在挣扎中撞倒了烛台，
舞台上死一般地静默。

六

向培良这部独幕剧的结局与《圣经》中的故事截然不同，尽管人物的
话语很类似。

在《撒母耳记下》13：14 中，我们读到暗嫩因比他妹妹的力气大，
"就玷辱她，与她同寝"。向培良剧本结局却是"死一般地静默"，由此可
见，它们所要表达的东西完全不同。

从《圣经》接下去的经文中，我们看到暗嫩变得非常恨他玛，并把她
赶出去了。《撒母耳记下》13：17 中暗嫩说："将这个女子赶出去！"根据
希伯来法令，"赶出去"相当于"休妻"。⑥ 他玛对此举的反应和剧本中的
他玛一样强烈。

---

① 向培良：《暗嫩》，第 76 页。

② William H. Propp, "Kinship in 2 Samuel 13," *The Catholic Biblical Quarterly* 55：42.

③ William H. Propp, "Kinship in 2 Samuel 13," *The Catholic Biblical Quarterly* 55：41.

④ 如《出埃及记》《申命记》《士师记》。

⑤ 向培良：《暗嫩》，第 77 页。

⑥ P. Kyle McCarter Jr., *II Samuel. A New Translation with Introduction. Notes and Commentary* (New York, 1984), p. 318. 转引自 William H. Propp, "Kinship in 2 Samuel 13," *The Catholic Biblical Quarterly* 55 (1993)：42。

不过，剧作中的暗嫩无意与他玛完成性行为。这个暗嫩从某种程度上可视为向培良的"另一个我"（alter ego），反映出其在性生活与性行为方面的问题和一些神经质特点。我们不知道向培良是否读过弗洛伊德的著作。我猜他读过。弗洛伊德在著作《性学三论》（*Three Contributions to the Theory of Sex*）中的第一部分——《性变态》（*The Sex Aberrations*）中就分析过他的这种情况。性首先与抚摸相关，其次与观看相关。

弗洛伊德在这篇著名的论文中写道："一个人要满足正常的性欲，相当程度的抚摸原是不可或缺的。抚摸性对象的肌肤可以产生愉悦、传达源源不断的刺激。"[1] 抚摸恐惧症是性禁忌的一种形式，往往带有性病态的症状。[2] 向培良短篇小说《肉的触》[3] 讲述了一个年轻男子试图与一名年轻动人的女子进行眼神交流，并触摸其肉体。她一下电车，他就跟着她。女子裸露圆润且洁白的胳膊令他神魂颠倒，他想用自己的胳膊触碰它，这种想法却让他感到"诱引且压迫"。[4] 他甚至向她微微伸出胳膊，突然，他的手、胳膊、头、耳朵有滚烫之感，于是他像疯子一样地跑开了。

这个短篇小说和《暗嫩》在人物塑造上都很到位。它同《暗嫩》的创作也不过前后只差一月。[5] 我认为它简直可以视为性变态的文学案例。弗洛伊德认为，注视与抚摸的情况类似：

> 视觉印象可以刺激利比多的增加，在这种场合下，不能不偏颇，因为——如果你不反对目的论的说法的话——使性对象成为审美对象。遮蔽躯体的衣物，随文明而进展，意在不断激发对性的好奇心，也使性对象能以裸露的身躯而吸引异性。如果我们的兴趣从生殖器转向全身的体态，这种好奇心便转为艺术性的（这是一种升华作用）。[6]

关于这点，弗洛伊德在注释中补充说：

> 我毫不怀疑"美"的观念植根于性刺激的土壤中，原本指的是性

---

① Sigmund Freud, *The Basic Writings of Sigmund Freud* (New York, 1938), p. 568.

② Sigmund Frund, *The Basic Writings of Sigmund Freud*, p. 862.

③ 《莽原》16（1926年8月25日），第674~680页。

④ 《莽原》16（1926年8月25日），第680页。

⑤ 《暗嫩》写于1926年8月，这个短篇则是在1926年7月14日完成。

⑥ Sigmund Freud, *The Basic Writings of Sigmund Freud*, p. 568.

刺激。因此，更为明显的是，看到生殖器能引起强烈的性刺激，但生殖器本身不能视为"美"。①

最后一点与哈夫洛克·蔼理士的观点相似②，剧中的暗嫩似乎印证了这两个人的观点。暗嫩"绝望，忿怒而且空洞的声音"叫道："我恨你！——我知道——秘密，一切的秘密！——没有美！"③

暗嫩可能注视并抚摸了他玛（我认为王的长子的房间不止一个烛台），向培良笔下的暗嫩的内心充满了畏惧，因此才有之后的举动。他数次重复同样的话，虽然稍有差异："我知道了我从先所不知道的秘密，一切的秘密！没有我所追寻的美！——我恨你！你起来走罢。"他让仆人把她赶出去。④

在武士以拉和另外几个仆人的陪同下，他玛离开了暗嫩的皇宫，她把灰撒在头上，撕裂了五彩袍。这是向培良《暗嫩》的结局。

暗嫩和他玛的故事与乔卡南和莎乐美的故事在主题上完全不同，但他们都相似地引用了《雅歌》，这在中国现代文学中是新颖独特、极具启发的。王尔德和向培良对待《圣经》中的比喻态度相似，只不过向培良更频繁地使用它们。与暗嫩赞美他玛不同，乔卡南的外貌被刻画得很可怕，如他的眼睛⑤，他的"身体太可怕了，像是受到毒蛇于其上横爬穿刺；像是蝎子于其上筑巢而居。……太可怕了，你的身子太可怕了"。⑥ 莎乐美忽而迷恋乔卡南的头发，忽而又觉得他的头发很恐怖，她憎恨它。⑦ 莎乐美最爱乔卡南的嘴唇，不断赞美他猩红的嘴唇，她四次重复说："让我吻你的嘴"，"乔卡南，我要吻你的嘴"。之后，她不断向继父索要乔卡南的头，最后当她得到托在银盘上的乔卡南的头时，她亲吻它，两次重复说："我

---

① Sigmund Freud, *The Basic Writings of Sigmund Freud*, p. 568.
② 蔼理士（Havelock Ellis）认为，生殖器"不具有审美意义上的美。它只是男性插入器官与女性阴道必要的原始形态；因此它们不能因性或自然取向而发生大的改变，不管它们在情绪的影响下会对异性产生多大的性冲动，它们需保持极原始的形态，从审美意味来看，这很难看作是美的。""Sexual Selection in Man," *in Studies in the Psychology of Sex*, Vol. 1, pt. 3: *Sexual Selection of Man*（New York, 1937–1942），p. 161.
③ 向培良：《暗嫩》，第77页。
④ 向培良：《暗嫩》，第78页。
⑤ Oscar Wilde, *Salome*, p. 19.
⑥ Oscar Wilde, *Salome*, p. 22.
⑦ Oscar Wilde, *Salome*, p. 22–23.

吻了你的嘴，乔卡南，我终于吻了你的嘴。"① 希律王于是命令士兵杀死他的继女。士兵们举起盾牌，挤死了莎乐美。

马里奥·普拉兹（Mario Praz）在他不朽的著作《浪漫的痛苦》（*Romantic Agony*）中认为王尔德笔下的莎乐美深吻死去的乔卡南的嘴唇，这是一种"吸血鬼似的激情"。② 这同样是一种性变态：典型的施虐狂和恋尸癖。③

奥斯卡·王尔德的《莎乐美》是爱尔兰文学的伟大作品，也是欧洲颓废主义的代表作。向培良创作的《暗嫩》是中国现代文学中少有的具有颓废主义倾向的文本。为了更好地欣赏其文学和艺术价值，我们需要在文本与"互文"的框架内对它们进行深入的解读。

（刘燕、王璨　译）

（本文曾发表于《汉语言文学研究》2010 年第 3 期，稍有修正。）

---

① Oscar Wilde, *Salome*, pp. 66–67.

② *Romantic Agony* 是从意大利语翻译过来的，译者 Angus Davidson, Frank Kermode 撰写前言，2nd ed. （Oxford-New York, 1951），p. 331。该书 1991 年再印。

③ 参见 Havelock Ellis, "Love and Pain," in *Studies in the Psychology of Sex*, Vol. 1, pt. 2: *Analysis of the Sexual Impulse. Love and Pain. The Sexual Impulse in Women* （New York, 1937–1942），p. 182。

青年冰心的精神肖像和她的小诗*

在自 1917 年发端的中国现代文学史上，在陈衡哲（1890～1967）之后，冰心应被视为第一位女诗人和短篇小说家。[①] 冰心最早的作品是短篇小说《两个家庭》（1919 年 9 月）。[②] 这部小说处理了五四运动中提出的妇女解放问题。此时女性比之前拥有更多的自由和机会；旧格局已经被打破，但新的社会关系尚未建立。自此，冰心加入了"问题小说"的创作群体，试图用现代精神改变中国社会传统。

冰心的第一批小诗发表于 1922 年 1 月 26 日，后来收录在诗集《繁星》中。下面这首有特色的诗是她青年时代所作诗歌中的典型代表：

> 繁星闪烁着——
> 深蓝的太空，
> 何曾听得见他们对语？
> 沉默中，
> 微光里，
> 他们深深的互相颂赞了。[③]

在这首语言流利平实的小诗中，我们看到了有着无数星辰的宇宙，苍穹中

---

* 原文"Young Bing Xin and Her Poetry"，首先发表在斯洛伐克的 *Asian and African Studies* 2 (1993) 1，pp. 41–60。此处稍做了修改。

① 参见 Michel Hockx，"Mad Women and Mad Men：Interliterary Contact in Early Republican Literature，" Raoul D. Findeisen and R. H. Gassmann，eds.，*Autumn Floods：Essays in Honour of Marián Gálik*（Bern-Frankfurt，1998），pp. 307–322。

② 范伯群《冰心研究资料》，知识产权出版社，1984，第 11 页。这部小说发表在由孙伏园主持的《晨报副刊》上，原名《谁之罪》，后改为现名。

③ 《冰心诗集》，北新书局，1934，第 120 页。

浩瀚的银河，和一位初露诗歌天分的女诗人。

一

　　冰心原名谢婉莹，1900 年 10 月 5 日生于福建省福州的长乐地区。她的父亲谢葆璋是一位清朝海军官员（大副）。她的母亲杨福慈在第一个孩子——婉莹——出生时，年仅 19 岁。小婉莹 7 个月的时候她们举家迁往上海。到她 4 岁的时候，谢葆璋被派往山东烟台创办海军学堂并出任监督（校长）。婉莹也被带去。广阔的大海，正对港口的迷人的小岛，当时并且一直都为冰心所深爱。这些自然景观，帮助她确定了后来的信仰直至世界观。她的父亲是一个恪尽职守的军官，但总能找到充足的时间陪伴婉莹，并以她的才智为荣。她的母亲出身书香门第，很早就开始教她识字。有时这是必须的，因为在同龄的孩子只知道玩耍的年纪，婉莹已经开始接受了阅读和学习的训练。

　　作为一个小女孩，婉莹喜欢听母亲讲各种故事，如牛郎织女、梁山伯与祝英台，以及其他不为人知的众多民间故事。后来，在舅舅杨子敬的熏陶下，她读了很多著名的小说，最初阅读的是《三国演义》，接着她又读到《水浒传》及蒲松龄的名作《聊斋志异》。她并不喜欢《封神演义》这部明代出现的神魔小说，也不喜欢《红楼梦》这部最为伟大的中国小说。这可能是因为她无法接受前者实际上缺乏想象力的情节，而后者的心理深度以及复杂的情节都和她早期的阅读兴趣不合。①

　　儿时的小婉莹很喜欢讲故事。通常的情况是这样的：在海军军舰的甲板上，面对父亲的下属们，瘦弱的她身着黑色的海军军服，津津有味地讲着《三国演义》里的故事。而谢葆璋有时会把她放在一张圆桌上，水手们则在旁边耐心地听着她那稚嫩的童声：

　　　　话说天下大势，分久必合，合久必分。周末七国分争，并入于秦；及秦灭之后，楚汉分争；又并入于汉……②

　　每当有这样严肃的警句出现时，听众往往以哄堂大笑作为回报。不

---

　　①　冰心：《自序》，《冰心小说集》，开明书店，1947，第 4~5 页。
　　②　卓如：《冰心传》，上海文艺出版社，1990，第 75 页。

过，这孩子却像一个大学教授或者说书人那样严肃。她相当忠实地遵照罗贯中原著里的情节讲述。每个人都被她的表演打动，总期待听到更多的故事。讲完一段之后，她便转向了张飞怒鞭督邮的故事。水手们在听完一个又一个这样的故事之后，总会一致称赞她聪明伶俐。

在传统小说之外，婉莹也对当时林纾翻译的欧美名家小说感兴趣，先是《孝女耐尔传》，也就是狄更斯《老古玩店》的林纾译本。李欧梵曾指出林纾"把悲惨的耐尔转变成了孝道的美丽化身"。[1] 接下来她又读到了林译狄更斯的《滑稽外史》（《尼古拉·尼克莱比》）和《块肉余生述》（《大卫·科波菲尔》）。当读到大卫遭受丧母的悲痛时，婉莹悲伤的在母亲的怀抱里哭泣。在一首小诗里她回忆了这段经历：

> 母亲呵！
> 天上的风雨来了，
> 鸟儿躲到它的巢里；
> 心中的风雨来了，
> 我只躲到你的怀里。[2]

在婉莹 10 岁时，一位新塾师来到家里。他叫王逢，是冰心母亲的远亲。他成为婉莹第一位真正的老师。王逢比杨子敬更为保守，着力于培养婉莹对于儒家伦理的基本认知，教她阅读《论语》、《左传》和唐诗等，并采用当时流传最广的国文教科书。[3]

1911 年辛亥革命前夕，谢葆璋辞官回籍。婉莹考入福州女子师范预科。在这里，她改变了生活方式。此前，她一直着男孩装束，并未体验过自己真实性别的生活（她从小和三个弟弟一起接受教育），脑子里装满了《三国演义》和《水浒传》中的侠义场景。她甚至尝试过写作一部充斥着著名的将军、大胆的匪徒、喧闹的锣声和利剑种种情节的英雄小说《落草山英雄传》。[4] 直到这时，她方算是进入了女孩的世界，并开始学习她们的生活习惯。但培养对"调脂弄粉、添香焚麝"的长久爱好并不容易，尤其

---

[1]　Leo Ou-fan Lee, *The Romantic Generation of Modern Chinese Writers* (Cambridge Mass, 1973), p. 47.

[2]　《冰心诗集》，第 206 页。

[3]　冰心：《自序》，《当代》1982 年第 5 期，第 6 页。

[4]　冰心：《自序》，《当代》1982 年第 5 期，第 5、7 页。

是对她这样一个书痴小女孩而言。从下面这首她后来的朋友普实克
（Jaroslav Prušek，1906～1980）选译的小诗①中，可以预见到她多年以后会
成为一个"宇宙的爱""爱的宇宙"的信徒：

> 大海呵，
> 哪一颗星没有光？
> 哪一朵花没有香？
> 哪一次我的思潮里
> 没有你波涛的清响？②

二

中华民国成立后，谢葆璋作为支持反清斗争的人士，出任海军总司令
处二等参谋，并于1913年出任海军部军学司司长。同年，全家迁往北京。
婉莹就读于北京贝满女中。无论是福州女子师范预科，还是贝满女中，都
是由卫理公会的传教士主办的教会学校。在这里，她先对《圣经》有了大
概的了解，随后有较深的认识。毕业之后，她升入协和女子大学（随后改
名为燕京大学女子学院）理化科的预科。在1919年五四运动之后，婉莹
担任协和女子大学学生会的文书，写作并发表了她的处女作。原本，像鲁
迅和郭沫若一样，她想成为一名医生，但学生运动促使她转向了文学。在
五四期间的一次示威活动中，她结识了郑振铎（1898～1958），后者成为
冰心的良师益友，并向她介绍了泰戈尔（1861～1941）的作品。③

除了从研究冰心生活和著作的专家卓如那里了解到的信息④，我并不
了解任何冰心童年时家庭中的宗教和意识形态的气氛。她告诉我，婉莹在
一个道教的环境中长大，我只能大致猜测这种场景：道教的这种"灵活和
持久的信念"最终"赋予婉莹拼写的才能，艺术的魔咒、所有魔法和信仰

---

① 此处指捷克语译本。——译者注

② Jaroslav Prušek, *Sestra moje Čína*（《中国——我的姐妹》）（Praha, 1940），p. 221；《冰心
诗集》，第190页。

③ 卓如：《冰心传》，第24页。

④ 我和卓如的会面是在1992年11月10日。

的优点……这看起来道教完全可以成为一种最丰富的宗教信仰，但它并没有成功"。① 相比其他宗教形态，道教有一些不够充分发展的方面：道教在观念上过于神秘朦胧，信徒很少成为神职人员，也无法形成基督教那样庞大的组织。然而，这种松散的约束恰恰使冰心可以毫不费力地从道教的氛围转向基督教和泰戈尔的泛神论。

在贝满女中，女学生们每天早上要听讲古希伯来的历史。它来自四卷书：《撒母耳记上》《撒母耳记下》《列王纪上》《列王纪下》。婉莹并不喜欢这些，它们和她从前在烟台和福州读过的那些故事完全不同，无聊和枯燥。② 这可能使一些西方读者感到惊讶，因为对他们来说，大卫王击杀歌利亚、押沙龙被杀和所罗门如何在审判中表现他的机智……都非常精彩，这些以色列人、犹太人与中国故事中文武兼备的人物很相似，被描写得栩栩如生。婉莹倒是对《圣经》开头的《创世记》很着迷。值得一提的是，学生们并非直接阅读《圣经》原著，而是阅读罗拉·麦美德（Luella Miners）③ 编选的教材，罗拉时任协和女子大学校长。下面的话对婉莹是一个极大的启示：

> 起初神创造天地。地是空虚混沌。渊面黑暗。神的灵运行在水面上。神说，要有光，就有了光。④

在中国的儒家经典或是通俗小说中，她都没有发现类似的描述。这似乎比《封神演义》或者《红楼梦》中出现的女娲娘娘更有趣、迷人。《创世记》第一章的故事看上去也比盘古开天辟地的故事更加可信。⑤ 她稚嫩、充满好奇的灵魂渴望这种充满智慧的知识，就像干涸的土地渴望雨水。大海是婉莹继母亲之后的最爱，也是神创造了光之后的第二个杰作：

---

① Marcel Granet, *The Religion of Chinese People*（New York, 1979），Maurice Freedman 编译并做引言。
② 卓如：《冰心传》，第 106 页。
③ Hui-wen von Groeling-Che, "Frauenhochshulbildung in China (1907–1937)," *Zur Geschichte der Yanjing-Universität in Beijing*（Weinheim, 1990），pp. 88–89；卓如：《冰心传》，第 106 页。
④ 《创世记》1：1～3。
⑤ 袁珂：《中国古代神话》，华夏出版社，1958，第 35～40 页；Wolfgang Münke, *Die klassische chinesische Mythologie*（《中国经典神话》）（Stuttgart, 1976），pp. 254–255。

神说，诸水之间要有空气，将水分为上下。……神称旱地为地，称水的聚处为海。神看是好的。①

婉莹第三个热爱的是大自然，在上帝创造的框架之内，这包括青草、结种子的菜蔬和结果子的树木，各从其类，日、月和"晨星"，还有水中的生物，陆地上的飞鸟、牲畜，大地上爬行的各种昆虫和兽类，最后，神按照自己的形象造了人。然后，由于偶然或者是出于神意，神没有造女人——但他很快纠正了这个错误，因为"那人独居不好"，上帝用他的肋骨造出了女人，她被称为女人是"因为她是从男人身上取出来的"。② 我不知道婉莹在阅读了当时的女性杂志之后，是怎样看待第六天这最后一个创造物的，但她从中为自己的问题找到了一种丰富的、颇具价值的解释，也寻找到了对自己内在意识的慰藉。

婉莹（在1919年9月18日开始使用冰心作为笔名）在郑振铎的一篇文章中发现了"意识"③（chetana）这个词④，郑振铎和摩西、麦奈斯一样成为她的老师和朋友。"意识"（consciousness）是一个现代的新概念，虽然充满了问题性和不确定性，但当时的中国知识阶层对于意识上的改变仍充满渴求。至少对部分中国人来说，如果旧中国要步入现代国家的行列，这种改变是必要的。我们不知道郑振铎对冰心的影响程度，但可以肯定，正是通过这位中国当时最具启蒙意识的人士之一，冰心开始对泰戈尔的生平和作品产生兴趣。郑振铎是泰戈尔在中国的首批追随者中的一位。经过长期的准备，他于1922年写了一本出色的《太戈尔传》⑤，并将其最重要的一部诗集《飞鸟集》译成中文。⑥ 或许冰心阅读过郑振铎翻译的草稿并就一些共同感兴趣的话题做过讨论；又或许冰心曾阅读过泰戈尔原作的英文译本、评论和介绍泰戈尔生平的外文著作。虽然卓如基于她过去和冰心的交流，在与我的对话中否定了这种可能，但人的记忆并非总是可靠的。因为冰心那些向泰戈尔致敬的文章以及写出的小诗，都远比郑振铎对这位哲人的理解更为深刻也更显神秘。

---

① 《创世记》1：6～10。
② 《创世记》1：11～3；2：18～23。
③ "有生气的"，即"梵"。——译者注
④ 郑振铎：《例言》，载泰戈尔《飞鸟集》，商务印书馆，1922，第1页。
⑤ 即《泰戈尔传》。——译者注
⑥ 郑振铎：《泰戈尔传》，商务印书馆，1925，第1～10页。

　　研究中国现代思想史的学者可能会注意到，冰心对《圣经》和泰戈尔的浓厚兴趣出现在 1919 年至 1920 年这样关键的时期。这和中国当时表现在鲁迅、茅盾（1896～1981）、李石岑（1892～1934）① 等著作中的尼采热不期而遇。尼采的名作《查拉斯图特拉如是说》、超人学说及其反宗教的诉求都在这一时期传入中国。根据《冰心生平年表》的说法，1919 年秋天她正沉浸在泰戈尔的生平和著作中。② 1920 年夏，她的第一篇相关文章《遥寄印度哲人泰戈尔》以公开信的形式发表。③ 这篇优美的文章缘起于泰戈尔《新月集》中的诗情与哲理。译者仍为郑振铎，其中一首是天使般的孩子"居住于天真快乐的世界中，与愚蠢、贪婪的成人世界相对"。④ "无限"是其中最重要的意象，正如这部诗集中最著名的那首诗所写："孩子们在无边的世界的海滨聚会"。⑤ "无限"还出现在早晨和晚间的祈祷中，也出现在对孩子的爱及成人间的爱之中。在此，孩子就是爱的宁馨儿。

　　泰戈尔的"孩子"典型是爱的化身，是对冰心的"母亲"、"大海"和"自然"的补充。《新约》中四部福音书对爱的展示，《旧约》中的部分情节及泰戈尔的爱的福音书，共同构成了冰心的"宇宙的爱"和"爱的宇宙"。在冰心承认对犹太—基督教的借鉴之前，她已经充分表达了对泰戈尔的景仰之心。泰戈尔是她心目中美丽庄严的印度圣人，越过了"无限之生的"界线，"为人类放了无限的光明"。⑥

　　在冰心着迷于泰戈尔和基督教的时期，"无限"是相当流行的观念。我们可以在瞿秋白（1899～1935）的早期著作中⑦，或是在李大钊

---

① Cheung Chiu-Yee, *Nietzsche in China 1904-1992: An Annotated Bibliography* (Canberra, 1992), pp. 27-29.

② 范伯群编《冰心研究资料》，第 12 页。

③ 《冰心散文集》，上海古籍出版社，1934，第 1～2 页。

④ 郑振铎：《泰戈尔传》，第 1 页；Subhranshu Bhushan Mukherji, *The Poetry of Tagore* (New Delhi, 1977), p. 101.

⑤ Rabindranath Tagore, *The Crescent Moon* (London, 1913), p. 3.

⑥ 《冰心散文集》，第 1 页。在《飞鸟集》译者的例言中，郑振铎把泰戈尔的作品而不是他本人视为"美丽庄严"（郑振铎译《飞鸟集》，第 2 页）。我们随后可以看出，郑振铎实际上是重复了萨尔瓦帕利·拉达克里希南（Sarvepalli Radhakrishnan）的观点。

⑦ 参见 M. Gálik, "Studies in Modern Chinese Intellectual History. II. Young Ch'ü Ch'iu-pai (1915-1922)," *Asian and African Studies* XII (1976): 109-110; J. D. Spence, *The Gate of Heavenly Peace. The Chinese and Their Revolution 1895-1980* (New York, 1981), p. 138。原文见《瞿秋白文集》第 1 卷，人民文学出版社，1954，第 6～7 页。

（1889~1927）的著作中发现此点。李大钊在成为共产主义者之前，曾倡导过一种基于"博爱心"的文学①，"宏深的思想、学理，坚信的主义，优美的文艺，博爱的精神"是这种"新文学"的"土壤"和"根基"。博爱也是当时冰心的两个文学研究会的同人王统照（1897~1957）和叶圣陶（1894~1988）所持有的观念。②

冰心的"无限"源自泰戈尔的观念"梵"和"我"，前者意指"神"和"绝对"，后者则关涉自我。泰戈尔对这两者关系的理解可能是受了印度诗人和哲学家伽比尔（1440~1518）的影响。伽比尔是吠檀多派"差别不二论"的信徒，虽承认两者存在差异，但在根本上仍是"梵我一如"的。③ 冰心在首篇对泰戈尔的赞词中强调了"无限"的信念，她写道："然而我们既在'梵'中合一了，我也写了，你也看见了。"④

冰心对泰戈尔"完全的爱"和"无限结合"思想的最高赞美，是写完前引赞词之后的第五天完成的，名为《"无限之生"的界线》。⑤ 其中，婉莹和她的另一个自我——死去的宛因交谈，讨论生与死的边界。在此，基督教的永生观和带《奥义书》色彩的"生命终结时灵魂汇入无尽的海洋，正如火总表现为火花"相融合。⑥ 犹太—基督教传统在融合的同时也在造物的观念上反对这种《奥义书》的传统。因为《奥义书》中不包含"创世"前的"虚无"场景，婆罗门则是直接"从他自己的身体中生发出整个宇宙并进入它成为其内在的精神"。⑦ 因此，源于泰戈尔和冰心所信仰的那种爱，纯净的人类生命是从神的一部分中产生。这对生的"婉莹"或死的"宛因"都是一样的。对冰心和泰戈尔来说，死亡只是在"无限之生"中刹那间的、暂时的界限，因为个体只是上述无尽的轮回之海中一个稍纵即逝的瞬间。

---

① 李大钊：《什么是新文学》，载《李大钊文集》第2卷，人民出版社，1984，第164~165页。

② 赵遐秋、曾庆瑞编译《中国现代小说史》，中国人民大学出版社，1984，第424~432页；杨义：《开放性的现实主义：走向世界文学》，载曾逸主编《走向世界文学：中国现代作家与外国文学》，湖南人民出版社，1985，第170~184页。

③ 参见 Marián Gálik, *Milestones in Sino-Western Literary Confrontation*（1898–1979）（Bratislava, 1986），p. 47；以及 *One Hundred Poems of Kabir* 的导言，Tagore（泰戈尔）译，Evelyn Underhill（安德希尔）协助翻译，1954，第 xxviii、xliii 页。

④ 《冰心散文集》，第2页。

⑤ 《冰心散文集》，第3~8页。

⑥ Robert Z. Zaehner, *Hindu Scriptures*（London-Melbourne, 1984），p. ix.

⑦ Robert Z. Zaehner, *Hindu Scriptures*（London-Melbourne, 1984），p. 10.

冰心年轻时的精神肖像的典型特征之一是：《圣经》中的好牧者。这种意识，不论是来自《诗篇》23章或者100章，或者是来自《马太福音》18：12~14、《路加福音》15：3~7，都在冰心心中引起了巨大的反响。在冰心的《画—诗》一文中，我们知道在她圣经课的老师安教授的居室内挂着一幅牧人的图画，描绘了一个有一百只羊的牧人，当他丢失了一只羊时，"把这九十九只撇在旷野"①，直至找回丢失的那只为止。根据她的"自白"，这幅画改变了她的态度，至少是对美术的态度。在那时之前，对于冰心，美术只具欣赏和愉悦的价值。她却从这幅画中寻得了启示、信仰和安慰。②当看到她哭泣时，老师打开了《圣经》，冰心读到大卫王的话：

上帝是我的牧者——使我心里苏醒。他使我躺在青草地上，领我在可安歇的水边。

接着老师又翻开另一页，冰心读到了《诗篇》的第19章：

诸天述说上帝的荣耀，穹苍传扬他手所创造的……无言无语……声音却流通地极！

写完那篇赞颂泰戈尔"无限之生"观念的文章的两天之后，冰心加入了卫理公会教派。③

三

这三篇文章包含了冰心年轻时期也是她创作上最好时期的作品内在理路的演变。这里，爱的哲学体现在带宗教色彩的诗、小说、散文中，对她的作品有着正面和负面的效果。从整体上看，冰心虽为浓厚的宗教情感所拘束，但她由这种纯粹的情感所激发的作品仍值得称道，特别是当我们对此点有足够的知识储备时，我们会发现这些作品仍可称作五四时期的杰作。

《诗篇》第19章是献给通晓音律的大卫王的歌，似乎揭示了她诗歌创

① 《路加福音》15：4。
② 《冰心散文集》，第10页。
③ 《冰心散文集》，第8、11页；范伯群编《冰心研究资料》，第102页。

作的根源。虽然她的诗在形式上更多地受到了泰戈尔和当时中国诗歌的影响。苍穹和自然"这日到那日发出言语，这夜到那夜传出知识"，就像一个巨大的画布，冰心在上面涂上了自己的"爱的宇宙"的想象。

星辰常常是冰心作品的主题。当冰心遇到宛因，有一些星星闪烁在"漆黑的天空里"。[①] 在《冰心诗集》的第一首中，我们看到和《繁星》的开篇相似的诗句：

> 灵台上
>
> 燃起星星微火，
>
> 黯黯地低头膜拜。[②]

在《繁星》出版后几周所写的《晚祷》一诗中，我们可以看到这样的诗句："我抬头看见繁星闪烁着。"[③]

这两首诗的来源都不难查考。后者是对泰戈尔《吉檀伽利》的回应，前者和屈原（前340~前278）的《天问》相似，只是其中所关注的问题和《楚辞》中的最杰出的这首诗完全不同。[④] 但这两首诗有同一思考："已有的事物是从哪里来？消失了的事物又到哪里去了？"在逻辑上，贯穿冰心诗始终的这种追问类似于《天问》中的"何阖而晦？何开而明？"对于第一个问题，冰心的答案是："世界上来路便是归途，归途也成来路。"[⑤]对于第二个问题，屈原的答案则是"角宿未旦，曜灵安藏？"[⑥]

在这首诗中，冰心的心沉浸在佛教的氛围中，冰心在当时对佛教也许比对《奥义书》和犹太—基督教更为熟悉。至少，她更习惯于去展示世界，尤其是在这个中国现代思想转折期里，比如这里对人类世界的描述：

> 空华影落，
>
> 万籁无声，
>
> 隐隐地涌现了；

① 《冰心散文集》，第4页。

② 《冰心诗集》，第1页。

③ 《冰心诗集》，第53页。

④ *Ch'u Tz'ǔ. The Songs of the South*（《楚辞》），trans. by David Hawkes（Oxford，1959），p. 45。

⑤ 《冰心诗集》，第1~2页。

⑥ *Ch'u Tz'ǔ. The Songs of the South*，p. 48。

　　　　是宝盖珠幢，
　　　　是金身法相。①

在这段诗中，冰心对"无限"（包括或者稍后会看到的"无穷"）的阐释，有一种强烈的佛教意味。大概她当时只会以这样的方式写作。在此有必要向读者做一个简短的解说：天空中的花（空华）隐喻了所有的世间幻象，"金身"代表了佛陀，"法相"是中国流传最广的佛教教义的基本特征："一切唯识"，"这个世界全部是法相"。② 发展、运动和历史的进程被认为是无始无终的循环，生、死、轮转在其中不断循环，众生在时间中并无先后顺序：去和来之间没有差别，我们只是在"无限之生的界限"内往复，死亡就是通向永恒之生的大门。

　　实际上，冰心在使用佛教的词语和习语时，试着指出自己在理解泰戈尔及基督教过程中未解决的问题。上面诗中的所有佛教语词都是为了突出她自身的困境：苍穹之下、繁星之下的世间现象到底是什么？

　　在前引这首诗的续篇中，冰心又一次提出了上面的问题，并做了解答：

　　　　更何处有宝盖珠幢？
　　　　又何处是金身法相；
　　　　即我
　　　　也即是众生。③

　　郭沫若在 1922 年将自己比作神④，在这之前，21 岁的冰心在一个没有月亮的中秋夜里将自己比作佛的三重身——佛、佛身、佛性⑤，当然，还有众生。在五四运动期间，当个人主义的趋势发展到最高点，人们常常通过将个人视同神或者具有神性的生物来证实自我。

　　这首诗并不全部指向佛或者相关的佛教教义，也指向了"梵"。在中

---

① 《冰心诗集》，第 2 页。

② Cf. Kenneth K. S. Chen, *Buddhism in China*: *A Historical Survey*（Princeton, N. J., 1964），pp. 299-338；冯友兰：《中国哲学史》卷 2，重庆出版社，1954，第 299~338 页。

③ 《冰心诗集》，第 5 页。

④ 郭沫若：《少年维特之烦恼序引》，载《文艺论集》，光华书局，1929，第 341 页。

⑤ 参见 William Edward Soothill-Lewis Hodous, eds., *A Dictionary of Chinese Buddhist Terms*（repr., Taipei, 1975），p. 227, 229。

国的哲学—宗教史上，类似的连缀思维非常普遍。就像在最著名的那些哲学问题，比如程颐和朱熹的"性即理"说①，抑或陆九渊和王阳明的"心即理"说中表现出的那样。② 在冰心眼中，神与个人、众生和宇宙之间的关系，被解释为"梵"和"我"同一，这个充满活力的混合形态，是宇宙的一部分。

我们也许可以推测冰心手头有萨尔瓦帕利·拉达克里希南撰写的《罗宾德拉纳特·泰戈尔的哲学》一书。郑振铎在其《泰戈尔传》中引用过这本书中的一些段落。虽然郑振铎的翻译并不准确，姑且看看这些段落的中译文：

> 泰戈尔著作之流行，之能引起全世界人的兴趣，一半在于他思想中的高超的理想主义，一半在于他作品中的文学的庄严与美丽。他的著作在现今尤有特殊的价值；因为在这个文明世界自经大战后，已宣告物质主义破产了。③

有趣的是，冰心在 1920 年把泰戈尔描述为"美丽庄严"的印度圣哲；郑振铎在他的作品中也用了相同的词语。冰心用"美丽庄严"来赞美泰戈尔"文字的优雅美丽"并不准确。④ 是冰心还是郑振铎首先使用了这种描述？冰心模仿了郑振铎还是恰恰相反？如果是第一种情况，郑振铎在出版之前两年已经完成了《泰戈尔传》的撰写，这并非不可能。

我们知道冰心在阅读了泰戈尔的传记及作品后写了一封致泰戈尔的公开信⑤，但冰心没有说明具体的书名。而郑振铎至少有两本有关泰戈尔的书：巴桑塔·库默·罗伊的《罗宾德拉纳特·泰戈尔：一个人和他的诗》（纽约，1915）和萨尔瓦帕利·拉达克里希南的《罗宾德拉纳特·泰戈尔的哲学》。在当时中国看得到的一些英文版泰戈尔诗集中，她应读过《飞鸟集》。⑥ 这部诗集中的很多格言写于日本，受到过日本俳句（泰戈尔理解

---

① 冯友兰：《中国哲学史》卷 2，第 301 页。

② 冯友兰：《中国哲学史》卷 2，第 309 页。

③ 郑振铎：《泰戈尔传》，第 2 页；Sarvepalli Radhakrishnan, *The Philosophy of Rabindranath Tagore*（Baroda, 1961），p. 1.

④ 郑振铎：《泰戈尔传》，第 2 页；《冰心散文集》，第 1 页。

⑤ 《冰心散文集》，第 1 页。

⑥ 参见冰心《我是怎样写〈繁星〉和〈春水〉的》，载范伯群编《冰心研究资料》，第 156～159 页；方锡德《冰心与泰戈尔》，《文艺论丛》1983 年第 18 期，第 331～354 页。

为画诗，而非歌诗）的影响。① 在泰戈尔的所有作品中，《飞鸟集》虽非醒目之作，但因其内蕴的诗情画意和传达的哲理，在日本和中国的读者中获得了较为广泛的接受。

冰心用佛教的话语，向读者介绍了"梵"与"我"之间的关系，正如拉达克里希南所分析的：

> 对我②而言，《奥义书》中的诗句和佛教学说从来都是灵魂的东西，因而具有无限的生长力。我在个人生活和讲道两方面都运用到它们，因为对我对他人而言，它们都充满着独特的意味，我等待着用它们来证实我的特别的证言。这些证言由于其个性而应该有着独特的价值。③

郑振铎使用的拉达克里希南的书是 1918 年初版的重印本。在稍后的内容里，拉达克里希南引用了西方一些研究者的看法，将泰戈尔视为带有基督教色彩的思想家：

> 《吉檀伽利》中的神并非印度哲学中非人格的、冷静的绝对存在。事实上，无论他是否明显的是救世主耶稣，但至少他是一个救世主式的神。其追随者和热爱者的感受，是所有基督徒感受中最深的精髓。④
>
> 这个人今后将步入最伟大的宗教诗人之列。他虽然没有自称是基督徒，但是，他身上展示了印度的基督教精神是什么样子，我们可以发现它比基督教的本来精神显得更加完善。⑤

冰心的"生命哲学"只存有一个问题：既然宇宙是神的造物，也是个体的死亡与永恒生命的延展，那么个人和包容整个宇宙在内的神的关系到底是怎样的？根据泰戈尔最具哲学色彩的著作《人生的亲证》（*Sādhana: The Realisation of Life*）中的说法⑥，两者存在"调和"关系。"完全的调

---

① 参见 Krishna Kripalani 注释的 *Tagore's Diary*，即 *Tagore. a Life*（Calcutta, 2nd and rev. ed., 1971），p. 151。

② 指泰戈尔。

③ S. Radhakrishnan, *The Philosophy of Rabindranath*, p. 2.

④ S. Radhakrishnan, *The Philosophy of Rabindranath*, p. 3.

⑤ S. Radhakrishnan, *The Philosophy of Rabindranath*, p. 4.

⑥ Tagore, *Sāadhana. The Realisation of Life*（London, 1921），p. 15.

和”意味着人与神合一，并且与人类的其他成员合一，与自然合一，而不是指别的任何意思。《爱之实现》是泰戈尔最富有哲理性的一本著作。冰心的赞美，特别突出了"完全的调和"：

> （人）不是自己或者整个世界的奴隶。他是一个爱者。他的自由和实现全在于爱，"爱"也等同于"完全"的理解。通过这种理解的力量，其存在渗透开来，他和弥漫整个宇宙的精神合为一体，这种精神即是他灵魂的呼吸。①

"梵"这个词对冰心有一种特别的意义：世界意识就是梵，我们的全部都"沉浸在这种意识的实体和灵魂中"。② 我们应该能感知到神的存在，神不仅在一切时空上能被我们感知，也能被我们内在的灵魂所感知。正如泰戈尔认为的："我们所有的诗、哲学、科学、艺术和宗教皆服务于一个目的：使我们越来越能感知到更高的天空。"③

四

这"更高的天空"，总能让我们注意到欧洲中世纪对宏伟天空的认识——天国的天空——冰心用她的上百首小诗来装饰它。诗中的苍穹指向上帝或者是创造了一切的造物主。围绕着他的是被爱所包裹的整个宇宙，爱渗透到了一切现象中。冰心或许有一种突出的"能立"（Sādhana）意识，认为整个世界实际上都被"神包裹着"④：

> 漫天的思想
> 收合了来罢！
> 你的中心点，
> 你的结晶，
> 要作我的南针。⑤

---

① Tāgore, *Sādhana*：*The Realisation of Life*, p. 15.
② Tāgore, *Sādhana*：*The Realisation of Life*, p. 18.
③ Tāgore, *Sādhana*：*The Realisation of Life*, p. 18.
④ Tāgore, *Sādhana. The Realisation of Life*, p. 18.
⑤ 《冰心诗集》，第 178 页。

宇宙是人类的摇篮，人类是自然的孩子，应该爱着彼此，因为"我们都是长行的旅客，向着同一归宿"。① 这"爱的宇宙"里充满了"无限"、"无垠"或者"无穷"之物。这表现在冰心的诗心中：

> 窗外的琴弦拨动了，
> 我的心呵！
> 怎只深深地绕在余音里？
> 是无限的树声，
> 是无限的月明。②

对人类更重要的是面对无限的态度。"人是不完善的"，泰戈尔写道：

> 他还未完善……然而他要成为的是无限、到达天国，实现救赎。他现在每时每刻都忙于思索这些问题：他能获得什么，他必须做什么。他的存在就是渴望某种东西，而这种渴望远远超过其可能得到的限度。这种东西他永远不会失去，因为他从未曾拥有过。③

无限的天国的观念和"完全的和谐"的观念在这里相结合，组成了"无限之实现"：

> "缺憾"呵！
> "完全"需要你，
> 在无数的你中，
> 衬托出它来。④

佛和基督是这种"完全"的典范。⑤ 在阅读《圣经》之前，至少从1921年起，冰心的写作笼罩着佛教的意蕴。她喜欢到北京郊区西山的卧佛寺游玩。在那里，她发现了一处"细细观察、思索、写作"的地方。⑥ 冰

---

① 《冰心诗集》，第 127 页。
② 《冰心诗集》，第 131 页。
③ Tāgore, *Sādhana*: *The Realisation of Life*, p. 153.
④ 《冰心诗集》，第 136 页。
⑤ Tāgore, *Sādhana*: *The Realisation of Life*, p. 153.
⑥ 卓如：《冰心传》，第 167 页。

心也许在此读过《楞严经》，这本书十分强调万物皆"空"。① 对此，冰心充满疑惑：

> 这奔涌的心潮
> 只索倩《楞严》来壅塞了。
> 无力的人呵！
> 究竟会悟到"空不空"么？②

对冰心最重要的是自己的"心"——作为"思想和智慧的场所"。③这大概是受到了泰戈尔的影响。泰戈尔关注人类内在世界的"灵魂意识"。如果把"冰心"解释为"冰冷的心"，那是不确切的。"冰心"来源于佛教用语"心冰"，即指"心境纯洁得像冰"，又指"心灵像冰一样凝结"。④对冰心而言，"精神"这个概念比"心境"的概念更容易引发争议和各种问题。"爱的宇宙"不是一个关于她的心境、情感的疑问，而是关乎精神和智慧。如这首诗中所写：

> 我的心呵！
> 你昨天告诉我，
> 世界是欢乐的；
> 今天又告诉我，
> 世界是失望的；
> 明天的语言，
> 又是什么？
> 教我如何相信你！⑤

她只在冷静时才会相信"心"之意义：

---

① 20世纪30年代之前，对于多数中国佛教徒而言，"空"的观念深入人心。参见 Holmes Welch, *The Buddhist Revival in China* (Cambridge, Mass., 1968), p. 113。据此而言，一切精神状况和因果现象都只是心的表象，这和瑜伽或禅的观点相同（或至少相似）。参见 Lu K'uan-yü (Charles Luk, 陆宽昱), *Practical Buddhism* (London, 1971), p. 9。陆宽昱曾经把《楞严经》译成英文 *The Sūramgamasūtra* (Leng Yen Ching) (London, 1965)。
② 《冰心诗集》，第286页。
③ William Edward Soothill-Lewis Hodous, eds., *A Dictionary of Chinese Buddhist Terms*, p. 149.
④ William Edward Soothill-Lewis Hodous, eds., *A Dictionary of Chinese Buddhist Terms*, p. 151.
⑤ 《冰心诗集》，第190~191页。

> 冷静的心，
>
> 在任何环境里，
>
> 都能建立了更深微的世界。①

像泰戈尔的世界一样，在年轻的冰心的世界中，邪恶并非显要。对于泰戈尔而言：

> 邪恶总是千变万化；但难以计数的巨大邪恶并不足以阻碍我们的生活；我们发现大地、水、空气对于人类仍是甘甜和纯净的。②
>
> 到处都是欢乐；在覆盖大地的绿草中，在天空的蓝色的宁静中，在春天的无垠的繁盛之中，在灰色的冬季严酷的克制之中，……欢乐是完全（oneness）真理的实现，是我们的灵魂和世界、世界灵魂和至高爱者的完全合一。③

在冰心对精神状态的描述中，不仅强调了爱，也包括一些由寂寞④、孤寂⑤、烦闷、悲哀等同义词所传达出的与之对立的情绪。在这方面，冰心是"五四"一代人的典型代表。然而，欢乐是她写作的主线，缺少了欢乐，她洒满星光的天空将不再完整：

> 寂寞增加郁闷，
>
> 忙碌铲除烦恼——
>
> 我的朋友！
>
> 快乐在不停的工作里。⑥

在冰心展示出的宇宙中，欢乐遍及各处。这世界由这些美好的意象构成：饱含爱意的母亲、父亲、兄弟姐妹、不同的自然现象、众生、海洋、湖泊、山川、寺院、城堡、月光、暗夜、晨光、年轻的男孩和女孩，当然还包括男女诗人。冰心的苍穹由"繁星"和"春水"构成，这使我们想起

---

① 《冰心诗集》，第150页。
② Tāgore, *Sādhana：The Realisation of Life*，p. 49.
③ Tāgore, *Sādhana：The Realisation of Life*，p. 116.
④ 《冰心诗集》，第150、163、246、249、262、292页。
⑤ 《冰心诗集》，第173页。
⑥ 《冰心诗集》，第249页。

雅可布·洛布斯提·丁托列托（1518～1594）的经典绘画《上升的银河》。① 在这幅典雅宁静的画中，蓝色的天幕下，诸多的天使和飞鸟在飞翔。

虽然从哲理意味上讲要略逊于她的小诗，冰心的短篇小说仍表现了她创造的另一"空间"。当读到《爱的实现》时，读者会感到其中的诗人静伯正是"中国的泰戈尔"。小说细描了一对手挽手在海边漫步的姐弟，最后在一个雨夜里睡到了诗人的书房②，但读者并不清楚小说到底要传达一种什么样的观念。另一篇小说《世界上有的是快乐……光明》中也带来了类似的印象。小说中19岁的凌瑜不满《凡尔赛和约》和五四运动之后中国的政治社会状况，决意自杀。在跳海之前，遇到了一男一女两个孩子，他们告诉他："世界上有的是光明，有的是快乐，请你自己去找罢！"③

有同样不足的或许还有冰心最负盛名的小说《超人》，两个孩子被换成了一个叫禄儿的孩子，以及何彬的母亲的幻象。何彬是一个厌世者和虚无主义者，禄儿和母亲的幻象试图说服他，母亲是爱的实现，母亲们是相互爱着的伙伴，她们的孩子应该也一样。在禄儿的一封充满感情的信和一个白衣女子的幻象的影响下，何彬承认他的"罪"在于否定了他的母亲、宇宙和生命、爱和同情这些最美好的意象。太多的外在的"意识形态"植入，完全毁了这个形象本应对读者带来的冲击力。④ 而《遗书》是冰心早期小说创造阶段中的一个特例，这篇小说用书信体写成——冰心作品中常用的形式，它可以加强小说的现实感以达到教诲的目的，但竟然没有破坏阅读的快感。⑤ 这篇小说的风格，非常类似于以上分析过的早期的三篇小说；书信的作者则是宛因，她的另一个自我。

五

1923 年，冰心从燕京大学文学系毕业，以优异的成绩获得美国卫尔斯利

---

① Michael Levey, *A Concise History of Painting from Giotto to Cézanne* (London, 1964; Slovak version: Bratislave, 1966), pp. 140.

② 《冰心小说集》，第 94～98 页。

③ 《冰心小说集》，第 40～43 页。

④ 《冰心小说集》，第 85～93 页。英译本见 *Renditions* 1989，No. 32，pp. 124－129。

⑤ 《冰心小说集》，第 145～170 页。

女子学院的奖学金。在那里，她攻读英国文学的硕士学位，并开始把中国诗歌翻译成英文。她的硕士论文以李清照（1084～约1155）为题。留美期间，她翻译了李清照最具个性的一些诗。[①] 1926年8月，她学成回国，遭遇了与出国之前完全不同的政治和意识形态格局。在当时大多数中国知识分子中，对泰戈尔及基督教的热情已成为过去。冰心回国后约一年，创造社的批评家成仿吾（1897～1984）尽管也曾一度热衷于佛教、耶稣，相信神和博爱的力量，却批评包括冰心在内的中国作家"是一种在小天地中自己骗自己的自足"。[②] 早在1925年初，太阳社的代表作家蒋光慈（1901～1931）就曾写道：中国不需要所谓"花香"或者"母亲的心"，这已带上了对冰心的暗讽。[③] 中国新人文主义者的最重要代表梁实秋（1903～1987）则是第一个误解冰心的作家。1923年7月，他认为冰心小诗"变形虫式的形式"[④] 登不上大雅之堂，而她"理智富而感情分子薄"的思维方式使她并不适合女性诗歌创作。在这样严厉的指责之下，冰心选择了搁笔。在随后的三年里，除了一两首小诗、一阕前言以及给未婚夫的几封情书之外，她再也没有写什么。

在此之后，很难说冰心的意识中到底保留了多少泰戈尔、佛教及《圣经》的因素。在1935年接受著名记者彭子冈的一次访问中[⑤]，她说自己在宗教上是"很随便的"。无论如何，她的心境、态度总会随环境、时光和生活经验的变动而发生变化。冰心的智识的发展本身就是"五四"之后的时代最有趣的故事。令人遗憾的是，冰心囿于时代局限，终于无法超越两种张力：一种是本土传统和外来冲击间的张力，另一种是东西方最重要的文明智慧源泉与中国社会 – 政治环境之间的张力。

（尹捷　译、刘燕　校）

（本文曾发表于《江汉学术》2017年第1期，稍有修正。）

---

① 参见范伯群编《冰心研究资料》，第15页；《李易安女士词的翻译和编辑》，《冰心文集》第5卷，上海文艺出版社，1990，第101～144页；李清照的11首词的全部或者部分翻译刊登在 *Renditions* 1989，No. 32，pp. 133 – 145。

② 成仿吾：《完成我们的文学革命》，《使命》，创造社，1927，第231页。

③ 蒋光慈：《现代中国社会与革命文学》，《中国现代文学史参考资料》第1卷，高等教育出版社，1959，第208页。

④ 梁实秋：《〈繁星〉与〈春水〉批评》，载范伯群编《冰心研究资料》，第374页。

⑤ 范伯群编《冰心研究资料》，第102页。

顾城的《英儿》和《圣经》*

或许我们可以确定，中国当代著名诗人顾城（1956～1993）读过，并且十分熟悉《圣经》。显然，他还读过以《圣经》为主题的一些哲学、宗教、文学及批评方面的著作。在他短短的一生里，《圣经》是他在杀妻自戕前所读过的最后几本书之一。这些阅读体验，自然对他的文学创作，乃至世界观不无影响。

一

1992年4月16日，复活节前的那个周五，我有幸在顾彬教授柏林的家中见到顾城，讨论了宗教和《圣经》的话题。在这次庄重的会面中，当我谈到耶稣为了基督教世界而牺牲自己的重要性时，顾城深为感动，称赞耶稣的"血的牺牲"。他认同王国维的看法，王国维在《人间词话》中写道："尼采谓：'一切文学，余爱以血书者。'后主之词，真所谓以血书者也。"在他看来，李煜"则俨有释迦、基督担荷人类罪恶之意"。① 在这次会面中，顾城承认他最欣赏李煜（937～978），将其视为最伟大的中国诗人，并将他置于和基督、佛陀同样的崇高地位之上。顾城告诉我：

---

* 原文"Gu Cheng's Novel *Ying'er* and the *Bible*"，最早在香港大学陈永明教授主持的"中国小说和信仰"国际研讨会上（1996年2月5～7日）以中文宣读，英文版发表在 *Asian and African Studies* 5（1996）1，pp. 83-97。德文版是 Barbara Hoster（Monumenta Serica Institute），"Gu Cheng's Roman Ying'er und die Bibel," in *China heute* XⅦ（1998）2-3，pp. 66-73。

① *Wang Guowei's Jen-chien tz'u-hua: A Study of Chinese Literary Criticism*, trans. by Adele A. Rickett（Hong Kong, 1977），p. 45.

我了解耶稣的教诲、生平和死亡。但我不是一个基督徒，我是一个中国人。我从不同文化的角度理解。……李煜虽然没有杀过人，也没有为他人流过一滴血，却和耶稣一样有自我牺牲的精神，这种精神使他们和佛陀相连。①

很可能，顾城在和我谈话的过程中还没有产生写作《英儿》的念头。

三天后，复活节后的星期一，即 1992 年 4 月 19 日，我们再次见面。从德国国家图书馆附近的波茨坦广场（Potsdam Square）附近的跳蚤市场到顾彬家的路上，我们沿着门德尔松（Mendelsohn-Bartholdy's）公园的小路走过。我对顾城未完成的组诗《城》知之甚少，顾城和他的妻子谢烨告诉我这个题目来自顾城的故乡北京，其中的人物"城"来自他自己的名字。

在《城》中，顾城大量使用了北京的历史古迹、遗址和景点来展开他的诗化自传，这些场景包括湖、街道、广场和城门，以及北京图书馆。在经过舍恩贝格（Schöneberg）桥之前，我问道："顾大师，您经常讨论贾宝玉，自比贾宝玉，为何不干脆写一部《城楼梦》出来？"我暗示了曹雪芹（约1715～约1763）的《红楼梦》一书。②

顾城和谢烨对"城楼梦"的提议不置可否，或许他们对这个提议感到尴尬，又或许顾城已经计划写一部"忏悔录"式的作品，如那本在未完成阶段便已被命名为《英儿》的书。③ 顾城和谢烨有时在表达看法上非常谨慎，极小心地守护着他们的秘密。或许《英儿》是顾城整个创作生涯最隐秘的作品。顾彬在他长篇的悼文中回忆到：

1993 年 4 月中，顾城和谢烨搬进我在柏林的住所。在那时他们就

① Marián Gálik, "Berliner Begegnugen mit dem Dichter Gu Cheng," *minima sinica* 1993, No. 1, pp. 55–56.

② 参见顾城、雷米（谢烨）《英儿》，华艺出版社，1993。德文版中我撰写了后记 "Postscript: Reflections of a Reader and Friend"。德文版译者是 Li Xia（李侠），译名为 *Ying'er: The Kingdom of Daughters*（Stuttgart: Georg Thieme Verlag, 1995），p. 277。

③ Wolfgang Kubin（顾彬），"Splitter: Erinnerungen an Gu Cheng und Xie Ye," *minima sinica* 1994, No. 1, p. 137。参见顾城、雷米（谢烨）：《英儿》，华艺出版社，1993，第 97 页。参见 Marián Gálik, "Postscript: Reflections of a Reader and Friend," *Ying'er: The Kingdom of Daughters*, p. 86。顾彬的文章后来被译成英文 "Fragments: Remembering Gu Cheng and Xie Ye"，李侠编译，收入 *Essays, Interviews, Recollections and Unpublished Material of Gu Cheng, 20th Century Chinese Poet. The Poetics of Death*（Lewiston, NY, 1999），pp. 247–270。

显得气量很小地保守着自己的秘密。他们总是把房门紧闭。每次我叫他们接电话，他们的笔记本总是合上的状态，或者被藏了起来。当我看体育新闻的时候，他们就会转移到另外的房间去写。他们对所有的打扰都显得很不耐烦。——直到后来他们告诉我顾城正在写《忏悔录》。顾城开始阅读《圣经》，并且谈及自己个性中的邪恶因子，和自我憎恶意识。①

尽管如此，我认为这部小说的第一部分"英儿没有了"写于顾城在市政厅广场（Rathaus Square）附近的斯塔克·英克尔（Storkwinkel）12 号居住期间，从 1992 年 5 月 16 日来到柏林直到 1993 年 4 月中旬离开，顾城和谢烨一直住在那儿。如果不是更早之前，那么顾城也许是在这里开始读《圣经》，而不是在顾彬的住所，尽管 1992 年 6 月和 7 月我拜访他们的时候没有发现他在阅读《圣经》。

我发现《英儿》第一部分有三处可能直接出自《圣经》。

按顺序，三处的第一处暗示了夏娃被蛇诱惑的故事，在伊甸园中蛇"比田野一切神造的活物更狡猾"（《创世记》3：1）。"英儿手上有个苹果"② 意味着诱惑的开始，顾城和他的爱人英儿像"两条毒蛇，出卖了彼此的宝贝"。③ 英儿在和顾城相爱了短短的一段时间后离开了他，但是他知道应得这样的结局，因为他给她带来了很大的痛苦。至少他在清醒的一刻这么认为。

第二处和先知但以理有关。出现在另一章中，是顾城半疯癫状态下的产物。顾城断言世界上没有一个好男人："要但以理那样也罢了。什么呀！"④ 顾城的自我憎恶意识源自诸多因素，其中之一就是他不能生为女儿身的强烈的自卑感或者说某种情结。这也许可以解释，他为什么不喜欢自己的儿子小木耳。在作为《旧约·但以理书》的补充的《次经》里，有苏珊和两个老色狼的故事，顾城可能了解这个，所以才说出这样的话。⑤

最后一处与福音书中的耶稣的最后的晚餐有关。顾城对着英儿说"死吧。"英儿同意了："死吧。我们可以把最后的晚餐吃完。"但他们的最后

① Wolfgang Kubin, "Splitter: Erinnerungen an Gu Cheng und Xie Ye," *minima sinica* 1994, No. 1, p. 177. 我的翻译和李侠的英译本略有不同。

② 顾城、雷米（谢烨）：《英儿》，华艺出版社，1993，第 41、103 页。

③ 顾城、雷米（谢烨）：《英儿》，华艺出版社，1993，第 41 页。

④ 顾城、雷米（谢烨）：《英儿》，华艺出版社，1993，第 22 页。

⑤ 《旧约》的次经被天主教会承认为《圣经》经典的一部分。

的晚餐到底也没能吃成，因为英儿放弃了这个疯狂的念头。对许多人来说，尤其是对当代中国人而言，最后的晚餐往往意味着叛徒犹大之吻。其间的那些甜言蜜语暗藏着屈辱地死亡的不祥讯号。①

二

《英儿》的下篇，"引子"之后，由"十字"开始。以下是起首的几句：

> 我就住在教堂对面，看十字架。
> 教堂是有的，十字架也是有的，可钉在上边的人没了。
> 他想到处走走，不想回到十字架上。
> 我对整个故事的厌弃已经开始了。②

顾城第一次看见这个教堂和十字架是 1992 年 5 月 22 日从柏林克罗伊茨贝格（Kreuzberg）③ 的两个古老的墓地回来的路上，他和谢烨、顾彬还有我一起。④ 我们一起坐在顾彬住所的厨房，讨论《红楼梦》中林黛玉的诗和它们的文学价值：

> 醒时幽怨同谁诉，衰草寒烟无限情。⑤
> 满纸自怜题素怨，片言谁解诉秋心。⑥
> 空剩雪霜痕，阶露团朝菌。⑦

中间，顾彬准备了美味的热汤面，供我们边吃边聊。顾彬喜欢聆听，因此，他在对中国当代作家的研究中有很多重要的一手资料。

"十字"的描述，经常令我想起在那里居住六个月期间看到的一幅禅宗艺术家的作品。但对顾城来说，在早春三月那个昏暗阴冷的周末的早

---

① 参见《〈西方宗教典故选辑〉摘登》，《宗教》1980 年第 1 期，第 63 页；卓新平《圣经鉴赏》，中国社会科学出版社，1992，第 314 页。

② 顾城、雷米（谢烨）：《英儿》，华艺出版社，1993，第 104 页。

③ 这个地名或译"十字山区"，在德语中与各各他或骷髅地相似。

④ Marián Gálik, "Berliner Begegnungen mit dem Dichter Gu Cheng," *minima sinica* 1993, No. 1, pp. 33–34.

⑤ 曹雪芹、高鹗：《红楼梦》第 1 册，人民文学出版社，1982，第 528 页。

⑥ 曹雪芹、高鹗：《红楼梦》第 1 册，人民文学出版社，1982，第 525 页。

⑦ 曹雪芹、高鹗：《红楼梦》第 1 册，人民文学出版社，1982，第 1090 页。

晨，这并没有提示他什么东西。

在 1993 年 4 月 15 日之后，顾城的整个情绪变了，他对十字架的态度也变了，他对所有相关的事物的看法也有了根本的变化。

顾城是一个贪婪的读者，而且阅读速度很快。在我们第一次也是最后一次讨论宗教问题的那个复活节前的周五之后，因为某些因素，顾城阅读了，或则更确切地说，快速浏览了《圣经》的一部分内容。让顾城最感兴趣的是耶稣基督以及他的经历，其次就是那些基督教的先行者以及继承者，如亚伯拉罕、圣约瑟、圣彼得还有圣母玛利亚。

为什么是耶稣引起顾城唯一的兴趣呢？我认为有一些重要的原因。早在 1919 年五四运动时，耶稣就已被视作基督教信仰的主要代表。[①] 同时，这也可能与柏林瓦滕堡（Wartenburg）街 7 号周边的氛围有关：每天看到对面墙上的十字架，以及在教堂里来来往往的人们，这些景象想必对他有所冲击。尽管顾城讲起佛陀、耶稣和李煜时的言辞给人印象深刻，但和另外两位相比，顾城显然对耶稣的了解有限。这些因素共同促使他去阅读了解并在创作中引用《圣经》。顾城发现英儿的父亲喜欢王国维（1877～1927）、尼采（1844～1900）和叔本华（1788～1860）。或者这引起了他对王国维的特别兴趣，而这兴趣又引导着他关注文章中涉及的耶稣及其教诲。[②]

据我所知，另一个尚未提及的重要原因是但丁（1265～1321）的《神曲》。冯铁（Raoul David Findeisen）在顾彬的起居室里留下了很多德文书，以及三本中文书，其中有一本《神曲》的散文译本。顾城在 1992 年 4 月 1 日到 19 日间读了这本书，4 月 24 日在顾彬住所的谈话中，顾城表达了对《神曲》第三十三章最后两句的欣赏，这两句中强调了女性之爱的最高形式：

> 爱的轮子均匀的转动
> 推动那太阳和其他星辰[③]

顺便说一下，但丁是顾城在 1984 年之前最喜爱的作家之一。[④]

---

① 参见罗宾逊（Lewis Stewart Robinson）的专题论文。

② 顾城、雷米（谢烨）：《英儿》，华艺出版社，1993，第 236 页。

③ *The Divine Comedy*，trans. by Henry F. Cary，1965，p. 426；《神曲》，王维克译，台北：远景出版社，1983，第 563 页。

④ 顾城：《诗话录》，《黑眼睛》，人民文学出版社，1986，第 202 页。

顾城在和我讨论女儿性①的问题时，心里一定想到了《红楼梦》大观园中的女子，还有他的亲密女友李英，也就是英儿。不仅如此！在我们谈话的末尾，顾城想起了《红楼梦》的主角贾宝玉，他还提及了前引的但丁的诗。当然是用他自己的表述：

　　贾宝玉脱离了人世的瞬间，他与光同往；但丁也升到宇宙的高度，注视着星球被爱均匀的推动，而与物同驻的世界……②

在此时，非常有趣的是，顾城把他所谓的"上天"和英儿、大观园中贾宝玉的佛教天国以及出现在《神曲》中的《新约》和《旧约》中理想乐园中的"女儿"们——夏娃、萨利、利百加（Rebecca）、拉结、路德、犹迪、童贞女玛利亚和但丁本人的理想情人贝雅特里齐联系在一起。③

在诗人那里，一切事物都似声光影电。他关于"女儿性"的想法也不例外。金陵十二钗，在此正是那天地间灵虚变幻的外化：一时如开放就意味着必然会凋谢的玫瑰，一时如永驻人间的春天。④

自然，在谈到林黛玉的伙伴和基督教的圣母以及圣女们的时候，顾城想起了那"遥远的梦境"里的英儿。斯人入梦，并在当时成了顾城夫妇初到柏林的几个月里最大秘密的一部分。⑤

三

即便是顾城在柏林寓所的后院对着十字架沉思的时候，在他的脑海里也经常闪现着大观园、天国的壮丽空间，抑或新西兰某栋楼房的电梯⑥，这些构成了他的"遥远的梦境"的场景。梦中的人经常是英儿和他自己。

---

① 顾城、高利克：《〈浮士德〉·〈红楼梦〉·"女儿性"》，《上海文学》1993 年第 1 期，第 65 ~ 68 页。

② 顾城、高利克：《〈浮士德〉·〈红楼梦〉·"女儿性"》，《上海文学》1993 年第 1 期，第 68 页。

③ Dante, *Paradise*, Canto 32, p. 419.

④ 顾城、高利克：《〈浮士德〉·〈红楼梦〉·"女儿性"》，《上海文学》1993 年第 1 期，第 68 页。

⑤ 顾城、高利克：《〈浮士德〉·〈红楼梦〉·"女儿性"》，《上海文学》1993 年第 1 期，第 68 页。

⑥ 顾城、雷米（谢烨）：《英儿》，华艺出版社，1993，第 104 页。

就算他联想到十字架上下来的基督的时候，她仍在他亦真亦幻的脑海里不曾离去。他写道："英儿依旧有，在梦里，一个个梦，但面目模糊。"① 他直陈自己不喜欢模糊的东西。但，至少在彼时彼地，能拥有英儿的一盒信，他就很满足了。

在顾城给英儿最后的几封信中，有一封写于 1993 年 3 月，亦即在他看到十字架的几周之前。② "现在想，看见你，也是幻梦一般。"顾城对自己失去的爱人写道："我太极端，写书一页一页把我打开，才知道我早就疯了。"③下篇的题名是"英儿手上有一个苹果"，这个篇名与《圣经》的关系是直接的。这一部分是模仿、反讽、暗示与顾城本人充满幻觉的视觉感知的混合物。它与顾城沉溺于对自己和英儿关系的演绎式的回忆时的那种半疯癫的状态紧密联系在一起。同时，各各他和其他与耶稣基督的生平有关联的景象，为这部超小说的作品提供了背景。顾城对作为主题的"水"的沉迷凸显在其中。下部的第二章名为《新约》，以下面的句子开始：

> 我渴，他那天待在十字架上说，其实从上边看，风景挺好的。下边人还可以看他，像暴风雨前的一棵大树，或者像挂在木架上的半扇羊排，挂在他边上的人都不说话了，可是他还在那说渴。底下人用海绵递给他水喝，想一想又不给他了，因为有人说水是很贵的，反正他也没用了，其实是不想看他用嘴咬海绵的样子。其他的人又说，那么伟大的人是不会渴的，他这样的人说渴都是拿我们开心，他这样的人可以直接从云彩里喝水，喝多少也不会撒尿。④

耶稣受难是这个故事中最重要的一幕。当他写道："鬼的阴谋就暴露了"⑤，顾城部分地了解了，但他也怀疑是否如福音书记载的那样。顾城最终还是受挫了，耶稣对他始终是异质的。顾城对读者开了不少拙劣的玩笑，虽然其中很多读者比他更细心地读过《圣经》。耶稣在被钉在十字架上的一个小时四十五分钟内无事可做，难受地望着下边。他从出生到死去一直都很渴。水是美好的，能反映事物。水不是神的创造，它永恒存在。

① 顾城、雷米（谢烨）：《英儿》，华艺出版社，1993，第 104 页。
② 顾城、雷米（谢烨）：《英儿》，华艺出版社，1993，第 104 页。
③ 这封信写于 1993 年 4 月 25 日。
④ 顾城、雷米（谢烨）：《英儿》，华艺出版社，1993，第 107 页。
⑤ 顾城、雷米（谢烨）：《英儿》，华艺出版社，1993，第 107 页。

顾城或许想到了《创世记》的前几句，"神的灵运行在水面上"①，或者是米利都的泰勒斯的命题：水是万物的本源（archë）。甚至神也要在水上走过。顾城想到了《马太福音》第 14 章第 22 ~ 23 节，施洗约翰在希罗底的监狱被斩首之后，耶稣的门徒到了船上，"耶稣在海面上走，往门徒那里去"。水就像一个疯丫头。这里顾城想到了英儿，他们在北京附近的水边相识。依顾城的说法，他向她要水喝，她给他一些。然后，他知道她是他的，并且喝她的水会越喝越渴。他没有说明是哪种水。这清楚地暗示了他们当时和后来的性关系。

最后一个故事发生在 1986 年夏天，他和谢烨婚后的第三年。这有点像《约翰福音》第 4 章第 1 ~ 30 节叙述的撒玛利亚妇女和耶稣的故事。耶稣在从犹太到加利利的路上经过撒玛利亚的叙加城，坐在雅各的井旁向前来打水的撒玛利亚妇女讨水喝。她后来成为《浮士德》中永恒女性的代表人物之一撒玛利亚妇人（Mulier Samaritana）。这个女人当时很吃惊，因为正统的犹太人不会对撒玛利亚人提出任何要求。耶稣却对她说："你若知道神的恩赐，和对你说'给我水喝'的是谁，你必早求他，他也必早给了你活水。"后来又补充说：

> 凡喝这水的，还要再渴；人若喝我所赐的水，就永远不渴。我所赐的水要在他里头成为泉源，直涌到永生。

或许应该假设顾城没有向英儿要水喝。他们一起打水漂，石头在水面上蹦跳。她比他更精于这个"魔术"。②

顾城的联想越走越远，慢慢地，耶稣基督变成了顾城自己，他走在了革尼撒勒海上，或挂在十字架上口渴。耶稣受难的最后时刻，和崇高与动人的暴风雨的海上的情景或者雅各井边的情景一样，只是顾城表达自我的途径。这种自我表达和五四时期的作家如郁达夫（1896 ~ 1945）、郭沫若（1892 ~ 1978）并不一样。他们一般试图表达他们的内在需要。③ 而顾城的自我表达先是戏仿"五四"前辈的叙述，然后用自己的信念对之加以否

---

① 《创世记》1：2。这发生在北京昌平的朦胧诗讨论会上。另参见文昕《顾城绝命之谜——〈英儿〉解密》，华艺出版社，1994，第 22 ~ 24 页。
② 顾城、雷米（谢烨）：《英儿》，华艺出版社，1993，第 109 页。
③ 关于 1919 年之后中国作家的"内心要求"，参见 Marián Gálik, *The Genesis of Modern Chinese Literary Criticism* (*1917-1930*), pp. 69, 79, 121, 124, 126-127, 129。

定。在用大量言语描写了水的问题之后，顾城说他根本不渴，因为在他的心中"有一个挺大的湖，水量充沛，波涛汹涌"①，或者因为他的爱人（谢烨或英儿）在把他跟《圣经》里的角色比较时弄错了：

> 我不是那本书里的人，也没有让你舀水，喂我的那一大群骆驼，我本来没有一大群骆驼，我骑自行车上班，是北京人。我从东边来的，不错，东边国家多了，不一定从东边来的就叫亚伯拉罕。②

这是一个相当单纯的谐拟式的嘲讽。这里顾城犯了一个小错误，就像他有时写作有关《圣经》的主题时犯的错误那样：不是亚伯拉罕，而是他的仆人——大马士革的以利以谢（Eliezer of Damascus）要求利百加为他和骆驼们取水。③

然而顾城至少在意识上扮演了一个《圣经》里的角色，也就是耶稣基督。在这一章的结尾，他"穿着衣服""到处"走让人触摸他的伤口。④ 英儿的角色则是一个特别的撒玛利亚妇女。当顾城见到她时，她"眼睛里确有湖水，或刚刚融化的雪水"。⑤ 相比当代西方作家的一些自我陶醉的超小说的作品，《圣经》特别是《新约》的一部分是顾城后现代文学意象的源泉。

四

在"伤口"一章中，顾城稍微模仿了众所周知的耶稣受难的情景，包括被鞭打，戴荆棘，被钉在十字架上。顾城在对英儿做了内心的独白后说：

> 但你没有了，就像习惯用手去拿杯子，手没有了一样，就像在手术后，被拿走了心。我的血依旧在流，却无法回到我的身上，说话变成文字，我整个是一个伤口。我不再是一个完整的人。活了多久，刀

---

① 顾城、雷米（谢烨）：《英儿》，华艺出版社，1993，第109页。
② 顾城、雷米（谢烨）：《英儿》，华艺出版社，1993，第110页。
③ 《创世记》15：2。
④ 顾城、雷米（谢烨）：《英儿》，华艺出版社，1993，第110页。
⑤ 顾城、雷米（谢烨）：《英儿》，华艺出版社，1993，第110页。

口就有多长。①

到柏林之后，一盒子英儿的信成了顾城的安慰，但当他搬进顾彬寓所的时候就不再是这种情况了。"遥远的梦境"逐渐变成了一种悲哀的境况。他感觉他只能这样表达：

> 这是给你读的，因为我找不到你，我在信箱拿到的是自己的信……现在我写这些事情，是因为我只看见了你，看你在所有事情中。他们都是虚的影子，或者准备使用的东西。我不太相信你还在一个地方，你还活着，你还能读我写的每一个字，我们中间永远隔着死亡和大海。我不太相信，照过我的太阳，又会照着你，照着你的头发和你生活的街道。我不相信你的心还能看见我，但我还是写了，日日夜夜不可置信地写着。②

顾城想让英儿无论生死都属于他。他暗示了耶稣基督的死亡和复活，在回忆了他和英儿的爱情生活之后，他这样想：

> 你没有了，你还活着。我不知道那是不是你，我希望一定不是，因为我的你不会做这些事，因为它知道我的灵魂，因为它走了那么远才找到花朵一样的坟墓。我们要一起葬在生活的土里，我们要无声无息，我们要如歌如诉，我们要活在这幸福的死亡中。我们不需要复活，不需要那支离破碎的噩梦，我们生活够了，现在应该休息。③

在想象或沉思中，顾城经历了基督的受难过程，他希望和英儿一起得救。死亡而不是复活，是得救的一部分，至少从他们在激流岛上讨论最后的晚餐开始。顾城不相信复活，他似乎更相信轮回（metempsychosis）。④在生命的最后几年，顾城先后遭受了精神分裂症和妄想症的折磨，他的生

---

① 顾城、雷米（谢烨）：《英儿》，华艺出版社，1993，第112页。
② 顾城、雷米（谢烨）：《英儿》，华艺出版社，1993，第111页。
③ 顾城、雷米（谢烨）：《英儿》，华艺出版社，1993，第111页。
④ Suizi Zhang-Kubin, "Das ziellose Ich. Gespräch mit Gu Cheng," *minima sinica* 1993/1, pp. 21–22. 英文版 "The Aimless I-An Interview with Gu Cheng"，参见 Li Xia, trans. and ed., *Essays, Interviews, Recollections and Unpublished Material of Gu Cheng, 20th Century Chinese Poet: The Poetics of Death* (Lewiston, NY, 1999), pp. 335–340。

活成为破碎的噩梦。

下一章"傍晚"初看和《新约》并没有关系，但如果联系前面的章节，这章和耶稣在十字架上的三个小时的折磨是有关系的。根据《马太福音》和《路加福音》，从中午十二点到下午十五点，随着正午开始的黑暗，耶稣在十字架上被折磨了三个小时。顾城在这章中分析了他心灵的半疯狂状态和其中的黑暗，虽然他总是小心地隐藏，但这些仍然清晰可见。1993年夏天，顾城这样写道："我知道我在某一层已经全都疯了，我只能拿不疯的部分给人看。只要你（指谢烨）离开一分钟，我的疯病就发了，它使我到处奔跑，看每条街，每一个窗子，每一棵树，已经有两次是这样了，你只出去一会。我现在已经不是一个人了，我没有一点理智，我只有薄薄的一层壳，一个笑容，一些话，对人说话，就好像坐在卖票的窗口上，其他的部分已经都疯了。"①

在他和朋友们（包括我）交往、对话的时候，顾城从不承认他有癫狂的一面。

当他心情不错时，他很喜欢笑，看看华艺出版社出版的《英儿》中的一张照片，照片中顾城和谢烨坐在他们一起写了很多小说的桌子对面的红色沙发上，正把他的第一部诗集《黑眼睛》送给我。顾城很喜欢和朋友聊天与讨论，尽管有时谈论的内容很浅显。他对售票处的看法是错误的。他从不说哪些是他半疯或是全疯的灵魂的产物。他擅长躲躲藏藏，懂得如何隐藏他的秘密，包括他患了分裂—妄想症的心灵。

我们不知道顾城是否服用"每一夜用来防止腐烂的毒药"。虽然他曾在上海拜访过一位内科医生②，但他从来没有看过精神医生。他在写这章时已经是一个无法安宁的死人了，已经腐烂和疯癫。他在自己的路上并没有错。他对谢烨说："活与其说是本能，倒不如说是兴趣。雷，是这样的，活得没有兴趣了也就该死了。"③

他在下半生中一直是垂死的，他必须以死来防止垂死。

1993年夏天在柏林的街头，或者是在瓦滕堡街 7 号教堂后面托儿所的

① 顾城、雷米（谢烨）：《英儿》，华艺出版社，1993，第 114。
② 顾城、雷米（谢烨）：《英儿》，华艺出版社，1993，第 115 页。参见吴斐《顾城的爱与死》，载陈子善编《诗人顾城之死》，上海人民出版社，1993，第 23 页。这位医生将顾城的病诊断为歇斯底里。顾城显然没有完全向他坦白自己的精神状态。
③ 顾城、雷米（谢烨）：《英儿》，华艺出版社，1993，第 115 页。

花园中，顾城常常沉思死亡（或垂死）。他没有透露给读者。德国和土耳其的小孩（克罗伊茨贝格区是德国的土耳其哈勒姆区）喜欢看到这位带着牛仔布帽的"叔叔"。当他帮他们捡起球的时候，他们向他微笑。如顾城所说，没人知道这个快活的、滑稽的通常在被托儿所的教师占领的斜坡上打盹的陌生人究竟在想些什么。①

"订约"一章是否和来自最后的晚餐的"新约"或者毛泽东有关还是个问题。1992年5月22日，我和顾城在克罗伊茨贝格墓地的首次谈话中，他提到过在类似情境中的毛泽东。

在《英儿》中，上天而不是上帝是宇宙最基本的动力。顾城"没有比一直活下去更可怕的了"的断言是"傍晚"一章所叙述故事的延续。② 顾城对这个世界很愤怒，他憎恨生活和世界，至少是憎恨男性（包括他自己）。③ 像在激流岛一样，英儿是女主角。反面角色是她年老的英国情人。在人海中找不到英儿的藏身之处让顾城很痛苦，他不能真的死去，他为了将来而珍惜他的死。他希望"最后能看见她，不管是她的灵魂还是她的身体"。④ 在他心中，死亡和英儿或谢烨（或者她们俩）的关系应该是"像颜料一样美丽，应该画一张画"。⑤

他再也没有见过英儿。他用斧头砍死了谢烨，最后上吊自杀。他的双手造就的死亡并不美丽，极可怖而且丑陋。

顾城认为上天折磨他是为了让他写出这部书。顾城理解的上天（但是不是在所有著作中）意味着一种命运框架内的神圣性。也许我关于"城楼梦"的建议是多余的，一开始他就拒绝了这么写。他当然可以用自己的方式写"忏悔录"，而曹雪芹那样更有价值，更具社会性。在很长时间内没有和上天订约（或是他心中的上帝，因为这两者在顾城的世界观中是平行的）的顾城和上天妥协了：他同意写这本书，条件是上天使他如愿以偿。⑥ 我们不知道他在写《英儿》之前到底向上天或者上帝提出了什么样的内心

---

① Wolfgang Kubin, "Splitter: Erinnerungen an Gu Cheng und Xie Ye," *minima sinica* 1994, No. 1, p. 137.

② 顾城、雷米（谢烨）：《英儿》，华艺出版社，1993，第118页。

③ Wolfgang Kubin, "Splitter: Erinnerungen an Gu Cheng und Xie Ye," *minima sinica* 1994, No. 1, pp. 137 – 139.

④ 顾城、雷米（谢烨）：《英儿》，华艺出版社，1993，第118页。

⑤ 顾城、雷米（谢烨）：《英儿》，华艺出版社，1993，第118页。

⑥ 顾城、雷米（谢烨）：《英儿》，华艺出版社，1993，第202页。

要求。很可能要求的正是英儿本人：顾城希望在和谢烨回到激流岛后能和英儿重聚。

在上述章节之后，顾城失去了对《圣经》的兴趣，即使他的文中又提到《圣经》，也不是先前的关系，例如英儿取笑一个读它却并不真的信它的老牧师。① 1993 年 5 月 14～16 日的周末，顾城告诉顾彬他自己的"圣经"或许是让·亨利·法布尔（Jean Henry Fabre，1823～1915）《昆虫记》（*Souvenirs entomologiques*）中文简译本。他批评《圣经》的中文译本，认为《旧约》和《新约》都译得很差。② 这种意见尚待商榷，如果我们征询《圣经》翻译方面的中国甚至世界文学专家的意见的话。③

另外，有必要强调《英儿》中的《圣经》是一种主要的见证，虽然没有一个人物是顾城赞同的。除了其中描绘活着的亲人和朋友，耶稣基督是他最经常的伙伴，甚至是他的分身，他们之间有强烈的冲撞。他的故事当然不是圣保罗那样的。④ 顾城只是匆匆地提到或暗示了中国和其他国家的伟大作家和作品，例如夏洛蒂·勃朗特（Charlotte Brontë，1816～1855）⑤ 的《简·爱》，契诃夫（1860～1904）⑥ 和蒲松龄（1640～1715）⑦ 的短篇小说，吴承恩（约 1500～1582）⑧ 和曹雪芹⑨的小说。曹雪芹的小说，正如我在别处已经指出的，对顾城的生活和《英儿》的影响最大。⑩ 如果要找出一本对他的生活和创作影响最大的书，非《红楼梦》莫属。

很遗憾，顾城并不充分地了解自己。假如他知道自己（见奥维德与那

---

① 顾城、雷米（谢烨）：《英儿》，华艺出版社，1993，第 186 页。

② Wolfgang Kubin, "Splitter: Erinnerungen an Gu Cheng und Xie Ye," *minima sinica* 1994, No. 1, p. 138.

③ 参见周作人《圣书与中国文学》和朱维之《中国文学的宗教背景》，载《中国比较文学研究资料 1919～1949》，北京大学出版社，1989，第 382～385、397～399 页。很有可能顾城阅读了《圣经》的另一个中文版，不是周作人和朱维之所读的"官话和合本"。

④ 《使徒行传》9：1～31；13：9。

⑤ 顾城、雷米（谢烨）：《英儿》，华艺出版社，1993，第 19 页。

⑥ 顾城、雷米（谢烨）：《英儿》，华艺出版社，1993，第 179 页。

⑦ 顾城、雷米（谢烨）：《英儿》，华艺出版社，1993，第 95 页。

⑧ 顾城、雷米（谢烨）：《英儿》，华艺出版社，1993，第 25 页。

⑨ 顾城、雷米（谢烨）：《英儿》，华艺出版社，1993，第 183 页。

⑩ Marián Gálik, "Postscript: Reflections of a Reader and Friend," pp. 280–290.

耳喀索斯有关的诗)①，他应该更认真地读《圣经》，特别是《新约》以及和耶稣有关的部分。顾城几乎和尼采一样狂傲。② 顾城不懂得基督要人谦卑，要人爱人如爱己。顾城在拒绝了神（包括耶稣）作为美德的最高典范之后，站在了上帝的对立面——魔鬼一边，将其作为最合理的伦理和哲学的替代。一个写了一系列名为《鬼进城》的诗（魔鬼进了或者魔鬼进入顾城体内），或是写了《英儿》序和结语的作家，在善恶的对抗中选择站在魔鬼的一边。③ 顾城对《西游记》中孙悟空的暴力特征，或是对"文革""横扫一切牛鬼蛇神"的口号的强调，正如《英儿》中他生命的最后一年（或更久）④ 以及他自杀前几分钟谢烨的"血的牺牲"一样，显示了他对基督"从十字架上下来"的误解。基督的"到处走走"不会像尼采的"上帝已死"那样对世界文化史造成这么巨大的影响，但是他是顾城和谢烨个人悲剧的一部分。

同样遗憾的是，顾城在使用《圣经》资源方面没有达到比他年长一些的同时人的水准。比如说，王蒙（1934 ~ ）和他的杰作《十字架上》。⑤在此，只提这一部在中国当代文学中受到世界文学中最具感染力的著作影响的作品。

（尹捷　译）

（本文曾发表于《南方文坛》2014 年第 2 期。）

---

① *Metamorphoseon. Libri XV. Publii Ovidii Nasonis Opera*, Vol. 2（Vindobonae, 1803），p. 112.

② 我从来没有在 "Postscript: Reflections of a Reader and Friend" 中写过："顾城自豪地自比尼采。"

③ Marián Gálik, "Gu Cheng and Xie Ye: Two Chinese Poets Who Died Too Early," *Asian and African Studies* 3（1994）2，pp. 134–137.

④ Marián Gálik, "Postscript: Reflections of a Reader and Friend," *Ying'er: The Kingdom of Daughters*.

⑤ 王蒙:《十字架上》,《钟山》1988 年第 3 期。

在客西马尼花园与骷髅地之间：中国现代文学中的耶稣受难日（1921～1942）*

赫伯特·威尔斯（Herbert G. Wells）的论著《新修订版历史概况：一部生命及人类的通俗史》（*The New and Revised Outline of History: Being a Plain History of Life and Mankind*）① 可谓 1920～1930 年对中国非职业知识分子最有影响的一本书。此书的宗旨是："既可以为美国人或西方欧洲人阅读，又可以为大部分的印度徒、穆斯林和佛教徒阅读。"② 因此，威尔斯力图做到"切近显而易见的事实，避免不必要的争论和歪曲，以及强加其上的神学阐释"。③ 在此，我也力图沿袭威尔斯的做法。

值得注意的是，中国人阅读这本影响深远的书，主要是通过中译全本或中译删节本。在 30 年代中期该书至少出现了 6 个译本。④

另一本中国读者非常感兴趣的巨著则是盛行的新教《圣经》中译本：《旧新约全书》［官话和合本（Mandarin Union Version），上海，1919］。中国现代文学的诞生与此书密切相关，尤其是《新约》部分，早在 19 世纪末福音书就已经出版了。1920 年，周作人（1885～1967）对北京大学的师

---

* 原文 "Between the Garden of Gethsemane and Golgotha. The Last Night and Day of Jesus in Modern Chinese Literature（1921–1942）"，此文的德语版由 Barbara Hoster（Monumenta Serica Institute）翻译，发表在 *China heute*（Sankt Augustin）XX（2001），Nr. 1–2，pp. 39–44。

① H. G. Wells, *Outline of History*, complete in One Volume, reprint of A de Luxe ed. , n. p. , n. d.

② H. G. Wells, *Outline of History*, p. 528.

③ H. G. Wells, *Outline of History*, p. 528.

④ 参见《全国总书目》，上海，1935，第 518 页。

生——这些未来几十年新中国最有影响力的知识分子，做了有关《圣经》中译本的演讲，他提到：

> 到得现在，又觉得白话译本实在很好，在文学上也有很大的价值；我们虽然不能决定怎样最好，指定一种尽美的模范，但可以说现今是少见的好的白话文，这译本的目的本在宗教的一面，文学上未必有意注重，然而因了他慎重诚实的译法，原作的文学趣味保存的很多，所以也使译本的文学价值增高了。①

我们不知道周作人在下文中提到的此人的身份，不过，其见解极有价值：

> 我记得从前有人反对新文学，说这些文章并不能算新，因为都是从"马太福音"出来的；当时觉得他的话很是可笑，现在想起来反要佩服他的先觉：《马太福音》的确是中国最早的欧化的文学的国语，我又预计他与中国新文学的前途有极深的关系。②

当周作人提及《圣经》中译本忽略了文体和审美价值时，他犯了错误。严复（1853～1921）是英译汉的最优秀翻译家。他曾把《马可福音》的1～4节翻译成文言文。英国与外国圣经协会很遗憾他没有完成这项工作。"福音书被译为文言文，至少可以使之与中国最好的文学并列。"③ 有人甚至会说周作人乃是个预言家，因为在1920～1930年的某个时期，中国现代文学的写作与阅读不仅深受《圣经》白话中译本的影响，而且受到福音本身的影响。④

---

① 英文引自 Jost Oliver Zetzsche, *The Bible in China: The History of the Union Version or the Culmination of Protestant Missionary Bible Translation in China* (Sankt Augustin-Nettetal, 1999), p. 333；中文见周作人《圣书与中国文学》，《小说月报》第12卷第1号（1921年1月），第6页。

② 英文引自 Zetzsche, *The Bible in China: The History of the Union Version or the Culmination of Protestant Missionary Bible Translation in China*, p. 334；中文见周作人《圣书与中国文学》，《小说月报》第12卷第1号（1921年1月），第6页。

③ Zetzsche, *The Bible in China: The History of the Union Version or the Culmination of Protestant Missionary Bible Translation in China*, p. 131.

④ 参见 Janice Wickeri, "The Union Version of the Bible and New Literature in China", in *The Bible Translator* 1 (1995): 129-152.

一

根据 H. G. 威尔斯的说法，耶稣是：

> 非常人性化、严肃认真，激情饱满，还会突然生气，他教导一种新的、简单而深刻的道理——也就是说，上帝的普世之爱及天国近临。他只不过是一个人——使用普通的言语——极具个人魅力。他依靠爱和勇气吸引信徒，充满其心灵。

耶稣的博爱、怜悯和勇气，他宣扬的伦理与社会观点及后来信徒们的践行（虽然彼此并不一致），在未来的世纪引领着全世界：从君士坦丁大帝统治时期（Constantine the Great，312～337）到欧洲的基督教全胜时代（Victory of Christianity），到抵抗伊斯兰（Islam，8～15 世纪）和奥斯曼土耳其入侵的时代（Ottoman Turks，15～17 世纪），到文艺复兴（Renaissance，16～17 世纪），到权威时代（Great Powers，17～18 世纪），到欧美的新民主时代（18～19 世纪），到帝国主义及其衰落时代（19 世纪下半叶到 20 世纪上半叶），到共产主义在世界许多国家的兴衰时代（20 世纪），直至现今的全球化时代。①没有耶稣及其教导，所谓的新教伦理（当然，希伯来、希腊、罗马传统也与此相关）也无从谈起。如果我们要谈论人类历史上最伟大的人，我会问：有谁像耶稣一样？（Quis ut Jesus？Who is like Jesus？）

逾越节的前两天及耶稣被钉上十字架的前一天，在古都耶路撒冷用过最后的晚餐（the Last Supper），耶稣及其门徒们来到东边的橄榄山（the Mount of Olives），也就是客西马尼花园（Garden of Gethsemane）的所在地。耶稣带着自己最忠心的门徒一起祷告。可以想象，那些在基督教开始之初有机会体验希伯来日常晚餐的门徒们，吃饼饮酒之后，疲惫不堪，倒头便睡。而唯独耶稣在不停地祷告——孑然一身。告密者犹大（Judas Iscariot）带着官兵来逮捕他的拉比（老师），耶稣被带到大祭司面前，审判在深夜进行。当耶稣承认自己是弥赛亚（救世主）时，他被判犯下僭妄罪。此后，他被带到担任犹太巡抚（26～36）的彼拉多（Pontius Pilate）面前。

---

① H. G. Wells, *Outline of History*, p. 509.

在此，他又受审，并被控为反罗马皇帝提比略（Tiberius，14～37）的叛国罪。彼拉多很快知道耶稣并非政治犯，试图释放他，而让囚犯巴拉巴（Barabbas）去死，可是执拗的犹太长老和众人却不同意，结果耶稣被判钉十字架的死罪。在一阵鞭打之后，耶稣头戴用荆棘编成的冠冕，视为"犹太人之王"而被戏弄鞭笞，接着他被带往骷髅地（Golgotha），被钉上了十字架。

二

1921 年 5 月，一位中国年轻的女诗人冰心（真名是谢婉莹，1900～1999）在《生命》的杂志上发表了两首短小的祷告诗。这份杂志由燕京大学出版，冰心曾经就读于此。这两首短诗可能是在复活节来临之际，她阅读《圣经·新约》的产物。

第一首诗《客西马尼花园》是她对《路加福音》22：44 的沉思："耶稣极其伤痛，祷告更加恳切。汗珠大如血点，滴在地上。"此诗如下：

> 漆黑的天空，
> 冰冷的山石，
> 有谁和他一同警醒呢？
> 睡着的只管睡着，
> 图谋的只管图谋。
> 然而——他伤痛着，血汗流着，
> "父啊，只照着你的意思行。"
> 上帝啊！因你爱我们——
> "父啊，只照着你的意思行。"阿门。①

冰心对耶稣的内在问题和烦恼并不感兴趣，相反，她只是关注耶稣向上帝的恳求："把这杯撤去"（《路加福音》22：42），以及他对彼得和西庇太的两个儿子说的话："心灵固然愿意，肉体却软弱了"（《约翰福音》26：44）。他的心里"甚是忧伤，几乎要死"（《约翰福音》26：38）。对耶稣

---

① 原文发表在《生命》（1921 年 5 月 15 日第 1 卷），第 9～10 页。此处引自《冰心诗全编》，第 113 页。

而言，遵循上帝的意旨并不是件轻而易举的事，这对于涉世未深、幸福无比的年轻女诗人来说，当然无法理解。

第二首诗的题目是《骷髅地》，冰心使用了同样的方法。在此，冰心对《约翰福音》19：30 进行了沉思，这是对耶稣在世最后时刻的短暂描述："耶稣尝了那醋，就说，成了。便低下头，将灵魂交付神了。"此诗如下：

> 罪恶，山岳般堆压着他，
> 笑骂，簇矢般聚向着他。
> 十字架，
> 背起来了，
> 钉上去了。
> 上帝啊！
> 他呼唤——听他呼唤！
> "父啊，成了！"上帝啊！因你爱我们——
> "父啊，成了！"阿门。①

在这首祷告诗中，冰心试图描述耶稣途经各各他的整个过程和在十字架上的受难，但是她无法体会耶稣内在的痛苦，甚至是犹豫。作为《诗篇》（Psalms）的阅读者，冰心完全可以使用"以利，以利！拉马撒巴各大尼"（即"我的神，我的神，为什么离弃我"）来代替耶稣"父啊，成了"的最后呼唤。

"我的神，我的神，为什么离弃我？"这句话出现在《诗篇》22 的首句，在钦定本《圣经》中，它也散落在《诗篇》19 和《诗篇》23 之间。就在冰心皈依基督教前不久，她与神学老师一起阅读过它们。② 据说，这句话曾经被大卫王谱曲，充满着极大的忧伤与绝望："我的神，我的神，为什么离弃我？为什么你远离我不帮助我？不倾听我的呼唤？"耶稣在离世之前的最后时刻记住的是《诗篇》中的这句话，在《新约》中被引用了

---

① 原文发表在《生命》（1921 年 5 月 15 日第 1 卷），第 9～10 页。此处引自《冰心诗全编》，杭州，1994，第 114 页。

② 参见冰心《画—诗》，《冰心散文集》，上海，1943，第 8～10 页。参见 Marián Gálik，"Studies in Modern Chinese Intellectual History：VI. Young Bing Xin（1919–1923），" in *Asian and African Studies* 2（1993）1，pp. 42–60。

13 次。此外，《诗篇》作者们还用了许多天启的意象暗示着耶稣基督受难时的心理状态：公牛、吼叫的狮子、脱节的骨头、心在里面如蜡熔化、精力枯干如同瓦片、舌头贴在牙床上、犬类围着、恶党环绕。这是与约伯（Job）的旷野呼唤、第二以赛亚（Deutero-Isaiah）的异乡流放媲美的文学篇章。①

三

在日本袭击珍珠港的事件爆发（1942 年 12 月 7 日）不久，即 1942 年开始的头两个月，茅盾（1896～1981）从香港回到内地避难，其旅行包中携带着《圣经》——可能是官话和合本，它成为他随身的唯一伴侣。② 他此行的城市首先是广东的曲江，然后是广西的桂林。③

此时，他深受《以赛亚书》的影响。关于以赛亚：

> 他在公元前 742～前 687 在犹大和耶路撒冷传道，这正是北部民族被亚述帝国（Assyrian empire，见《列王纪下》17）攻击占领的艰难时期，犹太人生活在暴君的阴影之下，困苦不堪。（见《历代志下》28：21）④

茅盾很喜欢神话主题，《以赛亚书》十分吸引他。正如以赛亚所经历的一样，他也生活在被日本人占领了部分领土的国家。虽然他只滞留在被外国人占领的香港几个星期，却如同第二以赛亚被俘在巴比伦（Babylon），也就是公元前 539 年 10 月 29 日波斯王古列（Cyrus）入侵前不久的情形。

在 1942 年 8 月初，戏剧家和编辑家熊佛西（1900～1965）请正驻留在桂林的朋友茅盾给其新办刊物《文学创作》赐稿。8 月 5 日，茅盾匆匆完成了一个题为《耶稣之死》的短篇小说。⑤

---

① 参见 Carroll Stuhlmueller, *Psalms* 1（Wilmington, Del., 1983）, pp. 144–151。
② 参见唐金海和刘长鼎《茅盾年谱》第 1 册，台北，1996，第 629～636、645 页。
③ 茅盾：《后记》，《茅盾文集》第 8 卷，北京，1959，第 394～395 页。
④ *The Oxford Annotated Bible With Apocrypha*, Revised Standard Version（New York, 1965）, p. 822.
⑤ 参见唐金海和刘长鼎《茅盾年谱》第 1 册，第 645 页。

茅盾的叙述开始引用了《以赛亚书》40：3~5中的一段。被囚禁在巴比伦的犹太人在等待着他们的解放：

> 有人声喊着说："在旷野预备耶和华的路；在沙漠地修平我们神的道。一切山洼都要填满，大小山冈都要削平；高高低低的要改为平坦，崎崎岖岖的必成为平原。耶和华的荣耀必然显现，凡有血气的，必一同看见，因为这是耶和华亲口说的。"

"人们相信。"① 茅盾写道：他们也相信几百年之后另一位先知施洗约翰，在约旦河附近的真正的旷野上呼喊："天国近了，你们应当悔改！"②（《马太福音》3：2）在遇见施洗约翰开始传道之后，耶稣本人也经常引用以赛亚的话。通过约翰之口，《以赛亚书》对耶稣的预言应验了。约翰把"斧子已经放在树根上"比喻为"不结好果子"的法利赛人和撒都该人，他们要被砍下来丢在火里。③（《马太福音》3：10）与冰心相反，茅盾并没有使用《路加福音》中有关《客西马尼花园》的情节，而是取自于《马太福音》对应的章节。我们把"官话和合本"中的《马太福音》与茅盾的故事进行对比，就一目了然了。在《马太福音》中，并没有提到有一位天使从天显现，加添耶稣的力量，而在《路加福音》22：43中却提到这一点。《马太福音》中的耶稣只是孤独一人，他最忠心的门徒们都在睡觉休息。茅盾对这一场景的故事叙述或多或少几乎是照搬《马太福音》。例如，《马太福音》26：38在"官话和合本"中是："我心里甚是忧伤，几乎要死，你们在这里等候，和我一同警醒。"茅盾只是改动了几个字，把"一同"改为"一样"，增加了"不要睡着"这句话。④

如果说信仰虔诚的冰心对天使从天显现，在耶稣悲伤之际，加添其力量这一场景很有兴趣的话，并不信仰上帝的茅盾当然会让耶稣独自去承受那些可怕的痛苦。

总体上，茅盾试图在其小说中展示作为上帝之子的耶稣是一个伟大的

---

① 茅盾：《耶稣之死》，重庆，1943，第3页。
② 茅盾：《耶稣之死》，第4页。
③ 茅盾：《耶稣之死》，第4页。
④ 茅盾：《耶稣之死》，第23页。

人物，为了完成自己的使命，如帮助穷人和卑微的人，他不惜一切代价。

下一个场景写的是耶稣被出卖，被带往大祭司该亚法（Caiaphas）那里去，文士和长老已经在那里聚会。茅盾也是照搬《马太福音》，也参考了《马可福音》。例如，如果我们把"官话和合本"中的《马太福音》26：59～60、《马可福音》14：55～56与茅盾的小说进行对比，就可以发现这部小说很可能取材于其中的某一部。茅盾的同情心显然是站在耶稣一边。不过，他忽略了福音传道者们的证词，而是让该亚法开口道："我们何必再用见证人呢！定他的死罪便是了。"① 显然，这种态度并不符合罗马法和希伯来法。也许，茅盾不知道或不太关注大祭司的提问："你是神的儿子基督不是？"（《马太福音》26：63）"你是那当称颂者的儿子基督不是？"（《马可福音》14：61）耶稣并没有沉默，而是回答："你说的是"（《马太福音》26：64），或"我是"（《马可福音》14：62）。这种回答被该亚法视为僭妄罪。于是，他撕开衣服，定了耶稣死罪。

到了早晨，巡抚彼拉多与长老们又改变了审判的方式。根据茅盾的叙述，即他们说："此人蛊惑国民，该杀。"② 此处根据的是《路加福音》23：5，我们读到的是犹太人的控告："这人诱惑国民，禁止纳税给恺撒，并说自己是基督、是王。"同样，犹太人的领导人也控告他"煽惑百姓"。彼拉多并不相信他们的控告，因为没有证据下此断言。不过，由于他政治立场的偏向，他还是把耶稣钉上了十字架。

在这一番审判之后，耶稣被交到罗马士兵的手中，被百般凌辱。在茅盾的小说中，巡抚及其侍从也这样对待他。③

在故事的结尾描写骷髅地时，茅盾再次到《马太福音》中寻求灵感。他把耶稣描写为一个世间最孤独的人，不仅被他的父亲抛弃，也被他的母亲和门徒们弃绝。他既没有提到站在十字架旁边的圣母玛利亚，也没有提到圣约翰以及抹大拉的玛利亚。在小说中，耶稣的同伴只有两个贼——一个钉在他左边，一个钉在他右边——还有一个给他喝了一口醋的士兵，以及那些无名的暴徒。④

---

① 茅盾：《耶稣之死》，第26页。
② 茅盾：《耶稣之死》，第26页。
③ 茅盾：《耶稣之死》，第27页。
④ 茅盾：《耶稣之死》，第28页。

四

至少还有其他三位著名的中国现代作家叙述了耶稣在星期五的受难日，即鲁迅（1881～1936）、徐志摩（1897～1931）和艾青（1910～1996）。

徐志摩写过一首长诗《卡尔佛里》［Calvary，这是骷髅山（Golgotha）的拉丁名，其希伯来名是 Gulgoleth］①，也许它取材于俄国作家安特来夫（Leonid Andreyev，1871～1919）的短篇小说《齿痛》（Ben-Tobit）。这部小说描写了主人公本·托比特（Ben-Tobit）、他的妻子萨拉（Sarah）及其邻居们的"远行"，并以"卡尔佛里"结尾。徐志摩可能是在《新青年》（1919 年 12 月）上读到过这篇小说，是周作人的译本。徐志摩也可能是从钦定本《圣经》（《路加福音》）中找到"Calvary"这个词，而不是"官话和合本"中使用的"Golgotha"。徐志摩把"卡尔佛里"视为"人头山"，也就是"骷髅之地"（《路加福音》23：33）。这首诗由 52 行无韵诗行构成，绝大部分而非全部是通过路加（诗人自身）的叙述展开，他是耶稣受难引起的喧闹现场的目击者（eye-witness）。② 他并不只是等待着耶稣的死，而是"预示"着这一时刻天地都得昏黑。这与安特来夫笔下的本·托比特不同，他一边看着耶稣的受难，一边想着自己的齿痛，以及头一天用一头老驴换了一头幼驴的高兴事。《卡尔佛里》中的叙述者说了许多同情耶稣的话，并在犹大（而福音书中犹大并未出现在现场）面前叙说着他的痛苦。在十字架周围，许多哭泣的妇女围绕着耶稣，还有祭司长、文士（《马太福音》27：41 及《马可福音》15：31）及讥诮的强盗。徐志摩的着眼点是加略人犹大（Judas Iscariot），通常人们认为他是为了几个钱而背叛了自己的老师，这似乎并不完全真实。在徐志摩看来，犹大与"狗屎"无异。③ 他甚至对耶稣信任犹大感到恼火。耶稣是个"好人"，"顶和善"，"顶谦卑"。④ 不过，徐志摩对他的宽恕原则却持批评态度。因为耶稣说：

---

① 原文发表在《晨报副刊》（1924 年 12 月 17 日），后收入《志摩的诗》，上海，1928，第 111～118 页。

② 《卡尔佛里》，《志摩的诗》，第 111 页。

③ 《卡尔佛里》，《志摩的诗》，第 115 页。

④ 《卡尔佛里》，《志摩的诗》，第 112 页。

"父啊，赦免他们！因为他们所作的，他们不晓得。"（《路加福音》23：34）徐志摩认为这话很怪异，"听了叫人毛管里直淌冷汗"。

1924 年 12 月 22 日，圣诞节前两天，鲁迅写了一首题为《复仇》（其二）的散文诗。① 我们不知道促使他写这首诗的动因是什么。可能是鲁迅一再阅读了尼采（Friedrich Nietzsche）的《查拉图斯特拉如是说》（*Thus Spoke Zarathustra*）中的一章"自愿去死"，耶稣和查拉图斯特拉都是其中的主角。"的确，这位希伯来人死得太年轻了，"尼采说："其他的传道人都慢慢老死而荣耀上帝，而他却死得太早，因为他命中注定要为大多数人而献身。"② 我要提及的中国现代作家中还有一个人对鲁迅产生了影响，这就是向培良（1905～1961）。在此期间，向培良是鲁迅的常客，是《圣经》的热心读者。③ 他后来写过一部名为《生之完成》的戏剧，是有关耶稣在犹大叛变前，在伯利恒和客西马尼花园期间发生的故事。④ 第三个影响鲁迅的作家是徐志摩，正如以上提到的，他发表了同类题材的诗，而鲁迅可能阅读过。

鲁迅的这首散文诗取材于《马可福音》15：14～34，是一篇优秀之作。在最近的 20 多年里，几位批评家分析了这首散文诗⑤，但我发现没有一人指出《复仇》（其二）得益于《诗篇》22。以下是鲁迅《复仇》（其二）中的一段：

> 他在手足的痛楚中，玩味着可怜的人们的钉杀神之子的悲哀和可诅诅的人们要钉杀神之子，而神之子就要被钉杀了的欢喜。突然间，碎骨的大痛楚透到心髓了，他即沉酣于大欢喜和大悲悯中。⑥

---

① 《鲁迅全集》第 2 卷，北京，1956，第 168～169 页。
② Friedrich Nietzsche，*Thus Spoke Zarathustra*，trans. by Reginald John Hollingdale（Harmondswoth，1967），p. 98.
③ 向培良在 1924 年 12 月 15 日和 23 日这两天拜访过鲁迅。参见《鲁迅日记》第 1 卷，第 448～449 页。
④ 向培良：《光明的戏剧》，上海，1929，第 1～76 页。
⑤ 李何林：《鲁迅"野草"注解》第 2 版，上海，1975。石尚文、邓忠强：《"野草"浅析》（福建，1982）。《中国文学年鉴》，1982，第 456 页；1983，第 509 页。参见马佳《十字架下的徘徊——基督宗教文化和中国现代文学》，上海，1995，第 12～14 页；杨剑龙《旷野的呼声——中国现代作家与基督教文化》，上海，1998，第 26～29 页。
⑥ 转引自 Leo Ou-fan Lee（李欧梵），*Voices from the Iron House：A Study of Lun Hsun*（Bloomington-Indianapolis，1987），p. 105。（有所改动）

《诗篇》22：14～16描写了类似的悲伤与痛楚：

> 我如水被倒出来，我的骨头都脱了节，我心在我里面如蜡熔化。
>
> 我的精力苦干，如同瓦片；我的舌头贴在我的牙床上。你将我安置在死地尘土中。
>
> 犬类围着我。恶党环绕我；他们扎了我的手，我的脚。

像茅盾一样，鲁迅认为受难的耶稣并非上帝之子，而是人之子。

艾青的诗比徐志摩的诗《卡尔佛里》还要长，写于1933年6月16日。此时，他在上海的一所监狱，病魔缠身。此时正值日本入侵上海，法西斯开始统治德国和大部分欧洲。故"官话和合本"也许是最适合艾青阅读的一本书了。[①]

艾青这首诗的题目为《一个拿撒勒人的死》，由109行构成。最初发表在上海杂志《诗歌月报》（1934年4月）上[②]，曾被A. 布佳提（Anna Bujatti）翻译成意大利文。[③] 这首诗不再像艾青之前的作家那样，只把受难的耶稣描写为一个受害者，而是描写为一个基督的胜利者。他虽倍受折磨，但确信自己的命运就是要战胜所有的敌人。在《约翰福音》16：33中，我们读到耶稣对其门徒说："我已经胜了世界。"艾青的诗中写道："胜利啊/总是属于我的。"[④] 夜晚时分，黑暗笼罩大地，在骷髅地的地平线上有红光闪烁，观望者可以看见三个黑色十字架上的三具尸体，其中一人就是那个独一无二的圣人——"犹太之王"耶稣。

这位圣人令人想起的不是他的失败而是他的胜利。公元135年，耶路撒冷被毁灭之后又被重建为开普吞林那（Aelia Capitolina，这是耶路撒冷被罗马人摧毁之后，给此城取的拉丁名字）；公元313年，君士坦丁大帝颁布了允许基督教合法存在的《米兰敕令》（Edict of Milan）。从此，世界历

---

① 参见 Anna Bujatti，"Morte di un Nazareno'di Ai Qing"《艾青的〈一个拿撒勒人的死〉》，in Raoul D. Findeisen-Robert H. Gassmann, eds., *Autumn Floods*：*Essays in Honour of Marián Gálik*（Bern, 1998），p. 643。

② 参见 Anna Bujatti，"Morte di un Nazareno'di Ai Qing," in Raoul D. Findeisen-Robert H. Gassmann eds., *Autumn Floods*：*Essays in Honour of Marián Gálik*, p. 644. 此诗收入《艾青诗选》，北京，1955，第16～22页。关于它的分析，可以参见汪亚明《论艾青诗的宗教意识》，《中国现代文学研究丛刊》1996年第4期。

③ Ai Qing, *Morte di un Nazareno*, trans. by Anna Bujatti（Novara, 1999），pp. 10-23.

④ 《艾青诗选》，第2页。

史上的基督教时代开始了。

冰心的两首短小的祷告诗是一个年轻皈依者的虔诚之作；徐志摩的诗是一个同情历史的观察者的惊奇之作；鲁迅的散文诗则是犹太人和外国侵略者屠杀人之子的反抗之作。

艾青的诗描绘了外国及本国的敌人们试图背叛耶稣基督，不认可他是犹太人的弥赛亚（Messiah，救世主）。茅盾在其短篇小说中也思考了同样的主题，不过由于他考虑到了耶稣与另一位先知——以赛亚的关系，他更能够深入地挖掘与这个主题相关的内涵。

一年半以后，1942 年 1 月 1 日，茅盾发表了一篇有关联合国理想的文章，我们读到了其中引自《以赛亚书》2：2～4 的句子：

> 末后的日子，耶和华殿的山必坚立，超乎诸山，高举过万岭，万民都要流归这山。必有许多国的民前往。……他必在列国中施行审判，为许多国民断定是非。他们要将刀打成犁头，把枪打成镰刀；这国不举刀攻击那国，他们也不再学习战事。[1]

鲁迅和茅盾的作品尤其值得关注。他们和其他三位作家一起，从一个非基督教国家的人的视角，向我们展示了有关耶稣戏剧的一部分。虽然这些作家们只是在某些方面成功地描绘了耶稣最后生死之时的超验意义，但他们的阐释依然令人尊敬。

以上的分析让我不由自主地想要引用畅销作家威尔斯的一句话："对于我们小小的心灵而言，这位加利利人竟然如此重要，这不是很神奇吗？"[2]

（刘燕　译）

（本文曾发表于《中国现代文学研究论丛》2013 年第 11 期，稍有修正。）

---

① 茅盾：《耶稣之死》，第 3 页。
② H. G. Wells, *Outline of History*, p. 536.

痛苦的母亲：对王独清《圣母像前》与基多·雷尼《戴荆冠的基督》的思考*

> 孔子生鲁昌平乡陬邑。其先宋人也，曰孔防叔。防叔生伯夏，伯夏生叔梁纥。纥与颜氏女野合而生孔子，祷于尼丘得孔子。鲁襄公二十二年而孔子生。生而首上圩顶，故因名曰丘云。字仲尼，姓孔氏。丘生而叔梁纥死，葬于防山。防山在鲁东，由是孔子疑其父墓处，母讳之也。
>
> ——司马迁《史记》①

> 因此，主自己要给你们一个兆头，必有童女怀孕生子，给他起名叫以马内利。
>
> ——《以赛亚书》7：14②

一

中国现代诗人王独清（1898～1940）两度到过意大利：1923 年③与1925 年。④ 在他 1923 年 4 月访问期间，佛罗伦萨和罗马是这次旅行的目的

---

* 原文 "Matres Dolorosae：Musings over Wang Duqing's 'Shengmuxiang qian' and Guido Reni's *La Crocifissione dei Cappuccini*"，最初发表在：Sandra Carletti，Maurizio Sacchetti，Paolo Santangelo，eds.，*Studi in onore di Lionello Lanciotti*，Vol. 3（Napoli），pp. 647–669。修订本发表在 Marián Gálik，*Influence*，*Translation and Parallels*：*Selected Studies on the Bible in China*（Sankt Augustin：Monumenta Serica Institute，2004），pp. 299–313。

① 司马迁：《史记》第 5 册卷 47，《四部备要》，台北，1966，第 1A～2A 页；或 *A Selection From Records of the Historian*，trans. by Yang Hsien-yi and Gladys Yang（Beijing，1979），p. 1。

② 所有《圣经》引文均见钦定本《圣经》。

③ 王独清：《南欧消息》，《创造季刊》（1924 年 12 月 2 日第 2 期，第 22～39 页），以及《我在欧洲的生活》，上海，1932，第 179～184 页。

④ 王独清：《我在欧洲的生活》，第 214～233 页。

地。他被佛罗伦萨迷住了。这个城市是欧洲文艺复兴的发祥地，也是但丁（Dante Alighieri，1265～1321）的出生地。到达罗马后几天，王独清兴高采烈地援引了拜伦（G. G. Lord Byron，1788～1824）的《恰罗德·哈罗尔德游记》（*Childe Harold's Pilgrimage*）中的诗句，尽管他写的另外一首长诗《吊罗马》（*Lament for Rome*）似乎更适合。王独清阅读的吉本（Edward Gibbon，1737～1794）所著《罗马帝国兴衰史》（*The History of the Decline and the Fall of Roman Empire*）对他很有用。[①] 在他看来，罗马是一个颓废之城，1925 年他参观的威尼斯（Venice）也是如此。

我们从王独清 1923 年 5 月写下的报道以及 1932 年的回忆录中大致知道，王独清和他一位对历史美学饶有兴趣的朋友华林，一起在佛罗伦萨滞留了 5 天，然后于 1923 年 4 月 8 日到达罗马：

> 八日早动身，经过 Arezzo，Torontola……诸城，近晚时到罗马。我们虽然在罗马住了七天，但却不容易作报告，因为地域既大，物迹太多：不知从何说起。世界最大的教堂 S. Pietro，我们连去瞻仰数次，且直登至最高层之屋顶……[②]

从这段文字中，我们得知他们参观了万神殿（Pantheon）、罗马广场（Forum Romanum），尤其对公共浴室印象深刻。王独清在欣赏这些废墟的时候，还引用了几行诗：

> 沐浴之场，
> 这样的宏壮！
> 我两眼噙着哀悼的热泪，
> 俯着身去臭这 Decadence 底温泉余香。[③]

二

在罗马，王独清与华林所到之处到处弥漫着这种"Decadence 底温泉余香"。王独清兴致勃勃地参观了位于孔多蒂（Condotti）街上的咖啡馆，也许

---

① 王独清：《我在欧洲的生活》，第 214～233 页。
② 王独清：《南欧消息》，第 36 页。
③ 王独清：《南欧消息》，第 37 页。

是和他刚认识的意大利朋友们，一位反法西斯的剧作家及其妻子、侄女一道去的。他对朋友的侄女"稍有"迷恋，甚至专为她写了一首诗。他很想拜访在中国最广为人知的一位意大利戏剧家邓南遮（Gabriele D'Annunzio，1863～1938）。可惜他当时不在罗马。① 王独清在报道中两次引用了邓南遮的作品。除他之外，王独清并没有提到其他任何一位意大利现代作家。②

　　王独清带着多愁善感的颓废之情来到意大利。自他居住在巴黎，他就已经把自己沉浸在颓废文学典型的幻美与爱欲的气氛中。从 1922 年 4 月 9 日《杂译诗篇》（1923 年出版）的后记中，我们得知这一时期王独清从英语、法语翻译为中文的诗歌近 200 首，反之亦然。不过只有寥寥几首出版了。其中夹杂着保尔·魏尔伦（Paul Verlaine，1844～1896）的诗，且出现了二次。它们是《智慧》（Sagesse）：

> 一个黑暗的永眼
>
> 阻入我的生路：
>
> 沉睡呀，一切的希望，
>
> 沉睡呀，一切的美慕！
>
> 我既不能见所有的物事。
>
> 复将苦乐之记忆
>
> 一并造失……
>
> 哦，这么悲哀的历史！
>
> 我是在空虚之幕里
>
> 可为手推动的
>
> 一个摇篮……
>
> 无言，无言！③

　　在对这些诗句的评论中，王独清写道：

---

① 王独清：《南欧消息》，第 36～38 页。

② 茅盾（1896～1981）以沈雁冰的名字出版了一篇题为《意大利现代第一文学家邓南遮》的文章，《东方杂志》（1920 年 10 月 17 日第 10 号），第 62～80 页。后来再版于《近代戏剧家论》，《东方文库》第 63 册，上海，1924，第 55～86 页。他把邓南遮与但丁等而视之。

③ 王独清：《南欧消息》，第 26～27 页，以及《杂译诗篇》，《学艺》5（1923）3，第 6～7 页。有关魏尔伦的资料，参见 *Oeuvres Complètes de Paul Verlaine*，t. 1（Paris，1925），p. 254。

我是喜欢 Paul Verlaine 的诗……他的《智慧》诗集中第三篇第五章"真如咏我去年以来回忆的悲哀"，我每读这首诗时，眼中就满了热泪……①

我认为虽然王独清非常喜欢魏尔伦的诗歌，但并不认同其天主教的信仰，以及创作这些诗歌时的神秘狂喜。1920 年后留法期间的痛苦遭遇使王独清变成了一个希望走向强力意志的尼采主义者（Nietzschean）②：

我现在只是急欲要走上新路而没有勇气。我的焦躁与愤恨使我不停地望着厌世的斜径：虽然我始终执着人生，但 melancholia 发作厉害的时候，便禁不住要喊几声 "taedium vitae"（生活憎恶）。③

在一篇迄今为止我所知道的王独清最出色的文学批评文章中，他向中国读者介绍了诗人罗伯特·孟德斯鸠（Count Robert de Montesquiou-Fézensac，1855～1921）。在对其生平做了简单介绍后，他翻译了一首题为《我的心》（Mon coeur）的诗，这可能是这位法国诗人作品中他最喜欢的一首。在第二节中，诗人的心与花园中受伤的玫瑰息息相通。虽然受伤了，玫瑰却总是给人带来甜蜜的芬芳，永不凋谢。④ 在以下的行文中，王独清表达了他对爱与伤痛关系的迷恋：

我们知道极深的爱情是由苦痛得来，不受苦痛的人，实在不配谈极深的爱情，如 Michelangelo 雕刻的《黎明》本是一个人望着黑暗渐退的东方，但眼中却含着初醒的热泪，人生的悲哀，即是人生的幸福，越要享幸福，越是不能离开悲哀……⑤

也许正是在参观佛罗伦萨之时，王独清看到了位于罗棱佐·美第奇

---

① 王独清：《南欧消息》，第 26 页。
② 王独清：《南欧消息》，第 27 页。
③ 王独清：《南欧消息》，第 27～28 页。可以参见 Jean Pierrot, *The Decadent Imagination, 1880–1900*（Chicago, 1981）："颓废归因于内向和自恋。此外，还有厌倦，其结果必然是强烈地渴望逃避单调乏味的生活，不惜一切代价地寻求新的甚至是更为精致的感觉。……这种新的愉悦形式被体验着，它是以能够转化某种心理共鸣的感觉和听觉上的过敏意识为代价。"
④ 王独清：《诗人孟德斯鸠底周年祭》，《学艺》4（1922 或 1923）10，第 4 页。
⑤ 王独清：《诗人孟德斯鸠底周年祭》，《学艺》4（1922 或 1923）10，第 6 页。

（Lorenzo de Medici）墓边的圣罗伦佐教堂（St. Lorenzo）里的米开朗基罗（Michelangelo Buonarroti，1475～1564）的著名雕刻西比拉（*Sybilla*）。这具大理石像展示着一位年轻迷人的美丽女子，她刚从睡眠中苏醒过来，眼中却并无"热泪"。① 上文只不过是王独清在参观意大利期间的衰败和颓废之感与他不那么准确的记忆的外化罢了。

三

我们不知道王独清在哪里看见了他崇拜的那幅基多·雷尼（Guido Reni，1575～1642）的画《戴荆冠的基督》（*La Crocifissione dei Cappuccini*），并在其题为《圣母像前》的诗中做了简单的描述。② 在中文中，"圣母"是天主教徒所指的处女玛利亚（Virgin Mary）。而巴黎的利尔圣母教堂（Notre Dame）指的是圣母院。③ 以下是这首诗的全文：

一

> 我独行在荒凉的市中，
>
> 悲哀忽然迷了我底心，
>
> 我走进了一个老 Musée 底门：
>
> 满壁上都是半古的图画，都是已死的世纪中之人形。
>
> ············
>
> 我却只是在这些四周的图画中往来地搜寻，
>
> 总想寻出一张我心中悲哀的肖影。
>
> 哦，这不是 Guido Reni 底 Mater dolorosa！
>
> 好一幅合我心境的图画！
>
> 画中的人，你两眼含着痛泪，哦，玛利亚！
>
> 你是在仰看你受着磔刑的私生儿么？
>
> 私生儿，私生儿是你羞辱中的产物！

---

① José Pijoán, *Summa artis*, *Historia general del arte*, Vol. 6. 这里使用的是斯洛伐克的译本（Bratislava, 1990），第 61 页。

② 原文发表在《创造季刊》2（1924）2，第 37～40 页。后来再版于同名的集子里（上海，1931），第 1～7 页。这首诗的写作日期在集子中标明为 1923 年 1 月 30 日。这也许并不准确。原文中并没有注明日期。

③ 参见巴金《自序》，《巴金选集》，北京，1952，第 8 页。

我想起你在马槽中的那一晚，

是怎样冷寂而难堪！

痛呀！痛呀！我底心痛呀！

我底眼光即刻被泪溶化。

好模糊的境地哟，啊，好模糊的境地！

画中人忽然隐退，

却是一个奇异的景色

在我底眼前来代替。

二

——啊啊，一个早秋的山丘呀！

啊啊，一个跪着在祈祷的女郎呀！

她散着她底长发，

她披着一件黑衣，那样宽！那样大！

她脸上满罩了羞辱，

她眼中悔恨的泪不住地流；

秋风吹动了她底黑衣，

她底长发也飘举在空际，

她却只是不动地跪着哀啼……

哦，这不是尼丘之山么？

跪着的人，不是颜氏女么？

是的，颜氏女！她褪了色的唇儿正在微动，

哽咽的哟！颤抖的哟！

她吐出这样悲惨的诉声！

三

"神，尼丘之神！

像我这样犯了罪的人，

如何敢与你接近？

我就把我蒙羞的声喉哭损，

我就把我可耻的泪泉流尽，

唉，我也不敢求你降恩！

但是，你知道我过去的人生，

我为了火一样不可遏抑的欲情，

舍了我处女之身；

这一场发狂的痕印，

已牢贴在我不洁的身中！

神，尼丘之神！

我只祈祷我这不洁的身中，

养着个绝世天才的生命，

使他降生后造成伟大的人格，哦，神！

把我底耻辱一齐洗净！"

四

那又是谁？一个人在颜氏女底身后出现，

他那宽袖的长衣，

他那高顶的峨冠，

他那掩住了颔颊的乱发，

他那含着愁苦的容颜……

峨，孔叔梁纥！他正扶着重病！

他凝视着跪在地上的爱人，

他用双手紧握着前胸，

心痛么，病势不支的叔梁纥哟？

他像有如结的愁肠，

知道他底生命已难久长，

他留给了他爱人一个未出世的孤儿

还要他爱人只身受苦去抚养！

五

"爱人呀，你不要再哭罢！"

叔梁纥仿佛在呻吟中断续地说话。

"我这陪伴你的生命，

已如那秋后之花！

爱人呀，你因我忍着自己切身的疾苦，

你因我受着人间残酷的欺凌；

我此身有一刻的热气，

我此心便有一刻的苦痛！

哦，我将死的遗嘱，

现在且不妨对神说明：

若是我死时孤儿降生，

我底埋骨处，切莫使他去认，

免得，免得污伤了他那嫩弱的深心……"

他底话未曾说完，

颜氏女被这剧烈的悲哀催得颜色突变，

啊啊，她，她伏在地面……

风！风！风就把她底散发吹得十分零乱！——

六

这悲剧底活现，

惊得我底心在胸中猛跳，

哦，幻景消失了！

我还站在玛利亚底像前，

只有泪还在我眼里潮着，

留在我眼前的，还只是露着半身的画中人物！

画中人，你总是这样的愁闷！

你还在仰看你的私生儿？

你还在仰看你私生儿所上的十字架？

你是东方的颜氏女么？你还是西方的玛利亚？

颜氏女？玛利亚？你两个东与西的私生儿之母哟！

私生儿之母，你两个东与西的悲哀之母哟！

私生儿之母，你两个东与西的智慧之母哟！

我定了我的心，

我把身儿慢慢地移动，

我醒了，醒了，

我眼前的玛利亚，我脑中的颜氏女！

智慧是悲哀之子，

哦，智慧底寻求者！我要去先求悲痛！

在王独清的书《圣母像前》（上海，乐华图书公司，1931），有一个小改动：最后的一行变成了三行：

哦，智慧的寻求者！哦，我！

我要先寻求悲哀去，

我要以悲哀的寻求，为我人生的开始！

只要我们观察一下基多·雷尼的绘画，很容易发现最吻合王独清诗中描绘的应是现今珍藏在波伦亚（Bologna，也译作博洛尼亚）国家图书馆（Pinacoteca Nationale）的《戴荆冠的基督》。① 据我所知，王独清在 1923 年并没有去波伦亚。或者他去了这个地方却未提及？或者他看见的只是优秀的复制品？或者他在某个展览馆见过这幅画？无论如何，王独清在写作这首诗的时候，其中提到的"荒凉的市"无疑暗示地是罗马而非其他参观过的城市。在罗马，王独清想起了他以前读过的歌德的诗《罗马悲歌》（*Römische Elegien*），尤其是第一首中开始的几行：

石头，请告诉我，巍峨的宫殿，请说话，

街道，请发言！守护神，你毫无动静？

在你神圣的城内，一切都生气勃勃，

永久的罗马；独对我沉默无声。②

对于这位中国颓废派诗人来说，这首诗应是其另一个灵感来源。尽管它们的抒情语境和诗歌主角并不完全一致。歌德滞留意大利的时间是 1786～1788 年。他的诗歌的代言人是不知名的福斯蒂娜（Faustine）或他后来的妻子克里斯蒂安娜·符尔皮乌斯（Christiane Vulpius）。在王独清的诗歌中，其主题却不是阿摩③（Amor）的爱情，而是人的受难、悲伤与哀悼。

<h1 style="text-align:center">四</h1>

我们并不十分清楚歌德有关罗马的这首诗的原型，但我们可以肯定，

---

① 参见 Guido Reni, *Saggio introduttivo di Cesare Gnudi: Cronologia della vita e delle opere, catalogo ragionato, antologia critica e bibliografia a cura di Gian Carlo Cavalli* (Firenze, 1955), pp. 43, 68, painting No. 74。

② Johann Wolfgang von Goethe, *Römische Elegien*, in *Goethes sämtliche Werke in sechsunddreißig Bänden*, Bd. 1 (Stuttgart n. d.). 还可以参见王独清的诗《吊罗马》，《圣母像前》，第 57 页。此处歌德诗歌中译文参见了《歌德诗集》（上），钱春绮译，上海译文出版社，1982。——译者注

③ 爱神。——译者注

对大多数基督徒而言，基多·雷尼的画中描绘的是处女玛利亚；对王独清及从中获得有关信息的那些人而言，她则是"被诱的米利亚"（seduced Miriam）。这种有关耶稣是非法私生子的看法在现代中国非常流行，如：马君武（1881~1940）翻译过赫克尔（Ernst Haeckel，1834~1919）的作品《一元哲学》（Die Welträthsel）①；他的朋友朱执信（1885~1920）写过一篇题为《耶稣是什么东西？》的文章。②

有关童贞女生下耶稣的看法至少在明末清初就受到质疑，有人还写下了尖刻挖苦的讽刺文字。杨光先（1597~1669）是这一时期反天主教的重要人物，写有《不得已》。③ 文中提到，耶稣是圣灵降临玛利亚而怀孕生子，即便是庄子那样"方且，与造物者为人，而游乎天地之一气"的神奇想象，也不如这一传说之荒唐无稽。因为人都是男女结合孕育而生。他进而认为之所以这个传说是如此"荒唐不诞"，可能的原因是耶稣的门徒们试图掩盖耶稣是个私生子这一羞耻之事。

与杨光先、赫克尔、朱执信等人不同，王独清对处女玛利亚却持有另一种看法。他并没有挖苦嘲讽她，也没有怀疑这一历史记载。因为他自己就是妾侍的儿子，也许在儿童时代有过类似的羞辱经历，难怪他对玛利亚和颜氏女怀有深切的同情。王独清的母亲（在古代中国，女孩或妇女的名字在家谱或其他方面都不能记录）与颜氏女的遭遇非常相似，她同王独清的父亲一同死于1910年，那时王独清只有12岁。④

阅读王独清的这首诗，我们明显可以看出它更有可能是写给孔子的母亲颜氏女，而非玛利亚。王独清的好友、诗人穆木天（1900~1971）曾经有点儿夸大其词地谈到这位"士大夫"对他的影响及其作品中的"贵族渊源"。不过，他在谈及耶稣和孔子的家庭非常相似，及其对王独清命运的

---

① Ernst Haeckel *Die Welträthsel*（Leipzig, 1918）. 马君武的译本题目是《赫克尔一元哲学》，1920年以两个簿册出版。恩斯特·赫克尔是德国动物学家、进化论者、达尔文主义的支持者。——译者注

② 我读到的这篇文章见《朱执信文抄》（1936），后收入蔡尚思主编的《中国现代思想史资料简编》第1卷，杭州，1982，第508~517页。

③ 引文见 Jacques Gernet, *China and the Christian Impact：A Conflict of Cultures*（Cambridge, 1990），pp. 228-229. 原文见杨光先撰、陈占山校注《不得已》，黄山书社，2000，第16~17页。鲁迅在其著作《中国小说史略》中提到过这些故事叙述者的问题，第10、448页。

④ 王独清：《代序·自叙》，《王独清创作选》，上海，1926，第1页。

主宰时，还是很有道理的：

> 在他到了圣母的像前，他的贵族的个人主义的傲慢使他主张出来私生子的特权，使他自命是伟大的人物，是如同耶稣一样，如同孔丘一样……他借着玛利亚和颜氏的形象，以神圣化他的出生是得天独厚的。[①]

我并不认为王独清对自己有这么高的期望，尽管他不是一个很谦卑的人。也许青年孔子和青年耶稣的人生遭遇促使他反思与自己人生经历相关的事情。

五

基多·雷尼是鲁多维柯·卡拉齐（Ludovico Carracci, 1555~1619）的学生和卡拉瓦乔（Michelangelo Merisi alias Caravaggio, 1573~1610）的追随者，后者是继佛兰德斯画家鲁本斯（Peter Paul Rubens, 1577~1640）之后最令人钦佩的早期巴洛克风格的画家。[②] 雷尼在 1620 年被认为是一位"通俗画大师"。[③] 歌德（我们了解到王独清至少部分地阅读过其作品）盛赞雷尼的画"感情真挚……完美地再现了人之所见"[④]，但在浪漫主义思潮之后，雷尼的画受到了冷落，不过他的一些最具感染力的作品依然打动着我们这个时代那些多愁善感的观众。王独清就是其中的一个倾慕者，他对雷尼等文艺复兴时期画家的兴趣可能始于 20 世纪 30 年代期间，受益于雅各布·赫斯（Jakob Hess）和奥托·库尔兹（Otto Kurz）等人的学术努力。[⑤]

---

① 穆木天：《王独清及其诗歌》，《现代》5（1934）1，第 23 页。

② Alexander Dückers, *Guido Reni. Beiträge zur Interpretation seiner Tafelmalerei*（Berlin, 1967），p. 17.

③ Alexander Dückers, *Guido Reni. Beiträge zur Interpretation seiner Tafelmalerei*, p. 17.

④ Alexander Dückers, *Guido Reni. Beiträge zur Interpretation seiner Tafelmalerei*, p. 17; Johann Wolfgang von Goethe, *Italienische Reise*, in *Goethes sämtliche Werke in sechsunddreißig Bänden*. Band 22, p. 84.

⑤ Otto Kurz, "Guido Reni," in *Jahrbuch der Kunsthistorischen Sammlungen in Wien. Neue Folge* XI（1937）: 189 ff., and Jakob Hess, "Le fonti dell'arte di Guido Reni," in *Il Comune di Bologna* III（1934）: 25 ff.

在雷尼这幅最触动人心的画《戴荆冠的基督》中，最突出的是基督"受难"（Crocifissiones）时的"颓废"，这一氛围令我想起了俄国作家安特来夫（Leonid Andreyev，1871～1919）的著名短篇小说《齿痛》（Ben-Tovit，英文为 Ben-Tobit）。这部小说的主题是描写基督在骷髅山（Golgotha）的受难过程。它在日本非常有名，还影响了鲁迅 1919 年写的著名小说《药》。① 这部小说的结尾写到主人公本·托比特（Ben-Tobit）及其妻子萨拉（Sarah）和邻居们一起"远行"，路经骷髅山，看到了夜幕中基督被钉在十字架上受难的一幕，并以"卡尔佛里"结尾。尽管本·托比特目睹了基督及两个盗贼所经历的身心折磨，却丝毫未被他们的痛苦与可怕的死亡所触动。与安特来夫的这个短篇小说相反，雷尼与王独清却被骷髅山的一幕深深触动了，虽然他们两人的艺术目标并不一致。在雷尼的画中，除了基督本人，我们还可以看见他的母亲及其早年生活中深爱着的两个人：抹大拉的玛利亚（Mary Magdalene）和约翰（John）。雷尼的画中看不到安特来夫小说中描写的日头，而根据路加的说法，在那一瞬间之后，"那时约有午正，遍地都黑暗了，直到申时，日头变黑了；殿里的幔子从当中劈为两半"（《路加福音》23：44～45）。十字架上受难的耶稣基督被描绘成类似希腊运动员的裸体像，腰间有一块下垂的布。他的眼睛望着天空，脸部朝右，喃喃自语道："父啊！我将我的灵魂交在你手中。"（《路加福音》23：46）玛利亚则令人想起著名的"哀悼圣母"中的诗韵：

> 在十字架旁
> 哀痛的母亲站立哭泣
> 靠近耶稣，直到最后一刻。
> Stabat mater dolorosa
> Iuxta crucem lacrimosa
> Dum pendebat Filius。②

正如我们在王独清的诗中所见，"哀悼圣母"这个术语来源于拉丁文。

---

① 周遐寿：《鲁迅的故家》，香港，1962，第 161～162 页，以及 M. Gálik, *Milestones in Sino-Western Literary Confrontation（1898-1979）*（Bratislava-Wiesbaden, 1986），pp. 33-37。

② *Liturgia horarum. Ⅳ. Iuxta Ritum Romanum*（Roma, 1975），trans. by Edward Casswall（1814-1878），p. 1133.

王独清学过一段时间的拉丁语①，也许知道以上这首诗。即便不甚清楚的话，作为一个1920～1925年留法的艺术系学生，他也应该对欧洲艺术中"哀悼圣母"这一题材有所了解。雷尼画中的圣母玛利亚在现实中是一个特殊的角色。在拉丁语中，其名之意是美丽、漂亮、优雅、出色等。她站在儿子的右边，像他一样朝上仰望，但她的眼里并没有"充满痛苦的眼泪"。在经历了长期不堪忍受的劳碌痛苦之后，她的眼泪完全干涸了。她的深爱蕴藏在肿胀的眼里。而抹大拉的玛利亚似乎是跪在十字架边，她的长发与颜氏女类似，不过修饰得更整齐。两位女子都充满着悲伤。抹大拉的玛利亚并没有祷告，也许她甚至想都没想过。她的头发触到了老师的脚，而不像《路加福音》7：38所叙述的：她"站在耶稣背后，挨着他的脚哭，眼泪湿了耶稣的脚，就用自己的头发擦干，又用嘴连连亲他的脚，把香膏抹上"。这位敏感的意大利艺术家允许抹大拉的玛利亚在最后的时刻接触耶稣的身体。而在耶稣复活之后，她却不能这样做了。耶稣对抹大拉的玛利亚很严肃。当她充满着止不住的喜悦，试图拥抱耶稣（他的脚）时，面对她突然爆发的温柔情感，耶稣并没有接受，说："不要摸我"（《约翰福音》20：17）。

正如我们看见的，在王独清的诗中，骷髅山换成了位于山东省曲阜的尼丘山，这里是孔子的出生地。"在孔子三岁的时候，孔子失去了父亲，一位鲁国职位不大的武官，他由母亲抚养长大。"②我们至少在雷尼画中和王独清的诗中可以发现彼此的关联，孔子未来的母亲更像抹大拉的玛利亚，而不是耶稣的母亲。颜氏女面向尼丘山跪拜，企求神的宽恕；与此类似，抹大拉的玛利亚，也曾在耶稣面前下跪。

对这位现代颓废派诗人而言，颜氏女不仅仅是一个公元前6世纪的中国少妇，而是具有特殊的意味。在诗歌第一节、第二节和第三节中出现了"羞辱"、"蒙羞"或"悔恨"，这些词语通常指的是"羞耻"（shame）或"羞耻的"（shameful）。但是在这首诗的整个语境和跨越古今中国的时空中，它们都暗指"罪"（sin），甚至与超自然（地方神）

---

① 王独清：《我在欧洲的生活》，第204～205页。

② Fung Yu-lan（冯友兰），*A History of Chinese Philosophy*，Vol. 2（Princeton，1953），p. 43。可进一步参考有关孔子生平的资料，如 Herrlee G. Creel，*Confucius, the Man and the Myth*（New York，1949）。

有着密切的关联。① 诗人的多愁善感如此细致入微，这在古代中国是可能的。

显而易见，作为妾侍的儿子，王独清在西安的父系大家族中处于受歧视的位置。在他看来，他母亲的遭遇类似玛利亚，两位女人皆是使女。而王独清的母亲的确是个女仆，只是在怀孕以后才被纳为妾。正如我们在《路加福音》1：38 中读到的，在孕育耶稣之前，圣母玛利亚对天使加百利说："我是主的使女，情愿照你的话成就在我身上。"在说明这点之前，玛利亚"已经许配大卫家的一个人，名叫约瑟"（《路加福音》1：27）。

在辩明了这两个年轻女人的"非法"怀孕及其后来的命运有所不同之后，我们很容易看出，王独清是把她们作为智慧和悲剧的典型而对她们产生了深切的同情。她们其中一个先是把孔子带到了这个世界上，另一个则是把耶稣基督带到了这个世界上。而这两个人物对人类历史的过去、现在和未来都已经并将继续产生无可估量的影响。在这首诗的第五节第二行，抹大拉的玛利亚而非处女玛利亚演变为颜氏女，这位中国的"抹大拉的玛利亚"跪在孔子年老的父亲叔梁纥前面而非后边，她凌乱的头发并没有触及他的身体。与耶稣基督一样，这位老人濒临死亡，他恳求颜氏女原谅他的离去，使之成为孤独的寡妇。在这位少妇与老人之间并没有真正的爱情，有的只是怜悯。这里所表达的全部的爱，是孤独母亲们对天才儿子们的那一类爱。正如孟德斯鸠在其诗中所表现的，怨恨或悲痛与智慧相连，两者密不可分。在王独清看来，怨恨或悲痛是人类情感的基础。爱、幸福甚至智慧，所有这一切都来源于怨恨或悲痛。

六

王独清关于悲痛的观点也许并不是从阅读魏尔伦和其他英法象征主义及颓废派的作品中获得的，而是来源于中国文学批评中有关诗歌的最古老的观点。如《论语·阳货》："《诗》可以兴，可以观，可以群，可以

---

① Wolfram Eberhard, *Guilt and Sin in Traditional China* (Taipei, 1967), pp. 1-3.

怨。"① 最后一句"可以怨"显得尤为重要，它接近于"怨恨"、"悲痛"（sorrow or grief），在古文中有时甚至指的是"怨怼"（melancholy）。后来，类似的观点在公元 3 世纪的《毛诗序》中得到发展：

> 治世之音安以乐，其政和；乱世之音怨以怒，其政乖；亡国之音哀以思，其民困。②

正如钱锺书（1910～1998）教授所说的，和西方文学一样，大部分的中国文学也是用这种幽怨风格写成的。在一篇强调诗歌是表达悲痛的观点的译文中，钱锺书沿袭了理雅各（James Legge）的翻译，用的是"悔恨"（resentment）。③ 他把中国古代文学与西方现代文学的批评家们的观点联系起来，从尼采的《查拉图斯特拉如是说》开始，到阿兰·罗布－格里耶（Alain Robbe-Grillet，1922～2008）的《一种新小说》（*For a New Novel*），他引用了贾科莫·莱奥帕尔迪（Giacomo Leopardi，1798～1837）在《道德小品集》（*Zibaldone di pensieri*）中的看法，并联系欧洲文学的发展趋势，提到了从最高的狂喜或快乐（allegrezza）之情到最低的悲痛或忧伤（tristezza）之情。④

如果我们涉猎一下 19 世纪后期欧洲文学中的颓废之音，我们在王独清的这首诗及其他大部分诗中，也能发现他十分强调所要抒发的悔恨、悲痛（及与此相关的多愁善感）之情。悲观主义是颓废感最典型的特征。⑤ 在以上分析的这首诗的结尾，对悔恨、悲痛的强烈诉求，使得王独清"变成了一个病人。他的高度敏感的神经系统临近崩溃"。⑥ 正如我们在他后来创作的发展中所见，这令他陷入了悲观抑郁之中及"死前"的

---

① 参见《论语何氏等解集》卷 17，四部备要，台北，1966，第 4B 页；*The Analects of Confucius*，trans. by Arthur Waley（London，1964），p. 212。

② Wong Siu-Kit，*Early Chinese Literary Criticism*（Hong Kong，1983），pp. 2，167.

③ James Legge，*The Chinese Classics*，Vol. 1 and 2（repr.，Taipei，1966），p. 323；钱锺书《诗可以怨》，《中国比较文学》1（1986）3，第 1～15 页；参见英译文 Ch'ien Chung-shu（钱锺书），"Poetry as a Vehicle of Grief"，in *Renditions* 21－22（Spring-Autumn，1984），pp. 21－40。

④ 参见钱锺书《诗可以怨》，《中国比较文学》1（1986）3，第 10 页。

⑤ Jean Pierrot，*The Decadent Imagination*，*1880－1900*，pp. 45－49，60－63.

⑥ Jean Pierrot，*The Decadent Imagination*，*1880－1900*，p. 50.

状态。①

王独清在写作《圣母像前》时，还未达到如此的地步。他的心灵和精神类似于魏尔伦《悲哀》（Tristesse）中描述的状态，其中有两节王独清尤其喜欢：

《秋歌》（Chanson d'Autumne）
秋日提琴底长欢的声音，
用疲倦的弱调，刺伤我心。②

《无题》（La Lune Blanche）
百月挂在林顶，
这些叶荫下
柔枝都发出清音……
爱人呀爱人！③

最后一行指的是魏尔伦的妻子马蒂尔特（Mathilde Mauté，1853～1924）。④ "爱人呀爱人"这句在王独清的翻译中并不是直指耶稣或孔子的母亲。在思考雷尼的画及其在王独清诗中的替代人物时，他爱的也许是抹大拉的玛利亚。圣母玛利亚和抹大拉的玛利亚这两个人可以列入早于王独清出生九十年的歌德在《浮士德》第二部的"永恒女性"（Eternal Feminine）的行列。这些最完美而受人尊敬的女性"引导我们上升"（leads us above）到精神生活的最高境界⑤，使得人类道德变得更完善，审美情趣变得更美好。在这部诗歌的前一部分中，歌德把甘泪卿（Gretchen）塑造为浮士德永久的情人，乃至大罪人。王独清把孔子的母亲置于女性行列中的最高位置，也就顺理成章了。当然，歌德可能从未听说过颜氏女。无论如何，比起抹大拉的玛利亚或甘泪卿，颜氏女也谈不上是个大"罪

---

① 王独清出版有诗集《死前》，上海，1927。

② 魏尔伦：《悲哀》，第 28 页。

③ 魏尔伦：《悲哀》，第 115 页。

④ Jean Pierrot, *The Decadent Imagination*, *1880–1900*, pp. 124–131.

⑤ Johann Wolfgang von Goethe, *Römische Elegien*, in *Goethes sämtliche Werke in sechsunddreißig Bänden*, Bd. 1 (Stuttgart n. d.), Vol. 10, p. 383; *Faust*. Part Two, trans. by Philip Wayne (Harmondsworth, 1986), p. 288.

人"（sinner）。

王独清的《圣母像前》也许是向作为母亲的女性表达赞美和致意的最感人的诗篇。她们孕育生命，培养天才，给予他们深沉的爱和智慧，却要承受折磨、痛苦、悔恨和悲痛。在王独清所有的作品中，这首诗是在表达女性方面情感极强烈的杰作。王独清的诗既无其他颓废派作品中经常出现的反女性主义的倾向，也无欧洲颓废派中典型的怀疑女性具有"天使"特质的倾向。①

也许还没有一个中国现代诗人或作家的作品像王独清的作品那样，其主题体现了跨宗教的重要性。两个世界——犹太—基督教和中国儒教——相遇在"人之子"耶稣和"华夏乃至东亚之子"②的孔子及其母亲这里，他们最终成为在这个痛苦、忧伤、悲剧的世界上施与爱和同情的理想楷模。

（刘燕 译）

（本文曾发表于《中国学术前沿》2011年第1期，稍有修正。）

---

① Jean Pierrot, *The Decadent Imagination*, *1880–1900*, pp. 124–131.

② 华夏是指古中国。

王蒙"拟启示录"写作中的谐拟和"荒诞的笑"*

王蒙是当代中国的重要作家，曾于 1986 年 6 月 25 日至 1989 年 11 月 4 日期间出任文化部部长。他的"三联画"式的作品《十字架上》① 所展示和分析的主题是耶稣的生活、教义和受难，以及被误认为是圣约翰所做的《启示录》的天启部分。

像"三联画"一词所暗示的，作品包含三个部分九个章节。最后一章涉及了圣约翰的《启示录》，同时也是这部小说最具谐拟（Parody）色彩的部分。在结尾，王蒙用拼贴画式的文字描绘了他眼中的现实。荒诞不经的笑料无处不在，而按照王蒙的自述，"荒诞的笑正是对荒诞生活的一种抗议"。②

相较小说中大段对耶稣基督的生活、教义和受难的描写而言，王蒙似乎对天启注力甚少，甚至看起来就像是"急就章"。《圣经》中最令人惊叹的作品竟被如此轻率对待！然而，这可能正是对其最有效的处理手法——表现出原本至为严肃的"天启"在我们时代究竟是如何被反转理解的。

为何王蒙对更具文学性的耶稣的复活主题兴趣索然？这里有一个简单解释：在整个中国现代文学史中，尚未发现一部作品关注过基督死后的世界状况。③ 中国作家似乎对此种题材不感兴趣。在《启示录》中，耶稣的

---

* 原文 "Parody and Absurd Laughter in Wang Meng's Apocalypse. Musings over the Metamorphosis of the Biblical Vision in Contemporary Chinese Literature"。

① 王蒙：《十字架上》,《钟山》1988 年第 3 期，第 45～58 页。

② 王蒙：《自序》,《王蒙小说报告文学选》，北京出版社，1981，第 9 页。

③ Lewis S. Robinson, *Double-edged Sword*: *Christianity and 20th Century Chinese Fiction* (Tao Fong Shan Ecumenical Center, Hong Kong, 1986), pp. 319, 322-324, 348.

再次降临，带来的却是世界末日和大毁灭。"千禧年"在公元之后①的早期基督教教义中意义重大，有时还成为对社会混乱和政局动荡的解释来源。

王蒙的"拟《新约·启示录》"可能是一部"元小说"（metafiction）。这种文学样式借助谐拟等手段将现实世界"小说化"，并最终实现文本的"创造"和"批评"功能。正如帕特里夏·沃（Patricia Waugh）指出的那样：

> 当某种表现形式僵化之后，它只能传达有限的甚至是无关的含义，"谐拟"通过颠覆这种已经僵化的形式和意义之间的平衡，更新、维护了形式和它所能表达意义之间的张力。传统形式的破裂展现了一种自动化过程：当一种内容完全占据一种形式时，使这种形式因之就会变得凝固、瘫痪，而最终失去本来的艺术表现力。因此，谐拟的批评功能可以发现哪种形式对应哪种内容，而谐拟的创造功能则能将形式和内容的人为对应关系从当代艺术表达的限制之中解放出来。②

一

王蒙写作这篇文学"三联画"的其他八章时，也用到了谐拟这一手法。但是它们不像"拟《新约·启示录》"那样具有鲜明的元小说色彩。在这一章里，四部福音书、先知、哥林多后书、苏联和波兰著作、中国现代和古代的作家作品等四方杂处，成为王蒙创作和思考的资源。在小说的最后一章中，除了没有提及约翰"达与以弗所、士每拿、别迦摩、推雅推喇、撒狄、非拉铁非、老底嘉七个教会"③的信，王蒙使用了《启示录》的开头，而在结尾处则加入《西游记》的一些内容。

王蒙在写作这一章时，面前很可能打开了《启示录》。对同样涉及的《西游记》，则仅凭着他的片段记忆、"创造"能力和"批评"精神对其进行了复写，赋予了它的故事以新的内容和意义。下面列出《启示录》与王

① 耶稣诞生之后。——译者注
② Patricia Waugh, *Metafiction*, *The Theory and Practice of Self-conscious Fiction* (London, 1990), pp. 68–69.
③ 《启示录》1：11，詹姆斯国王钦定本。

蒙作品中对应的句子。

约翰：

> 耶稣基督的启示，就是神赐给他，叫他将必要成的事指示他的仆人。他就差遣使者，晓谕他的仆人约翰。①

王蒙：

> 基督差遣天使向他的仆人约翰显示这些启示，读这本书的人有福了！相信这些事并从中得出谦逊的结论的人有福了！②

约翰的《启示录》第五章这样开始：

> 我看见坐宝座的右手中有书卷，里外都写着字，用七印封严了。
> 我又看见一位大力的天使，大声宣传说，有谁配展开那书卷，揭开那七印呢。
> 在天上，地上，地底下，没有能展开能观看那书卷的。
> 因为没有配展开，配观看那书卷的，我就大哭。
> 长老中有一位对我说，不要哭。看哪，犹大支派中的狮子，大卫的根，他已得胜，能以展开那书卷，揭开那七印。
> 我又看见宝座与四活物并长老之中，有羔羊站立，像是被杀过的，有七角七眼，就是神的七灵，奉差遣往普天下去的。③

王蒙的拟作则是：

> 我看见坐宝座的人的右手托着经书，经书内外写满了英、法、中、俄、西（班牙）、德、阿（拉伯）、土（耳其）文字。用七个金印把经书封得严严实实。我又看见托塔李天王大声宣布："有谁有资格享受这些书卷呢？天上、地上、地下、外层空间与外星人中，没有什么人配打开这些书卷的，没有什么人配懂得这些书卷的……"

---

① 《启示录》1：3。
② 王蒙的《十字架上》（以下简称 SZJS），第 56 页。还有魏贞恺（Janice Wickeri）的英译本 *On the Cross*（以下简称 OTC），*Renditions*，Vol. 37，1992，p. 65。
③ 《启示录》5：1~6。

人们哭泣起来。于是，长老中的一位长者说："不要哭了，以昔在、今在、将来永在的全能的主的名义，请女士们与先生们注意，从地球村东半村华人社会中涌现的牛魔王阁下已经打开了书，它揭开了七个金印！"①

《启示录》中描绘了"大力的天使"②站在"全能的主"的右手上，而在王蒙的小说中，我们发现了一个完全不同的神魔范畴，它更多和地狱而不是天国相连。文中的托塔李天王原型是印度神话中的多闻天："多闻天即俱吠啰，是阎浮提的守护神；最初是魔的首领，后来成为财神，北方的守护者"③，同时他也是夜叉王，食人血的魔。④在王蒙笔下，代替可打开书卷的"被杀过的羔羊"的是牛魔王——中国神话中著名的魔鬼。和托塔李天王一样，牛魔王也来自吴承恩的小说⑤，但他比李天王的名气更大，因为他和孙悟空有着紧密的关系，而孙悟空则是小说中世俗力量（包括人类）的主要代表。在《西游记》特别的神话框架中，他是佛道天国和俗世地狱间的调停者。孙悟空的原型是蚁垤所著印度史诗《罗摩衍那》中的哈奴曼。在《西游记》里，孙悟空被尊称为"大圣"。⑥而作为牛魔王的"结义兄弟"⑦，他在和牛魔王被弃的妻子相处时很有分寸。在吴承恩笔下，孙悟空变化为牛魔王，"男儿立节放襟怀"⑧，牛魔王的妻子铁扇公主（罗刹或罗刹斯）则"酥胸半露松金钮"。⑨但接下来，孙悟空的行为仍切合基督教禁欲的观念，他甚至保有精神上的自律，并无基督通过福音书所指出的那种罪念："凡看见妇女就动淫念的，这人心里已经与他犯奸淫了。"⑩

---

① SZJS，第56页；OTC，第65页。

② 《启示录》5：2。

③ William Edward Soothill-Lewis Hodous, *A Dictionary of Chinese Buddhist Terms*（repr.，Taipei 1975），p. 306.

④ William Edward Soothill-Lewis Hodous, *A Dictionary of Chinese Buddhist Terms*（repr.，Taipei 1975），p. 363.

⑤ 在吴承恩的小说中，第59~61章专门讲了他的故事。参见《西游记》卷2，人民文学出版社，1955，第675~708页；甄尼尔（William John Francis Jenner）的英译本 *Journey to the West*（以下简称 JTW）卷3，北京，1993，第1074~1129页。

⑥ 参见《西游记》卷1，第37~47页；JTW 卷1，第59~77页。

⑦ 《西游记》卷2，第680页；JTW 卷1，第1083页。

⑧ 《西游记》卷2，第694页；JTW 卷1，第1107页。

⑨ 《西游记》卷2，第694页；JTW 卷1，第1107页。

⑩ 《马太福音》5：28。

牛魔王和用自己的血救赎人类的基督完全不同。但在王蒙那里，牛魔王像基督一样是"配得权柄，丰富，智慧，能力，尊贵，荣耀，颂赞的"。① 作为一方的魔王，他本已相当富有，但由于对财富（和欢愉）的贪婪，他离开了铁扇公主，和另一个妖女玉面公主一起生活。玉面公主着迷于牛魔王的魔力，给了他很多财产（包括身体）。② 在约翰的《启示录》中，基督说："我是阿拉法，我是俄梅戛③，是昔在今在以后永在的全能者。"④ 在王蒙著作中，牛魔王和基督一样，在启示的过程中跨越了几个位格。不必说，王蒙的这种写法，是对中国 80 年代要求的自然反应，有其社会、政治和文学上的合理性。但必须指出的是，这并不是在过去几个世纪中最多变的欧美文学中经常出现的那种"天启"。可以参看威廉姆·布莱克（William Blake，1757～1827）、路易·塞巴斯蒂安·梅希尔（Louis Sébastien Mercier，1740～1814）、赫尔曼·梅尔维尔（Herman Melville，1819～1891）等人作品中的那些特定的描写。毫无疑问，王蒙式的"天启"既包含着对旧世界的暴力摧毁，也有对新秩序的建立的双重内涵。这种新旧交替所催生的断裂感，也许是我们所处的 20 世纪末期最重要的时代体验了。

二

"天启"来自希腊语 απoκαλυπτειυ（去展示或去揭开）。例如神晓谕以赛亚，要他赤身裸体。这暗示了他书中的内容：

> 照样，亚述王也必掳去埃及人，掠去古实人，无论老少，都露身赤脚，现出下体，使埃及蒙羞。⑤

这里，以赛亚试图"展示"敌人犹大及耶路撒冷的世界，捎带提及他们自己充满了不公和缺陷的世界。虽然身处不同的状况，他的追随者约翰想要做的是同样的事。

---

① 《启示录》5：2。
② 参见《西游记》卷 2，第 686 页；JTW 卷 3，第 1094 页。
③ 阿拉法和俄梅戛乃希腊字母首末二字。——译者注
④ 《启示录》1：8。
⑤ 《以赛亚书》20：4。

在圣约翰观念的基础上，王蒙"创造性"和"批评性"地重现了《启示录》的第6章第1~8节的内容——前四个封印的打开过程。在王蒙写作这个作品之前的490年，阿尔布雷特·丢勒（Albrecht Dürer）在他的伟大的木刻画中展示了《启示录》的这个核心含义。王蒙用"四头牛"来"模仿"《启示录》和丢勒画中的"四个骑士"，这四头牛一起构成了牛魔王的后现代变形。

"天启"中的预言是沉重且悲惨的："我就观看，见有一匹白马，骑在马上的拿着弓。并有冠冕赐给他。他便出来，胜了又胜。"① 我们在王蒙小说中看到的却是第一头公牛带有唯我色彩的言语的宣泄：它认为自己永恒存在，并无所不能。作为当代中国作家，把基督或神比作牛魔王难道不是充满反讽意味的观察吗？无论如何，圣约翰的天启的风格和基督传达的话语远比牛魔王口中的言语更悲伤和绝望。"我的祖上，是真正的牛魔王！"第一头公牛说道："我的原配太太是赫赫有名的铁扇公主！铁扇公主曾经在国际星际选美赛上被提名为艳后！只是由于我们不忍心给评选委员送小牛肉汤喝才未正式加冕！而她的三围比例是9∶1∶13，您上哪儿找去？玛丽莲·梦露也不灵啊！"他的演说以虽荒唐但意味深长的话结束："我的祖上就是我！"②

《圣经》中第二个"活物"召唤出来的是"第二个骑士"："就另有一匹马出来，是红的。有权柄给了那骑马的，可以从地上夺去太平，使人彼此相杀。又有一把大刀赐给他。"③ 王蒙表现了第二头牛的一连串得意扬扬的自夸，它认为自己可以像神一样拯救万物。虽然它陷入了一种荒谬的状况，但它的自诩是拯救而非毁灭："除了我，谁能拯救罗马，谁能拯救巴比伦，谁能拯救雅典和马达加斯加？我能够预报地震，我能够预防火灾，早在重庆飞机失事以前我已经指出，航空管理处存在着问题！早在波斯湾出现紧张局势以前，我已经揭露了海湾国家间的矛盾的危险性！我可以防止星球大战，我能教会正当的正确的最佳的做爱方式并从而从根本上消除艾滋病！"这一堆荒唐的自夸的顶点是这头牛提出了必不可缺的条件："但只要听我的，必须听我的，不听我的便是愚蠢横蛮智力退化别有用心！"④

这里，魔鬼救世主（salvator mundi）和宣称能够连接过去和现在的全

---

① 《启示录》6∶2。
② SZJS，第56页；OTC，第65页。
③ 《启示录》6∶4。
④ SZJS，第57页；OTC，第66~67页。

能的魔鬼公牛的声音混合在了一起。全能的魔（上帝的对立面）在第三头牛的化身中变成了弥勒佛（未来佛）的对立面：过去已成过去，现在倒什么都不是，一切都属于明天；到明天时，所有的牛都会进入天堂。"明天将不需要耕地而燕麦将成垄成行排成长队碎如粉末吸入我们的重瓣胃，明天我们将长出翅膀，与波音'747'颉颃赛飞！明天我们将征服大海，龙王亲自向我们献花篮并且把它老龙家的十六个女儿分配给我们……只有跟着我才有明天！"可它提出的，进入这个世俗天堂的先决条件，却比第二头公牛更加苛刻："目有旁瞬的死无葬身之地！"①

第三头牛的狂言使我们想起《西游记》中的情节。牛魔王中断了和玉面公主的温存之后，到水下的龙宫享乐，龙宫里有龙女"头簪金凤翘"，"吃的是，天厨八宝珍馐味；饮的是，紫府琼浆熟酝醪"。②齐天大圣孙悟空则趁乱溜入龙宫盗走了牛魔王的坐骑金睛兽，来至铁扇公主的洞府，化作牛魔王的模样，对他妻子摆出最温柔的引诱姿态。③这些情景和王蒙小说中第三头牛的发言一起，与《启示录》中第三个封印被打开后的情景形成了对比："揭开第三印的时候，我听见第三个活物说，你来。我就观看，见有一匹黑马。骑在马上的手里拿着天平。……一钱银子买一升麦子，一钱银子买三升大麦。油和酒不可糟蹋。"④早期基督教作家总是强调饥饿的威胁和"将必要快成的事"⑤的悲惨状况，而中国社会中魔鬼的形象和基督教中的则是如此迥然有别。

在《启示录》中，令人印象深刻的是"第四个骑士"的出场。关于他以及整个人类的描写是整个《启示录》中最感人的部分。其他骑士（或许除了第一位骑士）是一种象征或者寓言。他们象征了残酷的打击、狂暴的力量、社会的不公与饥荒。最后一个骑士却直接表征了人类的死亡：

> 我就观看，见有一匹灰马。骑在马上的，名字叫死。阴府也随着他。有权柄赐给他们，可以用刀剑，饥荒，瘟疫（瘟疫或作死亡），野兽，杀害地上四分之一的人。⑥

---

① SZJS，第57页；OTC，第67页。
② 《西游记》卷2，第692页；JTW卷3，第1103页。
③ 《西游记》卷2，第693~694页；JTW卷3，第1106~1107页。
④ 《启示录》6：5~6。
⑤ 《启示录》6：5~6；1：1。
⑥ 《启示录》6：5~6；6：8。

丢勒把"第四个骑士"安置在画的前面，是为了突出死亡，在一个充斥着农民战争、黑死病和梅毒的时代中沉重的死亡。

我附上了王蒙小说中第四头牛的全部发言，因为这段话不仅是王蒙的启示录中的顶点，还是他的整个写作生涯（至少对于迄今为止我读到的王蒙的作品来说）的顶点：

> 快走吧快走吧！让我们调动工作到牛的王国去吧！只要坐上三天三夜火车三天三夜汽车三天三夜飞机三天三夜轮船再加三天三夜多级弹道火箭，我们就会到达牛的王国！到达那里以后就会发现，那里的巡捕衙役全是牛而人关在畜栏里！屠宰场上不再用人宰牛而是牛宰人！田地里不是牛拉犁而是人拉犁虎拉犁猫拉犁而牛兄牛弟坐在地头喝人头马白兰地！不是人考"托福"而是牛考"托福"，凡是考中的一律送牛津大学博士生院！那时的奥林匹克大会全部由牛当裁判！那时的交响乐才盖帽呢！动牛肺腑，感牛泪下！那时的文学刊物上发表的全是牛小说牛诗歌牛评论，到那时候我将抛出我的孕育多年的振聋发聩的学术论文《红烧与清炖哪个好？》，我将被推崇为独一无二的思想家……由于牛的影响连人都长出了牛角！①

这段话如此令人震惊，以至于在 1990 年当我试图评价这部分时，我写下的是"更深层的意义无须分析"。②

王蒙在文中创造这个牛魔王的形象或可视作基督的负面镜像。耶稣的高尚道德、神圣性与伟大智慧，唤起的是人们的爱、谦卑、敬畏和宽恕之心。③ 在小说中，牛魔王无道德或非道德的行为、憎恨、自傲、无以复加的愚蠢与之形成了鲜明的对照。

"四头牛"虽然是一个恶魔的不同化身，当"吹完之后"，它们开始"互相吹"，后来在"吹完后又互相顶斗起来，互相揭露儿时丑行并认为对

① SZJS, p. 57.

② Marián Gálik, "Wang Meng's Mythopoeic Vision of Golgotha and Apocalypse," in *Annali* 52 (1992) 1, p. 78；关于它的德语版本，参见 Raoul D. Findeisen's rendition："Mythopoetische Vision von Golgatha und Apokalypse bei Wang Meng," *minima sinica* 1991/2, p. 78。

③ Marián Gálik, "Wang Meng's Mythopoeic Vision of Golgotha and Apocalypse," *Annali* 52 (1992) 1, p. 78；关于它的德语版本，参见 Raoul D. Findeisen's rendition："Mythopoetische Vision von Golgatha und Apokalypse bei Wang Meng," *minima sinica* 1991/2, p. 69。

方应该先挨一刀"。① 争执的时间越久，它们变得越恶毒，它们互相把角顶入对方的胃、后臀、脖颈甚至心脏。在无以名状的暴怒中，它们试图杀死对方。但这"四头牛"不用藏在洞穴和岩石中，不用去乞求："倒在我们身上吧，把我们藏起来，躲避坐宝座者的面目，和羔羊的忿怒。"② 它们在荒诞不经的相互憎恶中毁灭了自己。

三

自 70 年代后期起，作为文学创作的组成部分的"荒诞的笑"成为王蒙创作信念的一部分。除了"荒诞的笑"，王蒙的另一个典型论断是"荒诞的处境造就了荒诞的心境"。③ 很难判断到底是"处境"（特别是外国文学）中的哪些成分促成了王蒙小说中不断隐现的这些"荒诞的"质素。但显而易见的是，"荒诞的笑"首先和荒诞本身有关。奥托·百斯特（Otto F. Best）曾指出，荒诞主要来自一些知识分子的著作，这些人认为有些无法解决的矛盾最终产生荒诞。④

荒诞在文学史和哲学史中都可以追溯到久远的时代。赫尔曼·莱希（Hermann Reich）在古希腊和罗马的戏剧古籍碎片中重新发现了滑稽哑剧⑤中的愚人形象。稍后，它衍化为意大利即兴喜剧（commedia dell'arte）中的丑角阿莱希努（Arlecchino），和莎士比亚戏剧中那些著名的小丑，比如《威尼斯商人》中朗斯洛特·高波（Lancelot Gobbo）。⑥ 20 世纪的文学家对于"荒诞"的书写，始于 50 年代兴起的荒诞戏剧，集中体现在 60 年代美国"黑色幽默"派小说之中。

至少有两人在批评著作中指出了王蒙这种"荒诞的笑"的起源——

---

① SZJS，第 57 页；OTC，第 67 页。

② 《启示录》6：16。

③ 转引自 Wu Qingyun，"Seen Through the Funhouse Mirror. American Black Humor in Wang Meng's 'Anecdotes of Minister Maimaiti'"，*Cowrie* 1（1988）5，p. 104。中文版见武庆云《王蒙的〈买买提处长轶事〉和美国黑色幽默》，《郑州大学学报》（哲学社会科学版）1986 年第 1 期，第 22 页。——译者注

④ 参见 Otto F. Best，*Handbuch literarischer Fachbegriffe*：*Definitionen und Beispiele*（Frankfurt am Main，1987），p. 12。

⑤ 原文为 mimus，拉丁语，英语中的对应词为 mime。——译者注

⑥ Martin Esslin，*The Theory of the Absurd*（Garden City，New York 1969），pp. 281–377。

《买买提处长轶事——维吾尔人的"黑色幽默"》。① 武庆云认为他直接受到了美国黑色幽默的影响。② 鲁兹·毕格（Lutz Bieg）则据副标题推断是维吾尔人的黑色幽默推动了他写作这篇小说。③ 武庆云的推断或许不太切实，因为我们对王蒙在写作此文之前读过多少美国文学作品不得而知。但自1963年至1979年间，他就生活在新疆的维吾尔族人中间，倒是极有可能熟知新疆民间传说中的"黑色幽默"大师、智者阿凡提的故事。阿凡提的名字在世界的其他地方都是和土耳其民间口头文学家纳斯列丁·霍加（Nasreddin Hoca）④ 联系在一起的，他们实际上是同一个人物。一方面，纳斯列丁·霍加的幽默和提尔·欧伊伦施皮格尔（Till Eulenspiegel）或者《好兵帅克》与"四头牛"式的"荒诞的笑"确实有着质的差异。但在另一方面，聪明的霍加、跛脚的帖木儿（Tamerlane，1336～1405）的趣闻轶事则显示了两种戏谑的相似性，都包含着对专权暴行不动声色的讽刺。在面对假作公正实则残酷的"哈里发"（Padishah）帖木儿时，纳斯列丁·霍加是一个能够巧妙回答君主刁钻问题的宫廷小丑。帖木儿曾问众人："你们说说看，我是公正的还是不公正的？"不管是回答公正还是不公正的人最后都遭到了杀身之祸。纳斯列丁·霍加的回答则让他满意："陛下，我们才是不公正的，而您，则是至高无上的真主给我们委派的正义之剑。"⑤ 在"牛魔王"横行的当代，人们找到另一种方式——谐拟来表现这些手握绝对权力之人的此类"美德"。

---

① 王蒙的小说《买买提处长轶事——维吾尔人的"黑色幽默"》首发于《新疆文学》1980年第3期，第3～9、28页，后收入《王蒙小说报告文学选》，北京出版社，1981，第177～191页。英译本见 The Chinese Western: Short Fictions from Today's China, trans. by Zhu Hong (New York, 1988), pp. 152–163。

② Wu Qingyun, "Seen Through the Funhouse Mirror. American Black Humor in Wang Meng's 'Anecdotes of Minister Maimaiti'", Cowrie 1 (1988) 5, pp. 92–108.

③ 参见 Lutz Bieg, "Anekdoten vom Abteilungsleiter Maimaiti, 'Schwarzer Humor' der Uighuren-Volksliterarische Elemente im Werk Wang Mengs," in Die Horen. Zeitschrift fur Literatur, Kunst und Kritik, 1989, No. 155, pp. 224–230.

④ 在西方有几种不同语言的选集译本，例如 Charles Downing, Tales of the Hodja (London, 1964)，或者 P. Garnier, Nasreddin Hodja et ses histoires turques (Paris, 1958)。霍加（阿凡提）的故事在维吾尔族地区很有名。

⑤ 参见 Bahái (Veled Çelebi), ed., Lata'if-i Hoca Nasreddin (The Narratives of Nasreddin Hoca, Istanbul 1908), and Príbehy Hodžu Nasreddina trans. into Slovak by Vojtech Kopřan (Bratislava, 1968), pp. 38–39. 此处中译参考思琴选编《阿拉伯神话故事集》，中国世界语出版社，1998，第335～336页。

四

在描绘了"四头牛"后现代式的"诸神的末日"（Ragnarok）之后，王蒙简单模仿了《启示录》中下列章节中的句子：第 13 章第 1 节、第 9 节和第 10 节，第 16 章的第 1 节，以及第 22 章的第 1 ~ 5 节和第 21 节。其中，有一处使用了《启示录》第 22 章的第 1 ~ 2 节：

> 天使又指示我看城内街道当中一道生命水的河，明亮如水晶。还有生命树，结十二样果子，每月结一样果子。树上的叶子能医治万民！①

王蒙说，这种树的功效来自李时珍（1518 ~ 1593）的《本草纲目》。这显见又是一个谐拟。甚或可以说，在王蒙这篇短章中，似乎到处都带有谐拟成分和反崇高色彩。"四头牛"的厮杀，也并不意味着荒诞生活的终结，仅给其带来些许改变而已。无论如何，我们的时代仍保留了一些"牛的王国"里"四头牛"的残留。如果王蒙想要为读者提供一种选择，他应该转向一种更为广阔和有力的社会、政治批评。如果生活是荒诞的，那么世界一定会丧失其绝对可信的支柱：在这样一个荒诞的文学世界里，世界的意义、目的和价值同时都被质疑，作者除向读者展示事物完全荒诞、疏离的状态之外，似乎种种坚固之物都变成多余的了。如果要相信这样一篇模仿《启示录》的文章能够降福给人类，那将意味着作者和"第四头牛"一样愚不可及。

1882 年，尼采在《快乐的科学》（*Die fröhliche Wissenschaft*）一书中宣布"上帝死了"。② 很多人信奉他的话，像《哈姆雷特》里的马塞洛那样，相信"丹麦将有恶事发生"。尼采的声音在我们的耳边回响了一百多年，并早在 20 世纪 20 年代初就已传到中国。③ 这里我们无须讨论尼采这一疯癫的表述是否明智。至少在王蒙那里，他认定应由一个智慧的疯人来"揭

---

① SZJS，第 58 页；OTC，第 68 页。

② Nietzsche, *Die fröhliche Wissenschaft*（Leipzig, 1899），p. 164.

③ 参见 Cheung Chiu-Yee, *Nietzsche in China 1904 - 1992. An Annotated Bibliography*（Canberra, 1992），pp. 28-32.

开七个封印"。与前述纳斯列丁·霍加的逻辑类同，王蒙没有把人类的命运交到神的手中，而是交到了恶魔的手中。

在这篇仅三页的短篇小说中，王蒙向读者展示了二十世纪八九十年代全世界发生的巨变。生活在北京的王蒙与住在"拔摩岛"上的约翰都宣称读了自己这本书的读者"都是有福的"。① 作为中国的文化部长，王蒙还对他的同胞说："相信这些事并从中得出谦逊的结论的人有福了！"②

（尹捷　译）

（本文曾发表于《汉语言文学研究》2010 年第 3 期，稍有修正。）

---

① 《启示录》1：3；SZJS，第 56 页；OTC，第 65 页。
② SZJS，第 56 页；OTC，第 65 页。

《圣经》与港台文学

韩素音的"诗篇"第 98 篇和中国的"人民新民主"*

本文以韩素音 1917 年的小说《瑰宝》（*A Many-Splendoured Thing*）为对象，分析其第三部分的第一章。这一章的开头"让大海咆哮吧"以中国共产主义革命初始阶段为背景，创造性地戏仿了《圣经·旧约》中的《诗篇》第 98 章。《诗篇》第 98 章写成于公元前 521 年的之后几年。在犹太新年期间，人们在耶路撒冷的第二圣殿庆祝耶和华加冕以色列及世界之王时会唱诵这首诗。而韩素音的作品描写了共产党在中国大陆取得胜利之后香港和中国大陆的局势。本文涉及了两者的相似之处，但主要着眼于它们的不同。在分析过程中我还参考了贾保罗（Robert P. Kramers）提供的档案。

一

促使我开始这个研究的是我在贾保罗（1920～2002）及其夫人克雷默（Henriette R. Kramers-Kraemer）的家中［荷兰，宰斯特省，卡滕布洛克街（Cattenbroeck）23 号］的一段经历。1997 年 7 月和 8 月我两次拜访贾保罗夫妇。第一次是在 7 月 23～24 日。在此期间，我有几个小时的闲暇在贾保罗的图书馆里翻看书籍和其他资料。那时候他身体欠安，无法工作，所以他不仅允许我浏览他的私人图书馆，他的夫人还从附近的商店取来一个大

---

* 原文"Psalm 98 According to Han Suyin and the 'People's New Democracy' in China"。本文所引韩素音的 *A Many-Splendoured Thing* 均来自该书的中译本《瑰宝》（孟军译，上海人民出版社，2007）。高利克先生愿意用此文庆贺韩素音 2012 年 95 周岁生日。——译者注（由于韩素音的"让大海咆哮吧"是戏仿《诗篇》第 98 章，故本文在论及这部"诗篇"时，一律用引号，以示区别。——译者注）

包裹，把可能对我研究有用的书都装了进去，包括他在香港时开始收集的《圣经》翻译的相关资料。大约有 20 本书，其中就有这本著名的小说《瑰宝》。它于 1952 年 6 月初版，因为被反复阅读，已经有些破旧。我知道有位作家叫韩素音，即这本书的作者。她的正式称呼是伊丽莎白·柯默医生（Dr. Elisabeth Comber），但我没有读过她的书，不知道她与基督教和《圣经》的关系。这本小说的第三部分标题是"危机"，以《诗篇》第 98 章第 7 节第一句"让大海咆哮吧"开头。读这篇《旧约·诗篇》的模仿之作，令我想起 1953～1954 年我开始在查理大学学习汉学和远东史的时候，由于受到我国的社会主义建设和中国人民民主专制的胜利①的鼓舞，在我周围的人们中间弥漫着一种相似的情绪，其中虽然不乏真情实感，但更多的是装腔作势。

可能就是这首歌颂新中国和中国人民的力量、歌颂中国成为未来社会主义大家庭一员的政治抒情诗引起了贾保罗的注意。大约 10 年后的 1962 年，作为港台圣经协会的翻译顾问，贾保罗计划研究一下吕振中（1898～1988）的《旧约》译稿的问题，所凭的依据就包括《诗篇》第 90～96 章。② 贾保罗的注释与评论至今仍然存放在我的图书馆里，虽然只是关于第 90～94 章。③ 我不知道他为什么只选这几章，这很可能是他自己的决定。其中的一些注释和评论"采纳了 1953～1955 年几位基督教学者和吕牧师定期讨论的成果"。④ 如果不参考贾保罗和这些学者的通信，就无从得知哪些是他本人所评所注，哪些不是。而要阐明此点，我需要做大量超出本文范围的工作。无论如何，我认为在解放战争期间及之后，香港知识界的总的氛围对本地应该有所冲击。韩素音和贾保罗分别于 1949～1952 年和 1953～1963 年在香港居住和工作，因此熟悉在英国殖民统治下的香港的宗教生活。无论在当时还是现在，香港一直是一个"汇集了各种梦想的大海

① Han Suyin, *A Many-Splendoured Thing*, London: Jonathan Cape and the Book Society, 1952, p. 279.

② Robert P. Kramers, *Chinese Bible Revision*: 1-4（《中文圣经修订》1～4），1962 年胶版，第 3 节。

③ Robert P. Kramers, *Notes on Rev. Lü Zhenzhong's Old Testament Draft*: 1-23（《吕振中牧师〈旧约〉译稿笔记》1～23），1963 年胶版，第 18～23 节。

④ Robert P. Kramers, *Notes on Rev. Lü Zhenzhong's Old Testament Draft Translation*: 1-95（《吕振中牧师〈旧约〉译稿笔记》1～95），1963 年胶版，第 1 节。

怀抱中的美丽岛屿。／香港。／而中国内地，就在山的那一边"。①

韩素音借用了"让大海咆哮吧"作为其诗篇的标题，然后写道：

> 脚步，尘土，尘土，脚步，脚步，旗帜，口号还有这么多的标语！
>
> 龙，鞭炮；标语和旗帜。
>
> 人民。
>
> 人民和战士。这么多的人民。
>
> 步枪和草鞋，行进在尘土中。
>
> 战士和旗帜。
>
> 中国上空的冬日蓝天，阳光灿烂。
>
> 我们不再了解自己。这不是我们的人民。
>
> 这是蜕变。
>
> 城外的田野上，矮小的秧苗泛着翠绿。
>
> 群山簇黛，路上的人民潮水般奔涌，
>
> 带着他们的孩子。
>
> 蓝天，阳光，褐色的土地和脸庞。
>
> 尘土中的草鞋。
>
>
> 他们来了，他们来了：五星红旗在阳光下飘扬。
>
> 最后的时刻到了，最后的时刻到了。人民不再害怕。
>
> （我们为什么要怕？这是人民的军队。这是我们的人民。）
>
> 演说。
>
> 口号。
>
> 口号的狂欢。
>
> 口号。口号。千万人齐喊口号，如同一个人。
>
> 喊啊喊。喊啊喊。阳光下一片喧腾。
>
> 孩子们也在游行。
>
> 妇女们也在游行。
>
> 学生，水手，战士。
>
> 商人，工匠，裁缝。

---

① Han Suyin, *A Many-Splendoured Thing*, London：Jonathan Cape and the Book Society, 1952, p. 27.

所有人都举着标语游行，

在星空下喊着口号。

腰鼓，腰鼓，腰鼓。

（咚—咚—咚咚咚。咚—咚—咚—咚咚咚。）

这是舞之鼓。

秧歌，秧歌，秧歌。

这是从过去跳过来的舞，过去，现在，将来。舞。

舞者，就在战士和人民的中间。

红色和金色的舞者，腰鼓。

男人踩着脚，喊出了心底的狂喜。跳啊！

女人和男人都欣喜若狂，不再担惊受怕。敲啊敲。

孩子们在阳光下欢笑。

真诚，扭起秧歌。

希望。扭啊！

苏醒。喊口号，打腰鼓，扭秧歌，人民啊！

来了，就在这里，不是吗？

腰鼓，腰鼓，腰鼓。

（咚—咚—咚咚咚。咚—咚—咚咚咚。）

发言。发言。发言。

言语，言语，言语，言语。阳光下言语喧哗。

我们国家有四亿七千五百万人。

我们国家的人比世界上任何国家的人都多。

我们国家将成为世界上最强大的国家。

我们国家将拯救世界。

我们会打败任何对手：我们有这么多的人。

颤抖吧！这就是未来。穿草鞋的脚在尘土中行进。

这是地震。我们的进军将震撼地球。

我们的战士，我们的人民。标语和旗帜。

人民，我们的人民。这么多的人民。

还带着他们的孩子。这么多的孩子。

这么多。①

韩素音很可能读过钦定本《圣经》中的《诗篇》第 98 章：

1. SING unto the LORD a new song；for he hath done marvellous things：his right hand，and his holy arm，hath gotten him the victory.

2. The LORD hath made known his salvation：his righteousness hath he openly shewed in the sight of the heathen.

3. He hath remembered his mercy and his truth toward the house of Israel：all the ends of the earth have seen the salvation of our God.

4. Make a joyful noise unto the LORD，all the earth：make a loud noise，and rejoice，and sing praise.

5. Sing unto the LORD with the harp；with the harp，and the voice of a psalm.

6. With trumpets and sound of cornet make a joyful noise before the LORD，the King.

7. Let the sea roar，and the fullness thereof；the world，and they that dwell therein.

8. Let the floods clap their hands：let the hills be joyful together.

9. Before the LORD；for he cometh to judge the earth：with righteousness shall he judge the world，and the people with equity.

作为华人，韩素音也可能在流传颇广的新教《圣经》中文译本即《旧新约全书》（官话和合译本）中读到过这章诗篇。为方便读者参考，我将该译文附在下面：

1. 你们要向耶和华唱新歌，因为他行过奇妙的事。他的右手和圣臂施行救恩。

2. 耶和华发明了他的救恩，在列邦人眼前显出公义。

3. 纪念他向以色列家所发的慈爱，所凭的信实。地的四极都看见我们神的救恩。

---

① Han Suyin, *A Many-Splendoured Thing*, London：Jonathan Cape and the Book Society, 1952, pp. 303–350.

4. 全地都要向耶和华表示欢乐，要发起大声，欢呼歌颂。

5. 要用琴歌颂耶和华，用琴和诗歌的声音歌颂他。

6. 用号和角声，在大君王耶和华面前欢呼。

7. 愿海和其中所充满的澎湃；世界和住在其间的也要发声。

8. 愿大水拍手，愿诸山在耶和华面前一同欢呼。

9. 因为他来要审判遍地。他要按公义审判世界，按公正审判万民。

二

《诗篇》第98章成篇于以色列历史上的后放逐时代。① 公元前539年，波斯王居鲁士大帝（卒于公元前529年）占领了巴比伦王国。他是一位英明的统治者，尊重被征服国家的风俗，允许犹太人返回犹大故地，结束了巴比伦对犹太人的囚禁（前586～前537）。公元前521～前516年，犹太人最重要的纪念性建筑，作为犹太民族尊严和身份象征的第二圣殿建造完毕。第二圣殿是犹太人礼拜的主要场所。据推测"以色列每年年末（秋季）都要庆祝新年，此时耶和华会依照仪式被立为王，国家会获得新生【……】"② 至少有学者提出过这样的论点。先有莫文克（S. Mowinckel）在其出版于1922年的《诗篇研究》第二卷中，后有施密特（H. Schmidt）、克劳斯（J. Kraus）、库姆斯（A. E. Combs）、劳瑞兹（O. Loretz）、缪连伯（J. Muilenburg）、罗伯茨（J. J. M. Roberts）、波开普（E. Beaucamp）、凌格仁（H. Ringren）以及其他许多人都在他们的著作中认为《诗篇》第47章、93章、96～99章③是在庆祝耶和华登基成为以色列之王和世界之王的节日上所唱的歌曲。上文引用的第三节说得很明白："纪念他向以色列家所发的慈爱，所凭的信实。地的四极都看见我们神的救恩。"其中最后一句承接了上帝或耶和华在第二以赛亚第40～55章中所说的，不仅以色列人知道他的救恩，因为他把他们从巴比伦的囚禁下解放出来，而且全世界愿受他统治的人们都会看见他的救恩。

韩素音仅在她的"诗篇"的标题中提到"大海咆哮"，正文却没有涉

---

① Kraus, Hans-Joachim, *Psalms*（Minneapolis: Fortress Press, 1993），p. 263.

② Snaith, N. H. "Worship in the Old Testament," in H. H. Rowley, ed. *A Companion to the Bible*（Edinburgh. T & T. Clank, 1961），2nd edition, p. 536.

③ Kraus, Hans-Joachim, *Psalms*（Minneapolis: Fortress Press, 1993）p. 262.

及大海。与她相反,《圣经·诗篇》第 98 章,像第 93 章一样,强调了大海、河流和洪水作为自然因素的力量,而这些自然因素受制于上帝的伟大。除第 98 章第 7 节中的大海和溪流外,第 93 章第 3 节中也写道:"耶和华啊,大水扬起,大水发声,波浪澎湃。"

韩素音和登基的《诗篇》[①] 或称"耶和华为王"的《诗篇》[②] 的那些未知名的作者们的相似之处是:他们都着力描写与耶和华登基成为以色列之王和世界之王相关的欢快歌曲、音乐和沸腾的人声。在庆祝耶和华的象征性登基的庆典上,人们唱过或应该唱很多歌曲,以向上帝致敬。第 48 章第 1 节中的"新歌"只是其中有代表性的一首。第 96 章第 1 节重复了这首歌,但是第 97 章[③]第 1 节中的"来啊,我们要向耶和华歌唱,向拯救我们的磐石欢呼"则可能有多重意义。在第 98 章中出现过竖琴、小号和短号。第 47 章第 7 节写道:"因为神是全地的王,你们要用悟性歌颂。"第 6节邀请信众"你们要向神歌颂,歌颂!向我们王歌颂,歌颂!"这一章还提到过小号声(第 5 节)。

韩素音的诗中却没有圣殿,也没有上帝或耶和华王。或许我们可以把她笔下的 1947 年至 1949 年 10 月的中国比喻成后放逐时代的圣殿,把中国人民看作耶和华王或天主。

她的"诗篇"让我们想起郭沫若(1892 ~ 1978)的《女神》[④],或沃尔特·惠特曼(Walt Whitman,1819 ~ 1892)的《草叶集》,尤其是惠特曼的"编目手法"。[⑤] 这两位诗人的作品,韩素音大概都读过。

韩素音在"诗篇"的第一部分歌颂新上帝,即"二战"后以及 1949 年新中国成立后的中国人民。人民和穿草鞋、扛步枪的战士行进在尘土中。他们"不是我们的人民",不再同那些和外国人或国民党合作的人有瓜葛,他们行进在青天之下,阳光之中,头顶上旗帜飘扬。他们完成了蜕变,他们人数众多,在田野上如同新生的稻苗,在山坡上和小径上好似潺潺的溪流。

在第二部分中,我们的人民以及人民军队在五星红旗下展示武力。他

---

① Kraus, Hans-Joachim, *Psalms*(Minneapolis:Fortress Press, 1993)p. 22.

② Kraus, Hans-Joachim, *Psalms*(Minneapolis:Fortress Press, 1993)p. 233.

③ 应为第 95 章。——译者注

④ Marián Gálik, *Milestones in Sino-Western Literary Confrontation*(1898 - 1979)(Bratislava-Wiesbaden:Veda-Otto Harrassowitz, 1986), pp. 43–71.

⑤ Müller, J. M. Jr., ed., *Complete Poetry and Selected Prose by Walt Whitman*(Boston:Houghton Mifflin Co, 1959), pp. 135–137.

们听演讲，喊口号。民众沉浸在狂欢之中。然后他们一起前进：妇女，儿童，学生，水手，战士，商人，工匠，裁缝……

第三部分中没有出现和"耶和华为王"诗篇里面类似的乐器。对于新上帝来说，让人双耳欲聋的腰鼓的噪音已经足够了。人民翩翩起舞。解放军战士们和群众扭起了秧歌来庆祝插秧。对中国人来说，扭秧歌象征着信念、希望与新生。

在韩素音"诗篇"的第四部分也就是最后一部分里，演说和喧哗的言语占了上风。中国人因为他们的国家有四亿七千五百万人口而痴狂，他们希望中国成为世界上最强大的国家，并能拯救世界。"我们将打败任何对手：我们有这么多的人……我们的进军将震撼地球。"

三

《诗篇》第98章的篇终，以色列人的上帝，也就是"上帝的选民"的上帝，在后放逐时代进入世界民族大家庭。作为世界之王，他要"审判遍地。他要按公义审判世界，按公正审判万民"。在韩素音"诗篇"中的中国上帝身上有一种不同的气质，他能拯救世界，但如果必要的话，他也能打败任何人。

喧闹的鼓声沉寂之后，"诗篇"的作者在寂静中醒来。她住在基督教会女青年（Young Women's Christian Association）的宿舍里。随后鼓声再次响起，前进的队伍和游行的行列川流不息，日夜不断。基督教会青年的成员举着标语"真正的宗教。不再受帝国主义的剥削"；香港的家庭主妇们举着另外一个："争取妇女的自由与平等"；共青团的口号则更为具体，后来实施的也更为有效："消灭新民主主义专政的敌人，消灭破坏分子，特务，帝国主义走狗和反动派"。运送反动派去枪决的敞篷卡车从街上驶过，人群发出嘘声，随后又发出雷鸣般的吼声，对执行死刑的士兵们发号施令的人在这场血腥的狂欢中声嘶力竭的大声喊叫。①

自从莫文克的研究成果发表之后，学者们相信耶和华是在希伯来新年节庆期间登基为王②，即使克劳斯认为是在稍晚的住棚节，但仍然是秋季

---

① Han Suyin, *A Many-Splendoured Thing*, London: Jonathan Cape and the Book Society, 1952, pp. 305–307.

② N. H. Snaith, "Worship in the Old Testament," in H. H. Rowley, ed., *A Companion to the Bible* (Edinburgh: T. & T. Clark, 1961), 2nd edition, p. 536.

(9～10 月)。① 在解放战争的前后，中国已经有人在写秧歌、唱秧歌。雅罗斯拉夫·普实克（Jaroslav Průšek，1906～1980）于 1950 年底至 1951 年初访华，其间观看过秧歌表演，之后又撰文记载。② 他记录的秧歌剧里面有一篇题目是《夫妻过年》。该剧主题简单：男男女女在"伟大主席毛泽东"的照片前载歌载舞，并行鞠躬礼。据说有幸看过类似演出的人，都会在记忆中留下难以磨灭的美好印象。③

　　普实克还在他的书中记录了一些关于新年的诗。其中一首题目是《新年乐》，收入《东方红诗选》，作者叫崔耕三，是河北省石家庄电灯公司的一名工人。④ 我摘录普实克的英文翻译如下：

> We celebrate New Year,
>
> We celebrate New Year,
>
> This New Year is really more joyful than those before.
>
> Chiang Kaishek is defeated
>
> And Truman lost his senses.
>
> Democracy is progressing, raging as the
>
> Floods on the Yellow River.
>
> We won the victory in the whole country.
>
> Why shouldn't we sing?
>
> Let us sing!
>
> Let us sing!
>
> New Year is beautiful,
>
> New Year is beautiful.

---

① Kraus, Hans-Joachim, *Psalms*（Minneapolis：Fortress Press, 1993）p. 233.

② Jaroslav Průšek（雅罗斯拉夫·普实克）：*Literatura osvobozené Číny a její lidové tradice*（《解放区文学和它的民间传统》），布拉格：ČSAV 出版社，1953 年捷克语版。*Die Literatur des befreiten Chinas und ihre Volkstraditionen*（《解放区文学和它的民间传统》），布拉格：Academia 出版社，1955 年德语版。这本书中有两章是关于秧歌的。

③ Jaroslav Průšek（雅罗斯拉夫·普实克），*Literatura osvobozené Číny a její lidové tradice*，布拉格：ČSAV 出版社，1953 年捷克语版，第298～299 页。

④ Jaroslav Průšek（雅罗斯拉夫·普实克），*Literatura osvobozené Číny a její lidové tradice*，布拉格：ČSAV 出版社，1953 年捷克语版，第 125 页。

This New Year is really beautiful.

We are winning on the battlefields,

We are stepping up the production in the hinterland.

Workers, peasants, soldiers, intelligentsia, shopkeepers,

All go forward in a row.

When we shall defeat the reactionaries,

Where could they escape?

We shall build up the great industry and trade,

We shall start the Great Road forward to Socialism.

Great Road,

Great Road. [①]

新年乐，

新年乐，

今年真比往年乐！

蒋介石，快完蛋

杜鲁门，没奈何。

民主力量在前进，

浩浩荡荡像黄河，

眼看全国快胜利

教我如何不唱歌？

唱歌！

唱歌！

新年好，

新年好，

今年新年真是好！

前方打胜仗，

后方闹生产。

---

① Jaroslav Průšek（雅罗斯拉夫·普实克）：*Literatura osvobozené Číny a její lidové tradice*，布拉格：ČSAV 出版社，1953 年捷克语版，第 126～127 页。

工农兵学商，

一齐向前走！

打垮反动派，

看他哪里跑？

发展繁荣工商业，

走上建设的大道！

大道！

大道！①

据称是中国共产党带给中国人民这种幸福生活，这样美好的新年，因此它应该得到人民的热爱与感激。

四

与韩素音和普实克不同，贾保罗没有亲历中国的解放战争。从 1950～1953 年，贾保罗担任荷兰圣经公会驻印度尼西亚雅加达代表，他的好友尤金·奈达（Eugene A. Nida）当时作为美国圣经公会的代表在联合圣经公会任职，不久后他提拔贾保罗为港台圣经公会翻译顾问，我们上文已经说过。奈达的著作与文章，以及与奈达的合作，无疑影响了贾保罗。在一封日期是 1962 年 7 月 26 日的信中，奈达提到同年 5 月 22 日②他访问荷兰期间，他在阿姆斯特丹与贾保罗的谈话③涉及翻译理论和他本人在翻译科学方面的研究。该研究应在当年年底完稿并在随后出版。奈达在信中所说的研究肯定是他的《翻译科学探索》④（*Towards a Science of Translating*），而我在贾保罗的图书馆里没有找到这本书。但这并不奇怪，因为在那一年，准确地说是在 1964 年 10 月 16 日⑤，苏黎世大学聘请他为该校的汉学教授，

---

① 这是《新年乐》原文，引自超星网，http://new.ssreader.com/ebook/read_ 12090802. html。——译者注

② A. Eugene Nida, 1962 年 7 月 26 日写给贾保罗的信。

③ A. Eugene Nida, *Report on Chinese Consultations*（《中国协商报道》，4 月 17 日），1962 年胶版。

④ A. Eugene Nida, *Towards a Science of Translating*（《翻译科学探索》），Leiden: E. J. Brill, 1964。

⑤ Gassmann, Robert H., et al., eds.（高思曼等编），*50 Jahre Sinologie, 30 Jahre Kunstgeschichte Ostasiens*（《汉学研究 50 年，东南亚艺术史研究 30 年》），苏黎世：苏黎世大学出版社，2000，第 44 页。

所以他无法继续潜心研究《圣经》翻译的问题。

在香港期间，贾保罗阅读了《旧约》译稿，并且考察了中国神学家对该译稿的看法，在 1963 年写成了《关于吕振中牧师〈旧约〉译稿的讨论笔记》（*Discussion Notes on Rev. Lü Zhenzhong's Old Testament Draft Translation*）。这类似一本译者手册。在他的手稿里，贾保罗探讨了《圣经》汉译在词法和句法方面的疑难之处。贾保罗参考过奈达的《翻译家论一些〈圣经〉章节的翻译》（*Translator's Commentary on Selected Passages*）①。这本书对他写这些讨论笔记很有帮助。② 笔记按字母顺序排列，以 "accuracy"、"adjure" 和 "anoint" 开头，以 "whistle"、"wordiness" 和 "wrongfully" 收尾。手稿的第三章 "路加福音译者手册"（Translator's Handbook on Luke）现在保存在我的私人图书馆里，虽然没有完成，只有 11 页，但它让我想起奈达的书以及罗伯特·布拉切尔（Robert G. Bratcher）的《马可福音译者手册》（*A Translator's Handbook on the Gospel of Mark*）。③很可能贾保罗没有注意到奈达的《翻译科学探索》④以及奈达在该书中提出的使他成为当今最著名的《圣经》翻译家的 "动态对等翻译" 理论。似乎对于贾保罗来说，严复主张的 "信、达、雅" 的翻译理论是最合理的。至少在 1964 年五旬节上，在从香港启程赴苏黎世之前，他表示过类似的观点。⑤

据我所知，贾保罗没有在作品中评论过《诗篇》第 98 章，至少他给我的那些作品中没有。但他评论过与第 98 章极其相似的第 93 章。在此我们只看与第 93 章第 3～4 节相关的一个例子。在钦定本《圣经》中，这两节是这样翻译的：

3. The floods have lifted up, O LORD, the floods have lifted up their voice; the floods lift up their waves.

4. The LORD on high is mightier than the noise of many waters, yea, than the mighty waves of the sea.

---

① Eugene A. Nida, *Translator's Commentary on Selected Passages*, Summer Institute of Linguistics, California: Glendale, 1947.

② 贾保罗编《圣经汉译论文集》（*Collected Studies on Chinese Bible Translation*），香港：海外华人基督教文学理事会，1965。

③ Robert G. Bratcher, *A Translator's Handbook on the Gospel of Mark*, Leiden E. J. Brill, 1961。

④ Eugene A. Nida, *Towards a Science of Translating*, Leiden E. J. Brill, 1964.

⑤ 贾保罗编《圣经汉译论文集》，香港：海外华人基督教文学理事会，1965。

而在官话和合本《圣经》中，这两节的译文如下：

> 3. 耶和华阿，大水扬起，大水发声，波浪澎湃。
> 4. 耶和华在高处大有能力，胜过诸水的响声，洋海的大浪。

吕振中的译文过于饶舌，有啰嗦之嫌。贾保罗和其他专家都曾批评他的翻译篇幅过长。①

贾保罗的图书馆里没有吕振中的《圣经·旧约》译稿，所以我无从考证。但香港圣经公会曾于 1970 年为吕振中和他的朋友们出版过《旧新约圣经》，其中《诗篇》第 93 章第 3～4 节的译文是：

> 3. 永恒主阿，洪流扬了起来，洪流扬了声，洪流扬起冲激的浪。
> 4. 永恒主在高天，大有威力，胜过诸水的雷轰声，其威力胜过海洋的激浪。

有时候吕振中并不介意贾保罗的批评。他在出版时对第 3～4 节的措辞未做改动。贾保罗说官话和合本《圣经》"无疑文风上更胜一筹"，是中肯之论，但他同时为吕振中的翻译辩护，称它"此处更为准确"。②

吕振中和贾保罗都没有赢得这场论争。许多圣经公会的代表不承认吕的翻译是"新汉语圣经，和合本的继承本"。③贾保罗打算返回欧洲，重拾汉学研究，这次不成功的翻译恐怕是原因之一。当年开始学习汉学的时候，他曾受教于戴闻达（J. J. L. Duyvendak，1889～1954）教授，后来又得到何四维（A. F. P. Hulsewé，1910～1993）教授的支持与提携。

（袁广涛　译）

（本文曾发表于《华文文学》2011 年第 5 期，稍有修正。）

---

① Robert P. Kramers, *Notes on Rev. Lü Zhenzhong's Old Testament Draft Translation*：1-95，1963 年胶版。

② Robert P. Kramers, *Notes on Rev. Lü Zhenzhong's Old Testament Draft*：1-23，1963 年胶版，第 18～23 节。

③ Jost Oliver Zetzsche, *The Bible in China：The History of the Union Version or the Culmination of Protestant Missionary Bible Translation in China*（Sankt Augustin：Monumenta Serica Institute，1999），pp. 350，416.

《诗篇》第 137 章与张晓风的短篇小说《苦墙》*

张晓风，中国台湾作家、剧作家，著有诸多散文集，在华语文坛以散文家著称。① 而我对她初登文坛时写的一篇短篇小说《哭墙》更感兴趣。这篇小说是张晓风在 1968 年到 1976 年间创作的八个短篇小说中的第一篇。在她的作品甚至是小说当中，《哭墙》都没有引起太多的关注。我认为对于这部作品而言这是不公平的。

一

张晓风祖籍江苏铜山，1941 年 3 月 29 日出生于浙江金华。抗日战争期间（即 1943 年）随父逃亡到当时的陪都重庆。② 抗战胜利之后全家迁到南京。作为一个军官的女儿，张晓风 1948 年进入南京的一所军官子弟学

---

* 原文 "Psalm 137 and Zhang Xiaofeng's Novel *The Wailing Wall*"。

① 郑桂苑：《张晓风研究资料》，台北：人物春秋文讯，1995，第 109 ~ 118 页。路易斯·斯图尔特·罗宾逊（Lewis Stewart Robinson）教授的专著《双刃剑——基督教与 20 世纪中国小说》（香港：道风山基督教中心，1986，第 291 ~ 304 页）对张晓风的生平论述更为详细，而此中并未摘录。对于大陆的读者来说，可以参考杨剑龙的专题论文《张晓风：一个是"中国"一个是"基督教"》（《旷野的呼声——中国现代作家与基督教文化》，上海教育出版社，1998，第 241 ~ 251 页）。另外一些有参考价值的文章有王本朝《张晓风与基督教文化》，《20 世纪中国文学与基督教文化》，安徽教育出版社，2000，第 231 ~ 244 页；季玢《论新时期以来的中国基督教文学》，中国社会科学出版社，2010，第 41 ~ 42 页。

② 大部分关于张晓风生平和著作的材料，未经标明的都引自金明玮的专著《台湾戏剧馆资戏剧家：张晓风》，台北：行政院文化建设委员会，2004，以及张晓风《从你美丽的流域》中的作者年表，2009，第 261 ~ 284 页。

校，但是不久全家又搬到了广西柳州。在那里，她得以欣赏到祖国的大好风光。1949 年，解放军逐渐接近华南。去台北之前，全家在广州落脚。由于需要安排家庭以及亲戚们的撤退事宜，半年之后父亲赶来广州。8 岁的时候，张晓风就开始写作甚至发表作品了。据张晓风自己回忆，她确定自己读过的第一本书是刘易斯·卡罗尔（1832～1898）的《爱丽丝漫游仙境》。这本书是陈约文先生赠送的。陈先生当时是《中央日报·儿童周刊》的编辑。这本让她获益良多的书，至今还保存在她的书房里。她的老师陈元潭让她接触到了中国文学，特别是曹雪芹的名著《红楼梦》、冰心的《寄小读者》。遇到自己喜欢的句子，她甚至会逐字摘录下来。例如《寄小读者》中的通讯七中的一些句子：

> 我自小住在海滨，却没有看见过海平如镜。这次出了吴淞口，一天的航程，一望无际尽是粼粼的微波。凉风习习，身如在冰上行。……上自苍穹，下至船前的水，自浅红至于深翠，幻成几十色，一层层，一片片地在我面前荡漾开来。①

和冰心一样，年轻的张晓风喜欢读拉宾德拉纳特·泰戈尔（1861～1941）的《飞鸟集》［糜文开（1908～1983）译作《漂鸟集》］。泰戈尔是亚洲首位诺贝尔文学奖获得者。他于 1913 年获得了该项殊荣。张晓风刚一接触到这部诗集时便为里面的许多（或全部）短诗做了读书笔记。例如，短诗 16：“我今晨坐在窗前，世界如一个路人似的，停留了一会儿，向我点点头又走过去了。”张晓风写道：“人生如此而已。”短诗 10：“忧思在我心里平静下去，正如暮色降临的寂静的山林中。”张晓风写道：“时间很快就把‘忧愁’平下去。”短诗 17：“这些微微的思考，是树叶的簌簌之声啊；它们在我的心里欢悦地低语着。”张晓风写道：“思想令人执着。”②

在冰心和泰戈尔之后，张晓风开始接触俄国文学，尤其是列夫·托尔斯泰（1828～1910）的《安娜·卡列尼娜》《战争与和平》，或许还有托翁晚年关于宗教的一些作品。她不喜欢罗曼·罗兰（1866～1944）的《约翰·克利斯朵夫》。在读这部长篇巨著的时候，或许是由于年轻，尽管看

① 冰心：《寄小读者》，北新书局，1926，第 30 页。
② 金明玮：《台湾戏剧馆资戏剧家：张晓风》，台北：行政院文化建设委员会，2004，第 51 页。

完了，她还是不能够理解这部小说的伟大。

在台北市中山北路国宾饭店附近有一个破败的基督教教堂，周边的水沟臭气熏天，但去做礼拜的人们穿戴都很整洁，说话大多有上海口音，彬彬有礼。9岁的时候，张晓风经常去那里的主日学校学习。两年后，读高中一年级的她成为美国青年归主协会的会员。主日学校的教师通常都是外国的传教士，中文并不好，在布道或是诵读《圣经》的时候需要有人帮忙翻译，但是他们比中国的牧师更懂得如何吸引新入会的教徒的注意。他们通常会用吟唱圣歌和朗诵《诗篇》来达到这个目的。如果说给冰心带来转变的最主要的影响来自《诗篇》19：1："诸天述说神的荣耀，苍穹传扬他的手段。这日到那日发出言语，这夜到那夜传出知识。无言无语，也无声音可听。"①　那么对于11岁的张晓风来说，则是主日学校的老师引自《约翰一书》4：9的一段话："神差他的独生子到世间来，使我们藉着他得生，神爱我们的心在此就显明了。"

我所引用的这段材料并不确切②，但它的大意和《圣经》上的是一样的。传教士用爱的福音、上帝的爱、全人类的爱以及全宇宙的爱这些思想来引导张晓风和她的朋友们。不能爱是对上帝懿旨的违背。当听到这些话的时候，张晓风很兴奋，就像三十年前的冰心看到牧羊人耶稣的画像和读到神学老师让她朗诵的《诗篇》23：1：

> 耶和华是我的牧者，我必不至缺乏。他使我躺卧在青草地上，领我在可安歇的水边。③

冰心、张晓风两人都受到泰戈尔的影响，是他的诗歌和哲学带领她们进入到基督教的世界之中。阅读列夫·托尔斯泰的作品的同时也让张晓风接受了耶稣的教诲。年轻的冰心一开始能进入卫理公会教堂，但由于1922年之后兴起了反基督教运动，她只能暗中信仰。而张晓风是通过主日学校的授课、阅读《圣经》文本，以及和宗教老师通信的方式来了解基督教，

---

① M. Gálik, *Influence, Translation and Parallels*: *Selected Studies on the Bible in China*（Monumenta Serica Institute，2004），p. 260.

② 引自《圣经·约翰一书》4：9；金明玮：《台湾戏剧馆资戏剧家：张晓风》，台北：行政院文化建设委员会，2004，第54页。

③ M. Gálik, Influence, *Translation and Parallels*：*Selected Studies on the Bible in China*，（Monumenta Serica Institute，2004），p. 260.

因而经历了一个更加漫长的过程。

美国青年归主协会的会员都有在洗礼之前自由选择基督教教派的权利。1953年，12岁的张晓风选择了浸信会。她在八德路仁爱堂的查尔斯·卡尔佩珀牧师（Rev. Charles L. Culpepper, Sr., 1895～1986）那里受了洗礼。查尔斯·卡尔佩珀牧师是一位在大陆、台湾、香港都很有名的传教士。当决定成为一名基督徒的时候，冰心掉眼泪了。张晓风或许也一样，在洗礼仪式上，当卡尔佩珀牧师在她眼前举着一方白手帕的时候，她也落泪了。一年以后她给自己取了一个笔名叫岩影，希望自己能成为像高山一样伟岸的作家。她开始同一个叫海福生（其英文名不详）的英国女传教士阅读主日证道，也常常同另一个叫唐（其英文名也不详）的女传教士来往。唐喜欢用非常精致的杯子品上等的茗茶，就着牛奶和甜点。她特别喜欢自己养的一条小狗。有一次，这只小狗跑丢了，她很伤心地哭着说："我的狗狗想必已经跑到中国人的胃里去了。"也许真是这样的。可这样的举动在张晓风眼里显得很荒谬。不久之后，她才知道这位外国女士是一位独身妇人，因此她对宠物的那种情感也是可以理解的。根据一位捷克的天主教作家的说法，一条狗的主人往往爱他的宠物甚于上帝爱他。就像之前所引用的约翰书（也许是四福音书的作者）描述的一样，当张晓风被上帝对人类的爱深深打动的时候，不知道她是否也思考过这个问题。

二

受洗两年之后，作为军官的父亲被调到高雄市。张晓风也随之进入屏东国立女子中学（初中）。在那里，她有机会得到更好的文学训练。张晓风14岁的时候就写了一篇短篇小说和一些新诗，得到了国学老师的欣赏。她15岁进入屏东国立女子高中，花了很多时间学习古文；17岁创作了短篇小说《怡怡》。这篇小说写于她考入东吴大学前的那个春季假期，是那次作文竞赛的头奖作品，发表在香港的杂志《灯塔》上。《怡怡》也许是张晓风在1958～1968年写的九个短篇中第一篇真正有价值的作品。张晓风自己认为，散文是最适合她的文学风格的体裁，其次是戏剧，再往后才是小说。她觉得写散文比写诗歌要简单，因为诗歌需要韵律和意境。相比小说，散文能更好地表达作者的情感。① 我们可以看到，中国古典文学理论对张晓风的影响很深。在东吴大学的时候，她读的就是中文系。当时的老师只对古典文学感兴趣，并不重视张晓风的文学造诣。他们要求学生用心地背诵那些晦涩难懂的古文。尽管心里厌恶，但张晓风还是坚持了下来。几年以后，她才知道自己的努力并没有白费。在中文系开的一些课程当中，她最喜欢诗词。空闲的时候她会去参加一些基督徒的聚会，论教研经。在一次聚会上，她遇到了林治平。林治平当时是东吴大学政治系的学生，也是一名基督徒。1964 年，23 岁的张晓风与之结为夫妇。信靠上帝的爱成为张晓风皈依基督教的一个重要原因。此外，她在生活中也秉承着为爱而爱的基督教原则。张晓风管它叫"纯粹恋情"。② 或许这种确信来源于《约翰一书》4：7~8：

> 亲爱的弟兄啊，我们应当彼此相爱，因为爱是从神来的。凡有爱心的，都是由神而生，并且认识神。没有爱心的，就不认识神，因为神就是爱。

三

大约在婚后到长子林质修出生（1968 年 2 月 14 日）这段时间，她完成并出版了（1968 年 9 月）这个短篇小说集《哭墙》。在金明玮的《台湾戏剧馆资戏剧家：张晓风》里，这个集子有关它的内容的篇幅很少；在中文出版的研究张晓风作品的相关著作中，也很少提到。L. S. 罗宾逊教授对张晓风的小说有较多研究，但是在他的著作《双刃剑——基督教与 20 世纪中国小说》中提到《哭墙》的也只是只言片语，而且不得要领。③ 张晓风认为在她的文学作品中短篇小说的价值是最低的。难道其他人也附和了这个观点？尽管如此，我还是确信这篇小说和集子里其他的小说一样，都

---

① 金明玮：《台湾戏剧馆资戏剧家：张晓风》，台北：行政院文化建设委员会，2004，第 60~61 页。

② 金明玮：《台湾戏剧馆资戏剧家：张晓风》，台北：行政院文化建设委员会，2004，第 65 页。

③ L. S. Robinson, *Double-edged Sword: Christianity & 20th Century Chinese Fiction* (Hong Kong: Tao Fong Shan Ecumenical Centre, 1986), p. 295.

值得读者去关注。

《哭墙》是这个小说集的第一篇，但可能是最晚写成的，大致写于 1967 年 6 月 5～10 日阿拉伯世界和以色列的六日战争之后。该次战役之后，以色列从埃及、叙利亚和约旦手中拿回了加沙地带、西奈半岛、约旦河西岸地区（包括东耶路撒冷）和戈兰高地。当时的以色列国防部部长拉宾（Yitzhak Rabin，1922～1995）说，这次闪电战令人想起《圣经》中的"创世记"。[①] 上帝花了六天来创造这个世界，以色列人则拿回了迦南。在二十六七岁的张晓风记忆里，这些让她想到了《诗篇》137，这是《圣经》中的一首挽歌，祈祷以色列人的复仇。在《哭墙》中，她引用了《诗篇》137 的第一段的六句话：

1. 我们曾在巴比伦的河边坐下，一追想锡安就哭了。

2. 我们把琴挂在那里的柳树上。

3. 因为在那里，掳掠我们的要我们唱歌；抢夺我们的要我们作乐，说"给我们唱一首锡安歌吧！"

4. 我们怎么能在外邦唱耶和华的歌呢？

5. 耶路撒冷啊，耶路撒冷啊，我若忘记你，情愿我的右手忘记技巧。

6. 我若不纪念你，若不看耶路撒冷过于我最喜乐的，情愿我的舌头贴于上膛。

《诗篇》137 大约写于巴比伦囚虏时期结束（前 537）之后，第二圣殿建成（前 515）之前。它的作者是那些曾被带到巴比伦而如今得到允许返回耶路撒冷的囚虏。这是一首众人的挽歌，是对耶路撒冷遍地废墟的哀伤回想。也许，从两河平原归来之后，在耶路撒冷城，他们唱起了这样的歌。短诗中出现了几次回想和吟唱，表达了悲伤和忧郁。但这些对基督教的诠释者来说并没有什么帮助，他们更想看到的是像《诗篇》42～43 那样的个人挽歌。《诗篇》137 没有提到上帝或者是上帝之爱，

---

① Michael B. Oren, *Six Days of War.*, Oxford University Press, 2002. 选自其电子版中的 "After Shocks"。

但是在《诗篇》42～43中，对上帝的"卓越的信仰和希望"① 被凸显出来了。《诗篇》137中的回想和吟唱不是"彻底的忧伤和失望"②，而是变成了感恩。就像《诗篇》42：5写的一样，"我的心哪，你为何忧闷？为何在我里面烦躁？应当仰望神，因他笑脸帮助我，我还要称赞他"。这三首《诗篇》被认为是流亡的篇章。

如弓蜀所说，张晓风的《哭墙》③ 创作于六日战争结束之后，也就是她怀第一个孩子的期间。每一个虔诚的基督徒都有两处故土，一处是他的出生地，另一处是圣地。她显然不赞成把这场战争说成创世的六日。事实上，这是毁灭的六天，是给当地居民带来死亡和流离失所的六天，给以色列的敌人们——国内的和国外的巴勒斯坦人、埃及人、叙利亚人和约旦人——带来了巨大的悲痛和创伤。我不知道怀孕的张晓风做何感想，我可以认为她满怀希望，但更可能，对于腹中孩子的未来，她满怀忧虑。我不知道她对《圣经》历史的了解如何，据我所知，她并没有在其作品中提过。她更感兴趣的是从理论上、道德上、哲学思考上去认识《圣经》。对我来说，历史的问题和叙事故事更有趣。我希望读者能让我"想起和写下"（不是唱出）我六日战争过后的19年，也就是1996年6月27日第一次游耶路撒冷时的想法和感受。同参加"《圣经》在现代中国：文学与智力的影响"国际研讨会的参会者一起，我站在"哭墙"面前，一些情景在我的脑海里闪现，在大卫古城和汲沦谷上面的奥菲尔城之间的废墟中，"哭墙"屹立在一片小丘之上，一边是神殿山，另一边则是橄榄山，磕磕绊绊地已有三千年的历史，至今还未终结。根据希伯来传统，最终的审判将在眼前的这块土地上上演。④ 注视着这片土地，我不禁叩问自己，彼此的妒忌和抗争何时才能终结？我的"回忆"从大卫军队统帅约押侵袭耶布斯（后来的耶路撒冷）的那些索然无辜的居民开始，再接着是伟大的大卫和所罗门时期的荣光，公元前724年亚述人的入侵，巴比伦人的征服和巴比伦囚徒时期带来的毁灭，公元前332年亚历山大大帝时期希腊人带来的艰辛，以

① Moses Buttenweiser, *The Psalms Chronologically Treated With a New Translation*（New York：Ktav Publishing House，1969），p. 225.

② Moses Buttenweiser, *The Psalms Chronologically Treated With a New Translation*（New York：Ktav Publishing House，1969），p. 225.

③ 弓蜀：《我对〈哭墙〉的感受》，《自由青年》1969年第41卷第1期，第83页。

④ 《圣经·约珥书》3：1～21。

及托勒密王朝和塞琉古帝国的统治，再到公元 70 年提图斯对第二圣殿的毁坏，公元 636 年对穆斯林的屈服，公元 1099 ~ 1187（1229?）年在十字军的统治下，重新沦为异族穆斯林的统治对象，直到 1918 年，或更恰当地说是到六日战争。由于古亚述人、巴比伦人、奥斯曼土耳其人、阿拉伯人、巴勒斯坦人、犹太和以色列的居民、近代和现代的犹太人都生活在这样敌对的社会和宗教环境之下，所以产生了不安的情绪、伤害、怨恨和相互的报复。在这两千多年中，圣城之上的人们，除了为数不多的虔诚的基督徒，没有人会想到在客西马尼花园的老橄榄树下耶稣对圣彼得说的那些话："收刀入鞘吧！凡动刀的，必死在刀下。"①

四

回顾这个短篇，我们发现"哭墙"是一个诗意符号，象征着悲伤和忧郁。由于这个故事的情节被放置在 1949 年后的台湾，所以我们确信，在中国台湾和大陆或者是日本之间并没有这样一堵实际存在的"哭墙"。对于那些自愿或者被迫离开大陆的人来说，台湾是一片"流亡的"土地。这片土地曾被日本人统治了五十年（1895 ~ 1945）之久。很难说清楚张晓风为什么会选择这个诗意符号。难道在 1967 年 6 月 7 日，在"哭墙"对面的圣殿山上，以色列将军们和政治家们的会议她有所耳闻吗？这些人并没有哭泣，也没有祈祷，而是在释放解放耶路撒冷的喜悦之情。站在第一圣殿和第二圣殿（上面盖有圆顶清真寺）前，当时的以色列国防部部长摩西·达扬（Moshe Dayan，1915 ~ 1983）这样说道："今天早上，以色列国防军解放了耶路撒冷，以色列这个破碎的首都从今以后恢复了完整，我们回到了我们这片最神圣的土地，我们回来了，我们将不再离开！"《诗篇》137 最后一节的那些歌者的祈祷，以色列的士兵们以自己的方式将之转化为现实。② 而在这一点上，张晓风却对读者隐瞒了：

7. 耶和华啊，请你记住这仇。在耶路撒冷遭难的日子，以东人说："拆毁，拆毁，直拆到根基！"

---

① 《圣经·马太福音》26：52。

② Cf. Avi Shlaim, *The Iron Wall: Israel and the Arab World*, p. 245, and Karol Sorby, *Jún 1967. Šesť dní, ktoré zmenili Blízkyvýchod*, p. 345.

8. 将要被灭的巴比伦城（城原文作"女子"）啊，报复你像你待我们的，那人便为有福。

9. 拿你的婴孩摔在磐石上的，那人便为有福。

有一位正统派犹太人指挥官什洛莫·格林（Shlomo Goren, 1917 ~ 1994），是军队中的首席拉比，他提议"拆毁"第二圣殿上的圆顶清真寺，用一百公斤的炸药"直拆到根基"。① 幸而这一切并没有发生。《诗篇》的最后三节是在宣扬报复法则："以眼还眼，以牙还牙，以手还手，以脚还脚"（《出埃及记》21：24），而这些做法在基督徒当中不再是正当的了。在巴比伦流亡时期前后，以东人（Edomites）被以色列居民看作敌人。到19世纪90年代锡安运动爆发之后，或者是1948年5月14日以色列建国之后，阿拉伯人和巴勒斯坦人也是一样。

对于怀有身孕的张晓风来说，圣歌当中提到的杀害孩子的行为是丑陋的，是遭人厌恶的，于是她决定"修改"《圣经》。用"哭墙"作为悲伤和忧郁的诗意象征，在20世纪60年代下半段，其不单单是对以色列、中国台湾来说是合理的，对于世界的其他地方也是成立的。1968年8月21日，东欧五国的部队在苏联军队的领导下入侵捷克斯洛伐克。这对于欧洲和美国的那些汉学家来说是一记沉重的打击，因为这次暴行就发生在"布拉格20世纪青年汉学家会议"开幕日前夕。这次会议是为了纪念五四运动50周年而举行的，有将近500名学者参加。最终，会议被迫取消。苏军的入侵让捷克斯洛伐克的知识分子悲痛不已。在这一天以及未来的几年里，在这些民族之间，一面新的"哭墙"已经建成。甚至在1961年8月12~13日之前，另一面"哭墙"出现在了东西柏林之间。

1968年9月10日，离苏联入侵捷克斯洛伐克不到三周时间，"文化大革命"正在进行，越南战争也已经爆发。也正是这个时候，张晓风为《哭墙》写下了序言：

> 我是幸福的？或者，我是不幸的？我不知道。
> 我常常是欢欣的，我常常流泪……
> 当我沿路而行，当我坐在拥挤的公共汽车上，我就知道我们的不

---

① 参见 Avi Shlaim, *The Iron Wall: Israel and the Arab World*, p. 245, and Karol Sorby, *Jún 1967. Šesť dní, ktoré zmenili Blízkyvýchod*, p. 345.

幸。当我看到那些贪婪的脸，那些阴鸷的脸，那些肉欲的脸，我的心就下沉。火车站里，巨幅的浮尸照片悬着，死去的是吾土，死去的吾民……而从越南，不断传来战争的剪影，死去的孕妇躺在劫后的瓦砾里，怀着她永不会诞生的希望。

这一切足以叫人痛苦而疯狂。①

五

郑世仁（笔名）把短篇小说集《哭墙》中的六个小故事描述成"孟姜女的眼泪"②的结晶。孟姜女是一个年轻美貌的少妇，不远万里艰苦跋涉，从中国南方到北方给在那儿修长城的丈夫送冬衣。等到达之后，她才发现丈夫已经葬身在长城脚下了。她日日夜夜地大哭，终于哭倒了长城，见到了丈夫的尸骨。③

郑世仁的说法是有道理的。除了《圣经》之外，孔子的《论语》也是张晓风童年时最喜爱的书：

> 对一个人影响最深的，是他童年时阅读的书籍。我小时候读过的《圣经》和《论语》，对我影响至深。更确切地说，他们影响了我，是因为他们的内容而不是语言。书中所讲的，让我领悟了永恒的真理。④

张晓风在"序言"中引用了《论语》中的两句话：

10. 子食于有丧者之侧，未尝饱也。
11. 子于时日哭，则不歌。

张晓风选择用"哭"而不是"唱"，是因为"哭墙"给人展现的是一

---

① 引自于 http：//www. cp1897. com. hk/product_ info. php? BookId = 957990625。
② 郑世仁：《张晓风〈哭墙〉赏析》，1979 年 1 月第 37 期。
③ 关于孟姜女的故事，更好的版本可以参见 Wilt L. Idema and Lee Haiyan, *Meng Jiangnv Brings Down the Great Wall*：*Ten Versions of Chinese Legend*（University of Washington Press，2008）。
④ 引自于 http：//www. cp1897. com. hk/product_ info. php? BookId = 957990625。

幅悲伤的图画；它是"一本潮湿的书，是一本碱涩的书，它不是精致的玉器，不供欣赏把玩"。①

《哭墙》的故事背景设置在 20 世纪 60 年代的台湾。弓蜀视之为忏悔的深渊，却不是忏悔其罪恶，而是聒噪地吟唱着"人生几何"② 的诗句，享受着世俗的欢乐，堕落到无聊之中。郑世仁也许是很认真地读过这本书，据他的统计，整本书中"爱"字出现了76 次之多！难道就是指自皦、自皓兄弟和苓之、莼之姐妹之间的纯洁爱情？年幼的自皦在"断肠的 1949年"③ 的时候可能是在台北。"断肠"二字让我想起中国传统诗歌中那些苦闷的女性所写下的诗句，有名的如朱淑真（约 1135 ~ 约 1180）的《减字木兰花·春怨》。④ 自皦先到台湾，苓之的丈夫自皓滞留在昆明，正如当年张晓风的父亲一样。苓之是自皦的恋人，是莼之的姐姐，也是自皦的老师，正苦苦地等待丈夫归来，可希望渺茫。自皦想同莼之结婚，却被她以互相还不太了解为由拒绝了。"可怜的莼之"（同《圣经》一样在小说中出现了三遍）以为她自己是《列仙传》⑤ 中的弄玉公主呢！后来，自皦和苓之在中秋节相聚，他们喝了许多乌梅酒。夜里，自皦听到苓之的叫声："他死了……我看到他死了，啊！他死了！是的，他死了。"他知道苓之是在做噩梦，但苓之是相信自皓已经死了的。一段时间过去了，自皦告诉苓之，他想同她结婚。苓之恍若梦中，不以为然，却没有拒绝。有一次回

① 引自于 http：//www.cp1897.com.hk/product_ info.php? BookId = 957990625。
② 曹操（155 ~ 220）《短歌行》中的名句，参见余冠英《三曹诗选》，人民文学出版社，1957，第 5 页。
③ 张晓风：《晓风短篇小说集》，台北：稻乡出版社，1976，第 8 页。
④ 朱淑真《减字木兰花·春怨》中英文对照：

I walk alone, sit alone,	独行独坐，
Chant poems and raise my glass alone	独唱独酬
Even go to bed alone.	还独卧；
I stand still, my spirit grieving,	伫立伤神。
No way to defend myself against the troubling spring chill.	无奈轻寒著摸人！
Who notices these feelings of mine?	此情谁见，
Tears have washed away the powder and rouge till not even half is left.	泪洗残妆无一半？
Sorrow and sickness have each had their turn.	愁病相仍。
I have trimmed the lamp's cold wick to the quick, but dreams won't come.	剔尽寒灯 梦不成。

⑤ Max Kaltenmark, *Le Lie-sien tchouan*：*Biographies légendaires des Immortals de taoïstes l'antiguité*, Pairs, 1987.

家，她看到一个高大的男人站在门口，是自暾。"你要干什么呢？"苓之问。"我不要什么，"自暾答道，"我只想找一个地方，一堵可以靠一靠，哭一哭的墙。为了那十八年不再来到的时光痛哭一场。"从 1949 年到 1967 年，已然 18 年了。她感觉泪水在她酸涩的眼睛里转动。她拿出钥匙打开门。"回去吧！"苓之说道。话声很轻，却显得冷峻。站在门槛上，苓之对自暾说："回去吧！这里没有这样的地方给你。"

在整本书中爱字出现了 76 次，可在这个短篇中却只出现了 1 次。在描述阿拉伯人（巴勒斯坦人）看到"哭墙"前面的犹太人时还用到了"仇恨"一词。"哭墙"有几次也被称作断墙。尽管文中没有出现表达这些情感的词语，但是整个故事当中还是饱含忧郁和悲伤。除了那些没有得到满足的和被拒绝的，故事中的人物之间没有恨，也没有爱。他们"破碎的心"无力去享受张晓风幻想的"至纯的爱"。

张晓风对她那个时代很失望。在《圣经·约翰一书》中，她所读到的理想的爱在六日战争、美莱（My Lai）村惨案①和"文化大革命"②这样的环境中没有（也不可能）被人们认识到。在这些"哭墙"面前，"至纯的爱"无疑是虚幻之物。

张晓风的《哭墙》和俄罗斯作家列昂尼德·安德烈耶夫（1871 – 1919）的短篇小说《墙》③ 存在一定程度的相似。那是一个象征化的故事。麻风病人们自己设想了一堵将他们隔离于幸福之外的墙，千方百计地去跨越它。当然，他们不可能成功。同样，张晓风故事中的主角无法像他们预想的或是张晓风信仰的一样去享受"至纯的爱"。

最终，张晓风有关爱的信念由于过于理想化，在当代社会无法实现。

（周国良 译）

（本文曾以《评张晓风初登文坛的小说〈哭墙〉》为题，发表于《华文文学》2013 年第 2 期，稍有修正。）

---

① Claude Cookman, "The My Ly Massacre Concretized in a Victim's Face," *Journal of American History* 94 （2007）：154–62.

② R. MacFarquhar, M. Schoenhals, *Maós Last Revoution*, Harvard University Press, pp. 117–131.

③ M. Gálik, *Milestones in Sino – Western Literary Confrontation* (1898–1979) (Wiesbaden：Otto Harrassowitz, 1986), pp. 21–22.

论台湾女诗人对《圣经》
智慧书的理解*

　　80 年代后期，国外的汉学家和中国学者开始更多地关注《圣经》在中国文学中的接受和延续。比较特别的是，最初是后五四时期的大陆现代小说和台湾小说获得了研究①，中国大陆的相关研究也在 90 年代相继出版。②戏剧和诗歌也随之获得这些学者一定程度的关注。③

　　就我目前所知，关于诗歌的相关研究，除了对冰心的研究以及一些对蓉子及斯人的评述④，尚有大量空白。《圣经》作为世界文学史上最具影响

*　　原文 "Three Modern Taiwanese Woman Poets (Rongzi, Xia Yu and Siren) on Three Wisdom Books of the Bible" 最初发表于 *Asian and African Studies* 5 (1996) 2，pp. 113 – 131；修订于 Monumenta Serica Institute。作者感谢台北中文研究中心在 1995 年 11 月至 1996 年 1 月为他的研究提供的基金资助，这使他得以研究台湾女诗人并收集足够的资料。还感谢台湾师范大学的陈鹏翔教授，在他停留台湾期间关怀备至。

① Lewis S. Robinson, *Double – edged Sword: Christianity & 20ᵗʰ Century Chinese Fiction* (Hong Kong, 1986).

② See Marián Gálik, " Mythopoetische Vision von Golgatha und *Apokalypse* bei Wang Meng," *minima sinica* 1991, No. 2, pp. 52–82；English version: " Wang Meng's Mythopoeic Vision of Golgotha and Apocalypse," *Annali* 52 (1992) 1, pp. 61–82. See also my "Parody and Absurd Laughter in Wang Meng's *Apocalypse*. Musings over the Metamorphosis of the Biblical Vision in Contemporary Chinese Literature," in Helwig Schmidt – Glintzer (Hrsg.), *Das andere China. Festschrift für Wolfgang Bauer zum* 65. *Geburtstag* (Wiesbaden, 1995), pp. 449–461, and "Gu Cheng's Novel *Ying – er* and the *Bible*," *Asian and African Studies* 5 (1996) 1, pp. 83–97. German version: "Gu Cheng's Roman *Ying'er* und die Bibel," in *China heute* XVII (1998) 2–3, pp. 66–73.

③ 宋剑华：《困惑与探索——论曹禺早期的话剧创作》，北京广播学院出版社，1992。Michelle Yeh, " The ' *Cult of Poetry* ' in Contemporary China," *Journal of Asian Studies* 55, pp. 66–73。

④ Marián Gálik, "Studies in Modern Chinese Intellectual History. VI. Young Bing Xin, 1919–1923," *Asian and African Studies* 2 (1993) 1, pp. 41–60；周伯乃：《浅论蓉子的诗》，载 （ 转下页注）

力的著作，以独特的方式传入了中国，在一部分知识分子形成时代意识的过程中成为重要的因素。观察《圣经》如何在中国儒家、道家和佛教的固有背景下发挥影响，如何对中国的本土文学、中国的神话及其他观念产生冲击，非常有趣并且令人惊讶。

一

冰心（1900～1999），原名谢婉莹，中国现代第一位女诗人。在阅读了《创世记》的第一章并深思了《诗篇》的第19首之后，她创作了两部著名的诗集：《繁星》和《春水》。我们知道她当时为这些句子着迷：

> 诸天述说神的荣耀，穹苍传扬他的手段。这日到那日发出言语。这夜到那夜传出知识。无言无语，也无声音可听。他的量带通遍天下，他的言语传到地极。[①]

冰心在20年代初的著作，用素朴的语言描绘了银河和遍布星辰的宇宙，表现了造物主的伟力。

蓉子是冰心最好的学生和追随者，原名王蓉芷[②]，她在1928年5月4日生于江苏省的吴县，恰好是五四运动（中国现代文学的起点）之后的第9年。她的父亲是长老会牧师。从幼年起，蓉子把每天阅读《圣经》作为晚上祷告的一部分。读到不同的篇章时，她会标出重要的或者印象深刻的段落。

我在台北逗留期间，有机会为她的《圣经》拍照，这本《圣经》即《旧新约全书》（上帝版），由香港和台湾圣经学会于1964年出版。这使我有机会追溯她的阅读并研究她过去30年标记的段落。我很快注意到大部分画线的段落出自《诗篇》。从这里，我们可以发现蓉子和冰心的关联，蓉

（接上页注④）萧萧编《永远的青鸟——蓉子诗作评论集》，台北：文史哲出版社，1995；林耀德：《我读蓉子》，台北：文史哲出版社，1995，第52～53页；余光中：《不信九阙叫不应——序斯人的〈蔷薇花事〉》，载斯人《蔷薇花事》，台北：书林出版有限公司，1995，第25～26页。

① 《圣经·诗篇》第19章第1～4节。

② 关于蓉子的生平，参见萧萧《年表》，载萧萧编《永远的青鸟——蓉子诗作评论集》，台北：文史哲出版社，1995，第554～577页。

子起初在《创世记》第1章第14段下画线并非偶然：

> 神说，天上要有光体，可以分昼夜，作记号，定节令，日子，
> 年岁。

从《诗篇》的第19首开始，蓉子没有完全追随冰心，而是空出《诗篇》的最后一行：

> 耶和华我的磐石，我的救赎主啊，愿我口中的言语，心中的意
> 念，在你面前蒙悦纳。

从这里，我们可以推断蓉子对《圣经》文本的特殊用法。她认为不论是在诗歌还是在散文中，对我们最重要的莫过于《圣经》诗歌中伦理的、宗教的信念，以及人和神的虔敬的对话。蓉子把阅读《圣经》作为祈祷的替代、沉思的源泉，这和传统对《圣经》的理解一致：《圣经》是虔诚的冥想的源泉。但是我们现在应该明白《圣经》并非只包含着这种冥想。

蓉子迄今为止至少出版了19部诗集，其中受到《圣经》直接触发的诗并不多见。在1996年1月3日的一次访谈中，蓉子告诉我她很少写宗教诗，虽然在她世俗化的诗歌中并不缺乏宗教式的情感和信仰。在这次会谈后的几天，她给我送来了《宗教诗六首》的影印本，选自以往的诗集。她在电话中告诉我，这并非全部宗教诗，因为她并没有收入另两首诗，而这两首诗恰恰是我在本文中想要分析的。

尽管《诗篇》是蓉子最喜爱的《圣经》诗歌，但我们没有在她的诗中发现《诗篇》的痕迹。1995年12月22日，我在台北国家图书馆做了关于冰心诗歌的报告。在随后的交谈中，蓉子没有反对我的判断即她的创作受到《诗篇》影响，但她同样也没有承认这一点。

蓉子有两首短小但令人印象深刻的诗，《旧约》中的《传道书》显然对这两首诗的创作起了很大的影响。根据詹姆斯·G.威廉姆斯（James G. Williams）的意见，《传道书》的作者的"风格和面貌在一定程度上大概被公元前3世纪的古希腊文化所影响。他熟悉的观念类似于古希腊文化中灵魂不灭的观念（3：21），他的写作可能被希腊的文学形式所影响，例如讲道词（parainesis，exhortation）。但是总的说来，最好把《传道书》看

作一部包含古希伯来文学形式的作品，作者惯常或无惯常地使用了这些形式"。①

包括《传道书》《箴言》《约伯记》《西拉书》《所罗门智训》《托比特书》《诗篇》在内的篇章共同构成了《圣经》中的"智慧书"，这和埃及以及中东的智慧书紧密相连。其中最重要的是一个对外来因素进行过滤的犹太式的装置。大约在公元前 2 世纪，当《传道书》被翻译成希腊文时，希腊文化作为一个复杂的实体融合了希腊、埃及和中东文化的因素，同时也将希伯来世界融入了"生活的全部领域：政治的、社会的、经济的、技术的、信仰的"。② 在这种背景下，关于中国现代女诗人——作为中国宗教、哲学以及文学价值的继承者——如何看待这部最富有智慧的希伯来的遗产，会非常有意思。

这里，我将引用蓉子画线标明的《传道书》中的句子：

已有的事，后必再有；已行的事，后必再行。日光之下并无新事。（1：9）

我专心用智慧寻求查究天下所作的一切事，乃知神叫世人所经练的是极重的劳苦。（1：13）

因为多有智慧，就多有愁烦。（1：18）

神造万物，各按其时成为美好。又将永生安置在世人心里。然而神从始至终的作为，人不能参透。（3：11）

并且我以为那未曾生的，就是未见过日光之下恶事的，比这两等人更强。（4：3）

事务多，就令人作梦，言语多，就显出愚昧。（5：3）

他来的情形怎样，他去的情形也怎样。这也是一宗大祸患。他为风劳碌有什么益处呢。（5：16）

我所见为善为美的，就是人在神赐他一生的日子吃喝享受日光之下劳碌得来的好处。因为这是他的分。（5：18）

人一生虚度的日子，就如影儿经过。谁知道什么与他有益呢？谁

---

① 参见 James W. Williams, "Proverbs and Ecclesiastes," Robert Alter - Frank Kermode, eds., *The Literary Guide to the Bible* (Cambridge, Mass, 1987), p. 277。

② Phillip Sigal, "*Judaism：The Evolution of a Faith*," rev. and ed. by Lillian Sigal (Grand Rapids, Mich, 1988), p. 44.

能告诉他身后在日光之下有什么事呢？（6：12）

凡你手当作的事，要尽力去作。因为在你所必去的阴间，没有工作，没有谋算，没有知识，也没有智能。（9：10）

死苍蝇使做香的膏油发出臭气。这样一点愚昧，也能败坏智慧和尊荣。（10：11）

云若满了雨，就必倾倒在地上。树若向南倒，或向北倒，树倒在何处，就存在何处。（11：3）

现在我们可以将蓉子的两首诗译成英文。第一首是写于 1984 年的《时间的旋律》：

> 在时间中有一种节奏
> 在时间中有一种旋律
> ——它会重复地出现
> 太阳升起　太阳落下
> 冬天走过　春天又来……
>
>
> "已有的事　后必再有
> 已行的事　后必再行
> 日光之下并无新事"
> 啊　数千年前的哲人
> 便曾如此说过①

蓉子似乎相信传统的阐释：这位"数千年前的哲人"正是所罗门本人。所罗门以智慧闻名。据说在成为以色列和犹太的国王之后，他在梦中和上帝有一场对话，他祈祷："求你赐我智慧聪明，我好在这民前出入。不然，谁能判断这众多的民呢。"上帝告诉他："我必赐你智慧聪明，也必赐你资财丰富尊荣。在你以前的列王都没有这样，在你以后也必没有这样的。"②

第二首诗《今，昔》比《时间的旋律》早了 20 多年，写于 60 年代

---

① 《千曲之声·蓉子诗作精选》，台北：文史哲出版社，1995，第 184 页。
② 《千曲之声·蓉子诗作精选》，台北：文史哲出版社，1995，第 184 页。《历代志下》1：10、12。

初期：

> 每一个日子都是晴朗
> 每一天都是假期
> 那是在年青时光
> 在阳光之旁　在面纱之后
> 日光下都是花朵
> 日光下尽是奇迹
> ——当一连串欢美的音符洋溢
> 这世界就是天国，就是天国
>
> 每一个日子都是云雾
> 每一天都是烦愁
> 当春花逝去　梦凋落在心头
> 而工作堆积在机房
> 日光下尽是劳苦
> 日光下并无新事
> ——当金黄色的日子转化为
> 棕色的　沉重的责任的山岗①

第一首诗清晰地说明诗中的表象人格（poematis persona）——也许就是蓉子自身——仅对《传道书》的1：9有兴趣，而且相信时间的循环观念。这种循环观念是当时《希伯来书》中的典型观念，同样也存在于古希腊人的观念之中，特别是亚里士多德学派（逍遥学派）以及后来的新柏拉图主义者。中国古代的道教也有相似的观念。李约瑟（Joseph Needham）在他的出色的《时间与东方人》（Time and Eastern Man）一文中写道：

> 道教最显著的特点就是对循环变化的体会，对循环的意识。②《道德经》上说："道可道，非常道。"葛兰言（Marcel Granet）写道：

---

① 《蓉子自选集》，台北：黎明文化公司，1978，第145～146页。
② 参见 Joseph Needham, "Time and Eastern Man," *The Grand Titration: Science and Society in East and West* (London, 1969), pp. 224, 286。

"时间的典型特点，是周而复始的运转。"事实上，有的看法认为时间源自一种永不休止的循环，这种循环是源初的、自发的。道教徒认为整个自然类似于有机物的生命循环。"一时出生，一时死亡"，一时建立王朝，一时化为废墟。这就是"命"的含意，也就是"视乎运""视乎命"。圣哲坦然接受这些；他不仅懂得如何建立功业更懂得何时身退。①

大多数中国的哲人都相信时间的循环往复。② 现代中国台湾女诗人蓉子接受了《传道书》的教诲，虽然并不完全。她的基督教意识使她珍视自身的灵魂，我们将要看到这一点。在《圣经》的文本中，《传道书》是最富怀疑色彩的。《传道书》的批评家认为，上帝"有些冷淡，难以接近"。他不仅仅是"遥远而且沉默的：他更是不为人类所动的"。③ 上帝就像一个冰冷的雕像。《传道书》中的上帝是一个"难以接近"的实体，因此作者和上帝的交流更像一种观察，或者是在反观自我，而不是向其祈祷和沉思。

德里克·肯德尔（Derek Kidner）的《生存智慧：〈旧约〉"大智慧书"〈箴言〉〈约伯记〉和〈传道书〉》（*Wisdom to Live by: An Introduction to the Old Testament's Wisdom Books of Proverbs, Job and Ecclesiastes*, Leichester, 1985）介绍了《圣经》智慧书中的《箴言》《约伯记》《传道书》。在此书的第六章第 90 页作者断定：比起《约伯记》的作者，《传道书》的作者在面对上帝时态度更大胆。这表现在《传道书》：

> 没有约伯式的开场白来引导我们接近隐秘，也没有对话来平衡不同的观点，更没有来自天上的回答，我们一开始就被这种爆发的力量抓住了："虚空的虚空！凡事都是虚空。"最后在第十二章第八节又受到 hebel 同样话语的重击。"虚空"一词在这十二章的传道书中出现了三十次以上，这种黑暗的情绪也回响在这样的喊叫中："谁知道什么

---

① 参见 Joseph Needham, "Time and Eastern Man," *The Grand Titration: Science and Society in East and West*（London, 1969）, pp. 227。

② 参见 Joseph Needham, "Time and Eastern Man," *The Grand Titration: Science and Society in East and West*（London, 1969）, pp. 231。

③ 参见 Sheldon H. Blank, "Ecclesiastes," *The Interpreter's Dictionary of the Bible*（New York, 1962）, p. 13。

与他有益呢?"(6:12)或者,更绝望的,"我认为死去的……比活着的更幸运"——而早死的还要胜过这两者(4:2~3;6:3~5),然而这远非全部内涵。

的确,这并非《传道书》的全部蕴意。上面我已经读过,蓉子在第四章第三节下做了标记,这段话表达的是:未出生的比活着的或者死去的幸运得多,但是她没有尝试处理《传道书》中最重要的断言,同时也是世界和上帝的造物的最基本特征:"虚空的虚空"。英语"vanity"一词是从希伯来语中的"hebel"翻译过来的,不清楚蓉子是否意识到这个词的原初含义。由于蓉子阅读的《传道书》的中文译本没有相关注释,她很可能并不清楚。"虚空"一词在中文中意味着"空洞""空无",而希伯来语中的"hebel"被用在《诗篇》的第39章中,指"呼吸,烟雾等,短暂、虚无、徒劳"①,或者"如果所有的事物都是虚无的烟雾,那么世代交替、太阳、风和水的流转都是雾或者气的循环,终会消失"。② 我在给蓉子的一封信中,对她对这一点没有采取任何看法表示很惊讶。她在1996年4月10日的回信中说,《传道书》第一章的1~8节,包括"'虚空的虚空!凡事都是虚空'是所罗门对人类世界基本状况的深刻观察",当她标明其他段落时,她则"站在一个基督徒的立场上"。在人类世界的纷繁表象之后,隐藏着非常重要的道理即上帝对人类的救赎。

作为一个虔诚的基督徒,蓉子摆脱了佛教徒的挑战,主要是对"虚空"的教诲,这个词被引入蓉子的"圣经",也许还在其他版本的"圣经"中出现。在佛教中:"所有的现象都是转瞬即逝的,不是客观现实。它们是一连串因果关系的结果,这种因果关系导致了永不间断的诞生,也是不断被欲念、厌恶和自大所蒙骗的人的行为的结果。只有通过和所有感官对象(包括认识)的完全的隔绝,才有可能打破生或死的机缘,获得涅槃(Nirvana),达到一种状态:没有生、衰老、死亡和悲伤。"③

---

① 参见 Sheldon H. Blank, "Ecclesiastes," *The Interpreter's Dictionary of the Bible* (New York, 1962), p. 13。

② J. G. Williams, "Proverbs and Ecclesiastes," Robert Alter-Frank Kermode, eds., *The Literary Guide to the Bible* (Cambridge, Mass., 1987), p. 278.

③ Joseph E. C. Blofeld, "The Jewel in the Lotus: An Outline of Present Buddhism in China" (London, 1948), p. 31.

"世事的短暂易变导致了一种信念：感官现象纯是虚无"①，尽管不同的佛教派别对虚无的特征和结构有不同的理解。如果我们把肯德尔对虚空的说明和佛教徒的更复杂的理解做个对比，我们会发现相似的用词在内涵上并不相同，有着犹太—基督教和佛教的阐释差异。如果说对"虚空"的理解和身体力行是佛教的目的，那么在犹太—基督教的理解框架中，希伯来语"hebel"和基督教的"虚空"是由亚当和夏娃在伊甸园中"堕落"并产生"原罪"的后果。

第二首诗描绘了蓉子的基督教事业中的"hebel"、"vanity"以至"虚空"。蓉子的理解已经不见《传道书》的作者的怀疑色彩：这个世界不仅仅是阴云、烟雾、痛苦和忧思，还有光明、鲜花和奇迹。在人世间，灰暗的一面更加茂盛。在诗的第二段中，第二句"日光下尽是劳苦"对《传道书》1：13 中第二部分做了轻微的改变："乃知神叫世人所经练的，是极重的劳苦。"第三句"日光下并无新事"是对《传道书》1：9 最后一句的引用。

关于上面提到过的《传道书》中的"爆发的力量"，以及随后灰暗情绪的回响并不是《传道书》的全部内涵，肯德尔的理解是恰当的。对"享乐、正统的智慧及怜悯，《传道书》里有完全对立的看法"。② 在《传道书》（9：7～9）中我们可以读到：

> 你只管去欢欢喜喜吃你的饭。心中快乐喝你的酒。因为神已经悦纳你的作为。……在你一生虚空的年日，就是神赐你在日光之下虚空的年日，当同你所爱的妻，快活度日。因为那是你生前，在日光之下劳碌的事上所得的分。

另外，我们必须看到《传道书》在某些方面不仅是怀疑的，还是愤世的，例如 3：18～19：

> 我心里说，这乃为世人的缘故，是神要试验他们，使他们觉得自己不过像兽一样。因为世人遭遇的，兽也遭遇。所遭遇的都是一样。

① Joseph E. C. Blofeld, "The Jewel in the Lotus: An Outline of Present Buddhism in China" (London, 1948), p. 43.

② D. Kidner, *Wisdom to Live by: An Introduction to the Old Testament's Wisdom Books of Proverbs, Job and Ecclesiastes* (Leichester, 1985), p. 90.

这个怎样死，那个也怎样死。气息都是一样。人不能强于兽。都是虚空。

对蓉子来说，所有这些怀疑的乃至愤世的信念都不重要。在她个人对基督教的理解中，她把这个世界视为地上的天国，就像在关于耶稣基督的寓言中揭示的那样——包括其中伦理的和其他方面的结论，或是"天国好像宝贝藏在地里"一样，或者是"天国又好像买卖人，寻找好珠子"，或者"天国又好像网撒在海里"（《马太福音》13：44~50）。这个世界伴随着善与恶、美丽和丑陋、真相和谎言，还包含着"虚空的虚空"，这个世界就是为那些遵照神的意愿的人提供了一种准备，为天国的未来做好准备。

二

我要讨论的第二位台湾女诗人是夏宇（1956年生）。到90年代中期为止，她共出版了三部诗集，是当代最有潜力的诗人之一。夏宇因其女性主义的态度而闻名，并大受欢迎。在本文写作之前，没有学者意识到她以及她的作品同《圣经》的联系。西方研究中国现代诗歌的专家奚密（Michelle Yeh）曾将她的一篇长文题献给夏宇。[①] 台湾学者对夏宇的诗歌做了较多研究。[②] 至少可以说，《圣经》中的《雅歌》，是夏宇那些富有激情和表现性的诗歌的来源之一。夏宇和蓉子非常不同。对于蓉子来说，《圣经》中的诗歌是人类心智和双手的成果，更是在神圣精神（Holy Spirit）的感召下完成的。1995年12月21日在蓉子的公寓里，她正是这样告诉我的，当时蓉子的先生罗门（生于1928年）也在场。而夏宇则很可能只是把《雅歌》（传统上被认为是所罗门所作）看作古代杰出的诗歌。作品中的一些符码因其所涉及的女性主义的意识形态，而为身处现代的我们所需。今天这种谐拟大行其道。

---

① Michelle Yeh, "The Femimistic Poetic of Xia Yu," *Modern Chinese Literature* 7（1993）：33–59.

② 钟玲：《夏宇的时代精神》，《现代诗》1988年第13期，第7~11页；廖咸浩：《物质主义的判变：从文学史、女性化、后现代之派格看夏宇的"阴性诗"》，载郑明娳编《当代台湾女性文学论》，台北：时报文化，1993，第236~272页。

我们并不清楚《雅歌》中哪些段落给夏宇留下了最深刻的印象,或者引起她的抵触,因此最好是从作品出发。夏宇在 1980 年创作了她的短诗《我所亲爱的》。我们要从《雅歌》中有可能激发其创作的有关段落开始。

《雅歌》由大量爱情诗组成,其作者来源并未统一。此处引用的是和合本的翻译(2:6~17):

> 他的左手在我头下,他的右手将我抱住。耶路撒冷的众女子啊,我指着羚羊或田野的母鹿嘱咐你们,不要惊动,不要叫醒我所亲爱的,等他自己情愿。听啊,是我良人的声音;看哪,他蹿山越岭而来。我的良人好像羚羊,或像小鹿。他站在我们墙壁后,从窗户往里观看,从窗棂往里窥探。我良人对我说,我的佳偶,我的美人,起来,与我同去!因为冬天已往,雨水止住过去了。地上百花开放、百鸟鸣叫的时候已经来到,斑鸠的声音在我们境内也听见了。无花果树的果子渐渐成熟,葡萄树开花放香。我的佳偶,我的美人,起来,与我同去!我的鸽子啊,你在磐石穴中,在陡岩的隐密处。求你容我得见你的面貌,得听你的声音;因为你的声音柔和,你的面貌秀美。要给我们擒拿狐狸,就是毁坏葡萄园的小狐狸,因为我们的葡萄正在开花。良人属我,我也属他;他在百合花中牧放群羊。我的良人哪,求你等到天起凉风、日影飞去的时候,你要转回,好像羚羊或像小鹿在比特山上。

第二个可能对夏宇产生影响的是下面这段(3:4~11):

> 我刚离开他们,就遇见我心所爱的。我拉住他,不容他走,领他入我母家,到怀我者的内室。耶路撒冷的众女子啊,我指着羚羊或田野的母鹿嘱咐你们,不要惊动、不要叫醒我所亲爱的,等他自己情愿。那从旷野上来、形状如烟柱,以没药和乳香并商人各样香粉薰的是谁呢?看哪,是所罗门的轿,四围有六十个勇士,都是以色列中的勇士;手都持刀,善于争战,腰间佩刀,防备夜间有惊慌。所罗门王用黎巴嫩木为自己制造一乘华轿。轿柱是用银作的,轿底是用金作的,坐垫是紫色的,其中所铺的乃耶路撒冷众女子的爱情。锡安的众女子啊,你们出去观看所罗门王,头戴冠冕,就是在他婚筵的日子,心中喜乐的时候,他母亲给他戴上的。

第三部分是一些带有哲学化的诗句，或许拉比亚·吉巴（Rabbi Akiba，50~135）注意这些句子时才断定："（《圣经》）所有的文字都是神圣的，《雅歌》是神圣中之神圣（holy of holies）。"[1] 诗句如下（8：3~7）：

> 他的左手必在我头下，他的右手必将我抱住。耶路撒冷的众女子啊，我嘱咐你们：不要惊动，不要叫醒我所亲爱的，等他自己情愿。那靠着良人从旷野上来的是谁呢？我在苹果树下叫醒你，你母亲在那里为你劬劳，生养你的在那里为你劬劳。求你将我放在心上如印记，带在你臂上如戳记。因为爱情如死之坚强，嫉恨如阴间之残忍。所发的电光，是火焰的电光，是耶和华的烈焰。爱情，众水不能熄灭，大水也不能淹没，若有人拿家中所有的财宝要换爱情，就全被藐视。

接下来是夏宇的诗《我所亲爱的》：

> 耶路撒冷的众女子啊
> 我指着羚羊或田野的母鹿嘱咐
> 你们 不要
> 惊动 不要叫醒
> 我所亲爱的
> 等他自己
> 情愿……
> 第三天
> 耶路撒冷的
> 众女子啊
> 早晨
> 我把声音绷紧
> 提防被一些柔软的东西击溃
> 除了美丽
> 没有更深的恶意了
> 第六天

---

[1] *Song of Solomon. Song of Songs*, James Dixon Douglas, ed., *The Illustrated Bible Dictionary*, part 3（Sydney-Auckland, 1980），p. 1472.

我所亲爱的

他终于自己情愿

第六天

我所亲爱的

他只剪了指甲

其他恶习均在

我所亲爱的

他的指甲

利利

生生

像分别

六天的爱①

如果这首诗作于中世纪，那么"圣歌戏仿"或许是形容这种诗歌话语的最适合的词。在德国学者保尔·莱曼（Paul Lehman）的《中世纪的戏仿》（*Die Parodie im Mittelalter*，Munich，1922）一书中，我们在"迦拿婚宴的戏仿故事"（Monumenta Germaniae Cena Cypriani）中发现一个故事，关于国王吉哈尔（Johel）想要重现著名的加利利的迦拿的婚礼。在这个婚礼上，亚当坐在中间，夏娃坐在无数的无花果叶子上，该隐坐在犁上，亚伯坐在一只牛奶桶上，诺亚喝得大醉，大卫王弹奏着竖琴。甚至彼拉多为客人们带来洗手的清水，并给耶稣带来一只小羊作为礼物。在结束的时候，亚伯拉罕的妾阿迦，为了所有人的救赎而被献祭。② 这种风格的作品会被人认为具有喜剧效果而宗教意味不浓。比如说，巴赫金（Mikhail Bakhtin）就认为包括四部福音书在内的《圣经》"被切割成很多小的碎片，这些碎片可以被组织成一个盛大的狂欢节的画面，描绘了从亚当、夏娃到耶稣和他的门徒这一系列人物如何饮食作乐。在这个作品中，所有神圣的细节被转化成狂欢节，或者更准确的是农神节（Saturnalia）"。③

但这种圣歌谐拟根本不是"后现代的"和女性主义者夏宇想要的。夏

---

① 夏宇：《备忘录》，第 36～38 页。

② 参见 Margaret A. Rose，*Parody，Ancient，Modern and Postmodern*（Cambridge，1993），p. 148。

③ 参见 Margaret A. Rose，*Parody，Ancient，Modern and Postmodern*（Cambridge，1993），p. 151。

宇对滑稽的谐拟并不感兴趣，她并不想把神圣的起始变得荒唐，也不想制造笑声，即便要这样，也只会是绝望的冷笑。夏宇把"神圣中之神圣"的《雅歌》去神秘化了。而很多诗歌在成为《雅歌》的一百多年前本就是埃及和美索不达米亚人的共同财富。我们必须意识到，像《圣经》中的其他部分一样，古希伯来人在一定程度上通过创作《雅歌》来追随中东文学伟大文学作品的先辈。当然，这些必须被视为犹太智慧的产物。但如果没有那些早期的作品，《雅歌》永远不可能在文学和哲学—伦理上达到这样的完美程度。作为一个比较文学的研究者，我将斗胆评价迈克尔·V. 福克斯（Michael V. Fox）的《〈雅歌〉和古埃及情歌》（The Song of Songs and Egyptian Love Songs）① 或格文多林·勒科（Gwendolyn Leick）的《美索不达米亚文学中的性和情爱》（Sex and Eroticism in Mesopotamian Literature）② 的价值（尽管后者和这个希伯来爱情文学中的珍宝《雅歌》并没有直接的关系）。早期诗歌对女神伊娜娜（Inanna）、伊师塔（Ishtar），或者哈索尔（Hathor）的描绘类似于《雅歌》中的书拉密（Shulamite），而杜木茨（Dumuzi）或者塔姆兹（Tammuz）则和《雅歌》中的所罗门（Solomon）或者无名牧羊人相似。当然，其中也存在差异。《雅歌》的作者比起更古的埃及人、苏美尔人、巴比伦人或者其他榜样，对性的态度更为保守。

在上面引用的《雅歌》的三段之中，有两段是以这样的画面开始：一个被男孩抱着的女孩坐着或躺着，准备示爱。在第一段中，英俊的牧羊人身处优美的自然环境中。在第二段中，紧随这种描绘的是所罗门的婚礼，他的床上"所铺的乃耶路撒冷众女子的爱情"。在后一段中，生与死、嫉恨与坟墓等同被呈现出来。但是对夏宇来说，爱情的完满实现只不过是伴随着爱人射精时的一阵恶心。在第二个千年结束的时候，女孩和男孩、男人和女人之间的爱情永远地改变了，再也不能和公元前两千年的同样看待，不再具备同样的形态。锋利、令人生厌的指甲，男性的柔软物质的喷发，"鱼躺在番茄酱里"③ 这样的意象，暗示了男女间爱情的抛物线。在名

---

① Michael V. Fox, *The Song of Songs and Egyptian Love Songs* (Madison, 1985), pp. 269–280, 283–286.

② Gwendolyn Leick, *Sex and Eroticism in Mesopotamian Literature* (London – New York, 1994), pp. 69, 72, 238.

③ 夏宇:《鱼罐头》, 载《备忘录》, 第 150 页。

为《爱情》的诗中，拔掉了牙后的"一种空洞的疼"① 成为爱情的隐喻。在夏宇的许多诗中，有不少证据表明她在寻找一种现象，即所谓的"诅咒"（profanities）。② 她在一次访谈中提到过她将"致力调查对女性的诅咒"。但在她的诗中，更多表现了对男性的诅咒。如果她能够适当平衡这些，她的诗会获得更大提高。

三

斯人（生于 1951 年），原名谢淑德，迄今为止出版诗集一部。她可能是这三位女诗人中最有深度的一位。在她出版了《蔷薇花事》一书之后，其中五首被约翰·巴尔科姆（John Balcom）翻译并发表在著名的杂志《中国笔会》（*The Chinese Pen*）1995 年第 4 期上。现代台湾著名诗人余光中为她的诗集写了长序。③ 从中，我们知道她是从佛教徒转变为基督徒。她的第一首诗《但丁》出版于 1973 年。但丁作为西方最伟大的宗教诗人，是斯人一开始就钟爱的基督教诗人。如果我们考察她带有《圣经》主题的那些诗，我们会发现从 1985 年开始更有力度的宗教和伦理问题开始引起她的兴趣。

和蓉子一样，斯人把《圣经》作为沉思和祈祷的源泉。在她 1985 年的诗《晚祷》的结尾，我们发现：

> 善与恶到此并无分别
> 除了这心萎缩成真理
> 在黑暗里，我感知你
> 神啊，可怕的存在把我压碎④

《邪恶的问题》的作者之一特雷恩·潘能胡姆（Terence Penelhum）在他的《神圣的女神和邪恶的问题》（Divine Goodness and the Problem of Evil）一文中写道："这篇文章的目的不是提供对邪恶的状况的解决办法，

---

① 夏宇：《鱼罐头》，载《备忘录》，第 22~23 页。
② Michelle Yeh, "The Femimistic Poetic of Xia Yu," *Modern Chinese Literature* 7（1993）：33.
③ 齐邦媛教授为此写了"编者注"，指出斯人是最有才能的女诗人，她还在我们 1996 年 1 月 3 日的讨论中强调了这点。
④ 斯人：《蔷薇花事》，第 192 页。

或者宣布它无法解决。"因此，邪恶可能是能够被解决的，但是基督教的神学家们并不知道怎么去做。总之，作者断定有神论者必须承认任何邪恶存在于世间是"被上帝所允许的，因为它们的呈现符合最终的目的：将邪恶和神圣的善区别开来"。①

善与恶永远不会分开。《约伯记》或许是《圣经》中最有哲学深度的一部，涉及恶和怀疑论。亨利希·海涅（Heinrich Heine）在 1844 年称之为"怀疑主义的雅歌"，恰好在尼采出生前几个月。②

斯人没有从这个角度理解约伯的人格和整部书。她显然没有注意到约伯怀疑的一面，主要关注的是约伯的性格和表象人格（可能是斯人自身）。她试图在约伯遭受折磨的背景下展现她自身的悲伤。在她的 1986 年《读约伯记》一诗中，最重要的诗句是：

> 我的根长到水边，露水终夜沾在我的枝上
>
> 一滴滴的降落心头，无可奈何
>
> 神的智慧还是降临
>
> 那爱我最深的，折磨我也最苦
>
> 惟愿我的心被实验到底③

斯人思考的前提是："上帝是爱。"基督教中对上帝的这种理解源自圣约翰的教导。④ 我们可以在《旧约》中发现上帝的爱的证据，但绝不是这种。《约伯记》中的上帝不是一个爱着人的上帝，而是一个考验人的上帝。约伯在其中一节诗中说道："主发怒撕裂我，逼迫我，向我切齿。我的敌人怒目看我。"（16：10）根据凯瑟琳·J. 戴尔（Katherine J. Dell）的看法，约伯的"上帝是专断的"⑤，因为"完全人和恶人，他都灭绝"（9：22）。无辜的约伯［"其实，你知道我没有罪恶。"（10：7）］被迫抗议造物主："你就追捕我如狮子"，但是同时又表达了他的敬畏："又在我身上显出奇能"（10：16）。在这些表达中，无法发现一种深深的爱的迹象，恐

---

① Marilyn M. Adams-Robert M. Adams, eds. , *The Problem of Evil*（Oxford, 1990）, pp. 69, 81.

② K. J. Dell, *The Book of Job as Sceptical Literature*（Berlin-New York, 1991）, p. 4.

③ 斯人：《蔷薇花事》，第 189～190 页。

④ 《约翰福音》4：8。

⑤ K. J. Dell, *The Book of Job as Sceptical Literature*, Berlin-New York, 1991, p. 174.

怕只能说是一种讽刺。① 虽然约伯热爱上帝并信奉他，但他仍被折磨的几近死亡并希望死亡能带来解脱。约伯同时又是一个反抗者："他必杀我。我虽无指望，然而我在他面前还要辩明我所行的。"（13：15）约伯需要一个见证人，但这非常困难，因为上帝是最高的裁决者："我们中间没有听讼的人，可以向我们两造按手"（9：33）。从第 38 章到第 42 章，神的声音从旋风中传来。这里正像波普（M. H. Pope）评论的那样："对约伯的磨难，上帝没有给出任何理由。"这是对无罪的人施加肉体上的折磨，然而上帝并没有把这看成一种恶的典型。波普继续展开评论道：

> 耶和华回避了约伯提出的无知的问题，这或许是诗人在曲折地表明人类无法发现问题的答案。上帝不可能被拉进法庭或者证明自己。傲慢、虚弱的人类无法随意推测上帝如何管理宇宙。对于智慧有限的人类，没有任何数量或者任何程度的痛苦能给人以资格——像约伯那样——去质问上帝的公正。

最后：

> 饱受错误的折磨的约伯，并没有从神那里得到道歉或者解释，但对这种错误行为缺乏指责恰恰等于一种辩解。②
>
> 如果约伯没有罪，为什么他会被折磨？最大程度的爱，难道等同于精神和肉体上最可怕的折磨？

在斯人 1987 年的诗《雅歌》中，她似乎走得更远了。她开始质疑自己，质疑上帝对待人类的方式。如：

> 我的身睡卧我心却醒这是我良人的声音谛听
> 我的头满了露水请看我的头发被夜露滴湿
> 这是何等的滋味爱情的试探痛苦而美妙
> 耶路撒冷的众女子啊我嘱咐你们我因爱成疾
> 约伯用瓦片刮除着毒疮圣泰丽莎在悲伤

---

① 参见 Joseph Needham，"Time and Eastern Man，" *The Grand Titration*：*Science and Society in East and West*（London，1969），pp. 175。

② M. H. Pope，"Book of Job，" *The Interpreter's Dictionary of the Bible*，p. 45.

上帝把他所爱的圣者交付了撒旦为什么这是为了什么

伟大就在于这是个秘密①

这里，斯人在短短的几行里表现了超过两千年的犹太—基督教文明中爱和痛苦、善与恶的历史。她的表象人格在神话诗中的书拉密、所罗门、无名牧人的爱和痛苦之间挣扎，尽管她更像是带着肉体的伤口和精神煎熬的被折磨的约伯。被钉在十字架上的圣子也是一个范例。

熟悉《雅歌》的人都会马上注意到上面所引诗句的第一行完全是《雅歌》5∶2 中的一句。另外，《雅歌》中"耶路撒冷的众女子啊"也在斯人的诗中出现。正如余光中指出的，斯人非常喜欢文字的模仿和引用大量典故。经过引用和局部的创造性的模仿，她的作品的题材不仅采用《圣经》上的主题，同时也使用了中国和国外的其他经典作品的元素。例如，在1990 年的《寒夜吟》的第一行中，她提到她曾经一个冬天都在读但丁《神曲》中的《地狱》，在第二行，她引用了但丁书中的句子："方吾生之中途迷失了正路的我不觉而悲怆"②，但她并没有标明出处。第四行也有同样的情况，她引用了《诗经·月初》的第一行"月出皎兮"，这有点专注于感官体验，和儒家严格的伦理要求并不完全一致。斯人的这首诗关于威尼斯，难道无论何处的月亮都比威尼斯这个寒冷冬夜的月亮更亮些？另一句引用来自普鲁斯特（Marcel Proust）。普鲁斯特只访问过一次威尼斯，喜欢在弗洛里安（Caffè Florian）咖啡馆——坐落在圣马可广场的最古老和昂贵的咖啡馆——闲坐着吃蜂窝状的被称为格兰尼塔（granita）的冰。③

在1991 年的长诗《啊马丁》（To Marcin Karolak）中，斯人将《雅歌》中的意象赋予一个波兰男孩。④ 在这里，她描绘了自己在英国剑桥的柏拉图式的爱情故事。这个中国的"书拉密"没有爱上抓着又痒又疼的皮肤溃疡的约伯，而是爱上了一个有着鸽子眼睛的英俊男孩。

斯人试图唤起《雅歌》第二章的那种气氛，提到了"百合花在荆棘内"（2∶2），"苹果树在树林中"（2∶3），就像书拉密一样，诗中的

---

① 斯人：《蔷薇花事》，第 193 ~ 194 页。
② 斯人：《蔷薇花事》，第 195 页。余光中：《不信九阍叫不应——序斯人的〈蔷薇花事〉》，第 25 页。
③ 斯人：《蔷薇花事》，第 197 页。余光中：《不信九阍叫不应——序斯人的〈蔷薇花事〉》，第 24 页。*Venice. The Biography of a City*（London, 1990），p. 285.
④ 斯人：《蔷薇花事》，第 199 ~ 203 页。

"她"也是"思爱成病"（2：5），但她要求朋友们不要看她。我们只能猜测和想象这样做的原因。最后，当她体验到注定要分别的苦楚时，她并没有诅咒或者责怪他。

彼拉多说："看这个人。"（《约翰福音》19：5）或许"斯人"这个笔名是这句话的中文翻译？

通过讨论这三位重要的台湾女诗人，我考察了三种阅读《圣经》的方式。这和她们所受教育、意识形态的来源及其对诗的理解密切相关。蓉子追随正统的基督教诠释；夏宇谐拟了对爱这一主题及对《圣经》的神圣化阐释；斯人比前两者走得更远，她质疑善与恶、爱和折磨、上帝与撒旦这一系列看上去那么对立的概念，直至在这个可怖的世间生存的人类。

（尹捷　译）

（本文曾发表于《华文文学》2014 年第 2 期，稍有修正。）

附录 漫漫求索之路：汉学家马立安·高利克博士 80 寿辰访谈[*]

刘 燕

2012 年 4～5 月，应斯洛伐克科学院东方研究所的邀请，笔者从爱尔兰的都柏林专程来到斯洛伐克的首都布拉迪斯拉发进行短期访学，有幸拜访马立安·高利克（Marián Gálik）教授。高利克是斯洛伐克科学院资深研究员，著名汉学家和比较文学学者，是布拉格汉学学派的代表人物之一，一直致力中西思想文化史、中国现代文学、中西比较文学的研究，主要著作有《中国现代文学批评发生史（1917～1930）》［The Genesis of Modern Chinese Literary Criticism（1917－1930）］、《中西文学关系的里程碑（1898～1979）》［Milestones in Sino-Western Literary Confrontation（1898－1979）］、《影响、翻译与平行：〈圣经〉在中国评论集》（Influence, Translation and Parallels: Selected Essays on the Bible in China）等，并翻译出版了老舍、茅盾等作家的作品。虽然我们在北京曾多次见面，但在高利克的家乡和居所，笔者却可以设身处地地了解他的个人经历、生活背景、汉学研究及人生思考等方方面面，可以感受到斯洛伐克独特的文化处境对他走向汉学之路的深刻影响。在此期间，高利克教授慷慨热情地让笔者使用他丰富的个人藏书，并亲自为笔者复印了一些重要的文献资料，主要涉及《圣经》和基督教对中国现代文学的影响研究。

刘燕（以下简称"刘"）：高利克先生，当我查阅您的出版书目，发现您的第一篇文章《鲁迅——年轻的朋友》发表于 1956 年 10 月 19 日，为什

---

* 访谈英文稿以 "Sub Aegide Pallas（Ⅱ）: Marián Gálik Hexagenarian" 为题，发表于 Asian and African Studies（Bratislava, 2013）1, pp. 136–153。

么是这一天？

高利克（以下简称"高"）：对于捷克汉学界来说这一天很重要。贝尔塔·克莱布索娃（Berta Krebsová）博士是鲁迅先生的仰慕者，对其作品进行了深入研究。当时她第一次去绍兴参观鲁迅故居，并在北京参加了关于鲁迅研究的国际会议。这一天对于斯洛伐克的文学界也很重要，因为最伟大的诗人之一弗拉基米尔·雷瑟尔（Vladimir Reisel）也应邀参加了这次会议，他可能是斯洛伐克文学史上参加此类会议的第一人。1956 年 10 月 19 日成为我这个年轻"学者"的学术生日。就在 50 年后的同一天，我在阿哥登合夫宫（Palais Altkettenhof）参加了由维也纳大学东亚研究所和孔子学院联办、李夏德（Richard Trappl）教授主持的国际学术研讨会"鲁迅著作的合法性与非法性"（Law and Lawlessness in the Ouevre of Lu Xun）。会议期间，我宣读了论文《青年鲁迅与伦理学》。就在中国、欧洲和美国学者到来的前一天，顾彬（Wolfgang Kubin）教授在司法宫阅读了大家的文章。会议午餐休息期间，我指着远方距离圣斯蒂芬大教堂很近并高出了维也纳所有建筑的群山，对在座的客人讲解着自 17 世纪末以来中欧的历史，而这与研讨会的议题毫不相关。"你们看见位于克洛斯特新堡（Klosterneuburg）西侧的卡伦堡山（Kahlenberg）吗？1683 年 9 月 13 日，西方联军共同抵抗土耳其军队的入侵，保卫了维也纳。由奥斯曼帝国大将卡拉·穆斯塔法（Kara Mustafa）率领的军队就驻扎在波兰国王索宾斯基三世（Jan Sobieski Ⅲ）的重骑兵军营。这是 17 世纪最重要的战争之一，维也纳人出其不意地猛烈地回击了入侵者，并赢得了这场战争的胜利。没有这次胜利很可能中欧甚至西欧的历史将被改写，而我们也将生活在土耳其的统治下，大部分人会成为伊斯兰教的信徒。"

刘：在您的客厅，我发现有几本用斯洛伐克语出版的手掌般大小的书，非常精致。虽然我看不懂，但我知道封面标题"人比黄花瘦"是中国宋代女词人李清照（1084～约 1155）一首词中的最后一句。根据目录，我注意到其中收录的译诗都是中国女诗人写的，插图则是明代画家和诗人唐寅（1470～1524）所作。难道这些微型书也有它们自己的故事？

高：是的，那也是很久以前的事了。我在北京大学学习期间（1958～1960）正逢中国所谓的打倒"右派"分子运动，那些受政治运动牵连的知识分子们都经历过"劳动改造"或被迫害；在"大跃进"中成千上万的中国人遭受饥荒。那时，在王府井的东安市场，我买到了一些写于 1916 年至 20 世纪 30 年代初的旧书，空暇之余看完后，就把其中一些翻译成了斯洛伐克语。我特别喜欢梁乙真、陶秋英和谭正璧等人的书，其中最为欣赏谭正璧的书。我迷恋古诗中对于爱情双方的真挚美好感情的刻画，而这与我当时在中国所见所闻几乎完全相反。回国之后，在我生命中最艰难的那些日子中（1961 年古巴危机时我正在部队服役），我一直随身携带着这些书和材料。后来我再次修改了这些译诗，并写了一个后记。我的译稿在斯洛伐克著名的女诗人之一哈拉莫娃（Maša Haľamová，1908 ~ 1995）手中保存了两年。后来另一位朋友拿去阅读，搁置一边，直到 20 世纪 80 年代才在他的库存中"重新发现"了它。这本诗集由著名女性诗歌研究学者波克朔娃（Viera Prokešová，1957 ~ 2008）博士帮助润色后，最终在 30 年后出版。我送给你的这本是 2006 年再版本。我的孙女巍白璧（Barbora Vesterová）喜欢杰出的艺术家和诗人唐寅的画，她为我选择了一些作为此书的插图。

刘：在您的图书收藏中，我看到几本中文为《中西颓废主义文学研究》（*Decadence in Sino-Western Literary Confrontation*）的文集，为什么使用这个标题？因为在中国，"颓废"（decadent）通常指的是一种消极、负面的东西，或是被认为是堕落、可恶的事情。

高：对我而言，"颓废"既非堕落，亦非可恶，乃是"万美之始"。1969 年在我进行后期的茅盾研究前，我还不敢用这个术语。我认为文学颓废同历史颓废或政治颓废都不一样，既不同于类似爱德华·吉本（Edward Gibbon）在其名著《罗马帝国兴衰史》最后章节所描述的情形，也不同于 1991 年前东欧和北亚的政治经济体制终结前的政治历史。《中西颓废主义文学研究》是 20 世纪 70 年代在研究郁达夫（1896 ~ 1945）的短篇小说及其文学批评观点时，我对颓废文学长久以来的兴趣的总结。我研究郁达夫的论文题目最初为《郁达夫和泛美主义批评》（Yu Ta-fu and Panaesthetic Criticism），或许"泛美"就是现在所理解的"颓废"。不过在那个时候，"颓废"是禁忌词。后来到 80 年代，我在研究冯乃超（1901 ~ 1984）的论文中使用了"象征"这个词，但当他在其诗集《红纱灯》中号召大家一起在漆黑如墨的夜街唱"平安夜 平安夜／万物寂静 万物明亮"，并让圣母玛利亚祈求上帝让其子民合眼永眠之时，这种象征也可被定义为"颓废"。1979 年后，中国的政治形势变得开明多了。1990 年我在美国访学期间，李欧梵教授推荐我看马里奥·普拉兹（Mario Praz）所著的有关欧洲颓废派的经典之作《浪漫的痛苦》（*Romantic Agony*，1970）和让·皮埃罗（Jean Pierrot）的《颓废的想象力（1880～1990）》（*The Decadent Imagination*，*1880–1900*，1981）以及解志熙的《美的偏至：中国现代唯美—颓废主义文学思潮研究》（1997）。通过阅读这些著作，我对"颓废"的理解更深入了。有几年我曾试图组织一次关于中欧颓废文学的国际会议，但我无法说服欧洲的合作者。我觉得威尼斯是开会的最佳城市之一。像往常一样，筹集资金总是个问题。最终是李夏德帮了我的大忙。1999年由美中问题研究协会和维也纳大学一起合作，在维也纳和萨尔斯堡召开了这次会议。李夏德在获得维也纳大学校方同意的前提下，决定把6月9日上午会议开幕式安排在挂有古斯塔夫·克里姆特（Gustav Klimt）精美画作的维也纳大学主楼。全世界再也找不到比这更契合颓废气氛的地方了。我们也邀请了中国的学者。乐黛云教授发来了会议论文，准备参加会议，但因没有获得校方的资助而未成行。她的文章《颓废派在中国：中国颓废诗人邵洵美》随后编入了文集《比较文学与中国：乐黛云海外讲演录》（*Comparative Literature and China—Overseas Lectures by Yue Daiyun*，2004）。这次维也纳会议的论文集于2005年由台北的蒋经国国际学术交流基金会资助出版。

刘：在《中西文学关系的里程碑（1898～1979）》这本书中，英文书名 *Milestones in Sino-Western Literary Confrontation*，*1898–1979* 中用的是"对峙"（confrontation）这个词？而中译者伍晓明和张文定在翻译本书时却改为"关系"（relations）这个词。为什么使用不同的概念呢？

高：我不知道他们的实际考虑。不过，"关系"一词在当时或更早期的比较研究中比较常见。相互关系和相互影响是苏联早期比较文学理论最典型的特征，这也在一定程度上影响了中国。当然，对"关系研究"最著名的来源是1961年美国的雷马克提出的有关比较文学的定义。我从匈牙利比较文学学者施德（István Söter）在1974年发表于《世界比较文学评论》（第1～2期2卷，第9页）的论文《论比较文学的方法》中了解到这个术语。它指的是两种或多种单个文学间的一种"对峙"，不同于卡拉·穆斯塔法和索宾斯基三世等人的提法，因为不同国家的文学之间的"对峙"比相互"关系"更引人注目，它总是给予目标文学一些东西，又从源文学那里吸取一些东西。1990 年的中译本《中西文学关系的里程碑（1898～1979）》、2007 年王炜发表的《"对抗性"与文学接触的踪迹——高利克关于现代中国文学国外因素及其转化的论述》[《山西大学学报》（哲学社会科学版）2007 年第 1 期，第 121～124 页]及 2009 年彭松发表的《对抗与交融中的中西关系——论高利克的中国现代文学研究》（《兰州学刊》2009 年第 3 期，第 200～203 页）等论文都是对我这方面思想的具体阐释。我的研究涉及对抗（contradiction）、接触的踪迹（traces of the contact）、交融（blending）等研究术语。事实上，学者们对比较文学中的影响研究这一领域的开拓花费了相当长的时间。起初，源文学被认为更重要，这主要体现在法国学派。后来，美国学派又认为目标文学中的影响效果更为重要。而这些不同的见解都清晰地呈现在中欧和东欧的比较文学理论中。例如，在斯洛伐克文学理论家杜里申（Dionýz Ďurišin，1929～1996）和波波维奇（Anton Popovič，1933～1984）的文学批评和译本中均有涉及。

刘：据我所知，这本《中西颓废主义文学研究》还没有中译本，或许您可以授权，让我和我的研究生一起来翻译。因为我知道这是第一本有关此领域的比较文学研究论著，特别希望中国读者了解到您这方面的研究成果。

高：我曾把我这本书赠送给了中国一些著名的学者和重要的图书馆，比如中国国家图书馆、北京大学图书馆、上海图书馆等。其中一篇题为《中西文学对峙中的颓废主义》的文章已译为中文，发表在《中国现代文学研究丛刊》（2009 年第 1 期，第 189～201 页）上。后来，根据国际和中华人民共和国版权法，我已授权给一位大陆译者翻译这本书，但一年多过去了，至今我还没有得到任何反馈。我不知道最终结果如何，或许要再等等吧。

刘：2004 年，您出版了第三本重要的论著《影响、翻译与平行：〈圣经〉在中国评论集》（*Influence, Translation and Parallels: Selected Studies on the Bible in China*）。有关《圣经》与中国文学的全面研究第一次由一位欧洲学者完成，这在中国还鲜为人知。我很荣幸和我的研究生一起参与翻译了这本书中的几篇文章，例如《公主的诱引——向培良的颓废版〈暗嫩〉与〈圣经〉中的"暗嫩与他玛"》发表在《汉语言文学研究》2010 年第 3 期上；《痛苦的母亲：对王独清〈圣母像前〉与基多

·雷尼〈戴荆冠的基督〉的思考》发表在阎纯德主编的《汉学研究》2011年第13辑上；《〈雅歌〉与〈诗经〉的比较研究》发表在《基督教文化学刊》2011年第25辑上。事实上，自从20世纪80年代以来，中国学界一直在复兴"基督教热"，基督教的圣典《圣经》是人类世界文明史上最具有影响力的书，同时也是世界文学的杰作。中国人应重视对《圣经》的研究，因为它对20世纪以来的中国现当代文学与文化产生了无与伦比的影响。自1995年以来，许多中国学者的确花费了很多精力来研究这种影响，但这些论述都偏向文学史的视角而较少从比较的视角更深入地分析《圣经》对单个文学作品和作家的影响。他们当中少有人像您一样有阅读《圣经》70多年的漫长经历与信仰体验，我真希望您的这本书能马上面世。

高：我也希望尽快看见它付诸中文。从1989年夏，我便专注于《圣经》对中国现代文学的影响研究，那是在我看了王蒙（1934～）的《十字架上》与沙叶新（1939～）的《耶稣·孔子·披头士列侬》之后，也是在同年东欧剧变之前。1990年，我的第一篇论文在哈佛大学费正清东亚研究中心于5月11～13日举行的"中国当代小说及其文学前因"研讨会上宣读。2001年3月26日，我把这本涵盖了17篇论文的文稿交给了在德国班贝克举行的26届东方学者大会的"基督教在中国的研究"专家组，当时主持会议的是华裔学志研究所主任马雷凯（Roman Malek）教授。该书出版后，引起了至少12名研究者的密切关注，但仅有两篇有关这本书的评论：2005年，司马懿（Chloë Starr）在《中国国际评论》（第1期12卷，第103～106页）上一针见血地指出该书缺乏对神学方面的影响研究；同年，曾珍珍教授在台北出版的《汉学研究》（第1期23卷，第515～519页）的书评中指出该论著对《圣经》在台湾现代文学中的接受关注甚少。首先，我不得不解释的是我并非一个神学家；其次，在写这本书时，我无法获得台湾方面的足够资料。或许阅读这本书最仔细的是耶路撒冷希伯来大学的伊爱莲（Irene Eber）教授，她在本书写的序言中提到："高利克的这本书评述了1921～1999年中国现代文学与《圣经》主题有关的众多作家作品，并结束于20世纪末。不过，我们相信它同时开启了21世纪的大门，因为在高利克的视野中，正如先知耶利米所言，《圣经》成为'活水泉源'。"

刘：在"文化大革命"前后及1995～2003年，中国至少出版了9本有关《圣经》与中国现代文学的研究论著。① 此后，学者们对中国现代文学对《圣经》的接受写得较少，而更多关注《圣经》对中国当代文学的影响，这是一大进步。② 《圣经》和很多受《圣经》影响的西方著名作家的作品大多有了中译本，尤其是从 20 世纪 90 年代以来，有关这些作品的分析和研究越来越多，水准也越来越高，但还是有不少不尽人意之处。其中有一些或多或少是引用、改写或挪置国外的研究成果。

高：我很喜欢由杨剑龙教授和施玮博士一起推动的灵性文学。③ 这是一个新的术语（或许我错了），我在上海交通大学出版社 1997 年出版的《汉英大辞典》第 6 版里都没有找到。这似乎与杨慧林、刘小枫、梁工等教授正在从事的"经典翻译"、"经文辨读"和"解读"没有直接联系，可这是很好的发展势头。④ 在 2008 年北京和 2011 年上海举行的中国比较文学学会年会上，都设置了"宗教与文学"的议题。每一届会议都有 30 多篇论文涉及文学与不同宗教的关系。我后来写了一篇题为《中国比较文学的两次"回归"》（《中华读书报》2011 年 9 月 28 日，第 10 版）的短文，高度评价第十届中国比较文学学会年会。我认为中国需要回顾传统的价值观念，同时有必要与外来的价值观进行交流和沟通，这当然不局限于宗教，还有哲学、伦理学、美学等领域。

刘：2008 年，您和您的学生马文博（Martin Slobodník）教授组织召开

---

① 马佳：《十字架下的徘徊——基督宗教文化和中国现代文学》，学林出版社，1995。杨剑龙：《旷野的呼声——中国现代作家与基督教文化》，上海教育出版社，1998；2009 年再版。王本朝：《20 世纪中国文学与基督教文化》，安徽教育出版社，1998。刘勇：《中国现代作家的宗教文化情结》，北京师范大学出版社，1998。王学富：《迷雾深锁的绿洲》，新加坡：大点子出版社，1996。王列耀：《基督教与中国现代文学》，暨南大学出版社，1998。王列耀：《基督教文化与中国现代戏剧的悲剧意识》，上海三联书店，2002。宋剑华：《基督精神与曹禺戏剧》，湖南师范大学出版社，2000。许正林：《中国现代文学与基督教》，上海大学出版社，2003。

② 杨剑龙主编《文学的绿洲——中国现代文学与基督教文化》，香港：学生福音团契出版社，2006；刘丽霞：《中国基督教文学的历史存在》，社会科学文献出版社，2006；陈伟华：《基督教文化与中国小说叙事新质》，中国社会科学出版社，2007。

③ 杨剑龙主编《灵魂拯救与灵性文学》，新加坡：青年书局，2009；季玢：《野地里的百合花：论新时期以来的中国基督教文学》，中国社会科学出版社，2010；施玮主编"灵性文学丛书"，中国广播电视出版社，2008。

④ 例如，2011 年 8 月 3～7 日中国人民大学在北京举办了主题为"经典翻译与经文辨读"的第七届"神学与人文学"暑期国际研讨班；梁工教授及其同事们着手的"圣经文化解读书系"第 1 卷为《圣经解读》，宗教文化出版社，2003，至 2007 年已有五本书出版。

了两场学术会议：一场是关于21世纪初的中国当代文学与文化，另一场是关于三个亚伯拉罕的宗教，即东方基督教、犹太教和穆罕默德（632年）与帖木儿（1405年）之间的伊斯兰教。所有来自中国的与会者对有幸被邀请参加第一场大会深表感谢，要知道有三分之一的参会者是来自中国，其中包括来自澳门或台湾的中国人，这在西方国家是前所未有的事。至于第二场大会，很多人都接到了邀请，有近30人参与会议，其中有不少著名的学者。它促进了20世纪60年代以来基督普世教会发起的耗时漫长、效果甚微的复兴运动。看来世界上那些有责任的政客们都忘记了2001年9月11日发生的悲剧了。我认为我们有必要强调承担责任的信誉，即应更多地关注亚非地区的东方基督教，在这些地区的很多地方（除了一些飞地外），基督教几乎荡然无存了。

高：在我75岁的时候，我组织了两次有关中国文学及文化的会议，见到了几乎所有的汉学界的朋友，如乐黛云及其丈夫汤一介、严家炎、谢天振、杨剑龙、朱寿桐、陈鹏翔、陈顺妍（Mabel Lee）、冯铁（Raoul D. Findeisen）、李夏德、孟五华（Ylva Monschein），还有一些年轻人如李玲、叶蓉、雅丽芙（L. Yariv-Laor）、柯阿米拉（Amira Katz-Goehr）、杨富雷（Fredrik Fällman）、吴大伟（David Uher）和贝雅娜（Jana Benická）。大会的主题来自孔子的《论语》：以文会友，以友辅仁。这次大会从2008年的4月10日至14日持续了5天，有3天在布拉迪斯拉发，2天在维也纳。关于文学应该关注什么？乐黛云提出了21世纪的比较文学人道主义观念的新视野。汤一介指出有必要让西方学者更好地了解中国哲学，同时也应翻译更多的西方经典。朱寿桐谈到他的汉语新文学观念，引起50多名同仁对此进行了详细的探讨。[①] 另外3篇文章分别由冯铁、杨富雷和意大利年轻的汉学家罗马娜（Monica Romano）提交，都和《圣经》与基督教相关。很可惜的是，这个会议的记录还未整理出来。另一次大会安排在2008年的6月25日至28日，地点是斯洛伐克的多尔纳克罗巴宫（Dolná Krupá），并由斯洛伐克科学院东方研究所与位于布拉迪斯拉发的夸美纽斯大学东亚研究系联合主办，有来自8个国家的20多名学者参加，其中包括浙江大学的梁慧教授、悉尼麦克夸利大学的刘南强（Samuel N. C. Lieu）教授、香港浸会大学的费乐仁（Lauren

---

① 朱寿桐主编《汉语新文学通史》，广东人民出版社，2010。

F. Pfister）教授等。

　　刘：我得知您的《中西文学关系的里程碑（1898～1979）》在 2008 年由北京大学出版社再版。这是不是可以作为您 75 岁生日的一个礼物呢？也许是因为中国教育部提供的推荐阅读书目中推荐了这本书以及《中国现代文学批评发生史（1917～1930）》，引发了中国文学及比较文学专业的在校生和报考的博士生阅读，由此刺激了图书市场的需求吧？

　　高：或许这两个方面的原因都有。尤其是布拉迪斯拉发—维也纳会议的两位参会者乐黛云教授和张文定先生对本书的再版充满信心。乐黛云是第一个阅读这本书的中国有影响力的学者，张文定则是译者之一，他还是我留学北京大学——我的第二个母校 50 周年座谈会的主要发起人，恰好是在北京语言大学 2008 年 10 月 16 日举行的第 9 届中国比较文学学会年会之后。座谈会就设在未名湖附近临湖轩的北京大学校长别墅里，出席人包括各个大学的教授以及我的一些老朋友，其中有严家炎教授、孙玉石教授、谢天振教授、陈跃红教授、阎纯德教授、解志熙教授等，还有胡双宝博士（他是我学生时代的朋友）、舒乙先生（老舍先生的儿子）、张文定、北京大学出版社外语部主编张冰女士、国际关系处的王勇先生等。他们论及与我的密切关系，我在中国文学与比较文学领域的研究，以及 1958～1960 年我在北京大学学习时与外国留学生处的合作等。①

　　刘：过去的十几年，在中国海外汉学非常热门，也出版了许多这方面的书刊，从《汉学研究》、《国际汉学》、《世界汉学》到《国际汉学研究通讯》等。您又是怎么想到写一本《捷克和斯洛伐克的汉学研究》（学苑出版社，2009）的呢？

　　高：我的这本关于捷克和斯洛伐克汉学研究的书与其说是撰写的还不如说是编辑成册的。"列国汉学史书系"的主编阎纯德教授曾经遇见我的同事安娜·多列扎洛娃（Anna Doležalová，1935～1992），20 世纪 80 年代后期她在北京工作，经常告诉他有关斯洛伐克的汉学研究情况。我有关捷克和斯洛伐克的汉学研究的文章大部分写于 20 世纪 90 年代和 21 世纪初。我与阎纯德教授的结识，是通过他的年轻同事李玲，她把我的一些文章译

---

① 《半个世纪的追忆——高利克教授留学北大五十周年座谈会》，http：//www. oir. pku. edu. cn/Item/396. aspx。参见高利克《在北大研究茅盾》，载林建华主编《红楼飞雪》，北京大学出版社，2008，第 205～209 页。参见何晨璐《一份情，两代绿》，载夏红卫主编《燕园流云》，北京大学出版社，2010，第 28～31 页。

为中文。实际上，阎教授并非第一个劝我编辑捷克和斯洛伐克汉学研究情况的人，早在他之前，乐黛云教授就在"中国文学在国外丛书"提到这一愿望。乐教授建议我写一卷北欧和东欧的中国文学研究（除了俄罗斯或苏联）。由于这是一项非常繁重的工作，我婉拒了。阎教授的建议相对要简单，但有一个特别的要求，即此书应涵盖相当长时期布拉格汉学派的汉学研究状况。我同意满足他的愿望，于 2008 年初我写了《布拉格汉学派汉学研究初探》。出版之际，阎教授将书名改为《捷克和斯洛伐克的汉学研究》。虽然这本书囊括了我近半个世纪（从 1958 年底至 2008 年 8 月末）的研究历程，为收集这本书的资料、撰写章节以及翻译成中文耗时很长，我却并不满意，因为我意识到它的不完整，即我应对 20 世纪汉学研究的重要现象进行更为深入的专题论述。我认为中国、捷克和斯洛伐克的关系史在将来会以一种更复杂和更完善的方式展开。除了阎纯德教授和李玲之外，我很感激这本书中其余 15 篇文章的中译者。尤为感激的是为本书的翻译和编辑做了大量工作的李燕博士，她现在在首尔。

刘：您认为"本书的不完整"，指的是哪些方面呢？按照阎教授的评价，是否"它仅是一个人的汉学研究史"呢？比如说就是马立安·高利克的呢？

高：你只提到了其中的一处"不完整"，当然还有其他方面。我最喜欢这本书中有一大部分是有关捷克汉学研究的历史。读者可能会注意到书中许多地方提到捷克著名颓废主义作家尤里乌斯·泽耶尔（Julius Zeyer，1841~1901）的作品，他是捷克汉学的先驱，也是名著《中国艺术风格》的作者。我一直自封是一个颓废主义文学的爱好者，但到目前为止，我的研究依然不尽如人意。普实克（Jaroslav Průšek，1906~1980）关于古代文学、中世纪的流行文学、清代的民俗文学以及话本研究在书中仅仅提到，而鲜少评论；其最具争议性的著作《解放区文学及其民俗传统》（*Literature of the Liberated Areas and its Folklore Traditions*，Prague，1970）则完全没有提及。该书较少关注汉语语言学，对中国艺术的研究领域则几乎没有涉及。很遗憾的是，我根本没有时间去写捷克斯洛伐克对鲁迅和巴金作品的接受。[1] 在中国现代知识分子当中，有四位对我来说非常重要：茅

---

① 最近出版的有关论文参见高利克《鲁迅在波西米亚和斯洛伐克》，载周令飞主编《鲁迅社会影响调查报告》，人民日报出版社，2011，第 307~319 页。

盾（1896~1981）、叶子铭（1935~2005）、顾城（1956~1993）及其妻子谢烨（1958~1993）。在我的书中，有三篇文章是有关我们共同的兴趣和友谊的。

刘：2010 年和 2011 年您分别出席了在中国召开的两次重要的大会，它们呈现了中国与外国关系的一些新动向：第一次大会是 2010 年 10 月 6 日至 7 日举行的第一届"中国-欧洲文化高峰论坛"；第二次大会是 2011 年 5 月 18 日至 19 日在苏州太湖举行的第一届"太湖文化论坛"。您能够描述一下这两次大会给您的印象吗？在第一次大会上，您是来自欧洲的唯一的汉学家；而在第二次大会上，您是来自中欧和西欧的 5 位汉学家之一。在布拉格和海参崴之间，也只有您这一位汉学家。

高：第一届大会恰逢第 13 届"中国-欧洲高峰会"，可能是由法意跨文化国际研究所和相应的中国机构联合发起的，其目标是"汇聚中国和欧洲的重要研究人员与理论家于一堂，反思两个地区的跨文化现象，为中国与欧洲文明之联合铺垫"。从与会的外国专家（包括我在内）、代表团及其反馈来看，显然中国文化部发挥了巨大作用，其结果是会议更偏向于政治学家们。诸如安伯托·艾柯（Umberto Eco）、朱丽亚·克里斯蒂娃（Julia Kristeva）等都是欧洲最好的学者，一些人则只是政治的宣传者，虽然政治并未被作为论坛主题提及。论坛提出的四个主题是有关全球化、现代性、世界观和美（主要是艺术中的美）的问题。它们并非我的研究领域，我也不清楚为什么他们邀请我参加这次会议，或是因为他们知道我的兴趣是颓废主义文学。最后组织者还要求我写一个总结报告。我发现这次会议准备得非常仓促，众多的中国与会者并未递交研究论文，论坛的议程也未刊发出来，虽然组织者甚至想把这次论坛办成"文化的达沃斯"（Cultural Davos）。或许这是一种过高的野心。达沃斯涉及的是整个世界，而中国-欧洲仅是这个世界的一部分而已。第二届"中国-欧洲文化高峰论坛"在 2011 年 10 月 22 日至 24 日于北京举行，其主题是"中国城市向何处去"。荷兰杰出的建筑师雷姆·库哈斯（Rem Koolhaas）是本次大会主要的发言人，他对中国很重要。与在布鲁塞尔举办的、只有一个议题的第一届大会相比，这次会议是一个进步。但中国-欧洲会议又缩小了空间范围。除了一个来自波兰的代表团外，中欧国家的代表未被邀请与会。有一位年轻的希腊作曲家出现在会场，或许是因为当时欧盟的实际境况；来自西欧的 14 位学者或者要员应邀出席会议，7 位西欧的客人参与讨论。我认为，中欧有布拉格、维也纳和布达佩斯，当然应该有代表学者参会。中欧人难道就是欧洲的第二类人，无足轻重吗？同时有必要提及的是欧洲没有一位汉学家接到邀请。这是不是说汉学家就不懂中国问题呢？我看到，在苏州太湖举行的第一届"太湖文化论坛"有着"猛犸象似的文化达沃斯"的野心。起初，全世界的1000多人被邀请参会，最终到会者不足三分之一。这次会议的主题是"加强文明对话与合作，促进世界和谐与发展"，旨在深入探讨不同文明的文化、历史背景、哲学、宗教和伦理道德等方面的问题。可是会议却把注意力聚焦在经济领域，虽然它也属于文化领域的一个方面。但在中国，对经济的强调比世界其他地方尤其突出。政治虽非这次论坛的话题，但政府、陆军和海军的要员却被作为荣誉主席和高级顾问出席大会。中国的政治被清晰地彰显出来，苏州的经济利益也为每一个与会者所关注。本来文化的对话和合作才是会议的真正议题，却没有一个外国作家、艺术家、电影人或建筑师被邀请；没有一个美国的汉学家出席大会（虽然他们有不少世界最好的汉学家）。名单上或观众中也未出现中国的作家或艺术家，而只是中国文学艺术界联合会的一些所谓的干部，以及公安局、苏州铁路局和人民武装部的代表。显然，第一届"太湖文化论坛"还是"过于政治化"了。① 无论是中国的文化还是外国的文化，只要是优秀的文化就应该纳入论坛。如果不克服我所提到的这些缺憾，"太湖文化论坛"将永远成不了"文化的达沃斯"。

刘：在中国的一些期刊上，我了解到在2003年您70岁生日不久，就被授予了"斯洛伐克科学院最高荣誉奖"（The Prize of the Slovak Academy of Sciences）；两年后，有传言说您获得了所谓的"亚历山大－洪堡奖"（Alexander of Humboldt Prize）。

高：我从来没有觉得自己被授予了"亚历山大－洪堡诺贝尔奖"，因为它并不存在（确切名字应当是"亚历山大－洪堡奖"）。在2006年9月，我在广州讲学时，题目是《以〈圣经〉为源泉的中国现代诗歌》，一名大学领导向讲座大厅的学生介绍我时，提到我是这个并不存在的奖项的得主（笑）。他的欢迎词后来被放到网上，不少记者在那期间及接下来的一年经

① M. Gálik, "Quo Vadis Cultura Sinica?: Some Remarks on the First World Cultural Conference, Suzhou, May 18–19, 2011," in *Asian and African Studies*, New Series, 20（2011）2, pp. 289–297.

常就这个问题向我提问。在广州之后，我又去了武汉、杭州；2007 年，我又去了西宁、乌鲁木齐和吐鲁番，所到之处我常被这样介绍给读者。"斯洛伐克科学院最高荣誉奖"每年会授予给年长者。在恰逢斯洛伐克科学院成立 50 周年之际，我被授予了这项奖，据说是因为我的"终身"成就吧。

刘：在您 80 岁生日来临之际，什么是您最关心的问题？最近的研究兴趣包括哪些领域？

高：我很高兴自己马上迈入新的年轮。按照欧洲的记龄方法，明年我是 80 岁；而根据中国的传统，我今年已是 80 岁的老人了。自 2011 年 1 月 1 日以来，我每天都在等待中文版《影响、翻译与平行：〈圣经〉在中国评论集》的面世。从某种程度上而言，它不同于 2004 年的英文版，因为它没有收录《〈雅歌〉与〈诗经〉的比较研究》（它由你和你的学生林振华译为中文）一文以及另外两篇有关中国现代诗歌的研究文章。中国读者可以看到在这本书中所收录的 17 篇论文都与《圣经》的翻译及其对中国现当代文学影响有关，序言由耶路撒冷希伯来大学的伊爱莲教授撰写；该书涉及周作人（1885~1967）、茅盾（1896~1981）、冰心（1900~1999）、王独清（1898~1940）、向培良（1905~1961）、蓉子（1928~）、王蒙（1934~）、斯人（1951~）、夏宇（1956~）、顾城（1956~1993）、海子（1964~1989）等作家的作品。[①] 2009 年 4 月至 6 月居住在耶路撒冷的奥尔布赖特考古研究所（W. F. Albright Institute of Archeological Research）期间，我完成了《大卫王与晋文公：希伯来申典历史学和中国早期儒家编年史中的两位统治者范例》一文，发表在《亚非研究》（*Asian and African Studies*，2010 年第 1 期 19 卷，第 1~25 页）上，后来被《基督教思想评论》（2011 年第 12 辑，第 4~24 页）转载。此外，我还完成了《希伯来申命记派史学与中国儒家早期史学——一种比较研究方法》，中译文发表在《世界汉学》（2009 年春季刊，第 50~62 页）。在接下来的时间里，我将花更多时间致力中—希"神圣"（sacred）和"世俗"（profane）这两个范畴的类同（而非关系）研究，主要从非利士人入侵巴勒斯坦（公元前约 1180）到"巴比伦之囚"之前（公元前 576）这段时期，在中国则始于殷朝最后的

---

① M. Gálik, "Wang Meng's Mythopoeic Vision of Golgotha and *Apocalypse*," *Annali* (Istituto Universitario Orientale Napoli), Vol. 52, No. 1, 1992, pp. 61-82; and even before in rendition by Raoul D. Findeisen as "Mythopoetische Vision von Golgotha und Apokalyse," *minima sinica* (Bonn), 2, 1991, pp. 52-82.

几十年到周朝《左传》的编纂时期（公元前400）。正如我早期提到的"结构—类型的相互契合"（structural-typological affinities）的研究方法，这种神话学与历史学平行的方法适用于没有基因关联的文化现象的分析，有助于我们获得新的知识与见识，而这在我们目前的研究领域中较为忽视。此外，我还需要上帝的恩赐，需要你和你的学生及其他朋友们一起帮助我翻译、编辑和出版在中国尚未面世的著作。

刘：这正是我们应该和乐意做的事！现在我想提另一个问题，这与我来到斯洛伐克科学院的东方研究所访问，来拜访您有关。我看见您的房间随处摆设了来自中国的各种图书、墨宝、陶瓷、雕刻、绘画等艺术品，恍若置身于一个中国学者的家中。您给我看了许多你留学北京期间的老照片、老古董，谈到了与许多中国作家和学者们的深厚友谊，如茅盾、巴金、王蒙、冯至、顾城、吴组缃、王瑶、叶子铭、乐黛云等。因此，我特别想知道，中国对你意味着什么？是怎样一种激情一直在激励着你乐此不疲地行走在中西跨文化交流的旅途中？

高：我感觉这是上帝让我一生要从事的伟大事业，以此作为荣耀他的神圣使命。从大学期间学习汉语，从事汉学研究开始，我就与中国结下了不解之缘。它悠久深厚的历史文化深深地诱惑着我，它曲折坎坷的发展历程和痛苦黑暗的时刻也总是触动着我的心。我与中国已经是息息相关、同舟共济了。你可以说我是"身在曹营心在汉"，每次我来到中国，就是回到我的第二故乡。

刘：有如此神圣的使命在召唤您学习汉语，频繁地穿越于中国与斯洛伐克之间，毕生从事中西比较文学、跨文化交流的研究，这是否与你从小阅读《圣经》（我有幸目睹并触摸到您祖父在1936年送给您的这本大开插图版《圣经》），作为一个虔诚的基督徒有关？当您怀抱着一种伟大的博爱从事一项伟大的事业的时候，这种无尽的生命源泉就化为您的无穷动力？

高：也许是这样的。我为我的选择感到非常幸运，非常幸福。如果让我重新选择人生，我依然会如此。

刘：我看到，在你的巨大影响下，你的外孙女巍白璧正在维也纳大学汉语系攻读研究生，2011年她也像您一样曾在北京大学留学，现在立志于从事当代中国文化、文学与艺术的研究。

高：这是后继有人啊。我希望她今后可以写一本有关我的传记，记录我所走过的汉学之路。

刘：非常感谢您百忙之中接受我这么长时间的采访。我希望我可以代表中国的朋友们祝福您"百年长寿，万事如意"！

高：多谢！当然，我并没有活这么长的野心啊（笑）。

（李敏税　译）

（本文曾发表于《国际汉学》2014 年第 25 辑，稍有修正。）

后 记

　　至今，我依旧清楚地记得，与高利克先生相识的日子，那是 2008 年 10 月 12 日在北京语言大学比较文学研究所承办的"中国比较文学学会第九届年会暨国际学术讨论会"上（虽然此前我们在一次中国比较文学年会上见过，但未面对面交谈）。在那天会议结束的晚餐上，我看见高利克先生一个人独自坐在一个角落里安静地吃饭，并时不时抬头冷静地观察着另一桌大声喧哗、频频祝酒的学者们。于是，我端起碗杯，贸然地挪到了他的座位边。高利克面对我，不由自主地感叹道："中国人最喜欢热闹，他们宁愿跟认识的熟人欢聚喝酒，也不愿利用宝贵的时间与陌生人交流，认识新人新事。"我立刻接过他的话，回答说："现在不是有个陌生人想要与您交谈吗？"一老一少会心一笑，我们开始谈论起彼此感兴趣的学术话题。当他知道我在从事中西基督教文学，尤其是穆旦等为代表的中国现代主义文学与基督教关系的研究后，就问我是否愿意翻译他有关基督教与中国文学的几篇论文。我觉得这是了解西方汉学家从事该学术领域的良机，于是爽快地答应了。

　　我主持翻译的这 5 篇论文，选自高利克的一部新著《影响、翻译与平行：〈圣经〉在中国评论集》（*Influence, Translation and Parallels: Selected Essays on the Bible in China*）。其英文版于 2004 年由德国华裔学志研究所（Monumenta Serica Institute）出版，这本书收录了高利克自 20 世纪 90 年代以来有关《圣经》与中国文化、中国文学关系的研究论文共 17 篇。自从诸多中国学者把其中的论文翻译为中文并见诸中文期刊后，有关这本中文译著的出版却毫无动静地"躺在"上海的某个出版社多年，杳无音信。每次高利克来北京开会，与我见面提及此事，总是不无焦虑地问道："请帮助我问问出版社和主编，不知道我的这本书是否能够与中国读者见面。"

多次无奈之下，他叹息道："要是我能活着看见它的中文版，那真是要感谢上帝了。"高利克多么希望在有生之年，亲眼看见自己的"孩子"落地在他钟情了一辈子的中国。

　　于是，我一直把此事铭记于心，今年终于从我所在的大学申请到一笔出版经费，由社会科学文献出版社出版该书的中译本。无独有偶，这本译著与1997年出版的高利克译著《中国现代文学批评发生史（1917～1930）》［*The Genesis of Modern Chinese Literary Criticism（1917－1930）*］竟然是同一个出版社，我们真是要感谢上帝的恩典。根据高利克本人的要求，该书中译本的题目改为《翻译与影响：〈圣经〉与中国现代文学》（*Translation and Influence：the Bible in Modern China*），收入的20篇论文中删去了英文原著中的1篇论文《〈雅歌〉与〈诗经〉的比较研究》（主要考虑到此文不属于比较文学的影响研究，而是平行研究），增加了4篇论文：①《〈圣经〉对中国现代诗歌的影响：从周作人到海子》（李燕译），载《中国现代文学论丛》第1卷第2辑；②《中国现代文学对爱情的全新书写与〈雅歌〉——论希伯来与中国文学的互动》（吴翔宇、余婉惠、邓伟译），载《长江学术》2007年第4期；③《韩素音的"诗篇"第98篇和中国的"人民新民主"》（袁广涛译），载《华文文学》2011年第5期；④《〈诗篇〉第137章与张晓风的短篇小说〈苦墙〉》［发表时中文题目为：《评张晓风初登文坛的小说〈哭墙〉》（周国良译）］，载《华文文学》2013年第2期。本书的英文原著分为两部分，中译本分为三部分，增加了第三部分"《圣经》与港台文学"。此外，本书以高利克的一篇回忆文章《我读〈圣经〉七十年》作为作者自序；附录增加了笔者的一篇访谈《漫漫求索之路：汉学家马立安·高利克博士80寿辰访谈》，以便读者更好地了解作者的学术理路和研究成果。

　　需要特别提及的是，本书的中文翻译与出版工作得益于众多中国学者、博士生和研究生以及各方友人的热情帮助。高利克本人委托我，一致感谢各位译者不计报酬的辛苦劳作，以及学界、杂志社与出版社（相识或不相识）之朋友的慷慨支持，其中包括：谢烨（顾城夫人，已故）；李燕（现任职于韩国首尔国立放送大学）；尹捷（河南大学外语学院）；袁广涛（汕头大学外语系）；李敏锐（华中农业大学英语系）；刘梦颖（广西民族大学教务处）；吴翔宇、余婉惠、邓伟（武汉大学文学院硕士生）；吕冲、陈淑仪（北京第二外国语学院硕士生）；周国良（汕头大学文学院硕士生），等等。对《国际汉学》《跨文化研究》《圣经文学研究》《长江学术》《汉语言文学研究》《中国现代文学论丛》《中文学术前沿》《江汉学术》《华文文学》等杂志社的授权刊发表示由衷的谢意！尤其是，我要感谢北京第二外国语学院科研处提供的出版资助，使得这部拖延多年的书稿得以付梓；感谢北京外国语大学中国文化走出去协同创新中心给予本人的重点立项"布拉格汉学学派对中国现代文学的研究及其启示"；感谢社会科学文献出版社的王晓卿、樊学梅为本书顺利出版出谋划策、精心编辑。我的研究生郝贵芳、吴昱璇、汤源、杨佳静、王宁、王子怡等为本书的文档格式和编辑校对均付出不少时间。

由于大部分中译文在收入本书之前已发表在各类期刊上，在相关译名、注释和排版等方面并不完全一致，但为了保持原貌和尊重译者，除了关键性错误或字体与注释格式局部调整之外，未做大的改动，并注明中译文出处，以便读者查询引用。本书存在的不当或错漏之处，期待读者提出宝贵的反馈意见。

补　记

应高利克先生的盛情邀请，2016 年 8 月底的最后一周，我偕 15 岁的女儿黄思齐一起赴斯洛伐克首都布拉迪斯拉发探望他及其家人。这次距离 2012 年 5 月我首次到斯洛伐克拜访他已过去了 4 年多。岁月不饶人，老人家已近 84 岁，白发愈加稀疏，步履也不似从前那般矫健。不过，高利克先生依然精神矍铄，思维敏锐，条理清晰。这一次，他早为我们妥善安排，甚至连我们入住的宾馆、参观的主要景点、每天的日程也预计好了。为了弥补我上一次的遗憾，高利克先生特地让儿子开车，亲自陪我和女儿一起回到他 1933 年的出生地——一个名为伊格拉姆（Igram）的小村，他少时居住的老屋虽不大（只有两间卧室，一个长廊），却有 100 多年的历史，带有一个长长的后花园，一直延伸到远处的田野，里面还保留了旧时农家的马厩。他指着一间如今改为厨房的小屋，告诉我们："我就是在这间房子出生的。小时候在这里最早读到了大部头的插图本《圣经》，那是我外祖母的嫁妆。我家邻居有一个犹太商人，有时他来我家，喜欢坐在这个角落里，给我讲奇奇怪怪的儿童故事，我猜想那是格林童话中的一部分。"我记得在高利克的回忆文章《我读〈圣经〉七十年》中，这个可怜的犹太老头和他的两个女儿被希特勒手下的纳粹送往集中营，悲惨地死去。我想高先生后来醉心于《圣经》与中国基督教文学的跨文化研究，恐怕也与儿时的《圣经》启蒙、一家人虔诚的天主教信仰体验、犹太人在"二战"中被屠杀的诸多人生经历密切相关。

高利克家庭美满，他有一个当工程师的儿子，一个在外企工作的女儿。一个孙子，一个外孙女——巍白璧，只有她继承了高利克的汉学衣钵，刚刚从维也纳大学获得中国文学研究专业的硕士学位。遗憾的是，他的妻子在10多年前先他而去。在我们与高利克先生一家分享温馨的家庭盛宴之前的空当，高先生带我和女儿去参观他就读过的小学（100多年）和礼拜的古老教堂（700多年）。在这个小教堂后的墓园中，我们一起祭拜了他的外祖父母、父母和妻子的墓地。我和女儿惊奇地看到在一块黑色大理石的墓碑上，除了他父母和妻子的名字，赫然写上了高利克的名字和出生日期，这在中国人看来似乎是很不吉祥的事。但高利克先生却镇定自若，他指着墓碑，坦然微笑着说："到我走的那一天，只要在名字后面加上我去世的日期，就行了。也许下一次你们只能到这里来看望我。"我为老人家如此从容不迫地面对死亡的超然态度所折服。这或许正是基督教信仰赐予了他面对生死的豁达与安详。生于尘土，归于尘土，唯有上帝永恒。

在此期间，我与高利克一起修改《翻译与影响：〈圣经〉与中国现代文学》一书翻译过程中存在的疑惑之处。他还兴致勃勃地拿出大量的照片，给我和女儿浏览他复杂而丰富的人生历程：出生不久的第一张照片，年轻时代留学北京时的黑白照片，不同时期与各国著名汉学家、中国学者（如王瑶、吴组湘、乐黛云、汤一介、叶子铭等）或作家（如茅盾、老舍、冯至、王蒙、顾城等）以及朋友的合影，与家人在一起的照片等。每一张大大小小、色彩质地参差不齐的照片不仅是个人岁月的留痕，也是不同国家与时代等20世纪以来重大历史转折的见证。其中，高利克先生与德国汉学家顾彬、中国诗人顾城和谢烨在柏林的一些合照（1992年4月），尤显珍贵，它们为我理解顾城在异国他乡的最后生活和精神状态提供了最真切的情境。此外，还有高利克与茅盾、叶子铭等作家的留影或手稿，更是中国与斯洛伐克之间彼此密切交流和合作的不可多得的珍贵历史档案。像自己的导师、布拉格汉学学派开拓者、捷克著名汉学家普实克一样，高利克与中国文人保持着深厚的友谊，竭尽全力地推动中国现代文学与世界文学的接轨。同时，让世界了解变化中的20

世纪中国文学与文化，成为高利克一生孜孜以求的目标。

在接下来的一天，高利克陪我们参观了位于多瑙河畔的杰文城堡（Devín Castle），这是他一生中第二次攀登上这个巨大挺拔的山顶废墟。这座地势严峻而宏伟的城堡历史悠久，自古为兵家必争之地，曾是罗马帝国的军事驿站，后来成为萨摩王国和大摩拉维亚王国的重要堡垒；冷战时期遍布铁丝网，成为东西方阵营的分界线。高利克先生和我们从城堡高处俯视多瑙河与摩拉瓦河的汇合处，对面就是另一个国家奥地利。"'Devín'是什么意思？这个城堡是什么时候被毁的呢？"面对我女儿提出的问题，高利克侃侃而谈："在当地的语言中，'Devín'是'姑娘'的意思。后来拿破仑入侵到这里，带来巨大的毁灭。你看，陡峭城堡下面延伸到水里的两个塔，名叫'贞女塔'。"我们一行站立在这块风云之地，感受到了来自凯尔特人、罗马人、摩拉维亚人、法兰克西人、匈牙利人、德国人、苏联人、斯洛伐克人等踏足此处而演绎的悲壮历史。在 1989 年柏林墙倒塌、苏联解体、东欧剧变，以及 1992 年捷克与斯洛伐克这一对兄弟分手独立之后，每个国家都在经历前所未有的蜕变。我和女儿很幸运，年过八旬的高利克先生亲自陪我们攀登城堡，娓娓道来斯洛伐克这块美丽神奇却多灾多难土地上所经历的风云变幻——它与遥远的东方——我的祖国有一种什么样神奇而隐秘的精神关联呢？

事实上，高利克先生遭遇了近一个世纪以来自己国家复杂历史的风霜雪雨，他以一种比较文学与汉学的学术方式，通过对中国这个来自古老东方的"他者"的透视与研究，诉说着不同国家、宗教、文化所经历的历史创伤与共同命运，他不断地致力人类消除战争与歧视，企图达成相互了解的和平愿景。正如他在《"第三约"与宗教间的理解：一个理想主义者的信念》中提出的想法："全人类的上帝是宗教与文化之间互相理解、彼此尊重的上帝。作为上帝的孩子，我们与他的关系好像是他的儿女。在上帝眼中，我们就像兄弟姐妹一样，即便我们不能生活在彼此相爱之中，至少也应生活在相互尊重之中。"我庆幸自己与高利克先生之间的学术合作与忘年交（友谊），跨越了两人之间在语言、地理和年龄上的鸿沟，这是一种令我终身受益的跨文化体验，是一次东方与西方学者携手共进、分享智慧与爱的美妙旅途。

在我和女儿依依惜别高先生的前一个晚上，我们在他的房间品尝了他亲自做的斯洛伐克浓汤，陪他一起去超市购买三明治、面包和水果（并接受他送给我们携带的这些食物）。此外，他还送给我们几本签名的书和一张镶嵌在相框中的照片——满头银发的他正在挥手言说。我们彼此拥抱，泪水涟涟。因为我不知道这一次分别之后，下一次将待何时才能重逢（他说自己年岁已高，不会再远行中国了）。

再见，伊格拉姆，一个古老、静谧的斯洛伐克小镇！再见，多瑙河上的美人——布拉迪斯拉发；再见，我生命中的恩人——高利克先生，上帝祝福您安康长寿，颐享天年。

刘　燕

北京·望京·上京

2016 年 5 月 28 日初写

2016 年 10 月 4 日修订

图书在版编目（CIP）数据

　　翻译与影响：《圣经》与中国现代文学／（斯洛伐）
马立安·高利克著；刘燕编译. -- 北京：社会科学文
献出版社，2018.8
　　书名原文：Influence，Translation and Parallels：
Selected Essays on the Bible in China
　　ISBN 978 - 7 - 5201 - 0724 - 2

　　Ⅰ.①翻…　Ⅱ.①马…②刘…　Ⅲ.①《圣经》- 影
响 - 中国文学 - 现代文学 - 文学研究　Ⅳ.①I206.6

　　中国版本图书馆 CIP 数据核字（2017）第 088115 号

翻译与影响:《圣经》与中国现代文学

著　　者／〔斯洛伐克〕马立安·高利克
　　　　　　〔Slovakia〕Marián Gálik

编　　译／刘　燕

出 版 人／谢寿光
项目统筹／祝得彬
责任编辑／王晓卿　樊学梅　于占杰

出　　版／社会科学文献出版社·当代世界出版分社（010）59367004
　　　　　　地址：北京市北三环中路甲 29 号院华龙大厦　邮编：100029
　　　　　　网址：www. ssap. com. cn
发　　行／市场营销中心（010）59367081　59367018
印　　装／三河市尚艺印装有限公司

规　　格／开本：787mm × 1092mm　1/16
　　　　　　印张：25　字数：420 千字
版　　次／2018 年 8 月第 1 版　2018 年 8 月第 1 次印刷
书　　号／ISBN 978 - 7 - 5201 - 0724 - 2
定　　价／89.00 元

本书如有印装质量问题，请与读者服务中心（010 - 59367028）联系